라) 큰따옴표(" ")와 작은따옴표(' '): 원문에 외국 인명, 지명 등에 낫표나 겹낫표를 사용한 경우가 있어 작은따옴표로 통일하였다. 한글 인명이나 지명, 강조나 인용 등의 경우에 사용된 낫표와 겹낫표는 모두 큰따옴표로 구분하였다. 다만 본문을 각주에서 인용하는 경우에는 한글이라 하더라도 작은따옴표를 사용하였다.

4. 오식(誤植)이 분명한 경우 본문은 원문대로 하되 각주를 통해 오식임을 밝혔다. 이 자료집의 모든 각주는 편자 주(編者註)이다.

5. 원문에서 판독할 수 없는 글자는 대략 글자의 개수(個數)만큼 '□'로 표기하였다. 원문 자료의 훼손이나 상태불량으로 판독이 불가능한 글자의 개수를 헤아리기 어려운 경우에는 '한 줄 가량 해독불가' 식으로 표시해 두었다. '×××'나 '○○○'와 같은 복자(伏字)의 표시는 원문대로 두었다.

6. 인용문이 분명하고 장문인 경우, 본문 아래위를 한 줄씩 비우고 활자의 크기를 한 포인트 줄여 인용문임을 쉽게 알아보도록 하였다.

7. 잡지나 책에서 가져온 자료일 경우 해당 쪽수를 밝혔고(예: '이상 5쪽'), 신문의 경우 수록 연월일을 밝혀놓았다. 단, 원문에 연재 횟수의 착오가 있는 경우 각주로 밝혔으나, 오해의 소지가 없을 경우에는 그대로 두었다.

8. 외국 아동문학가들의 성명 표기는 필자와 매체에 따라 뒤죽박죽이다. 일본어 가타카나[片仮名]를 한글로 표기하는 데서 비롯된 것으로 보인다. 이해의 편의를 위해 원문 아래 각주로 간단하게 밝혔다. 자세한 것은 자료집의 말미에 실은 '외국 아동문학가 일람'을 참조하기 바란다.

차례

아동문학

아동문학

尹池月, "(自由論壇)一九三二年의 兒童文藝界 回顧", 『新少年』, 1932년 12월호.

서 언

이 글을 쓰는 나는 決코 엄연한 評論家의 立場에서 쓰는 것도 안이다. 다만 一讀者의 이름 아래서 今年 一九三二年 한 해 동안 우리들 文壇 특히 『新少年』『별나라』를 中心으로 한 모든 作品 乃至 作家 諸氏의 活動 範圍에 잇서서의 筆者의 所見과 아울너 그에 대한 감상 몃 마디를 적어 보려는 것이다. 우리들의 藝術運動이란 어데까지던지 우리들의 獨自的 力量으로 樹립함으로써 끗임업는 創作的 活動과 또한 그에 대한 俊烈한 비판이 절대로 必要한 것은 두말을 이를 必要가 업는 것이다. 그러면 이제로부터 拙筆을 드러서 조리 업게 된 말이나마 생각나는 대로 써 보기로 하자!

◇ 童謠界

今年의 童謠界는 前年에 比하야 지지 안는 힘을 키어 왓섯다고 보겟다. 그러나 이것은 量的 수확이엿섯고 質的 수확에 잇서서는 오히려 빈약한 감이 업지 안타. 그것은 藝術의 방향이란 客觀的 存在의 反映이기 때문이다. 그럼으로 創作問題에 잇서서는 쁘르조아들의 말과 가치 一定한 至上的 宿命論이 잇는 것이 아닌 以上엔 묵은 內容과 形式을 언제던지 옴겨와서는 안 될 것이다. 말하자면 "부자애와 씨름해 이겻다든지" "뚱뚱보 배때기 따위라든지" 따위의 쁘르조아에 대한 증오 嫉妬를 骨子로 한 殺伐的 作品이라든지 "나무하다 산직이안태 들키어다든지 벤또 메고 고장[13] 가는 신세"라든지 純粹 寫實主義 作品 따위는 우리들의 예술운동의 初創期에 잇서서는 의레히 잇슴 즉한 作品이엿지만 적어도 自然發生期를 지나서 目的意識期에 轉換하게 된 아니 轉換한 오늘에 잇서서는 너무나 晩時의 감이 업지 안타. 이런 作品은 읽어서 所用업슬 뿐 아니라 오히려 읽는 사

13 '공장'의 오식이다.

람에게 실증을 준다. 그러면 우리는 엇던 童謠를 말하자면 엇던 內容과 形式을 俱備한 童謠를 쓸 것인가. 그러나 內容問題에 이르러서는 우리들 ××의 意識이 정확하게 把持되고 ×쟁을 展開하게 된 오늘에 잇서서는 그 것이 十常八九나 決定된 듯십다. 오즉 남어 잇는 문제는 形式이다. 무엇을 쓸가? 보다도 무엇을 엇더케 쓸 것인가? 하는 것이 우리들 兒童藝術의 領 에[14] 잇서서도 重大化하게 된 것이다.

오늘의 푸로 作品이란 ××的 意義를 닛지 안코 가장 사실的이면서도 辨證法的이여야 할 것이다. 그리하야 거기에 보담 더 새로운 形式을 담어서 制作치 안으면 안 될 것이다. 그런데 今年의 童謠作品은 勿論 다ㅡ라(이상 46쪽)고는 할 수 업스나 이러한 原則을 파무더 노코 거게는 묵은 內容과 形式을 송도리채 본떠서 活字를 빈 것이 만타고 보겟다. 여기에 우리들 童謠作家는 반다시 留意하여야 할 것이다.

◇ 小說界

小說에 잇서서는 나 自身이 한번 창작해 본 적이 업슴으로 이러타 저러타 할 勇氣는 업다. 그러나 나는 小說을 즐기는 사람의 하나이다. 그럼으로 한편의 小說을 보아도 決코 넌센쓰 하게는 보지 안는다. 그리고 취미로 보는 것도 안니다. 小說 그것은 우리들 文藝運動의 部門에 잇서서 가장 重要한 役割을 씐 것만콤 決코 等閑視하여서는 안 될 것이다. 항상 銳利한 視線으로 作品을 대하여야 될 것이 사실이다. 그러면 今年의 新進文壇의 小說界는 엇더하엿든가. 이 亦是 相當한 活氣를 정하엿다고 보겟다. 특히 今年에 잇서서 우리들 文壇 線에[15] 닛지 못할 『少年小說六人集』이 나왓다. 이것은 게급적 出版物이 히소한 朝鮮에 잇서서 매우 아름다운 사업이라 보겟다. 그리고 雜誌를 通하야도 工場職場을 테마로 한 作品이 비교적 만아진 것도 점차 商工業이 慢性化하는 朝鮮에 현실을 여실이 反映하엿다고 보겟다.

---

14 '領域에'의 '域'이 탈락한 오식으로 보인다.

15 '文壇路線에'의 '路'가 탈락한 오식으로 보인다.

◇ 評論界

今年에 이르러서는 특히 評論界는 前例 업는 活氣를 씌엿다. 爲先『新少年』에만 하야도 評論 三四가 실니지 안는 號가 업섯다. 이것은 점차 창작적 活動이 다번해진 것만큼 評論界 亦是 銳利한 視覺으로 여기에 쑤준한 鞭撻 비판의 義務를 씌고 짜라왓든 것이다. 勿論 비유컨대 병자의 뒤에는 醫師가 짜르는 거와 가치 —— 그릇된 作品의 뒤에는 公正한 비판이 짜러가게 될 것도 當然한 일이다. 이것은 비단 作品에 뿐만 아니라 우리 文壇의 거침 업는 進路를 爲하야 스캡푸한[16] 作家의 철저적 배격과 쏘한 反動文學派와의 용서 업는 도전을 시하엿던 것이다. 이 모든 反證은 決局 우리들 文藝運動의 새로운 方向과 함께 客觀적 情勢의 용서 업는 進展으로 말미암아 거기에는 小쁘르조아 데마고-구의 참을성 업는 本性을 여지업시 폭노식히게 된 것이고 劇團의 反動輩 藝術派의 出現을 보게 된 것이다. 그러나 이 모든 現상은 우리들 運動의 보다 더 탄力잇는 ×쟁을 決定하는 前提가 아니고 무엇일가?

그럼으로 今後 우리들 兒童藝術界 圈內에 잇서서도 評論家의 活動은 더욱 猛열하여야 될 것이다. 그만큼 評論家는 누구보다도 重大한 任務를 씬 것이다. 評論家 諸氏의 건투를 빈다.

◇ 作家界

씃흐로 나는 今年 한 해 동안 가장 씩씩하게 싸워 주신 作家 諸氏께 감사를 들인다.

李東珪, 洪九, 玄東炎, 朴古京, 金友哲, 具直會, 尹鐵, 安平原, 韓哲焰, 李青松, 金春岡, 洪銀杓, 昇應順, 朴炳道, 吳庚昊, 金明謙, 孫桔湘, 蔡澤龍, 蔡奎三, 金月峰 外 諸氏에게!

이분들은 一九三二年의 우리 兒童藝術 運動의 가장 ××한 그것을 爲하

16 '스캡푸'는 "파업 불참자, 파업에 비협조적인 자"라는 뜻의 scab인데 당대의 풀이는 다음과 같다. "배반자 반역자라는 말이다. 갓흔 동모들 중에서 동모를 배반하고 돈 갓흔데 팔니여 반역 행동을 하는 쥐색기갓흔 무리를 스캡푸라고 한다."(「(우리들의 사전)스캡푸」, 『新少年』, 1932년 2월호, 15쪽)

야 꾸준한 步調를 마처 왓섯다고 본다.

以上 同志들은 限定 잇는 誌上에 不充分한 發表機關이나마 우리들의 『新少年』『별나라』를 通하야 勇士의 面目을 如實히 보혓다.

그러나 不避할 事情으로 筆者는 이제야 마지막 人事로 이것으로써 여러 동무들에게 失禮하야 마지안는다. 용서를 빈다.(이상 47쪽)

李春植, "少世同志文藝會를 이러케 運轉하자 - 少世文藝會를 아래와 갖이 實行합시다", 『소년세계』, 제3권 제12호, 1932년 12월호.

동무들! 우리 〈少世同志文藝會〉는 좀! 大衆的 이데오르기로 운전합시다. 在來 케々묵은 형식을 버리고 푸로레타리아的 經濟的 方針을 實行합시다. 공연히 무슨 까다로운 方式으로 會員의게 손해를 내게 하지 말고 헐하고 쉽게 합시다.

즉 말하자면 十月號에도 발표한 것이지만 사진을 모집한다 하오니－ 지금 우리 조선 가난뱅이 형편으로 입에 풀칠을 하기가 머－한 무슨 사진박을 돈이 잇읍니까. 그리하오니 그것은 폐지합시다. 나붓텀이라도 늙은 어머니를 모시고 류랑의 생활로 남의 집 행낭살님을 하는 신세에 하로 조흔 버리를 한데야 겨우 三四十錢에 불과하니 엇지 그걸노서 먹고 입고 남어지가 잇어야 사진을 박지요. 또는 시간좇아 여유가 없읍니다. 그럼으로 그 실행만은 폐지하엿으면 좃켓읍니다. 그리고 내가 한마듸 할 것은 지금 文藝會員뿐이 안이라 全少年大衆이 別號 하나식은 다－ 가집시다. 그럼으로 우리 文藝會員에게도 그와 갖이 잇으니만치 別號를 會員 全部에게 募集하야 發表하고 혹 여유가 잇으면 評까지라도 하야 別號도 本名과 갖이 會에서 使用하엿으면 엇덜가요. 그리고 會員証과 會員名簿를 꿈여서 一々히 配布하야 주엇으면 합니다. 그리고 メタル[26] 문제는 엇지나 되엇나요. 이제 나는 그만하고 다음 긔회에 論議를 하십시다.(이상 25쪽)

26 메달(メダル)의 오식이다.

韓雲松, "少世同志文藝會를 이러케 運轉하자－少世同志文藝會의 對하야!", 『소년세계』, 제3권 제12호, 1932년 12월호.

우리들 文藝會의 對하야 몃 마듸 나의 의향대로 원하는 바를 말하고자 한다.

一. 會員 증명서를 印刷하여 會員의게 一枚식 주십시요.(但 會員의 生年月日 及 姓名 別號까지 모다 쓸 것)

二. 役員 선거의 着手하여 주십시요.

三. 會員으로써 反動分子가 눈의 떼는 時는 卽時 除名하십시요.

四. 會員의 간단한 이력서를 모집하여 誌上의 發表하여 주십시요.(이상 25쪽)

張允植, "少世同志文藝會를 이러케 運轉하자－부탁과 실행", 『소년세계』, 제3권 제12호, 1932년 12월호.

一. 會員으로서는 恒常 會를 尊重이 生覺할 것

二. 會員의 作品을 特選하여 一二三等을 分別한 後로 等外까지 잇을 것

三. 會員의 作品 思想을 發展식히기 爲하여 特選 되는 作品의 評을 할 것

四. 會員으로서는 恒常 會를 發展식히기 爲하여 어대까지든지 努力할 것

以上 (이상 25쪽)

과 또는 環境과 智識을 科學的 立場에서 硏究 製作한 作品이 極히 듬을엇습니다. 卽 다시 말하면 어린사람 文藝適用에 잇서 그 對象의 感受 程度如何에 너무도 盲目的이엿다는 것입니다. 그저 漠然하게 氣分的으로 어린사람 文學의 재료를 製作하고 또 그것을 發表하기에만 汲汲하엿지 成長過程에 잇는 어린사람들에게 그 適用에 잇서 何等에 基本的 硏究가 不足하엿든 것입니다.

그러나 이제로부터의 어린사람 文學은 반듯이 그 用語에 對한 選擇과 長短의 區別은 勿論이요 理解程度(卽－內容)와 取題에 對한 分析에 特히 留念하야 實際的 作品生産에 努力하여야겟습니다.

×

平素에 늘 생각하는 일입니다만 今年브터 各 新聞에서 兒童欄을 新設하고 專門 硏究室을 두어 어린사람 自身의 成長과 아울너 그에 迎合되는 作品 製作과 그 取扱에 充實해 주엇스면 합니다.

그리고 어린사람들은 큰사람보다 새로 運□하는 現代의 空氣를 가장 直感的으로 또는 生活的으로 感受하고 잇는이만치 이를 獨特의 新境地와 新生面을 가장 眞實한 感覺으로 再現할 수 잇는 力作을 모아 紙面을 擴充하는 同時에 이들노 하여금 平素 修練을 充分이 싸어 나가도록 햇스면 합니다.

×

硏究機關으로 어린사람 文學作家(큰사람)의 集團이 잇서야 하겟습니다.

機關紙나 또는 其他의 形式으로 硏究理論誌가 잇서야 하겟습니다.

몃 가지 希望과 建議 － 高長煥

一. 作家와의 關係

가. 作家의 基盤을 堅固히 하며 健全한 클럽(組織)의 完成을 促할 것

나. 少年文學運動의 指導 原理를 完全히 確立하며 作家의 根本精神을 統一할 것

다. 專門的 硏究作家와 新作家 및 이 方面에 留意하는 이의 만흔 出現을

期待하는 것

라. 發表機關의 聯合 —— 이들의 意思 合致 —— 營業的 競爭的에서 버서날 것

마. 階段的 指導의 必要 —— 勞働少年을 標準 삼아 幼年, 幼少年, 少年 青少年 格인 年齡的으로일 것

바. 新聞 兒童欄의 擴張 —— 그들의 加一層한 努力. 家庭欄보다도 이 欄에 더 留意해 주기 바라는 것

사. 이리하야 在來 諸 機關의 內容 革新과 아울러 新興 新雜誌의 出現을 바라는 것

二. 作品과의 關係

아. 現在 朝鮮少年이 가장 要求하고 가장 希望하는 바의 作品의 製作

자. 藝術的이 아니고 樂觀的인 것 말하자면 光明하고 新鮮하고 生氣 잇는 것

차. 너그러운 作品 큰 作品 묵에 잇는 作品 歷史的으로 묵거 둘 수 잇도록 된 것

카. 個人的이 아니고 社會的인 것. 아울러 民族的인 同時에 世界的인 것 —— 모든 要求(時代相) 及 (兒童生活)의 中心을 通한 것일 것

타. 科學的인 童詩에 藝術的인 것 —— 때에 依해선 階級意識的 理念을 通한 것일 것 —— 그러나 너무 어그러진 超越的 主義 宣傳에 沒頭치 안흔 것

파. 檢閱上 죽지 안코 살일 수 잇는 것일 것. 그러나 피와 뼈 엄는 산 作品이래야 할 것

하. 玩具的 作品 個人과 個人間에 論하는 作品 一時的 遊戲的의 依한 作品 等은 絶對로 피할 것

씃으로 이번 新年에 少年文學 關係者 全體의 會合이 잇서 주길 切實히 바라는 바입니다.

또한 그것을 出版하기 爲하야 新聞社를 그만두고 草稿를 가지고 東京에 갓스나 읽지 못할(朝鮮文 出版이니 日本에서는 그럴 밧게 업다) 書籍이기 때문에 손쉽게

決定되지 안어…… "柳田 先生을 砧村으로 차저갓든 밤에는 豪雨 中을 '大森'까지 도라와 저진 外套를 입은 채로 電燈 써진 房에 업드려 絶望의 長太息까지 하엿다"고 하엿스니 이 冊의 出版을 爲하야 얼마나 苦心慘憺하엿는지를 알수 잇다. 나는 이 冊이 朝鮮文을 하나도 아지 못하는 第一書房主 長谷川己之吉[31] 氏가 好意로써 이 冊의 出版해 준 것에 對하야 讚辭를 앗기지 안커니와 朝鮮 文獻으로써 이러한 書籍이 出版된 것을 무엇보다 깃버하는 바이다.

이 書籍의 內容은

各 道 各 地方別로 그 民謠를 난호앗고 또 그 밋테 報告者의 記名을 하엿다. 卷末에는 더구나 가나다順으로 索引을 부처 一目瞭然하게 民謠의 말 한마대만 알면 그 內容을 차저볼 수 잇도록 하엿다. 그러나 그 內容에 잇서서 그 地方에서 流行되는 그대로 적히는[32] 안은 것이 간혹 보히는 것은 多少 遺憾이엿다. 그리고 또 나는 佛蘭西의 民謠作家 바・베-베르의 四卷으로 된 『鄕土詩人』이란 民謠集에서와 갓치 그 地方의 地理 風俗 그 民謠의 發生된 時代 또 傳來된 經路를 써 주엇거나 또 露西亞民謠集에서 보는 것갓치 그 曲調까지 添付해 주엇스면 더욱 조핫슬 것이라고 밋는다. 露西亞 民謠는 그것이 音樂的이기 때문에 純抒情的 民謠도 코크-러스로 노래할 수 잇는 것이어서 曲調가 難事가 안이거만 音樂的 基礎가 薄弱한 朝鮮民謠 더구나 口傳民謠에 잇서서는 이것이 거이 不可能한 일이라 할 것이다. 그럼으로 내 注文은 難事인 것이다. 그러나 이에 對한 硏究도 今後 絶對 必要한 것이라고 본다. 나는 이 冊을 손에 들고 다시금 이러한 크다란

31 '長谷川己之吉'은 '長谷川巳之吉'의 오식이다. 하세가와 미노키치(長谷川巳之吉, 1893~1973)는 일본의 잡지, 서적 편집자이다. 제일서방(第一書房)이란 출판사를 창업하였다.

32 맥락상 '적히지'의 오식으로 보인다.

冊에 이 가난한 蒼生의 苦心의 結晶으로 된 훌륭한 文獻인 것을 讀書界에 추천하는 바이다.

(菊版 六百四十六頁 定價 五圓 發行所 東京市 麴町區 一番町 五 第一書房 振替 東京 六四二二三番)

朴泰遠, "諺文朝鮮口傳民謠集－編者의 苦心과 刊行者의 意氣", 『동아일보』, 1933.2.28.

金素雲 篇, 東京 第一書房 版『諺文朝鮮口傳民謠集』이 發刊되엇다. 七百頁의 尨大한 이 冊子를 손에 들고, 筆者는 感懷無量한 者이 잇다.

十年 前, 朝鮮에 간장을 파는 곳이 업섯다. 짜닭에 朝鮮 遊覽을 마치고 난 어느 外人의 입에서 "朝鮮에는 간장이 업느냐?" 하는 珍問이 나왓서도 그것은 當然하엿다. 案內者는 "朝鮮에서는 이 飮食의 調味料를 집집에서 저마다 담거 먹는 것이 普遍된 風習이라" 하고 說明하엿다. 朝鮮이 한군데의 간장 가가를[33] 가지고 잇지 안트라도 그것은 決코 民族의 恥辱일 수 업다.

그러나 그가 "朝鮮에 노래가 잇느냐? 朝鮮民族은 노래를 아느냐?" 하고 쏘 한 개의 質問을 發하얏슬 째 그에게 提示할 한 卷의 民謠集도 가지지 못한 그 가엽슨 案內者가 어쩌한 얼골로 어쩌케 應對하엿섯는지를 우리는 모른다…….

朝鮮엔들 노래가 업스랴? 朝鮮民族이라고 노래를 모르겟느냐? 아니 特殊한 情勢에 잇는 朝鮮인 짜닭에 그곳 朝鮮의 노래가 잇는 것이요 남다른 環境 속에 生活하야 온 朝鮮民族인 짜닭에 우리는 우리들의 노래를 사랑하는 것이 아니냐?

다른 民族에게 잇서서의 民謠의 地位는 말하자면 간장과 가트다. 그것은 그들 生活의 調味料이다. 그러나 朝鮮民族에게 잇서서는 그것이 生活의 調味料 以上의 것이다. 그것은 우리들에게 "밥" 그것이엇고 "반찬" 그것이엇다. 朝鮮民族은 朝鮮民謠를 먹고 살아왓다.

그러나 우리는 그것을 돌볼 줄은 몰랏다. 비록 時代의 推移 環境의 變遷이 民族性의 特質까지 犯하지 못한다 하나 오직 입에서 입으로 傳할 짜름으

33 '가가(假家)'는 "가게"의 원말이다.

로 누구 하나 거두려 하지 안흔 朝鮮의 民謠는 하나, 또 하나 散逸되어 버리고, 外來文化를 攝取하기에 精神을 팔린 우리는 우리들 自身을 硏究하고 省察할 마음의 餘裕를 일코 新裝에 魅하야 舊殼을 脫하기에 急한 우리는 우리들의 傳統의 精神까지를 忘却하려 한다. —— 이것은 決코 十年 前의 朝鮮 遊覽客의 質問에 困惑하엿든 案內者의 悲哀, 그러한 것의 比가 아닌 것이다.

그러나 우리는 이제 다시 두 번 困惑하지 안는다. 金素雲 君의 十年間의 苦心과 努力의 偉大한 成果를 朝鮮民族 全體의 자랑으로 삼을 날이 드듸어 온 것이다.

金 君이 朝鮮民謠 蒐集을 企圖한 것은 그가 十八歲 때 東京에 잇서서의 일이다. 朝鮮에서의 生活의 不安定이 그로 하여금 故鄕을 버리고 玄海灘을 건너가게 하엿든 것이다.

東京 驛頭에 囊中에 겨오 六錢의 銅貨를 지니고 나리엿든 金 君 —— 따라서 生活에 對하야 아모런 自信도 가질 수 업섯든 金 君 —— 自己 한 몸의 生活開拓을 爲하야 모든 艱難과 싸화가지 안흐면 안 되엇든 金 君 —— 이 不遇한 朝鮮의 少年이 그러한 困境 속에 잇서서 아모도 돌볼 줄을 몰랏든 朝鮮民謠 蒐集의 偉大하고도 克難한 事業을 單身 企圖하엿다는 事實 아페 우리는 오즉 눈물과 感激과 驚嘆을 가질 뿐이다.

以來 十年間 그는 自己 自身 주림과 헐벗음과 싸화 가면서도 貧弱한 錢囊을 털어 그것으로 菓實과 술을 준비하야 '大井町' '蛇窪' 等 東京 貧民區廓에 朝鮮 勞働者를 雨中에 尋訪하며 또는 車中에서 偶然히 發見한 同胞에게 鄕吏의 民謠를 들려주기를 請하는 等 무릇 그가 逢着한 왼갓 機會를 利用하여 그는 一意專心 朝鮮民謠 採集에 沒頭하엿다. 이리하야 그는 爲先 日譯本 『朝鮮民謠集』[34]을 市場에 내여노핫다.

뒤에 그는 京城으로 도라와 每日申報社 學藝部의 記者가 되고 그리고 그는 그 絶好한 機會를 把捉하야 朝鮮 全道의 民謠를 讀者에게서 募集할

34 金素雲 譯, 『朝鮮民謠集』(東京: 泰文館, 1929)을 가리킨다.

수가 잇섯다.

이리하야 前後 十年의 時日을 가지고 金 君은 純粹한 朝鮮의 民謠 二千三百餘 篇을 採集할 수 잇섯다. 그러나 그것을 出版하려 함에 이르러 豫想外의 苦難이 그의 아페 가로노혓다. 그와 出版契約을 하엿든 京城의 某老書舖는 經濟的 破綱에[35] 쓸어지고 利子 달린 私費를 支出하겟다는 어느 個人은 最後의 瞬間에 발길을 돌리고 또 同輩之友들에게는 該 書籍出版이 不可能한 企圖라고 嘲笑 바더 金 君은 드듸여 朝鮮에서의 出版을 斷念하고 蜜柑箱子에 草稿를 느허 들고 다시 東京으로 가지 안흐면 안 되엿다.

그러나 東京에서의 諺文書籍 出版은 거의 絶望에 갓가운 者가 잇섯다. 交涉하여 볼 만한 온갖 書舖를 次例로 交涉하야 次例로 拒絶을 當하고 一夜 某 先輩를 訪問한 밤과 가튼 째에는 豪雨 속을 '大森' 自己 私宿까지 도라와 쪼르르 비에 저즌 外套를 벗도 안코 電燈불 써진 房 속에 그대로 쓸어저 絶望의 한숨조차 토하엿노라 — 하고 金 君은 筆者에게 述懷한다.

그러나 이 朝鮮民族의 共同詩集이 드듸여 暗雲을 排하고 光明에 浴할 째가 왓다. 金 君의 그 意氣를 壯한 者라 感服한 第一書房 主 長谷川己之吉[36] 氏가 一字半句의 日本 文字를 加하지 안흔 이 紙粹한[37] 朝鮮書籍을 爲하야 比할 데 업는 犧牲을 支佛한 싸닭이다.

諺文『朝鮮口傳民謠集』의 編者 金素雲 君을 우리는 民族의 자랑 民族의 보배로 삼으려니와 그와 아울러 그것을 極美裝으로 出世식혀 준 長谷川氏의 —— 良書出版을 爲하여서는 아모런 犧牲도 돌보지 안는 —— 그 壯한 態度와 意氣 우에 朝鮮民族의 感謝는 永久히 잇슬 것이다.

菊判 七百頁 九포인트 三段組
天金 眞紅 크로스 表紙

---

35 '破網에'(파망에)의 오식으로 보인다.

36 '長谷川巳之吉'의 오식이다.

37 '純粹한'의 오식으로 보인다.

限定版 五百部

定價 五圓

"追記" 金 君이 四年 前에 日譯本『朝鮮民謠集』을 發刊하엿다 함은 本文에서 말하엿거니와 今年 正月에 岩波文庫版『朝鮮童謠選』[38](四十錢)을 또 市場에 내여노앗고 니어서 同 文庫版으로『朝鮮民謠選』『朝鮮婦謠選』을 出版하려 現在 金 君이 그의 鄕吏 鎭海에서 譯筆을 다듬고 잇다는 것을 이 機會에 말하여 둔다.

38 金素雲 譯編,『朝鮮童謠選』(東京: 岩波書店, 1933)을 가리킨다.

鄭淳哲, “노래 잘 부르는 법 - 동요 「옛이야기」를 발표하면서”, 『어린이』, 1933년 2월호.

사람은 누구나 다 노래를 부르고 잇습니다. 부르지 안코는 견딜 수가 업슬 만치 여러 가지의 이유로 노래를 부르고 잇습니다.

노래는 쓸쓸한 사람에게는 충실하고 유순한 동모가 되여 주고 호올로 외로울 때 마음이 아푸고 괴로울 때 그 외로움과 괴로움을 잠재여도 줍니다.

때로는 끝업는 히망을 말해 주며 우리의 하는 가지가지 일에 '리즘'을 주는 다시업는 친한 친구가 되여 줍니다.

사람은 노래를 부릅니다.

괴로운 사람이나 일하는 사람이나 번민하는 사람이나 누구나 자긔의 처지에 딸아 노래를 부르고 잇습니다.

깃볼 때 깃븜을 난우어 주며 슯흘 때 슯흠을 난우어 주는 둘도 업는 친한 동모가 잇다면 그것은 노래뿐만이라고 생각합니다.

그럼으로 해서 우리 인간 세상에는 노래하는 것이 업서서는 안 될 커다란 자리를 잡고 잇습니다.

아침에 일직이 소를 끌고 들로 나가 일하는 농부는 소와 더부러 노래하고 잇고 나무하는 초동은 흩어진 낙엽과 같치 노래하고 잇스며 푸른 바다에 배를 저으며 고기 잡으러 가는 어부들은 바다를 노래하고 잇습니다.

그리고 어린이는 어린이의 마음을 노래하고 깃붐을 노래하고 그의 생각 그의 생활 전체를 노래하고 잇습니다. 이것을 말하야 동요(童謠)라고 할 수 잇(이상 20쪽)겟습니다.

그러면 이번에 보여 들이는 「옛이야기」 노래는 물논 동요입니다. 그러나 이 노래를 지은 사람은 어린이가 안입니다. 어른입니다. 클 대로 다 큰 사람입니다. 그러나 사람의 마음에는 지나간 옛날을 추억하는 거룩한 보배가 잇지 안습닛가? 그 추억의 보배가 글로도 되고 그림으로도 되고 때때로 노래로도 되야 낱아나는 것입니다.

그래서 나는 이 노래의 말을 읽으면서 직감적으로 나의 마음 나의 생각은 끝업시 길고 긴 옛날의 어린 시절로 도라갓습니다.

그리도 행복슬업지 못하든 어린 시절! 그리도 질겁지 안튼 어린 시절! 언제나 쓸쓸하얏고 언제나 외로웟든 어린 시절이엿섯습니다.

낫이나 밤이나 나 호올로 외로웟섯습니다. 누나도 업고 동생도 업고 그리고 어머니 아버지의 따듯한 사랑도 모르고 지냇습니다.

어머니 아버지의 부드러운 웃음 자미스러운 말소리가 엇지도 그리웟섯섯는지 몰르든 그 시절이엿섯습니다.

외롭고 쓸쓸히 하로 해도 서산을 넘고 외롭고 슯흠이 가득 찬 어린이의 이 집에도 어둠의 밤이 찾아와서 팟알 만한 기름불이 히미하게 끔벅이고 잇섯습니다.

꿈고 쬡을 여름밤도 지나고 가을밤도 짙어 가면 뜰 앞 감나무 마른 닢이 우수수 흗어지고 뒷산 속 솔바람 소리가 쇄— 구슯히 우는 부엉이 울음— 달 밝은 밤 달을 시처 날라가는 기럭이 울음소리—

팟알 같은 기름불 밑에서 버선 깁는 엄마의 청성 구즌 군소리—

이러한 모든 밤이 주는 정경을 보고 듯고 이 어린이는 외롭고 쓸쓸하고 무섭고 또 우울하얏섯섯슬 것입니다.

그래서 마음에 깊이깊이 숨여드는 외롭고 쓸쓸함을 잇기 위하야 질거움을 찾앗섯섯고 번거러움을 바랏섯스며 마음이 요구하는 양식도 찾앗섯슬 것입니다. 그래서 노래도 요구햇섯슬 것이요 옛날이야기도 듯고저 햇섯슬 것입니다.

그러나 가엽습니다. 이 어린이의 이 나라에 노래가 잇섯슬 이치야 잇겟습닛가. 다만 바라는 바 한 가지 잇다고 하면 그것은 옛날이야기가 잇섯슬 뿐입니다.(이상 21쪽)

그래서—

"엄마! 옛날이야기 하나만 해 주"

하고 바누질하면서 코ㅅ노래 하는 어머니를 졸르든 그때의 그 생각이 지금도 잊을 수 업시 생각에 떠올읍니다.

金素雲, "'傳來童謠, 口傳民謠'를 寄報하신 분에게－報告와 感謝를 兼하야", 『매일신보』, 1933.3.23.

『每日申報』 學藝部에서 傳來童謠와 이어서 口傳民謠를 募集한 지도 이미 해ㅅ수로 네 해를 헤이게 되엿습니다. 그 當時 讀者 여러분의 篤實하신 聲援과 協助를 닙어 豫期에 지나치는 好收獲을 거두웟든 것은 이제토록 記憶에 새로운 바이옵거니와 네 해가 지난 오늘날에야 그것을 한 卷의 책으로 이루워 公約대로 여러분 압헤 報告하게 된 것을 황송히 역이지 안을 수 업습니다.

十三道 地方〰에 傳하는 純粹한 우리 童民謠를 體系 잇게 蒐集하여 보리라는 뜻은 十年 前부터 품엇든 意圖이엿습니다마는 이것이 한둘의 努力으로 成事될 일이 아닐 샌더러 故土를 써나 異域에 잇게 되는 몸으로는 아모리 最善을 다하여도 滿足한 成果를 엇기는 어려웟습니다. 大正 十四年度에[40] 東京에서 發行되는 詩文 雜誌『地上樂園』에 「朝鮮의 農民歌謠」를 連載하게 됨을 機會로 東京 地方에 集中한 勞働 同胞를 雨中에 尋訪하며(비오는 날은 그분들이 쉬는 까닭입니다) 혹은 車中에서 만나는 분에게 몃 개식의 資料를 求하야 그리지리 集成된 것이 七百餘篇에 達하엿습니다마는 이것으로 朝鮮 民謠의 領域을 代辯식힐 수 업슴은 勿論입니다. 그나마 그 資料 中에서 日譯『朝鮮民謠集』 한 권을 꾸며 낸 것은 적이 스사로 慰勞된 바이온대 그 後『每日申報』 學藝部에 자리를 두게 된 연분으로 讀者 여러분께 資料 寄報를 請한 것이 다시업는 조흔 機會가 되여 鄕土藝術에 關心하신 三百餘 氏의 두터운 協助를 닙게 된 것입니다.

朝鮮民謠의 蒐集은 일즉이 京城帝大에서 企圖한 바이고 總督府 當局에서도 오랫동안 留意하여온 것이라고 傳聞하엿습니다. 그러나 그 成果는

40 '大正(たいしょう)'는 1912~1926년까지를 가리키는 일본의 연호다. "大正 十四年"은 1925년이다.

努力에 比하야 너무나 微々하엿다고 고합니다.[41] 이토록 至難한 事業이 公私間 一錢半厘의 補助를 닙은 바 업시 이만한 結實이라도 맷치게 된 것은 오로지 協助하신 여러분의 功勞라 아니할 수 업습니다. "이 冊이 깃칠 貢獻이 잇다면 그것은 全혀 協助하신 분들의 功勞이시라"고 冊머리에 特記한 것도 오즉 眞情에서 소사나온 感謝일 뿐입니다.

菊版 七百 페-지의 純粹한 이 諺文書冊은 朝鮮語를 한마듸도 아라보지 못하는 日本書肆의 誠力으로 出版된 것입니다. 朝鮮에 冊肆가 업지 안코 이만한 出版을 마타 줄 資力이 업는 배 아님니다마는 우리의 힘과 정성으로 내여 보리라고 힘썻 努力한 보람이 업시 드듸여 東京까지 草稿를 가저가지 안흘 수 업게 된 것입니다. 冊이 되엿스니 새삼스리 말할 바이 아님니다마는 日本서도 純全한 朝鮮文의 出版이 그리 容易할 수 업섯습니다. 學士院[42]이나 東洋文庫[43]와 가튼 數萬金의 豫算을 準備한 學術團體에도 한번식은 交涉하여 보앗스나 民族文化에 對한 敬意는 表하면서도 한거름 나아가 그 出版까지 擔當하리라는 誠意가 업섯고 岡書院과 鄕土硏究社에 의론한 結果도 亦是 그러하얏습니다. 朝鮮서도 못 이루웟든 일을 남의 힘으로 成事식히려는 것이 根本 그릇 생각이오 結果가 이러케 됨은 理의 當然함이라 하겟습니다.

이리하야 百計無策 되얏슬 째 "그러면 내게 맛겨 다오. 그럿케 조흔 일에 幾千圓의 出版費를 支出할 者가 업다면 내가 해 보마" 하고 나슨 것이 第一書房 主 長谷川 氏입니다. 長谷川 氏가 이 出版을 擔當한 것은 오로지 올흔 일을 위하야 助力하리라는 意氣에서 나온 것이오 營利나 賣名을 뜻한 것이

41 '합니다'에 "고"가 불필요하게 한 번 더 들어간 오식이다.

42 學士院(がくしいん)은 문부과학성의 특별 기관이다. 1879년 도쿄학사회원(東京學士會院)으로 발족하였고, 그 후 제국학사원(帝國學士院)으로 개편되었다. 태평양전쟁 후에 日本學士院이 되어 현재에 이르고 있다.

43 東洋文庫(とうようぶんこ)는 도쿄에 있는 동양학 전문도서관이자 연구소이다. 1917년 미쓰비시(三菱) 재벌의 제3대 총수인 이와사키 히사야(岩崎久彌)가 중화민국 총통 고문을 지낸 조지 모리슨(George Ernest Morrison)이 소장한 중국관련 구문 문헌인 방대한 컬렉션('モリソン文庫'라 함)을 구입하면서부터 시작되었다.

아님은 勿論이겟습니다.

『諺文朝鮮口傳民謠集』은 『每申』 學藝部의 募集한 資料를 土臺로 編者의 收集과 그 박게 孫晉泰, 田中初夫[44] 等 諸友의 提供으로 된 資料를 亘하야 東京서 印刷를 畢하고 今年 一月에 刊行되엿습니다. 道別로 난호고 府郡 單位로 다시 排列하야 한 採集者의 資料마다 尾末에 住所姓名을 添記하엿스며 全卷을 通하야 歌詞番號를 首記한 것이 二千四百七十五로 긋처첫습니다. 이것이 決코 朝鮮民謠의 全集成이 못 될 것이나 民族의 共同詩集으로 學究者의 素材集으로 위선 標本 하나는 될 것입니다. 압흐로 篤實한 努力이 서로 모도이여 더 充實하고 더 滿足한 文獻이 繼續 刊行되기를 衷心으로 期待하면서 질머젓든 짐 하나를 이로서 풀기로 합니다.

마지막으로 사과할 말슴은 寄報하신 여러분의 功勞에 對하야 맛당히 한 권식을 난호어야 할 것이오나 五百部를 限定한 保存版이 되고 보니 書肆에 對하야 이 以上 더 큰 犧牲을 要求키는 어려운 형편입니다. 勿論 이것을 編纂함에 잇서서도 原稿紙 한 장의 도음을 바듬이 업섯고 다른 著書와 가티 編者에 對하야 稿料나 印稅가 잇슨 것도 안입니다. 말하자면 編者 自身의 微誠과 書肆의 犧牲이 合하야 刊行된 것이 이 冊이라고 하겟습니다. 採集에 協力하신 여러분 압헤는 報謝가 업시 지나가게 되니 編者의 마음인들 엇지 편하다 하오릿가마는 이 事情을 눌러 살피시와 諒解하시기를 바랄 뿐입니다.

山이나 들에 자라는 花草는 時節 되면 다시 求하려니와 時代를 짜라 變遷하는 民族詩의 形態는 한번 일흔 즉 차즐 길이 茫然합니다. 『朝鮮口傳民謠集』 한 卷은 우리 民族의 情緖의 記錄으로 歷史가 맛치는 날까지 기리 保全되겟거니와 이것으로 滿足함이 업시 여러분의 關心이 압흐로 더 한층 敦篤하시기를 企求하여 마지안습니다.

---

44 다나카 하쓰오(田中初夫)는 일제 말기 국민총력조선연맹(國民總力朝鮮聯盟) 문화부 참사로 재직하며 일제의 문화정책에 관여한 인물이다. 「朝鮮に於ける文化政策」(『朝光』, 제8권 제1호, 1942년 1월호), 시(詩) 「シンガポール陥落」(『朝光』, 제8권 제3호, 1942년 3월호) 등의 글이 있다.

附記

『諺文朝鮮口傳民謠集』은 限定版 五百部 定價 五圓・東京市 麴町區 一番町 第一書房 (振替 東京 六四二二三番) 刊行입니다. 京城 本町 日韓書房 大阪屋書店 等에서 取扱합니다.

“新少年突擊隊”, 『新少年』, 1933년 3월호.

◇『新少年』 신년號를 읽엇다. 편즙도 새로운 맛이 잇고 좋다. 허나 아직 결점이 많다. 첫재 어렵다. 그러고 자미가 업다. 「누구를 위하야 쓰느냐」(自由論壇) 金乙秉 동무의 말에 대찬성이다. 쉽게 그리고 자미잇게 편즙하엿스면 좋겟다.

(南滿洲 李東燦)

◇『少年世界』 편즙者 여러분! 과세 안령합쇼. 에헤 금년부터는 우리 의조케 지냅시다그려. 쌈 트집만 잡지 말구요. 알엇소! 암만 악선전을 해야 『少年世界』의 販賣部수 올라 가지 안흘 걸요. 그 代身에 점잔을 빼고 잇는 『新少年』의 힘은 근로하는 百만의 소년들과 함께 무럭무럭. 엇덧소? 親해 볼까요.

(定州 尹鐵) (이상 10쪽)

◇新年號에 실닌 朴賢順 동무의 「童謠의 대한 斷片的 考察」이란 글은 一九三○年 十二月 발행인 『별탑』 第二輯에 실녓든 柳白鷺 君의 글을 그대로 벗겨 논 것이다. 틀녓다면 筆者의 일홈을 밧구에 논 것과 그외 글자 멧이 틀닌 것뿐이지 그 內容은 그것을 그대로 복사해 노흔 것이다. 이런 일은 우리들 文壇에서 업서젓는가 하엿드니 역시 또 남어 잇다. 朴 동무의 사과와 反省이 잇기를 바란다.

(金友哲)

◇ 고운 옷에 쌀밥도 맛업다고 하며 “거룩한 하나님 아버지시여! 밥과 옷을 주시사” 헛소리만 치며 우리 근로소년 잡지에 가장 근로소년인 체하고 함부로 투고하는 잇는 예수쟁이들아! 너이는 량심도 업느냐. 아니 너이들의 아버지 하나님이 무섭지도 안은냐. 제발 가면을 버서라. 그럿치 안으면 우리 잡지에 멀-니 떠나 다고?

(元山 盧惡破) (이상 11쪽)

洪九, "兒童文藝 時評", 『新少年』, 1933년 3월호.

兒童文學은 階段的 存在인가

나는 왜! 이러한 題目으로 새삼스러운 論議를 上提식히는 것일가!

그곳에는 우리 兒童文學이 바야흐로 發展된 것을 말하야 주는 조흔 徵兆이다.

우리 兒童文學은 全혀 成人文學에게 虐待를 밧으면서 지금까지 몃몃 同志들의 손으로 하야 이만한 段階까지에 到達된 대는 오로지 피 썩인 에피소트만이 잇슬 理致가 업다. 도로히 그 同志들의 英雄的 氣力을 본밧지 안을 수 업는 것이다.

그와 가치 兒童文學은 삼태기에 담어서 쓰러기통에 느어 버릴 文學은 아니다.

우리가 "兒童"이라는 그것을 生覺할 때에 쏘다시 兒童文學(文學쁜만이 아니라 藝術 全體)의 重要性과 正當性을 알게 되는 것이다.

月前에 宋影 同志가 말한 바와 가치 兒童文學은 一成人文學에로 올나가는 한 階段으로써 習作品이 아니다. 兒童文學은 이 地球上에 兒童이라는 것이 업서지기 前에는 嚴然히 存在할 것이며 存在해야 할 것이다.(이상 22쪽)

그러나 이 点에 對하야 퍽으나 認識不足인 精神病者가 지금 그야말노 쓰러기통에 집어늘 만콤 增加하고 부化 되여 잇다.

兒童文學에 造指가[45] 깁다고 自稱하는 어느 분이 나와 私談 긋테 이런 말을 하얏다.

"밤낫 童謠나 쓰고 進取性이 업서 ×××이는 成人文學에 손대기는 글넛서…"

이 무엇이라는 怪談인가. 나는 卽席에서 그를 한바탕 말노써 따리여 버렷다. 그러나 "제 버릇은 개 주나" 하는 格으로 쏘다시 그분은 그러한 질알

45 '造詣가'의 오식이다.

쟁이 怪談을 어느 누구에게 하얏다 한다.

이것은 우리 兒童文學에서만 보는 奇現象이다. 이곳에는 여러 가지의 理由가 잇는 것이다.

野卑한 쑤르조아지의 名譽心 —— 兒童文學은 몃 해를 힘써도 남이 알어주지 안는다. 그러면 우리는 文學 部門의 任務를 名譽를 사기 위한 社交的 手段인가— 아니다.

지금 바야흐로 이러한 空氣가 한참 澎漲되여 잇다. 두고 보자! 그네들은 어느 누구인가! 요다음에 그것을 徹底히 指摘하야 볼 것이다. 그네들은 成人文學을 始作한대도 우리의 참다운 藝術運動은 하지 못할 것이다. 그네들에게는 名譽라는 두 글字가 머리속 깁히 박히여 잇다— 그러고 나종에는 쏘한— 그짓—

童劇에 對하야

劇과 레뷰— 이곳에 差異点은 어대 잇는가! 이것이 나의 究明할녀는 바의 가장 重要한 것이다.

나의 先輩여. 親愛하는 同志인 宋影은 昨年『별나라』十月號에 나의 童劇(劇이 될 수 잇슬가?)「一九三二年」을 評하야 "童劇(이상 23쪽)이 아니라 아이들의 레뷰다."

이곳에 問題는 發生한다. 나(卽 作者)는 童劇을 썻스며 童劇인 줄 알엇다. 그러나 宋影 同志는 '레뷰'라 하얏다.

그러면 우리는 이것을 闡明하는 대 不可避的 劇과 레뷰의 差異点을 發見치 안코는 안 된다.

나의 論을 前進식히기 前에 宋影 同志의 레뷰에 對한 規定을 본다면 "레뷰는 조각보 맛찬가지로 아이들가치 섯투룬 눈으로 알아보기가 어려우니까 걱정이다."

그러면 果然 레뷰는 宋影 同志가 말한 바와 가치 조각보의 劇이 레뷰이든가.

이 "조각보"란 것은 이것을 다시 고처 말할 것 가트면 어느 조고만 事實을 이곳에서 저곳에서 모하다 논 것 卽 가지가지의 事實을 한대 連結식힌 엇더한 것 그것을 가르치는 말이다. 그러면 都大體 조고만 事實을 劇的 形式을 빌니여 써 논 것은 레뷰란 말인가.

이곳의 우리는 宋影 同志의 曖昧한 論者를 摘發할 수 잇다. 그리고 너무 酷毒히 말할 것 가트면 宋影 同志는 레뷰란 무엇인지를 理解 못하는 것이다.

레뷰는 레뷰다. 레뷰는 簡單한 事實을 表現하얏다고 레뷰가 되지 안으며 簡潔만 한 劇을 또 레뷰라 하지 안는 것이다.

레뷰는 藝術至上主義者의 頹廢的 享樂的 餘波와 世紀末的 頭腦의 作用으로 案出된 가장 새로운 그네들의 性的 挑的을 위한 새로운 劇과 가튼 似而非劇의 하나이다.

그러면 나는 「一九三二年」이라는 것을 그러한 意味에서 썻스면 그 內容이 또한 그러한 것이든지 이곳에 나는 너무나 宋(이상 24쪽)影 同志의 그야말노 '早わかり'[46]와 輕率한 評을 容認치 안으려 한다.

그러나 나는 劇으로써 完全하다고 하지 안는다. 나의 그 取材가 果然 兒童에게 理解되며 消化될 수 잇슬가의 問題 現在 우리의 兒童이 그것을 理解할 머리를 이 ×× 속에서 가질 수 잇슬가이다.

그리고 宋影 同志는 나의 初步的 機械主義的 兒童劇을 多少 異眼으로 본 나머지리리란 명칭을 붓처 주기까지에 된 것은 너무나 彼此의 섭섭한 일이다.

新年號 作品評

나는 本是 評을 하는대 藝術 講話 가튼 愛嬌 잇는 藝術的 갱그 노릇을 할 줄 모르닛가.

朴世永 君의 「눈싸홈」

이 劇은 이것으로써 틀에 꼭 박인 非凡한 劇은 아니다. 다만 눈싸홈이라는 아이들의 日常事 가튼 作亂을 通하야 背反한 同伴와 다시 그 눈싸홈

---

46 'はやわかり(早分(か)り, 早解かり)'로 "빨리 이해하게 한 도표나 책" 또는 "빨리 이해함"이란 뜻의 일본어이다.

속에서 서로 握手하는 아이들다운 無條件的 握手가 귀엽다. 이것이 兒童世界 아니면 차질 수 업는 事實이다. 이곳에 무엇이라고 成人藝術의 講話를 한다면 망발이다.

이런 곳에 成人과 兒童의 多大한 差異가 잇다.

우리의 固定化 問題로 腦를 쓰는 君인 만큼 千篇一律的 少年部에 加入 그리고 活動 또는 맹파[47] 이 領域을 完全히 버서난 作品 中의 가장 定型的의 하나 나는 이달 作品 中 白眉라 하겟다.

鄭青山 君의 「平線을 넘어서」

이 作品은 가장 ××的 英雄的 少年들의 行動을 記錄할여든 作品이엿다. 그러나 이 作品은 作者의 意圖대로 되지 안고 「平線을 넘어서」가 아니라 「平線을 넘(이상 25쪽)으려고」가 되고 말엇다. 그러나 鄭 君 作品으로는 너무나 레벨 以下의 作이다. 이 事實은 도모지 兒童은 理解할 수 업슬 만큼 檢閱을 위하야 迂廻되여 버리엿다. 이 問題는 작구 論議될 問題의 하나이다.

金友哲 君의 「이밥과 고기국」

이것은 作品이 아니라 븟作亂이다. 作者여 自重하라. 이곳에 力說이 不必要이다.

其他 連續物의 宋影 君의 「洪吉童」과 安俊植 君의 「바보 吉童」은 쯧난 후로 밀고 『新少年』으로 넘어간다.

崔錫崇 君의 「누가 悔改햇느냐」

이것은 題目 그대로의 이야기다. 이 作品은 劣作 中의 하나이다.

그 難澁한 文章 그 對話에 잇서 그러케 不自然. 評價는 零이다. 作者는 좀 힘을 무던이 써야겟다.

李東珪 君의 「석수쟁이」와 「새야새야」

李 君이 조와 쓰는 四四調의 活用은 「석수쟁이」 가튼 作品에서는 不適當하다. 오히려 七五調 가튼 것을 썻드라면 조왓다. 그리고 돌 죄는대 잭각잭

---

47 '盟罷' 곧 동맹파업(同盟罷業)을 줄인 말이다.

각만으로 表現이 너무 素樸하지[48] 안을가.

二節 一行二行은 아이들노써는 부르기 어렵게 되엿다. 좀 더 技術的 表現이 잇섯드면 「새야새야」와 가치 그대로 平凡한 作이다.

朴古京 君의 「자동차」와 「바람아」

「자동차」는 놀날 만한 朴 君으로써는 일즉 보지 못한 駄作이다. 그것은 散文이다. 그리고 謠로써의 리듬이 아니다. 「바람아」 이것은 童詩다. 極히 規模 잇스며 자미로운 作이다. 萬若에 조흔 曲만 붓치면 훌릉히 노래해질 作의 하나이다.

金友哲 君의 「곡쌀 쓴 중」(이상 25쪽)

어느 동무가 金 君의 童謠를 읽고 나서 제발 童謠는 고만두시요 하얏다 그럼으로 나는 아조 精讀하얏다. 하고 나니 뭐 遜色업는 童謠 作家이다. 이 作은 "중"의 暴露를 숙숙이 잘 表現하고 노래해젓다. 그러나 技術的으로는 未及한 곳이 만타. 第三節은 無用의 節이다. 이곳에서 말하지만 노래에 副詞나 接續詞를 만히 느으면 아무리 조흔 노래도 망치는 쌔가 만타. 그것은 技術問題이다.

姜彬 「젓 찻는 아기」

이것을 童詩라고 한사람이 누구인지 나는 童詩를 알고 成人詩를 모르는 關係 評을 失禮한다.

哲焰 君 「빨니오면 우슴 늣게 오면 우름」

굉장히 긴 題目이다. 그러니 謠想도 길고 깁흘 수밧게 업다. 二節 一行은 不明瞭한 節 그저 조금 싸로 슬 만한 童謠.

洪九의 「공장 가는 길」

『별나라』에 실인 童謠는 『新少年』에 發表되엿든 것임으로 그대로 넘기고 내 것을 내가 評하는 것은 우스나 이 作은 아조 駄作 中의 首位이다. 謠想의 混亂 捕捉할 意味에 不明確한 着想의 未練 그것이다.

讀者 童謠를 보앗스나 하나도 評할 만한 것 업는 것은 섭섭하다.

---

48 '素朴하지'의 오식이다.

앗흐로 우리는 眞正한 意味에서의 兒童文學(兒童藝術)運動을 위하야 서로 努力하며 압흐로의 兒童藝術 全般에 남은 課題에 整理 實行을 겨을이 하지 말자.

그리고 兒童文學은 成人文學과 特殊한 差異点이 잇는 것을 알자!

成人藝術 理論을 兒童文學에다가도 符合식히는 것 가튼 無智한 公式的 小兒病的 過誤를 犯치 말기로 하자.

兒童은 直接 ×의 ×心者는 못 된다. ×이 무엇이라는 것을 알녀주는 것이다. 兒童을 敎科書式이나 스로간대로 할여면 안 된다. 이것이 成人과의 差異이다.(이상 27쪽)

李連鎬, "(自由論壇)朴 君의 글을 읽고", 『新少年』, 1933년 3월호.[49]

『신소년』 신년호 朴賢順 君의 동요에 대한 글[50]을 읽고 동요에 관심이 업는 나로서도 조선 푸로 소년소녀문학의 발전을 위하야 깃씀을 마지안엇다. 글 전체를 통하야 보아서 푸로 문학의 一부분인 동요의 발전상 압흐로 나아갈 길을 가르처 줌에 대하여는 깃뿐 마음이 북바처 오름을 금치 못하엿다. 그러나 그러케도 만은 긔대를 가젓든 君의 론문 전체의 부분부분을 통하야 의식적 무의식적으로 오류를 범한 것이 한둘이 아니다. 君은 일심전역을 다하야 푸로 소년문학을 위하야 쓰기는 하엿스나 글 전체의 문구라든가 한문자를 되는대로 느러논 것은 소년소녀의 의식과 청년 장년의 의식을 한가지로 보고 쓴 것에 지나지 안는다. 보라. 조선에 잇서서 十七세 이하의 소년소녀로서 군의 글을 아라볼 사람이 멧치나 되는가. 군의 글에 대하야 자긔비판으로 이런 것이다 저런 것이다 하고 리해할 사람이 멧치나 되는가. 누구를 물론하고 글을 쓸 때에는 글 볼 사람의 처지를 생각하야 그 처지에 짜라서 글 볼 사람의 비위에 꽉 드러맛는 글이라야만 글 읽는(이상 28쪽) 사람의 취미를 도울 수 잇는 것이며 짤븐 시간에 큰 효과를 낼 수 잇는 것이다. 그러나 君의 글에 대하야는 조선의 푸로의 어린동무들은 그 의미를 알여고 만은 시간을 허비하야 뢰를 썩이다가 필경은 한 개의 소득이 업시 책을 집어던지고 화를 내면서 君을 욕하엿슬 것이다.

君아. 자세히 생각해 보라. 神秘的 架空絶對觀念 折衷主義 等等 文句를 리해할 사람이 멧치나 될가. 君은 결론에 잇서서 동요에 관심하는 동지에 제공한다고 하엿스나 『新少年』 誌라 하면 소년소녀를 위한 잡지인 것만치 독자는 물론 소년소녀일 것이다. 독자가 그러한 것만치 君의 글도 물론

49 원문에 '明川 李連鎬'라 되어 있다.

50 박현순(朴賢順)의 「童謠의 對한 斷片的 考察－우리들의 見解」(『新少年』, 1933년 1월호)를 가리킨다.

소리가 요란한 工場 속에서 읽어도 뢰 속으로 드러가도록 쉽게 써 주길 바란다.

이후도 끈임업시 五百萬에 가까운 노농소년소녀를 위하여 奮鬪 노력하여 주길 바라며 이만 붓대를 재운다.(이상 34쪽)

農少年, "少年誌 어린이의 更新의 退步", 『新少年』, 1933년 3월호.[51]

朝鮮에도 요즈음에는 만흔 少年잡지가 나와 農村 工場 少年의 지지와 환영을 받을 만한 잡지가 만습니다. 그中에 歷史가 오래고 한동안 少年잡지게에 패권을 잡든 故 方定煥 氏 집필하든 『어린이』는 요전에는 金東仁 氏의 少年잡지 평의 "情熱이 찬 文章과 少年의 情緖에 북도듬이 될 만한 敍辭가 필요하다" 함을 비우슬 만한 색채가 좀 나는 것 갓드니 지금 와서는 엇지된 일인지 金 氏의 그 評을 感謝히 듯고 氏의 말에 충실함이 되려고 로력함인지 돈 잇(이상 34쪽)는 부자ㅅ집 자식의 소일ㅅ거리 작난감에 지나지 못한다고 생각합니다.

昨年 九月 이전의 『어린이』는 多少 이 글에 반박할 낫이 잇겟습니다마는 지금의 『어린이』는 나의 이 말에 아므런 대답도 하지 못할 것이라고 생각합니다. 부자ㅅ집 아희들의 과자갑 빽기에는 알맛지만 무산農工少年의 손때 무든 돈 十錢 빽기에는 너무나 힘들 것이고 수지감밧게 안 됩니다.

金東仁 氏의 「雜誌 漫評을 두둘김」[52]이라는 글을 실든 때에 비하야 너무나 얼골이 뜨뜻하지 안음닛가. 이 말에 대하야 그것은 金若鋒 氏의 글이지 『어린이』는 아모 責任이 업다고 할가요. 그러치 안타 更新이다 라고 하실가요. 更新! 革新 그런 更新이 어데 잇습닛가. 새 時代가 要求하는 것이래야 更新이 아니겟습닛가. 그런 更新을 두 번만 하면 땅속으로 드러가 버리고 말 것입니다.

우리는 작난감으로 사탕 먹는 맛으로 잡지를 사 보지 안습니다. 돈이나 넉넉하면 그런 일도 하겟지만 불행이 우리에겐 그런 작난할 남어지

51 원문에 '楊州 農少年'이라 되어 있다.

52 김약봉(金若鋒)의 「金東仁 先生의 雜誌漫評을 두들김-特히 少年雜誌 評에 對하야-」(『어린이』, 1932년 8월호)를 가리킨다.

돈이 업습니다. 조곰이라도 유익함을 바라고 공부 못한 우리가 우리의게 조흔 지식을 조곰이라도 어드랴고 그 업는 돈을 모아서 잡지를 사 보는 것입니다.

이 글이 몰상식하다고 무뎃보[53] 하다고 할는지는 모릅니다. 그러나 나는 나로서 가장 올타고 밋으며 이 글을 쓰는 것입니다.

만일 반박하실 말삼이 게시다면 지상으로 얼마든지 던저 주시요.

附記 편즙 선생님! 되지못한 말이나마 생각나는 대로 원고지도 업서 연필로 이 수지에 써 보내니 전부 곳처라도 이 뜻만이라도 발표해 주시기 바랍니다. (이상 35쪽)

53 일본어 'むてっぽう(無鐵砲)'로 "일의 앞뒤를 잘 헤아려 깊이 생각하는 신중함이 없음을 속되게 이르는 말"이란 뜻이다.

鄭仁果, "본지 창간 일곱 돌을 맞으며", 『아이생활』, 제8권 제3호, 1933년 3월호.[54]

"발서 일곱 해!"라니 빠른 듯도 하고, "그 지루하던 일곱 해!"라면 기나긴 세월로도 생각됩니다.

굶주린 사람이 안탁갑게도 먹을 것을 찾는 것처럼 가장 활발하게 새 조선을 세우기 위하야 옛것을 버리고 새로온 지식을 애타게 요구하는 조선 소년소녀들에게 조선을 알아지는 좋은 글과 정신, 세계를 배호는 새로온 지식과 재미잇는 이야기, 취미 진진한 속에도 배올 것이 잇고 알아질 것이 잇는 글이며 독자들 자신으로도 붓을 들어 속생각을 쓰고 그리고 발표하야 어데로던지 새 조선에 새사람이 되야 문명한 세계 사람들과 같이 알고 같이 사는 사람이 되기 위하야 정신적 또는 지식적 게몽(啓蒙)운동을 위하야 소래치고 나온 것이 바로 일곱 해 전 즉 一九二六년 三월 十二일이엇습니다.

우리에게는 재정에 대한 어려운 문제가 늘 따르기 때문에 그동안 본지와 같은 목적을 가지고 새로 낫다가 없어진 잡지들도 실로 그 수를 헤이기 바뿝니다. 혹 얼마동안 게속하드라도 중간에 몇 번이나 끊어젓다가 간신이 게속 되는 어려움도 흖이 보는 사실입니다.

그러나 본지는 한번 세상에 나온 뒤로 二천 五백 五十여일이나 되는 그 긴 세월을 하로 같은 발달도 오늘까지에 꾸준이 자라 왓습니다. 온갓 어려움을 무섭게 참고 견디이면서…….

물론 검열과 개정에[55] 대한 어려움이 때로 본지의 발전해 나가는 거름을 시달리게 하는 적도 없는 바 아니엇습니다. 그러나 본(이상 2쪽)지가 한번 세상에 소래치고 나설 때 조선의 꽃이오 히망인 독자 여러분을 위하야 뜻깊은

54 원문에 '社長 鄭仁果'라 되어 있다.

55 '재정에'의 오식으로 보인다.

사회 각 방면의 선생들이 서로 다투어 본사 주주도 되엿고 창간 당시 八백여 명에 달하는 사우(社友) 여러분의 열열한 후원으로 해서 본지 발전의 터는 마츰내 굳어진 것입니다.

그러나 세계적 불경기의 영향은 본지 발전에도 마음을 씨이게쯤 되자 一九二七년 十월 六일 서울 서대문 안에 잇는 피어선학원 내에서 열린 조선주일학교련합회 제六회 총회의 결의로 본사의 명칭은 그냥 두고 본지 경영상 부족한 재정을 조선주일학교련합회에서 지불하기로 그 경영을 인게하게 되엿습니다.(一九二七, KSSA 제六회 총회록 十二 페지 참조) 그리하야 아모 지상 없이[56] 같은 보조의 발전으로 앞을 향하야 나아갈 뿐이엇습니다.

그 후 一九三○년 十월 三일 제九회 조선주일학교련합회 총회의 결의(KSSA 제九회 총회록 四五 페지 부록 제五호)에 의하야 예수교서회 총무 반우거(班禹巨)[57] 씨와 협동 경영키로 되여 재원은 일층 튼튼하야 四六판은 국판(菊判)으로 커젓고 매호에 그림을 넣는 아가 페이지도 더하게 되야 면목이 더욱 새로와젓습니다. 이로부터 본지 발전은 떠올으는 아츰 해처럼 조선 소년소녀 잡지게에 뚜렷한 존재(存在)가 되엿습니다.

본지를 위하야 애정 깊은 미국부인회와 캐나다련합회의 후의를 끝끝내 사례하며 편즙과 영업 임무를 각근이 맡어보는 간부 일동과 조선 각처 六十여 지국과 특히 해외로 중국, 일본, 하와이, 미국 로샌젤쓰 등지에 잇는 모든 독자 六백만 여러 친구들의 열심으로 후원하시는 성의를 앞으로도 억천만 년을 두고 감사한 뜻을 표하기에 기렴탑을 세우게 됩니다.

필자는 별달리 지방에 순행하는 일이 넘우도 찾으므로 독자 여러분의 요구를 좀 더 철저하게 수종치 못할지라도 앞으로는 더욱 노력하야 작년 세계일주 중에 본 바 지식을 쉬히 소개하려 하고 세계소년운동에 조선소년

56 '지장 없이'의 오식으로 보인다.

57 제럴드 본위크(Gerald Bonwick, 1872~1954)의 한국명이다. 1908년 10월1일 구세군 개척사단의 일원으로 한국에 와, 충북 보은에서 구세군영을 세우기도 했으며 1910년 10월부터 조선예수회 총무를 맡아 각종 선교활동을 벌이다 1941년 캐나다로 이주하였고, 1954년 타계했다.

소녀운동도 거름을 같이 하도록 뜻을 두고 잇습니다. 보담 더 우리 강산에 대한 정조와 세계적 지식을 여러분에게 소개해 드리랴는 포부로 앞날을 맞이한다는 것을 수월치 아니한 본지 창간 만 七주년 기념을 맞는 이때에 약속해 둡니다.

이번에 전선 각 중학교장 여러분으로부터 기염호에 특집활 재료를 보내 주심에 삼가 사의를 표하며 본사 창설 당시부터 사우로 집필동인으로 애독하므로 후원하여 주시는 여러분에게 다 같이 감사한 뜻을 표하고 앞으로도 끝없는 후원으로 본지를 지지해 주실 줄 촉망합니다.(이상 3쪽)

金友哲, "秋田雨雀 氏와 文壇生活 廿五年 – 그의 五十誕生祝賀報를 듯고", 『조선중앙일보』, 1933.4.23.

誕生 五十年을 祝賀 바들 日本의 秋田雨雀[58] 氏 —— 그의 誕生五十年記念會가 四月 中旬이나 下旬 初에 盛大히 開催된다. 그리하야 그의 同志들과 有力한 知人들 사이에 準備가 着着 進行 中에 잇다는 報道를 一週日前에 接하엿다. 그의 文壇 生活의 全面貌를 잘 알고 잇는 우리들에게 잇서서는 祝賀할 가장 반가운 消息이다.

秋田雨雀 —— 그의 일흠은 "童話의 할아버지"인 그의 面貌를 如實이 表現한 조흔 일흠이다. 無邪氣한 그리고 영리한 아이들에게 따뜻한 맛을 주는 그의 일흠 —— 秋田雨雀은 日本文壇에서는 물론 넓히 世界文壇에 알려저 잇다. 朝鮮 文人들 속에 그를 몰으는 이가 드물리라.

秋田雨雀 氏는 녯날에는 쁘르 문단의 人이엿다. 氏가 故 小山內薰 氏等과 協力하야 第一차 『新思潮』에 編輯의 일을 보게 되엿슬 때부터 —— 思想的으로 여러 번 轉換하야 마츰에 〈日本프로文化聯盟〉 所屬의 諸團體에 關係하야 東奔西走하고 잇는 現今에 이르기까지 그의 文壇生活은 實로 廿五年에 밋치는 것이다. 그의 文壇的 功績은 참으로 偉大한 것이엿다 —— 創作, 戱曲, 童話 等의 著作은 量으로 보나 質로 보나 無限한 價値가 담겨 잇다. 氏의 藝術的 素養이 豊富하며 文壇에 남겨 준 功績이 偉大함을 놉히 評價하고 賞歎하야 마지안는다.

氏는 무엇보다도 童話 創作에 한때에는 全力을 傾注하엿섯다. 數多한 그의 童話 作品은 『日本少年文學全集』과 其他의 童話集에 收集되여 잇다.

---

58 아키타 우자쿠(秋田雨雀, 1883~1962)는 일본의 극작가, 시인, 동화 작가이며, 일본아동문학자협회(日本兒童文學者協會) 제2대 회장을 지냈다. 1908년 은사 시마무라 호게쓰(島村抱月, 1871~1918)의 추천으로 『早稻田文學』에 소설 「同性の戀」을 발표한 후 소설, 극작, 시, 동화, 평론, 번역 등 광범위한 활동을 하였고, 시마무라 호게쓰가 주재한 극단 예술좌(藝術座) 운영에도 참가하였다.

그리하야 그 當時 그는 "童話의 할아버지"로 有名하엿다. 그는 아이들의 唯一의 "벗"이며 先生이엿다.

日本 푸로文壇에 잇서서의 그의 地位를 생각해 볼 때 —— 나의 머리에 떠올으는 것은 쏘베-트同盟에 잇서서의 '꼴키-'의 地位다! 어덴지 몰으게 두 老人의 "地位"에는 恰似한 것이 잇는 것가티만 생각된다.

나는 秋田雨雀 氏를 "老人"이라고 불럿다. 그에게는 孫子가 잇다. 그의 머리는 白髮의 領域에 들어왓다 —— 그러나 氏가 友人들이 自己를 "老人"으로 取扱하는 것을 '心細ク'[59] 생각하엿다고 告白하엿지만 그는 아직도 "老人"은 아닌 것이다. 무엇보다도 그의 "童顔"이 현실노 立證하고 잇지 안흔가? ——

七十七歲의 "壯年" —— 뻐나드 쇼 翁을 생각해 볼 때 五十一歲의 秋田雨雀 氏는 아직도 "靑年"인 것이니 그의 將來에는 三十年이란 빗나는 生涯가 남어 잇는 것이다. 氏와 함께 敬賀할 일이다!

그의 誕生五十年記念會는 實은 昨年에 擧行되여야 할 것이엿스나 不得已한 事情으로 中止되엿든 것이다. 그럼으로 그는 今年 享年이 五十一歲다.

그는 한때에는 故 島村抱月의 藝術座 以來로 新劇運動의 일에도 손을 대여 왓다. 그럼으로 그는 적지 안흔 戲曲을 發表하엿고 여러 번 上演되엿다.

各 方面으로 人間的인 交友關係가 넓고 同志들도 수업시 만허서 五十年記念會의 發起人은 〈푸로作家同盟〉(나루푸) 〈日소文化協會〉를 筆頭로 土方與志 水谷八重子 及川道子 小川未明 長谷川如是閑 井上正夫 楠山正雄 中村吉藏 本間久雄 等 人士라고 한다.[60]

---

59 일본어 '心細い'(こころぼそい)의 오식이다. "어쩐지 마음이 안 놓이다, 불안하다" 등의 뜻이다.

60 히지카타 요시(土方與志, 1898~1959)는 일본의 연출가로, 1924년 오사나이 가오루(小山內薰)와 함께 쓰키지소극장(築地小劇場)을 개설하였다. 미즈타니 야에코(水谷八重子, 1905~1979)는 다이쇼(大正)에서 쇼와(昭和)에 걸쳐 활동한 여배우이다. 오이카와 미치코

〈푸로美術同盟〉에서는 氏의 誕生 記念에 矢部友衛 氏가 肖像의 曲縉을 —— 佐田四郎 氏가 等身丈의 胸進하기로 되엿는데 벌서 完成되엿스며 一方 築地小劇場에서 雨雀 氏의 戱曲이 上演되면서 同時에 祝賀會도 開催될 順序라 한다.

하여튼 昨今의 文壇을 위하야 깃버할 일이다.

氏는 일즉이 日淸戰爭 後에 基督敎의 影響을 만히 바덧고 日露전쟁 뒤에는 自然主義 印度哲學의 우파니시야트 自由思潮에 各各 影響을 바덧스며 —— 歐洲大戰 뒤에는 푸로레타리아 貧窮化에 일어난 떼모크라시-로부터 明確한 社會主義的인 立場을 엇게 되엿다고 말한다.

허나 그 當時는 個人的 아나-키즘이엿섯는데 —— 一九二七年에 러시아에 가서 理論보다도 그 뛰여난 實踐에 놀래엿다고 告白하고 잇다.

現今의 그는 맑스・레-닌主義的인 社會思想에 絶對의 支持者이다. 그는 餘生을 이 일에 밧치겟다고 明言하엿다.

"—— 나는 勞働者 農民은 그릴 수 업다. 그래 인테리겐챠의 苦腦를[61] 그리려고 생각한다……日露戰 後로부터 우리나라의 인테리겐챠가 바든 激甚한 苦悶을 나는 반드시 描寫하고 십다. 그리고 童話도 새로운 世界觀으로부터 만히 쓰려고 생각한다 —— "고.

氏는 率直한 告白을 하고 잇다. 얼마나 感銘 깁흔 敎訓에 찬 말인가? —— 조선의 ××적 인테리겐챠는 氏의 態度에 머리를 숙이고 배울 것이다. (一九三三年 四月 十七日) ——

(及川道子, 1911~1938)는 1920년대 후반부터 30년 전반까지 활동한 일본의 여배우이다. 오가와 미메이(小川未明, 1882~1961)는 일본의 아동문학가다. 하세가와 뇨제칸(長谷川如是閑, 1875~1969)은 일본의 저널리스트, 평론가, 작가다. 다이쇼 데모크라시(大正デモクラシー) 시기의 대표적인 논객 중 한 사람이었다. 이노우에 마사오(井上正夫, 1881~1950)는 일본의 신파 배우, 영화감독이다. 구스야마 마사오(楠山正雄, 1884~1950)는 일본의 연극평론가, 아동문학가이다. 나카무라 기치조(中村吉藏, 1877~1941)는 일본의 극작가, 연극 연구가다. 혼마 히사오(本間久雄, 1886~1981)는 일본의 영문학자, 국문학자로 와세다대학(早稻田大學) 교수였다.

61 '苦惱를'의 오식이다.

鄭烈模, "꼬갈", 朴璣爀 編, 『(批評 附 鑑賞童謠集)色眞珠』, 活文社, 1933.4.

이 책의 내용은 이 책 자신이 가지고 있을 터이니 독자 여러분의 총명과 아름다운 맘이 스스로 그 가치의 고하를 발견하시겟지요. 그러므로 나는 여긔서 다시 그것을 놀란하지 않겟습니다.

다만 우리 조선처럼 어린이들이 읽을 만한 책이 없는 데서 이런 책이 나게 되는 것을 반가워합니다.

더욱이 이 책을 만든 朴 先生은 즉접 어린이교육에 종사하신 지가 오래시라 어린이들이 무엇을 요구하는지를 잘 아실 뿐 아니라 문예 방면에 특별한 취미와 재분을 가지신 어른이매 이런 일을 하시는 데는 둘도 없은 적재인 줄 압니다.

이러한 양반이 만드신 책이니 우리는 조곰도 의심을 가질 필요가 없이 거저 안심하고 이 책이 주는 힘에 끌려갈 것인 줄 압니다.

쓸쓸한 우리 어린이 독서게에 대하여 이 책이 얼마나 좋은 꽃(이상 1쪽)이 피고 아름다운 열매를 짓게 할가 하는 것은 미리 깃버하는 바올시다.

나는 이런 의미에서 우리 모든 어린이와 밋 어린이의 父母께 이것을 추장합니다.

一九三一. 四. 一五

白水 鄭 烈 模 알음 (이상 2쪽)

朴璣爀, "머리말—어린동모들에게", 朴璣爀 編, 『(批評 附 鑑賞童謠集)色眞珠』, 活文社, 1933.4.

우리는 오래동안 노래를 잇엇습니다.

詩를—藝術를 잇엇습니다. 우리 할아버지가 그리하엿고 우리 아버지가 그러하엿고 우리가 또 그러하엿습니다.

"새야 새야 팔랑새야"를 부르기보다

"三十三年이라 初命晉大夫"[62]를 응절그렷고

"달아 달아 밝은달아"를 노래함보다

"長幼有序하고 夫婦有別"을 글강하여 왓습니다.

우리의 生活感情과는 아조 딴판인 케케묵은 낡은 글자로 우리의 아름다운 詩魂을 죽이고 귀여운 詩의 샘(泉)을 말려버렷습니다.

그래서 우리는 潑溂한 生命을 가진 사람이 되지 못하고 애닯게도 일크러진 판에 박은 허자비 사람이 되고 말엇습니다.

그러나 近年에 이르러 우리 어린이 사이에 노래를 사랑하고(이상 1쪽) 지으시는 동모가 많어젓습니다.

아? 이 얼마나 반가운 일입닛가.

얼마나 깃븐 일이겟습닛가.

이제야 마른 잔디밭 속에 숨어 있던 새 生命이 싹이 터 나왓습니다.

하나 섭섭하지 않습닛가.

노래를 지으랴고 또 읽으랴고 안타가워하는 우리 어린동모에게 넉넉히 感興을 일으킬 만한 또 鑑賞의 材料가 될 만한 훌륭한 童謠集 한 卷을 가지지 못하엿다는 것이 얼마나 애닯은 일이겟습닛가.

하므로 編者는 여기에 對하야 門外漢임을 돌보지 않고 이 小冊子를 엮어 여러분 앞에 바치나이다.

어린이 여러분은 반드시 이 小冊子를 반가이 맞어 주실 줄로 믿습니다.

끝으로 作者 여러 어린동모들에게 충심으로 感謝를 올리나이다.

또 鄭烈模 氏 韓晶東 氏 外 諸氏의 귀여운 童謠를 採錄한 것은 깊이깊이 謝禮하나이다.

一九三一年 三月 二十日

編　者　씀 (이상 2쪽)

---

62 『通鑑節要 卷一』에 있는 구절로 "二十三年初命晉大夫魏斯趙籍韓虔爲諸侯"로 이어지는 구절이 있다. "23년이라. 처음 진나라 대부 위사 조적 한건을 명하여 제후로 삼았다."라는 뜻이다. 여기서는 경사(經史)를 읽는다는 뜻으로 보인다.

金素雲, "尹石重 君의 近業－童詩集『일허버린 댕기』", 『조선일보』, 1933.5.10.

一

朝鮮의 어린이가 불상하다고 하면 귀를 쓰며 노여워 할 이가 잇슬는지 모른다.

"그게 무슨 말이냐. 내 짤 내 아들이 엇재 불상탄 말이냐."

或은 한탄스럽게 이럿케 말하는 이도 잇슬 것이다.

"말 말게 이 사람. 불상한 게 아이뿐인 줄 아나. 이놈의 짱에 태여나면 어른도 불상하다네."

그러나 내가 여기서 말하는 것은 밥을 굶주리고 옷을 헐버서 불상타는 뜻이 안이다. 조선의 어린이들이 마음의 보금자리를 일흔 지 얼마나 오래인가. 그들의 입헤는 情緖의 燈ㅅ불이 될 그림 한 장이 업고 마음의 문을 두다려 줄 노래 한마듸가 업다.

조선의 어린이는 조선의 마음을 繼承할 相續者이다. 녹쓰른 傳統 우에 새 입김을 부러너흘 일꾼들이다. 그들을 써나 言約할 새 아츰이 업고 그들 업시 어두워질 새 建設이 업거늘 이토록 무거운 짐을 마튼 우리의 아들짤들이 마음으로 굶주린 지 果然 얼마나 오래이엇슬가.

> 압山아 쌩겨라
> 뒷山아 밀어라
> 오금아 힘써라
> 오－ 애－

조선의 어린 마음에는 이러한 勇猛이 잇섯다. 氣象이 잇섯다. 어린 나무 꾼이 짐 지고 이러날 째 무심코 입에서 나오든 소리 이것이 바로 그들의 산 마음이오 精神의 힘ㅅ줄이엇다.

새야 새야 파랑새야
녹두낭게 안찌마라
녹두쏫치 떠러지면
청포장사 울고간다

그들의 哀傷과 同情은 이러하엿다. 이 노래는 東學亂에 關聯된 것이라 하나 그들이 東學亂이 무엇인지를 알 바 아니다. "새야 새야 파랑새야" 하고 애젓한 목소리로 노래할 째 울고 가는 청포장사 할머니를 눈에 그리며 서러운 그 마음을 가티 울어 주엇든 것이다.

그들의 活達한 이 精神을 그들의 至純한 이 마음을 새 옷 입혀 다시 치장식힐 者 누구냐. 일혀진 마음의 보금자리를 그들 압헤 다시 차저 줄 者 누구냐.

◇

尹石重 君의 近業『일허버린 댕기』한 卷에 나는 이러한 期待의 要求를 짐 지워 보려고 한다.

二

『일허버린댕기』는『尹石重童謠集』에 다음가는 尹 君의 둘ㅅ재 述作이다. 이 冊에는 "童詩集"이란 글ㅅ字가 쓰여 잇스나 元來 童謠와 童詩가 그러케 明白한 相距를 가지고 잇는 것이 아님으로 나는 구태여 區別하지 안는다. 尹 君의 첫 번 童謠集은 내가 病院에 누엇슬 째 머리맛헤 교위를 단겨놋코 尹 君 自身이 한 篇 한 篇을 나에게 읽어 들려 주엇다. 尹 君의 作品을 體系 잇게 味讀한 것은 이째가 아마 처음인가 보다. 尹 君의 童謠가 얼마나 한 귀염과 대접을 밧고 잇는지를 네ㅅ 헤 만에 도라와 비로소 알엇거니와『尹石重童謠集』한권은 尹 君의 그 일홈이 헛되게 이루어진 것이 아님을 쏘한 證明해 준 것이다.

『일허버린댕기』는『童謠集』以後의 作品 二十篇에다 譯謠 十篇 童話詩 五篇을 보탠 것이다. 四號 活字로 端麗하게 印刷된 이 한 권은 위선 體裁에 잇서 읽는 者의 마음을 깨끗하게 한다. 尹 君은 말을 앗기는 詩人이다.

한마듸 한마듸를 조심스럽게 씌워 句讀點 하나일 망정 粗忽히 하는 법이 업다. 尹 君의 이 정성은 그러나 外觀보다도 表現의 手法에 잇서서 더한칭 細心하니 北原白秋의 「달밤」이라는 童謠를 번역할 째 문소리 흔들니는 "쌀싹쌀싹" 소리 한마듸를 두고 닷세 동안을 궁리하든 尹 君을 나는 안다. 尹 君의 作品에서 내가 부러워하는 것은 무엇보다도 맑고 부드러운 그 말솜씨이다.

尹 君은 朝鮮의 童謠作品에 새 터를 닥은 詩人이다. 童謠를 읽는 이쯤 되고 尹 君의 作品을 한번 읽은[63] 이가 업슬 것이니 내가 여긔에서 되푸리하여 例를 쓰을 必要조차 업는 일이다. 그러나 여기서 말하고 십흔 것은 『童謠集』에서 보지 못한 尹 君의 "想"이다. 만만치 못하리 만큼 成長된 "想"이다. 다만 곱고 天眞하다는 境地에서 버서 나와 尹 君은 大膽하게 童心 우에다 새 갑옷을 입혀서 내노앗다.

저 바다
저 바다
저 바다가 울 언니를 잡어갓대요

고기잡이배 타고 저 바다루 나간지열달이 되여도아니돌아오는 울 언니

저 바다
저 바다
저 바다가 울 언니를 잡어갓대요
저

울 언니 내노라구 돌을 잡어 째리면
싱글 싱글 웃구 내 빼는 저 바다

저 바다

63 맥락상 "안 읽은"의 오식으로 보인다.

정답게 한 집에서
살게 해 줘요.
—— 크리티나 로세티

셋재 편으로 童話詩가 잇다.

이를테면 散文詩 童話다. 그中에 「오줌싸기 시간표」 같은 것은 몇 번 읽어도 싫여지지 않는 귀여운 家庭圖다.

尹 君의 童心을 들여다보는 눈은 더욱 깊어지고 人生의 經驗도 漸漸 豊富함을 보인다. 그의 재주요 同時에 缺點이든 技巧主義는 『잃어버린댕기』에서 훨신 自由롭고 둥글어진 近境을 보엿다.

이 『잃어버린댕기』는 그 詩形에 잇어서 朝鮮에서의 첫 試驗인 同時에 그 價値에 잇어서 斷然 最高峯이다. (定價 五十錢 發行所 京城府 崇二洞 一○一의 六 계수나무會)

朱耀燮, "鄕土의 노래", 『雪崗童謠集: 1917-1932』, 漢城圖書株式會社, 1933.5.

조선 사람은 누구나 다 그 가슴속 깊이 鄕土의 노래 田園의 詩를 품고 잇다. 그것은 우리 生活이 農村과 떠나지 못할 密接한 關係를 맺고 잇음으로서이다.

이제 多才의 人이요 남달리 어린 사람과 親함이 많은 童謠詩人 雪崗 兄은 이 억제할 수 없는 憧憬과 讚美를 우리 대신 맡어 노래해 주고 읊어 주엇다. 그리고 多年間 心血을 傾注하여 짜아 논 이 『雪崗童謠集』이라는 아름다운 선물로써 우리 六百萬 少年少女에게 내어주시는 것이니 우리는 이 冊子를 通하여 童心에 빛윈 朝鮮 鄕土의 脈搏을 感할 수 잇을 것이다.

동무들아! 이 노래의 애끊는 '멜로듸'를 드러보라! 그것이 곧 우리의 悲哀가 아니냐?이 속에 담은 노래에 곡조 마초아 같이 웃고 같이 울어 보자!(이상 1쪽)

一九三二年을 보내며

新東亞 主幹 朱 耀 燮

高長燮, "머리말", 『雪崗童謠集: 1917-1932』, 漢城圖書株式會社, 1933.5.[65]

나의 가장 敬愛하는 雪崗 金泰午 兄은 우리 조선이 낳은 아름다운 童謠作家요 아울러 田園詩人입니다. 이제 그의 느낌 많고 다사롭든 二十 前後

65 글쓴이가 '朝鮮童謠硏究協會 高長燮'으로 되어 있다. "高長燮"은 고장환(高長煥)의 오식이다.

로붙어 오늘에 이르기까지의 作品 中 特히 童謠를 모도아 田園味가 가득찬 童謠集을 우리 어린이들에게 선물로 주시게 되엇으니 實로 當來할 朝鮮社會를 爲하야 欣喜하기 마지않습니다.

雪崗 兄은 特히 兒童問題에 硏究가 깊을 뿐 아니라 어린사람을 누구보다도 위해 줄 줄 알며 사랑하는 점에서 존경하지 않을 수 없습니다. 더욱이 우리 〈朝鮮童謠硏究協會〉의 草創期붙어 오늘날까지 조선의 童謠運動을 한층 새롭게 하기 위하야 꾸준히 努力하신 先生입니다.

願컨대 이 아름다운 童謠集으로 말미암아 새로운 普及은 勿論이오 우리 童謠運動에 한 時期를 그으리라고 봅니다. 兼하여 附錄으로 "童謠作法"까(이상 3쪽)지 실리게 됨은 비단 우에 꽃을 더함이니 나는 이 보배로운 冊을 우리 조선의 어린이들에게 힘껏 紹介하는 바입니다.

一九三三년 새해에

朝鮮童謠硏究協會　高　長　燮 (이상 4쪽)

金泰午, "머리말", 『雪崗童謠集: 1917-1932』, 漢城圖書株式會社, 1933.5.

나는 일즉부터 조선의 農鄕을 노래하기에 힘썻다. 특히 어린이 世界에 잇어서 많이 노래하엿다. 그것은 가난하고 설음 많은 우리 農鄕의 어린이들을 어떠한 方法으로써 앞길을 열어 줄까 함이 그 先決問題가 됨으로서이다.

여기에 잇어서 흙(土)을 基調로 한 새로운 글! 藝術的 香氣가 豊富한 노래 健全한 노래 굳센 指導性을 가진 흙의 文藝를 要求한다. 勿論 鄕土童謠 田園詩는 그 일부분이 될 것이다.

그리하야 나는 이 흙냄새 나는 노래들을 적은 정성으로나마 여러 해를 두고 모도아서 우리 조선의 少年少女에게 "선물"로 받히는 것이니 이 속에

담은 思想, 感情, 言語가 우리 民衆의 맘과 같이 울이는 것이 된다면 이 어찌 多幸이 아니랴!(이상 5쪽)

癸酉年, 닭소리 우렁찬, 새해 첫새벽에
東方의 새날은 바야흐로 통트려 할 때

(光州에서) 作者 아룀 (이상 6쪽)

면(이상 142쪽) 얼마나 유쾌하고 자미잇엇는지 참말 그때가 부럽다.

답풀답풀　다방머리
　해다진데　어데가노
　　울어머니　산소등에
　　　젓먹으러　나는간다

이것은 얼마나 슬픈 노래인가. 어머니 잃은 어린아이의 애끗는 노래다.

우에 몇 가지 전래의 동요는 퍽 오래 전부터 우리 조선에 잇엇든 것이다. 그러타고 몇 십년 전부터도 아닐 것이니 이외에 많은 동요가 조선 민족의 언어가 생기면서부터 발생하엿다고 본다. 그러면 동요는 년령을 가지지 아니한 지상의 천사가 안닌가?(이상 143쪽)

三. 童謠와 詩의 區別

신흥 동요는 종래의 창가(唱歌)보다는 작자 자신의 진정한 감동이 가득 찬 고로 창가 그것보담은 예술적 가치를 가지고 잇으며 따라서 시(詩)에 많이 갓가운 까닭이다. 그렇다고 동요는 시라고 단언할 수는 없다. 왜 그러냐 하면 순전한 시에 비교하면 동요에 한 가지 남은 조건을 발견할 수 잇는 것이니 곧 "쉽게 어린이의 살가운 말로 나타내이자"는 조건이다.

시(詩)는 무엇인가? 시를 분명히 모르는 사람에게 설명하기는 매우 어려운 일이나 아모쪼록 알기 쉽게 말해 보기로 한다.

모든 예술은 그 근본을 탐구(探究)하여 본다면 모다 시의 범위에 든다 하여도 과언이 아니다. 그리고 예술품 중에도 가장 오래된(古典的) 것이니 그것이 후세에 와서 산문, 운문(散文, 韻文)으로 대별(大別) 되고 다시 서정시, 서사시, 극시(抒情詩, 敍事詩, 劇詩) 이렇게 세 가지로 분류되고 또는 풍자시, 교훈시(이상 144쪽)(諷刺詩, 教訓詩)도, 약간 류행 된다. 현대에 와서 조선에도 신시, 자유시(新詩, 自由詩)가 왕성하고 잇는 것은 역시 서양시를 모방한 것이다.

이제 일본의 동요시인 서조팔십(西條八十) 씨의 말을 빌리자면

> 시는 먼저 예술의 목적으로써 서술(敍述)한 인생관조(人生觀照)를 작자가 그 표현에 가장 적당한 음악적 옛말로써 나타내는 것이다. 곧 인생에 향해서의 작자의 솔직한 감동을 언어의 음악으로써 될 수 잇는 대까지 완전히 표현하는 것이다. 이것이 시의 사명일 것이다. 시에는 이에 하등의 목적도 없고 부속조건도 없는 것이다.

그런데 동요는 이 밖에 조건이 있는 것이니 "이것은 어린이에게 부르게 한 것이다. 즉 어린이들께 노래 부르게 한 것이니 쉬운 어린이의 말로써 표현하지 않으면 아니 된다."

이러한 부의식(副意識)을 머리 가온데 두는 것이다. 그 점에 잇어서 작자는 결국 동요에 대해서는 평상시의 작시(作詩)의 경우보다 자유대로 그 감동을(이상 145쪽) 피력(披瀝)하지 못함에 잇어서 동요는 시가 아니다. 이것은 종래의 창가에 비교하면 시에 갓가운 것이라 하자면 시와 전혀 같다고 할 수는 없다.

그런데 오늘에 와서 동요라고 부르는 작품 중에도 그대로 훌늉한 시가 잇다고 본다. 그것은 그 노래 짓는 작자의 태도 여하에 잇는 것이니 곧 같은 동요라도 작자의 태도 여하에 의하야 시라고 인정할 동요도 잇고 시가 아닌 동요도 잇다.

그러면 시와 동요와는 어떠케 다른가?

동요는 아이들이 많이 가지고 잇는 일종 아동어(兒童語)라 할 것을 써서 그 아동들의 맘성과 감정을 표현한 것이 좋으나 시는 대체는 보통 일반적인 말을 쓰는 것이 좋을 것이다. 그리고 동요로 부를 내용은 아이들 눈을 것처서 본 아동의 세게에 한한 것이니 그러므로 꿈나라에 대한 애스러운 동경을 어린이들 말 중에서 제법 예술적인 말을 골라서 기교(技巧)를 억지로 꿈이지 말고 수수하게 제작(製作)해 내어야 된다.(이상 146쪽)

또 시(詩)에 잇어서는 어이없는 사랑의 추억(追憶)이라든지 다정한 사

람의 죽엄을 한탄하는 것이라든지 죄악 많은 인간사회를 저주하고 쓸쓸한 광야(曠野)에서 헤매이는 광경이라든지 허위(虛僞) 불의(不義)와 싸우는 정의(正義)의 부르짖음이라든지 현실 사회에 잇어서 왼갖 애닯음과 기쁨을 노래한 것이 곧 의의 '리듬'이 되어 흘러나온다. 그와 반대로 동요에 잇어서는 어룬으로서도 어리엇을 적 생각을 애스러운 맘에 어린이들 눈에 뚜렷이 빛왼 것을 맑고 깨끗한 마음 그대로 노래하면 동요가 되는 것이다.

여기에 잇어서 한마듸 하야 둘 것은 동요를 쓸 때에 작자가 실감(實感)을 얻고 구상(構想)하야 노래로 불러 보아서 노래가 되면 붓을 들어야 참된 동요가 된다. 동요뿐만이 아니라 시에 잇어서도 억지로 꾸며 놓은 시는 언제든지 시가 될 수 없으며 그와 반면에 작자의 맘에 진격한 감응이 이러나서 읊은 시를 창작한다면 예술적 가치가 잇는 참된 시일 것이다.(이상 147쪽)

◇

그리면 조선에는 시가(詩歌)가 없엇든가? 아니다. 시는 인생 감정의 발로(發露)인 즉 조선민족의 력사가 잇는 이상에 시는 분명히 없지 않을 것이다. 그 종류를 말하자면 동요 민요 시조 신시(童謠, 民謠, 詩調, 新詩) 등으로 동요를 빼어놓고는 모다 어룬들이 읊은 노래이니 여기에 시조와 민요의 몇 가지 실례를 들어 보고저 한다.

태산이 높다하되 하늘아래 뫼이로다
올으고 또올으면 못올을리 없건마는
사람이 제아니올으고 뫼만높다 하더라 (栗谷)

이몸이 죽어가서 무엇이될고하니
봉래산 제일봉에 락락장송 되엇다가
백설이 만건곤할때 독야청청 하리라 (成三問) (이상 148쪽)

이몸이 죽어죽어 일백번 곧처죽어
백골이 진토되어 넋이라도 잇고없고
임향한 일편단심이야 변할줄이 잇으랴 (鄭夢周)

이와 같이 시조(時調)는 조선 문학의 정화(精華)이며 다른 나라에서는 맛볼 수 없는 일종 미묘한 맛이 잇는 것이다. 근년에 와서 이 시조 운동이 더욱 활기를 띄고 재래의 시조형(時調型)에다가 새로운 사상을 가미(加味)하여 좀 더 자유로운 표현과 내용에 새로운 시험을 하는 분이 많이 나오게 되엇으니 우리는 여기에 실로 많은 기대를 가진다.

저건너 갈미봉에
비가 묻어서 나려온다
우장을 허리에 두루고
논에 김매러 갈가나 (육자백이 一節) (이상 149쪽)

○

강태공이 날을 골라
주역에서 시를 골라
좋은날 좋은시를 택하여
앞방천에 몽여드니
물채좋은 이방천에
파종은 얼매런다
낙종은 삼천석일네라
에헤야 엥헤야 에헤야 호미로다.

해는벌서 석양인지
여들도 강산에 그늘이진다.
인삼 녹용을 먹엇는지 (이상 150쪽)
씨원 씨원이 잘두맨다.
기름동에나 먹엇는지
미끈 미끈이 잘두 맨다.
번개같이 노는호미
관훈장의 청룡도라
세발가진 재장귀요
네발가진 당나귀요
엉큼성큼 멕장귀요

것이다. 알기 쉽게 말하자면 무슨 일에 잇어서든지 계획이 없으면 성공이 없는 것과 같이 집을 건축하는 자가 먼저 그의 설계(設計)와 도안(圖案)을 그려 가지고 집을 준비하는 법이다. 만일 이런 도형(圖形)과 예산이 없이 집을 짓는다 하면 그야말로 공중루각(空中樓閣)이 되고 말 것이다.(이상 159쪽)

그러므로 시상이 떠올랏다고 함부로 그적거리기만 하면 아모 효과가 없는 것이니 조희 우에 쓰기 전에 먼저 연구하는 태도를 가지고 재삼 생각하여 다시 자기 자신의 맘에 떠올으는 극히 자유로운 곡조로 노래하여 귀에 들리는 음악적 쾌감을 생각하고 비상히 좋은 노래 같거든 이렇게 하면 되겟다는 자신이 생기거든 그때 붓을 들어야 한다.

그런데 구상을 잘못하면 앞에 쓸 것을 뒤에 쓰고 뒤에 쓸 것을 앞에 써서 아조 흉한 것을 맨들어 놓기 쉬운 것이다. 어떤 사람은 이 구상을 사람에 비하면 의복(衣服)과 같다고 말하얏거니와 시상의 옷과 같은 구상이 조직적(組織的)으로 잘되어서 뒤숭숭함이 없이 질서 잇게 되지 않으면 아니 된다. 여기에 한 가지 례를 들자면

물껼소리 달소리 (小曲)

소리소리 무슨소리
닭밝은밤 물껼소리 (이상 160쪽)
바다ㅅ가 바위밑에
깨어지는 물껼소리
여보시나 들어보시
물소린가 달소린가
어이야! 이한밤에

◇

소리소리 무슨소리
달밝은밤 물껼소리
바다ㅅ가 바위우에
깨어지는 달빛소리
여보시나 들어보시

은소린가 금소린가
어이야! 이한밤에　　(詩集『東方의 光明』에서)

이와 같이 저 혼자 출렁거리는 물껼소리가 이 시인의 정서(情緖)의 줄을 울려 시상을 이르킨 것이다. 그러면 이 노래에 잇어서 생명은 무엇인가? 곧 "소리"일 것이니 물껼소리도 될 게고 달ㅅ소리도 될 것이다. 이 소리를 싸고도는 구상을 여기서는 배경(背景) 곡절(曲折) 파동(波動) 이렇게 난홀 수 잇게 되엇다.

첫재. 배경(背景)은 달 밝은 밤 물껼치는 바다ㅅ가 바위 언드리가 될 것이오.

둘재. 곡절(曲折)은 물껼의 행동이니 바다ㅅ물에 금빛 달을 싫고 바위 밑에 부듸처 철석이며 깨어지는 물껼이 될 것이오.

셋재. 파동(波動)은 무엇이든지 움직이는 곧에 파동이 없을 수 없는 것이니 이 물껼의 파동 가온대도 무음(無音)의 소리를 들을 수 잇다. 곧 물껼이 달을 싫고 바위에 깨어지는 달소리인 것이니 그것이 이 시인에게는 물껼소리로도 들리고 달소리로도 들리고 은소리 금소리로도 들린 것이다.(이상 162쪽)

×

그렇다. 달 밝은 밤에 바다ㅅ가를 나서면 누구나 이러한 광경을 보게 될 것이다.

"여보시나 들어보시 금소린가 은소린가 어이야! 이한밤에" 이 얼마나 안타까운 심정의 하소연인가. 이 물껼의 파동이 곧 시(詩)의 '리듬'이 되어 흘으고 잇는 것이다.

그렇나 주의할 것은 어떠한 동요나 시든지 반드시 이러한 조껀을 가초란 말은 아님을 말해 둔다. 다른 노래에 잇어서는 또 다른 구상이 잇을 것이니 알아듯기 쉬운 례를 들자니까 이 노래를 소개한 것이다.

(다) 표현(表現)

동요는 아주 어린 아기들의 타고난 감정의 표현이 아니면 아니 된다.

따라서 될 수 잇는 대로 기교(技巧)를 더하지 않는다. 곧 꾸밈(形式)만을 곱게 하기 위하야 빈약한 내용(內容)을 쓸어 덮어 버리려 하는 것은 전혀 피하지 않으면(이상 163쪽) 안 된다. 서조팔십(西條八十) 씨는 말하기를……

"동요라고 하면은 오직 조자(調子)의 아름다운 문꾸와 어린이들의 좋아할 제재(題材)를 늘어놓고 감미(甘味)가 많다고 보이는 노래만 써도 좋다고 한다. 그리고 예술적 음운(音韻)이란 것은 조곰도 생각하지 않는 작자가 많다. 그것을 주의할 것이며 나의 의견으로는 어대까지든지 시인이 써야 될 것이라는 것은 혼이 잇는 직업적 시인을 가르치는 것은 아니다. 참으로 시인의 혼이 잇는 사람으로써 붓을 잡어야 한다. 그렇지 않으면 왜 종래의 창가란 명칭을 동요라고 부르는 것을 고칠 필요가 어디 잇는가?

종래의 교육의 손에서 지어진 어린이노래를 시인이 대신 맡어서 창작하는 것이야말로 신흥동요의 의의(意義)를 확입하는 것이다"라고 주장하엿다.

그렇나 시가(詩歌)에 잇어서는 어느 정도까지 기교(技巧)가 필요하다. 물론 내용이 빈약한 것은 바탕이 나쁜 이상 갑작히 잘될 리치가 없는 것은 당연한 일이다. 그런데 시가에 잇어서 기교가 필요하다고 하는 것은 가령 그림을 그(이상 164쪽)리는 사람이 아모리 구상은 잘하엿다 하드라도 붓을 든 솜씨가 훌늉치 못하면 맘으로는 꿩을 그리려 햇는데 그것이 조희 우에는 닭으로 표현이 되엇다 하면 그야말로 두루뭉숭이가 되고 말 것이다. 그러므로 기교는 시(詩)를 살리는 한 개의 수단이라고 말할 수 잇다. 그렇나 동요는 뽄 잇게 멋잇게 사탕발름같이 솜씨만 낼랴고 해서는 동요에 잇어서는 시와 닮어 큰 실패를 당하고 말 것이니 삼가 주의할 점이다.

(라) 모방과 창작(模倣과 創作)

누구나 처음으로 다른 사람의 노래를 읽어 본 일이 없어 동요를 지을려고 하면 암만 하여도 훌륭한 노래를 지을 수 없음으로 자기보다 먼저 진 사람들의 것을 모방하는 것도 연습상 필요한 일이다. 혹 읽어 본 일이 잇다 하더라도 노래 짓는 초기에는 남의 숭내 곧 모방(模倣)이라는 것을 피하기는 어려운 것이다.

그렇나 언제까지든지 모방만 해서는 아니 된다. 그것은 예술(藝術)에서 제(이상 165쪽)일 존중히 여기는 개성(個性) 곧 자기가 가지고 잇는 어느 특수성(特殊性)을 자기 작품 중에 명백히 발휘할 수 없기 때문이다. 그리하여 노래로서의 생명이 죽을 것이오 아모 가치 없는 것이 되고 말 것이다. 일본 시인 삼목노풍(三木露風) 씨의 말을 빌리자면

> 동요에는 역시 자기 자신을 표현함이다. 자기 자신을 나타내지 않으면 좋은 동요가 아니 된다. 동요를 창작하는 것도 자기 자신을 노래하는 것이라고 생각한다. 동요는 곧 천진스러운 감각(感覺)과 상상(想像)이란 것을 쉬운 어린이의 말로 표현하는 것이다.

그러면 어떻게 하여야 모방에만 빠지지 않고 자기 자신의 밟어 갈 길을 찾을까 함이다. 먼저 어느 동요든지 그 뜻을 잘 알고 그 속에 포함(包含)된 속살의 맛도 충분히 맛보고 깨달은 뒤에 연구와 비판적 태도를 가지고 많이 읽고 념량(念量)하여 그 좋은 점을 맘에 새겨 두엇다가 자기가 독특히 느낀 것을 그 감심하엿든 동요를 모방 삼아 지어 보는 것이 필요하다.(이상 166쪽)

모든 일이 처음부터 단거름에 잘할 수 없는 것임으로 다른 것을 모방하고 그것을 본떠야 하겟지만 쉬지 않고 용기를 내어 꾸준히 나아가면 자연히 동요에 대한 의견이 터지게 된다. 그 후에는 자기가 아니고는 아모도 모를 생각이 가슴에 뭉클뭉클 떠올나 온다. 그때 그것을 내치지 말고 깨끗한 어린 맘으로 동요를 지어 내면 그것은 남을 모방한 자최는 없어지고 자기 독특의 음조(音調)와 언어(言語)가 밝히 나타날 뿐만 아니라 모방이란 차의(借衣)를 벗어 버리고 훌늉한 동요가 생기게 된다.

그런데 동요를 지을 때 자기와 딴 개성(個性)을 가지고 잇는 다른 사람의 비평에 무서워서 자기만 가지고 잇는 그 개성을 죽이어버린다면 귀중한 작품이 되지 못한다. 자기 자신의 진실한 맘에서 울어나오는 예술적 량심(藝術的良心)으로 지은 예술품이 얼마나 귀중하며 값이 잇는 건가. 여기에 한마듸 하여 둘 것은 좋은 작품을 내어놓을려고 하면 다독다작(多讀多作)

그 모든 내용에 잇서서 지금 모든 형세에 빗추어 큰 잘못을 범하고 잇는 소설까지 잇스니 同小說集을 편즙한 동무의 무책임한 것을 책하지 아니할 수 업다. 나는 새삼스러이 책하는 것도 아니지마는 이런 잘못은 더 좀 크게 여러 동무들과 갓치 생각해야 할 문제라고 본다.

만일 우리들의 출판물이 없다고 해서 또 一般 소년대중이 만은 출판물을 요구한다고 해서 무척대고 함부로 허명무실한 내용을 가진 책을 꾸며 놋는다는 것은 좀 더 생각할 필요가 잇다고 생각한다. 그뿐 아니라 『少年小說集』은 모두가 個人的 行動에서 나온 것이다. 作者에게도 이럿타 할 만한 相議도 업슬 뿐 아니라 소년文學에 만은 努力을 하는 여러 동무들에게도 이럿타는 말 한마듸 없시 독단적으로 책을 내노왓다. 이것을 조고마한 문제인 것 갓지마는 나는 도저이 조그마한 문제로 容認할 수 없다. 왜 그러냐 하면 만일 이 出版物이 우리들 出版物이 아니라면 그것이야 말할 필요도 없겟지만은 우리들 손으로 쓴 作品이 실려 잇고 모든 근로소년들을 위하야 내인 것이며 이 出版物을 맛터 가지고 일한 동무도 우리 文化 ××에서 ×× 하는 동무이다. 그런데도 불구하고 個人的 行動을 取하엿(이상 25쪽)슬 뿐 아니라 이런 無責任한 內容을 가진 出版物을 가지게 한 것은 큰 잘못이 잇다고 본다. 그리고 이것이 우리들의 代表的 作品이 될 리도 만무이다. 객관적(客觀的) 정세가 모든 것을 용서치 안는다고 해서 우리는 이런 무책임함을 그대로 묵과할 수는 업다. 그것은 힘 잇게 자라고 잇는 수만의 우리 어린동무를 이즌 것이 아니고 무엇이냐?

나는 씃흐로 이 잘못을 범한 『少年小說集』을 갓치 일본 동무들에게 자긔 스스로 자긔를 비판하고 압흐로는 엇던 일을 하든지 個人的 行動을 취하지 말고 가튼 집단적 行動을 취하는 동시에 좀 더 責任感을 가저 주기를 바란다.

압흐로 엇던 出版物이라고 하야도 우리는 그 出版物이 우리들이 가저야 할 모든 경로를 밥지 안코는 용인할 수 업다. 우리는 다 가치 힘 잇는 行進을 위하야 가튼 거름을 바란다. 個人的 감정 갓흔 것이나 쏘는 소소한 감정은 전체적 일을 보와 장사 지내기를 바란다.(이상 26쪽)

李西贊, "(自由論壇)少世同志文藝會! 그 正體를 暴露함", 『新少年』, 1933년 5월호.[71]

잡지 少年世界社에서 一九三二年 七月의 所謂 〈少世同志文藝會〉라는 것을 조직하엿다.

나는 평생 『少世』 일파의 행동을 주시하든 터이라 역시 그 정체를 알기 위하야 오래동안 주목을 하여 왓다. 그 후 차차 그들의 행동이 너머나 가증하기로 여기에 변변치 못한 붓을 들어 그 정체를 폭로해 볼가 한다. 『소세』[72] 작년 六月號에 會 조직 목적을 발표하엿난데 이럿타.

『소세』는 여러 동무들의 긔관지다.

그럼으로써 우리는 『소세』를 빗내지 아니하면 아니 된다. 本社에서는 여러 동무들과 자조 련락을 맺기 위하야 『소세』를 中心으로 하고 소세동무文藝硏究團體를 조직하랴 한다.(中略)

『소세』 동무들을 더 한 사람이라도 늘니자!

이것만 읽어도 벌서 짐작할 수 잇다. 하필 문예연구하는 데 『소세』를 꼭 늘여야만 되는지?

이것은 순전히 冊을 좀 더 팔어먹자는 수작에 지나지 안는다.

〈소세동지문예회〉 會員 될 자격은 독자증을 첨부하여 주소 셩명 년령을 써 보내면 된다.

會員에게 주는 특전은

△ 文藝會의 特權 – 엇더한 作品이던지 잘되고 못된 것을 不關하고 添削發表할 것이다.

△ 本會員으로써 本誌 六個月分(六個月 以內 注文은 此限에 不在)을 注文하면 從來부터 實行해 오든 賞品(博文書館에서 팔다팔다 남은 찍걱이?…… 筆者)는 그대로 주고 또 會員인 만큼 二個月分을 따로히 더 進呈하(이상

71 원문에 '安東縣 李西贊'이라 되어 있다.

72 '少世'는 '『少年世界』'를 가리킨다.

38쪽)야 合 八個月分으로 計算 送冊함.

△ 會員으로써 『소세』 六個月 先金 讀者 十人 以上을 募集하면 本 文藝團體로부터 一圓 以上의 書籍을 進呈함(『소세』 一九三二, 六月號)

이러케 해 가지고 昨年 六月부터 十月까지 會員이 七十八名인 단체가 조직되엿다.

그리고 소세同志文藝會員 作品欄이 특설되여 가지고 名文 名論이 만재되엿다.

그 정체도 모르고 올려 추난 바람에 들어 노는 동무들이야말로 참 가련하다.

그런데 『소세』 仝年 十月號에 이런 急告가 發되엿다.

支部設置 規定과 其他

一. 募集한 支部員 五人 以上을 支部長 名義로 報告할 事

一. 地府에서는 每月 支部에 事業 其他를 報告함

一. 本會는 支部員을 『少世』 紙上에 發表함

一. 支部에서는 每月 『소세』 五部 以上을 注文할 일

一. 支部에 處理는 支部長이 임의 處理하야 文藝事業의 從事할 일

其他

一. 本會에서는 支部에서 注文(五部 以上)하는 『少世』를 支社의 割引과 同一히 處理함

一. (中略)

一. 本會는 그 支部 事業에 成績 如何를 따라 隨時 支部에 대하야 表賞함

注意(- 筆者)

本 會員으로써 十月 一日로 十一月 三十日까지 支部 設置에 대하야 아모 消息이 업스면 그 會員은 脫會者로 인증함

그들은 이러케 하야 순진한 무산少年들을 긔만하며 『少世』를 그들의 긔관지라고 써들어 왓다.

하여간 李元珪는 ヌケメノナイ人다.[73] 동무들도 인제는 정체를 확실히

알엇슬 것이다. 文藝同志會가 안니라 少世宣傳會로 곳처스면 엇덜는지

그 후 매월 그 會員 유력한? 會員 멧멧이 메달을 해 다우 會員證을 돌려라 사진을 發表해라 하고 써드럿다.

그러나 나는 단언한다. 冊 파러먹기에 여렴이 업는 그로서 그런 요구는 공연한 붓장난이라고…… 해 줄 리 들어 줄 리 전무다.

"『少世』는 『少世』의 主張이 잇다"라는 表語를 거릅시고 작년에는 푸로 운운 써들드니 금년에는 옛날도 옛날을 차즈시니 『少世』 主張이 무엔지 좀 알 수 업슬가요? 〈少世同志文藝會〉는 금년에 이르러 『少世』 本社가 그만 재가 된 후로는 다시 消息을 알 수 업다. 이 얼마나 不幸한 일인가.(이상 39쪽)

73 일본어 'ぬけめ(抜けめ〔抜(け)目〕'로 "빈틈, 허술한 점"이란 뜻이다. 따라서 'ヌケメノナイ人'은 "빈틈이 없는 사람"이란 뜻이다.

"新少年突擊隊", 『新少年』, 1933년 5월호.

李赤兒 一農卒 君 한참 『少世』 誌에서 써들든 君들이 요지음은 그림자도 볼 수 업스니 왼일인가. 『어린이』 『少年世界』를 근노少年에 機關紙라고 美名을 부쳐서 악을 박박 쓰며 써들든 君들이 至今 와서는 머라고 말하겟는가

(三行略)

無産大衆의 要素가 그러케 뒷거름질 칠 줄 암니까. 더욱이 두 잡지의 편즙자여 얼골 간지럽지 안읍니까. "조조나라간재비"라는 말을 이런데 혹 쓰는 말인지는 모르겟스나 當身들의 장난도 쾌 우섭습니다.

通川 李共鳴

◇

自己 혼자 第一인 체하고 雜誌를 通하여 아지도 못할 文句를 늘여 가며 지지벌대는 ×× 君아! 또 한번 그런 行動이 나의 눈에 씌이면 姓名을 發表할 터이야! 좀 注意하여 自重하기를 바란다.

妖努四馬 (이상 56쪽)

◇

未知의 동무 加平 愼銀範 君! 『별나라』에 發表되엿든 君의 作品 「봄노래」 「그네」 等의 作品은 우리의 處地에 잇서서는 너머나 뒤써러진 作品일세. 센티멘탈한 쁘르조아 傾向의 作品은 우리가 要求치 안는다. 동무야 좀 더 의의 잇는 作品 산 作品을 써 다오. 그리고 昌道 盧良根 君 春川 金春岡 君! 그대들의 作品은 誌上에서 一切 볼 수 업스니 크다란 榮光으로 안다. 君과 가튼 宗敎파의 悲現實的 作品은 우리가 要求치 안는다. 君들이 푸로然 하고 直實한 근노少年인 체하며 空想的 文句를 그려 놋튼 아편쟁이 雜輩들아 멀니멀니 물너가라.　通川 李共鳴 (이상 57쪽)

具王三, "兒童劇에 對한 片見－童劇研究會 組織을 契機하야", 『新東亞』, 1933년 5월호.

朝鮮에 童話劇 童謠劇 遊戱劇 唱歌劇 等의 名稱下에서 兒童劇運動이 擡頭되기는 最近에도 二十年間 極히 短時日이다. 從來 兒童을 爲한 劇이라고 指稱할 運動 及 歷史的 遺物은 文化史上에서 全然 차저볼 길이 없으며 近世 歐米文化 輸入과 同時 直輸入한 劇藝術 部門의 一附課目인 兒童劇도 이에 附隨하야 畸形的으로 發育하여 온 것이다. 所謂 今日 童話劇이란 命題下에 上演하는 兒童劇을 檢討하여 본다면 外國의 模倣에 不過하며 (勿論 歷史的 不利도 有하지만) 兒童劇研究團體를 한갓 娛樂機關으로 認識하며 또 劇의 標準을 成年을 對象 삶아 한갓 웃기기 爲한 低級한 兒童劇(?)이고 또는 營利的 興業物로 使用함에 不過할 뿐이지 何等 兒童教育을 爲한 兒童劇 兒童自身의 本能的 衝動에서 其 劇的本能에 依한 藝術 乃至 創作的 衝動에 驅馳하야 能動的 自發的 自己自身의 感興에 依한 純兒童劇을 보기는 어려운 現況이다. 現在 朝鮮 一般 劇藝術研究家 諸氏들도 이 兒童劇 方面에 너무 等閑視하며 無誠意하야 兒童劇 脚本 乃至 理論 及 批判에 勞力이 全然 없으며 各種 兒童雜誌 等屬에서도 兒童劇 脚本의 登載數가 極히 僅少하다. 近日에 와서는 多少 兒童劇運動을 標榜하고 組織的 存在下에서 若干의 勞力과 活動을 하기는 京城을 中心으로 한 〈京城保育學校綠羊會〉〈綠星會〉〈색동회〉〈가나다〉〈봄제비社〉 等이 여러 방면을 通하야 이 運動에 加擔하며 活動하고 잇으나 이것만으로 朝鮮에 處하야 兒童劇 樹立에 線을 그을 만한 希望이 뵈지 안는다.

兒童劇의 教育的 價値 (이상 124쪽)

兒童劇도 表現 形式上으로 보아 綜合藝術임으로 舞臺藝術이다. 이제 舞臺藝術을 圖示한다면

이에 나의 淺識을 不顧하고 人形劇에 關한 支離한 紹介를 하야 보려는 熱情이 潛在한 것입니다. 그리면 以下 項을 짜라 人形劇에 關한 具體的 問題를 推論하야 보려 합니다.

柳致眞, "家庭과 學校를 爲한 簡單한 人形劇－理論과 實際(3)", 『매일신보』, 1933.6.15.

二. 人形의 種類

人形劇에 잇서서는 그 人形의 形態로써 두 가지의 種類로 나눌 수 잇습니다. 그것을 ――

(1) 丸形人形(Round Puppet)

(2) 平形人形(Flat Puppet)이라고 부릅니다.

(2)의 平形人形이라 하는 것은 人形을 두터운 조희 혹은 가죽(皮革) 혹은 널빤지 가튼 材料로 平面的으로 만든 것입니다. 쉽게 말하면 우리가 각쪼가리에다가 무엇을 그리지 안습니까. 그것을 가위로 오려 냄니다. 하야 새도 만들고 사람도 만듭니다. 平形人形이란 즉 그와 가티 만든 것입니다.

이것은 普通 흰 布幕 가튼 데다가 그림자를 삐처 가지고 그것을 보고 노는 것입니다. 우리가 어릴 째 손으로 窓門에나 혹은 壁에다가 손 그림자를 삐처 노코 그것을 여호니 개니 혹은 말이니 하야 즐기며 놀던 째를 記憶합니다. 쉽게 말하면 平形人形이란 그와 가티 하야 노는 것입니다.

이가티 이것은 그림자를 보고 즐기는 것이라 一名 "그림자 人形"이란 일홈으로 부르기도 합니다.

이 "그림자 人形"은 대개 '자바' '아라비아' '하와이' '土耳其' '아프리카' '印度' 등의 熱帶地方 乃至 그와 가까운 地域에서 가장 發達되야 잇습니다.(勿論 그 외에 '英國' '佛蘭西' '支那' 等地에도 잇기야 합니다만은…….)

이가티 그림자 人形이 熱帶地方에서 發達된 것으로 보면 熱帶地方人들이 光線과 그림자에 가장 만흔 影響을 밧고 사는 까닭이 아닌가 합니다. 즉 그들은 그림자 人形을 通하야 光線과 그림자의 强熱한 感覺으로 사람의 마음을 붓자부려 한 것입니다. 말하자면 이 人形은 光線을 應用한 가장 原始的인 映畵라 볼 수도 잇는 것입니다.

이런 類의 平形人形劇은 차々 發達하야 아페 말한 것과 가튼 布幕 뒤에서 그림자만 비채서 구경시키는 외에 幕을 여러 노코 人形의 實物을 늘리여서 求景시키기도 합니다. 그리고 조금 더 복잡하게 演出하는 때에는 그림자와 實物을 同時에 同 舞臺에다 나타내게 하는 적도 잇습니다.

卽 背景에도 저— 멀리 沙漠의 쯔트로 駱駝쑨의 隊商이 그림자로 보이는데 舞臺에서는 實物의 人形으로 王과 '집시・썰'이 오아시스 여페서 사랑을 속삭이게 하는 것 等은 그 一例가 되겟습니다.

이 人形의 '사이쓰'는 一定하야 잇지는 안치마는 내가 언젠지 東京에 잇는 演劇博物館에서 본 것은 南洋地方에서 쓰든 것이라는데 一尺 平方씀 됩듸다. 그리고 이 平形人形은 原則的으로 머리와 兩팔 兩다리 胴體 等의 部分으로 되야 잇습니다. 그中에는 特히 팔과 다리 頭 等에 關節이 잇서서 動作을 複雜하게 하는 것도 잇습니다.

關節이 잇는 平形人形은 미테서 나뭇가지 가튼 것으로 支持하야 關節을 運動시키여 놀리는 것입니다. 그 運動은 그와 가티 단순하면서도 그래도 제대로 一種의 幻想을 보입니다.

그러나 이 平形人形에 잇서서는 人形劇이 가지는 特徵을 充分히 發揮하야 잇지는 못합니다. 그는 이 極이 아페 말한 바와 가티 그림자 人形이란 意味에서 오히려 一種의 原始인 映畵의 形態에 가까웁다고 보는 것이 해당할까 하는 까닭입니다.

그러나 우리는 (1)의 丸形人形에 잇서서 (2)의 平形人形에서 缺乏되얏든 純粹한 意味로서의 本格的 人形劇의 領域을 發見할 수 잇습니다.

丸形人形의 형태는 平形人形이 平面的인데 對하야 立體的으로 되얏습니다. 卽 人形의 形體가 둥그러서 압뒤와 側面을 보일 수 잇습니다.

이것이 平形人形과 丸形人形을 區別하는 큰 特徵입니다.

柳致眞, "家庭과 學校를 爲한 簡單한 人形劇－理論과 實際(4)", 『매일신보』, 1933.6.16.

이 (Ⅰ)의 丸形人形에 屬하는 形態의 人形은 그의 놀리는 법에 잇서서 다시 다음과 가티 두 가지 種類로 分類하야 생각하야 보는 것이 便利할 듯합니다.

(A) 줄 쓰테 다라서 우에서 놀리는 것

(B) 손구락으로 미테서 놀리는 것

(A)의 줄에 다라서 우에서 놀리는 것은 보통 '매리오네트'(Marionette)라 부르는데 그 말의 뜻에 별로 人形이란 意味가 잇는 것이 아니라 이 人形劇이 中古時代 耶蘇敎의 黃金時代에 宗敎劇과 가티 사용되얏슬 적에 거긔 登場한 人形의 하나를 어린 '매리'(즉 '매리엣트')라 불럿드랍니다. 이에 '매리오넷트' 名稱의 根源이 잇다고 전합니다.

이 줄로 놀리는 '매리오넷트'는 大槪 나무로 彫刻하야 만들지만은 째로는 조희 마분지 亞鉛 혹은 石膏 가튼 것도 材料로 쓰는 수가 잇습니다.

그런 材料로 두(頭) 팔 다리 동체(胴體)를 具備한 全身 인형을 만드는대 키(丈)는 三尺可量이 普通입니다.

이 매리오넷트에는 혹 衣裳을 입히는 것도 잇고 全혀 입히지 아니하는 쌀가숭이도 잇지마는 반드시 關節만은 가지게 합니다. 물론 關節은 고묘하게 잘 운동되게스리 만드러야 합니다. 그리하야 가는 철사 혹은 실(絲) 등의 줄에 매답니다. 다는 줄은 다섯 개 乃至 여섯 개가 普通입니다. 그 以上 더 되면 너무 複雜하야 도로혀 弊害가 되는 것입니다. 그러나 대개는 양귀ㅅ 뒤에 둘 양억개에 둘 양팔에 둘 합 여섯 개의 줄을 다는 것이 가장 理想的이라 하얏습니다. 물론 人形에 짜라서 발을 써야 할 인형은 줄을 발에도 달 것이오 손을 쓸 필요가 업는 人形은 손에 단 줄은 업새버릴 것입니다.

놀리는 줄의 수(數)와 줄을 다는 위치는 그 人形의 性質에 따라서 변할 것입니다. 그럼으로 중요한 역을 마튼 인형일사록 줄의 수가 만하짐은 避할 수 업는 當然한 일입니다.

아페도 말햇지만은 이 줄을 잡고 조종하야 무대의 天井에 수머서 놀리는 것인대 이 놀리는 법은 人形의 動作이 天然스럽게 보이게스리 될 때까지는 대단한 숙연을 要하는 것입니다. 그럼으로 人形劇 중에서는 이 '매리오넷트'가 가장 進步되고 가장 洗鍊된 것이지마는 놀리는데 專門家的 技術이 업서서는 絶對로 조흔 効果를 엇기 어려움으로 學校에서나 家庭에서 할 수 잇는 簡單한 人形劇으로서는 쉽게 勸할 수 업는 것입니다.

매리오넷트의 發達은 하로 이틀에 된 것이 안입니다. 이 人形劇의 存在는 발서 오랜 歷史를 헤이고 잇습니다.

古代 希臘의 歷史가 '헤로도다스'는 埃及人들이 풍연 노리를 하는 '오시리스'제(Osiyis祭)에는 이 '매리오넷트'를 놀리드라고 記錄하얏습니다. 그 後 오늘까지는 이미 數千年 間의 風雨의 洗鍊을 바닷습니다. 그리고 現代에서 가장 進步된 人形劇場에서는 모다 '매리오넷트'를 使用하고 잇습니다. 즉 '뮨헨'의 〈美術家人形劇場〉의 人形 '레닌그라-드'의 〈매리오넷트극장〉의 인형 윈나(維也納)에[81] 잇는 '리히알트 · 데슈나'의 〈人形座〉의 人形 日本에 잇는 〈結城孫三郎一座〉의 人形 그 外에도 枚擧할 여가가 업스리만치 만히 잇지만은 以上의 全部가 '매리오넷트'의 研究에 腐心하고 잇습니다.

그들은 각긔 獨特한 技術과 努力으로 藝術的으로 獨自의 境地를 開拓하야 獨特한 効果를 發揮하고 잇습니다. 到底히 一時의 素人的[82] 才操와 好奇心으로서는 따라갈 수 업는 것입니다.

---

81 '維也納'은 오스트리아(Austria)의 수도 '비엔나(Vienna)'를 가리킨다.

82 '素人'은 "어떤 일에 비전문적 · 비직업적인 사람 또는 익숙하지 아니한 사람"의 뜻으로 '아마추어(amateur)'와 같은 말이다.

法을 설명하야 나가겟습니다.

통밥을 어듸서 求하야 오셧거든 위선 그것을 볏헤다 한번 말리시오. 잘 말린 뒤에는 그다지 얼무지 안은 체(篩)에다가 처서 너무 소말한 部分은 거실러 버리는 것이 좃습니다.

그리하야 比較的 부드러운 톱밥만 바다서 밀가루풀(糊)에다가 버물러서 반죽을 만드는 것입니다. 그 반죽을 가지고 마티 아해들이 진흙(粘土)으로 흙작난 하드시 그러케도 손쉽게 비저 가며 人形을 만드는 것입니다.

여긔에 톱밥을 버무리는 풀을 쓸 때에 注意할 것은 풀 안에 硼酸을 너어야 하는 것입니다. 硼酸은 반죽의 粘着力을 도으는 데 有利한 作用을 하는 까닭입니다.

硼酸을 넛는 分量은 밀가루 한 대접(적은 대접으로)에 한 수깔式만 너으면 대강 適當할 것입니다.

卽 몬저 밀가루 하고 硼酸을 이 分量의 比로 석습니다. 그리하야 準備하야 두엇는 더운 물을 그 가루에다 조금식 부어 適當한 程度의 풀(糊)이 되도록 합니다.

그 풀이 톱밥을 吸着시켜서 結局은 톱밥 반죽을 만드러 버립니다.

이 반죽이 되지도 안코 무르지도 안흘 程度의 것이 되엿슬 적에 그것을 가지고 비저 가며 人形을 만드는 것은 아까 말한 바와 갓습니다.

柳致眞, "家庭과 學校를 爲한 簡單한 人形劇－理論과 實際(7)", 『매일신보』, 1933.6.20.

以上이 톱밥으로 材料 작만하는 法입니다. 그러니까 原材料라고는 톱밥 外에 밀가루 硼酸 더운 물 等의 極히 간단한 것 세 가지박게 안 듭니다.

톱밥을 쓰는 外에 材料로써 新聞紙를 利用하는 法이 잇는대 이것도 그 材料가 至極히 쉽게 어들 수 잇고 手工하기에 편리하다는 點으로 보아 一般

으로 만히 使用됩니다.

이 新聞紙를 쓰는 法은 위선 新聞紙를 물에다 長時間으로 쓰립니다. 쓰리면 그 조희의 纖維가 풀리지 안켓습니까. 그 풀린 선 위를 건저 모아서 풀에다 개입니다. 그 개인 것이 알마진 程度의 반죽이 되얏슬 적에 그것으로 手工하기 始作하는 것입니다.

이것은 비록 新聞紙로 만든 것이나 完成된 人形을 잘 말리기만 하면 硬固하기가 木材와 다를 것 업습니다. 오래 保存할 수도 잇고 못(釘)질도 할 수 잇습니다. 톱밥 材料와 가티 퍽 理想的이라고 봅니다.

新聞紙와 톱밥 外에 간단한 材料의 또 하나는 조선 조히입니다. 上質의 조희로 模型人形을 使用하야 손쉽게 만드는 것이니 이것을 人形보다도 人形의 附屬品(帽子 及 그 外 손에 가지는 所持 道具)를 만드는데 썻스면 조흘 듯하야 다음에 人形의 附屬品 製作이란 項에서 詳細히 이야기하랴 합니다.

B. 頭 만드는 法

'퍼펫트'의 가장 重要한 部分은 頭입니다. '매리오넷트' 가튼 것은 全身의 리드미칼한 動作 그것만 가지고도 充分한 美的 效果와 情緖를 자아내지마는 '퍼펫트'는 그런 動作의 델리카시가 없는이만큼 人形이 가지는 얼골의 特徵 그것만이 그 人形이 가지는 性格의 全部를 表現하게 됩니다.

實로 人形의 頭는 그 人形의 全 生命이라고 하겟습니다. 우리는 그럼으로 頭를 만들 째에는 그만한 注意와 覺悟를 가져야 할 것입니다. 우리는 한 人形에 하나 以上의 表情을 加할 수 업습니다. 그럼으로 무엇보다 몬저 무슨 表情이 그 人形이 가지는 全 性格을 特徵하는데 第一 適當한 것인가를 考察하여야 할 것이며 그 表情을 엇더케 誇張化하여야 할 것을 講究하여야 할 것입니다. 우리는 '고-든 · 그레-그'가 말한 사람의 움즉이는 數十가지 表情보다도 假面의 固着된 한가지 表情이 훨신 效果的이란 意味의 말을 記憶하고 잇습니다. 그럼으로 우리는 퍼펫트의 固着된 한가지의 뚜렷한 굿세인 表情에 十分의 意義와 滿足을 發見하여야 할 것입니다. 하야 그것을 現實 以上으로 性格化하고 特徵化하기를 니저서는 안 됩니다.

【6】 童話詩 樣式을 새로히 發展시킬 것 —— 등등

이러한 努力과 그것을 實踐으로 옴기기 爲한 구든 決心이 업시는 一步도 前進할 수 업다. 이러한 길을 밟어 나가면서 硏究와 實踐을 辨證法的으로 結符시김으로써만 歷史 오랜 그들 傳統的 技術을 批判的으로 攝取해 올 수 잇슬 것이다. 그리고 眞正한 푸로 童話로 唯物辨證法的 方法의 軌道 우에 確立할 수 잇슬 것이다.

童話의 "더럽힌 껍질"을 벗기고 새로운 참된 意味의 童話를 키워 나가자! 그리하야 架空的 現實逃避의 催眠약과 超階級的 ○素으로 장식된 쁘르童話의 "무덤"을 ○밟고 그 우에 現實的인 眞正한 푸로童話의 殿堂을 세우자! (完)

麗水學人, "新刊 讀後 有感(三)", 『조선중앙일보』, 1933.7.6.[102]

二. 尹石重 童詩集『잃어버린댕기』

『잃어버린댕기』는 作家 尹石重의 創作인 童詩를 主로 하고 거긔다가 飜譯 童詩를 添加하엿는데 全篇을 通하야 作者의 童詩에 對한 天分을 遺憾업시 發揮하엿다 할 수 잇다.

童詩는 말할 것도 업시 "童心의 把握"에서부터 出發하지 아니하면 아니된다. 技巧는 오히려 둘재 問題다

그럼으로 "童心의 把握"이 업는 "童詩"는 要컨대 一種의 兒童的 文字의 遊戲에 지나지 안는다.

『잃어버린댕기』의 作者 尹石重 氏의 童詩는 이 點 —— 卽 "童心의 把握"이 確實하다는 點에 잇서서 누구보다도 越等한 天分을 가지고 잇다.

어떤 이는 이 作者의 表現의 精巧함을 말하는 이가 잇다. 그러나 나는 大體에 잇서서 "表現의 精巧"보다는 "童心 把握의 確實"을 더 所重히 생각한다.

또 作者는 그 使用하는 바 文字에 對하야 몹시 敏感하다. 그 한 字 한 字를 決斷코 疏忽히 놋치 안는다. 그 手法에 잇서서도 作者의 詩的 天分은 充分하다.

그러나 한 가지 作者의 큰 危險은 萬若 作者가 "表現의 精巧" —— 卽 그 넘우나 '데리께잇트한' 技巧 方面으로만 不均衡한 發展을 한달 것 가트면 마츰내는 널븐 童心의 世界를 저바리고 좁은 技巧의 골목으로 들어가지나 안흘 것인가 하는 것이다. 그러나 勿論 이는 나의 杞憂에 지나 안는다.[103]

---

102 '麗水學人'은 박팔양(朴八陽)의 필명이다. 여수학인(麗水學人)의 「新刊 讀後 有感(전4회)」(『조선중앙일보』, 33.7.2~7) 가운데, 1회와 2회는 아동문학과 무관한 것이어서 생략하였다.

103 '지나지 안는다.'에서 "지"가 탈락한 오식이다.

世界 어느 나라를 莫論하고 녯적부터 나려오는 傳說 神話 童話가 업는 나라는 업다.

兒童의 一部가 아니고 全體를 對象으로 한 樣式 —— 그들에게 가장 넓히, 만히 갓가이 할 수 잇는 樣式이 첫재로 童話다. 그 다음이 童謠다.

읽키우기 위한 "것" 들려주기 위한 "것" —— 이럿케 童話에는 大體로 두 가지의 區分이 잇지만 明確한 境界線을 세워 놀 수는 업다. 前者를 後者로 代用할 수도 잇고 그 反對로도 할 수 잇다.

그러치만 "들려주기 위한 것" —— 童話의 本質的 任務라는 것은 否認할 수 업는 儼然한 事實이다.

日本이나 朝鮮에 잇서서 四五年 前까지도 童話는 兒童文學의 諸 樣式 속에 君臨하얏스며 質로 量으로 만흔 創作을 거두어드리엿다.

그것이 三四年 以後로 들어오면서부터는 兒童文學의 樣式에 少年少女小說이란 것이 하나 더 늘엇다. 勿論 이 樣式은 四五年 前에 새로 探究된 것은 아니지만 —— 갑작이 優越한 地位를 차지하고 前面에 나타난 것이다. 日本은 勿論 朝鮮에 잇서서도 이 樣式은 兒童 —— 特히 "少年"들에게 만흔 歡迎을 바덧다.

케케묵흔 神話와 뻐르童話의 架空的 非現實的 內容에 口味를 일흔 少年에게는 새롭고 寫實主義 手法에 依하야 現實의 面貌를 摘出하는 雄大한 形式을 조하하게 되엿다. 새롭고 刺戟性이 豊富한 것을 찻는 少年(兒童의 一部分)들은 童話에서 少年少女小說로 —— 視野를 차차로 옴기엿다. 이 現狀이 요지음에 와서는 量에 잇서나 質에 잇서서나 少年少女小說이 童話의 獨占的 地位를 빼앗기까지에 이른른 것이다. (계속)

麗水學人, "新刊 讀後 有感(四)", 『조선중앙일보』, 1933.7.7.

『잃어버린댕기』의 創作 篇에

◇

건너갑니다 외나무다리
달밤에 도련님이 천자책끼고.

◇

건너갑니다 외나무다리
달밤에아가씨가 물동이이고.

◇

건너갑니다 외나무다리
달밤에다람쥐가 밤한톨물고』
(「외나무다리」)

라든지 또 飜譯 編에 가서

똑,똑,똑,
문좀 열어주십쇼
누구신가요
나무잎예요
　　딸깍 딸깍.
똑, 똑, 똑,
문좀 열어주십쇼
누구신가요
바－람예요
　　딸깍 딸깍.
똑, 똑, 똑
문좀열어주십쇼
누구신가요
달림자예요
　　딸깍 딸깍.
　　(北原白秋의 「달밤」)

가튼 것을 보면 作者 尹石重 氏의 童詩 作家로의 天分을 遺憾업시 엿볼 수 잇다.

何如間『잃어버린댕기』의 出版은 詩壇의 한 貴重한 收獲이라 할 것이다.
(發行所 京城府 崇二洞 一〇一의 六 거수나무會 定價 五十錢)

高長煥, "동화 한아버지 안더-센 선생(일)", 『조선일보』, 1933.7.29.

> 오는 팔월 사일(八月 四日)이 그의 돌아가신 지 五十九 년에 당함으로 이 날을 영원히 긔렴하기 위하야 이 글을 간단히 쓰나이다.

동화는 어린 사람의 예술(藝術)입니다.
동화는 어린 사람의 종교(宗敎)입니다.
동화는 어린 사람의 철학(哲學)입니다.
동화는 어린 사람의 혼(魂)의 창(窓)입니다.

어린 사람은 이 창을 열고서 넓다란 세상을 보고 신비(神秘)한 자연(自然)을 보고

그 생명에 타올나서 그 울음에 늣김니다.

엇더한 어린사람이 동화의 은혜를 밧지 안흔 사람이 잇겟십니까? 먼 녯날 사람이 지혜를 깨여 오든 시대부터 오늘 가튼 문화한 세상에 올 때까지 세계의 어듸를 물론하고 동화는 어린사람의 혼을 길너 왓습니다. 그것은 화로가에 안즈신 늙은 할머니의 니 빠진 입으로부터 수풀 속에서 토끼와 짝자구리를 동무 삼은 숫 굽는 이의 입으로부터 혹은 강에서 돗대질하는 배ㅅ사공의 입으로부터 혹은 눈 오는 밤에 마차를 쓸고 가는 마부로부터 혹은 세계의 나라마다 촌으로 돌아단이는

주막군들의 입으로부터 이상한 눈을 쓰게 들으며 어린 청중에게 향하야 이야기하얏습니다. 그리고 그들의 마음에 빗과 힘과 희망과 호기(好奇)와 모험(冒險)과를 준 것입니다.

말은 말을 낫코 이야기는 이야기를 낫코 그림자는 그림자를 내서 동화에 붓잡힌 백성이 더욱 더욱 커짐과 가티 사람들의 넓어 감을 싸라 동화는 넓어지고 사람들의 사괼 만큼 동화는 전하야서 쏙가튼 동화가 세계의 중한 나라나라에서 국어를 가지고 널이 이야기하고 전하게 되엿습니다.

사람들의 문화가 진보됨에 짜라 동화의 그림자도 진보하지 안을 수가 없섯습니다.

농부와 사공과 포수의 입으로부터 입에로 이야기하기 위하야 전하면서 자라는

동화도 시인(詩人)의 붓대에 살게 되며 그곳에는 커-다란 변화(變化)가 나엇습니다.

야만하고 미개한 민족의 예술이엇든 것에는 새로운 생명(生命)이 부텃습니다.

시인의 고상한 리상(理想), 철인(哲人)의 뜻깁흔 체험(體驗)이 그 속에 짜어 들어가 미묘한 예술자의 솜씨가 그 그림자를 변하며 한층 풍부한 힘을 가지고 어린 사람의 마음을 길너 주게 된 것입니다. 이것을 칭하야 말하길 예술동화(藝術童話) 혹은 창작동화(創作童話)라고 불름니다.

세계의 예술동화에게 잇서 최대의 고봉(高峯) 그것은 한스 크리스찬 안더-센입니다. 안더-센 전에 안더-센 업고 안더-센 후에 안더-센도 업습니다. 그러면 이 동화의 할아버지 안더-센은 엇더한 사람이엇든가?

高長煥, "동화 한아버지 안더-센 선생(이)", 『조선일보』, 1933.8.1.

안더-센은 일천팔백오년 사월 이일 정말(丁抹) 나라 휴넨 섬 가운데의 오덴세라는 촌 빈한한 구두방의 한 방에서 고고이 소리를 내엿다.

그의 집은 원래 그의 고향에 잇서서 집도 상당하고 또한 왼만큼한 디주(地主)이 잇섯는대 한아버지가 밋치게 되엿슴으로 가운에 불행을 밧아 할머니가 다만 외아들인 안더-센의 지금 아버지를 데리고 구차한 집에서 색시를 구하야 그 이듬해에 출생한 이가 이 세계 최대의 동화작가입니다.

안더-센의 아버지는 씩씩하지도 못하고 샌님 가태서 남과 교제를 실혀하

며 틈만 잇스면 이름 놉흔 정말의 시인 후루벨크의 희극(喜劇)과 그때

정말 말로 번역한 『아라비안나잇』(千一夜話) 등을 골몰히 읽으며 때에는 안더-센과 가티 손으로 만든 각시 작란도 하며 수풀 속에 가서 놀기도 하엿습니다.

어머니는 학문은 업섯습니다만 정신이 좃코 대단히 어지시엇습니다. 할머니는 용모가 아름다우며 누구의게든지 친절히 그리고 보기에 조흔 사람이여서 안더-센 눈에 들도록 귀애하엿습니다.

젊은 공상에 타올낫든 안더-센의 아버지는 할 수 업는 구두방의 생활을 제치고 공명심에 부처서 나폴레온 전장 때 의용병(義勇兵)이 되여서 따라갓섯는데 어으듯[104] 홀쓰타인까지 진군(進軍)한 때 전쟁은 중지되여

집에 드러오지 안흐면 안 되게 되엿슴으로 크게 실망하야 그의 아버지와 가티 미치어 영영 돌아가게 되엿습니다.(이 때(二代)가 계속하야 미치고 텬재(天才)가 나은 예증을 여기서 볼 수 잇습니다.)

이것은 안더-센이가 겨오 열 살 때입니다. 이때에 이 촌에 목사로 잇든 분케푸로드라는 조금 이름을 내인 서정시인(敍情詩人)이 잇는데 안더-센은 이 미망인(未亡人)을 알게 되어 이 집에 드나드는 사이에 각금각금 미망인의 시를 랑독하엿든 일노써 시에 대한 홍미를 알어 두고 자긔도 이 사람과 가튼 시인이 되겟다고 생각하얏습니다. 그리하야 결국은 한가지의 비극과 한가지의

희극을 지엇습니다. 분케푸로드 집 사람들은 마음으로부터 안더-센의 시재(詩才)를 칭찬하얏섯는대 다른 사람들은 도리혀 안더-센을 조소하는 재료로 하고 아이들은 안더-센이 길을 지나가는 것을 보면 "야— 희극 작자가 지나간다!" 등으로 골을 내게 하고 쁜만 안이라 어머니와 교장한테도 되립다 꾸중만 들음으로 안더-센은 그만 실망하고 말엇습니다.

---

104 '어느듯'(어느덧)의 오식이다.

高長煥, "동화 한아버지 안더-센 선생(삼)", 『조선일보』, 1933.8.3.

아버지의 돌아가신 뒤 안더-센의 가정은 한층 더 생활이 쓰라리게 되엇슴으로 안더-센은 소학교를 퇴학하고 공장에 들어가서 견습직공이 되엇습니다.

안더-센은 날 째부터 조흔 목소리를 가지고 잇섯스며 쏘한 연극을 조와하야 언제든지 각씨 노름을 하고 노랏슴으로 아모리 해도 배우(俳優)가 되고 십다고 지망을 일으키며 그를 위하야 고-쎈하-켄에 가고 십다고 어머니에게 말햇습니다. 어머니는 처음부터 큰 반대이엿지마는 안더-센이 작고 힘드려 바라며 이름 업든 아이들이 힘을 써서 일대

명사가 되엿다는 만흔 실례(實例)를 말하며 자긔도 그와 가티 잘되겟다 하며 기-ㄴ 동안 조금식 모아 두엇든 "십삼 불"의 돈을 내어 보혓슴으로 어머니는 크게 감동하야 점쟁이한테 물어보니까 "너의 아들은 훌륭한 사람이 된다. 오-덴세의 촌은 그의 명예로써 세계에 알게 되겟다"고 말햇슴으로 어머니는 잠시나마 기분이 조흐세서 단 열다섯 살 된 안더-센을 홀몸으로 고-쎈하-켄에 보냇습니다.

고-쎈하-켄에 간 안더-센은 먼저 왕립극장의 명녀우를 차저서 배우 지원의 뜻을 말햇는데 한 말로써 거절을 당하고 하는 수 업시 목수의 제자가 되엿섯는데 다시금 생각하야 국립음악학교(國立音樂學校)의 교수 '시보니'라는 사람을 차저

성악가가 되고 십흔 뜻을 말햇습니다.

그리고 '시보니'도 잘 가라치면 될 듯하다고 생각하야 그의 집에 두고 성악을 가르키엇습니다. 그리하야 반년이 되엇슬 째 안더-센의 목이 별안간 변하야서 녯날의 아름다운 목소리를 일허버렷슴으로 음악의 지원도 일조에 쩌러지며 다시 길가의 홀몸이 되엇습니다. 이때 다행히 '콜드볼크'라는 시인으로 인하야 도음을 바다 어학과 무도를 배우며 결국은 엇던 극장에

출연을 하게 되엇습니다. 그런대 이때 추밀고문관(樞密顧問官) '코린스'라는 인격 놉흔 신사가 이 극장을 경영하얏든 관게로 안더-센이

미래에 잇서 무엇이 존재할 것을 관상하고 황제의 허가를 어더 안더-센을 급비생(給費生)으로 하야 '스라켈제'의 정말어학교에[105] 늣코 뒤로 고-쌘하켄에 불러서 그 대학에 느엇습니다.

이것이 안더-센의 운명을 열기 시작한 때입니다.

高長煥, "동화 한아버지 안더-센 선생(숫)", 『조선일보』, 1933.8.4.

팔백이십구년[106] 안더-센이 스물다섯 살 때 처음으로 그의 처녀작(處女作) 『홀므스 수도(水道)로부터 아마-켄 동단(東端)까지의 도보 여행긔』를 출판하얏는대 대단한

호평을 밧고 곳 삼판(三版)을 거듭하얏습니다.

다음으로 그해에 『성코라쓰 탑상의 연』을 써서 국립극장에 상연하얏고 그해 섣달에 처녀시집을 내어노앗습니다. 그의 시는 여태까지 각종 지상에 발표하야 호평을 바닷습니다.

일천팔백삼십년에는 정말의 지방을 려행하고 다음에 서서(瑞西)[107], 독일(獨逸)에 려행긔를 내놋코 일천팔백삼십삼년에는 정부에서 유학을 명하야 파리(巴里)에 가서 게속하야 서서를 지나서 이태리(伊太利)에 들어가 이름 놉흔 정말 출신의 조각가(彫刻家)를 톨알드센 등의 환영을 밧앗습니다. 일천팔백삼십사년 로마(羅馬)를 떠나 빼니쓰의 윈뮤닛히를 넘어서 정

---

105 '정말어학교'는 "丁抹語學校" 곧 "덴마크어학교"의 뜻이다.

106 '일천팔백이십구년'에서 "일천"이 빠진 오식이다.

107 '瑞西'는 스위스(Swiss, Suisse)의 음역어이다.

말에 돌아온 후 로마에 잇슬 때 지은 시집을 출판하엿습니다.

이 작품의 성공은 커서 그이까지 대개

정말 문단에서 잇저섯든 '안더-센'은 한발로써 문단의 최고봉(最高峰)에 올으게 되며 비평가(批評家)는 붓을 합하야 이를 격찬하고 지금까지 안더-센의 적(敵)이든 것도 지금에야 모-다 안더-센의 갓고난 대사명(大使命)을 인증하게 되엿습니다.

이에 게속하야 북구인(北歐人)의 생활을 그려낸 훌융한 소설이 잇고 그 다음으로 『늙은 호궁사』가 나왓습니다.

안더-센의 큰 걸작의 동화가 처음으로 세상에 나온 것은 일천팔백삼십오 년이라고 말합니다.

이 동화의 출현은 확실히 문단에 큰 파문을 던진 것이엿습니다.

이로부터 크리쓰마쓰 때마다 발행하는 습관이 된 안더-센의 동화집은 늙은이한테로 젊은이한테로 똑가티 긔대리게 되며 곳 전 구라파 각 나라에서도 안더-센의

일홈을 몰으는 사람이 업스리 만치 되엿습니다.

이와 가티 녯날에 말할 수 업는 표랑의 소년은 구라파에서 크게 이름난 사람의 한 사람이 되엿습니다.

점쟁이의 예언은 성취되고 안더-센이 살든 촌은 그로 인하야 세게에 알게 되엿습니다.

일천팔백칠십이년 때부터 안더-센은 병을 어더 이듬해 서서로 가서 병을 정양하야 퍽 나어서 귀국하야 일천팔백칠십사년 칠십세의 생일날에는 국제일가티 성대히 축하하얏습니다.

이때 그의 작품은 열다섯 나라의 말로 번역되어 잇섯습니다.

그러나 또 다시 병에 들어 우인의 별장에서

치료를 하고 잇섯습니다. 일천팔백칠십오년 팔월 사일 밤 열한시에 악갑게도 이 세상을 떠나고 말엇습니다.

그의 장의(葬儀)날에는 왼나라가 애도의 뜻을 표하며 극장과 상점은 모-다 쉬엿습니다.

(간단하나마 그의 대강 약역을 소개한 것입니다. 우리나라에도 얼마나 그의 동화가 만혓는지요? 따로히 동화를 소개하겟습니다.)

―(씃)―

尹石重, "(JODK)名作 童謠의 鑑賞", 『매일신보』, 1933.8.4.

첫날엔 童話[108] 鑑賞의 態度—童謠의 참맛을 알 수 잇슬가—여기 對해서 말슴드리고저 합니다.

둘재날엔 世界에 이름난 童謠作家들(이를테면 스틔븐손 알마타 데마 델다메어 로세티 힐다 콩클링 그리고 日本에 北原白秋 西條八十 外) 여러분의 作品 가운데서 代表될 만한 것을 추리여 鑑賞하고저 합니다.

셋재날엔 우리 朝鮮의 童謠作家 故 方定煥, 韓晶東, 鄭芝溶 外 여러분의 作品 가운데서 열두 개를 추리여 鑑賞하고저 합니다.

講話(八月 三, 四, 五日 午後 七時 三〇分)

---

108 맥락상으로 볼 때, '童謠'의 오식이다.

孫煒斌, "(朝鮮新劇二十五年略史, 九)萌芽期의 '學生劇'과 '레뷰―' 新劇熱의 上昇時代―新興劇團의 出現", 『조선일보』, 1933.8.12.[109]

◇―――◇

이것들은 비록 一般社會 情勢에 빗추어 보아 넘우나 現實에서 離脫된 兒戱的인 演劇活動의 職業的 興行物에 不過하엿스나 엇잿든 中央에서 如斯히 諸般事實이 遂行되는 中에 朝鮮新劇史에 잇서 地方的으로 그리 疏忽히 看做할 수 업는 平壤에서는 一九二七年 八月에 梁路健 朴淳玉 卓永善 白銀線 高龍女 等 諸氏를 中心으로 하여 組織된 〈藝友俱樂部〉라는 것이 誕生되여 第一舘이라는 映畵 常設舘에서 極히 簡單한 寸劇과 音樂 獨唱 그리고 좀 '크래씩'한 舞踊을 上演하엿다.

◇―――◇

當時에 잇서 맛치 舊劇과 新派의 混血兒 가튼 所謂 "新派劇"이란 名目 아래 地方을 巡廻하게 되엿든 職業的인 卑俗한 興行物 外에는 別로히 演劇 따운 것에 接觸이 업섯고 舞臺에 對한 鑑賞眼이 缺如된 觀衆은 多少 親善味를 感受하게 되여 一般의 好評을 밧엇든 것이다. 이에 特記할 것은 舞臺上에 잇서서 純全한 舞踊類가 觀客의 對象이 되엿든 事實은 前例가 업섯든 일이엇다. 卽 〈藝友俱樂部〉에서 上演하엿든 것과 갓튼 '레뷰―'的의 '짠쓰'가 舞臺에 上程케 된 것은 이것으로서 朝鮮 劇界에 잇서서의 搖籃이라 할 것이다.

◇―――◇

그리고 平壤에 잇서서는 新劇에 對한 熱이 일즉부터 學生層에 浸潤하게 되여 "崇專"[110] 가튼 데서는 機會만 잇는 대로 素人劇으로서 學生 自身이

---

109 손위빈(孫煒斌)의 「朝鮮新劇運動略史(전10회)」(『조선일보』, 33.7.30~8.13) 가운데 아동문학과 관련되는 것은 2개 회분(9~10회)이다. 글의 제목도 9회와 10회에만 「朝鮮新劇二十五年略史」로 되어 있어, 1~8회와 조금 다르다.

110 숭실전문학교(崇實專門學校)를 가리킨다. 1897년 평안남도 평양에서 학당을 개설하여

上演하여 왓든 것이엇다. 그리하야 一九二七年 十二月에는 '크리스마스'의 밤을 利用하야 「除夜의 鐘소래」라는 것을 亦是 學生 自身들의 合作으로서 上演하게 되어서 一般 期待에 그리 背馳는 되지 안엇는데 이것은 技術的 見地라든가 또는 嶄新한 表現 形式에서가 아니라 思想的으로 그때로서는 가장 進步的이엇든 學生層이니 만큼 그래도 社會 全般에 對한 漫然한 不滿不平을 露現케 하야 小쁘르層의 反封建的인 自由主義的 意慾에 迎合케 되엇기 때문이엇다.

◇──◇

이리하야 全 朝鮮으로 演劇熱이 날로 上昇되고 더욱히 그의 新興 氣分이 充溢되는 가운데 보다 새로운 內容과 形式을 가춘 新劇 그리고 近代劇에 對한 一般 民衆의 慾望은 決코 輕微한 것이 아니엇다. 그러나 一方 新劇活動을 擔當한 演劇人의 一部는 이에 焦燥할 뿐이다가 드듸어 새로운 氣分으로서 旗幟를 揭揚하게 되엇스니 一九二八年에 들어 〈山有花會〉라는 것이 組織되여 市內 朝鮮劇場에서 洪露雀 氏의 作品 「鄕土心」을 第一回 公演으로써 上演하엿스나 別로 一般의 反應이 업시 그 後 卽是로 解散되고 말엇다.

孫煒斌, "(朝鮮新劇二十五年略史, 一○)虛無主義를 高調한 綜合藝術協會 童話劇의 出現", 『조선일보』, 1933.8.13.

◇──◇

그리고 이와 相伴하야 延鶴年 氏의 斡旋으로 各 學校의 學生層에서 演劇活動의 志望하는 者를 網羅하야 姜弘植 李月華 卜惠淑 金明淳 等 其他

1906년 숭실대학, 1925년 숭실전문학교로 개편되었으나, 1938년 신사참배 거부 등에 따라 폐교되었다. 해방 후 1953년 서울에서 숭실대학교로 다시 개교하였다.

諸氏로서 〈綜合藝術協會〉라는 劇團이 組織되엿다. 그리하야 同年에 天道敎紀念舘에서 第一回 公演으로 '체홉'과 '안드레-프'의 名作을 추리어 上演코저 하엿스나 時間上 其他 關係로 結局 '안트레-프' 「뺨맛는 그 子息」이란 全四幕物을 舞臺에 올리어 虛無主義의 思想을 高調하엿든 것이엇다.

◇───◇

이것의 內容은 말할 것도 업시 革命 前 露西亞에 잇서서 知識階級의 一群이 保持하고 잇든 時代的이라고 할 한 個의 思想的 傾向인 虛無主義의 典型的 人物의 極端的 生活 記錄인 것이엇다. 當時에 잇서 朝鮮 靑年의 大部分이 思想的으로 向路를 定치 못하고 精神生活의 動搖로서 呻吟하는 思想 轉換期에 處하여 잇섯슴으로 이 演劇은 結局 混亂된 生活觀에 彷徨하고 잇는 朝鮮民衆 大群에게 敗北的인 自滅的인 虛無主義의 毒素를 散布한 것이엇다.

◇───◇

그리고 形式에 잇서서 爲先 朝鮮의 唯一한 彫刻家이든 金復鎭[111] 氏의 舞臺裝置는 무엇보다도 極히 素朴하고 簡單한 大道具로서 그의 可能性 全部를 모다 利用하엿다는 點에서 舞臺組織法에 잇서서 成功한 것이엇스며 그리고 朝鮮에 舞臺가 生起한 以來 最初로서 建築的 構成的 要素가 使用되엿다는 點에서 極히 嶄新하엿든 것으로 그의 淡麗하고 新鮮味 잇는 舞臺面은 可히 衆目을 끌을 만한 魅力을 가지엇든 것이다.

◇───◇

그리고 當時에 그래도 가장 進步性 잇는 技術者라고 看做할 수 잇든 演劇에 素養 잇는 者를 網羅한 것인 만큼 出演者들의 演技에 잇서서도 別로히 非難 바들 만한 失敗는 免하엿든 것이고 演出者에 잇서도 舞臺的 表現에 잇서 從來의 新派的 類型에서 離脫하여 近代的 形式에 接近하려는 多分의 努力을 窺知할 수가 잇섯다. 形式에 잇서 如斯히 效果的이엇스니만큼

111 김복진(1901~1940)은 조각가로 호는 정관(井觀)이다. 충청북도 청원(淸原)에서 출생하였다. 한국 근대 조각의 개척자다. 비평가 팔봉 김기진(八峰金基鎭)의 형이다.

一般에게 밋치는 思想的 影響은 實로 不少한 것이엇다. 이러함에도 不拘하고 內容으로 보아서 自己生活의 關係者에게 對하야 漠然하게나마라도 敵愾心과 殘忍性을 一般 民衆에게 助長 식힐 危險性이 잇섯슴인지 警察은 公演 中止를 命令하게 되엿다.

◇―――◇

이렇케 하야 五日間의 豫定이든 〈綜合藝術協會〉의 公演이 不過 三日間으로서 閉幕을 하게 되자 其他 여러 가지 事情으로 再興할 아모 能力이 업서 그 後에 同會도 解散되고 말엇다. 이를 前後한 當時에 잇서 京鄕間의 一般 民衆에게 新劇熱이 本格的으로 熾盛된 것은 勿論이며 學生 兒童에게까지 全般的으로 그의 影響이 波及되여 學校와 幼稚園 等 各 方面에서 自體 內의 素人劇과 兒童劇을 上演하기 始作하야 現今에 잇서 가장 重要視되고 잇는 學生劇의 起源을 일우엇든 것이엇다.

◇―――◇

이에 特히 注目할 것은 京城保育學校의 〈兒童劇硏究會〉의 事業이엇스니 亦是 一九二八年에 市內 朝鮮劇場에서 "兒童劇"을 公演하게 되엿섯는대 上演 劇本은 '워-카'의 「콩이 삶어질 때까지」라는 一幕物과 '아우스 · 렌넬'의 「날개 도친 구두」의 一幕 七場의 것이엇는대 이 兒童劇本은 最近까지 日本의 小築地劇場[112]에서도 數次 上演하엿든 極히 近代的이며 進步的인 그리고 比較的 滋味스러운 戱曲으로서 登場人物로는 保育學校의 女敎員과 同校의 生徒인 全部 女子만이 出演하야 觀客의 視聽을 集中식히엇든 것이다.

◇―――◇

모든 演劇이 極히 神奇한 것이 안이고는 一般 民衆의 意慾에 迎合되지 못하고 歇價의 觀物로서 看過되려는 傾向이 濃厚하엿든 當時에 잇서 如斯한 兒童劇本이나마 上演케 되엿다는 것은 朝鮮에 잇서서 童話劇의 最初

112 '築地小劇場'의 오식이다. 쓰키지소극장(築地小劇場)은 1924년 도쿄(東京)의 쓰키지(築地)에 세워진 일본 최초의 신극 전문극장이다.

公開이엇스며 同時에 確實히 一步前進한 演劇活動이엇섯다. 더욱히 演出 其他의 責任을 擔當하엿든 柳仁卓 氏는 朝鮮에 잇서서는 누구보다도 優秀한 演出者로서의 素質을 보혀 주어 識者間에 그의 將來가 注目되엿스나 그의 天稟의 才能을 伸張 發揮할 사이도 업시 그 後 얼마 안이하야 不幸히 夭死케 되여 一般에게 愛惜함을 不禁케 하엿다.

(寫眞은 綜合藝術協會 時代의 卜惠淑[113])

113 복혜숙(卜惠淑, 1904~1982)은 충청남도 대천(大川) 출생으로 본명은 복마리(卜馬利)이며, 1919년 이화여자고보(梨花女子高普)를 졸업하고 일본으로 유학한 후 〈신극좌(新劇座)〉에 입단, 한국 최초의 여배우로서의 길을 가게 되었다. 〈토월회(土月會)〉에도 입단하였고 20여 편의 영화에 출연하였다.

梁田楨, "不快하기 짝이 업는 文藝作品의 剽窃-延昌學 君에게", 『조선중앙일보』, 1933.8.20.

文藝는 그 어떤 이의 끌는 피 뛰는 心臟이 붓끗을 적셔 나리여 一句一句가 吾人의 心琴을 울닐 때 歡喜, 慰安, 懷想, 奮起, 喜怒, 哀樂 等 形言할 수 업는 感激을 밧는다. 그러나 그것은 創作이여야 할 것이다. 卽 文藝의 生命은 創作이다.

創作이 업는 곳에 文藝의 生命이 躍動할 수 잇스랴? 文藝도 모-든 다른 藝術과 가티 그 藝術良心에 잇서서 良心 업는 作品 卽 模倣 改作 等은 一毫의 價値가 업거든 하물며 他人의 作品을 剽窃함에야 實로 言語道斷이라 하겟다.

筆者는 本誌 今月 十六日付의 學藝欄에 記載된 延昌學 君의 「해변의 소녀」[114]라는 童詩를 읽고 不快하기 짝이 없섯다. 그는 延 君의 創作?인 二節의 童詩가 一字一劃도 틀림업시 他人의 作品임을 알기 때문이다. 일즉이 全春波 君의 「내 마음의 새 曲調를」(獨彈者=李貞淑 原作)이라는 新詩의 剽窃로(『朝鮮日報』 所載) 李孤山 氏의 痛切한 排擊이 잇슨 지 不過幾月이 못 되여 또 醜雜한 事實에 接하게 됨은 筆者는 甚히 不幸히 생각하는 바이다.

「해변 소녀」의 作品의 原作者 金泰午 氏는

筆者와도 親한 知面이다. 同 作品(童詩 二節)은 일즉 『每日申報』[115]에

---

114 아마득한 먼바다에 해떨어지니/조개줍는 아이들은 집차저들고/물결우에 춤을추든 어린물새도/십리ㅅ길 섬속집을 자처갓건만//바다ㅅ가 밤바람은 쓸쓸도하고/실낫가튼 초승달은 기울엇는데/고기잡이 떠나가신 울아버지는/어찌하야 오늘밤도 아니오시나//(延昌學, 「해변의소녀」, 『조선중앙일보』, 33.8.16)

115 아마득한 먼바다에 해썰어지니/조개줍는 아이들은 집차저들고/물결우에 춤을추든 어린물새도/십리ㅅ길 섬속집을 자처갓건만//바다ㅅ가 밤바람은 쓸쓸도하고/실낫가튼 초승달은 기우러진대/고기잡이 써나가신 울아버지는/어찌하야 오늘밤도 아니오시나//童謠研究協會 金泰午, 「해변의소녀」, 『매일신보』, 33.4.19)

發表되엿고 그 後 今年 六月 『朝鮮日報』(六月 二十五日付)[116] 學藝面에 再次 同名으로 記載되엿든 것이다.

그것을 一字一劃도 틀림이 업시 그대로 羅列하여 놋코 延昌學이라 姓名을 부틴 同君의 心理는 唾棄할 일이다. 筆者는 延 君을 事實이지 甘味한 童詩 等을 耽讀할 時代에 잇는 卽 小學生이 아닌가 想像한다. 그러타면 더욱이 同 君의 前途를 爲해 愛惜함을 마지안는다. 盲目的인 發表慾을 滿足시기기 爲하야 他人의 作品을 그대로 謄寫하야 發表하고 知人들에게 自慢하는 꼴을 想像할 때 筆者는 嘔吐를 참을 수 업다. 이로써 延 君을

非難함은 中止하련다. 그는 우에 쓴 바와 가티 延 君을 철업는 少年의 一時 過誤로 생각함이다. 그러나 非但 延 君뿐 아니라 此種 賣名的 自稱 文士가 꾸준히 뿌리박고 잇슴을 筆者는 생각한다. 此等 所謂 "떼모 文學青年"들의 續出은 現下의 情勢이여서 低級하고 愚鈍한 頭腦와 乾燥한 情燥로도 오히려 文學青年을 自稱하고 何等의 努力도 업시 不純한 重望만 길러 그 間의 不自然이 畢竟은 前記와 가튼 剽窃을 敢行시긴 것이 아닌가 한다. 筆者는 現在 木浦 某 評論雜誌의 所謂 編輯者의 重任을 負하고 잇스면서 他人의 作品(콩트)를 剽窃하고도 오히려 廣大한 얼골을 하고 다니는 人士를 잘 안다.

그러나 一個 地方 雜誌인 만큼 그대로

暗暗裏에 내버려 두엇다. 이와 가튼 事實이 몰나 그러치 全 朝鮮 各地에 얼마나 만흘지? 이것은 적지 안흔 問題로 所謂 그들 自稱 文士들의 害毒이 許多한 文學青少年을 망치는 것을 筆者는 寒心히 생각한다.

文學青少年들이여! 그내들의 藝術은 오-즉 良心에서 나와야 하는 것이니 이 點을 特히 覺悍하야써 潤澤한 情操와 不屈의 努力으로 조흔 創作을 만들어 내기를 바라며 卒筆을 擱한다.

---

116 一. 아마득한 먼바다에 해써러지니/조개줍든 아이들은 집차저들고/물결우에 춤을추든 어린물새도/십리ㅅ길 섬속집을 자처갓건만//바다ㅅ가 밤바람은 쓸쓸도하고/실낫갓흔 초승달은 기울엇는대/고기잡이 써나가신 울아버지는/엇찌하야 오늘밤도 아니오시나//(金泰午, 童謠 「해변의소녀」, 『조선일보』, 33.6.25)

鄭靑山, "少年文學 써-클 이약이", 『新少年』, 1933년 8월호.

첫 말

平壤에 잇는 梁佳彬 동무가 『별나라』 四五月 合號에 「써-클 이야기」[117]를 써준 것을 감사히 생각한다. 梁 동무가 『별나라』에다 써섯스나 『新少年』 讀者 諸君은 아즉 못 읽어스리라고 밋는 가운데서 느진 감이 잇지마는 또는 뒷푸리하는 것 가트나 아즉 읽지 못한 동무를 위하야 梁 동무 뒤를 이여 붓을 든다.

少年文學 써-클 즉 우리들 어린 동무들이 가저야 할 文學 써-클은 엇더케 조직하며 엇더한 데서 필요를 늣기는 것이냐는 것을 조금 이야기하자.

우리 어린이들이 안인 어른 즉 우리 아버지 아저씨들도 文學써-클 조직을 하여야 하겟다는 이야기가 압흐로 작구 어른들 가운데서 큰 새로운 문제로 이야기되게 될 것이다.

이와 동시에 우리들도 이 써-클 이야기를 시작해 보기로 하는 것이다.

써-클이라는 형식과 가튼 형식으로 우리들의 모임이 잇섯든 것이다. 그것은 즉 독자회라는 형식으로 우리가 모여 본 일이 잇섯슬 줄 안다. 이와 맛찬가지로 이 써-클도 가튼 방법으로 조직을 할 수 잇(이상 2쪽)는 것이다. 그러나 썩 새로운 형식으로 조직해야 하면 그 성질을 다 가치 아러야 할 것이다.(그 전과 다른 의미에서)

먼저 써-클은 대체로 엇던 일을 해야 할 것을 말하자. 써-클은 우리와 가튼 어린동무(우리들의 동무가 안인)를 우리와 가치 손을 잡게 할 수 잇게 해야 하며 또 다른 세력 즉 우리들이 안인 그들에 속어 내려온 그 모든 것을 알려야 할 것이다. 그래서 우리들의 정당한 것을 알려야 할 것이며 우리 陣營 內에 드러오도록 하는 데 큰 노력을 할 것이 이 써-클이다.

---

117 梁天의 「(講座)써-클 이야기」(『별나라』, 1933년 4-5월 합호, 28~29쪽)를 가리킨다. '梁天'은 양가빈(梁佳彬)의 필명이다.

이 써-클은 우리들만이 모이는 것이 아니다. 누구든지 이 써-클에 들을 수 잇다. 문학에 취미 잇는 동무는 다 들 수 잇다. 그러면 써-클은 엇더케 맨들어야 할 것이며 그 써-클은 누구의 가리침을 바더야 할 것인가를 말하자.

물논 말할 것도 업시 소년문학을 지도하는 그 지도단체의 지도를 바더야 할 것이다.(아즉도 이런 조직이 업스나 압흐로 생길 것이다.)

그런데 써-클에는 여러 가지 이름을 가질 수 잇는 것이다. 그것은 다 각각 부분을 따러 다른 이름을 가지는 것이다. 예를 들면 문학(文學)써-클, 음악(音樂)써-클, 연극(演劇)써-클, 이외도 마는 이름을 가질 수 잇는 것이다.

그것은 음악을 조화하는 사람이 모이면 음악(音樂)써-클, 연극(演劇)을 조화하는 사람이 모이면 연극(演劇)써-클이라는 이름을 가지게 되는 것이다.

그러나 한 이름을 가질 만한 사람이 모이지 못할 경우에는 문화(文化)써-클이라는 이름 아래 음악을 조화하는 사람, 연극을 조화하는 사람, 문학을 조화하는(이상 3쪽) 세 사람이 한데 모이여 될 수 잇는 것이다. 그러나 이 한데 모인 써-클은 그대로 똑가튼 거름을 것는 것이 아니다. 엇던 때를 당하면 다 각각 갈너저서 힘 잇는 거름을 것도록 해야 할 것이다. 이 써-클은 공장 안에도 학교 안에도 농촌에도 가두(街頭)에도 둘 수 잇는 것이다. 이야기는 할수록 점점 기러짐으로 더 말 안하고 써-클노써 엇더케 활동해야 할 것을 이야기하고 그만두자.

써-클을 조직하는 데는 이런 방식으로 하자.

먼저 "별나라批判會" "新少年批判會" "어린이批判會" "아희생활批判會" "少年俱樂部批判會" 또는 "讀書會"라는 이름으로 우리들의 잡지 만에 대한 것이 아니라 엇던 잡지라도 여러시 모이여 비판하여 가며 여러 동무들을 모이게 하야 써-클을 조직하는 것이 조켓다. 이러케 모이게 되면 우리들은 "잡지를 하자든지" 또는 "소설을 빌녀 달나거니" 하며 차차 서로 취미 잇게 모이게 된다. 그때 차차 우리들에 소설을 일커 주며 동요, 동화를 읽어 주어

가며 무척 취미적으로 모이게 되는 것이다. 될 수 잇는 대로 적극적으로 그네들에 대한 모든 것에 반대하는 일은 안 된다. 차차로 여러 동무들에 모든 것을 조사해 가며 운동에 대한 것이라든지 활동(活動)사진, 연극, 잡지 이야기로부터 차차 우리들의 이야기까지 나가도록 하는 것이다.

이만한 긔초를 세우면 차차 사업을 한다.

"동요의 밤"이라든 "동화" "童話회" "연극회" 가튼 것을 열며 동시에 등사판 잡지(이상 4쪽) 가튼 것을 맨들어 내는 것이다.

이 잡지는 자유로이 투고하도록 하며 우리들의 글이 아니라도 조타.

이러케 하야 차차 문학적으로 활동하는 동무를 양성하는 것이다.

이런 순서로 차차 발전해 나가는 것이다. 그러면 써-클의 이름은 엇더케 하나. 그 이름은 아무것도 조타. 이름을 무척 우리들의 이름으로 하는 체하는 것 가튼 것은 잘못이다.

예를 들면

"明川少年文學會" 또는 "서울少年文學會"라든지 대개 이런 이름으로 하는 것이 조타. 그리고 더 자세한 것은 차차 또 이야기하기로 하자. 이야기는 이만큼 진행되엿스니 우리가 알지 안흐면 안 될 꼭 필요한 이야기를 좀 더 하자.

조직된 써-클이 잇는 곳에 소년회 소년부가 잇슬 때 이 써-클과 소년회 또는 소년부와는 엇지 관게를 가저야 할가. 물논 소년회원이나 소년부원으로서도 써-클원이 될 수 잇스며 써-클원으로서도 회원, 부원이 될 수 잇는 것이다. 우리는 과거의 이런 관게 되는 일 가튼 것을 부인한 일이 잇섯슬는지도 몰넛섯스나 우리는 이런 잘못을 버리도록 하고 서로 밀접한 관게를 가지여야 할 것이다. 이 밀접한 관게를 가지는 데서 우리들 일은 잘되여 갈 것이며 과거와 가튼 허명무실한 일은 업서질 것이다.

자! 이야기는 이만 끗치자. 요다음 긔회로 밀고 붓을 놋는다.(이상 5쪽)

一記者, “(常識)雜誌가 한번 나오자면－이러한 길을 밟어야 한다”, 『新少年』, 1933년 8월호.

한 말로 잡지 잡지 하야도 그것은 그러케 쉬운 것이 아니다. 잡지 한 권이 독자들의 손에 쥐여지자면 여러 가지 난관을 통과하여야 된다. 그것을 여긔에 순서대로 이야기하여 보련다. 그런데 여긔는 잡지를 하는 데 드는 비용 가튼 것은 다 준비되여 잇는 뒤로부터의 이야기다.

무엇보다 제일 먼저 잇서야 할 것은 잡지의 내용을 만들 원고(原稿)이다. 먼저 원고를 모아들여야 한다. 그런데 조선 가튼 데서는 이 원고를 모으기에 여간 힘이 들지 안는 것이다.

원고는 글 쓰는 사람에게 부탁하는 것인데 어느 나라에서든지 원고료라는 것을 내이고 원고를 사 오는 것이다. 그러나 조선 가튼 데서 원고료 한 푼 안 주고 그것을 써 달나고 하는 것이닛가 그 곤난이야 여간 아니다. 원고 쓰는 사람도 다 가튼 사람이닛가 먹어야 살 것이다. 그런데 먹을 것을 주지 안코 그냥 달나고 하는 것이니 그게 무리에 지나친 무리다. 그들도 그(이상 39쪽) 상품을 팔어서 먹고 사는 것이닛가.

편즙 긔일을 멧칠 압두고 잡지사 긔자들은 원고를 부탁하라 동분서주한다. 엇던 냥반은 쉽게 써 주어도 엇던 냥반은 한 번이나 두 번 가서는 엇기 어렵다. 한 오륙 번은 가야 한다. 그리하야 원고를 일정한 매수를 모흐면 그것을 책을 매여 가지고 출판허가원을 써 가지고 도경찰부 고등과를 거처 총독부 경무국 도서과에 드려보낸다. 그리하야 검열(檢閱)을 맛는 것이다. 잡지쟁이들은 원고를 드려보내 노코는 그것이 어서 나오기를 눈이 빠지게 기다린다. 그리고 무사통과되기를 빌며 바란다. 되-게 걸니면 전부 압수를 당하야 버리고 잘되면 멧 개 삭제를 아니 당하고 나온다. 그러나 잡지마다 다 그런 것이 아니다. 그런 잡지가 그러타. 검열만 맛터 노면 잡지쟁이들은 한숨을 노코 인제는 일이 다 되엿다는 듯이 조와서 쒸다십히 가편즙을 하야 인쇄공장으로 넘기는 것이다. 그러면 인쇄공장에서는 문선 직공이 주자를 골느고 제판 직공이 판을 짜고 연판 직공이 연판을 맨들고 긔게공이 박히고 제본과에서 책을 만드러 보낸다. 그리하면 잡지사에서는 두 권을 검열 마튼 원고와 함께 도서과에 납본(納本)을 한다. 그리하야 무사통과 되면 잡지를 시장에 내놋는 것인데 모든 것이 말하는 것 가치 그리 쉬웁지 안타. 고장이 생기고 계획이 틀녀지고 그리하야 느저지고 엇던 달에는 못 나오게 되고 그 고통을 말하자면 한이 업다. 짜닭에 잡지쟁이들은 머리가 쉬 센다. 그러케 힘드러 나오는 잡지래도 잡지쟁이에게는 돈이라고는 아니 생긴다. 잡지쟁이 일 년만 하고 나면 돈 멧 백원 그림자도 업시 날너간다. 그러나 그것은 조선에서만 잇는 일이다.(이상 40쪽)

一記者, "별나라 七週年 紀念 '童謠·音樂·童劇의 밤'은 이러케 열엿다—밧게선 비가 퍼붓는데도 場內엔 一千四百의 觀衆!", 『별나라』, 통권70호, 1933년 8월호.

우리 별나라사에서 칠주년 긔념식을 한다는 소문은 널이 퍼젓든 것이다. 그래서 작년 륙주년 긔념 때에 오섯든 분들은 물론 벌서부터 잘하리라는 소문은 널이 퍼지게 되야 비가 죽々 내리는데도 우산 쓴 아이 어른 안악네는 정동 좁은 골목으로 배재고보 강당으로 몰여오는 것이엿다. 이리하야 일곱 시 반 정각에 시작할 것을 다섯 시부터 오는 손님싸지 잇섯다.

그러나 개회할 시간이 각거와 올수록 비는 몹시도 쏘다젓다. 그럴수록 손님들은 민망하게도 옷을 적시고 저— 뒤 끗까지 줄다엇다. 거이 일곱 시가 되엿슬 때다. 장내는 벌서 만원이 되려할 때 밧게는 비를 마저 가며 초대권이 업서 드러오지를 못하고 또 잡지의 입장권을 가지지 못한 몃 소년이 잇섯다. 아조 입장하기를 애걸하는 것은 참으로 가여웟다. 이래서 그냥 입장식힌 일도 서너 번이나 잇섯다. 엇던 어른은 비가 좍々 쏘다질 때 잡지의 입장권을 어드려고 책사로 다름질처 가는 분도 만히 잇섯다.(이상 40쪽)

하여간 이것은 우리 "별나라 칠주년 긔념의 밤"의 성황을 말하는 것이 아니고 무엇이겟느냐. 그리하야 굉장한 칠주년 긔념의 모임은 요량(嚠喨)[118]한 "경성중등학교 련합쌘드"(京城中等學校聯合쌘드)의 주악(奏樂)으로 개회되엿다.

또한 오늘의 이약이를 이약이하기 전에 먼저 한 말 할 것은 작년 전선학예회 때의 모임과는 좀 달낫다는 것을 말해 둔다. 그것이라는 것은 작년에는 열 학교에서 제각기 아동극 한 막식을 출연하게 되야 그야말로 아동극

118 '嚠喨'은 '유량'으로 읽어야 하고, "음악 소리가 맑으며 또렷함"의 뜻이다. "소리가 맑고 낭랑하다"의 뜻으로 "요량(嘹喨)하다"가 있다.

경연(兒童劇競演)의 밤의 감이 잇섯다만은 이번에는 음악에 만히 힘썻든 것이 사실이다. 아래에 그날의 출연한 곳을 적어 보겟다.

〈달나라會〉, 月星學院, 培英學院, 翠雲女子學院, 〈가나다會〉, 〈綠星會〉, 秀英學院, 興仁學院, 湧興學院, 아루페・하모니까 쌘든, 中等學校 聯合 쌘ㄴ드 等이요 個人으로는 鄭慶南, 金國鎭, 朴桂順, 朴松, 郭正善 氏들이엿는데 동요에 잇서는 모두 전문단체엿고 또 경성에서 일홈이 놉흔 곳뿐이엿다. 그 外에 朴松 선생의 '오카리나' 독주와 아루페・하모니까쌘드, 中等學校련합쌘드는 이 모임을 더욱 빗내게 하엿다. 그러나 郭正善 씨의 첼로독주는 비로 말미암아 악긔(樂器)를 날늘 수가 업서 출연을 중지하게 되여서 섭々하게 되엿다.

개회하자 湧興學院 「별나라 序曲」은 무엇보다도 舞踊에 독특한 연구를 하시는 陳泰潤 씨의 指導를 밧아 왓슴으로 씩々한 긔운은 변함이 업섯다. 아이들은 노래를 하며 꼿닙파리를 뿌리니 배경막에는 뚜렷이 "별나라"라고 하는 꼿글씨가 나타나게 되엿다. 서곡으로서는 아조 훌륭하엿다. 이리하야 一部에 十八 種目 二部에 十九 種目을 진행(이상 41쪽)하게 되엿든 것이다. 「별나라 序曲」이 씃나자 〈록성회(錄星會)〉의 동요 합창이 시작되엿스니 곱고 여엽분 멜로듸는 고요히 울여 일천사백의 관중을 늣기게 하엿다. 또한 이날의 동요 전문단체에서 출연한 곡목은 전부가 새로 作曲한 것뿐이여서 더욱 자미가 잇섯든 것이다.

그리하야 〈록성회〉는 柳基興 선생, 興仁學院에는 李香山 先生, 朴桂順 孃이 부른 것은 趙光鎬 先生, 鄭慶南, 金國鎭 두 분이 부른 노래는 金錫訓 先生께서 各々 作曲하신 것뿐이엿고 동요는 더 말할 것도 업지만 무용에 잇서서도 月星學院의 權鎭喆(七才)은 아조 특출하다 할 수 잇섯스며 비ㅅ발 가튼 박수로서 마지하게 하엿다. 그리고 興仁學院의 体操 짠쓰도 자미 잇섯스나 너무 지리하엿든 것이 유감이엿다. 워낙이 종목이 만아서 일부에는 安先生의 童話도 못 하시엿다. 이것도 퍽 유감이엿다. 그러나 요량한 아루페・하모니까 쌘드의 '하모니까 重奏'의 소리는 흥겨웁게 들니엿다. 二部의 順序는 퍽 만히 진행되엿스나 워낙이 시간이 업슴으로 速히〳〵 진행해 나가지만 열한 시가 지나고도 쯧을 못 막고 비는 아조 몹시 퍼부어서 도라가시기가 곤난하겟씀 되엿다. 이것은 주최자인 『별나라』로서도 퍽 유감이엿다만은 엇저는 수가 업섯다. 그러나 쯧흐로 수영학원의 리과극 「四季」는 퍽 찬란하게 나타낫다. 시간은 자정이나 되여 우리로서도 여간 사정이 딱한 것이 안이엿다. 그럼으로 이 푸로를 第一部 쯧헤다 넛드면 얼마나 효과가 낫슬 걸 사실 유감이엿다.

그러나 별나라社가 오늘날 이와 가티 "七주년 긔념의 밤"을 굉장이 열게 되엿스며 쏘 폭우 중에 개최하엿건만 이갓치(이상 42쪽) 만원이란 '렛델'을 부치고 진행하엿다는 것이 퍽 활게(滑稽)스럽으면서도[119] 별나라社가 아니면 보지 못할 자랑인 것이엿다. 허지만 모두가 『별나라』 독자의 힘이요 사회 일반대중의 열성스런 지지가 아니엿든들 엇지 감이 이갓치 성대히 열 수가 잇섯스랴?

그리하야 회는 쯧이 낫것만 괴물과 가튼 이 큰 강당 무대 웃벽에는 아즉도 대문ㅅ작만식한 "별나라 七週年 紀念式" 아홉자 가운대 별을 中心으로 하고 뚜렷이 부터 잇섯다. 그리고 培英學院에서 보내준 화환이라든지 텅 빈 최후의 이 정경을 보아도 어마〜하고 장엄하엿다는 것을 여실히 말하여 주엇다. 또 오늘은 반달이 써 잇슬 밤이언만은 비는 쇠처서 쌘얀 안개와 가티 지척이 안 뵈게 퍼부어서 가시는 손님들의 고난을 말하여 주엇다. 아— 닛치지 안는 "칠주년 긔념의 밤"이여! 『별나라』는 언제나 이와 가티 어려운 가운데일수록 아름다운 쏫을 피우는 것이다……. (쯧) (이상 43쪽)

119 '활게(滑稽)'는 "골계(滑稽)"의 오식이다.

"(新刊評)李定鎬 氏의 『사랑의 學校』", 『매일신보』, 1933.10.10.

요새 가티 기나긴 밤에 어린이 여러분들 무슨 책을 읽으십니까. 敎科書를 공부하시는 것도 조습니다. 조습니다가 아니라 꼭 만히 공부하세야 합니다. 일년 중에 제일 공부할 때가 이때이니 먼저 學校에서 배우는 敎科書를 아주 착실히 공부하세야 합니다.

그러나 여러분 그 다음에는 무슨 책을 읽으십니까. 무슨 재미잇는 책을 읽으시는 게 잇습니까. 교과서 다음으로 여러분들이 재미잇고 유익하게 읽으실 冊을 가지신 이가 게십니까.

그러나 여러분 그런 책이 업다고 걱정 마십시요. 여기 교과서보다도 더 유익하고 더 재미잇는 책이 잇습니다. 여러분이 잘 아시는 리정호(李定鎬) 선생님이 맨드신 『사랑의 學校』라는 이야기책임니다.

이 冊은 元來 伊太利 사람 '아미치쓰'라는 선생이 쓰신 것인데 그 冊이 어쩌케 滋味잇는지 대번에 世界 各國 말로 번역되여 세계 각국의 어린이에게 大歡迎을 바드면서 읽커ㅅ고 잇습니다.

이야기는 '엔리코'라는 열두 살 된 少年이 一年 동안 학교 단기면서 써 노흔 日記인데 그 日記 속에 나오는 이야기에는 同情 愛國思想 犧牲的 精精[120] 等 여러 가지 有益한 이애기가 재미잇게 씨여 잇습니다.

더구나 이것을 조선말로 번역하신 리 선생의 글은 퍽 순하고 아름다워서 조선 사람이 지은 것 갓습니다. 쉬웁고도 딱딱하지 안흔 말을 골나 쓰시느라고 퍽 애쓰셋습니다.

여러분 이런 조흔 책을 읽어 보지 안으시렴니까.

(京城 寬勳洞 以文堂 發行 定價 壹圓 貳拾錢 送料 卄二錢 振替 京城 一〇二七五)

120 '精誠'의 오식으로 보인다.

金泰午, "童謠運動의 當面 任務(一)", 『조선일보 특간』, 1933.10.26.[121]

◇ 머리말

소년문학(少年文學) 운동 가온대 가장 중요한 지위를 점령하고 잇는 것은 동요(童謠)와 동화(童話)일 것이니 이제 나는 여기에 잇서서 동요운동만을 말하고저 하는 것입니다. 옛날부터 우리 조선에 동요가 업섯든 것이 아니엇건만 재래로 소년문학을 꾸밈에 기초가 되는 이 동요를 니저바린 대신에 퍽으나 등한이 취급하여 온 것은 부정할 수 업는 사실입니다. 그런데 조선에도 막연하나마 신흥동요운동이 싹트기 시작한 지가 십이삼 년 전의 일입니다. 그때는 외국동요를 번역하며 조선 전래(傳來)동요를 본뜬 동요가 만이 나타나 다시금 새로운 형식으로 신문이나 잡지에 발표하게 되엇든 것입니다.

그리다가 조선에 소년운동이 기운찬 소리로 부르짓고 나타날 때 소년문학운동의 일부문인 이 동요운동도 더 새로운 발전을 보게 되엇습니다. 그 후 一九二七년 九월에 동요연구에 뜻 둔 몇 분들의 발기로 〈朝鮮童謠研究協會〉[122]가 창립된 그 뒤에 그 선전(宣傳)과 보급(普及)에 힘쓴 결과로 그 보람이 만히 나타나게 되엇습니다.

그리하여 근래에 와서 신문이나 잡지상으로 조선의 어린 맘을 을플 수 잇는 예술품(藝術品)인 이 동요를 차즈려고 애쓰는 어린동무들이 날로 왕성하여 가는 것을 참으로 반가운 일입니다. 말이 선 박그로 나선 것 갓습니다마는 동요운동의 당면임무를 말하랴니까 우에ㅅ 말을 하는 것도 뜻 업는

121 김태오의 앞의 글(「童謠運動의 當面任務」, 『아이생활』, 1931년 4월호)과 내용이 유사하다.

122 1927년 9월 1일, 한정동(韓晶東), 정지용(鄭芝鎔), 신재항(辛在恒), 김태오(金泰午), 윤극영(尹克榮), 고장환(高長煥) 등의 발기로 창립되었다. 강령(綱領)은 다음과 같다. "一. 我等은 朝鮮少年運動文化戰線의 一部 內에 立함. 一. 我等은 童謠의 研究와 實現을 期하고 그 普及을 圖함."(『동아일보』, 27.9.3) 참조.

바는 아닐 것입니다. 말하자면 우리는 전과 가티 그저 막연하게 동요를 쓸 것이 아니라 지금의 조선현실이 어쩌한 특수 환경에 처하야 잇다는 것을 먼저 깨닷고 붓을 들어야 할 것임을 말해 둡니다.

◉ 첫재 동요를 보급(普及)식힐 것

근래 조선에도 동요에 대한 관심(關心)을 가지시는 분들이 상당이 늘어가고 잇습니다. 그러나 일반적으로 보급식힘에는 아직도 상당한 시일(時日)을 요구하고 잇습니다. 그런데 재래로 조선의 유치원이나 보통학교에서 배우는 창가(唱歌)는 어린이의 맘과는 조곰도 부칠성이 업는 대개는 공리적(功利的) 목적을 가지고 지은 노래이기 때문에 다만 리지(理智) 그것에만 팔려서 마츰내 평범한 수공품(手工品)을 맨들어 교훈과 지식을 너허주겟다는 공리적 가요(歌謠)이기 짜닭에 아동의 감정생활(感情生活)과는 하등의 교섭이 업섯다 해도 과언이 아닌가 합니다. 그래서 불러야 아모 재미도 업고 부자연(不自然)에 빠지거나 사리(事理)만 밝히거나 한 창가만을 유치원이나 보통학교 과정에 너허서 배우게 한 것은 암만해도 찬성할 수 업습니다.

金泰午, "童謠運動의 當面 任務(二)", 『조선일보 특간』, 1933.10.27.

그러므로 우리는 어린이 생활에 아모짝에도 쓸모업는 창가를 배격하는 동시에 한거름 더 나아가 어린이 생활에 한시라도 업지 못할 예술적 향기가 놉흔 새로운 동요를 유치원이나 소학교 과정에 너허 교수하게 하여야 할 것이니 이 역시 동요운동으로써 무의의 당면임 하나입니다.[123]

◉ 둘재 건실(健實)한 동요를 수립(樹立)할 것

123 '동요운동으로써의 당면임무의 하나입니다.'의 오식이다.

우리의 모든 주위와 환경이 비참한 가운대 잇다고 탐심하지 말 것입니다. 더욱이 압흐로 큰 히망을 가지고 자라나는 어린이들에게 슬픈 노래 '센티맨탈'한 동요만을 제공(提供)하여서는 안 됩니다. 물론 우리의 현실이 비참하게 되엇스니 필연적 소산(所産)이라고 말할 수도 잇스나 우리는 갑싼 눈물만 흘리면서 신세타령! 팔자타령! 으로 만족할 수 업는 절박한 사정이니 좀 더 힘 잇는 압날의 희망을 바라보고 나아갈 만한 지도성(指導性)을 가진 씩씩한 노래(健全한 童謠) 쏘는 '유모어'적으로 씃깁게 표현할 수 잇도록 힘써야 되겟습니다. 말하자면 동요작가들은 어린이로 하여금 씩씩하게 뻐더 나아갈 길과 힘을 길러 주자는 것입니다.

그러므로 우리는 그 흠점을 보충하기에 만족한 속살(內容)이나 꾸밈(形式)도 등한이 볼 수 업스나 예술적 향기가 잇는 건실(健實)한 노래를 창작하여 어린이로 하여금 노래 부를 수 잇게 춤출 수(舞踊) 잇게 하겟다는 것이 신흥동요운동의 당면임무라고 생각합니다.

◉ 셋재 동요 작곡집 발행을 촉진할 것

金泰午, "童謠運動의 當面 任務(三)", 『조선일보 특간』, 1933.10.28.

동요는 음악(音樂)과 서로 떨어지지 못할 친밀성을 가지고 잇습니다. 동요가 음악화하야 동요곡이 되고 무용화(舞踊化)하야 동요유히(童謠遊戲)가 되는 것입니다. 그러므로 동요는 말(言語)의 조자(調子)가 음악적으로 우수(優秀)하여야 할 것은 물논이오 동요를 지을 째는 생각(思想)과 감정(感情)을 중요하게 아는 것과 마찬가지로 용어(用語)와 '리즘'에 일층 주의하여야 할 것이니 글자 하나에도 길이(長) 넓이(廣) 놉히(高)가 잇고 강약(强弱)이 잇으며 음색(音色)이 잇슴으로서외다. 동요작가들은 이 점에 유의(留意)하여야 할 것입니다. 그러나 절대적으로 하는 말은 아닙니다.

근년에 와서 동요작곡집이 종종 나타나게 됨은 반가운 일이나 유감스러운 것은 어썬 것은 대부분이 재래의 어른들이 불으든 노래와 가튼 어려운 곡조에다가 억지로 동요를 쓸어너어 곡조를 맨든 것이 잇스니 그 선택 취급에 등한이 해서는 안 될 것입니다. 이 점에 잇서서 〈조선동요연구협회〉의 소임이 크다고 봅니다.

동요작곡가(童謠作曲家) 동심(童心)에 빗친 그 노래에 대한 정서(情緖)의 줄을 자기의 심금(心琴)에 울려 악상(樂想)으로 나타난(表現) 것이라야 할 것이니 우리는 충실한 "동요작곡가"의 배출(輩出)을 요구하는 동시에 가급적 동요작가로서의 동요작곡가를 기대합니다.

그런데 조선에 멧 분 안 되는 음악가라는 칭호를 밧는 그네들 중에는 큰 명곡(名曲)이나 대곡만을 꿈꾸고 잇지만 실제로 동요(童謠)나 소곡(小曲) 방면에 작곡해 보겟다고 그를 연구하며 착수하는 사람이 극히 적음은 실로 유감으로 생각하는 바입니다.

동협(童協)에서는 동요집과 또한 그의 작곡집을 발행 —— 혹은 추천하여 우리 어린이들이 요구하는 동요작곡집을 출판할려는 생각은 만히 가지고 잇섯스나 한갓 재정문제로 그 선전과 보급은 하여 왓스나 실제로 이것을 착수하지 못하게 되엇슴은 본회에서는 크게 늣기고 잇는 일입니다. 그러나 얼마 아니 되어 새로운 작곡집이 나오게 될 것을 기대합니다. 그리고 본회 작곡부 위원들은 예술적 갑시 잇는 우수한 동요에 작곡하는 중에 잇스니 본회 출판부에서는 게속하여 작곡집을 발행하게 될 것을 말해 둡니다.

金泰午, "童謠運動의 當面 任務(四)", 『조선일보 특간』, 1933.10.31.

그리하여 아직까지 유치원이나 보통학교에서 일본동요나 서양동요를 번역하여 그대로의 병신적 동요교육을 밧고 잇는 그네들에게 새로운 교재(教

材)를 제공(提供)하여 볼까 합니다. 여기에 한 가지 말해 둘 것은 각 출판업자(出版業者)들은 좀 더 넓은 의미에 잇서서 영리(營利) 그것에만 급급(汲汲)하지 말고 문화운동(文化運動)의 사명(使命)을 저바리지 말어서 아동문예(兒童文藝) 방면에 대한 서적과 특히 동요집과 및 그의 작곡집의 출판을 기대합니다.

◇ 맺는말

나는 우에 잇서서 간단하나마 조선동요운동의 당면임무를 단편적으로 말햇습니다. 아동문예운동에 잇서 최근 이삼년간에 가장 활기를 띈 것은 이 동요작품임니다. 참말 전에 업든 다량 생산(多量生産)이엇습니다. 그러나 그 질(質)에 잇서서 무개 잇는 작품이 적은 것이 유감으로 생각합니다. 우리는 작품 한 개를 내어노터라도 실속 잇고 무개 잇는 것으로 내어노키로 합시다.

여기에 한마듸 부치는 말은 근래에 여러분들이 작품을 만히 보내며 작곡(作曲)을 하여서 보내 달나고 심하여는 날자까지 정하고 자꾸 독촉을 하는 분네들이 만으니 한편으로는 반가운 일이나 실로 딱한 일이외다. 작곡이란 그러케 쉬운 것으로 알어서는 잘못이며 또는 책임이 잇는 것입니다. 물론 조흔 작품이면 작곡부에서 착수하게 되지만 혹 여러분이 보내시되 가장 자신 잇는 작품을 보내서야 된다는 것을 이저서는 아니 됩니다.

일간 본회 기관지(機關紙) 『동요운동(童謠運動)』이 발행될 것이니 동요에 뜻 둔 여러분과 어린 동지들은 만은 후원과 지지(支持)를 바람니다. 특히 경향(京鄕)을 물론하고 전선 각 유치원 보모(保母)와 초등학교 선생된 이로 동요에 뜻 둔 이들은 속히 입회하기를 바라며 말하자면 조선동요운동의 총본영(本營)인 〈조선동요연구협회〉의 긔ㅅ발 아래로 집중(集中)시켜 힘 잇게 조직화해야 할 것입니다. 그리하여 우리 압헤 당면한 동요운동의 모든 문제를 하나식 풀어 나아가기를 마지안습니다.

一九三三. 五 —— 脫稿

崔泳柱, "아가의 그림은 표현보다 관념(六) 조흔 그림책을 선택해 주시요", 『조선일보』, 1933.10.29.

어린 아가의 그림은 단순하고 거치른 것이 그 특색입니다. 연필로 죽— 그은 선 한 개가 때로는 붕— 소리를 치면서 날나가는 비행긔도 되고 사람의 손도 되고 발도 됩니다. 때로는 그것이 꼿나무라고 하고 때로는 그것을 하눌로 훨훨 나르는 새라고도 합니다.

요컨대 아가는 물건을 보는 눈이 단순코 굵은 만큼 그가 나타내 놋는 것도 쏘한 그럿습니다. 그가 인상한 엇던 것을 그림으로 나타낼 때에 그는 그 형체를 그림으로 표현식히려 함보다 그 관념을 향낙하는 것입니다.

그럼으로 어른의 눈으로 볼 때에는 보잘것업는 한 개의 작대기라도 그것을 아가는 작대기로 보지 안코 머리속에 생각하는 가지각색 생각 그대로 미듭니다.

아가가 엄마에게 그림을 그리겟다고 연필이나 조의를 달나고 할 때에 괜시레 북북 그어 버리면서 조의는 해 무엇하느냐고 무살식혀 버리기가 쉬운 일이지만 아가의 원만한 □□을 위하야 그것은 아조 자미업는 일이겟습니다.

쏘는 아가가 그린 그림을 보고

"그게 무슨 비행기란 말이냐?"

"어듸— 비행기가 그러케 생겻듸?"

하고 핀잔을 주는 것도 마찬가지 리유에서 도다 나오려는 아가의 싹을 짓밟는 것이나 다를 것이 업는 것입니다.

어린아가에게 모든 것을 맷겨 버리고 그의 하는 양을 조곰도 방해할 것이 업습니다. 그의 아름다운 그림의 세게를 훼방 노치 안토록 조심하십시요. 그리고 짜듯한 격려의 말과 칭찬의 소리를 아가에게 줄 것입니다. 그가 생각하는 그대로를 북북— 쑥쑥 그리도록 할 것입니다.

어른들의 눈으로 본 자듸잔 주의를 아가에게 옮겨 줄 것은 업습니다.

아가의 보는 눈은 거칠고 대담하고 굵다랍니다.

그리고 또 한 가지 아가의 그림의 세상을 위하야 바라고 십흔 것은 아가가 조화할 그림을 벽에 늘 부처 주도록 하얏스면 하는 것입니다. 우리는 아직 아가들에게 난와 줄 조은 그림책을 갓지 못하고 잇지만 남의 나라 것이라도 그 색채와 장식에 주의를 하고 □□하고 활동적인 그림을 그들에게 주어주기를 바랍니다.

무엇에나 그러치만 시방 우리 조선에서는 아가에게 보혀 줄 조흔 그림책을 가지지 못하고 잇는 것은 참으로 붓그럽습니다. 조선 그림 그리는 화가 여러분 중에는 아가의 세상 속에서 활동하야 주실 분이 아니 게신지요. 충심으로 그런 분이 나오시기를 기다립니다.

梁佳彬, "『童謠詩人』回顧와 그 批判(一)", 『조선중앙일보』, 1933.10.30.

地方地方마다 同人雜誌가 盛히 刊行되고 잇다. 그만큼 同人雜誌는 새로운 社會的 義意를 갓고 登場한 것이다. 이가티 貴重한 現今에 이르러서 同人雜誌로 出現하얏든『童謠詩人』의 回顧와 아울러 若干의 批判을 加함은 그다지 無義意할 것 갓지도 안타.

同人의 한 사람이든 筆者는 인제 쓰려는 無秩序한 拙文이나마 同人雜誌를 刊行하려는 동무들 및 一般에게 조고마한 參考라도 되여 준다면 滿足이겟다.

童謠詩人社가 組織되기는 벌서 一九三一年 겨울이엿다. 처음 金大鳳, 金朝奎, 南宮琅, 黃順元 君 等이 發起하얏고, 黃順元 君의 勸侑로 梁春錫君이 새로 入社한 同時에 編輯局의 責任(名實上)을 밧게 되엿다.

그때가 一九三一年 겨울이니 兒童文壇이 말 못할 沈滯狀態에 빠저 잇슬 때엿다. 各 新聞의 兒童欄도 淸算 當하고 兒童雜誌라면『어린이』와『아이생활』等이 잇섯스나 그나마도 한구석에 數三篇式 餘白이나 채움에 不過하엿다. 그럼에 反하야 푸로文壇側인『별나라』와『新少年』에서는 作品에 黃金時代를 일우고 잇는 때엿다.

이 가튼 狀態 沈滯와 沒落에서 불타올으는 創作家들의 創作熱을(이들의 創作品은 頹廢的일 것이다) 시겨 버리는 것이엿다.

"作品이 生命되여야 朝鮮의 文壇도 發展을 하여 주잔나."

"이 現象이 몃 年만 더 繼續한다면 朝鮮文壇은 全滅을 면치 못할 게야."

그때 同人들이 입버룻처럼 하는 말이엿다. 불타는 創作熱과 文學靑年들이 進出하여야 할 舞臺를 提供치 못한 社會的 情勢는 여러 가지 客觀的 主觀的 事情이 잇슴에도 불고하고 童謠詩人社의 創立總會까지 보게 하엿든 것이다.

同人雜誌가 鐵則的으로 가지는

"無名作家의 登龍門이 될 것"
"沈滯된 童謠詩의 眞正한 發展을 爲하야 努力할 것"
"쩌날리스트의 商品主義를 排擊할 것"

等이 『童謠詩人』 創立 當時의 宣言이엿다. 이 가튼 宣言 미테서 創立되자 地方에서 同人이 二百餘人이나 參加함을 보게 되엿다. 이 가튼 事實은 意外라기보다도 當時의 社會的 現實을 비처 본다면 必然 以上의 必然的 事實임을 알 수 잇슬 것이다. 創刊號부터 그 宣言대로 同人을 비롯하야 一般 投稿家들의 作品을 誌面이 許하는 限까지는 안데판단的으로[124] 실리는 바에도 梁柱東, 金岸曙, 黃錫禹, 朴古京, 李揆天, 田春湖, 蔡松, 韓泰泉 外 數氏의 指導的인 論文도 號마다 실엇다.

梁佳彬, "『童謠詩人』 回顧와 그 批判(二)", 『조선중앙일보』, 1933.10.31.

이가티 雜誌의 商品性을 全然 無視하엿기 때문에 때로는 排擊도 當하엿지만은 全體的으로 販賣效果도 良好하얏고 '슬로간' 그대로 文壇的으로 조흔 先例를 보여 주엇다.

特記할 것은 『童謠詩人』이 組織될 때부터 一切 會合을 갓지 안키로 한 것이다. 同人雜誌로써 原則的으로 가저야 할 集會詩議를[125] 意識的으로 피하얏든 것이다. 會議를 避하는 原因은

124 앵데팡당(Indépendants)으로, 안데판단(アンデパンダン)은 일본어 발음이다. 'des Indépendants'은 본래 1884년 프랑스에서 관설(官設) 살롱에 대항하여 생겨난 미술가 단체, 무심사(無審査) 전람회라는 뜻인데, 여기서는 "투고 작품을 심사 없이 수록한다"는 의미이다.

125 바로 아래 구절에 비추어보면, '集會討議를'의 오식이다.

一. 集會란 一種 形式에 不過하니 集會討議를 안코 私的 協議로 할 것 (一行略)

外 한 가지로 나노아 볼 수가 잇다. 이러케 되엿든 만큼 同人의 대개는 號마다 멧 篇式의 原稿나 썻슬 뿐이고 멧멧 個人의 손으로 『童謠詩人』을 조종하얏든 만큼 名實 同人雜誌에 不過하게 되엿다. 이것이 導火線이 되여 同人誌에는 향긔롭지 못한 暗鬪와 葛藤이 일어나기 시작한 것이엿다. 暗鬪의 原因은 編輯에의 '헤게모니'를 中心으로 한 략탈전이엿다. 直接 責任을 맛지 안흔 同人들은 責任을 맛튼 同人들이 誠意가 없느니 事務의 處理를 잘못하느니 하는 非難으로부터 暴發된 것이엿다. 이 통에 責任을 젓든 梁春錫 金天鳳[126] 金朝奎 等 땀을 흘린 줄 안다.

이 禍中에서[127] 上記한 멧 동무가 問題를 淸算하여 버리고 再組織을 하려고 努力을 하얏스나 根本的 誤謬인 個人的 行動에 禍因이 잇섯슴을 正當히 把握지 못하고 亦是 個人的 問題로 解決지으려 하얏고 個人的 行動의 失敗를 集團的인 問題로 解決지으려 하지 안헛슴으로 社會的 進出은 고사하고 自我黨의 統一조차 보지 못하고 解體되고 말엇다. 멧 同人의 脫退와 어느 同人의 事情 等이 表面 理由가 되여 解體된 것이다. 創立된 지 不過 一個年의 歷史와 第四號까지의 雜誌를 世上에 내노코 『童謠詩人』 活動도 終幕을 내리우고 말엇다.

그러면 多大한 使命과 希望을 품고 登場하얏든 『童謠詩人』은 웨 解體되엿나. 그 原因을 차저보면

A. 一般 資本主義 文學과 함께 沒落過程에 잇든 것.

B. 同人들의 個人主義的인 根本的 矛盾을 內包하고 잇든 것.

C. 消極的인 活動이엿든 것. 等等

---

126 '金大鳳'의 오식이다.

127 '渦中에서'의 오식이다.

資本主義 文學이 初期 資本主義社會가 一時的 安定과 함께 興旺하얏든 社會的 條件을 現 社會와 同一視하고 個人的 天才作家의 輩出로써(同人들의 創作活動과 實際活動을 보아서) 現今의 沈滯된 童謠詩壇을 救할려고 하얏다. 文壇 沈滯를(一般文壇과 함께 童謠詩壇의) 單純한 沈滯로 보아슬 뿐이요 一般 資本主義 文學과 함께 몰락 過程을 밟고 잇다는 것을 認識치 못하엿다. 이 認識不足은 沒落하면서 잇는 童謠詩의 正面的인 救助活動을(絶對的으로 할 수 업고) 하지 못하엿다. 그리고 同人들의 活動이 넘우도 消極的이요 個人主義的이라는 데서 수명을 바랄 수는 업스나마 再建運動에 거듭 失敗한 것이다.

오직 同人雜誌는 새로운 文學의 繼承者요 集團的인 活動이 잇는 데서만 眞正한 發展이 잇슬 것이다.

附記할 것은 筆者는 되도록 멧 同人들의 個人的인 面目을 지키기에 努力하엿다. 無意識中에 잘못한 點이 잇스면 널리 용서하여 주기를 同人들에게 빌며, 同人들의 正當한 批判을 기다리며, 擱筆하는 바다.

一九三三年 十月

尹石重, "(出版紀念 回想)童謠集의 回想", 『삼천리』, 제5권 제10호, 1933년 10월호.[128]

回想하기에는 너무도 記憶에 새로운 넉 달 전 일입니다. 回想이라기보다 차라리 한 개의 때느진 報告라 하겟습니다.

童詩集	『일어버린댕기』出版記念會
時　日	一九三三年 五月 十九日 밤
場　所	市內 仁寺洞 太西館
發　起	李光洙 朱耀翰 尹白南 外 十 氏

春園 先生께서 開會辭를 해 주섯습니다. 그리고 제 대신으로 나의 신세 이야기를 말(이상 100쪽)슴하섯습니다.

尹 君으로 말하면 세 살 때 어머님을 여히고 孤兒로 외할머님 슬하에서 자랏습니다. 君이 아직 어렷슬 때 아버님이 엇던 事件에 關聯되여 七年 동안 囹圄의 生活을 보내섯습니다. 잇다금 君의 얼골에 떠도는 쓸쓸한 우슴이나 君의 作品에 나타나는 哀調는 다 이 孤獨한 生涯의 자최라 하겟습니다. 그리고 君의 童謠에 나오는 간난이 개똥이 고무신 굽 떠러진 나막신 이것들은 다 박석고개 넘어 君이 살고 잇는 崇二洞 一帶에서 取材한 것들입니다.

君은 養正高普 五學年 三學期에 卒業試驗까지 다 치르고 엇던 비위 틀리는 일이 잇서 卒業狀을 밧지 아니하고 學校를 自退햇습니다. 나는 그때 反對하엿습니다마는 그 뒤 東京에 건너가 잇햇 동안 잇다가 돌아온 後 圖書館에 다니는 그를 날마다 길에서 만낫습니다. 圖書館에 다니며 무엇을 工夫하엿는지 그건 나도 모릅니다. 昨年 여름에 童謠集 한 卷을 내고 이번에 童詩集 『일어버린댕

128 회월(懷月)의 「『小說 及 評論集』의 會合」, 윤석중(尹石重)의 「童謠集의 回想」, 북악학인(北岳學人)의 「조명희 씨(趙明熙氏)의 「洛東江」 이기영 씨(李箕永氏)의 「民村」과 함께 실린 것 가운데 윤석중 부분만 따로 뽑은 것이다.

기』를 냇습니다. 이 『일어버린댕기』는 그 取材나 形式에 새로운 길을 열엇다고 하겟습니다.

現在 開闢社에서 『어린이』를 主宰하고 잇습니다. 나이는 스물 셋 아직 총각입니다. 紹介는 이만침 하고 국이 식기 전에 어서 숫갈을 드십시요. 잡수어 가면서 조흔 말슴 만이 들려주시기 바랍니다.

여기저기서 적가락 소리가 낫습니다. 나는 쑤어온 보릿자루 모양으로 한구석에 어리쌩쌩해 안저서 건성으로 숫갈을 놀렷습니다.

이날 參席해 주신 분은 李光洙 金東煥 朴八陽 李泰俊 異河潤 沈宜麟 車士百 洪蘭坡 鄭寅燮 外 여러 先生님과 鄭鎭石 昇應順 任東爀 柳義卓 外 여러 동무엿습니다. 아버짓벌 아저씻벌 큰형님벌 되는 여러 先生님과 내 쏘례의 少年이 무릅 쑬코 마조 안진 그날의 모임은 말하자면 校長先生 學父兄 同窓生 學生들이 한자리에 어우러진 어느 學校 後援會에의 臨時總會 가튼 늣김이 잇섯습니다

아모러나 그날 하롯밤은 내게 잇서서 너무도 깃브고 황송한 밤이엿습니다. 그날의 나의 깃븜은 盛大한 잔치와 誇大한 讚辭에 잇섯든 것이 아닙니다. 文壇서 보이고트 당하고 社會에서 푸대접 밧는 兒童文學 그것의 出版이 그처럼 대접을 밧을 때 나의 마음은 깃브고 쏘한 황송햇습니다.(이상 101쪽)

朱耀燮, "兒童文學硏究 大綱", 『學燈』, 창간호, 1933년 10월호.[129]

過去의 朝鮮人은 兒童을 極히 賤待하였다. 兒童에게는 人權도 없고, 自由도 없고, 그야말로 父祖의 一種 私有物로써 取扱되어 왔다. 그랬으니 民族이 退敗할 것은 當然한 일이다.

朝鮮서 兒童의 解放을 부르짖고 兒童의 참된 敎育을 爲하야 努力하기 시작된 것은 實로 最近 數三十年間읫 일이다. 그동안에 許多한 사람이 數多한 演壇 우에서 兒童 解放을 부르짖었고 數十萬의 兒童이 十餘 次의 旗行列에 參加했지만, 兒童解放運動이란 것이 그만한 氣分的 運動에 그치고, 좀 더 深刻한 硏究와 努力이 없은 것은 實로 유감스런 일이다.

兒童解放의 基礎工事는 眞實한 兒童敎育에 있다. 그리고 兒童의 一般敎育의 基礎가 되고, 特히 情緖敎育의 根源이 되는 兒童文學의 硏究는 兒童敎育 築造의 그 基礎工事가 될 수 있다고 본다.

近來의 한 現像으로 많은 童話集이 發行되고 많은 童謠가 歌化 되었음은 심히 기쁜 일이다. 마는 아직도 이 重大스런 問題에 對한 깊은 硏究가 貧弱한 것이 유감이다. 이에 筆者는 筆者가 執務 餘暇에 간간이 硏究한 바, 兒童文學論의 그 윤곽만을 여기에 紹介하려 하는 바이다. 紙面關係로 장황한 說明은 省略할 수밖에 없고, 그 大旨만 뽑아서 아울라인 式으로 羅列할 수밖에 없다.

---

129 원문에 '新東亞 主幹 朱耀燮'이라 되어 있다.
『學燈』 창간호 "後記"에는 "이번 號 가운대 徐恒錫 先生의 「表現主義文學硏究」와 朱耀燮 先生의 「兒童文學硏究大綱」 두 講座는 특별히 文學硏究上 읽지 않으면 안 될 重要한 論文입니다. 이 앞으로도 이러한 講座를 많이 두어 여러분의 硏究資料를 供하고저 하오며 또 그 밖에 常識講座도 두기로 합니다."라고 되어 있다. 『學燈』은 "漢城圖書株式會社 創立 第十五週年을 記念하는 것의 하나로 月刊雜誌 『學燈』을 내기로 한 것입니다."(後記)에서 창간 배경을 볼 수 있다. "本誌에 쓴 글은 왼통 朝鮮語學會에서 쓰는 新綴字法을 依遵하엿으니, 특히 이에 留意하여 주시기를 바랍니다."(後記)

一. 兒童文學이란 무엇인가

文學이란 물론 文字로써 具像化된 藝術이오, 兒童文學이면 兒童을 읽히기 위한 文學일 것이다.

그러면 兒童文學이 成人文學과 다른 點은 어디 있나? 成人이 兒童文學을 理解하고 감상할 수는 있겠지만, 兒童은 成人文學을 一率로 理解 감상할 知能과 經驗을 具有하지 못한 것이 事實이다. 그러므로 兒童文學이란 것은 그 內容이 兒童心理와 兒童生活에 適合(이상 25쪽)하여야 할 것이고 그 文體와 形式이 平易하여야 될 것은 勿論이다. 이제 成人文學과 比較하야 兒童文學의 特質을 列擧하면 如左하다.[130]

1. 文學의 發生過程 及 그 創作過程에 있어서 成人文學은 좀 더 個人的임에 反하야 兒童文學은 좀 더 民族的이다.
2. 成人文學의 製作者는 全部 成人인데, 兒童文學의 製作者도 大部分은 成人이다. 혹 兒童作家가 있으나 그것은 매우 드문 일이다.
3. 兒童들에게 읽힐 글인 고로 글이 훨신 平易하고 단순하여야 한다.
4. 內容에 있어서 兒童文學은
   a. 童心의 發露이어야 한다.
   b. 兒童心理와 共通되어야 한다.
   c. 人物과 환경이 너무 복잡하지 말어서 아이들이 理解할 만한 程度라야 한다.
   d. 文章 中心보다도 좀 더 스토리 中心이 될 수박에 없다.
5. 兒童은 成人보다도 더한층 韻律을 사랑하는 고로 韻律的인 것이 좋다.

二. 兒童文學의 敎育的 價値

푸로벨은 말하기를 "沐浴이 몸을 상쾌하게 하는 것처럼 童話는 마음을

130 '如左하다.'는 "왼쪽과 같다"는 뜻이다. 아래에도 인용하는 경우 "左와 같은"이란 표현이 나온다. 이는 일제강점기에는 세로쓰기와 오른쪽에서 왼쪽으로 편집이 되어, 예문이 왼쪽에 놓이기 때문에 나온 표현이다.

상쾌케 하게 한다" 하였다. M.W. 엑글글스톤 氏는 兒童文學의 敎育的 價値를 左와 같은 十二條目으로 들었다.

1. 精神的 또는 心靈的 生命을 覺醒시키고, 이로써 보다 더 善한 思想을 憧憬시킴.
2. 나쁜 習慣을 校正함.
3. 決斷力을 培養함.
4. 유모어와 機智感을 發展시킴.
5. 想像力을 發展시키고 思想을 바른길로 引導함.
6. 文學·藝術·音樂에 對한 趣味를 培養시킴.
7. 心的 緊張을 완화시킴.
8. 思想 發表力을 길러 줌.
9. 人生에게 關한 참 知識을 넣어 줌.
10. 同情心을 增進시킴.
11. 世界와 人類를 알고 싶어 하는 希望을 일으킴.
12. 人類社會에의 奉仕心을 創造함.

三. 兒童文學의 種類

兒童文學은 大分하면 童話, 兒童散文, 兒童劇本, 童謠 等이 될 터인데, 그중에도 가장 豊富한 材料를 가진 것은 童話다.

童話를 다시 分類하면 幼稚園話, 笑話, 寓話, 옛날이야기, 傳說, 神話, 歷史이야기, 傳記, 事實이야기, 自然界이야기, 新(이상 26쪽)作童話, 兒童小說 等으로 나눌 수 있다.

요새 돌아다니는 童話 中에 가장 盛한 것이 옛날이야기인데(Fairy Tales) 지금 그냥 "童話"라고 하면 누구나 얼른 이 옛날이야기들을 聯想하리만츰 흔히 돌아가고 있다. 이 옛날이야기들을 다시 分類하자면 效果로 본 分類, 外的 形式을 基礎로 한 分類, 契機(Motril)에[131] 依한 分類, 話根에 依한 分類 等이 있다.

獨逸 教育學者 트롤 氏는 『童話教授』라는 책에 童話의 效果를 基礎로 한 分類를 左와 같이 하였다.

1. 兩親에게 對한 兒童의 態度 … 順從, 勤勉
2. 兒童에게 對한 兩親의 態度 … 慈愛, 保護와 救助
3. 兒童에게 對한 兒童의 態度 … 同情, 和合, 不和, 救助
4. 사람에게 대한 사람의 態度 … 同情, 冷待 또는 無慈悲, 救助, 强制, 契約實行, 契約不履行, 虛僞
5. 動物에게 對한 사람의 態度 … 同情
6. 神에게 對한 사람의 態度 … 信仰
7. 사람에게 對한 神의 態度 … 同情, 賞, 罰
8. 善한 일의 勝利
9. 惡한 일의 應報

다시 外的 形式으로 된 分類는 左와 같다.

1. 對立 形式 … 善人과 惡人의 對立과 及 그 結果의 對立
2. 先福後禍 形式
3. 先禍後福 形式
4. 反覆 形式
5. 循環 形式
6. 漸層 形式

그리고 다시 그 契機에 依한 分類를 試하면

1. 鶴鳴 모티부

131 '契機(Motive)에'의 오식이다.

2. 禁室 모티부
3. 回顧 모티부
4. 九十九 모티부 等이다.

또 다시 이야기의 話根을 根據로 한 分類를 試하면 左와 같다.

1. 超自然的 靈物과 사람의 結婚生活
2. 夫婦生活
3. 父母 子息의 關係
4. 계모와 이웃 子息의 關係
5. 兄弟 이야기
6. 結婚問題
7. 巨人 또는 怪物과 싸우는 이야기
8. 豫言이 들어맞는다는 이야기
9. 엉터리로 出世하는 이야기
10. 忠誠과 恩惠 報答 (이상 27쪽)
11. 사람이 짐승을 征服하는 이야기
12. 요술이나 魔術을 부린다는 이야기
13. 處女를 祭物로 드리는 이야기
14. 善人과 惡人의 因果 關係
15. 名裁判 이야기
16. 짐승들 相互의 關係

四. 童話의 內容과 形式

童話는 普通 小說類와 마찬가지로 發端, 本幹, 클라이막스, 結論 이렇게 構成되었는데, 그 各 部分에 對한 硏究와 討議가 있어야 할 것이다.

五. 心의 發達 階級과 童話

童話는 아이들의 文學인 바, 그냥 "아이"들이라고 하면 그 範圍가 너무나 넓다. 젖 먹일 때로부터 小學 中學 程度까지를 兒童이라고 볼 수 있겠는 바, 그렇게 年歲의 差異가 많음을 따라 心理의 差異도 대단하고 따라서 各 時期에 適合한 童話 또는 다를 수밖에 없다.

캐더 氏는 約 三歲로부터 二十歲까지의 兒童을 左와 같이 分類하였다.

1. 韻律을 좋아하는 時期 … 三歲, 六歲
2. 想像을 즐기는 時期 … 七, 八, 九歲
3. 勇力을 讚揚하는 時期 … 十勢, 十二勢
4. 情緖 趣味 時期 … 十三歲 以上

六. 各 民族 童話의 特色

이것은 오랜 硏究와 調査를 要하는 題目이다. 各 民族 各自가 가진 童話의 特色을 十分 吟味함으로써 앞으로 創作할 童話의 規範으로 지을 수 있을 것다.

七. 童話의 改造와 創作

童話라 하야 지금 世上에 떠들고 있는 이야기들이 全部가 兒童들에게 有益하고 좋은 것이냐 하면 그것은 결코 그렇지 아니하다. 現 童話 中는 改善을 要하는 童話들이 많다. 또 時代에 맞는 이야기를 兒童들에게 들려주기 爲하여는 새로운 童話의 創作이 必要한 바 그것도 결코 쉬운 일은 아니다.

童話를 改造하는 데는 두 가지 部分이 있을 터인데, 하나는 內容上 改造요, 또 하나는 形式上 改造다. 內容上 改造는 童話의 內容이 잘못되었거나 아이들에게 害를 끼칠 염려가 있는 때에 그 이야기 內容은 좀 뜯어고치는 것이오, 形式上 改造는 이야기 內容은 훌륭하나 그 構造와 形式이 不完全하야 充分한 效果를 나타내지 못하는 이야기의 構成을 뜯어고치는 일이다. 形式을 改造함에는 대개 세 가지 方法이 있을 수 있는데,(이상 28쪽)

1. 再整法

2. 除去 혹은 壓縮法
3. 擴充法 等이다.

다시 童話를 새로이 創作하는 대도 從來 모양으로 아무나 되는대로 執筆할 것이 아니라, 좀 더 兒童을 硏究하고 좀 더 생각해 가지고 쓸 必要가 있다.

八. 이야기 잘하는 法

童話는 아이들에게 읽히기만 하는 것으로 滿足할 것이 못 되고, 도리어 이야기해서 들려주는 일에 더욱 많은 것이 事實이다. 그러면 꼭 같은 이야기를 가지고도 그 이야기하는 사람의 口辯과 態度 如何에 따라 感激과 效果가 抹殺되기도 하고, 增進되기도 하는 것이다. 따라서 兒童敎育에 從來하는 사람으로서는 이야기 잘하는 方法에 留意하지 아니할 수 없다.

그러므로 이야기의 內容, 이야기를 듣는 兒童들의 心理狀態, 話者의 技能, 座席, 목소리, 動作 等 諸 方面에 對하야 甚深한 硏究가 必要하다고 본다.

九. 童謠, 童劇, 兒童小說

童謠는 童話보다 더 어려운 文學인 줄 안다. 그러면서도 아이들에게 좀 더 直感的 感化를 주는 것이어서 그 創作에나 選擇에나 또는 作曲에 甚深한 注意를 要하는 者다. 더욱이 童謠에 있어서는 兒童들의 創作 奬勵와 指導方針에 對해서도 硏究가 있어야 하겠다.

童劇에 있어서도 그 選擇 及 演出上 重大한 問題가 많은데, 지금 世界的으로 널리 알리어져 있는 兒童을[132] 紹介하면 「피이터 팬」과 「파랑새」 等이 있다.

兒童小說은 대개 中等 程度 學校 生徒들을 本位로 쓴 것인데, 흔히 冒險武俠 等을 題材로 한다. 外國에는 世界的으로 著名해진 少年小說들이 여러 篇 있지마는 우리 朝鮮에는 아직 한 篇도 없다.

---

132 맥락상 "兒童劇을"의 오식으로 보인다.

하여튼 兒童들의 精神的 生活의 糧食이 되는 兒童文學教育에 對하야 우리는 앞으로 좀 더 큰 關心을 가지고 硏究하고 討議하고 製作하여야 할 것을 믿는다. (끝) — (이상 29쪽)

樹州, "(文藝夜話 13)提唱 兒童文藝", 『동아일보』, 1933.11.11.[133]

外國兒童은 幸福스럽다. 朝鮮兒童은 不幸하다. 外國兒童은 그림책으로 이야기책으로 노래로 詩로 어린 心界는 가을 시내의 鮒魚같이 살이 오르나 우리 兒童에게야 벤벤한 그림책 하나이 잇느냐? 읽혀 주고 읽으라 할(아니 할 만한) 이야기책 한 권이 잇느냐? 그리고 詩나 노래면 무엇 잇고? 슬픈 일이다! 못 먹이어 불상하며 헐벗기어 애처루랴. 그림 대신에 귀퉁이 이야기 대신에 핀잔 한마디 詩나 노래 대신엔 그 무엇? 욕 악담이라고나 할는지! 何如間 가엾은 것은 朝鮮의 兒童이다.

× × ×

英國 田園詩人 워-스 워-드는 "아이는 어른의 아버지"[134]라 말하엿다. 어린아이 事情 잘 모르는 어른들 몇몇 해 전 구박덕이 아이들의 아들들이 아니냐! 누구나 自身네들의 內的生活 貧窮한 것 깨닫는다면 그 貧窮 대를 물릴 생각까진 없으리라. 이에 우리는 兒童文藝의 必要를 切感을 지나 痛感한다. 兒童의 心眼을 열어 주고 想像의 世界를 널려 주며 情感을 높여 주어 거츨고 쓸쓸튼 曠原 우에 아름다운 都市 서듯 眉目淸秀한 次代 國民

---

133 '樹州'는 변영로(卞榮魯)의 필명이다.

134 윌리엄 워즈워스(William Wordsworth, 1770~1850)의 「무지개(A Rainbow)」(1802)라는 시의 한 구절이다. 시의 번역은 유종호(柳宗鎬)의 것이다.(『무지개』, 민음사, 1974)

My heart leaps up when I behold A rainbow in the sky: So was it when my life began; So is it now I am a man ; So be it when I shall grow old, Or let me die! The Child is father of the Man; And I could wish my days to be Bound each to each by natural piety!	하늘의 무지개를 볼 때마다 내 가슴 설레느니, 나 어린 시절에 그러했고 다 자란 오늘에도 매한가지, 쉰 예순에도 그렇지 못하다면 차라리 죽음이 나으리라. 어린이는 어른의 아버지 바라노니 나의 하루하루가 자연의 믿음에 매어지고자.

거리 가득 오고 감을 想像할 때 어느 뉘 마음 느꺼웁지 아니하랴.

× × ×

그런데 우리 文壇에서 兒童文藝를 爲하야 애쓰는 이가 누구일가. 故 方定煥 君을 비롯하야 멫멫 분이 잇는 듯하다. 그러나 童謠나 童話로 그네들의 作品이 얼마나 높은 水準을 보엿든가 보이는가. 批評할 程度로 精讀한 일이 없으니 나는 好惡間 말할 資格이 없으나 童謠로만 친다면 이제껏 우리 文壇에서 尹石重 君의 『잃어버린댕기』보다 더 優秀한 作品을 내인 이가 잇는가? 나는 尹 君의 童詩集을 읽고 隨喜隨狂하엿다. 想이 곱고 말이 精하다. 그야말로 조곰도 에누리 없이 片片珠玉이라 잘 지은 篇을 고른다는 것보다 잘못 진 篇을 고를 지경인데 굳이 欠點을 찾자 하면 너무 적게 지은 것이고 기어코 劣作 하나를 골라내고 만다면 「저바다」란 篇일 것이다 —— 돈으로 치면 좀 "사전" 소리가 나는 까닭에. 何如間 尹 君의 이 童詩集을 讚함에는 나의 語彙가 不足함을 느낀다. 失禮의 말임을 무릅쓰고 하지만 尹 君! 이만에 自足하야 今後로 一段 進境을 보이지 않는다면 내가 君 안 것을 不名譽로 알리라.

× × ×

말이 굴러서 個人讚이 되엇다. 이제 다시 本旨로 돌아가지만 우리는 밥을 잊어 가면서라도 兒童文藝를 爲하야 最大의 勞力을 하여야 할 것이다. 歐米로 말하면 '윌리암 쁠렉'이나 '로버-트, 루이스, 스테븐손' 같은 童詩作家(專門은 아니엇지만)들과, '킹슬리'(『水國 애기들』의 作者)와 '앤더-슨'(專門 童話作者)과 '마-ㄱ, 트윈'(『허클뻬리핀』의 作者)[135] 같은 兒童文藝

135 윌리엄 블레이크(William Blake, 1757~1827)는 영국의 시인 겸 화가로 목가적인 동심의 세계를 읊은 『결백의 노래』(1789) 등을 썼고, 스티븐슨(Robert Louis Balfour Stevenson, 1850~1894)은 영국의 작가로 『보물섬(Treasure Island)』 등을 썼으며, 킹즐리(Charles Kingsley, 1819~1875)는 영국의 작가로, 케임브리지 대학(Cambridge Univ.)을 졸업하고 그 대학의 근대사 교수를 지내면서 『물의 아이들(The Water Babies)』, 『영웅 이야기(The Heroes)』 등을 썼다. 안데르센(Hans Christian Andersen, 1805~1875)은 덴마크의 동화작가로 『인어공주』, 『미운 오리 새끼』 등을 썼다. 마크 트웨인(Mark Twain, 1835~1910)은 미국의 소설가로 『톰소여의 모험(The Adventures of Tom Sawyer)』, 『허클베리

의 巨匠들이 우리 文壇에도 輩出하기를 바라나 그러타고 그네들의 類似品 或은 模倣品이 되어서는 안 된다.

핀의 모험(The Adventures of Huckleberry Finn)』 등을 썼다.

金素雲, "오금아 힘써라!", 『어린이』, 제11권 제11호, 1933년 11월호.

우리 고을에는 이런 동요가 잇습니다.

앞 산아 땡겨라
뒷 산아 밀어라
오금아 힘써라—.

이것은 어린 나무꾼들이 나뭇짐을 지고 이러슬 때 지개 걸빠에다 억개를 너코서는 의레히 입으로 외우는 노랩니다. 이른 새벽부터 산으로 올라가 하로종일 나무를 비여다가 산뗌이같이 지개에다 담어 지고 이제 저녁연기 감도는 마을로 돌아갈려는 길입니다. 힘써 일한 하로 해의 결실이 두 억개 우에 무겁게 실려 잇습니다. 마을에서는 어머님이 저녁을 지시며 "하마 올 때가 되엿는데—" 하고 기다리십니다.

어린 나무꾼들 겨우 열두서너 살밖에 아니 된 그들의 작(이상 24쪽)은 팔다리에는 무서운 짐을 감당할 힘이 채 들지 못햇습니다. 제 몸집보다 열 갑절이나 더 되는 나뭇짐을 지고 이러슬 때 그들은 잇는 힘을 다하야 두 억개와 오금에다 전신의 힘을 줍니다. 그러고는 외웁니다 —.

앞 산아 땡겨라
뒷 산아 밀어라

앞산이 땡겨 주고 뒷산이 밀어준다면 아모리 무거운 짐이라도 쉬웁게 일어슬 수 잇슬 것입니다. 산인들 마음이 잇다면야 이 장한 어린 남무꾼의 청을 헛되게 저바릴 것입니까. 그러나 그들은 다만 앞뒤 산에만 힘을 빌리자는 것이 아니랍니다.

오금아 힘써라!

앞산도 땡겨 주려니와 뒷산도 밀어주려니와 내 오금이 첫재 힘을 쓰고야만 일어날 것이 아닙니까. 그들은 땡겨 주는 힘 밀어주는 힘만으로 두 억개의 짐을 감당하려는 못난이는 아닙니다. 그들이 참으로 믿을 수 잇는 것은 앞산도 아니오 뒷산도 아니오 오직 그들의 두 오금뿐인 줄을 그들은 압니다.(이상 25쪽)

金素雲, "童心小話－씨동무", 『어린이』, 제12권 제1호, 1934년 1월호.

작란꾸렉이들이 서로 어깨동무를 짜고는 길을 지나갈 때 연해 외오는 동요가 잇지요.

동무동무 씨동무
보리가나도록 씨동무

어째 하필 "동무동무" 하고는 그 아래다 "씨동무"라고 갖다 붓쳣슬가요. 내가 여러분을 대신해서 그 뜻을 푸러 보겟습니다.

농사집에서 무엇보다도 귀중히 역이는 것은 곡식의 종자입니다. 종자가 썩엇든지 좋지 못하든지 하면 아모리 살찐 거름으로 각군다 할지라도 좋은 열매를 거두지는 못할 것입니다. 한 해(이상 30쪽)토록 땀을 흘리며 애써서 일한 것이 옳지 못한 종자로 말미암아 헛되히 되고 만다면 그 얼마나 원통한 일이겟습니까. 그러차니 농사를 짓자면 첫재 좋은 종자를 구하려고 애를 쓰는 것이오 또 그것을 간수할 때는 값 많은 보배나 숨겨 두듯이 썩지 않도록 좀먹지 않도록 조심조심 하는 것이올시다.

여러분이 동모를 앗기는 마음이 마치 이와 같습니다. 씨 하려고 두엇든 감자 씨 하려고 두엇든 옥수수는 아모리 공을 드려 보아도 어머님이 먹으라고 허락하시지를 않습니다. 다른 청은 다 드러주어도 그것만은 안 된다고 하십니다. 그러케 귀한 "씨"인 줄을 잘 알고 잇기에 여러분은 동무에 대한 순박한 사랑을 설명하는 자리에 서슴지 않고 씨를 갖다 놓은 것이올시다. 동무 씨동무 —— 얼마나 대담한 그리고 얼마나 적절한 비유입니까.

일천동무 일만동무
머리칼에 얽힌동무

과연 동무는 귀하고 소중한 보배입니다. 머리칼에 얽히고 얽히어 십만으로 백만으로 천만으로 한 뿌리에 달린 감자같이 한 가지에 매친 열매와 같이 연해 잇는 것이 동무입니다.(이상 31쪽)

金素雲, "童心小話－김치ㅅ국", 『어린이』, 제12권 제2호, 1934년 2월호.

함경도는 조선서도 제일 치운 북쪽 나라입니다. 거기 사는 어린이들은 사나운 바람과 눈보래 속에서 다만 따스한 볕살 하나를 다시 없는 동무로 삼아 한겨울을 지나는 것입니다. 그래 양지쪽에 모혀 놀다가도 해가 구름 속으로 들어가면 질색을 하며 그들은 하늘을 치어다보고 이러케 소리를 질릅니다.

해야 해야 붉은 해야
김치ㅅ국에 밥 마라 먹고
장고 치고 나오너라

작고작고 이러케 외이다가 조군데 후에 구름장을 헤치고 해가 다시 얼골을 나타내이면 아이들은 좋아서 날뛰며 "야— 나왓다 나왓다" 하고 손벽을 칩니다.

그런데 대체 해를 보고 김치ㅅ국에 밥 마라 먹으라는 것은 웬 말일가요. 그리고 장고 치고 나오란 무슨 뜻일가요. 이 수수꺼끼도 한(이상 30쪽)번 풀어볼 만합니다.

동모들끼리 술래잡기나 무슨 노름을 하다가 배곺은 동모 하나이 제 집 속으로 쑥 들어가 버립니다. 노름에 취해 때 노칫든 점심을 이제야 차저먹으랴는 것입니다. 사립 밖에서 기다리는 동무들은 어서 나와 놀자고 떠들며 재촉을 하지 않겟습니까. 밥술은 쥐엿지만두 원악 마음이 바빠 그럴 때는 반찬이 좋고 구즌 것을 채 가리지 못합니다. 그저 김치ㅅ국 한가지면 맛가게 두서너 술 떠 넣고는 그냥 사립 밖으로 뛰여나오기에 바쁩니다.

구름 속에 들어간 해를 볼 때 선듯 생각되는 것이 이것입니다 —— 해도 아마 시장햇든 게지 밥을 먹으러 구름 속에 들어갓나 보다. 제발 이것저것 좋은 반찬 가리지 말고 김치ㅅ국에다 두어 술 떠 먹거들랑 어서 바삐 도루나와 주게 —— 마치 사립 밖에서 동무를 기다리는 마음으로 이러케 해를 재촉하는 것입니다. 마지막 "장고 치고 나오라"는 것은 햇등이의 붉은 것이 마치 술 취한 사람의 얼골 같다고 해서 놀려 주는 말입니다.

높은 하늘 우에서 위엄스럽게 천하를 비초이는 해ㅅ등이를 엇던 때는 동무 같이 엇던 때는 주정꾸니 같이 이러케 가까웁게 대접할 수 잇는 것은 조선의 어린 마음이 오직 씩씩하고 대담하다는 힘 잇는 증거꺼리가 아니고 무엇이겟습니까.(이상 31쪽)

南應孫, "十一月 童謠評(一)", 『조선중앙일보』, 1933.12.4.[136]

十一月 中 朝鮮 안에서 發見한 童謠 篇數는 合六十七篇이엿다. 卽 『東亞日報』 八, 『朝鮮日報』 三十一, 『별나라』 十四, 『어린이』 九, 『아이생활』 五篇이엿다. 勿論 이 中에서도 筆者가 못 본 童謠도 잇겟고 以外에도 十一月 中에 世上에 나타난 童謠가 잇슬 것이고 이것을 먼저 滿天下 讀者는 諒解하기를 바란다.

以下 十一月 童謠를 檢討해 보기로 하자.

『東亞日報』 紙上

◇ 국화꼿 …… 柳仁昌

아모런 새론 맛을 보지 못하는 作品이다. 그저 흔히 世上에서 보는 自然實物描寫에 지나지 안는데 그 巧妙한 手法도 뵈지 안는다.

◇ 어머니 …… 韓相震

自己를 먹여 살리기 爲하야 애쓰이는 어머님의 情景을 잘 그렷다고 보겟다. 그러나 한 가지 特히 바랄 點은 넘우 內容과 먼 形式 表現에 注意하지 안허서는 안 되겟다.

◇ 아버지 …… 同人

좀 더 家庭의 貧窮狀을 如實히 그려 주엇스면 한다. 그러나 이 슬픔음의[137] 作品이 果然 어떤 效果를 社會에 줄 수 잇섯슬까. 차라리 아무 힘을 주지 못할 作品이면 눈물겨운 노래를 불어 주지 안키를 바란다.

◇ 불상한 거지 …… 同人

作品을 여페 놋코 만들어 내려고만 애쓴 作者의 意圖가 보인다. 이것은 조치 못한 現象이니 作品의 創作에 잇서 着想이 되면 自然스럽게 그 노래

136 원문에 '兒童藝術研究會 南應孫'이라 되어 있다.

137 '슬픔음의'에 "슬"이 잘못 들어간 오식이다.

를 불으도록 하여야겟다. 이것은 다만 表現의 形式問題이다. 韓 君은 아프로 만히 힘쓰라. 將來가 有望하다.

◇ 자장가 …… 李海南

表現手法이 그저 概念에 흘으고 말엇다. 그러나 노래가 퍽으나 곱고 自然스럽게 되엿다.

◇ 어째서 바보라 하나 …… 南大祐

南 君의 童謠는 퍽 그 內容과 形式에 잇서 有望性을 차즐 수 잇다. 그런데 이 노래는 그 表現이 넘우 內容性을 지나친 것 같다. 만히 努力하라.

◇ 기럭이 …… 李石純

童謠로 보기에는 힘든 노래다. 詩에 가까운 便이다. 表現엔 調理를 차즐 수 잇다. 內容으론 그닥 큰 무엇을 못 늣긴다. 相當한 內容 着想의 表現이 잇기를 바란다.

『朝鮮日報』 紙上

◇ 쥐색기 …… 李一來

表現形式엔 퍽 애쓴 것이 보인다. 쥐색기의 行動과 模樣을 如實히 그린 作이다.

◇ 흉보지 마라 …… 朴松

『朝鮮日報』 紙上엔 보기 듬은 흉 업는 잘된 作品이라고 보겟다. 現實이 要求하는 適合한 作品을 쓰는 朴 君과 가튼 作家가 만히 輩出하기를 바라마지안는 바이다.

◇ 달님 …… 元裕爽

表現手法에 잇서 學齡에 比해 뛰여난 作이라 하겟다. 그러나 아무것도 取할 것은 업스나 自然에 對한 그 着想이 妙하다.

◇ 홍시감 …… 任光鎬[138]

아무것 볼 것 업는 作品이다.

138 '任光鎬'는 임원호(任元鎬)의 오식이다.

◇ 원족 가던 날…… 同人

◇ 병난 시계…… 同人

◇ 가랑닙…… 同人

◇ 일허버린 칼…… 同人

◇ 가을…… 同人

◇ 허제비…… 同人

十一月『朝鮮日報』에 任 君의 童謠가 量으로는 第一 조흔 成績이나 그러나 넘우 童謠의 表現手法이 一篇一律式인데 內容이 貧弱하니 아즉 더욱 더 힘써 줄 必要가 잇다. 何如間 꾸준한 努力에 感謝한다.

◇ 잠자리…… 林마리아

農村의 悲慘한 現實을 어린 心情에서 늣긴 바를 노래한 것이다. 그러나 넘우 無味하게 길어젓고 理解하기에 또는 불으기에 억센 맛이 잇다. 如何튼 表現手法에 좀 더 힘써 주어야겟다. 넘우 기픈 比諭를 들어서 노래하지 안토록 해 다고.

南應孫, "十一月 童謠評(二)", 『조선중앙일보』, 1933.12.5.

◇ 부자집 우리집…… 崔守福

부자집엔 싸움과 우름만이 잇고 가난한 自己집에는 노래와 우슴이 찻다는 富者를 憧憬치 안코 일을 실여 안 한다는 노래다. 좀 더 끗절에 가서 큰 힘을 너허 주엇드면 한다. 恒常 노래는 結局에 잇서 生命이 잇는 것이니 結局를[139] 항상 注意해야겟다. 題目에 어색한 맛을 늣긴다.

◇ 까마귀…… 朴魯春

四五年 前『어린이』雜誌 附錄에 通表된 노래인 것이 記憶난다. 되도록

139 '結句를'의 오식으로 보인다.

創作에 힘써 오라.

◇ 우리 옵바…… 趙聖玟

호떡장사의 옵바가 어린 동생이 달나는 호떡을 못 주고 눈물을 그 당장의 흘일까가 의문이다. 勿論 주지 못하는 옵바의 마음이 안되기야 햇겟지. 童謠는 어린이의 노래다. 그것에는 現實感을 주어야 한다. 그리고 그 氣運을 助長시켜 주도록 해야겟다. 그러기에 이 여-러 意味에 잇서 童謠 藝術教育이 얼마나한 큰 힘을 갓고 잇다는 것을 알 것이다.

◇ 햇구바디…… 蔡求鐵

蔡 君은 童謠界에 投身한 歷史가 퍽 긴 사람이다. 그럼에도 不拘하고 그에게 잇서 進就性을 찾지 못함은 퍽으나 遺憾된 일이라 하겟다. 새로운 이데올로기와 現實의 把握이 잇거라.

◇ 달네풀…… 朴濟文

內容과 技巧가 아울러 서투르다.

◇ 우리집…… 朴漢辰

現實生活을 如實히 그렷다 보겟다. 朴 君은 童謠創作의 歷史가 二三年前부터인데 確實히 오날엔 그 進步를 認識할 수 잇다.

名實共히 朝鮮에 充實한 童謠作家가 될 것이니 만히 조흔 作品을 내노흐라.

◇ 생일 아츰…… 金聖道

金 君의 兒童藝術의 關心에 對해서는 퍽으나 感謝를 늣긴다. 그러나 作品에 나타나는 그의 思想 見地를 筆者는 퍽으나 섭섭해 한다. 넓고 넓은 現實덩어리 가운데서 생일날 먹고 자미롭게 논다는 것만이 그가 차즌 것이며 世上에 내노코 십흔 생각이엿슬가. 좀 더 새로운 研究와 아울러 努力이 잇기를 바란다.

◇ 뭐라고 부를까?…… 金聖道

아무것도 하나 取할 것 업는 作品이다. 作品 쓰기에 급급하지 말고 먼저 조흔 想을 갓고 社會的으로 아니면 어린이에 것 어떠한 効果를 주겟느냐는 것을 생각하라.

◇ 달구경…… 元裕珏

이 作品은『東亞日報』紙上에도 發表된 作品인데 한 作品을 두 곳에 發表함은 滋味업는 現象으로 생각한다. 作品을 곱고 아름답게만 꾸미려 말고 좀 더 堅實한 作品을 써 주기 바란다. 表現에 각금 어색한 氣分을 늣긴다.

◇ 가을…… 金鮮奎

作品이 形式에 쭉 흐르고 말엇다. 技巧는 조흐나 內容이 보잘것업슴 퍽으나 섭섭하다.

◇ 산국화…… 張仁坪

洗練된 作品이다. 그러나 世上에서 넘우도 만히 보고 늣기는 內容과 表現이기 때문에 아모런 感興을 주지 안는다.

◇ 참새…… 元裕珏

簡單히 쓰도록 힘써 주기를 바란다. 글의 妙理를 따려고 애쓴 作者의 意圖가 뵈인다.

◇ 허제비 영감…… 韓寅炫

꾸준히 努力하야 주기를 바란다.

多讀 多思 多作하라.

◇ 가을…… 金容燮

아름다운 自然描寫의 作이다. 만히 힘쓰라

◇ 우리 집 사람…… 李定鎬

가난한 집 살림을 잘 그려 노앗다. 더 좀 씩씩한 힘의 作品을 보고 십다.

◇ 야학 종소리…… 李建杓

되도록은 簡單히 노래를 적도록 하라.

◇ 애기 달…… 元裕珏

고흔 作이다. 아프로 더욱더욱 새론 동요를 쓰기에 힘쓰라.

◇ 씨름판 송아지…… 李尙紀

어느 한 주석에[140] 어색한 氣分을 늣긴다.

◇ 장작 패는 할아버지…… 朴彗土

잘 그려낸 作이다. 熱作이 잇기를 보란다.[141]

南應孫, “十一月 童謠評(完)”, 『조선중앙일보』, 1933.12.7.

◇ 애기 각시…… 韓萬金 作

表現技巧에 어떠한 맛을 늣기나 年齡上으로 이 童謠를 分別하야 본다면 幼稚園 노래에 맛즐 것이다. 그저 順調롭게 되엿슬 뿐이다.

◇ 가을바람…… 失名氏

大體로 보와 잘된 作이라 하겟다. 그러나 슯은 氣分을 現實을 노래만 말고 새로운 힘을 즉 슯음을 업샐 힘을 發見함에 努力하야 다고.

◇ 새 쫏는 탄식…… 梁海光

童詩로서 適合한 노래이겟다. 노래가 넘우 구든 맛이 잇다. 藝術品이란 잘되도록은 읽는 사람으로 하여금 만흔 感興을 갓도록 해야겟다. 內容에 잇서 그닥지 시원한 感은 못 갓지나 恒常 內容도 內容이려니와 藝術의 本質을 떠나서는 안 될 것이다.

◇ 새 후리…… 安平原

恒常 創作問題에 잇서서 作家의 意思를 ×× 問題로 因하야 完全히 表現할 수 업는 것은 事實이나 結局에서 不足한 感을 밧는다. 그리고 技巧에 잇서 넘우 調理를 보지 안헛슴이 나타나 뵌다.

◇ 쪽밤 한 톨…… 卞相權

노래는 되도록은 簡單을 要한다. 쭉— 넘우 느러노흔 感이 잇다. 아모것도 보잘것업다.

◇ 꺽거진 구두…… 林東華

---

140 ‘구석에’의 오식으로 보인다.

141 ‘바란다.’의 오식이다.

신고 가든 칠피 구두가 종로에서 사납게 못에 걸려서 꺽어를질 때 지나가든 농부 로동자들이 보고 껄껄 우서댓다는 노래다. 그러나 웬만 안 해서는 意味를 解釋하기 힘이 든다. 되도록은 그 이데올로기 쉽사리 兒童들이 理解하도록 쓰는 것이 조켓다.

◇ 뭉게뭉게 모여서…… 劉永洛

자미잇는 노래이다. 자미잇는 反抗의 表現이다.

◇ 개아미…… 李道坤

童心을 만히 떠난 感이 잇다. 언제나 童謠를 創作함에 大人은 童心으로 돌아가 童心이 認識한 그 現實을 充分히 理解하도록 하야겟다.

◇ 새쫏는 노래…… 南大祐

처음부터 끗까지 아무 억센 氣分 업시 노래는 잘 흘넛다 본다. 南 君의 將來를 만히 期待한다.

◇ 참새…… 金昇錫

참새들의 노는 形象을 아무 생각 업시 그려 내는 作品이다.

◇ 네 동무…… 金元淳

동요 「슯은 밤」을 模倣한 氣分이 잇는데 그 質에 잇선 「슯은밤」보다 훨신 낫다고 보겟다. 아프로 만히 創作에 힘써 다고.

◇ 공등 소리…… 池相烈

現實의 情景을 描寫한 데 잇서 퍽 잘되엿다고 본다. 內容의 質的 問題에 잇서선 別問題로 하고 그 實地 그림과 그 手法에 잇서 매우 놀라울 맛한 작이다.

◇ 빨래 엄마…… 愼錫範

우는 아기를 집에 두고 쌀 두 되에 팔여 김부자 집의 빨래를 간 엄마 불상하기도 하다. 그러나 勇氣를 가지고 살어야 한다. 압날을 바라고 살어야 한다.

◇ 메밀꼿…… 朴星河[142]

---

142 '朴星河'는 박세영(朴世永)의 필명이다.

그저 아름답고 고흔 作이랄 수밧게 업다.

『어린이』 十一月號

◇ 옵바 가시고…… 鄭芝鎔

옵바를 떠내 보내고 홀로 남어서 늣긴 바를 노래한 作이다. 그런데 무슨 일로 옵바는 떠낫스며 어떠케 되여 방안에 혼자 잇게 되엿는가를 讀者에게 알려 줄 必要가 잇다고 생각한다. 그리고 좀 더 새롭고 씩씩한 노래가 보고 십다.

◇ 연못…… 尹石重

연못을 두고 그곳에 反射 되는 여-러 가지를 노래한 작이다. 그런데 이 作品을 童詩로 보겟는데 그닥지 큰 効果를 찻지 못하겟다. 그리고 尹 君에게 한마듸 말하고 십흠은 넘우 恒常 노래를 創作함에 잇서 推象的 概念에 흐르지 말어 달라는 것이다. 그리고 確實한 藝術觀 人生觀을 알어주기를 바란다.

◇ 타작 …… 李相駿

새로운 남다른 形式味를 맛볼 수 잇다. 그러나 二節 끗 句 "따려라 힘차게 이 땅이 꺼지도록"은 힘을 너키 爲하야 너흔 것이라 보겟스나 돌이어 어색한 늣김을 讀者로 하여금 갓게 할 것이다. 如何튼 굿센 力作이 잇기를 마지 안는다.

◇ 앞으로 갓 …… 尹克榮

어린이로 하여금 이 글의 뜻을 理解할 수가 잇슬가가 疑問이다. 概念的인 것보다도 現實的 材料를 取扱해 봄이 어떨가 생각한다. 꾸준한 努力을 빌어 마지안는다.

◇ 달…… 高鎬奉

◇ 엄마 일흔 별…… 李燦玉

◇ 뜰…… 張壽哲

◇ 헌책…… 李洛周

◇ 댕기…… 康承翰

모-다 取해 볼 만한 것이 업다.

『아이생활』 十一月 號

◇ 잠자리…… 林마리아

잠자리의 어린이 童心을 如實히 그려 내엿다. 곱고 아름다울 뿐이다.

◇ 구름…… 康流星[143]

◇ 저녁…… 林鴻恩

多讀 多思 多作의 必要를 늣기는 初步의 作家들의 作品이라 보겟다.

143 강승한(康承翰)의 필명이다.

劉賢淑, "「童心雜記」를 읽고－尹石重 氏에게 答함(一)", 『동아일보』, 1933.12.26.[144]

얼마 전에 發刊된 『新女性』 十一月 號에서 우연히 「童心雜記」라고 題目한 朝鮮의 少年文藝家 그것보다도 童謠作家로 일홈을 떨치고 잇는 尹石重氏가 執筆한 글을 읽엇습니다. 이 論文의 內容을 한번 들게 되면 小題目이 까닭도 많게 셋으로 나노혀서 '스마일닝'大會 "노래 없는 나라" "아기는 天文學者"이엇읍니다.

여기에서 讀者 앞에 이 세 가지 小題目의 內容을 간단히 소개하게 되면 첫재로 '스마일닝' 大會라고 문제를 붙인 그 속에는 어린 아해들을 曲馬團의 曲藝師로 하야 일홈부터 '스마일닝' 大會라는 '하꾸라이'[145] 속에서 西洋냄새 나고 日本냄새 나는 것만을 부르게 햇다는 것과 노리터가 아니라 裁判廷이라는 것을 기운 잇게 들엇으며 다음으로 "노래없는 나라"에는 朝鮮에 童謠가 없서서 길거리에 어린아해들이 부르는 노래는 재미스럽지 못한 流行歌를 부르나 만일 그 아이들이 노래를 달라고 하여도 그만한 要求를 드러줄 것이 없다는 한탄과 保育學校에서 音樂會 열 번을 開催하지 말고 한번이라도 童謠會를 하라는 것과 만일에 場所가 없으면 등잔불이라도 켜놓고 學校 마당에 멍석을 깔고라도 童謠會를 開催하라는 것이든지 그러치 않으면 북이라도 치고 救世軍 모양으로 길거리로 도라다니면서 開催해 달라는 것을 썻스며 끄트로 "아기는 天文學者"라고 한 데는 조선의 保姆들은 매를 들고 어린아이들을 때리며 만일 작란감이라도 부서트리고 깨트린다면 욕설을 하고 매를 가지고 따리어서 留置場에 女看守 같다는 것을 여지없이 드러내어 놓은 것입니다.

이와 같이 朝鮮이 낳은 朝鮮의 일홈 잇는 朝鮮의 어린이들이 그 일홈을

---

144 원문에 '甲子幼稚園 劉賢淑'이라 되어 있다.

145 "はくらい〔舶來〕"로 "외래(外來)"라는 뜻의 일본어이다.

崇拜하고 잇는 童謠作家 尹石重 氏가 執筆한 「童心雜記」를 보고 尹 氏의 訓話에는 감탄함을 마지않엇스며 한편으로 그가 그러케도 "대담"한 데는 아니 놀래일 수 없습니다. 그래서 글도 잘 쓸 줄도 모르는 나로서는 쓸대없게도 自身만을 원망하면서 웨! 나는 尹 氏와 같이 이러한 論文을 쓸 才能이 없든가를 한탄하면서 몇 번 또 몇 번 거듭 참다못하여서 말의 두서가 어지럽고 되지 않은 이 붓을 들게 된 것입니다.

더욱이 '스마일닐'[146]大會는 우리 甲子幼稚園[147] 主催로 다섯 번째의 어린이의 즐거운 밤을 열게 된 것입니다. 아니 尹 氏의 기탄없는 부르지짐과 같이 다섯 번째의 曲馬團의 曲藝師들을 出演시키엇든 것입니다. 나는 새삼스러히도 第一回로 '스마일닐'大會를 開催코저 하든 그때 尹 氏의 뜻깊은 지도가 없엇든가를 시비하고 시픕니다. 나는 누구보다도 尹 氏만은 그날 밤 그 성대한 그 잔채를 보고 어린이운동에 뜻 잇는 한 사람으로서 開催한 自體에 어떠한 感情을 떠나서라도 그날 밤 그 어린이들에게는 반듯이 讚辭가 잇섯스리라고 생각하엿습니다. 尹 氏는 더욱 朝鮮어린이運動에 先輩者인 當身에게 그날 밤 구여운 아기들이 노래를 부르른 그 노래가 日本냄새가 나는 노래이든 西洋냄새가 나는 노래이든 저이들이 제각기 잘 불럿다고 꺼떡대는 모양을 보고는 누구보다도 勿論 尹 氏는 禮讚의 밤이라고 느꼇슬 줄로 믿엇섯습니다.

劉賢淑, "「童心雜記」를 읽고–尹石重 氏에게 答함(二)", 『동아일보』, 1933.12.27.

專門家인 尹 氏 앞에 거칠고 보드러운 것이 설혹 없다 하드라도 尹 氏를

---

146 '스마일닝'의 오식이다. 아래도 마찬가지다.

147 '갑자유치원(甲子幼稚園)'은 유일선(柳一宣)이 1924년 4월 경성(京城) 청진동에 설립하였다. 이후 1927년 8월에 유치원 교사 양성학교로 경성보육학교(京城保育學校)로 승격되었다.

여기까지는 생각 못하엿습니다. 그러나 意外에도 甲子幼稚園 '스마일닐'大會가 『童心雜記』에 尹 氏 붓끝으로 오르게 됨을 한편으로 感謝하면서도 붓을 아니 들고는 견딜 수가 없엇습니다.

尹 氏여. 甲子幼稚園 '스마일닐'大會는 우리 幼稚園뿐만 아니라 몟몟 幼稚園과 合同하야 일 년에 한번 혹 이태에 한번식이라도 하로의 즐거운 밤을 여러서 아버지 어머니들을 한테 모시어 놓고 자기네의 아들과 딸이 뾰족뾰족한 입술을 여러서 우리는 이와 같이 잘 커 갑니다 하고 재롱부리고 춤추는 모양을 보여 드리어 하로의 밤이라도 意義 깊은 밤을 열려는 同時에 朝鮮幼稚園運動이 이러난 지 二十餘年間이나 되여도 아즉까지 保育事業을 잘 理解치 못하는 우리 社會에 宣傳도 할 겸 開催하게 된 것입니다.

이날에 順序로 말하게 되면 出演하는 各 幼稚園에 各各 順序를 定하여 가지고 出演하게 되엇든 바 現在 各 幼稚園에서 保育에 取材하고 잇는 것은 다른 것은 둘재로 하고 우선 어린이들이 날마다 부르는 노래 즉 童謠는 그야말로 尹 氏가 말한 것과 같히 大部分이 "洋服에 집신 格으로 西洋 냄새가 나는 것과 두루마기에 게다 신은 것"과 같은 번역童謠가 많은 것만은 事實이라면 事實이겟지요. 여기에서 나는 尹 氏에게 뭇고저 합니다.

당신이 童謠作家요 朝鮮의 兒童文藝家라면은 朝鮮兒童文藝運動이 어떠하다는 것을 당신이 누구보다도 잘 알고 엇더하다는 것을 당신이 더 느껴본 사람이 아닐가 합니다.

나는 잘 모르지만은 듯는 바에 依하면 朝鮮文藝運動이 이러난 지 十餘年이라고 하면 지금까지 出版한 朝鮮 兒童의 적당한 서적과 童話冊이며 童謠冊이 많지도 못하지만 創作集이 얼마나 잇는가를 알고 십습니다. 이러함에 尹 氏가 執筆한 글 속에서 냄새 잘 맛는 尹 氏가 西洋냄새가 난다고 하면서도 "노래업는 나라"에서는 긴 한숨 쉬여 가며 탄식하는 말이 "노래를 달라"고 할 때에 줄 것이 없다고 하엿습니다. 그리면서 냄새 냄새 하니 그 理論을 도모지 알 수가 없음니다. 尹 氏가 朝鮮兒童이 부를 노래가 없다는 것과 마찬가지로 나도 긴 세월을 두고 朝鮮幼稚園 어린이들이 부르기에 적당한 노래가 없다는 것만은 똑같이 느낌이 잇는 한 사람이엇습니다.

劉賢淑, "「童心雜記」를 읽고－尹石重 氏에게 答함(三)", 『동아일보』, 1933.12.28.

그러면 幼稚園 保育 實際에 잇서서는 外國의 것이라 하드라도 '하꾸라이' 냄새이든 日本냄새이든 그 냄새를 잘 呼吸만 시키게 되면 그 냄새 가운데에서도 좋은 營養素를 體內에 집어넣어 줄 수가 잇다는 것입니다. 그리고 尹 氏는 가로대 어머니 아버지를 모시어다 놓고 그러케도 기뻐할 그들의 밤 방긋방긋 우서 가며 노래 부른 그 밤 조선의 아들과 딸이 웃줄웃줄 뻗어나감을 發揮하는 그 밤을 裁判廷이라 命名하엿습니다. 이 얼마나 朝鮮兒童文藝家로서 自己를 함정에 빠치고 마는 소리이며 脫線의 行動이엇든가를 다시 묻고 십습니다. 어린이 앞에는 좋고 나뿌고 비판이 없을 줄 압니다. 어린이에게 點數를 매기는 것은 普通學校라고 볼 것이 아닌가! 벌서 어린아이들의 춤과 노래를 보고 이것은 좋다 저것은 나뿌다든가를 말하게 되는 것은 眞意를 모르는 사람이라 하겟습니다.

여기에 尹 氏는 童心이 무엇인지 幼兒運動이 무엇인지를 분간 못함이라 하겟습니다. 만일 尹 氏가 이 노리터에 올 때에 잘하고 잘못함을 曰是曰否를 하겟다고 오섯스면 좀 더 兒童問題를 硏究햇으면 합니다. 尹 氏가 論한 바 "아기는 天文學者"라는 小題目에 쓰인 바 幼稚園 保姆는 어린아이들을 매를 따리고 욕설을 하는 "留置場의 女看守"라고 하섯습니다. 尹 氏는 그간에도 얼마나 朝鮮의 幼稚園을 도라다니며 보앗는지 모르나 새로운 作品을 發見한 거와 같이 나는 尹 氏 일홈을 부치어서 갓난 어린아이가 울 때에 저 아이의 울름소리는 좋고 저 아이의 울름소리는 나뿌다고 시비까지 하게 된다면 朝鮮兒童文藝家 全體의 罪人이라고 하겟습니다.

이와 같은 까닭에 하룻밤이 오기를 손곱아 기다렷든 그 성대한 그 모임에 천진난만한 어린 동모들을 尹 氏의 눈에는 曲馬團에 曲藝師라고 볼 수박에 없다고 하겟습니다.(中畧)

尹 氏여. 지금의 朝鮮社會가 어떠한지를 잘 알겟지요. 좀 理論보다도

尹 氏 自身이 實踐에 나와 보시면 어떠할가요. 實踐이 없이는 理論이 없으며 實踐이 없는 理論은 그 理論에 生命이 없는 것을 아십시요. 그러한 까닭에 남이 웃을 것도 모르고 保育學校에서 "救世軍" 모양으로 북 치고라도 길거리에서 童謠會를 열라기까지 억설을 한 것이 아닌가요. 保育學校에서 길거리에다 童謠會를 연다는 그 理想만은 좋지만 現 社會에서 그것을 容認할 것인가요. (中畧) 朝鮮兒童에게 그러케도 아릿다운 당신의 編輯하는 『어린이』 雜誌를 朝鮮兒童 全體에게다가 無料로 주지를 못하고 十錢짜리 책이라도 사서 읽지 못하고 잇는 無產少年이 잇는 줄을 응당 잘 알 것이 아닙니가. (中畧) 여러 사람 앞에 나아와 "재롱"을 부리는 것이 "虛榮心"을 길러 주는 것은 절대로 아닌 것입니다. 자라나는 기운을 더욱 뻗어 나아가게 하는 것입니다. 따라서 여러 사람 앞에서라도 무엇이든지 주저하지 않고 노래를 부르든 작난을 하든 용감한 마음을 길러 주는 것입니다. 在來에 朝鮮 아이들은 너무나 할아버지 할머니 아버지 어머니의 귀여움만 받고 응석부리기에 外國의 어린이에 比하면 웨 그러케도 어리석고 담대력이 없으며 씩씩한 맛이 없어 보이는지요? 그러므로 나는 그 체질 그 精神이 뻗어나갈 수만 잇으면 어디까지든 뻗어 나아갈 수 잇게 만들어 주고 싶습니다. 尹 氏여. 尹 氏 생각에는 그저 집안에다가 꽉 박어 두고 문밖출입도 시키지 않엇드면 하는 것이 욕망이엇든가요. 나는 保育에 종사한 지 이미 오래인 몸이지만 아즉도 우리네의 家庭이 一般的으로 幼稚園을 理解치 못함을 恒常 유감으로 생각하는 바입니다.

끝으로 尹 氏에게 부탁하고저 하는 것은 尹 氏가 그 세 가지 小題目下에서 까닭도 많은 그리고 到底히 吾人으로서는 理解키도 困難한 點을 잡어내기에 자못 힘을 쓴 것이니 (中畧) 大體로 이는 尹 氏가 이러한 問題를 論評할 修養이 不足한 것을 말하는 것이라고 생각합니다. (中畧)

評論이란 元來 그 自體의 對한 主觀 客觀의 事情을 觀察하고서 기어히 執筆을 하고 마는 것입니다. (中畧) 人間이란 다 各各 自己를 살리고 事爲에 當할 만한 모든 條件 以外에는 能力이 없는 것입니다. (中畧)

그는 保姆를 가르처 刑務所의 女看守라고 하엿으니 이는 어찌한 말인지 모르거니와 그러타고 하면 비단 幼稚園 保姆에게만 限하리요?

여기는 길게 是是非非할 價値도 없는 철모르는 半辱說의 군소리이니 더 말하고저 아니합니다. 一言以蔽之하자면 도모지 相對하야 反駁을 한다든가 또 相對할 餘地도 없는 것이나 已往 執筆한 바이니 두어 마디 쓰려 한 것입니다.

어린이에게 醜雜한 流行歌를 가르처 주는 것이 탄식된다는 揶揄 等은 童謠 몇 篇으로 一躍 文士 評論家인 체하는(中略) 아직 철모르는 尹 氏를 위하야 或有 好期를 딸아 어린이에 評을 쓸 대는 童心을 더 研究하며 教育機關 같은 데에는 깊이깊이 생각함이 어떠할가 합니다. 이것은 學徒의 무궁할 將來를 위함이니 反省을 促하고 擱筆하노라. (끝)

李定鎬, "一九三三年度 兒童文學 總決算", 『新東亞』, 제3권 제12호, 1933년 12월호.

◇ 最近 兒童文學의 動向

아동문예는 그 종류를 불문하고 이를 상대로 하는 어린사람의 지순한 교화 이외에 다른 무엇이 잇지 안타. 사람으로서 가질 감정 의지 판단 — 다시 말하면 그 사람의 전인격을 구성하는 인간적 요소의 세력과 도야를 각득케 하면 그만이다. 즉 이 각 부분의 완전한 발달을 리상으로 하면 된다. 이것은 왜 그러냐 하면 개성의 게발은 그 사람이 가지고 태여난 성정의 충분한 교육을 노아 두고 다른 곳에 생각할 수 없스며 또 어린사람의 교육은 내부에 배태하는 가장 복잡하고도 미묘한 그 싹의 생육(生育) — 거기에 잇다면 이를 또한 창조로 볼 수 잇기 때문이다.

교육가가 스사로의 인격을 가지고 어린사람에 대하야 량심의 각성을 촉진식히는 것도 예술가가 작품을 가지고 어린사람을 내성(內省)식히고 정의 선악의 관렴을 명확케 하는 것도 모도가 창조요 감격이 아닐 수 없는 것이다. (中略)

×

여기서 사회과학상의 의론을 길게 할 필요는 없다. 단지 사회 인식이 없는 어린사람들에게 대하야 결정적 '이데오로기'를 뿌리박어 준다는 것이 얼마나 잔인하다는 것만 말하면 그만일 것이다. 즉 인간적으로 채 완성되지 못한 꿈과 감정의 세계에서 헤매이는 이들을 냉혹하게도 긔게화식히고 그 때문에 성취할 정의(情意)를 압살하는 까닭이다.

×

지금까지의 획일적 교육이 어린사람을 긔게적으로 취급하고 또 개성을 무시한 결과로 오늘의 교육은 해방을 부르짓게 되고 인간으로서 가장 참된 성장이 잇도록 노력하려는 것도 이 까닭이 아닌가?

어린사람들의 전도에는 아즉도 아지 못할 위대한 창조의 세계가 얼마나 크게 넓혀 잇는지 모른다. 그리고 이들이 어떠케 스사로의 힘으로써 자유롭고 대담하게 그 끝을 향하야 개척의 광이를 나리찍을 것인가? 하는 것은 이를 다음 시대에 긔대하여야 한다. 단지 이들을 고무(鼓舞)하는데 잇서서는 자애로운 교육과 정의로 인도하고 가장 지극한 감격을 던저 줄 예술가의 협력이 잇서야 되리라고 밋는다.

×

다른 말은 다음 긔회로 하고 끗흐로 아동문학의 지표는 전적으로 인간을 보고 공정하게 사회를 인식케 하(이상 17쪽)며 그리고 성실과 우애와 정의의 관렴을 갖게 하는 것이면 족하다. 즉 인생을 보다 더 아름답게 인간을 보다 더 참되게 하는 것이 그 리상이 되지 않으면 안 된다.

×

표제를 一九三三年 아동문학에 총결산이라고 커닷케 붓첫스나 실상은 아즉도 정양 중에 잇는 몸이요 또한 금년도의 아동에 관한 작품을 일일이 정독치도 못하엿스며 조희에 제한을 바든 관계상 충실하게 되지 못하엿슴을 미리 사하는 바이다. 그리고 아래에 실린 몃 편은 순전히 창작 중에서 고른 것이며 평이라기보다도 읽은 소감을 솔직하게 첨부하엿슴도 아울너 말해 둔다.

◇ 만주 장사와 눈사람 － 柳蓮 作[148]

──『東亞日報』新年號 一等 當選 童話 ──

내용 경개 — 눈 오는 날 아이들이 길거리에 커-다란 눈사람을 하나 만들어 세웟다. 여기에 一男이라는 가여운 만주장사 소년이 병드신 어머님의 약갑과 조석거리를 구하기 위하야 치운 날 쏘다지는 눈을 마저 가며 밤이 깁도록 쏘단엿스나 겨우 十五전어치밧게 더 팔지 못하엿다.

눈사람은 불상한 一男이를 동정하야 자긔의 몸을 깨치여 돈 만코 심슬구

148 『동아일보』(33.1.2)에 의하면, "新春懸賞文藝當選發表"의 "童話" 부문에 柳蓮('市內'라 한 것으로 보아 서울 사람으로 보인다)의 「만주 장사와 눈사람」이 일등 당선작으로 발표되었다. 이 작품의 전문은 『동아일보』(33.2.1~2)에 2회 분재되었다.

진 어떤 술주정꾼을 씨러트리고 그 바람에 길바닥에 흘리고 간 만흔 돈을 그에게 주서 가지도록 하엿다. 一男이는 그것을 가지고 어머님의 약도 사고 또 쌀과 나무도 삿스며 학교에도 갈 수 잇섯다는 것이다.

×

간단하면서 깨끗한 작품이다. 맛치 간결한 小品을 읽는 것과 가치 명쾌한 늣김을 주는 이야기다. 흠이 잇다면 一男이의 내력과 현재 처지를 좀 더 부드럽고 순평한 말로 써 주엇드면 하는 것이다. 자연스럽지 못하고 다소 억지의 구석이 보이지 안는 바가 아니나 대체에 잇서 처음 쓰는 이로는 비교적 익숙한 솜씨를 보여 주엇다.

◇ 天池 - 韓雪城 作[149]

——『每日申報』新年號 一等 當選 童話 ——

내용 경개 — 옛날 태백산(지금의 백두산) 꼭댁이의 분화구가 터저서 그 밋헤서 농사를 지여 먹고 살든 모-든 사람이 죄다 못살게 되엿다. 동리 사람들은 큰일 낫다고 하눌에 긔도도 드려보고 기타 별별 짓을 다 햇스나 불은 도모지 꺼지지 안코 점점 더해 갈 뿐이엿다. 그러자 효성스럽고 착한 사람이 산꼭댁이에 올너가 불속(분화구)에 뛰여들면 불은 제절노 꺼지겟다는 소문이 떠돌앗다. 그때 그 동리에는 龍吉이라는 효성스러운 소년이 잇섯다. 그는 남의 외아들노 대단히 귀염 밧는 도령이엿스나 동리사람 전체를 위하야 분연히 거기에 희생하기로 하엿다.

울면서 울면서 그를 노아 보내지 안는 부모님에게

"나라를 위하고 동리를 위하야 나아가 죽는 전사(戰士)와 갓사오니 아버지 어머니는 이러한 아들을 가진 것을 도리혀 영광으로 녁여 주십시요."

하고 소정한 분화구로 달려가 뛰여들엇다. 그러나 그의 의긔와 착한 마음을 하늘이 감동하심인지 그가 분화구로 알고 뛰여든 곳은 불속이 아니요 큰 련못이엿스며 불도 꺼지고 龍吉 소년도 살어 왓다는 것이다.

---

149 『매일신보』(33.1.1)에 의하면, "當選된 懸賞文藝"의 "童話" 부문에 韓雪城의 「天地」가 일등 당선작으로 발표되었다. 이 작품의 전문은 『매일신보』(33.1.16~19)에 4회 분재되었다.

×

신문에는 「天地」라고 제목이 붓헛스나 이는 「天池」의 잘못이 아닌가 한다. 즉 龍吉 소년이 빠젓다는 그 련못이 지금 백두산 우에 잇는 天池를 가르킴이라면 분명히 이것은 글자의 오식일 것이다.

작자는 전설 투로 씃까지 가장 자미잇고 긴장 되게 세련된 필치로(이상 18쪽) 이를 그려 노앗다. 나 한 몸보다도 동리 전체를 위하야 자긔의 몸을 이바지한다는 옛날 우리들 선조의 가장 고귀한 희생적 정신을 주요 골자로 하고 거기에 복잡한 사건을 너어 이 아름다운 이야기 하나를 얽어 노은 것이다. 문장도 대단히 순평하야 비교적 나히 어린 사람이라도 읽기 좃케 된 것이 이 작품의 한 특색이려니와 그보다도 압뒤가 조곰도 빈틈업시 가장 자상하게 짜여진 점이 작자의 치밀한 머리를 련상케 할 만큼 갓치 잇서 보인다.

우리는 이러한 이야기를 읽을 때마다 수신교과서 한 편보다도 이 한 편의 이야기를 읽키고 십고 백천 마듸의 꺽꺽스러운 훈화보다도 이 한 토막의 이야기를 들여주고 십다. 이는 이론뿐이 아니다. 실제 효과에 잇서서도 그러리라고 단언한다.

◇ 아름다운 兄弟 – 吉鳳洙 作[150]

——『每日申報』 新年號 二等 當選 童話 ——

내용 경개 — 중국 흑룡강(黑龍江) 상류에는 가난한 조선사람들만이 모혀 사는 쓸쓸한 촌락이 잇다. 이곳에 사는 사람들은 모도가 조선에서 살 수가 업서서 정든 고국을 내여 바리고 흘너 드러온 불상한 이들이다.

갑순이 형제도 어리엿슬 때 그 아버지 어머니를 따라 이곳에 온 지도 발서 여러 해 — 그동안에 별별 고생을 다하다가 아버지는 병으로 도라가시고 어머니는 난리 통에 일허바리고 의지가 업는 두 형제가 말로만 듯고 평소에 그리고 그리우든 — 잠들기 전에는 잇지 못하든 — 고국을 차자왓다는 눈물겨운 이야기다.

---

150 이 작품의 전문은 『매일신보』(33.1.20~24)에 4회 분재되었다.

×

(7행 가량 검은 칠로 삭제)

평범하려면 얼마든지 평범해질 수 잇는 이 한 토막의 실경을 눈으로 대해 보듯이 가장 심각하게 이야기로 얽어 노은 작자의 특이한 솜씨에 탄복해 마지안는다.

◇ 五男妹 － 朴泰遠 作

──『어린이』 六～九月 連載 兒童小說 ──

어느 집 가정의 귀염둥이 五남매의 일상생활을 아모 꿈임없이 단편적으로 저술해 논 유년 상대의 소설노 동심을 잘 낫하내인 새로운 경향의 작품이다.

내용에 잇서 무슨 복잡한 사건의 련결도 없이 그저 평연한 이들의 생활을 아모 보탬없시 자연스럽게 묘사해 논 것이로되 자미잇게 된 것과 회화와 행동에까지 동심 그대로 잘 표현된 것은 전문 연구가로도 능히 따를 수 없을 훌륭한 솜씨를 보여 주엇다.

그 한 례로는 큰 누나를 "어구누나" ― 작은 누나를 "쪼금누나"라 한 것이든지 왼 집안이 발끈 뒤집혀 자긔를 찾고 잇스되 이것도 모르고 다락에 둔 앵도를 몰래 먹고 태평히 잠만 자다가 튀여나오는 것이든지 일허바린 동생을 차저 한편으로 깃브면서도 자긔네 목아치의 앵도를 빼앗긴 것이 분하야 얼골을 찡기는 것이든지 저도 배탈이 낫슴에 불구하고 언니 배탈만 트집을 잡어 채미를 못 어더먹게 하고 조와하다가 결국 저도 탈난 것이 발각되야 쩔쩔매면서도 채미를 안고 다러나 장독대 뒤에서 한입 크게 무러 떼는 것이든지 모도가 어린사람 세상에서 흔히 잇슬 수 잇는 일을 똑똑이 인식하고 시 독특의 조밀한 관찰과 세련된 필치로 아동문학에 새로운 경지를 개척하여 주엇슴에 경의를 표한다.(이상 19쪽)

◇ 바보 吉童 － 安俊植 作

──『별나라』 一～十一月號 連載童話 ──

내용 경개 ― 어느 싀골에 吉童이라는 소년이 잇섯는데 그는 집이 가난하고 못나게 생긴 데다 게름뱅이가 되야 동리ㅅ사람에게 가진 천대를 다 바덧다. 그러나 못나고 게으른 반면에 의긔와 날냄이 잇서 가튼 동리의 어려운 사람을 위하야 돈 만흔 부자집 물건을 훔치여다가 이들의 살림을 보태 주엇다 말하자면 의적(義賊) 노릇을 하엿다. 그러다가 이것이 발각되야 그 동리에 잇지 못하고 쫏기여 낫다. 쫏기여 나기는 하엿스나 그의 흉중에는 돈만 아는 세상 사람! 돈을 위해서는 륜리도 도덕도 없는 몰념치한 이들을 쉿없시 저주하면서 어느 심산궁곡을 차저가 미개인의 부락을 정복하고 두목이 되어 몽매한 그들을 개화식히는 반면에 어떠케 해서라도 자긔가 사는 세상도 지금의 이 부락과 가치 평화스러운 세상을 만들려 하엿다. 그리하야 필경은 자긔의 결심대로 싸홈과 증오와 기만으로 가득한 살풍경의 고향 사람들을 잇끄러다 따로히 새로운 평화의 세상을 하나 쑴이엿다는 것이다.

×

이 작품은 씨가 본 지상에 올리기 전에 여러 번 단상에서 구연으로 어린 사람들에게 들리여주든 이야기다. 실연으로 듯기보다는 다소 문장이 꺽꺽하고 또한 三회 분이 전체로 빠저서 통일을 일흔 작품이나 비교적 쯧까지 무탈하게 매듭을 지여 넘겻다. 그러나 간간히 억지의 구석이 없지 안어 실연보다 집필노는 다소 실패하엿다고 볼 수 잇다.

이 작가에 잇서 바라는 것은 구상에 웅대 또는 필치에 건실을 밋는 만치 문장에 순평과 회화의 동심 표현을 좀 더 고려해 주엇스면 한다.

◇ 호랑이 · 고깜 — 馬海松 作

——『어린이』 十~十一月 連載童話 ——

내용 경개 — 호랑이 한 마리가 배가 곱하서 인가 근처로 먹을 것을 구하려 나려왓다가 어느 집 들창에서 우는 아가를 달내는 어머니의 소리를 들엇다.

"아가! 네가 작고 울면 호랑이가 온단다."

그래도 아가는 우름을 긋치지 안엇다. 그 어머니는 별별 말노 아기를 으르고 달내여도 듯지 안으닛가 이번에는

"아가! 네가 그렇케 작고 울면 고깜이 온단다."

하닛가 그럿케 자즈러지게 울든 아기가 웬일인지 우름을 딱 쯧첫다. 호랑이

는 이 소리를 듯고 이 세상에는 내가 제일 잘나고 위엄이 잇는 즘생으로 알엇더니 나보다 더 무서운 놈이 잇고나 하고 그냥 도망해 바렷다는 조선 재래의 동화가 잇다. 이 「호랑이・고깜」은 그 속편으로 그 호랑이가 늙어 죽게 되엿슬 때 예전 일을 생각하고 그 자손들에게 천하에 무서운 놈은 고깜이니라 하는 말을 남기고 죽엇다. 그래 그 자손들은 고깜이란 대체 어떠케 생겨 먹은 놈인데 우리들보다도 더 무서울까 하엿스나 이를 알 길이 없었다.

눈치 빠르고 약기 한량없는 여호가 이것을 알고 제가 탈을 뒤집어쓰고 고깜 노릇을 하야 얼마동안 호랑이들을 수족가치 부려 먹다가 들키여 결국 본색이 드러낫스며 고깜이란 원래 없는 것이라는 것을 호랑이 스사로가 자각한다는 것이다.

×

이것도 우리 조선에 잇서서는 새로운 시험의 하나이다. 예전에 귀가 젓도록 듯든 이야기 그것의 뒤ㅅ긋을 듯는다는 것은 어린사람들의 호긔심을 충족식혀 주는 데 잇서 큰 효과를 어드리라고 생각한다.

섯투른 이야기보다는 백 번 천 번 들어도 인상 깁게 들린 이야기를 되해 주는 것을 조와하는 이만치 일반이 만히 아는 이야기의 뒤긋을 만들(이상 20쪽)어 그 해결을 엇게 한다는 것은 어린사람의 궁금푸리의 대한 해답과 가치 더 인상 깁고 더 감격되게 마음의 흡족을 주는 까닭이다. 씨는 이번뿐 아니라 간혹 조선 재래동화로서 구전으로만 떠도라단이는 이야기를 추리고 모아서 완전한 이야기를 얽어 노흔 례가 만커니와 이번 이 「호랑이・고깜」에 잇서서도 확실히 성공한 작품이다. 또한 구상과 필치도 다년의 경험을 가지고 잇는 분인 만치 대범하고도 건실하야 독자들의 흥미와 유익을 주기에 충분한 조흔 작품이다.

◇ 學校小說 – 崔秉和 作

——『朝鮮日報 特刊』兒童欄 連載 ——

이것은 작자 崔 씨가 련근동 배영학원의 원장으로 잇는이만치 학교 안에서 생기는 학생들의 생활 속에서 취재를 하야 날마다 단편적으로 자미잇게 써 나가는 것이다.

그가 어린사람의 글을 쓰는 분이요 더구나 감격성 만흔 분이 되야 그날그날 교실에서 교정에서 보고 늣긴 중에서 추려 모아 이 감격할 이야기를 얽어 나가는 것이다.

원래가 강습소 형식의 학교이요 또 그 학생의 거의 전부가 어려운 집 어린이들이 되야 별별 눈물겨운 삽화가 만흘 것은 나도 짐작할 수 잇는 일이나 역시 평범한 줄거리 하나를 어더 거기다 입새와 줄긔를 붓치여 비로소 한 토막의 이야기를 짜내 놋는 崔 씨의 남다른 정성과 고심을 경복하는 바이다. 더구나 내용의 전부가 실제 학생들 간에 잇는 사실을 줄거리로 한 만치 실감과 감격이 더욱 커서 어느 것은 맛치 명작 『쿠오레』 속의 토막 이야기가치 읽는 이의 심금을 울리우는 작품이 만타. 우선 밥이 없어서 빈 변도를 점심으로 가저오는 가여운 학생을 위하야 자긔(崔)의 변도를 몰래 쏘다 주엇다는 이야기나(이것은 자긔로 적혀 잇지 안으나 최의 성정을 잘 아는 나는 족히 그럴 수 잇게 보기 때문이다) 병난 학생을 걱정하는 선생님의 심정이라든지 남의 물건을 훔친 납븐 학생을 자애롭게 효유하야 스사로 잘못을 깨닷게 하는 것이든지 기타 어느 한편도 쓸데업시 심심푸리로 적은 것이 아니요 적어도 학원을 중심으로 하고 그들 교화에 대한 참된 선생의 진격한 열정을 고대로 그리여 놋는 데 또한 씨 독특의 특장이 잇서 보인다.

◇ 애기 童話 － 尹石重 作

—— 『朝鮮日報 特刊』 兒童欄 連載 ——

崔 씨의 학교소설과 아울너 련재되는 것 중에 尹 씨의 애기동화가 잇다. 조선과 갓치 유치원 잡지나 또는 그 층에 어린아기들을 읽힐 독물이 근본으로 없는 때 씨의 작품은 큰 기대를 갖는 동시에 또한 동심작가로서의 철저한 주견을 가진 씨의 집필을 크게 감사한다.

요즘에 실리는 것은 번역도 잇고 창작도 잇지만 어느 것을 통해 보나 글자 한 자 말 한마듸에 힘 안 드린 구석이 없이 보이는 것은 내가 밋는 바 씨의 노력이 큰 것을 가히 알 수 잇다.

그는 애기동화에서뿐 아니라 최근 그가 내여놋는 동시(童詩)에 잇서서도 가장 만흔 연구와 고심을 싸어 가지고 붓을 잡는 가장 미덤성이 잇는 작가인 동시에 압흐로도 이 방면에 다대한 공헌이 잇슬 것을 확신하는 바이다.

×

동요 동시 동극 기타 멧 가지는 지면 관게도 잇고 또 내가 읽은 중에서 그럿케 심금을 울리운 작품이 별노 없서 여기에서 붓을 놋코 다음에 기회가 잇스면 좀 더 철저히 책임 잇는 집필을 하여 볼까 한다. 끗흐로 이외에 금년도에 잇서 어린 사람의 독물노 새로 출간된 것을 적고 붓을 놋켓다.

尹石重 作 童詩集이 出刊된 것과 金泰午 作 童謠集과 역시 氏 編의『世界名作童話集』의 再版 出刊과 拙譯의『사랑의 學校』의 五版 出刊이 今年度 兒童讀物界의 收穫과 動向이다.[151] (이상 21쪽)

151 윤석중의『(尹石重童詩集第一輯)잃어버린댕기』(게수나무會, 1933.4), 김태오의『雪崗童謠集』(한성도서주식회사, 1933.5), 김태오의『世界名作童話集』(아이생활사, 1927; 第一書店, 1933), 이정호의『사랑의 學校』(以文堂, 1929; 1933)를 가리킨다.

XYZ, "風聞帖", 『별나라』, 통권73호, 1933년 12월호.

◇ 獅子吼 安俊植 氏

벌서 오래전이라 한다. 안준식 씨는 일직이 웅변(雄辨)에 뜻을 두어 날마닥 산으로 올나가 약하게 강하게 목소리를 키윗다 한다. 그래서 그런지는 모르겟스나 씨는 가마니 말하는 소리도 보통 말하는 소리와 갓다.

그래서 왼만한 群衆 압헤서는 이사로 말을 하시며 이약이하기를 조와하신다. 그런데 이럿툿 先生님 목소리도 아조 자라목아지가 된 적도 잇섯다니 그것은 작년 이맘때 선생님이 세상 구경을 못하실 적에 아조 목소리 크신 것 때문에 여러 가지 곤난을 더 늣기섯다.

나 보기에는 안 선생님이 아조 술도 잘 잡수실 뜻하나 실상은 한잔도 못하시니 걸작이다. 그러나 엇던 초면의 친구 한 분이 안 선생님이 술은 썩 잘하실 줄 밋고 음식점으로 모시고 드러가니 비로서 안 선생님은 제물 금연(禁煙) 금주가(이상 14쪽)(禁酒家)이신 것을 알고 "허 뵙기완 아조 싼판이시로군" 하드라나. 그러나 가을이 드러스니 등산가인 선생님은 산이 그리워서 공일날만 되면 서울 근처의 산이란 산은 모주리 정복(征服)을 하시고 지금은 지리산(智異山) 묘향산(妙香山)까지 가 보실 작정이라 합니다.

◇ 수나이스트 朴一 氏

지금은 서울 郊外에 게십니다만은 일직이 朴芽枝로서 일홈이 놉든 선생님은 요사이도 흙냄새에 참아 못 닛치는지 서울만 드러오시면 이내 "난 가겟네. 가겟네" 해서 친고 사이에도 별명을 듯는다고—

또 선생님은 늘 "재수 업군" 하시여서 아조 "수나이스트"라고 불느게 되엿다 한다. 그 까닭은 數ナイST라는 말인데 가나(假名)와 영어(英語)로 자(者)라는 의미에서 "재수업는 사함"[152]이란 뜻이라고 선생님에게 하도 웃으운 이약이가 만치만 그중에 한 두어 가지만 이약이하려 한다.

152 '사람'의 오식이다.

선생님 고향이 명천(明川)이시라 (三九 頁에 계속) (이상 15쪽)

(十五 頁에서) … 북청(北靑)이 각갑다고 해서 "물장수" 선생님 하면 어이가 업서 우스신다. 그리고 엇던 분이 선생님 하고 가치 郊外의 길을 것다가 "다리가 압허 갈 수가 업는 걸" 햇드니 "아니 저 빈 우차 좀 타고 갈가" 하시드라나. 이게 무슨 소린가 하고 생각〰해 봣드니 "빈"은 비엿다는 말이고 우차(牛車)는 마차라는 말 즉 빈 마차 좀 타고 가지 하는 소리를 그가치 하시엿다고. 선생님하고 다니면 그저 허리가 부러지게 웃읍지요.

◇ 秘藏家 嚴興燮 氏

엄 선생님은 아조 아동들을 잘 지도하여 주시고 풍금도 잘 치시며 글도 잘 쓰시지만 늘 몸이 약하세서 골골하신다고. 헌데 놀날 만한 것은 그러케 약하신 중에도 "체조의 새 형식"을 발명하엿스니 그것은 아동의 좌세의 정확(正確)한 것을 알기 위해서 책상 우에서.(이상 39쪽)

崔秉和, "(隨想)世界名作 感激 揷畵", 『별나라』, 통권73호, 1933년 12월호.

1. 信號의 赤旗

선로 순시인(線路巡視人) 세미욘은 일전에 회사에 원한을 품고 잇든 동료 와시리—가 선로를 맛치 퉁켜 노코 도망한 것을 보앗다.

이제 이 분만 잇스면 칠호의 객차가 지나가게 된다. 수선하랴면 맛치가 잇서야 한다. 신호기도 업다. 그것을 가질너 갈 시간의 여유도 업다. 세미욘의 눈압헤는 무서운 참극(慘劇)의 광경이 번득어렷다. 멀-니서 긔적이 들녀왓다. 선로가 가늘게 진동하야 왓다. 세미욘의 허둥대는 머리속에 불연듯한 생각이 써올낫다. 그는 모자 속에서 헌겁 안을 끼저내고 주머니칼노 자긔의 두 팔을 찔너서 샘물갓치 뻣처 나오는 피를 헌겁에 뭇치엿다. 그리고 그것을 대까지끗에다가 붓드러 매고 그의 붉은긔(赤旗)를 놉히 드렷다. 세미욘은 긔를 흔들면서 서 잇섯다. 벌서 긔차는 보여 왓다. 그러나 그는 더 오래 서 잇슬 수가 업섯다. 두 팔에다가 칼을 너무 깁히 찔넛슴으로 피가 대(이상 16쪽)줄기 갓치 뻣처 흘너서 나왓슴으로 눈은 캄〻해지고 머리는 앗득앗득해젓다.

세미욘은 그여히 잡바저서 긔는 쌍에 써러지고 마랏다. 그러나 그 피에 저즌 긔는 쌍에 써러저 잇지 안앗다. 누구의 손인지 그 긔를 집어서 놉히 흔들고 잇섯다.

긔차는 정거하얏다. 긔관수와 수만흔 승객이 차에서 뛰여나려 왓다. 그들은 피물에 뭇처서 정신을 일코 넘어저 잇는 사나히와 그 엽헤서 피에 저즌 붉은긔를 가지고 잇는 또 한 사나히를 보앗다.

와시리—는 일동을 바라보면서 머리를 숙으리고 고백하얏다.

"저를 결박하야 주십시요. 제가 선로를 퉁겨 노왓습니다."

英國 칼신 作「信號」

2. 最初의 犧牲者

영국과 불난서 두 나라의 싸홈은 불난서가 지고 마랏다. 가레- 시(市)는 영국 병정이 둘너싸고 영왕(英王)은 내일 아츰 시민(市民) 여섯 사람을 희생자로써 보내라고 명하얏다. 만일 그것을 거절한다면 가레 시를 왼통 문허바리겟다는 것이다.

인도주의(人道主義)의 대표자인 가레- 시민 유스다슈는 용감하게 전 시민을 구조하기 위하야 제 스사로 희생자의 한 사람이 되겟다고 말하얏다. 그의 뒤를 이여 희생자가 되겟다는 시민이 엿섯[153] 사람이 나왓다.

영국의 요구는 여섯 사람이다. 그러므로 희생자가 되겟다는 일곱 사람 중에서 한 사람은 빼내혀야 한다. 일곱 사람 중에서 한 사람을 엇더한 방법으로 빼내혀야 조흘가 하는 것이 문제가 되엿다.

여기 대하야 유스다슈는 한 가지 의견을 말하얏다. 그것은 내일 아츰 정하야 논 곳(이상 17쪽)에 제일 늣게 온 사람을 희생자의 명예(名譽)를 가질 자격이 업는 사람으로써 인정하고 그 사람을 빼여놋차는 것이다. 이리하야 의론은 결정이 되얏다.

그런대 잇튼날 아츰 여섯 사람의 희생자는 정하야진 곳에 가튼 시각에 도착하얏는데 오즉 한 사람 유스다슈만 눈에 띄우지 안엇다.

일동은 유스다슈의 참마음을 의심하고 조롱하얏다. 그는 전일에 혀씃으로만 그러한 말을 한 것이 아닌가? 유스다슈는 아즉것 오지 안엇다. 그러나 얼마 안 되서 유스다슈를 대신하야 그의 시체가 운반되여 왓다. 그는 맨 나종 사람이 되여 오지 안코 맨 처음 희생자가 되야서 다른 여섯 사람보다 먼저 자기 몸을 죽인 것이다.

獨逸 쎄오르크·카이써 作 「가레- 市民」[154]

153 '여섯'의 오식이다.

154 독일의 극작가 게오르크 카이저(Georg Kaiser, 1878~1945)의 「칼레의 시민들(Die Bürger von Calais)」(1914, 1917 초연)을 가리킨다.

3. 텔의 決心

악대관(惡代官) 께스렐은 사냥꾼 텔에게 사람으로써 할 수 업는 어려운 문제를 쓰집어내엿다.

자긔 아들 머리에 사과를 언저 노코 그것을 먼 곳에서 쏘아 써러트려 보라는 것이다.

텔은 활 잘 쏘는 명인(名人)이엿지만 자긔 아들에게 향하야 엇더케 화살을 보낼 수가 잇는가? 그는 창백한 얼골노 머리를 땅에까지 숙으리고 이것만은 용서하야 줍시사고 탄원하얏스나 대관은 머리를 좌우로 흔들면서 드러주지 안엇다. 그 순간이다. 텔의 어린아들이 천진스럽게 부르지즌 것은—

"아버지! 저는 조금도 두렵지 안슴니다. 아버지는 나는 새라도 쏘아 써러트리는데요. 제 머리를 맛치실 리는 업지 안어요!"

(以下 一頁 略) (이상 18쪽)

朴勝極, "(少年文學講座)少年文學에 對하야", 『별나라』, 1933년 12월호.

여러 사람들은 문학(文學)을 말하고 또 소년(少年)문학을 이야기한다. 그러나 문학이란 무엇이며 또 소년문학이란 엇던 것이냐고 무를진대 대부분은 얼는 대답하기를 주저할 것이라고 밋는다.

그러면 문학이라는 것이 정말 어려워서 그러냐 하면 그것은 그런 것이 아니라 너무도 그 이름이 통속화(通俗化) 하여서 여러 사람들이 누구나 다 잘 알고 잇는 때문이다.

그러나 우리가 사람(人間)이라는 것을 잘 알면서도 정말 사람이란 무엇이냐?고 무를 때에는 주저하는 것과 갓치 이 문학이라는 것도 역시 그러한 것이다.

나는 소년문학에 대하야 말하기 위하야 위선 문학이라는 것이 무엇인가를 알어보는 것이 순서에 맛당하리라고 생각한다.

그런데 이 문학이라고 하는 것을 재래의 학자들이나 지금의 학자들이 여러 가지로 해석해서 이러케도 말하고 저러케도 말하엿슴으로 그것을 여기서 일일이 다 말하기는 어려운 일이라고 아니할 수 업다. 그리고 또 아주 어려운 학술적(學術的) 문구를 느러노흐는 것도 안 될 일이라고 생각한다.

그럼으로 아조 알기 쉬웁게 이야기할랴는(이상 20쪽) 것이다.

×

가을 달밤에 외로이 달을 바라보고 서 잇스면 마음이 아주 이상해질 것은 누구나 뻔한 사실이다.

그때에 노래로 불러 보고 십흐며 무슨 긔구(器具)를 가지고 예를 들면 통소(筒簫) 갓튼 것으로 곡조(曲調)를 마치여서 불기로 한다. 이런 때에는 대개 처량한 것이나 그러치 안흐면 '로만틱'한 것이다.

예전 중국(中國)에 장자방(張子房)이란 사람이 잇섯는데 전쟁판(戰地)에서 아주 밝은 달이 비칠 때라 여러 군대들의 마음이 그야말로 들러서 잇는 판에 적군(敵軍)들에게 향하야 아조 처량한 곡조로 옥통소를 불어서 그들로 하야금 고향 생각이 나게 하야 싸홈도 싸호지 못하게 맨들어서 결국은 자긔편에서 승전(勝戰)을 햇다는 이야기도 잇는 것이다. 또 여러 사람들이 모인 곳에서 노래 가튼 것을 불러서 눈물을 나게 하거나 주먹을 쥐고 일어나게 할 수도 잇는 것이다. 이와 마찬가지로 예술(藝術)의 힘은 큰 것이다. 이 문학도 예술의 한 부문(部門)으로서 글자를 써서 다시 말하면 글(文)을 써서 자긔가 가지고 잇는 감정(感情) 혹은 정서(情緖)를 여러 사람에게 전해 주는 것을 말함이다.

그러기 때문에 문학도 여러 사람을 울이고 웃기고 성나게 할 힘을 가지고 잇는 것이다.

이 문학 중에는 소설, 희곡, 시가 갓튼 것이 잇다는 것은 누구나 다 잘 아는 일이다.

그럼으로 문학이라는 것도 그러케 어려운 것이 아니며 구태여 어렵게 생각할 필요도 업는 것이다.

소년문학은 문학이 무엇이냐라는 것을 알엇슴으로 더욱 쉽게 되엿다. 즉 소년(少年)을 대상(對象) 또는 주제(主題)로 하는 문학이 소년문학일 것이다. 그러나 우리가 말하는 소년문학이라는 것은 부자집 소년들의 문학이 아니라 물론 가난한 소년들의 문학인 것을 잘 알어야 한다.

그러면 소년문학에 대해서 구체적(具體的)으로 말해 보자.(계속) (이상 21쪽)

朴勝極, "(少年文學講座)少年文學에 對하야(二)", 『별나라』, 통권74호, 1934년 1월호.

그래 문학이라고 하는 것은 우에서도 말한 바와 갓치 작자(作者)의 상상(想像)과 감정(感情)을 다른 사람에게 즉 읽는 사람에게 감염(感染)식혀야 되는 것이다.

무엇보다도 이것을 제일 조건으로 삼지 안흐면 안 된다. 또한 문학이라고 해서 아조 굉장한 것갓치 생각하야 어렵게 꾸미지 말고 누구나 다 그때 사람이 알어볼 수 잇도록 맨들어야 되는 것이다.

그리고 언제나 문학작품은 진리(眞理)를 떠나서는 안 된다. 이러한 여러 가지 조건 밋헤서 어떠한 형식으로 문학작품이 꾸미여지던지 그것은 상관할 배 아닌 것이다.

이 소년문학도 역시 문학인 이상 이러한 기본적(基本的) 조건을 떠나서는 안 된다. 그러나 소년문학은 나어린 소년들의 문학임으로 그 점에 잇서서 확실이 다른 문학과 구별이 되는 것이다.(以下 一頁 略)

그런데 내가 말하는 소년은 지금 세상에 잇서서 아조 헐 입고 헐 먹는 다시 말하면 가난한 집 아들딸들과 또 마음씨가 조흔 어린사(이상 23쪽)람들을 가르키는 것이다.

따라서 "소년문학"도 이들의 문학인 것은 두말할 것도 업는 것이다.

어린 머리를 어지럽게 하고 좁은 가슴을 타게 하는 모든 일이 여러분 소년들 압헤는 날마다 닥처올 것이다. 기게소리 요란하게 나는 공장에서나 심부름하기에 바쁜 그 어썬 데서나 별 나뿐 일이 다 일어나는 농촌에서나 어듸를 물론하고 소년들이 일하고서 또 사는 곳에 잇서서 어쩐지 여러분 소년들은 머리를 어지럽게 하고 가슴을 태우는 그 가운데서도 무엇을 좀 써 보앗스면 하는 생각도 나며 또 이것을 써서 나와 가튼 처지에 잇는 동무들에게 보엿스면 하는 안타까운 생각도 날 것이다.

여기에서 비로소 여러분 소년들의 문학이 나오게 되는 것이다.

그러타고 소년문학은 소년만 쓸 수 잇고 다른 사람들은 쓸 수 업다는 말이 아니다. 누구나 소년의 감정을 가지고 소년들에게 유익한 것을 쓰면 그만이다.

또한 소년문학은 어데까지나 "소년적"이어야 할 것임으로 소년들이 알어볼 그러한 글이 아니면 그 효과가 적을 것이다.

소년을 울이고 우키고 성나게 하고 주먹을 쥐게 하는 그러한 문학작품만

이 정말의 소년문학인 것이다. 이러한 요소(要所)가 업는 것은 아모리 소년을 대상으로 해서 쓴 문학이라 할지라도 그 따위는 다먼 문자(文字)를 느러논 데 지나지 못하는 것이다.

또 어떤 자들은 말한다.

소년은 순진하고 귀여우니 사랑해 주고 귀해 역이면 그만이라 하며 그들이 쓴 소년문학도 옛날이야기나 그러치 안흐면 천사(天使)이약이나 동물을 학대하지 말라는 것(이상 24쪽)에 지나지 못한다. 지금에 이러한 소년문학도 여간 만흔 것이 아니다. 그것들은 참다운 소년문학이 아닌 것이다.

그럼으로 여러분들 다른 사람이 지흔 소년문학 작품을 읽을 때나 또 자긔가 지흐랴고 할 때나 참다운 소년문학과 그러치 안흔 것을 구별할 줄 알며 또 해야 될 것이다.

그리고 소년문학가는 작고 진보해서 범위가 더 넓고 모든 인류의 최상의 행복을 꾀하는 위대한 문학작품을 맨들도록 힘써야 될 것이다. 소년문학을 소년문학만에 그친다는 것은 그것 역시 잘못인 것이다.

소년문학 작품에서 위대한 일반적인 문학작품에로 진전(進展)하는 것과 소년문학 작가에서 위대한 일반적인 문학 작가에로 비약(飛躍)하는 것을 밋어서는 안 된다.

그러허다고 소년문학을 천대해서도 안 된다. (了)

一九三三. 十一. 二六 — 水原서(이상 25쪽)

宋影, "小學校 劇의 새로운 演出(二)", 『별나라』, 통권73호, 1933년 12월호.

이제까지의 학교극 가운데에는 가장 큰 잘못된 생간이[155] 감초여 잇섯다. 그것은 "아희들"이란 "어른들"의 작난감과 맛창가지다 하는 옛날 생각의 남저지다.

아희들은 한 개의 사람이 아니요 어른에게 매여달닌 노리개며 강아지다. 물론 아희들은 생각이나 몸이나 모든 것이 다— 완전치는 못하다. 그러니까 어른들이 크게 키우고 조ㅅ케 인도해 주어야 할 의무(義務)는 잇다. 또는 귀여워하고 보호도 해 주어야 한다. 다만 이것이 어른과 아희들의 사이다. 그러나 옛날의 우리들의 상토 짜신 어른들은 아희들을 짓눌누고 잡아 휘둘느면서도 의례히 잘하는 일인 것갓치 알엇다.

"어른과 아희는 차례가 잇다"(長幼有序)고 하는 옛 어른의 말을 잘못 알고 잘못 행(行)한 까닭이다.

사람은 어듸까지든지 한 개의 "자긔의 성미"가 잇다.

크면 큰 것이 잇고 적으면 적은 것이 잇다. 어듸까지든지 아이들의 씩々하고 거짓이 업는 마음을 놉히여 주고 복도다 주어야 할 것이다.

×

아동극은 딱々한 "수신"이나 판에 박은 "산술"이 아니다. 한이 업시 넓고 마음대로인 "마음"의 주고밧는 것이다.(이상 22쪽)

어렵게 말하면 감정의 전달(感情의 傳達)이다.

이러함에도 불고하고 "학교극"을 산술이나 수신갓치 꿈여 내고들 잇다. 이것이 "학교극"이 이제까지의 잘못되여 네려온 까닭이다.

1. 옛날 생각 그릇된 생각을 가지고

155 "생각이"의 오식이다.

2. 엇더한 한 생각(一定한 主見)이 업고

3. 엇더케 하겟다는 예산이 업고

4. 연극의 대한 지식이 적고

—— 이러고서들 학교극을 연출을 하니 오즉이나 잘못될 것은 정한 리치다.

×

지금부터 새로운 연출법 실상은 반드시 잇서야 할 일을 의견 삼어서 말해 볼가 한다.

학교극의 배우는 학생이요 구경군은 학생의 부형들인 만큼 연극하는 가운대의 배우와 구경군들을 한데 통해 놋토록 힘을 써야 할 것이다.

즉 연극하는 아이들을 학과를 외이는 학생들갓치 만들어 노코 또는 구경하는 사람으로써 자긔집 안방에서 자긔들 자손들의 재롱을 보는 것갓치 만들면 안 된다.

그러면 엇더케 하면 이러한 테두리에서 버서날 수 잇슬가. 이제부터 한 개의 작품을 실제로 내여놋코서 말해 갈가 한다.

學藝會 序曲 우리 學藝會 —(四場)—

이것은 학교 학예회의 프로로크로[156] 되여 잇는 조그만 연극이다.

一場은 左順이와 右男이가 다 각々 저의들만 학생이라고 연설을 먼저 하겟다고 싸홈을 하는데 학생 전체가 야단을 치면서 그중에 한 학생이 올나간다.(물론 관중석(이상 23쪽)에 섯다.)

═ 이럴 때에 구경군들이 엇더케 세음을 몰나서 눈들이 둥그진다. ═

이래서 學生 아희가 싸홈을 말니고 보니 다 갓튼 한 학교의 학생인 것을 알게 되엿다.

═ 이때에 관중석에 안젓든 학생 전체와 학부형들은 손벽을 친다.

156 프롤로그(prologue) 곧 "극의 앞부분에서 한 명 또는 여러 명의 배우가 극의 내용을 소개하는 일, 또는 그 대사"를 가리키는 말이다.

이래서 다시 학교의 주장 왜 글을 배호나? 오늘은 무슨 날이냐? 그래서 오늘 갓튼 학예회를 열엇다 하는 데에 막은 닷처진다.

×

첫재 이 연극은 연극하는 아희들이나 연극을 구경하는 아이들이 다— 갓치 연극 속에 들어가서 잇다.

한마듸 말과 한마듸 노래를 자긔가 지은 것갓치 잘하고 또 잘 알아듯는다.

이것은 그 연극의 내용이 자긔들이 지내가는 것과 쪽갓튼 까닭이다.

즉 리해를 잘할 수 잇는 까닭이다.

쏘는 무대와 관중석을 가운대에는 저것은 거즛말이러니 작난이려니 아희들 재롱이려니? 하는 판장이 업다. 구경군들도 저게 엇더케 된 세음인가? 하는 통에 저절로 연극에 썰녀들어 가서 그 연극을 잘 알어보게 된다. 이러니까 자연히 연극은 한산 사실(事實)이 되여 버린 세음이다.

×

이 조그만 실례를 가지고 이 글을 씃막어 노려 한다.

1. 첫재는 각본(脚本)을 아희들이 잘 알 수 잇는 그들의 일상생활에서 써집어낼 것
2. 둘재는 연극하는 아희들과 연극 안하는 아희들을 넘어 갈나노와서 연극하는 아희들에게 주저넘은 생각을 일(이상 24쪽)이키게 말 걸[157]
3. 셋재는 갓튼 연극하는 아이들 가운데에서 중요한 역(役)을 마튼 아이의 소홀한 역을 마튼 아이들을 것흐로 구별을 하지 말 걸. 그래서 한 개의 시게는 큰침 적은침 더 적은 나사못 길다란 태엽 이런 여러 가지들이 모혀서 된 것과 맛찬가지로 한 개의 연극도 크고 적고 묵업고 가벼운 것이 한데 모혀서 된다는 생각을 너허 줄 것
   즉 옛날의 영웅심(英雄心)을 검하고 새로운 집단(集團)의 힘을 너허

157 "말 것"의 오식이다. 아래도 같다.

줄 것

4. 다음은 연극한 아이들을 넘우 긔계갓치 판에 박어 놋치를 말 걸(—이러려면 그 아이의 소성(素性)을 잘 연구(硏究)해서 그 적당한 역을 막겨야 할 것이다.)
5. 그럿타고 넘우 내버려 두면 안 될 걸(대개 재조 잇는 아이들은 자긔의 재조만 밋고 넘우 까불어서 각본에 업는 말(쎄립프)과[158] 행동을 만히 하는 폐가 잇다)
6. 아이들에게 대담한 마음을 길너 줄 일. 말 한마듸 하고 돌아슨다든가 천정만 처다본다든가 나갈 때에 다름박질을 한다든가 하는 것을 모조리 주의할 일
7. 아이들에게 효과(效果)와 조광(照光) 갓튼 것을 가장 쉬웁게 알으켜 줄 일
8. 옷(衣裳) 갓튼 것을 스々로 차저 입을 만큼 눈에 익혀 줄 일
9. 이리하여서 무대와 관중석에 막힌 것이 업시 연극을 맛칠 일

이런 것들이 학교극을 이제까지에 잘못된 곳에서 건저 내는 한 가지 방법일 것이다.

(다음은 童話劇에 對하야) (이상 25쪽)

158 "세리후(せりふ〔台詞〕)"로 연극의 "대사"를 가리키는 일본어이다.

朴世永, "童謠·童詩은 엇더케 쓸가(二)", 『별나라』, 통권73호, 1933년 12월호.

전번에도 말하엿지만 아동의 심리(心理)로 그 아동을 싸고도는 주위의 사정(환경)으로 말미암아 각々 다른 생각을 갓고 잇단 말이다. 이로써 아동은 일율(一律)로 다만 천진란만한 행복의 보금자리에서 커 간다는 생각은 멀정한 거짓말이라는 것이 확실하다. 그럼으로 우리의 취할 길은 다만 이 가튼 아동의 심리에 알맛고 쏘 잘 알고 조와할 것을 써야 할 것은 당연한 일이다.

內容은 엇더케

童謠나 童詩에 잇서서 제일 중요한 것은 즉 內容이다. 아모리 재치잇고 고흔 말로 华몃드라도 그 내용이 조치 못할 것 가트면 값이 업는 글이 된다. 마티 은그릇에다가 된장찌개나 우거지를 담아 논 것이나 갓다. 그럼으로 內容이 모다 조와야 된다는 말이다. 이 가튼 동요나 동시는 우리들이 불느고저 하는 동요이며 쓰고저 하는 동시인 것이다.

그러면 내용은 도대체 엇더한 것을 써야 된단 말인가. 아래에 간단이 몃 마듸로써 이약이하고저 한다. 가령 우리의 눈에 띄이는 물방앗간이 한아 잇다고 하자. 그러면 이것을 두고 쓰는 사람에 짜라 이것을 자연의 한 풍경(風景)으로서 수양버들과 맑듸 맑은 물, 돌, 삐걱 쿵덕쿵 흰쌀이 모든 것으로써밧게 표현(表現)하지 못할(이상 26쪽) 사람도 잇고 또 방아ㅅ간직이 늙은 할아버지, 품 파는 어머니, 흰쌀, 늙은공이, 우리 집의 조팝 등々을 생각할 사람도 잇슬 것이다. 그러면 우리는 음당[159] 이 물방앗간이 한 개의 풍경화와 맛창가지로 자연의 풍경으로서만 아름답게 华며 노앗드라도 가치 업게 생각될 것은 당연한 일이다. 그러면 내용은 될 수 잇는 대로 쏙바로 우리의 립장에서 그릇 버서나지 안을 만큼 값 잇는 동요 동시를 써야 될 것이다.

159 "응당"의 오식으로 보인다.

그러나 지금의 작곡가(作曲家)는 아즉도 전자(前者)에 속한다. 다만 아름다운 풍경화 가튼 숩속의 노래만을 질겨 하는 감이 업지도 안타. 노래라는 것이 반듯이 애상(哀傷)이나 아름답고 고흔 것만 불너진다는 정의(定義)는 업는 것이다.

지금 이 아래에 임이 말한 물방아간으로 퍽 쉬운 례를 한아 들겟다.

물방아가 쿵덕쿵
시냇가의 물방아
하로종일 삐썩쿵
흰쌀방아 찟는다

파란물은 옥구슬
쏘다지면 은구슬
소리소리 삐걱쿵
우리방아 쌀방아

이와 가튼 노래와

시냇가의 움집은
할아버지 물방아
저기서는 뭘찟나
하로종일 쌀찟지

방아간이 늙엇나
할아버지 늙엇나
무엇먹고 늙엇나 (이상 27쪽)
조밥먹고 늙엇지

이러케도 쓸 수 잇는 것이다. 이 두 가지를 비교해 볼 때 먼저 번의 동요를 조타고 할 사람이 만흘 것이다. 그러나 그러타면 우리는 그 사람은 동요에 대하야 아는 것이 적다고 보겟다. 나종 것에 잇서 할아버지는 방아간보다도 늙고 더 늙도록 방아간직이로서 일햇대는 것이 뵈여지고 잇다. 그러면서도 할아버지는 늘상 조밥을 먹고 지냇대는 것이 나타나 잇다.

童謠로서의 새로운 길

그러고 동요 동시의 부문에 잇서서 입때까지 우리들이 밟아 온 길은 엇더하엿드냐. 그것은 푸로 동요에 잇서서의 너무나 심한 틀(型)에 억매여 잇섯든 것이니 푸로 동요는 덥허노코 물불을 헤아리지 안코 날뛸 만큼의 정도를 범하엿다고 해도 과언이 아니다.

그리하야 긔분적(氣分的)으로 자본가 지주를 욕하고 공장만을 으레히 노래할 일로 알엇다. 그럼으로 해서 우리는 얼마 아니 가서 이것이 동요로서의 잘못 것는 길인 것을 차저내게 되엿다. 그것은 엇재서 그럴가. 그것은 아모리 조흔 내용이라도 아동에게 잘 리해되지 못하고 동요로서의 구성이 잘못되여 잇는 때문이다. (게속) (이상 28쪽)

朴世永, "(少年文學講座)童謠·童詩는 엇더케 쓰나(三)", 『별나라』, 통권74호, 1934년 1월호.

그럼으로 이것을 다시 말하면 아모리 內容만이 조타고 그 童謠나 童詩가 훌륭하다고는 할 수 업스며 다만 特出한 技巧로써 꾸미여젓다 하드래도 또한 조흔 동요라고 할 수는 업다.

이미 우에서 多少 말한 바이지만 우리는 어듸까지 산 동요와 동시를 쓰지 안으면 안 될 것이다. 지금은 말을 밧구어 잠간 동요와 동시의 구별에 대한 이약이를 하여 보기로 하자.

童謠와 童詩는 무엇이 다른가

동요나 동시를 쓰는 데 잇서서 물론 構想에 잇서서나 內容을 取扱하는 데 잇서서는 동요와 조금도 다름이 업슬 것이나 하여간 이 두 가지 사이에는 多少 間隔이 잇슬 뿐이다. 現在 日本의 童謠界를 본다면 北原白秋 氏는

全혀 "兒童 自由詩"를 主張하고 잇다. 그는 말하되 어린애들이 日常 句節句節 말하는 것이 말하자면 詩라고까지 말하고 잇다.

어린애가 외양간 압헤 가서

"엄마 벌거버슨 소 바" 하면 이것도 "詩"(이상 30쪽)라고 하엿다. 나 역시 그것은 肯定하는 바이다. 왜 아이들이 "새야― 참새야 나 먹자고 농사 젯지 너 먹자고 농사 젯니" 이가티 부르는 것도 즉 아무 철도 나지 안흔 아이들의 저절로 나오는 그야말로 아모 꾸밈도 업는 노래이다. 이것이 즉 "詩"인 것이다.

그럼으로 실상은 동요라는 것도 즉 아동의 자유시(自由詩)에서 나온 것이다. 그러고 이것을 글자를 마추어서(定型律) 꾸며 논 것이 동요(童謠)라 하겟다. 그럼으로 지금에 흔히 부르는 동요는 대개 이와 가튼 동요가 만타. 따라서 그러나 억주로 꾸며 부치는 것 가튼 作品이 만타.

成人의 童謠는 어더케 다른가

內容이 너무나 억주로 꾸며 부처진 것 가튼 작품이 아동에게서 잇서서보다 成人에게 만타는 것은 그로□□□□□□ 그것은 왜 그런고 하니 즉 成人의 동요는 그 목적이 무언가 말이다.

그 목적이란 것은 아이들에게 보여 주고저 쓰는 것이다. 헌데 아이들이 알 수 업는 말을 쓴다든지 아이들의 생각과는 아조 딴판의 말을 쓴다든지 하면 벌서 이 작품은 조치 안흔 작품이 될 것이다. 아동들 자신이 쓰는 작품은 되나 안 되나 사실을 눈에 보이는 대로 즉 저이들 생각대로를 表現해 노치만 어른은 아동의 心理를 거짓거려 가지고 자긔가 어린애 때로 도라가서 생각해 내려 하는 것이기 때문에 그 가온대는 만흔 缺陷이 업다고 할 수 업는 것이다. 그럼으로 成人이 동요나 동시를 쓰기는 참으로 어려운 것이다. 따라서 兒童藝術에 關係가 적은 作家로서도 더욱 쉬운 일이 아니다. 헌데 不拘하고 아모나 이것을 쓰려 하는 것도 안 될 것(이상 31쪽)이며 一般 詩나 民謠를 鑑賞하는 거와 가치 評할 수도 업는 것이다. 우선 동요 동시에 대한 둘네의 이약이는(外廓的) 이것만으로 하고 아래에서부터는 몃 가지 동요와 동시를 引用해서 創作方法에로 말을 옴기려 하는 바이다.

題材는 엇더케 잡을까

여러분이 연필을 들고 생각해 본다. 눈압해는 얼마나 만흔 동요의 재료가 잇는지 알 수 업슬 것이다. 그리하야 山이라든지 나무, 돌, 내, 집, 별, 해, 달, 개, 도야지, 소, 말 가튼 動物 그러고 사람 이 모든 것이 — 題材가 될 수 잇는 것이다.

엇더한 作家는 처음 句를 題目으로 하는 이도 잇다. 가령 말하면

> 시냇가의 버들닙
> 하늘︵︶ 춤추고

이렇케 꾸며 가는 동요라면 이 동요의 題目은 「시냇가」로 하는 이도 잇다. 그러나 이와 갓치 하느니보다 그 謠나 詩의 內容에 짜라 즉 그 내용이 무슨 의미를 만히 나타냇나 하는 그것을 생각해서 정할 것이다. 허나 별로히 題目은 큰 問題가 되지 안흐나 엇던 동요를 보면 題目부터 아조 어색하기 짝 업는 것도 잇다. 그리고 그 가운데는 너무 平凡한 題目도 잇다. 가령 말하자면 마루 책상 가튼 것은 그런 種類의 한아일 것이다. 何如間 動物보다 靜物에 對해서는 만히 생각하지 안으면 안 될 것이다.

그리고 내용에 잇서서도 조흔 作品을 내노랴면 덥허노코 입에서 나오는 대로 써서는 안 될 것이다. 아모리 아이들의 입에서 나오는 單句가 모다 詩라고 하드래도 이 가운데서 조흔 말과 조흔 내용이 될 것만을 골나서 꾸며야 될 것이다. 즉 이것을(이상 32쪽) 잘하고 못하는 데서 조흔 작품이 되고 안 되는 것이다. 그럼으로 內容은 어듸까지든지 참스러워야 하고 조금도 그짓이 업서저야 될 것이다. 그러닛가 우에서도 말하엿지만은 가난한 살님에 쪼들닌 아이들이 '비로도'[160] 우에서 꿈꾸는 애기노래를 제 동생에게로 불너 주고 태평양을 건너온 눈깔 파란 人形을 노래해야 올흘 것인가. 올코글콘 하여간에 이것은 그 아이 자신에 아모 리로움을 씨처 주지 못할 것이

160 포르투갈어 '비로드(veludo)'로 벨벳(velvet)을 가리킨다.

다. 그럼으로 내용은 어듸까지든지 자긔 생활환경에서 이러나고 움직이고 또 보여지고 비최이는 그것대로 쓰면 그만이다.

말은 엇더케 쑤밀까

말을 쑤민다는 것은 木手가 나무를 다― 싹거 노코 척々 맛처 드러가는 세음이다.

그런데 고만 실수를 해서 더 나오게 싹고 좁게 싹거서 맛지가 안는다면 그 집은 이러켜 실수가 업고 不完全한 것이 되고 말 것이다. 동요나 동시도 쪽 맛찬가지다. 가령

1. 버들가지출넝 새가안저웁니다
2. 버들가지흔들들 새가노래함니다
3. 그네뛰는버들가지 새는안저웁니다

이 세 句는 어느 것이나 흔들리는 버들가지에 안저 새가 운다는 뜻이다. 허나 이것도 여러 가지로 表現할 수가 잇스나(1, 2, 3 對照) 버들가지가 움직이는 것을 表現한 말에 출넝도 잇고 흔들들도 잇스나 그네뛴다는 것도 역시 버들가지가 움직이는 것을 그린 것은 사실이다. 그리고 가튼 表現에 잇서서도 3이 퍽 부드러운 맛이 잇다. 또 나의 拙作「소兵丁」에 잇는 노래의 한 句節에

누런들 누런소 잠을자는가 (이상 33쪽)
파르런 한울빗 눈써봅시다.

이것을 닑을 째에 "고요한 잠자는 듯한 들에서 소도 싸뜻한 햇볏헤 말는 쏠을 삭이고 잇을 째에 낫 서투른 나그네여 틔하나 업는 저― 파-란 가을의 한울을 처다보소서" 하는 의미이다. 그러고 이 가튼 의미의 노래를

가을들에 누런소 쉬고잇는데
파란 저하눌 처다보시요

이러케도 쓸 수는 잇다. 그러나 의미는 가튼 의미로되 이것을 엇더케 동요라고 하겟나. 이것은 잘못이 어데 잇느냐 하면 순전히 말을 잘 가리지 못하는 때문이다. 맛치 목수가 나무를 잘못 싹근 셈이다. 그럼으로 前者는 起伏히 甚하고 보드러운 맛이 全体를 싸고 돌고 잇스며 "눈써봅시다" 하는 句에 잇서서는 더욱 날카라운 情緖를 나타내엿다. 이와 가튼 것을 즉 立体的이라고 하겟다. 그러므로 조흔 내용을 가지고도 조치 못한 작품을 쓰게 된다는 것은 순전히 이 말을 잘못 골느고 잘못 부치는 때문이니 즉 이것이 리즘(音律)인 것이다. 그러닛가 리즘은 동요나 동시의 생명인 것이다.

내가 처음에 말한 바이지만 우리가 입때까지 너무나 내용에만 온 정신을 다― 드리고 리즘, 技巧에는 내버려 두엇든 誤謬를 말장이 업새지 안으면 안 될 것이다. 사실 나부터 억세인 내용에 억세인 말을 억주로 부치려 햇든 것은 사실이다. 그리고 氣分的으로만 외오치고 부르짓고 兒童의 心理를 생각지 안엇든 것도 또한 그 잘못의 한아인 것이다.

— (게속) — (이상 34쪽)

朴世永, "(少年文學講座)童謠·童詩는 엇더케 쓰나(四)", 『별나라』, 통권75호, 1934년 2월호.

結句에 對하야

그런데 동시에 잇서서도 이것이 自由形이라고 散文과 갓타서는 안 될 것이다. 엇던 이의 作品을 보면 그야말로 句節만 떼엿다 뿐이지 아조 散文과 똑가튼 것이 잇다.

「우리들은」(朴一 氏 作 『별나라』 第七卷 第三號 所載)을 보자.

우리들은 쓰거운 태양아래서
푸르른 자연의품속에서

아저씨들과 쌍을파고 씨를뿌리고
때로는 소를치고 나무를비고
그리고는 야학에 노동학원에

우리들은 사나운 물결치는 바다가에서
자욱이 둘너싸는 안개속에서
아저씨들과함께 배를젓고 조개를캐고
때로는 미역을싸고 그물을깁고
그리고는 야학에 노동학원에
(三節 略)

이 노래에서 보면 이 노래는 동시로 잇서서 조흔 작품이라 하겟다. 구절과 구절이 反覆되면서 조금도 서툴은 구석이 안 보인다. 第一行 "태양아래서"와 第二行 "품속에서" 第三行의 "씨를뿌리고"와 第四行의 "나무를비고" 한 것과 갓치 "서와 고"가 두 번식 드러갓다. 第二節에서도 맛찬가지다.(이상 12쪽)

그리고 나종 구절은 第一節이나 第二節이 갓타서 反覆되여 잇다.

이것은 결국에 잇서서 아조 熟鍊한 솜씨가 아니면 이가치 할 수가 업다. 그러무로 우리가 동요, 동시를 쓸 째는 반듯이 이 절구를 잘 매저야 될 것이다. 가령 이런 詩가 잇다고 하자.

비오고 바람이부는대
알팔나가신 아버지가
왜안오심단말인가

저녁되야 별이써야지
도라오시려나
문소리나길네 나가보면
비바람만 옷을적싯네

이 노래의 點 찍은 곳은 모다 곳치지지 안으면 완전한 작품이 될 수 업다.

그러면 이 노래를 다시 곳처 보자.

비는오고 바람은 부는데
알팔나가신 아버지×
왜안오시나

저녁이되야 별이써야지
도라오실까×
문소리 나기에 나가보니
비바람에 옷만적섯네

이가티 곳친 것도 다시 한 번 읽어 보자.

"비오고"는 "비는오고"가 되엿다. "바람이"가 "바람은"이 되엿다. 第二行의 "아버지가"가 "아버지"가 되고 "안오신담말인가"가 "왜안오시나"가 되엿다. 그러면 이러케 어색한 말을 잘 맛처 놋토록 하는 것이 결구의 만튼[161] 일인 것이다.

定形律과 自由形

우리들이 대개 부르는 노래는 定形律(이상 13쪽)에 속한 노래가 만타. 그러닛가 동요는 꼭 定形律이라야 한다는 定義도 업다. 日本 童謠作家의 新提唱과 가티 定形律을 非難하기도 하나 何如間 그럿타고 定形律을 버릴 수도 업는 것이다. 나는 여기에 대하야 오직 속임 업는 그대로의 작품을 반가워할 쑨이다. 定形律이거나 自由律이거나 不自然스러운 일부터 수민 짜위의 작품을 쓰지 말난 말이다.

조선에 잇서서 재래 내려오는 동요란 것은 흔히 四四調이엿다.

달아〜 밝은달아
리태백이 노든달아

161 '마튼'(맡은)의 오식으로 보인다.

도 그러커니와 이와 가튼 만흔 것을 발견할 수 잇다. 그러나 지금에는 四四五調 四三五調 三四五調 三二三二調 四四三調 四三四三調 퍽 만히 잇다.

아가〰 우리아가 착한아가야
엄마가 일터가서 오실때까지
자장〰 울지말고 잠잘자거라
우는애긴 흉본단다 풀국새조차
풀국〰 흉내낸다 못난이라고
(二三節略 — 李久月 作)

이것은 四四五調다. 그러나 四四五調라고 "엄마가"를 "어머니가" "어머님이"로 해서는 못쓴다.

해바래기 (朴古京 謠)

(『별나라』 第六卷 六號 所載)[162]

우리언니 공장에 가기만하면
하로종일 햇님을 못본다는데

왼종일 햇님과 입만맛추는
해바래기 얼골은 팔자도조와

올치올치 고얼골 싹둑잘라서
우리언니 얼골에 붓치여주지 (이상 14쪽)

햇님보며 울언니 일하시라고
허여멀건 얼골이 빨개지게요

162 木古京의 「해바래기」는 『별나라』 "第六卷 六號"가 아니라, "제6권 제7호(1931년 9월호, 36쪽)"에 실려 있다.

이 노래는 四三五調다. 이와 가튼 例는 얼마든지 잇다. 그럼으로 여기에 一一히 다― 적을 수는 업다. 그러나 三二三二調나 四三四三調 가튼 데는 잘못하면 不自然스럽기 쉽다.

팽이는 팽々 눈송이 펄々
왼종일 놀싸 쑤지람 듯게

이 外에도 四三四三調로

어머님이 오시면 동생업고 오시면
삭일가신 아버지 지게지고 오시네

이러케 쓸 수도 잇다. 그러나 나는 自由形에 잇서々 참다운 동요를 발견하게 된다.

우리는 대장쟁이 망치가동무
행복의 열쇠를 두다린다
무거운망치 가볍게들고
쉴사이업시 두다려라 두다려
(폴지니스토이에서)

이 동요는 自由形으로 쓴 동요다. 얼마나 보드러운 리즘과 얼마나 재치 잇는 對句로 되엿나. 이러구도 定形律을 누를 만큼 잘된 노래이다. 그럼으로 우리가 동요를 쓸 때에 글자가 한자 모자라거나 더하거나 한다고 억주로 빼 버리거나 더 널 필요는 업다. 나오는 대로 술々 쓰면 될 것이다. 그리고 아모리 定形律의 틀을 버서나지 안엇다고 하드래도 童詩로서의 性質을 가질 수 잇는 것도 잇다. 이것은 그 內容이 과연 완전한 構想力을 가추엇고 묵에 잇는 움직임이 잇는 것을 특히 가리켜 말할 수 잇겟다.

우리는 공장에서 일하는 동무들
다른쇠 두다리는 망치든 사나히
용감이 쇠녹이는 낫검은 동무다
『별나라』 第七卷 第四號 所載(車得祿 謠)

이것은 동요라느니보다 동시라 할 것이다.(이상 15쪽)

反覆은 왜 하나

흔히 한 句節을 第一, 二, 三節 첫머리에나 끗헤 다시 한 번 重復하는 수가 만타. 이것은 그 노래의 주러드는 힘을 다시 한 번 강하게 하여 주는 것이다. 이가티 反覆하는데도 쪽가튼 말을 다시 쓰는 것도 잇고 그와 비슷하게 對句를 쓰기도 한다.

캄々한 교실에서 노래부르면
숩속의 반듸쩨 등달고오네
노래부르면
등달고오네

무더운 마당에서 쒸고놀면은
시원한 밤바람 별타고오네
쒸고놀면은
별타고오네

스러진 책상에 글을배우면
우리들 어둔눈이 밝어저가네
글을배우면
밝어저가네
(『별나라』 第七卷 第六號 所載 韓哲焰 謠)

이것은 反覆形이면서도 對句로써 된 것이다. 즉 이가티 反覆을 하는 데서 맛이 나고 더욱 이 內容을 읽는 사람으로 하여금 印象에 남아 잇게 하는 것이다.

다시 말하면 內容을 强調하는 한 方法인 것이다.

結言

元來 이 講座가 아조 具体的 童謠, 童詩作法이 안닌 만치 쓰고 십흔 말을 다— 쓰지 못하고 또 자셔하게 이약이도 못하엿다.

그러나 다시 付托하지 아니치 못할 것은 우리들이 童謠 童詩를 쓰는 데 잇서서 엇던 事物을 보는 눈은 가장 넓어야 할 것이며 생각은 그짓 업는 참된 사실이라야 된다는 말이다. 그리고 그 地方 方言으로 쓰는 것이 조타고 생각한다. 물론 標準語로 다— 쓸 수 잇다면 관계업스나 何如間 그 地方의 固有한 그 무엇을 보여 주는 것도 조흔 일이다. 우리는 압흐로 조흔 동요를 만히 써내기를 약속하고 이번 긔회엔 이것으로 긋을 막으려 한다.

(이상 16쪽)

高長煥, "兒童과 文學 ― 一九三四年의 展望(一)", 『매일신보』, 1934.1.3.

어른이 어른의 文學을 가진 것과 가티 兒童은 兒童의 文學을 가지고 잇다. 그리고 어른의 文學이 어른의 精神的 生活에 업지 못할 것임과 한가지로 兒童의 文學은 兒童 成長에 업지 못할 것이다.

兒童의 文學은 가지가지로 만흔 것이나 이것을 藝術形式의 基礎로 生覺한다면 세 가지로 總括할 수 잇슬 것이다. 卽

1. 兒童의 詩로써의 童謠
2. 兒童의 說話文學으로써의 童話
3. 兒童의 劇으로써의 童劇일 것이다.

그러나 어른의 文學과 兒童의 文學과는 各各 어른 及 兒童의 精神生活의 親(?)이 된다는 職能에 잇서서는 同一한 立場에 잇다고 하겟스나 이것을 다른 視角으로 본다면 兩者 間에 커다란 差異가 存在해 잇는 것이다.

첫재 製作者上의 相違　어른의 文學은 어른을 위한 文學인 同時 大槪가 어른에 依해서 産出된 것이나 이에 反하야 兒童의 文學은 兒童을 위한 文學이지만 大部分이 兒童에 依해서 産出된 것이 아니다. 童謠 갓흔 것은 最近 兒童 自身에 依해서 製作되는 것이 만흐나 眞正한 意味의 童謠 及 童劇은 兒童에게 그 發行을 맷긴다는 것보다 어른이 이를 産出하야 그래서 이를 兒童에게 주엇다고 볼 것이다. 童話와 童劇의 製作에는 事物 現象 人間生活에 關한 깁흔 知識과 經驗과를 要하며 事件의 配列整序의 技巧를 要한다. 童謠와 달나 單純한 一事象에 對하는 觀照와 叡智의 깨움만으로서는 創造키 어려운 것이다.

둘재 發生過程上의 相違　文學의 發生過程에는 個人的인 것과 民族的인 것이 잇다. 그러나 어른의 文學은 이를 量的으로 말하면 個人的 藝術이 만코 民族的 藝術이 적다. 이에 反하야 兒童의 文學은 民族的 發生의 것이 만코 個人的 發生의 것이 적다. 勿論 어른의 文學 가운대도 神話나 傳說이나 民謠 等은 民族的 發生으로 돌일 만하며 兒童의 文學에 잇서서는 아무래도 個人的 藝術의 範疇에 屬하는 것이 그의 主要한 部分을 占하고 잇스며 兒童의 文學 — 特히 그의 中心勢力을 잡고 잇는 童話에는 民族的 藝術로 產入해야[163] 할 것이 主要한 地位를 占하고 잇다.

高長煥, "兒童과 文學 — 一九三四年의 展望(二)", 『매일신보』, 1934.1.16.

어른의 文學과 兒童의 文學에 잇서서의 이 두 가지 差異는 兒童과 文學을 生覺하는 대 한 重要한 考察 問題가 된다.

二. 兒童文學의 發生 時期

먼저 말한 바와 가티 兒童의 文學은 그것을 童謠 童話 童劇으로써 總約할 수 잇다. 이 세 가지가 모다 兒童의 心靈 啓養에 업지 못할 것이니 그 發生의 時期에 關해서는 多少의 相違가 잇다.

위선 童謠로부터 考察해 보자.

"童謠는 年齡을 안 가진 地上의 天使이다. 언제 낫는지 어듸서 왓는지도 몰은다. 生覺컨대 神이 아담과 이바를 맨들기 以前부터 樂園의 나무 사히에서 작난치든 것일 것이다"고 日本의 竹內藻風[164] 氏는 말하얏다.

그러나 童謠 發生의 文化期의 問題는 容易하게 明白키 어려운 問題이다. 事實 이 有史 以前에 屬하야 잇서도 今日 現存하는 自然民族이 가진

---

163 '算入해야'의 오식으로 보인다.

164 '竹友藻風'의 오식이다. 다케토모 소후(竹友藻風, 1891~1954)는 일본의 시인이자 영문학자이다. 교토제국대학(京都帝國大學)을 수료하고 미국에 유학, 예일대학(Yale University)에서 신학, 컬럼비아대학(Columbia University)에서 영문학을 공부하고 귀국하여 경응의숙대학(慶應義塾大學), 동경고등사범학교(東京高等師範學校) 등에서 가르쳤다. 1923년 시집 『祈禱』를 간행하고, 1921년 北原白秋 등과 함께 〈新詩會〉를 결성했다. 『루바이야트(ルバイヤット)』, 『신곡(神曲)』 등을 번역하였다.

文化를 案함에 따라서 만흔 問題가 解決될 수 잇는 것이나 童謠의 問題는 未開人과 野蠻人의 文化의 調査에 依해서도 여간 明白히 될 것 갓지도 안타. 原始民族의 詩를 硏究해 봐도 잘 알지 못하며 겨우 오늘까지의 調査에 依한다면

1. 童謠 風의 詩는 最低級의 文化期에는 그리 보기 어렵다.
2. 그러나 文化 民族의 詩의 歷史에 잇서서 童謠 風의 詩는 그리 오래된 곳에 보임으로 그 發生은 決코 새로운 것은 아니다.

이라고 말할 쑨이다.

童話는 어써한가. 若干의 學徒는 所謂 "神話殘渣說"을 主唱하야 童話가 그보다 먼저 發生한 神話로부터의 殘留物이라고 主張한다. 푸로스 氏가 그의 著『民譚에 잇서서의 超自然的 要素』에 말하길 自然神話 즉 自然界의 物素 現象을 說明하는 神話가 自然神話로서의 意味가 不明히 됨에 짜라서 이야기의 場面이 天界로부터 人間界에 옴기며 이것을 人間界에 잇서서의 人間의 行動으로서 이야기하게 된 것이 童話라고 말한 것 갓흔 것과 뮬러 氏가 古典 神話의 神들이 古代史의 半神 及 英雄이 다시 後代에 이르러서 平凡한 普通人 쏘는 無名의 勇者로 變한 째 傳說이 童話로 된 것이라고 主張하는 것과 갓흔 것과 갓갑게 말하면 헤겔 博士가 神話의 基礎로 된 모든 宗教的 觀念이 民衆의 산 信仰의 對象이 되는 힘을 일코 單純한 作爲 卽 空想의 對象이 되엇슬 째 童話가 生起엇다고 解釋한 것과 가튼 것이 그의 代表的일 것이다.

萬一 이러한 見解가 事實이라면 童話의 發生은 比較的 새로운 文化期에 잇다고 하지 안흐면 안 된다. 그러나 這般의 見解는 自然民族의 實際 文化를 閑却한 一個의 抽象論에 不過하다. 童話는 우리들이 되도라 올나갈 수 잇는 最低級의 文化期에 잇서서 임의 어느 民族 間에도 發生해 잇다.

高長煥, "兒童과 文學――九三四年의 展望(三)", 『매일신보』, 1934.1.19.

그리고 神話나 傳說로부터의 後代的 産物이 아니고 그것과는 다른 動機 아래에서 發生하고 그들과 相並하야 存在하야 잇다. 만흔 自然民族은 神話 傳說과에 對하야 童話와 다른 發生 機關과 職能과를 가즌 것으로서 明確히 區別하고 잇다. 以上으로 童話는 極히 低下한 文化階層에 잇서서 임의 發生한 것이라고 하지 안으면 안 된다.

끗흐로 童劇(童話劇)은 엇더한가. 만흔 美學者 及 文學者는 劇을 가르처 文學의 무엇보다 새로운 藝術 形式이 되어 잇스나 民族學的으로 말하면 劇은 文學의 무엇보다 原始的인 形式이다. 劇의 特色은 言語와 同時에 擬態에 依해서 어느 한 일을 表現하는 데 잇다. 이 意味를 가지고 말하면 그롯세 氏가 道破한 것과 가티 거의 全部의 原始的 文學은 劇의 形態를 가지고 잇다. 그러나 一般의 用語法에 따르면 劇이란 單只 謬態에 依해서 活躍식힌 어느 한 事件의 敍述과 가튼 漠然한 것이 아니라 數個의 人物에 依해서 直接 擬態 及 言辭上의 表出이다.

그러나 特히 童劇이라고 불를 수 잇는 것은 오늘날 알고 잇는 限에서는 自然民族에서는 차즐 수 업다. 그것은 劇이 참말 藝術的 鑑賞의 對象이 된 後의 産物이라고 봄이 至當할 것이다. 古典劇 가운데 참으로 童劇이라고 붓칠 만한 것은 沙翁의 「한녀름의 밤의 꿈」[165]을 차즐 수 잇슬 것이다. 嚴密한 意味로 兒童을 眼中에 두고 쓴 童劇에 잇서서는 아무래도 二十世紀의 産物이라고 말하지 안흐면 안 되겟다.

如上과 가티 우리들은 兒童文學 中에서 적어도 童話만은 最低級의 文化

165 '沙翁'은 일본에서 셰익스피어(Shakespeare)를 지칭하는 말이며, 「한여름 밤의 꿈(A Midsummer Night's Dream)」은 대표적인 낭만 희극으로 연인들의 사랑의 마찰과 갈등이 초자연적인 힘을 빌려 해결되는 꿈같은 이야기다.

期에 잇서서 임의 存在해 잇섯슴을 알게 되엇다. 그러나 發生的으로 말하면 童話(童謠, 童劇도 大槪)는 그 始初에 決코 兒童 自身만의 文學은 아니엇다. 그것은 男女長幼 모다를 위한 文學이엇다. 틈틈의 團欒의 興味를 맛보기 위한 民衆 一般의 所有이엇다. 社會心理學者 마리노스키 氏의 말을 빌이면 童話를 말하는 것은 "한 개의 社交行爲"이엇섯는대 他 一面으로 본다면 그러한 文化期로부터 임의 兒童들의 精神生活의 糧에 所用되엿다고 말한다. 왜 그러냐 하면 어른들은 童話를 兒童에게 이야기하야 들여 줌으로써 하야금

1. 社會集團의 生活의 諸般相을 배워 알여 주는 것
2. 話中에 나타나는 人物의 行爲를 通하야 兒童에게 그러한 人物과 가티 스스로가 社會集團의 利益을 위하야 努力하겟다 하는 念을 나게 해 주는 것
3. 話中에 나타나는 가진 事件에 依해서 社會集團이 認定하야 善으로 하고 或은 惡으로 하는 것을 兒童 마음에 感銘해 주는 것에 努力하엿슴으로이다.

이리하야 우리들은 적어도 童話는 極히 오랜 文化期로부터 어른의 交歡하는 要具이엇든 同時 一面으로 兒童의 文學으로서 兒童의 心靈을 啓養하는 데 큰 役割을 演出하얏슴을 안다. 이리하야 現代에 잇서서의 兒童의 文學에 依한 童心의 敎育은 甚히 오랜 歷史를 가진 事業의 繼承이고 擴充이라 함을 認容 안 할 수 업는 것이다. 續

高長煥, "兒童과 文學――九三四年의 展望(四)", 『매일신보』, 1934.1.23.

三. 兒童文學에 對한 어른의 態度

우리들은 如上의 考察로써

1. 兒童의 文學이 量的으로 보아서 個人的 產物이란 것보담도 도리혀 民族的 產物인 것

2. 兒童의 文學은 녯날부터 兒童의 心靈啓發의 具로써[166] 되어 잇는 것을 알엇다. 그리고 이 事實은 兒童文學에 對한 어른의 態度를 엇더케 할가의 問題를 내이게 된다. 卽

1. 어른은 在來의 民族的 產物로서의 兒童의 文學을 그대로 내어 두엇 버리면 兒童敎育上 그로써 滿足할 수 잇느냐
2. 在來의 兒童文學에 잇서서 그 內容을 改變할 餘地가 잇느냐 업느냐
3. 在來의 兒童文學을 그대로 준다 하드래도 쏘는 그 內容을 改變한 뒤에 준다 하드래도 此等 外에 새로운 兒童文學을 줄 必要가 업지 안흐냐
4. 새로운 兒童文學이 必要하다 할 것 갓흐면 엇더한 原理 엇더한 標準 아래서 그들을 創作할 것인가

等의 諸 問題가 이것이다.

위선 第一과 第二의 問題를 生覺해 보자. 이 두 가지는 서로 關聯된 것으로 이을 生覺하는 것은 同時에 他를 生覺하는 것이 됨으로이다. 要컨대 在來의 兒童文學에 對해서 어른은 이것을 그대로 兒童의 耳目에 一任해 둘 것인가 나아가 손을 댈 것인가의 問題의 考察이다.

어느 一派의 사람들은 在來의 兒童文學을 尊重하야 그대로의 形式 內容으로 兒童의 鑑賞玩味에 一任하라고 부르지즌다. 英國의 文明批評家 쏜·부란트 氏와 가튼 이는 그의 代表者일 것이다.

氏는 童話는 童話다웁게 잇는 것이 生命的 重要事로 한다. 그리고 그 歐羅巴人이 나즌 文化階層에 잇슬 째부터 긴 동안의 째의 힘으로 싸아 올닌 詩話의 特質에 그 眞意味의 "童話다운 것"을 認容하고 잇다. 兒童은 敏感하다. 自己의 心靈의 欲求하는 이야기에 對하야 本質的 反應을 가진다. 그럼으로 긴 동안의 歲月을 通하야 살어 내려온 童話는 兒童의 마음의 選

166 "道具로써"에서 "道"가 빠진 오식으로 보인다.

擇을 넘엇다. 換言하면 兒童의 心靈에 무엇보다 適應한 "選出된 民"이 아니면 안 된다. 어른의 눈으로 보아서 不足한 點이 잇대든가 조치 못한 곳이 잇다든가 하는 理由만으로 그 內容이나 形式 等에 改變을 加할여는 것은 童話에 對한 冒瀆이고 짜라서 쏘한 童話에 對한 不遜이다. 兒童은 偉大한 樂觀主義者이다. 그리고 그 樂觀主義는 어른의 맘으로 到底히 理解할 수 업슬 만한 程度에 쉬웁게 驚異와 幸福과를 從來의 童話에 感하고 잇다. 兒童의 想像力은 어느 程度까지 完全性을 가지고 잇다. 그들의 想像力은 눈에 씌는 世界를 어른이 풀지 못할 程度에 巧妙히 美와 로-맨쓰와의 世界에 變化한다. 兒童은 엇더한 소용업는 것이라도 엇더한 가난한 것으로서도 幸福한 그리고 美麗한 幻想을 짜어낼 수 잇는 것이다. 어른들은 從來의 童話를 그대로 둠이 좃타. 그것은 그들에게 잇서 한 큰 珍寶이다. 現代에 눈을 뜬 어른이 지금까지의 童話에 自己들이 要求할 만한 가지각색 要素와 背景이 업슴을 憂慮하야 그것을 基礎로 改造할려는 것은 쓸대업는 걱정이다. 兒童은 決코 그러한 要素와 背景의 비어 잇슴을 맘에 두지 안는다. 그러한 것이 업서도 그들 —— 現代人으로써 그들은 그러한 것이 잇슬 만하게 하는 힘을 가지고 잇다.

그것은 그들 만에게 許한 心的 活動의 特權이라고 氏는 主張한다.

兒童文學에 依한 敎育에 잇서서 어른의 取할 態度도 여기에 잇다고 밋는다. 自然은 兒童의 心靈에 바르게 伸張할 힘을 가지고 잇다. 어른이 그리 힘을 안 써도 혼자서 强健히 成長한다. 참으로 在來의 兒童文學을 그대로 주어 두어도 兒童들은 바른길을 精神的으로 쑥쑥 거러간다. 그러나 或 脆弱한 心靈의 持主가[167] 잇서 돌뿌리에 챈다거나 바른길에서 엽흐로 물너가게 되는 일이 잇다.

167 '持主'는 일본어 "もちぬし〔持(ち)主〕"로 "소유주, 임자"란 뜻이다.

高長煥, "兒童과 文學－一九三四年의 展望(五)", 『매일신보』, 1934.1.25.

거긔서 兒童 全體로써 본다면 어른은 그러한 돌뿌리를 빼어 준대거나 바른길을 보다 더 잘해 줄 必要가 잇다.

박구어 말하면 在來의 兒童文學을 보다 優秀한 內容으로 變改한다거나 或은 그들로부터 兒童의 心靈을 박찰 만한 部分을 除去한다거나 할 必要가 되게 된다. 먼저 말한 問題로 도라오면 "在來의 兒童文學에 잇서서 그 形式 內容을 變改할 餘地가 잇다"고 말하게 된다.

自然民族의 어른의 心理는 여러 가지 點으로 文化民族의 兒童心理와 相通한다.

1. 萬有에 人間的인 情感을 認定할 것
2. 多樣한 超自然的 靈格의 存在를 밋을 것
3. 呪術의 作用을 밋고 또한 이것에 깁흔 興味를 가즐 것
4. 事物 現象의 發生을 有機的으로 풀지 말고 空然한 飛躍的 變化에 依한다고 풀을 것

等이 이것이다. 따라서 自然民族 間에 生긴 童話는 오늘날 잇서도 依然한 兒童의 興味 中心될 資格을 가지고 잇다. 그러나 一面에 잇서 文化의 進展은 生活樣式과 風習과 道德觀念 等에 關해서 自然民族과 文化民族과 間에 큰 差異와 懸隔을 낫케 하얏다. 따라서 自然民族의 그것들을 基礎로 하야 그 위에 構成된 童話의 어느 것은 往々 오늘날 兒童에 對하야 큰 돌뿌리도 되며 有害한 것이 되기도 한다. 우리들은 童心의 바른 아름다운 成長을 위하야 이것 등을 改變하고 또는 削去할 責務를 가지고 잇다.

自然民族의 生活과 道德 등이 얼마나 文化人의 理解를 超越햇는지를 明確히 깨다를 수 잇다. 例를 들면

1. 未開人 野蠻人은 그들의 住土에 드러가 잇는 歐米人의 醫藥에 依하야 疾病 或은 外傷을 곳처 주면 그 뒤로 각금〳〵 治療人에 對해서 金錢

物貨 其他의 謝禮를 要求한다. 文化人의 生覺과는 이만콤 理論에 안 닷는 妄想的 行爲는 업다고 생각한다.

(그러나 未開人 野蠻人 쪽에서는 그럴 듯한 理論이 잇다. 그들에 生覺에 依하면 醫藥 그것에는 效力이 업고 神의 힘으로써 처음 낫게 된다. 그리고 歐米人의 醫藥은 歐米人의 神의 支配한 것이며 歐米人의 神은 그들 自身의 敵對者임으로 그 藥을 쓰는 것은 危險千萬이다. 이 危險을 冒하고 藥을 먹엇슴으로 謝禮를 要求하는 것은 當然하다는 말)

2. 未開人 野蠻人의 사히에는 이웃사람이 河川에 빠저 잇슬 때에 각금 이것을 救助하지 안흘 뿐더러 그 사람이 스스로 河川에서 기어 올나 올려고 하는 것을 보면 이것을 물 가운데 밀어 쩌러틔린다. 이것도 文化人으로서 보면 殘酷無慈한 行爲로 본다.

(그러나 未開人 野蠻人에게 말하면 그들의 生活은 神의 保護 아래에 完全할 것이다. 짜라서 例外的으로 河川에 빠지는 것 갓흔 것은 特히 神의 憎惡 責罰을 밧고 잇는 證據이다. 그럼으로 이를 救助함은 神의 意志에 背反되는 것이며 이것을 죽이는 것은 神의 意志를 尊奉하는 所以이다.)

이러한 實例를 본 이는 自然民族의 生活 信仰 道德 等의 어느 것이 얼마나 文化民族의 思想 外에 잇는가를 實悟할 것이다. 그러나 이런 것들이 때々로 童話의 內容을 構成해 잇는 것이다. 우리들이 在來의 文學에 對하야 改變 或은 除去의 手段을 取할 責務를 가지고 잇다는 것은 이러한 곳에서 오는 것이다.

高長煥, "兒童과 文學――一九三四年의 展望(六)", 『매일신보』, 1934.1.27.

다음 第三의 問題 卽 在來의 兒童文學 外에 새로운 兒童文學을 줄 必要

가 잇느냐 업느냐의 問題다. 먼저 말한 죤・브란트 氏와 가티 這般의 必要는 업다고 主張한다.

이 主張은

1. 在來의 것이 兒童心靈의 발으고 아름다운 成長에 對해서 充分한 糧이 될 수 잇다.
2. 現代가 새로히 要求하는 諸 要素는 참으로 在來의 兒童文學에 缺如해 잇슬가. 兒童은 此等의 要素를 在來의 文學으로부터 抽出할 힘을 가지고 잇다.

하는 見解로써이다. 그러나 부란트 氏는 兒童의 마음에 存在하는 "創造的反應力"을 너무도 過大 見積해 잇다. 참으로 兒童은 어느 程度의 創造的反應力을 가지고 잇다. 兒童들이 지금까지 聞見한 童話 童謠 童劇 等으로부터 그것을 材料로 한 繪畵人形 簡單한 이야기 等을 새로 創作함이 잇슴은 拒否치 못할 事實이다. 그러나 在來의 兒童文學에 缺如한 것 現在의 進步한 兒童敎育과 現代의 正當한 生活이 要求하는 것을 녯 文學에서 抽出할 만한 힘이 兒童에고 헤아려 잇다고는 生覺할 수 업다. 자— 그러한 힘이 헤아려 잇다고 해도 全 兒童에게 그럿타고는 아무래도 못 生覺할 것이다. 그럼으로 全般의 兒童을 目標로 할 때에는 아무래도 在來의 兒童文學 以外에 새로운 그것 等의 産出을 必要로 한다. 오늘날 우리나라의 兒童文學界는 거의 自明의 理로서 이 必要를 認容하고 잇다. 一九一〇年으로부터 二〇年 三〇年에 이르기까지 漸次로 新作 兒童文學이 多量으로 産出되는 現象은 明白한 證示일 것이다. 朝鮮보다도 他 外國에 잇서서 그러하다.

이리하여 問題는 第四로 간다.

卽 새로운 兒童文學이 必要하다고 한다면 그것은 엇더한 원리 엇더한 標準 아래서 創作할 것인가의 問題가 이것이다. 적어도 在來의 兒童文學 以外에 새로운 童心의 糧을 産出코자 하는 깁흔 속까지 보는 以上 거기에 生하는 兒童文學은 반다시 童心을 보다 더 잘할 힘을 가즌 것이 아니면 안 된다. 그러나 그러한 兒童文學은 何等의 定見도 업시 다만 漫然히 지어 내놋치 안흘 것이라 함은 더 말할 必要도 업는 것이다.

여기에 한 實例로써 勞農 露西亞가 新作 童話의 標準으로 한 것을 들어 보자.

싸베-트 露西亞의 政府는 녯부터 傳承한 童話를 指摘하야 兒童의 心靈을 啓養하는 대 不充分하고 또는 有害하다고 말하야 兒童을 위하야 새로운 童話의 創作을 募集하얏다. 그때 政府 當事者는 새로히 나올 만한 童話의 內容 構成에 對하야 멧 가지 條件을 提出하고 잇다. 卽

1. 消極的 條件으로써

(가) 귀신이라 精靈이라 하는 것을 이야기의 材料로 하지 안흘 것 萬若 그러한 것이 이야기에 나타날 때에는 그것이 迷信이라고 明記해 둘 것

(나) 王子라든가 王女라든가 임금이라든가 하는 사람들을 될 수 잇는 대까지 늣지 안토록 할 것을 말하며

2. 積極的 條件으로써는

(가) 勞動者의 實際生活을 描寫할 것

(나) 技術의 進步와 機械의 發明을 主로 할 것

을 드러 잇다. 싸베-트 露西亞는 新興勢力에 밀이어서 여러 가지 方面에 勇敢한 改革을 企하고 잇다.

童話의 改革 갓흔 것도 兒童敎育上에 잇서서 그러한 企劃의 一現으로 보지 안흐면 안 된다. 그러나 그것은 果然 成果를 어덧는지 싸베-트 露西亞가 그 成立 初에 當해서 無信仰 無宗敎를 標榜한 것은 사람들의 잘 아는 것이겟다.

맑시즘을 그의 唯一한 生活哲學으로써 政治的 原理로 하는 싸베-트 政府에 잇서서는 이것은 當然한 自然의 歸趨가 아니면 안 될 것이다. 그들은 宗敎를 敵視하얏다. 그들은 宗敎는 阿片이다. 人間의 心靈을 陶醉 痲痺하는 外에 아무 것도 아니라고 宣傳하고 勇敢히 또한 計劃的으로 그리고 또한 徹底的으로 宗敎信仰을 撲殺하려고 試驗하엿다. 그러나 이 計劃은 失敗이엇다. 그리고 그 失敗는 當然이 아니면 안 될 것이다.

高長煥, "兒童과 文學-一九三四年의 展望(七)", 『매일신보』, 1934.1.28.

露人은 英, 米, 佛人이 追隨할 수 업슬 만한 程度에 "宗敎的" 心魂의 持主이다. 露人의 特有한 神秘性 宗敎的인 魂의 存在는 到底히 싸베-트 政府의 "宗敎 卽 阿片" 說로서 撲滅할 수는 업섯든 것임으로이다.

싸베-트 露西亞의 이러한 企圖가 人類를 잘해 보것다는 善意에서 나온 것은 疑心할 餘地도 업다. 兒童을 위하야 새로운 童話를 提供할여고 여기에 種々의 條件을 附하야 그 內容 構成을 制約할려고 한 企圖도 이와 쪽가티 善意的의 것이다. 實際 싸-베-트 露西亞는 兒童敎育에 熱心한 그리고 周到한 努力과 注意와를 다하고 잇다.

童話劇의 演出에 當하야 劇場에 모히는 求景軍═兒童들 사히에 만흔 사람들을 석기워서 兒童들이 엇더케 그 劇을 批評하며 感激하며 或은 非難하는가를 몰내 調査한다는 한 가지를 가지고 보드래도 這箇의 消息을 짐작할 수 잇는 것이다.

이럼에도 不拘하고 우리는 싸베-트 政府가 新作童話의 標準으로써 提出한 諸 條件의 第一項이 엇더케 할 것인지? 童心에 潛在한 神秘性 豐富한 想像力 및 그러한 神秘性과 想像力의 人間性 完成上에 잇서서의 價値를 몰랏든가? 싸베-트 露西亞가 童話의 改善에 對한 큰 熱意를 가젓슴은 조흔 일이다. 그러나 同時에 童話의 本質 及 兒童의 心的 活動에 對하야 만흔 理解를 缺하고 잇는 것을 遺憾으로써 함은 안 된다. 萬若 우에 말한 것과 가튼 諸 條件에 依해서만 童話가 新作 된다면 싸베-트 露西亞는 宗敎 撲滅策에 잇서서 失敗를 兒童文學 改善策에 잇서서 맛보지 안흐면 안 될 것이다.

本是 兒童文學을 創作한다는 것은 決코 容易한 일이 아니다.

그것은 먼저 말한 것과 가티 바른 原理와 標準下에 그리고 充分히 文學的 天賦를 가춘 人士에 依해서 製作함으로써 처음으로 眞正한 그리고 優秀

한 兒童文學이 될 수 잇는 것이다.

그러나 兒童文學의 內容과 形式이 엇더한 것인가의 問題 卽 原理와 標準과의 問題는

1. 兒童의 心靈의 本質
2. 兒童의 心的 活動의 種々相
3. 兒童文學의 兒童魂에 對한 啓養力
4. 兒童生活이 果然 엇더한 것이 아니면 안 될 것인가

等과 生命的 關係를 가지고 잇다.

此等의 諸問題가 正大히 解決되지 안은 限에서는 兒童文學의 內容과 形式과는 아무래도 바른 곳에 박혀 잇지는 못할 것이다. 此等 諸 問題에 對해서 銳敏한 바른 叡智的 洞察과 識見을 가지기 前에는 兒童文學의 創作과 改造는 一時的인 것이오 條件附이오 摸索的인 한 試驗에 不過하다고 말하지 안흐면 안 되겟다.

나는 결코 이러한 複雜한 困難한 問題의 適當한 解決者는 아니다. 나의 心靈과 識見과의 脆弱함은 이러한 問題 압헤 떨이게 한다.

× ×

本是 나는 朝鮮 兒童文學界에 對한 今後 展望을 쓸여는 것이 그만 이러케 되고 말엇다. 이 亦 뒤로 "兒童의 心性과 兒童文學의 關係"로 兒童의 智覺力 想像力 韻律 愛好性과 兒童文學에 對하야 쓰려든 것이 紙面 關係로 이만 끗친다. 여기에 쓴 글을 主로 松村[168] 博士 著書에 依한 것이며 願컨대 이 問題가 今後 識者 間에 만히 討議 되기를 바란다.

끗흐로 우리들의 責務의 한아는 兒童으로 하야금 眞正한 文化人의 成長식히는 것이 아니면 안 된다. 眞正한 文化人이란 人生萬相의 全體를 把握하고 그 統一 우에 사는 能力이 잇는 것을 意味하는 것이다. ―끗―

168 일본의 신화학자인 '마쓰무라 다케오(松村武雄, 1883~1969)'를 가리킨다. 아동문학 관련 저서에 공저로 『兒童文學』이 있다.

南應孫, "새해를 마즈며 어린동무들에게 드리는 선물", 『조선중앙일보』, 1934.1.5.

닭의 해는 어디론지 도망을 치고 말엇습니다. 여러분의 눈물과 한숨과 서름을 짜낸 닭의 해는 고요히 모-든 원한을 풀고 살아지고 말엇습니다.

밤이 가면 날이 새고 날이 새고 나서는 또 밝아 오르샤 닭의 해 一九三三년은 멀리 가버리고 개 해 一九三四년은 닥처 왓습니다.[169]

어린동무 여-러분.

오날브터는 새해입니다. 아니 오날은 새해 첫날입니다. 나는 이 반가운 새해를 마즈며 여-러분에게 몃 가지 선물을 드리지 안코는 못 견디는 것입니다. 이것은 내 마음이 곱고 아름답고 남을 생각하는 이타심이 만흔 까닭은 아니외다. 그저 내가 곳 당신들에게 선물을 드릴 의무(義務)가 잇슴으로 써외다.

여-러분들은 어린이입니다. 즉 어린이 되신 여러분들은 어린이다운 정신을 가저야 하겟습니다. 외국의 어린이와 달은 처지에 잇는 여-러분은 남다른 정신을 하루 속히 가지고 남다른 일을 하루속히 하여야겟습니다.

그러면 우리는 어떠한 정신을 가지고 어떠한 일을 하여야겟습니까.

여러분 보십시요.

밤은 가고 날은 새지 안엇습니까. 동녁 산머리에는 붉은 해가 소섯습니다. 먼-동은 벌서 트지 오래 되엿습니다. 온 천지는 밝은 세상입니다.

저 밝고 둥글고 힘찬 해가 솟기에는 컴컴하고 어두운 어제ㅅ밤이 지내지 안코는 안 될 것입니다.

나는 새로 뜬 저 해를 보고 이런 노래를 여러분에게 드리려고 지엇습니다.

---

169 1933년 계유년(癸酉年)으로 '닭의 해'이고, 1934년 갑술년(甲戌年)으로 '개의 해'였다.

해가 떳다

一

해가떳다 해가떳다
붉은해다 새해다
힘찬해다 둥근해다

二

해가떳다 해가떳다
맞이가자 붉은해를
둥근해를 힘찬해를

三

해가떳다 해가떳다
다-가티이 마지라는
새해다 힘찬해다

여-러분 여-러분들 중에는 공장에 가는 동무도 잇겟고 농촌에서 흙에 친하야 농사를 짓는 동무도 잇겟고 학교에 가는 동무도 잇겟고 야학에 가는 동무도 잇겟고 이 집 저 집 밥을 엇어먹으며 떠단기는 불상한 동무도 잇겟습니다.

자 우리는 생각해 보십시다. 어떤 동무는 공장에 가고 어떤 동무는 학교에 가고 어떤 동무는 밥을 얻어먹고 잇다는 것을.

어린동무 여러분.

우리는 어떡헤 하면 잘 살겟느냐는 것을 생각하고 알여야 하겟습니다. 이것에는 그 목적(目的)을 다하기 위하야 모-든 고생을 무릅쓰고 열심히 일을 하여야 하겟습니다.

여러분들은 언제든지 놀고먹을 궁리를 해서는 안 되겟습니다. 압날을 위하야 새로운 우리의 살림을 위하야 땀을 흘리며 애를 써야 하겟습니다.

어린동무 여러분.

여러분에게서 아름다운 꿈과 공상은 떠난 지 오래 되엿습니다.

여러분은 새해와 함께 새로운 결심이 잇기를 바랍니다. 또한 새로운 활동이 잇기를 바랍니다.

이것이 새해 첫날 아츰 여-러분에게 드리는 선물입니다. 다함께 반가히 마지해 주옵소서.

(□□·새해 첫날 아츰)

李鍾洙, "(新春懸賞 童謠童話)選後感", 『조선일보 특간』, 1934.1.7.[170]

應募한 童話의 수는 전부 합해서 쉰아홉 편인데 이것은 前年에 比하면 결코 적은 수가 아니다. 장래 우리 사회의 주인공이 될 어린이들에게 精神的 糧食을 주는 兒童文學이 흥성해 가고 이에 關心을 가지는 이가 만하지는 것은 깃분 일이다. 이제 오십구 편의 작품을 읽는 사이에 느낀 바 所感을 한두 가지 말하려고 한다.

◇

應募作品 전체를 通하야 一般的 傾向이라고 볼 수 잇는 것은 童話가 寓話童話, 冒險童話의 域을 떠나서 어린이의 環境과 現實生活을 잇는 그대로 그리는 寫實主義로 變하는 것이다. 그러고 그것은 朝鮮 兒童의 現實生活을 그리는 것인 까닭에 貧寒한 朝鮮의 父母가 工場에서 農場에서 시달리고 고생하는 것을 보는 兒童이 그 父母를 시달리게 하고 生活을 협박하고 잇는 그 무엇에 대하야 반항하는 心理가 나타나 잇다. 如何間 童話가 事實主義로 나가는 것은 새로운 한 現象이라고 볼 수 잇다고 생각하엿다.

◇

그러나 童話는 結局은 兒童이 재미잇게 읽어야 할 이야기다. 그런 까닭에 朝鮮 兒童의 現實生活과 環境을 背景으로 하는 이야기라도 그것이 兒童의 心理에 適合하고 兒童의 想像力을 滿足시키고 재미잇게 읽을 수 잇서야만 할 것인데 이번 應募한 作品의 大部分이 재미잇게 읽을 만한 것이 극히 적다. 그러고 童話는 兒童의 讀物인 까닭에 用語도 어린이가 읽을 것이라고 注意해서 쓴 作品이 極히 적고 그 大部分은 用語가 어렵다. 構成에 잇서서나 用語에 잇서서나 어린이의 讀物이라는 것을 一時라도 念頭에서 떠나지 안토록 할 必要가 잇지 안흘가 하고 생각하엿다. 그러고 童話 쓰는 사람

170 원문에 필자명이 빠져 있으나 내용상 연결되는 것으로 보아 필자명 '李鍾洙'를 추가하였다.

은 무엇보다도 兒童의 心理를 잘 硏究하지 안으면 안 될 줄 안다.

◇

應募作品 中에는 「독갑이」이가 나오고 "실과를 먹고 버벌이가 말을 하게 되엇다"는 것 等 造化가 잇는 것이 잇스나 그런 것은 取擇하지 안헛다.

李鍾洙, "(新春懸賞 童謠童話)選後感", 『조선일보 특간』, 1934.1.9.

勿論 童話는 어린이의 想像力을 滿足시킬 만한 要素가 必要하고 나무가 사람과 갓치 되는 擬人法을 쓸 경우가 잇는 것도 可能하지마는 그러나 우리가 注意해야 할 것은 어려서부터 迷信과 遇然에 迷惑하지 안토록 할 것이다. 여기에 對해서 여러 가지 論議할 點이 잇스나 詳論하지 안커니와 싸벳-트, 러시아에서는 童話에 귀신을 材料 삼지 말고 萬一 그것을 材料로 삼을 때에는 그것이 迷信이란 것을 明記하여야 한다는 政府의 命令까지 잇다는 것은 깁히 생각해 볼 問題가 아닐까.

◇

考選한 結果 入選하게 된 作品 中 盧良根 君의 「순이와 빵장사」는 어린 순이와 순이의 동무인 빵장사의 心理 —— 불서로운 어린 사람들의 友情이 自然스럽게 그려 잇고 崔守福 君의 「꿈의 돈」은 이러타 할 點은 업스나 如何間 兒童들이 읽을 수 잇는 한 이야기가 되어 잇다. 選外佳作으로 決定한 崔益善 君의 「어엽쁜 각시」는 글이 매우 능란한 것이 取할 點이다.

◇

마즈막으로 한마듸 말할 것은 이번 應募作品 中에는 十四五歲 된 兒童 自身이 쓴 作品이 十餘篇에 達하는데 이것은 반가운 現象이라고 생각한다. 그러나 그 大部分이 修身 敎科書의 域을 떠나지 못하고 그 道德律에 억매어서 兒童 自身이 그의 눈으로 보고 생각한 대로 쓰지를 못하엿다. 兒童

自身이 童話를 쓸려면 童話를 構成하는 힘이 적은 欠點을 免키 어려우나 될 수 잇는 대로 自己가 보고 自己가 생각하는 그대로 쓰도록 하면 조흘 줄 안다.

童謠는 應募한 數가 二百三十一篇의 多數에 達하나 그中 豫選에 든 것이 十餘篇밧게 안 된다. 그 밧게 大部分은 第一에 글이 안 된 것이 만코 第二에 노래가 안 된 것이 만코 第三에 노래라고 할 수는 잇지마는 童謠에 必要한 童心이 업다. 童謠는 豫選한 것을 選者가 愼重 論議한 結果 利原 姜應孫 君(協成學校 四年生)의 「이사간 순히」와 許童心 君의 「반듸불」 두 편을 入選하기로 決定하고 유감이나 나마지는 落選으로 하엿다. 入選으로 決定된 「이사간 순희」는 간결하고 떠나간 순히의 생각이 잘 表現되엇 잇다. (계속)

李鍾洙, "(新春懸賞 童謠童話)選後感", 『조선일보 특간』, 1934.1.10.

許 君의 「반듸불」은 이에 比하면 適切한 맛이 적으나 童謠로 부르기에는 比較的 낫다고 생각한다.

◇

當選에 들엇든 作品 中에는 李聖起 君의 「엄마가 오면」가치 歌詞가 能한 것이 잇스나 이것은 獨創力이 不足하고 「고무신」은 어린이의 마음이 나타나 잇스나 아직 서툴다. 이 밧게도 「개고리」 「허재비」와 가치 장래성이 만흔 작품이 만타. 일층 창작에 노력하면 조흘 줄 안다.

童謠를 보면서 생각한 것은 우에도 말하엿거니와 그 레벨이 大端이 얏다. 第一에 무엇을 노래할려고 하엿는지 그 테-마를 모를 作品이 만타. 그 原因은 여러 가지 잇겟지마는 그中 하나는 童謠의 作者의 十中七八로 全部가 十三四歲 乃至 十五六歲 되는 兒童이라는 것을 指摘 안 할 수 업다.

兒童 自身이 自己들의 노래를 지어 볼려고 하는 반가운 現象이다. 그러나 아직 童謠가 무엇인지를 잘 몰르고 童謠를 짓는 까닭에 自然 그 程度가 엿지 안흔가 한다.

◇

應募童謠의 題材로는 「밤」 「눈」 等 自然을 노래한 것과 動物을 노래한 것이 가장 만코 그다음 가는 것은 「나무는 해도」 「공장가신 엄마」 等 貧寒과 그로서 나오는 反抗을 노래한 것이다. 自然을 노래한 것 中에는 無情悲哀와 갓흔 센치멘탈한 감정을 나타낸 것이 만흐나 童謠에 잇서서도 한 가지 새로운 傾向이라고 할 수 잇는 것은 應募童話에서와 갓치 朝鮮 兒童의 環境과 現實生活感情을 그리면서도 그中에 힘써 싸와 나가 이기겟다는 希望의 빗이 잇는 것이다. 朝鮮 兒童自身이 쓰는 童謠에 이러한 빗이 보이는 것은 반갑고 깃분 現象이다. 이번 應募作品을 보는 사이에는 이밧게도 童謠란 무엇인가에 대하야 느긴 바가 만흐나 다음 機會로 밀고 이만 끄친다. (끗)

元裕珏, "朝鮮新興童謠運動의 展望(1)", 『조선중앙일보』, 1934.1.19.[171]

一. 序文
二. 朝鮮童謠運動과 硏究問題
(가) 童謠硏究家의 態度
(나) 童謠硏究와 其 知識
三. 新興 童謠運動과 提唱
(가) 幼稚園의 童謠運動
(나) 朝鮮童謠硏究協會 復興運動
(다) 各 硏究團體의 童謠運動과 其他
四. 結論

一. 序論

最近 朝鮮新興童謠運動에 잇서서 지난 一九二七年의 朝鮮少年運動의 그것과 가티 近者 朝鮮新興童謠界는 文字 그대로의 雨後竹筍의 勢로 長足의 發展을 보며 내려오는 것이외다.

向今 京鄕을 莫論하고 各 個別 團體 教育機關 乃至 言論機關까지를 通하여 본다든지 또는 一九三三年 下半期에 드러가랴 하는 때부터 〈朝鮮放送協會〉에 第二放送이[172] 開始되면서부터 "어린이의 時間" 卽 라듸오의 안테나를 通하야서 보더라도 新興童謠運動의 回數는 만흔 數字로서 헤알일 수 잇게 되엿든 것이외다. 然이나 그 作品 作品들의 內容程度 價値 等의 問題

171 원문에 '朝鮮兒童藝術協會 元裕珏'이라 되어 있다.

172 1927년 2월 16일 오후 1시부터 JODK라는 호출부호로 〈경성방송국〉이 첫 전파를 발사하였다. 처음에는 일본어와 조선어의 혼합 방송이었는데, 1933년 4월 26일 일본어를 제1방송으로 조선어를 제2방송으로 하는 이중 방송으로 개편하였다. 1932년 4월 7일 사단법인 〈경성방송국〉을 사단법인 〈조선방송협회〉로 개칭하였고, 1935년에는 〈경성중앙방송국〉으로 바꾸었다.(한국방송공사, 『韓國放送六十年社』, 1987 참조)

에 잇서서는 一般社會 聽取者들의 企待에 어그러지는 感이 잇지나 안흔가? 하는 것이엿스며 量으로 본 數字問題와 質로 본 效果問題와의 比較에는 그 距離와 其他가 如干 먼 것이 아니엿다 하여도 過言이 아닐 것이외다.

要컨대 現代 朝鮮의 兒童들이 要求하는 "童謠란 무엇이냐? 그들은 어떠한 童謠를 불러야 할 것이냐?" 又는 眞正한 意味에서 現代가 要求하는 "朝鮮의 童謠로 몃 個가 잇느냐?" 하는 데 關하여서는 一言으로서 얼핏 "黑이다! 白이다!" 할 수는 업는 바이나 兒童文藝研究家에 잇서서 더욱이 童謠學及 創作과 實踐 其他 卽 朝鮮新興童謠運動線上에 발을 멈추고 研究와 努力을 악기지 안는 여러 先輩諸氏 有志諸賢께서는 讀者의 적은 입을 빌지 안터라도 잘 아시다시피 現下 "新興童謠란 어린이들의 노래를 면피로 紙面우에로 옴겨 노흔 것이 아니냐?"라든지 또 그 作法들은 어떠어떠한데 그는 童話文學 其他 諸般 兒童文藝에서와 가티 어느 成人인 童謠詩人이 自己의 어느 藝術感에서 어든 바 藝術의 衝動으로서 울어나는 어느 무엇…… 어린이들이 어느 程度까지 吟味하고 理解할 수 잇는 範圍에서…… 卽 童心藝術의 表現으로서의 노래도 또한 童謠라고 볼 수가 잇지 아니하냐? 할 수 잇슬 바이외다.

그것만으로는 그 童謠의 目的을 達햇다고는 못 볼 것이다. 然이나 向今 新聞雜誌 等等 其他에서 만흔 機會에 例컨대 어느 作品發表會나 公演會及 幼稚園 또는 各 個別 研究團體에서 만흔 童謠(兒童自身의 것이나 成人詩人의 作品)을 對하게 되는 바이나 亦是 그것들에 對하야서도 上述의 感이 업지 아니함도 否認할 수 업는 事實의 하나라고 斷定해지는 바이외다.

여긔 數萬 讀者들은 이러한 見地에서 벌서 朝鮮新興童謠界는 어데로 흘너 넘어갈 것이냐? 그 童謠界의 現象은 어떠하냐? 各 個別 研究團體 指導者들의 研究的 精神은 어떠하냐? 新興童謠 創作家들의 作品水準과 程度는 어떠하냐? 朝鮮現代新興童謠界란 가까운 日本이나 海外 諸國의 그것과 比較해서는 어떠하냐? 하는 것을 찻지실 줄 암으로 여긔를 起點으로 하야 나아갈가 하는 바이외다. 序論이 支離해진 듯한 感이 업지 아니하나 이런 意味에서 朝鮮新興童謠運動界 研究家 諸賢과 아울러 表記의 題目

을 내걸고 이 三四年의 한 課題로서 우리 童謠界의 發展의 微助나마 잇슬가 하는 慾望 알에 이 小論을 옴겨 볼가 하는 바이외다.

元裕珏, "朝鮮新興童謠運動의 展望(2)", 『조선중앙일보』, 1934.1.20.

二. 新興 童謠運動과 硏究問題

筆者는 이 問題에 잇서서 所謂 朝鮮의 新興童謠運動을 한다든지 어떠한 問題가 展開될 것이냐 하는데 對하야 모든 다른 問題는 다음으로 밀고 다만 알에의 두 가지 問題만을 먼저 究明해 둘가? 하는 바이외다.

(가) 童謠 硏究家들의 態度

첫재로 보이는 當面問題의 하나가 卽 이 各 硏究家들의 態度 問題일 것이다. 우리가 잘 보고 잘 듯고 해서 아는 바와 가티 童謠硏究家들의 態度라는 것은 매우 言明키 어려운 問題일 것이다. 우리가 常識的이라도 童謠를 硏究함에는 그의 知識이 豊富하여야 한다 하는 것은 잘— 알도[173] 남을 것이며 그 童謠硏究家들은 모름직이 그러한 知識을 엇고저 하는 態度로 나아가야 될 것이다! 하는 것이다.

더욱이 어떠한 作品에 對하야서는 圓滿한 理解와 充分한 知識을 갓추어 나가는 態度를 가저야 할 것은 더 긴— 說明을 要치 안는 바이다.

要컨대 新興童謠硏究家 態度란 무엇이냐? 함에는 假令 우리가 童謠의 價値를 論하야 그들 生活上에 업지 못할 心靈의 糧食이니 또 그들 天眞爛漫한 兒童性의 童心藝術이니 뭐니 云云하는 것은 童謠硏究의 知識만을 말하는 것 아니요 맛당이 그리하여야 그리 알어야 한다는 態度를 가지도[174] 말하는 것이외다.

---

173 '알고도'의 오식이다.

174 "가지도록"에서 "록"이 빠진 오식으로 보인다.

其外에 童謠의 起源을 찻는다든가 定義를 세워 본다든가 童詩와 唱歌에까지도 比較硏究한다든가 그의 作法을 云云한다든가은 童謠運動에 업지 못할 要素의 硏究態度며 이로서 어든 바 童謠의 知識이란 如干한 것이 아니외다.

이러한 態度 問題에는 여러 가지의 觀點이 잇슬 것이나 正當性을 가진 態度 몃 가지를 살피면 알에의 몃 가지와 가틀 것이외다.

卽 우리가 新興童謠硏究에는 알에와 가튼 態度에서 버서나지 안흐면 안 될 것이외다.

1. 어느 作家의 姓名을 記憶하야 그 어느 누구의 作品 무엇은 어떠어떠하더라. 例-컨대 尹福鎭 氏 謠이요 朴泰俊 氏 曲인 「양양범버궁」은 재미가 잇더라 업더라 — 云云하는 것
2. 어느 書籍의 題目을 暗記하야 그 어느 冊 무엇은 어떠어떠하더라. 例컨대 『世界一週童話集』은 말이 어렵더라 쉽더라 — 云云하는 것
3. 어느 書籍의 出版年月日을 暗記하야 어느 冊은 어느 해 무슨 날 나왓다. 例컨대 北原白秋 氏의 編輯인 『日本童謠集』은 昭和 二年 八月 三日 發行이다 — 云云하는 것
4. 어느 刊行物의 定價를 記憶하야 무슨 冊은 定價가 얼마다. 例컨대 西條八十 氏의 『童謠全集』은 二圓五十錢인대 넘우 빗싸다 어떠타 — 云云하는 것

等으로 벌서 童謠詩人然 童謠大家然 童謠硏究家然 童謠指導然 하는 等等의 自負心을 갓는 態度는 新興童謠硏究家들의 取할 바 態度가 아닌 同時에 그의 當面問題란 어서 밧비 그의 순을 처내 버리지 안흐면 그 態度를 고치고 나오지 안흐면 아니 될 것이외다.

勿論 그런 智識을 갓지 말자는 것도 아니외다.

더욱이 어느 作家의 作品을 하나나 두ㅅ篇쯤을 겨우 어더 읽는다든가(?) 어느 同志들의 입을 通하야 그에 對한 이야기를 듯는다든가! 하는 範圍에서 벌서 그 作家의 作品을 가지고 그 內容은 어떠타 그 어느 句節은 어느 文句는 “잘-됏다 못-됏다!” 또 그 作品 全體의 想이라든가! 技巧에까지

對하야 어떠어떠하다 輕舌을 左右하야 云云하는 것 等은 特히 삼갈 일이며 童謠 硏究家로서 늘 關心을 가저야 할 것이며 그의 한 번 두 번의 그릇된 所行은 童謠運動에 如干한 支障이 아닐 것이외다. 例컨대 去 三三年末頃에 『新女性』(十一月號)과 『東亞日報』 紙上을 通하야 「童心雜記」[175] 云云한 "例" 것외다.(그의 是非는 다음으로 밀고 나아가다.) 이것을 떠나는 곳에 新興童謠運動의 展望이 보일 것이외다.

元裕珏, "朝鮮新興童謠運動의 展望(3)", 『조선중앙일보』, 1934.1.21.

(나) 童謠硏究와 그의 知識 各 童謠硏究家 諸賢께서 어떠한 一篇의 童謠의 硏究라도 하기 爲하야 그 童謠들의 全 世界를 한번 차저본다 할 것 가트면 그 世界에는 무엇이 어떠케 얼마만큼이나 存在하엿느냐? 함에 잇서서 그의 知識的 程度를 잘 알 수 잇슬 것이외다.

하기야 그 童謠의 知識을 어데서 엇는다든지 어떠케 構想을 한다든지 하는 點에도 어느 偏僻된 主觀的 立場의 觀點이 업지 안흘 것이나 筆者부터는 이러한 見地를 떠나서는 안 될 것이외다.

왜(?)냐? 하면 假令 어느 누가 어떠한 作品 몃 個만을 偶然한 機會에 읽엇다든지! 알엇다든지! 하야 가지고 벌서 그 作品과 作家를 理解한다거나 저울질하는 것 等 몃 줄의 童謠를 써서 雜誌나 新聞 等의 한 모퉁이에 發表가 되엿다 하야 그 作品의 內容 如何와 力作大小를 不問하고 自己가 벌서 兒童文藝家然하는 認識不足의 誤謬도 업지 안흔 바이외다.

175 윤석중의 「童心雜記」(『新女性』, 1933년 7월호, 1934년 1월호)를 발표하자, 유현숙(劉賢淑)이 「'童心雜記'를 읽고 尹石重 氏에게 答함」(『동아일보』, 33.12.27~28)을 통해 반박하고, 이에 다시 윤석중이 「'童心雜記'에 對한 나의 辯解－劉賢淑 氏의 質疑와 忠告에 答함」(『동아일보』, 34.1.19~23)을 통해 재반박한 것을 가리킨다.

또 몃 個의 童謠로서 作曲을 하고 實踐을 해 봣다 하야 自己가 벌서 兒童藝術家然 兒童藝術指導者然하는 等 어그러진 길 그릇된 생각에 빠지기 쉬운 것이외다.

그럼으로 童謠研究에 잇서서 그 모든 點을 고치는 同時에 한거름 더― 나가서 먼저 말하든 바와 가튼 童謠의 知識을 엇고 찻기에 努力할 것이외다. 上記의 諸般 誤謬를 두세 번 거듭한다 하면 그들의 童謠運動의 運命은 規定되고 말 것이외다.

그럼으로 우리는 먼저 그 어린이들의 世上 卽 그들의 生活場인 童謠의 世界를 차저보는 同時에 그곳에서 어든 바 知識을 武器로 하야 童謠創作의 材에 代하자 하는 것이외다.

果然 그 童謠의 世界에 무엇이 잇슬가요? 그 童謠의 知識은 얼마나(?) 될가요?

×

童謠의 世界에는 別의別 것이 다― 잇사외다.

"하날 太陽 달 별 구름 바람 光線 눈 고드름 어름판 눈사람 허수아비가 잇슬 것이외다."

또 "地球 그 위에는 山 바다 섬(島) 내(川) 沙漠 방죽 湖水 都市 農村 牛馬 犬豚 鷄鴨 其他 等等이 잇슬 것이외다."

또 "廣野 그곳에는 木(나무) 풀(草) 꼿 익기(苔) 맴돌네 썸바귀 나생이 등 나물이 잇슬 것이외다."

또 "그 外에도 꾀꼬리 종달이 제비 참새 뱃쟁이 긔뜨람이 단풍닙 물고기 조개 멱 해삼 홍합 等等이 잇슬 것이외다."

또 "집에를 드러오면 할아버지 할머니들의 녯날이야기 추녀 끄테 새장 풍경이 잇고 압집에서는 제사를 지내고 뒤집 안방에는 색시가 바누질하는 초불 남포불이 잇슬 것이외다."

또 "飛行機, 航空船 水深標燈臺 고양이 생쥐 벽돌집 기와집 초가집 學校 工場 우리 집 동무네 집 하날의 天使 海中龍宮女王이 잇슬 것이외다."

또 "어둔 밤 밝은 낫이 잇서서 童謠 世界의 모든 것은 즉 어린이들이

生活 모든 것은 즉 어린이들이 生活 모든 것이 다— 노래를 하고 말을 하고 춤을 추고 뛰여놀 것이외다."

어린이들의 마음으로 어린이들의 말로 어린이의 宇宙가 노래할 것이외다. 等等.

卽 이것이 우리가 차저가는 童謠의 世界요 童謠의 知識의 하나외다. 정말 童謠의 世界는 如干 넓고 크고 만흔 것이 모다 웃고 울고 말하고 성내고 춤추고 뛈뛰고 야단이 납니다. 오고 가고 뜨고 지고 모이고 허터지고 치우고 놀고 하는 것외다.

그럼으로 어느 程度까지는 깟닥하면 갈피를 잘 잡을 수가 업스나 우리는 모름직이 이만한 世界에서 잇는 바 知識을 土臺로 하야 가지고 構想을 하고 表現을 시켜 作品 創作하지 아니하면 안 될 것이외다.

元裕珏, "朝鮮新興童謠運動의 展望(4)", 『조선중앙일보』, 1934.1.23.

要컨대 新興童謠研究家들은 童謠의 知識에 잇서서 이런 範圍의 世界를 더 품고 더듬어서 童謠製作에 엇는 바 知識 卽 그 童謠를 살이기 爲한 生命的 要素 卽 其 童謠의 知識을 닭지 안흐면 아니 될 것이외다.

그 童謠의 知識은 成人이나 兒童이나 어느 研究家 創作家를 勿論하고 敎養에 關心하고 努力하지 안흐면 안 될 것이다. 더욱이 兒童 自身보다도 성인들에게 잇서서 더한層 두터운 留意가 잇서야 할 것이외다.

三. **新興童謠運動과 提唱**

이 童謠運動의 提唱 問題에 잇서서는 一九三四年의 한 顚課가 잇슬 것이외다. 그럼으로 一般 兒童文藝運動에 잇서서와 가티 多方面의 多端한 問題가 잇슬 것이나 左記의 題目 몃 가지에 依하야 提言코저 하는 바이외다.

(가) 幼稚園의 童謠運動

먼저 幼稚園이 童謠運動을 말하야 보랴 하는 바이외다. 오늘날 朝鮮에 잇서서 四百餘 個의 幼稚園은 一九一三年(京城幼稚園, 一九一四年 梨花幼稚園)에 創設된 以來 朝鮮新興童謠界에 큰 貢獻이 잇섯든 것이외다.

然이나 그들(園兒)이 먹고 입고 놀고 자고 하는 것보다도 더 重하고 大하다고 할 만한 노래 卽 童謠를 봄에는 매우 遺憾된 點이 업지 안흔 듯하외다.

勿論 各 幼稚園의 當務者들께서는 그만한 事情과 形便의 理由이렵니까?

(나) 〈朝鮮童謠研究協會〉의 復興運動

同 協會는 一九二七年에 創立되여 同年 以來 朝鮮新興童謠運動界에 對하야 만흔 貢獻을 해 내려온 研究團體인데 最近에 와서는 왼일인지 그의 形態를 찻기 어려울이 만큼 有耶無耶의 感이 업지 안사외다.

勿論 集合難 經濟難 其他 客觀的 情勢 等等 만은 支障이 잇사오리다만은 今三四年을 마지하는 今日은 同 協會의 復興運動을 提唱하고 십사외다.

最初의 綱領 目的대로 朝鮮新興童謠界의 沈滯를 打開하겟다! 따러 그 新興童謠運動을 새로운 方向으로 指示하겟다! 하든 것대로 今三四年에는 結實의 빗치 보이기를 바라며 그의 復興運動을 全 朝鮮的으로 惹起시기고 십사외다. 同志諸賢의 聲援을 바라 마지안는 바이외다.

가까운 日本만 하더래도 요즘 兒童文藝運動은 어떠한 地境에 到達햇는지 朝鮮의 그것과는 比較할 點이 아니외다. 더욱이 新興童謠運動에 잇서서는 論할 배가 아니외다.

元裕珏, "朝鮮新興童謠運動의 展望(5)", 『조선중앙일보』, 1934.1.24.

이는 다만 大正 七年 後半期부터 日本 各地에 일오난 新興童謠運動 卽 『赤赤鳥』[176]라는 童謠雜誌가 創刊되면서부터 北原白秋 氏 西條八十 氏 三木露風 氏 그 뒤에 野口雨情 氏 等等의 詩人들의 新興童謠運動의 餘波라

고 보아 오는 바이외다. 이와 가티 今三四年에서는 同 協會의 目的을 達成하는 同時에 그의 社會的 役割을 다— 하도록 同 協會의 復興運動을 提唱합니외다. 去 三二年度부터 準備 中이든 同 協會 機關紙 『童謠運動』은 어떠케 되엿습니까? 하고 뭇고 십사외다.

(다) 各 硏究團體의 童謠運動과 其他

最近 朝鮮 內에는 다른 部分의 兒童運動의 硏究團體에 對하야서는 깃븐 마음으로 반가워할 數字의 記錄이 된다 하고 십사외다.

假令 京城만 하더라도 〈朝鮮童謠硏究協會〉를 비롯하야 〈綠星童謠硏究會〉〈綠羊童謠硏究會〉〈朝鮮兒童藝術硏究協會〉 等等 其他 京城放送局 "어린이 時間"을 主로 하야 硏究해 나아가는 童謠放送團體 〈꾀꼬리會〉〈코스모스會〉〈달나라會〉〈새동무會〉〈體府洞少女會〉〈錦龍어린이그릅〉 其他 各 幼年主日學校 公私立普通學校 等 二十餘 個別團體가 朝鮮新興童謠運動을 해 나아가고 잇는 것이외다.

바라건대 今三四年에 드러가서는 一層 더 質로서 效果가 잇고 힘이 잇는 童謠運動의 成果가 잇기를 비는 바이외다.

順序 업시 四. 結論

重言復言한 이 小論에 잇서서 끄트로 한 가지 말하고저 함은 各 新興童謠硏究團體의 童謠硏究 問題와 各 言論機關의 童謠運動이다.

우에서 말하든 硏究團體에 잇서서 말슴을 略한 各 地方 硏究團體의 記事가 업섯슴은 무엇을 말슴는[177] 것일가요! 勿論 筆者 見識의 不足일 것이외다. 然이나 우리는 가는 곳마다 머리에 피도 안 마른 어린 同侔들이 저도 모르고 남도 모르게 興에 겨워 "노라 노-라 졂어 노라!" 또는 「사게와나미다까—」[178]를 불으는 것을 볼 수 잇는데 이러한 問題를 當하는 各 地方이라서

176 『赤い鳥』의 오식이다. 『赤い鳥』는 1918년 7월 1일 스즈키 미에키치(鈴木三重吉)가 창간한 아동잡지이다. 1936년 8월 폐간되었다.

177 '말슴하는'의 오식이다.

178 "酒わ涙か ため息か: さけは なみだか ためいきか"(술은 눈물인가 한숨인가)로 이어지는 일제강점기에 유행했던 노래다. 고가 마사오(古賀政男, 1904~1978)가 1931년 9월에 발

어찌 그 問題에 有意하신 분이 아니 게십니까?

그럼으로 우리는 아니 적어도 朝鮮新興童謠運動에 目標를 둔 同志들은 各 個別團體 指導者 及 硏究家 諸氏 結合運動聯盟指導 問題를 생각하자 함이외다.

勿論 各 個別團體에서 忠實한 硏究와 眞摯한 指導가 잇슬 것은 贅言을 要치 안커니와 于先 京城 內에 잇는 各 個別團體만이라도 聯結 集成키를 바라 마지안는 바이외다.

지난 三三年 末頃에 별나라社 主催의 童謠大會도 잇섯고 멀지 안흔 今三四年 初에 童謠硏究所의 "童謠 童劇의 밤"이 잇스리라 하지만 적어도 各 個別團體에서도 만흔 集會 其他로서 新興童謠運動의 普及에 努力하려니와 年 一次 二次쯤은 全京城聯合童謠大會가 잇섯스면 하는 것이며 그의 延長으로는 各 地方에 巡廻指導 普及 聯結을 圖謀키를 提唱하는 바이외다.

이곳에서라야 朝鮮新興童謠運動의 큰 線이 兒童藝術運動의 歷史의 이 땅에 거어지리라 하는 것을 말하는 것이외다.

이것과 連結問題는 各 言論機關의 問題 各 新聞의 兒童欄과 各 兒童雜誌 等等의 新興童謠運動이외다. 이런 意味에서 各 言論機關은 直接間接으로 이 新興童謠運動에 "힘과 빗"이 되기를 바라고 各 兒童文藝硏究家 諸賢의 健康을 빌며 이 小論을 畢하는 바이외다. (一九三四. 一)

표한 노래다. 이광수(李光洙)의 『흙』(1932), 염상섭(廉想涉)의 『무화과』(1932), 이태준(李泰俊)의 「달밤」(1933), 방인근(方仁根)의 『魔都의 香불』(『동아일보』, 1932~33), 현진건(玄鎭健)의 『적도』(1939)에도 당시 유행했던 이 노래가 언급되고 있다.

전문은 다음과 같다.

酒は涙か溜息か 心の憂さの捨て所 遠い縁の彼の人に 夜毎の夢の切なさよ 酒は涙か溜息か 悲しい戀の捨て所 忘れた筈の彼の人に 殘る心を何としょう	술은 눈물인가 한숨인가 마음의 근심을 버리는 곳 먼 인연의 그 사람을 밤마다 꿈꾸는 애달픔이여. 술은 눈물인가 한숨인가 슬픈 사랑을 버리는 곳 잊어야 할 그 사람에게 남은 이 마음을 어이 하리오

尹石重, "「童心雜記」에 對한 나의 辯解－劉賢淑 氏의 質疑와 忠告에 答함(一)", 『동아일보』, 1934.1.19.

『신여성(新女性)』 지지난 호에 난 나의 「童心雜記」를 읽고 내게 주시는 유현숙(劉賢淑) 씨의 글이 지난달 스무엿새, 일헤, 여드레 치 본지에 발표되엇습니다.[179]

실로 한 개의 조고만 감상문(感想文)에 불과한 그 글을 그처럼 문제 삼어 주신 것을 감사하고 영광(榮光)으로 생각합니다.

다만 한 가지 심히 유감인 것은 유 씨께서 나의 그 글을 넘우도 몹시 곡해(曲解)하신 것입니다. 그러나 그것은 곡해해 읽으신 유 씨의 잘못이 아니오 남이 곡해해 읽을 만한 불철저(不徹底)한 글을 써낸 나의 불찰(不察)이외다.

그러므로 나는 이제 장황한 것을 참고 나의 「童心雜記」를 한 번 더 들추어내여서 거기 약간의 변명을 하야 유 씨와 유(劉) 씨의 그 글만을 읽으신 독자 제씨의 오해를 푸는 동시에 그 글을 써낸 나의 본의가 어디 잇는가를 말슴드리려 합니다.

○

나는 「童心雜記」에서 이런 말슴을 하엿습니다.

> 조선의 유치원 선생님네 가운데엔 심지어 아기네를 한푸리감으로 아는 분조차 잇습니다. 호차리를 들고 다니며 으루딱딱이는 보모(保姆)도 잇습니다. 아마 이분들은 유치원을 유치장(留置場)으로 잘못 안 모양입니다. 보모라느니보다도 차라리 여간수(女看守)라는 게 맛겟습니다.

서울 안 어느 유치원에서 아기네들을 마루바닥에 꿇어앉혀 놓고 우주(宇

179 유현숙의 「「童心雜記」를 읽고－尹石重 氏에게 答함(전3회)」(『동아일보』, 33.12.26~28)을 가리킨다.

宙)니 삼라만상(森羅萬象)이니 인생(人生)이니 하는 따위의 문자를 써 가며 하는 이야기를 듣다못해 저이끼리 수군거리는 아기네를 한눈판다고 달려가 호차리로 갈기는 것을 보고 유치장 소리와 여간수 소리를 하게 된 것이외다.

"아모개"가 그랫다 하면 개인문제(個人問題)에 그치지마는 "어느 幼稚園保姆"가 그랫다 할 때에 그건 이미 사회문제(社會問題)외다. 그러므로 해서 나는 이 사실을 조선 보육게(朝鮮保育界)의 불상사(不祥事)요 나아가서는 조선 사회의 수치(羞恥)로 생각하고 문제 삼은 것이외다.

그런데 유 씨께서는 "조선의 보모들은 유치장의 여간수"라고 햇다고 세 번씩이나 그러섯는데 나는 그런 말슴을 한 적이 없읍니다.

유 씨께서도 아기네 앞에서 매를 드신다면 모르거니와 그러치 않다면 "조선의 유치원 선생님 가운데엔……" 한 것을 "조선의 보모들은"으로 세 번씩이나 잘못 보시도록 흥분(興憤)하실 필요는 없으시리라고 생각합니다.

"스마일링대회(大會)"에서 얻은 소감(所感)을 적으면서 나는 이런 말슴을 하엿습니다.

> 그네들(아기네)의 감정(感情)과 호흡과 리듬을 무시한 노래와 춤으로 그네들을 구속(拘束)하고 싶지 않습니다. 공회당(公會堂) 같은 데에 천여 관중을 모아 놓고 그 무대(舞臺) 우에 아기네들을 내세우고 싶지 않습니다. 거기는 그네들의 노리터가 아니오 재판정(裁判廷)이외다.
>
> 동화(童話)를 한다고 소리를 고래고래 질러 찢어질 듯한 목소리로 외우고 섯는 것을 참아 더 듣지 못하고 귀를 막는 분이 잇섯습니다.
>
> "아기네"를 "유성기" 대신으로 사용하고 싶지 않습니다. 하로바삐 그네들을 어른들의 재롱감에서 건저내고 싶습니다. 고깔을 씨우고 뺄경옷을 입히고 그네들을 곡마단(曲馬團) 곡예사(曲藝師)에서 빼내오고 싶습니다.

尹石重, "「童心雜記」에 對한 나의 辯解－劉賢淑 氏의 質疑와 忠告에 答함(二)", 『동아일보』, 1934.1.21.

유치원 아기네의 출연(出演) —

더구나 공회당 같은 그런 큰 장소(場所)의 출연(出演)은 아기네들에게 잇어서 실로 큰 불안이오 공포(恐怖)요 고통(苦痛)이 아닐 수 없읍니다.

유 씨께서는 날더러 그럼 "윤 씨 생각에는 그저 집안에다가 꽉 박어 두고 문밖출입도 시키지 않엇드면 하는 것이 욕망이엿든가요" 하고 무르섯습니다.

그러나 내가 아기네의 출연을 거부(拒否)하는 것은 그들을 "가정에다 감금(監禁)"하기 위해서가 아니오 그와는 정반대로 그들의 "보다 더 큰 해방(解放)"을 위해서외다. 보다 더 큰 해방이란 무엇입니까. 어머니나 아버지나 선생님네는 아랑곳하지 않는 그들만의 노리터 — 어른들의 말은 방임(放任)이라는 말 — 과는 달르니 비록 어른이 그들리에 참례한다 하더라도 "어른의 가격"으로 참례하는 것이 아니오 실로 아기네의 자발적 생활(自發的生活)을 존중(尊重)하야 그들의 한 동무로서 한목 낄 수 잇는 그러한 자유로운 노리터를 가르처 말함이외다.

유 씨께서는 스마일링대회를 "조선의 아들과 딸이 웃줄웃줄 뻗어감을 발휘(發揮)하는 밤"이라고 하섯습니다마는 우리 보기에는 졸아드는 밤이엿습니다. 웨 그러냐 하면 유 씨 말맛다나 조선 아기네들은 너무나 하라버지 할머니 아버지 어머니의 귀염만 받고 응석부리기에 어리석고 담대력이 없으며 씩씩한 맛이 없어 보입니다. 한 가정의 귀염둥이 노릇에도 그러하거늘 하믈며 천여 명 구경꾼의 재롱감이 됨에 잇어서랴! (남의 나라 아기네들이 그처럼 씩씩한 것은 스마일링대회를 자조 열어서 그런 것이 아니외다. 도리혀 그들은 될 수 잇는 대로 그러한 부자연한 모임은 피하고 잇습니다.)

그리고 유 씨께서는 "어린이 앞에는 좋고 나쁘고 비판이 없으리라"고 하섯습니다. "아기네의 춤과 노래를 보고 이건 좋다 저건 나쁘다든가를 말하게 되는 것은 진의(眞意)를 모르는 사람이라" 하섯습니다.

어린이 앞에는 "잘하고 못하고"가 없다면은 혹 모르거니와 "좋고 나쁘고"가 없다는 것은 교육자(教育者)로서 너무도 무책임한 말슴이외다.

잘하고 못하고를 따지는 것은 아기네의 기술을 말하는 것이니 피할 일이지마는 좋고 능히 이해할 수 잇느냐 없느냐 그들에게 좋은 영향을 주느냐 못 주느냐를 말하는 것이외다.

내가 「童心雜記」에서 말슴한 것은 "그들의 기분(氣分)과 감정과 호흡(呼吸)과 리듬을 무시한 노래와 춤으로 그들을 구속하고 싶지 않다"는 말이지 이 유치원 아기는 잘햇고 저 유치원 아기는 잘못햇다는 것을 심사한 것은 아니외다.

尹石重, "「童心雜記」에 對한 나의 辯解－劉賢淑 氏의 質疑와 忠告에 答함(끝)", 『동아일보』, 1934.1.23.

"간난아기가 울 때에 이 아기 울음소리는 좋고 저 아기 울음소리는 나쁘다는 것을 시비하는 것"이 아니오 진실로 아기네의 울음처럼 아기네의 우슴처럼 자연스러운 노래를 주라는 말슴이외다.

제한된 시간과 제한된 장소(場所)에서 잘하는 아기만을 추려 관중(觀衆) 앞에 내세울 것이 아니라 잘못하는 아기라도 옷 없는 아기라도 한데 어울어저 놀 수 잇는 그러한 노리터를 맨드시라는 말슴이외다. 아기네를 유치원 선전이나 기부금 모집에 동원시키지 말아 달라는 말슴이외다.

나는 또 "노래 없는 나라"에서 이런 말슴을 하엿습니다.

> 더욱이 보육학교(保育學校)서는 음악회보다도 동요회(아기네를 위한)를 더 자조 열어야 할 것입니다. 음악회 열 번보다도 동요회 한번이 보육학교로서 얼마나 값 잇고 의의 잇는 일입니까. 하필 공회당이래야 말입니까. 학교 앞마당

에 멍석을 깔고라도 좋겟지요. 전등이 없으면 남포불이라도 좋을 것입니다. 그나마도 안 되면 구세군(救世軍) 모양으로 북을 메고 돌아다니며 부슬 수도 잇을 것입니다.

"그나마도 안 되면……"이란 말은 그런 짓을 아니 하고라도 넉넉히 개최할 수 잇다는 말슴이외다. 一년에도 몃 차례씩 음악회는 열면서 경비(經費)가 없느니 시간이 없느니 장소가 없느니 하는 것은 다 군색한 구실이오 하겟다는 성의만 잇으면야 어선들 못하랴 —— 이 소리외다. 그런데 유 씨께서는 내가 남이 웃을 것도 모르고 보육학교더러 북을 치고 돌아다니며 길거리에서 동요회를 열어 달라고 햇다고 하섯습니다.

그리고 또 유 씨께서는 "윤 씨 자신이 좀 실천(實踐)에 나와 보시면 어떨가요. 실천이 없이는 이론(理論)이 없으며 실천이 없는 이론은 그 이론에 생명(生命)이 없는 것을 알라"고 하시엿습니다. 그러나 나는 "실천이 없는 이론은 공상이오 이론이 없는 실천은 망동(妄動)"이라는 것까지도 알고 잇다고 말슴드리고 싶습니다.

「童心雜記」의 끄트머리에 아기네가 작난감 부시는 것에 관하야 나는 이런 말슴을 하얏습니다.

아기네가 작난감을 부시는 데는 여러 가지 이유가 잇을 것입니다. 혹은 그대로 가지고 놀기가 재미없어서 그것을 뜯어 가지고 다른 작난감을 만들 욕심으로 그러는 수도 잇슬 것이오 혹은 이 속이 어떠케 생겻나. 어떠케 생겻길래로 고둥만 틀면 가나. 이 속에 무엇이 들엇길래로 소리가 나나 그것을 알랴고 그러는 수도 잇을 것이오 혹은 그저 다만 낡은 것을 깨트려 없애자는 생각에서 그러는 수도 잇을 것입니다. 그러나 이것은 곳 그네들 살림살이의 확장이오 발전이오 향상입니다. 그러므로 아기네가 작난감을 부신다고 덮어놓고 나무래는 것은 마치 자라는 아기를 보고 "옷감이 더 들어 걱정"이라고 한탄하는 것과 마찬가지입니다.

이것은 一반으로 말슴한 것입니다. 비단 유치원에 국한해서 말한 것이 아니오 유 씨가 그랬다는 것은 더구나 아닙니다. 그런데 유 씨는 그 글 첫 두 머리에 "조선의 보모들은 매를 들고 어린이들을 때리며 만일 작난감이라도 부서트리고 깨트린다면 욕설을 하고 매를 가지고 때리어서 유치장에 여간수 같다……" 하야 나의 글을 나의 뜻과는 다르게 인용하셧습니다.

나는 이 이상 더 쓸 흥미를 잃엇습니다. 처음부터 유 씨께서 나의 글을 감정으로 대하섯기 때문에 빗두루 인용하신 곳이 이처럼 많으신 줄 압니다. (中畧)

그러나 나는 유 씨께서 웨 그러케 분개하섯는지 그 분개하신 까닭을 알고 잇기 때문에 그 모든 모욕적 언사와 빈정거림에 침묵을 지키려 합니다.

진실로 조선 아기네들을 끔찍이 사랑하시고 우리 유치원을 지극히 아끼시는 남어지 그런 말슴까지 하신 것으로 믿기 때문에 그 모든 욕설 그 모든 빈정거림에 나는 오히려 경의를 표하는 바입니다. 끝으로 유 씨의 더욱 건강하심을 빌고 갑자유치원(甲子幼稚園)의 무궁한 장래를 축복하면서 붓을 놓습니다. (고만)

南夕鍾, "兒童劇問題 二三－童謠劇을 中心으로 하야(一)", 『조선일보 특간』, 1934.1.19.

一. 緖言

兒童劇이라 하면 從來 兒童을 爲하야 演出하는 演劇 或은 童話劇 童謠劇 아니면 童謠 童話까지도 兒童劇이라고 불은 때가 잇다.

兒童劇이라 함은 歐米에 잇서서도 近來에 보게 된 것임으로 東洋의 日本이나 朝鮮에는 極히 近年에 일으러 보게 된 現象이다.

兒童을 爲하야 노래나 이야기는 옛날부터 잇섯지만 兒童을 爲하야 演出하는 演劇 아니면 兒童 스스로가 演出하는 演劇은 世上에 極히 그 歷史가 짧다. 歐米에 잇서서 그 歷史가 짧으니만큼 朝鮮의 兒童劇은 勿論 그 歷史가 짧은 것은 말할 것도 업거니와 그 模倣에 지나지 안는 것이다. 그것도 歐米의

直輸入의 模倣이 못 되고 日本을 것친 것의 模倣이 그 大槪이라고 해도 過言이 아니겟다. 이 現象은 兒童劇만에 限한 것이 아니라 童話나 童謠遊劇 作曲 等 여-러 方面에서도 그러타.

兒童劇은 오로지 兒童 自身이 그 劇的本能에 依해서 其 藝術的 乃至 創作的 衝動을 바다서 能動的으로 自發的으로 專혀 自己自身의 感興의 發露를 위하야

演出한다면 그것은 他動인 單純한 娛樂機關에 지나지 안을 것이다. 兒童劇은 社會的 生活의 規律 社會的 生活의 眞理를 兒童心理를 通하야 發見하여야겟고 그 發見物의 表現이 劇化하여야 할 것이다. 이 兒童心理의 發見과 그

發見物의 表現은 兒童 自身을 떠나서는 업슬 것이다.

世上에서는 흔히 兒童의 劇이라면 普通 童話劇이라고 千遍一律式으로[180] 부른다. 筆者는 이것을 퍽으나 滋味업는 現象으로 본다. 즉 童話 가운데는 童話 史談 動植物談 神話 寓話 史評 等이 잇지만 兒童劇의 題材 範圍

는 더욱 그것보다도 廣汎한 以上 何等 一一히 "話"란 글자를 添書해 둘 必要가 업다고 생각한다. (계속)

南夕鍾, "兒童劇問題 二三－童謠劇을 中心으로 하야(二)", 『조선일보 특간』, 1934.1.20.

그것은 아무것이고 먼점 一旦 童話化해 가지고 다음에 새로 劇이 된다는 順序가 아니기 때문이다. 그것보담도 무엇 때문에 누가 演出하는 劇이란 것을 明確히 할 必要가 잇슴으로서 兒童劇이란 名稱이 適當할 것이라고 생각한다.

그리고 特히 말하고 십흔 것은 兒童劇이라면 그 種類가 名稱에 따러서 學校劇 學校用小歌劇 童謠劇 童詩劇 童話劇 家庭劇 兒童對話劇 等이 잇는데 이 中에 童謠劇만을 簡單히 다음에 적어 一般 硏究家에게 參考로 提供할려고 한다.

二. 童謠劇 硏究

童謠劇이라 하면 말할 것 업시 兒童劇의 一部를 말함은 勿論이다. 兒童劇에 잇서서 童謠를 따로 分類해서 생각하기는 퍽으나 힘든 問題일 것이다. 卽 어느 點에서 區別를 찻겟느냐가 大端히 생각할 문제이다.

童謠劇이라면 우리는 그 內容이 七, 八, 九%가 노래로 된 것이라 簡單히 推象的으로 생각할 수 잇겟다. 以上 童謠劇의 必要, 童謠劇의 內容 及 效果를 적어 보겟다. 兒童生活에 잇어서 노래는 必然的 存在物이다. 이곳에 童謠와 兒童

敎育 問題가 關聯되고 文化向上과 敎育界의 進步에 따라서 世上에 童謠의 必要性은 高唱되여 朝鮮에도 相當한 兒童藝術硏究家 特이 童謠硏究作

180 '千篇一律式으로'의 오식이다.

家가 出現햇다. 이 出現은 童謠의 當然의

要求를 證明하는 것이며 兒童 社會敎育에 잇서서 重大한 問題가 되엿으며 作品의 選擇과 指導法에 錯誤가 업도록 할 것이 當面의 큰 課題다.

兒童은 詩人이다. 藝術家다. 어른의 아부지다. 이것은 숨김 업는 事實이고 그리고 어린이들은 노래한다. 춤춘다. 리즘의 生活인 것이다. 空想과 感觸이 第一

銳敏한 때이며 이약이와 우숨과 우름이 第一 만흔 때이다. 이 모든 環境에서 우리는 온 心理를 表現하는 兒童藝術 特히 童謠는 藝術敎育 問題로서 重大한 任務를 갓고 잇는 것이다.

人間의 生活에 藝術은 떠날 수 업는 것이다. 사람사람이 人間性에 눈뜨고 社會觀에 밝을 때 生의 肯定이 생기며 愛의 實現이 생기며 藝術的 運動이 일어나는 것이다. 人間은 그 思想을 否定할 수 업다. 萬一 否認한다면 自己를 否定하는 것이나 다름 업슬 것이다.

兒童藝術 問題에 잇서서 童謠 敎育

自由畵 敎育 學校劇 問題는 큰 關聯을 갓고 잇다. 卽 敎育에 사는 人間을 藝術에 살지 안으면 안 된다고 日本의 栗原登 氏는 말하고 잇는 것이다.

어린이의 藝術的 陶冶를 惡魔視하고 或은 輕蔑視한 것이 從來의 敎育이엇다. 따라서 내가 지금부터 이야기하려는 舞臺藝術 가튼 것은 더군다나 큰일 날 것으로 아주 社會的 墮落品을 意味할 것으로 생각해섯다.

그러치만 兒童의 生活은

劇的이어서 新派 가튼 것의 흉내를 하고 십허 못 견듸는 것이다. 그것이 第一 퍽으나 그들에게 滋味잇는 것이다. 特히 祭祀 가튼 것을 지낸 뒤 祭祀를 지내노라고 야단법석들이다.

南夕鍾, "兒童劇問題 二三－童謠劇을 中心으로 하야(三)", 『조선일보 특간』, 1934.1.21.

房에서 辱을 먹으면 庫房 가운데서라도 하고 그곳에서 亦 쪼차내면 담장 뒤에서라뒤가도[181] 하는 것이다. 兒童 各自 性 區別에 따러서 環境에 따러서 그 노름이 다 다른 것이다. 이 솟굽질 가튼 劇을 조하한다는 것은 어린이의 本能이다. 그럼으로 이 本能을 죽이려 해서는 안 된다. 더욱 더 本能을 살리려고 하는데

敎育이 잇지 안으면 안 되며 藝術이 잇지 안어서는 안 될 것이다.

이곳에 잠간 말하고저 함은 學校劇 問題이다. 學校劇이라 함은 敎育劇이란 것이다. 卽 敎育으로서의 한 藝術이다. 그것은 어린이의 生活에서의 한 劇이다.

從來에도 對話 對話唱歌 唱歌劇 等 여-러 것이 잇섯는데 그것은 談話會 或은 學藝會의 一種의 餘興에 지나지 안엇섯다.

그곳에서 最近 兒童의 本性에

根據를 둔 童話 童謠가 盛況을 보게 됨에 따라서 兒童劇 或은 童話劇이란 이름을 듣게 된 것이다. 이것은 차라리 當然한 일이고 기쁜 現象이지만 그것은 一般 藝術家가 어린이에게 주려는 것이여서 그것이 곳 兒童의 것이 되엿다고는 할 수 업다. 兒童 自身의 것이 되어서 비로소 藝術이 兒童에게까지 民衆化 햇다고 말할 수 잇고 兒童劇이란 것이 肯定될 것이다. 그러면 大體 劇이란 어떤 것인가 綜合的 藝術 그것이 劇이며 그리고

藝術의 本質에 虛僞 업는 表現에 그 生命을 보는 것이다. 兒童劇 學校劇도 노래하지 안코는 못 백일 마음 춤추지 안코는 못 견딜 身體 그것의 表現에 지나지 안흘 것이다. 그럼으로 그곳에서 敎育을 發見해 내야 할 것은 말할 것도 업다.

---

181 "뒤에 가서라도"에 "뒤"가 잘못 삽입되고 음절이 뒤죽박죽된 오식으로 보인다.

童謠란 것이 兒童의 自然現實 觀照에 의해서 產出되는 것이라 하면 童謠劇은 그 兒童의 自然現實 觀照의 노래에 依하야 意味한 一種의 노래 이약일 것이다. 卽 그것은 綜合曲이다. 노래란 리즘에는 그것에 附隨한 運動을 同伴하는 그곳에 춤이란 것이 생기게 된다.

最近 律動遊戲 表情遊戲 童謠舞踊 等 이러한 것이 提唱되여 왓다. 그러치만 아직 幼稚한 區域을 버서나지 못한 朝鮮에 잇서서는 너무나 非藝術的이고 非現實的이고 形式的이고 客觀的에 지나지 안는 것이엿다. 勿論 이곳에는

相當한 歷史가 업고 硏究를 가진 意識이 樹立되지 못함으로서인 것은 말할 必要도 업겟다.

兒童 自身의 主觀이란 것이 恒常 如何한 兒童藝術作品을 莫論하고 加味되지 안어서는 안 될 것이나 그러기에 兒童 自身의 主觀을 떠난 藝術品을 對할 적에 참으로 貧弱한 效果박게 볼 수 업는 것이다.

兒童劇의 藝術的 表現 그곳에는 作者의 生命과 演者의 生命이 一致하지 안으면 안 된다. 그것은 內容 吟味 精神의 一致에 依하기 때문이라 하겟다.

兒童劇은 兒童 自身의 것인 以上 兒童劇에 잇서 第一 重要한 것은 그것을 演出하는 兒童이 얼마만큼 人間的이며 現實的인가에 歸着된다. 故로 그것은 兒童의 人格이며 兒童自身의 藝術이다.

南夕鍾, "兒童劇問題 二三－童謠劇을 中心으로 하야(四)", 『조선일보 특간』, 1934.1.23.

兒童이 조곰도 藝術에 살지 안는다면 如何히 조흔 題材를 주어도 極히 平凡한 價値를 낫타내고 말 것이다. 劇은 그만큼은 藝術的인 것이다.

以上 簡單하나마 童謠劇의 社會的 存在性의 重大性과

教育의 重大性을 또한 藝術的 價値性을 兒童劇의 立場으로서 그 意義를

究明하엿다고 보겟다. 그럼으로 다음으로 論할 兒童劇의 論考에 잇서서 童謠劇 硏究 中에서 論한 바는 除外할 것을 이약이해 둔다. 이제 童謠劇 創作方法 態度에 對하야 暫間 이약이하고 다음으로 넘어가겟다.

아즉 이약이를 여러 번 햇거니와 兒童劇은 勿論 童謠劇에 잇서서 恒常 그 劇은 兒童의 主觀的 立場에서 自由로운 雰圍氣 속에서 演出하도록 하여야겟다. 現實과 希望 모-든 것을 創作家는

充分히 理解하야 붓을 들도록 하여야겟다. 兒童이 理解하기 어려운 노래를 짓는다든가 힘든 曲을 짓는다는 것은 깁히 생각하야 用心하여야 할 것이다.

演出에 잇서 몸 쓰는 것이라든가 態度라든가 이약이라든가 모-든 것을 兒童 自身의 것을 만들어 주도록 해야겟다. 曲은 쉽고 부르기 쉬운 것으로 하고 自由로히 노래하야 兒童의 心胸이 뚜도록 하여야 할 것이다. 따라서 劇 演出에 잇서도

簡潔하나마 衣裳 裝置의 準備를 잘 考慮하여야겟다.

卽 脚本(童謠)의 制作에 잇서선 暗示的 象徵的이여서 想像力의 修養과 아울러 現實의 判斷에 理解가 크도록 하여야겟다. 이곳에는 固定的 因襲的 非創造的임을 버리도록 힘써야겟다. 그러니까 製作하지 안는 니라도 脚本 選擇에 큰 注意를 要함은 말할 것도 업고 演出에 表情이라든가 小道具 衣裳 假面 化粧 臺詞

拍手喝采 問題 等 모든 것을 兒童의 心理를 深甚히 硏究하여서 圓滿을 보도록 하여야 할 것이며 特히 脚本 選擇에 잇서 한마듸 하고 십흠은 兒童의 年齡에 따라서 內容에 큰 差異가 잇슴을 參考하여야겟다.

日本의 坪內逍遙 博士는 그의 著書『家庭用兒童劇集』[182]에 이런 말을 햇다. "나의 所謂 兒童劇의 主眼은 藝術的 本能을 誘導하야 兒童의 心性을 萬遍업이 多方面에 自然히 또한 圓滿히 啓發하고 撫育하고

---

182 쓰보우치 쇼요(坪內逍遙)의 『家庭用兒童劇(第1集, 第2集, 第3集)』(早稻田大學出版部, 1922~1924)을 가리킨다.

陶冶하려는 點에 잇다. 그럼으로 干涉의 反對의 自發이란 것을 命令을 밧어서 하는 것이 아니고 自己가 조와서 한다는 것 等이 要義되는 것이다" 라고.

따라서 兒童劇은 兒童의 頭腦로부터 兒童 自身에 依해서 兒童 自身을 爲하야 兒童의 關한 題材로 한다는 것이 恒常 생각되지 안어서는 안 될 것이다.

兒童의 生活은 리즘의 生活이다. 따라서 兒童의 劇은 그들의 心的 內容에

合致한 것이 아니여서는 안 된다. 그곳에 兒童의 劇과 音樂과 舞踊은 떠날내야 떠날 수 업는 關係를 갓고 잇는 것이다. 이 意味에 잇서서 나의 所謂 學校劇으로서 兒謠劇이 가장 兒童의 것이고 兒童의 心性에 依해서 合致性을 볼 수 잇는 것이 아닐가 생각된다.

三. 兒童劇 考察

童話, 童話術, 童話劇

從來 兒童藝術硏究家는 兒童心理와 敎育的 原理의 硏究가 大端히 不足하얏다. 그 점으로 現在의 童話 童話術 童話劇 等 大槪는 大人의 主觀의 表現이라고 생각해도 過言이 아니겟다. 文句라든가 이약이하는 態度라든가 演出이라든가 모-두가 너무나 兒童의 生活心理를 超越해서 觀察 解釋 技巧 等의 加味가 지나친 것으로 본다. 이약이하는 데에도 大端히 下卑스러운 말 아니면 禮儀 업는 말 듯기 흉한 말과 不自然한 形式的인 말은 쓰지 안음이 조켓다. 그리고 標準語 가운데 어린이들이 使用하는 言語가 얼마든지 잇음으로

兒童에게 適當치 안은 말이나 무서운 地方의 方言이나 或은 서울 流行인 스랭 가튼 것은 되도록 注意하고 差別의 選擇에 努力하여야 할 것이다. 兒童에게 使用하는 言語는 異常한 造語나 譯語는 퍽으나 滋味업다. 兒童이 相對라고 하야 달큼한 말만 羅列하려고 必要업는데 말마다 "아"字를 一語一語마다 附加하는 것은 勿論이고 句調가 나쁜 것도 亦 滋味업겟다. 그리고 普通 朝鮮의 童話에 잇서선 文章이 冗漫함으로 童話 硏究家는 퍽

짧고 씨원하게 卽 簡潔히 써 주엇스면 조켓다.

南夕鍾, "兒童劇問題 二三－童謠劇을 中心으로 하야(五)", 『조선일보 특간』, 1934.1.24.

다음으로 問題는 童話의 話術인데 이것은 이쪽 方面에 專門家로 쓰려는 사람에게 잇서선 別問題라고 치고 家庭에 잇서 奬勵하고 십흔 것은 너무 技巧에 치우친 것을 바라지 안는다. 成人의 智慧로 加工한 것 가튼 것은 조치 못하다. 卽 兒童 自身의 努力으로 된 것 아니면 兒童 自身의 努力으로 될 수 잇는 것이 아니면 滋味업다고 생각한다.

大人이 一一히

指示하야 가르켜 주는 것이라든가 어떠케 해서 하게 하는 것이라든가 이런 것은 妙할 것 하나 업다. 大人의 指導는 그저 大綱 해 두고 그 題材의 指導라든가 그 台本의 解釋 가튼 것을 親切히 兒童들에게도 理解하도록 하는 데 끗치고 이것을 口演하는 데 努力 —— 表情科介口吻 —— 等은 全部 兒童들에게 맛겨 두는 것이 啓發的이고 趣味的이고 其他 여-러 意味에 잇서서 有利하고 正當하다고 밋는다.

話術좇차 그럿타 하면 劇에 잇서서는 더욱이나 그러할 것이다. 脚本도 最初에는 쎌푸[183] 以外에 表情과 行動에 잇서 여-러 군말이 업는 것을 使用함이 조켓다. 萬一 當事者가 七, 八歲를 最高頭의 兒童이라 하면 몃 번 잘 읽어서 들여줄 必要가 잇슴은 勿論이고 되도록은 異常한 言語는 使用하지 말고 잘 理解하도록 들여주고 衣裳 小道具 其他 一切을 그들에게 맛겨 주도록 함이 조켓다.

勿論 大道具 或은

---

183 연극의 "대사"를 가리키는 것으로, 일본어 "세리후(せりふ〔台詞〕)"로 보인다.

背景 가튼 것은 업시 함이 조코 뒤는 언제든지 一枚의 幕을 하여 둠이 조켓고 特別道具는 大人이 마련하여야 할 것이다.

要컨대 童話 童話術 童話劇은 主로 兒童 그를 爲한 것이다. 大人을 爲한 童話라든가 童話劇이라 함은 大端히 成立하기 어려운 것이라고 생각하지만 筆者로서는 그것은 第二義의 것으로 보겟다. 第一義的인 童話 童話劇은 어듸까지고 兒童 自身을 爲하야 製作되여 아니 차라리 兒童 그 自身 或은 兒童 自身으로 同化할 수 잇는 사람에 依하야 製作되여 或은 이약이하고 演出하는 것이라야 하겟다. 兒童의 頭腦로부터 兒童 自身에 依하야 兒童 自身을 爲하야 兒童에게 關한 題材란 것을 늘 생각하야 둠이 조켓다.

此論엔 兒童劇硏究論 中에서 論한 바는 全部 省略하얏다.

나는 여기서 兒童劇의 效用性을 이야기하야 보겟다. 이 效用性 問題는 兒童劇이 兒童에게 미치는 影響과 社會 波及의 影響 問題일 것이다. 나는 다음에 坪內雄藏 氏가 그의 著書『家庭用兒童劇』第三卷에[184]

揭載한 一文을 一般 硏究家에게 參考로 提供하려 한다.(勿論 이것은 全部가 肯定할 수 업는 論이라고는 보지 안는다…筆者)

兒童劇의 效用

一. 兒童으로 하여금 半意識的으로 또한 自發的으로 快活히 自由로히 생각하는 대로 그 마음을 그 身體를 極히 變化 만코 또한 自然스럽게 그 好奇心을 充當하면서 놀게 함으로써 생기는 生理的 及 心理的의 利益이고

二. 過去의 原始時代의 生存競爭이 가장 猛烈하고 野獸的인 때로부터 人間이 遺傳해 온 諸種의 本能이나 衝動의 安全瓣으로서 役割을 하고

三. 兒童劇을 가장 만히

演出하게 하는 가운데 自然히 分業의 必要를 나어서 거기서 兒童

184 쓰보우치 유조(坪內雄藏)의『家庭用兒童劇(第3集)』(早稻田大學出版部, 1924)을 가리킨다. "坪內雄藏"는 "쓰보우치 쇼요(坪內逍遙)"의 본명이다.

各自의 特殊한 才能이 發揮되고 그 未來의 方針을 選定하는 役割이 되고

四. 倫理的 情操를 浸潤케 하는 效用에 잇서서는 他의 方法 外 企及할 수 업는 것이라는 것

五. 和衷協同하야 일을 하는 豫習이 되는 것

六. 人生의 原素的(初步的) 知識을 주는 데 잇서서 有效하다는 것

七. 兒童劇은 枝葉的이면서 歷史上 地理上 或은 諸種의 **科學**上의 또는 俗務上의 知識을 주는 것이라는 것

八. 쓸대업는 娛樂이나 有害한 遊戱나 讀書 等의 代用으로 된다는 것

九. 때때로 훌융한 人物로 扮裝함으로 自然 그 行動이라든가 風采가 조아지고 말씨도 고와지고 마음도 커진다는 것

一○. 너무나 偏傾한 物質文明의 弊를 救하는 一 方便으로도 될 수 잇는 것

이 가티 坪內 博士는 말햇다. 筆者는 以上 列擧한 個條 中에 느끼는 바 잇다. 卽 兒童의 思想

感情을 兒童間에 傳達시키는 同時에 社會에 傳達한다는 것을 忘却하고 잇는 것 갓다. 더군다나 一○에 가서 物質文明의 弊를 救한다는 것은 무엇을 意味함인지 도모지 알 수 업다. 坪內 博士를 나는 評하고 십다. 藝術地上主義者라고. 모두가 藝術至上主義的 偏見뿐이기 때문이다.

南夕鍾, "兒童劇問題 二三－童謠劇을 中心으로 하야(六)", 『조선일보 특간』, 1934.1.25.

物質文明의 弊를 救하는 것이 아니라 兒童劇(兒童劇뿐만이 아니라 一般 **藝術**品은 모-다) 社會의 새로운 創造로서의 役割이 아니어서는 안 될 것이다. 이 所謂 論은 日和見主義的[185] 立場에서 偏眼으로 對한 것이 確實

히 들어난다.

말할 것 업시 兒童劇의 實效는 그 準備 如何에 따라 크고 적을 것이다. 그 準備에 잇서 內容이 社會의 眞理를 갓고 잇고 正當性을 把握하고 잇다면 그는 그만큼 그의 隨從 되는 演技에 따러서 社會에 끼치는 效果가 만흘 것이다.

普通 童話로 말하드래도 큰 效果가 잇는 것은 事實이다. 그러므로 兒童劇에 잇서서는 直接 民衆이 心胸을 울림으로 눈물과 서름을 짜아내고 우슴과 勇氣를 길어 줌으로 그 效果는 藝術運動 中 가장 큰 效果를 갓는 地位에 다할 것이다.

五. 結言

近年 朝鮮에도 創作童話니 새로운 童話이니 만히 提唱이 생기엇다. 童話를 짓는 法이라든가 이야기하는 方法의 硏究가 比較的 만이 進步되어 잇는 比例는 이에 關한 根本原理 目的 效用에 關한 硏究가 퍽 薄弱하다고 疑心된다.

兒童劇의 硏究家가 만히 出現하기를 나는 雙手를 들어 마지안는 同時에 그 發展을 祝願할 따름이다. 作者 指導者 監督者의 念頭에는 恒常 되도록은 만흔

效果 (社會에 有益)를 오도록 하여야겟다.

너무나 곱고 아름다운 兒童의 純粹藝術 思想의 高調에만 汲汲할 것이 아니라 兒童의 生活環境 그 心理 現代思潮로서의 反映을 如實히 表現하야 새로운 生活樣式으로 向하는 過程으로의 藝術 兒童劇을 産出하여 주기를 바라는 同時에 未備하나마 本論의 붓을 던진다. (끗)

185 히요리미슈기(日和見主義)로 읽으며 "기회주의"라는 뜻이다. 본래 "히요리미(日和見)"는 에도 시대(江戶時代)에 날씨를 관찰하는 데에서 유래하였는데, "일의 추이만을 살피고 거취를 결정하지 않음", "형세를 관망함"이란 뜻이다.

田植, "童謠 童詩論 小考(1)", 『조선일보 특간』, 1934.1.25.

一. 童謠

童謠의 本質

童謠는 두말할 것 업시 어린이의 노래입니다. 어른에게 노래가 잇거든 어찌 어린애에겐들 노래가 업겟습니까. 어린이가 어떤 事物에 對해서 느낀 것을 曲調 잇게 부른 것이 童謠입니다. 童謠는 읽어서 그 참뜻을 엇는 게 아니라 불러서 어린이의 그때의 感情을 맛보며 어떤 생각을 어드며 興겨워하며 기뻐하는 것입니다.

童謠는 이러케 曲調를 붓처 불러야 그 效能을 나타내는 것입니다. 그러타고 해서 읽어 보지도 안코 價値를 모르고 無意味한 것을 그냥 부를 것은 아닙니다. 읽어서 뜻이 잇고 曲調를 붓처 부르기에 便하여야 할 것입니다.

여기에 童謠의 內容과 形式論이 일어납니다. 內容은 아무리 뜻이 잇드라도 노래의 形式이 업스면 될 수 업슬 것이고 形式은 가추엇서도 內容이 텅 비엇스면 그것도 될 수 업슬 것입니다. 그러게 한편으로 치우치지 안코 內容과 形式이 完全히 調和되어야 할 것입니다. 卽 內容으로서의 그때의 생각과 느낌이 나타나야 될 것이고 形式으로서는 音調가 잇고 리듬(律動)이 잇서야 될 것입니다.

近來의 新童謠運動과 함께 提唱된 童詩는 歌謠體의 童謠와는 判然히 區別되어야 할 것입니다. 童謠와 童詩를 다 갓흔 어린이의 노래인 줄로 아는 이가 잇으나 그런 것이 아닙니다.

童謠는 어린이의 부르는 노래입니다. 童心에서 우러나온 感情을 노래 부른 것입니다. 어린이는 어린이의 獨特한 感情이 잇습니다. 어린이면 누구나 童謠를 지을 수 잇지만 成人이 思無邪의 童心으로 돌아가서 童心童話의 歌謠를 짓는다는 것은 그리 容易한 일이 아닙니다. 그러나 成人으로서도 純眞한 童心을 가지고 어린이들의 恒常 하는 말로 어린이의 心理를 노래한 것이면 童謠가 되는 것입니다.

그런데 어린이라 하면 幼年도 어린이요 少年도 어린이라 할 것입니다. 幼年을 四五歲로부터 十一二歲의 어린이라 하고 少年을 十二三歲로부터 十七八歲의 어린이라 하면 幼年보다 少年은 將來를 생각하고 社會의 여러 가지를 알게 될 때입니다. 그러니까 幼年과 少年은 갓흔 어린이라 할지라도 생각은 判異할 것입니다. 따라서 어린이들의 부르는 노래 즉 童謠도 가튼 童謠지만 幼年의 부르는 童謠와 少年의 부르는 童謠가 두 갈래로 갈라지게 됩니다. 左에 表로 例擧하자면[186]

- 幼年謠
  - 兒童의 創作
  - 成人의 創作
- 少年謠
  - 兒童의 創作
  - 成人의 創作

幼年謠나 少年謠나 다 어린이들의 노래라 勿論 童謠지만 內容으로 이러케 갈라진다는 것입니다.

田植, "童謠 童詩論 小考(2)", 『조선일보 특간』, 1934.1.26.

幼年謠

幼年은 그야말로 純眞합니다. 이들의 말에서 우러나온 티 업는 깨끗한 노래 그 노래가 幼年謠입니다. 여기에서는 참으로 童心을 만히 엿볼 수가 잇습니다.

幼年謠는 幼年 自身이 짓는 것이나 成人의 創作으로도 될 수 잇습니다. 幼年 自身의 것은 極히 自然히 流露된

調歌이고 成人의 創作으로 된 것은 애들에게 부르기 조케 하겟다는 製作意識으로 된 것이니까 調律의 아름다운 맛이 잇습니다. 지금의 新聞 雜誌

186 일제강점기 신문의 조판은 "위에서 아래로, 오른쪽에서 왼쪽으로" 이어졌다. 따라서 '左에 表로 例擧하자면'은 "아래에 표로 예거하자면"의 뜻이 된다.

에 發表되는 幼年謠는 幼年 自身의 것보다 成人의 幼年의 心理를 理解하고 或은 幼年의 입으로 나오는 노래를 빌어서 創作한 것이 만습니다. 여기에 몃 가지 例를 들어보기로 합니다.

◇

병알아

병알아 병알아
너잡아 먹는
솔개미 왓다
빨리 빨리
한곳에 모여라

타작 (李相駿 作)

공중에 솟앗다 웃둑!
한바퀴 돌앗다 뺑!
힘차게 따린다 탁!
묵금이 인다 푹석!
보리알 튄다 툭!
깍데기 나른다 휠!
(以下 略)

겨울밤 (桂樹 作)[187]

문풍지
부렁부렁
치워쩌는밤

등잔불
깜박깜박
조름조는밤

---

187 '桂樹'는 계윤집(桂潤集)의 필명이다.

어머니
끄덕끄덕
조름좁니다.

기다리는 밤

해가지니 찬바람 더세게분다
장에가신 아버지 왜안오시나

설에디릴 내댕기 사오랫더니
인제인제 오시나 맘조입니다. (끗)

어떤 사람들은 이 幼年謠만을 참된 童謠라 하지만 少年도 어린이거든 少年의 부르는 노래를 왜 童謠라 안할 것이겟습니까.

少年謠

우에도 말하엿거니와 少年은 幼年보다 생각이 큽니다. 幼年의 그리는 世界보다 少年의 생각은 달라집니다.

이 少年의 부르는 童謠도 幼年謠보다 內容이 뜻이 크고 曲調조차 强할 것입니다. 가령

동무야 봄이왓다 원수의봄이
우리사는 이땅에 또돌아왓다.

이런 것이란든가 또는

울아버진 이땅의 일꾼이라오
삼천리 땅파는 일꾼이라오

이런 것이 少年謠가 될 수 잇습니다.

內容으로 보아서 幼年에 比하면 어려운 것 갓지만 少年은 이러케 부르리 만한 생각이 잇는 것입니다. 左에 例를 들기로 합니다.

밤길 (鄭奎祥 作)[188]

공장에서 밤늣도록 일다하고서
휘파람 불며불며 집오는길은
꼬불꼬불 외줄기 산길입니다.

빈벤또 딸랑딸랑 딸랑거리며
꼬불꼬불 산고개 넘어설때면
파-란 찬달이 웃어줍니다.

이러케 童謠는 內容으로 보아 幼年謠와 少年謠를 갈을 수가 잇습니다. 童詩도 마찬가지입니다.

田植, "童謠 童詩論 小考(3)", 『조선일보 특간』, 1934.1.27.

二. 童詩

童詩란 것

童謠는 어린이의 노래이거니와 童詩란 것은 글자의 뜻과 갓치 어린이의 詩입니다.

童謠와 童詩가 어떠케 다르냐 하면 童謠라는 것은 우에 말한 바와 갓치 노래니까 곡조를 붓처 부르는 것이요 童詩란 것은 어린이의 생각과 느낌을

188 '鄭奎祥'은 "鄭祥奎"의 오식이며, 동요의 제목도 「밤길」이 아니라 「도라오는길」이다. 본문 내용도 다소 다른데 그 이유는 분명하지 않다. 『每日申報』(30.1.3) 신춘동요 가작(佳作)인 진주(晋州) 정상규의 「도라오는길」 원문은 다음과 같다. "1 工場에서 밤늣도록 일을 하고요/휘바람 혼자불며 집오는길은/꼬불꼬불 외줄기 산길임니다/2 비인변쏘 짤낭짤낭 짤낭거리며/꼬불꼬불 산고개 넘어설째면/새파란 겨울날이 반겨줌니다"

詩의 形式을 빌어서 自由로 써낸 것입니다. 다시 말하면 어린이의 生活感情을 詩로 나타낸 것입니다. 그러기 때문에 童詩는 부르는 것보다 읽어서 그 참뜻을 맛보는 것입니다.

어린이에 童謠와 童詩를 區別하는 것은 마치 어른들의 唱歌나 노래와 詩를 區別하는 것와 마찬가지입니다.

童詩는 童心에서 우러나온 自然詩라 합니다. 그럿습니다. 어린이의 生活에서 率直한 느낌으로 을퍼진 것이 童詩입니다.

이것을 音調가 맛게 만들어 曲調를 붓처 노래한다면 童謠가 되는 것입니다.

童詩도 童謠와 가티 어린이들뿐만 아니라 어른들도 어린이가 이해할 말과 내용을 가지고 짓는다면 그것도 동시입니다. 어떤 이는 이것을 少年詩라고 합니다. 또 어린이 自身이 지은 것도 兒童

自由詩라고 합니다. 筆者는 童詩도 童謠와 가티 두 가지로 갈라 "幼年詩" "少年詩"라고 합니다.

여하간 어린이의 生活感情을 自由로 을픈 것이 童詩입니다. 어린이 自身이 지은 것이나 어른이 지은 것이나 다 童詩입니다.

한번 더 말할 것은 童詩란 것은 읽어서 맘속으로 그 作者의 本意를 理解하는 것이고 童謠라는 것은 곡조를 붓처 노래하기에 적당하여야 할 것입니다.

幼年詩

純眞한 幼年의 맘에서 우러나온 自然詩입니다. 이것은 幼年 自身의 것이나 成人 創作으로도 될 수 잇습니다. 다음 몃 가지 例를 들 터이니 읽어서 幼年의 感情을 맛보기로 합시다.

모자

아버지가 가마니를 팔아서
쌀사고 남은돈으로
내모자를 사왓다.

나는 너무너무 기뻐서
썻다 버섯다
썻다 버섯다
열번도 더 써봣다

◇

구름 (尹石重 作)

구름이 자꾸 모여드네
비가 오겟네

내 때때옷감 바꾸려
장에가신 아버지
비마지면 어쩌나
포푸라나무야!
저 그름좀 말쨍이 쓸어버려다―구
해좀 나오게 해다―구

少年詩

少年詩도 少年謠와 마찬가지로 幼年詩에 比해서 內容의 價値가 깁다.

뜻 (朱耀翰 作)

나는 조고만 봉사씨외다.
까만몸 홀로 튀어굴러서
검은 흙속에 썩이는 뜻은
봄에 고운싹 나림이외다.

나는 풀닙에 이슬한방울
햇빗찬란한 아츰떠나서
어둔돌틈 슬어지는뜻은
넓은바다로 가렴이외다.

나는 조선에 어린이외다.
몸과정성을 아낌이업시

하로하로 또하로 배우는뜻은
조선을 빗내 보렴이외다.

학교길에서 (東炎 作)[189]

아침마다 학교갈때 맛낫다가는
말업시 학교문서 갈라지는
나무꾼인 동무여! 이름은 무엇인가
그대와 헤여저 노코는
웬지몰라 섭섭한생각난다.

×

지게진 몸이 타발거리며
안개뽀얀 산길로 사라젓다만
아직도 들리느니 동무의 아리랑소리
그대의 입가에서 흘러오는소리
듯기에도 퍽으나 눈물겹구나.

×

학교에서 울리는 상학종소리
고요한 산골까지 흘러가느니
동무의 귀청을 울리렷다
어릴적 글못배는 동무의게야
글배우란 상학종소리
오작이나 처량할라구.

이러케 童詩에도 幼年詩와 少年詩가 잇습니다. 童謠와 童詩는 한가지로 말할 게 아니라 判然히 區別할 것입니다.

이 小論이 童謠 짓는 분에게 一助가 된다면 다행이겟나이다.

이 小論에 잘못된 것을 누구시나 親切히 鞭韃하여 주시기 바랍니다. (끗)

189 '東炎'은 현동염(玄東炎)을 가리킨다.

風流山人, "朝鮮新興童謠運動의 展望을 읽고(上)", 『조선중앙일보』, 1934.1.26.

一月 十九日부터 一月 二十四日 □□에 亘해 아우러는 本 紙上을 通해서 〈朝鮮兒童藝術硏究協會〉 元裕珏 君의 硏究論文 「朝鮮新興童謠運動의 展望」[190]을 뜻잇게 기피 읽엇다. 이제 筆者는 萬天下 讀者와 함께 읽은 所感에서 울어나온 몃 가지 意味를 元裕珏 君에게 問議코저 하니 「朝鮮新興童謠運動의 展望」 筆者는 한 가지 筆者가 童謠問題에 조곰이라도 留意하고 잇다는 意味에서 가튼 길의 硏究에 조곰이라도 도움이 된다면 하고 이 글을 적는 바이니 元裕珏 君에게 잇서서도 기피 생각이 잇서 더욱 서로서로 새론 硏究가 잇기를 빌어 마지안는다.

먼첨 한 가지 이야기해 둘 것은 나의 童謠硏究의 見解를 이곳에 새로히 展開시키려 안 한다. 다-만 元裕珏 君의 論을 읽은 所感에서 떠울어나온 몃 개의 異議를 質問해 보고저 한다.

以下 元 君의 論文의 順序에 따라 檢討하야 質問하야 보기로 한다.

新興童謠란 무엇을 意味하는 것인지 그 意義를 徹底히 硏究할 必要가 잇지 안흘가. 君은 序論 中에서 新興童謠란 무엇인가를 讀者에게 알외려고 애쓴 意圖가 보인다. 그러나 그것은 어름어름해 두고 지나고 말엇다. 더욱이나 現代 朝鮮兒童들이 要求하는 童謠란 무엇인가. 그들은 어떠한 童謠를 불너야 할 것인가. 眞正한 意味에 잇서 現代가 要求하는 童謠는 몃 개가 잇느냐 하는 데 對하야 一言으로서 얼핏 黑이다 白이다 할 수 업는 일이나 이러이러하게 或은 저러케 여-러 가지로 解釋할 수 잇다 하고 말엇다. 그리고는 序論 끄테 가서 이것으로서 조선신흥동요계는 어듸로 흘러갈 것이냐 그 童謠界의 現象은 어떠하냐 新興童謠 創作家들의 水準 或은 各 硏究團體

190 원유각(元裕珏)의 「朝鮮新興童謠運動의 展望(전5회)」(『조선중앙일보』, 34.1.19~24)을 가리킨다.

의 指導者들의 研究的 精神은 어떠하냐 等等을 차즐 수 잇다 해 노왓다. 이 얼마나 矛盾된 言詞이랴. 朝鮮新興童謠運動의 展望의 論을 쓰기까지 元 君은 相當히 研究가 잇스리라 밋는다. 그럼에도 不拘하고 新興童謠의 意義 하나를 自己의 見解의 立場에서 確實히 究明 못하는 所謂 兒童藝術研究家然하는 아니면 朝鮮新興童謠研究家然하는 元 君을 筆者는 疑心 안흘 수 업다.

風流山人, "朝鮮新興童謠運動의 展望을 읽고(下)", 『조선중앙일보』, 1934.1.27.

이러함에도 不拘하고 元 君은 新興童謠運動의 研究團體라 하고 童謠研究家들의 態度란 題下에 누구의 作 童謠 이름이나 외이고 누구의 著書 發行年月日이나 외이고 누구의 刊行物의 定價나 외이는 等等으로 童謠詩人然 童謠大家然 童謠研究家然 童謠指導然 하는 等等의 自負心을 갓는 態度는 新興童謠研究家의 取할 바 態度가 아니라 하얏다. 이 果然 누구의 말을 하는 것인지 몰으겟다. 그러나 元 君은 空虛한 文字를 羅列하고 시픈 惡習이 잇는 것 갓다. 萬一 어떤 사람이 누구의 冊 定價를 알고 發行年月日을 이야기하고 누구의 童謠는 어떠하드라고 이야기를 하얏다고 하자. 그러면 그곳에 무슨 童謠研究然하는 童謠指導然하는 等等 態度를 가젓다고 볼 것인가. 돌이어 이것은 童謠의 조금이라도 關心을 갓고 잇는 사람은 맛당히 取할 態度라 보겟다.

萬一에 元 君이 참다운 童謠研究家이고 兒童藝術研究家이라면 이런 말은 하지 말고 眞正 豊富한 知識으로서의 研究心만을 發表하야 그들을 感情的으로 訓戒할 것이 아니라 理智的으로 冷靜한 立場에서 그들에게 暗暗裡에 속크가 잇도록 해야 할 것이다. 이것은 元 君이 그러한 態度를 갓는 것이라고 確實히 認識한 때에만 限한다.

元 君은 말햇다. 어느 作品을 하나나 둘을 겨우 어더 읽는다든가 하는 範圍에서 벌서 그 作家의 作品을 가지고 그 內容은 어떠타 그 어느 句節은 그 어느 文句는 잘됏다 못되엿다 또 그 作品 全體의 想이라든가 技巧에까지 對하야 어떠어떠하다 輕舌을 左右하야 云云하는 것은 特히 삼갈 일이라 하얏다. 이 또한 무슨 錯誤된 言辭 그 作家의 作品의 하나나 둘을 읽고 아니면 同伴들에게서 그의 이야기를 듯고 그 作家를 論한다는 것은 크-다란 잘못이라 해도 過言이 아니겟다. 그러나 무슨 理由로 그 作家의 作品을 읽고 그 作品을 論할 수 업스랴. 讀者는 이것은 아모래도 元 君의 思想의 表現의 잘못이 아닌가 疑心할 뿐이다.

다음 童謠硏究와 그의 知識이란 題下에 잇서서 童謠製作에 對象인 物質, 素材를 쭉 적어 노핫슬 뿐이니 이것이 "童謠硏究와 그의 知識"이란 題가 가질 主要 問題일까. 좀 더 具體的 事實을 들어 가튼 立場의 硏究家들에게 도움이 잇슬 만한 事實을 提意하야 주엇드라면 한다.

以外에도 여러 가지 말하고 시픔이 업지 안흐나 紙面關係와 筆者의 몸의 괴로움 關係로 簡單히 우에 몃 가지를 元 君에게 質問하야 두니 조곰도 感情的 立場에서 이것을 解釋하지 말고 理智的 相互硏究的 精神下에서 다시 答이 잇기를 바라며 아프로 더욱더욱 만흔 硏究가 잇서 우리에게 업서서는 아니 될 一大 指導者가 되어 주기를 업듸여 비러 마지안는다. 끄트로 꾸준한 活動과 꾸준한 硏究가 잇기를 바라며 健鬪를 바란다.

一九三四. 一. 二四. 아츰

一記者, "晩秋를 꾸미든 '童謠의 밤'－'캐나리아' 가튼 天才 小女", 『별나라』, 통권74호, 1934년 1월호.

지난 十一月 十八日 밤에 성대히 "동요의 밤"이 열이엿스니 이는 今年으로서 第二回의 本社 主催의 모임이엿든 것이다. 우리는 이 모임을 열메 잇서서 먼저 말하고 십흔 것은 이 "동요회"의 모임이 우리의 뜻한 대로 일울 수야 업섯든 것은 미리부터 각오하면서 열엇든 것이다.

그러나 이번 동요회의 主役이 될 〈코스모스회〉의 여러 가지 事情으로 期日 전날까지도 확실이 작정이 되지 못하고 잇따. 낫이 밤으로 — 밤에서 바로 期日 아츰에야 결정이 되엿스니 그 사이에 얼마나 애을 썻슬 것은 넝넉히 짐작할 바이다.

그리고 찬조 출연으로 〈綠星童謠硏究會〉와 〈달나라會〉 興仁學院 等々에서 단지 한 回만 出演하기로 되엿든 것을 또 不時에 여러 曲目을 請하게 되고 하는 意外의 일을 하지 안으면 안 되게 되엿스나 結局 期日 아츰에야 〈코스모스會〉에서 全部 出演하게 되야 공연히 애만 더 쓰게 되엿든 것이다.

그러나 거리〳〵에는 "童謠의 밤"의 포스타가 걸니엿고 삐라가 뿌리여젓다. 허나 우리의 실망은 아조 깃븜으로 변하고 마럿스니 그것은 정각 전에 벌(이상 38쪽)서 만원이 되엿든 때문이다.

정면으로는 여러 쌍의 화환으로 꾸며젓고 무대만 보아도 얼마나 정중하고도 아담스러왓는지 청중의 마음을 긴장 식히엿든 것이다.

귀중한 收穫

오늘에 出演한 團体는 모다가 전문으로 동요를 연구하는 단체인 만큼 물론 긔술에 잇서서는 百퍼센트라고 할 수도 잇섯다만은 연습의 부족으로 다소 능력을 다― 발휘 못한 감이 잇섯다.

또한 작곡이 모다 조광호(趙光鎬) 씨의 새로운 作曲이니만치 씨의 독특한 멜로듸는 마음을 읍조리게 하엿다.

그러나 오늘 모임에 잇서서 더욱 청중의 인긔를 오직 홀노이 끌고 잇든 이는 정경남(鄭敬男) 양이엿다. 그는 동요게에 잇서서 단연 왕좌(王座)를 차지할 만한 천재아(天才兒)이엿든 것이다. 물론 김석훈(金錫訓) 선생의 열성스러운 지도에도 잇겟스나 우리는 이 가튼 모임에서 서로 엇음이 만키를 바라지 안을 수 업다. 이러케 생각하면 오늘의 모임도 그리 실패에 도라간 것은 안이엿다만은 전체에 잇서 아즉도 동요의 새로운 길을 차저내지 못한 것이다. 통트러 오늘에 出演한 아동의 대부분은 아름다운 송대를 가지지 못한 듯한 늣김을 주는 것이다. 이는 물논 그 책임이 지도자 전체 잇지 안코 가정에서 어려서부터의 음악적 교양을 너무나 생각지도 안코 내버려둔 때문이라고 생각한다.

하여간 오늘의 모임은 독창보다 제창이 낫섯다고 본다. 물론 금후에 잇서서는 보다 더 큰 성장을 바래는 바이다.

(表紙 안 寫眞 參照) (이상 39쪽)

嚴興燮, "作文·隨筆 이야기(一)", 『별나라』, 통권74호, 1934년 1월호.

"글"이란 무엇인가

우리가 날마닥 읽고 잇는 이 "글"이란 것은 대체 어듸서부터 생긴 것인가를 우리는 먼저 아러야 할 것입니다.

우리들은 종히 쪽 우에 우아래로 혹은 左右로 잉크칠해서 박혀 놓는 활자(活字)를 내려훌터 읽으면서 혹은 웃기도 하고 혹은 주먹도 쥐여지기도 하고 혹은 눈물이 날 만큼 슯흐기도 합니다.

대체 우리가 이 가로세로 얼키여서 식커먹케 종히에 찍혀 잇는 것을 읽음으로써 그러케 마음에 변화가 이러나게 된다는 것은 무슨 리유이겟습닛가?

우리 사람에게는 감정(感情)이란 것이 잇습니다. 다— 가치 감정이란 것을 가지고 잇스면서도 개나 도야지에 이르러서는 "오늘 鐘路 네거리에 火災가 낫다"는 新聞紙의 글발을 읽지 못합니다. 읽지 못할 쑨 아니라 全然 글자가 무엇인지 "글"이 무엇인지를 모릅니다.

그러면 사람이면 모도 다 新聞이나 책을(이상 26쪽) 읽을 수 잇느냐? 하면 그러치도 안습니다. 사람마닥 감정만은 가지고 잇지만은 그 신문이나 책 가운데 담겨 잇는 내용—(속)—을 읽을 만한 지식(知識)을 모다 가지고 잇지 안습니다. 즉 글자를 읽을 줄 아는 사람 읽을 줄 모르는 사람의 두 가지로 난홀 수 잇는 것입니다.

닑을 줄 아는 사람은 요새 말로 학교교육을 밧은 사람이요 닑을 줄 모르는 사람은 교육을 못 밧은 사람이라고 합니다. 혹은 유식(有識)한 사람 무식(無識)한 사람이라고도 합니다.

유식한 사람이나 무식한 사람이나 다— 입(口)은 가지고 잇습니다. 배가 곱흐면 "배가 곱흐다"라고 머리가 압흐면 "머리가 압흐다"라고 입으로 말은 다 할 줄 압니다.

그러나 그 "배가 곱흐다" "머리가 압흐다" 하는 사실을 사람이면 누구나 입을 가젓깃 때문에 말을 할 수는 잇지만은 "글"을 아는 사람 — "쓸 줄 아는 사람 닑을 줄 아는 사람"과 가치 종히 우에다 쓸 줄은 모르는 사람이 잇스니 이것이 곳 악가 말한 무식한 사람임니다.

여기에서 우리는 "글"이란 것은 "말"을 종히에다 쓴 것이라고 할 수 잇습니다. 더 묘하게 말하자면 "글"이란 것은 "말"을 담은 그릇이라고 할 수 잇습니다. 여기에서 쏘 한 가지 캐여 둘 것은 그러한 "말"이란 것은 무엇인가? 이 "말"에 대한 씃을 쏘한 알어두어야 할 것임니다.

"말"이란 무엇인가?

우리 사람 — 널니 움즉이고 잇는 물건(動物)은 모다 두뇌(頭腦)를 가지고 잇습니다. 그 두뇌의 힘으로 우리는 말마닥 쌔마닥 시々각々(時時刻刻)으로 백 가지로 생각하고 천 가지로 늣김니다. 배가 곱흔(이상 27쪽) 어린이는 그 어머니에게 "엄마 밥바"하고 밥 달나는 말을 하고 공책을 사야 할 학생은 그 부형(父兄)에게 "돈을 주세요" 하고 말함니다. 우리가 電車를 타고 東大門을 가는 데에도 "東大門"이란 말을 하지 안으면 표를 씩을 수 업습니다.

말이란 것은 이러케 우리 사람이 움직이고 살어 가는 데에 한 초(一秒) 동안이라도 써나서는 살 수 업는 가장 중요한 것임니다. 즉 말이란 것은 우리의 생각 우리의 마음속을 것흐로 나타내기 위해서 필요한 물건임니다. 좀 어려운 말을 빌자면 "말"이란 것은 감정의 표현(表現)이라고 할 수 잇습니다.

생각(마음)과 "말"과 "글"

이것들은 언듯 생각하면 세 가지로 난우어 말할 수 잇스나 그러나 세 가지로 싸로〱 쎄여노은 한 가지만 가지고는 아모 의미가 서지 못함니다. 화로 우에 올여 놋는 삼발대리는 발이 셋이 합해서 비로소(삼발)이란 일홈을 엇게 되고 삼발로서 해여야 할 일을 하게 됨니다. 만일 삼발의 다리가 한 개라도 업스면 우리는 그것을 (삼발)이라고 하지 안습니다. 싸라서 삼발로서 해야 할 일을 못하게 됨니다.

그와 마찬가지로 생각과 말과 글은 셋이면서도 하나임니다.

생각만 가지고 말을 안커나 말만 하고 책에 써 두지 안커나 하는 것은 모다 절둑바리입니다. 그러닛가 "생각"한 바는 "말"로써 나타내여서 사람에게 알여야 할 것이며 또한 더 쏙々히 닛지 안코 널니 알니기 위해서 글로써 긔록(記錄)해 두지 안어서는 안 되는 것입니다.

여긔에 한 가지 례(例)를 들어 말슴해 보(이상 28쪽)겟슴니다. 엇던 리학자(理學者) 한 분이 게심니다. 여러 가지로 연구(硏究) — 즉 마음의 활동 — 생각을 해서 엇던 남의 발명하지 못한 훌륭한 긔계를 발명햇슴니다.

이 리학자는 그 생각햇든 바(발명하게 된 경로를 여러 사람들에게 말하지 안코서 어더케 자긔의 그 재조와 연구의 힘을 알니겟슴니다. 그 발명한 경로를 글로써 긔록해 두지 안코서 엇더케 후세(後世)에까지 자긔의 그 훌륭한 긔술(技術)를 자랑할 수 잇겟슴닛가.

그럼으로 "생각"과 "말"과 "글" 이 세 가지 잇가의 例에 잇서서의 "삼발"대리 모양으로 부터 단이는 것— 뗄내야 뗄 수 업는 것으로 생각해 두면 별로히 틀닌 생각이 아닐 것입니다.

…… (다음 號에) ……

嚴興燮, "隨筆·作文 이야기(二)", 『별나라』, 통권75호, 1934년 2월호.

×

지난 호에 나는 "글이란 무엇인가"의 대강을 말슴하엿슴니다. 그리고 말과 글과의 관게를 말슴하엿슴니다. 나는 이번 호에는 좀 더 구체뎍으로 글 짓는 방볍 — 글을 잘 짓는 방볍을 말슴하겟슴니다.

×

◇ 어덧케 하면 글을 잘 지을 수 잇슬가?

아모런 생각과 목젹이 업시는 첫재 글을 지을 수 업는 것입니다. 아모 생각도 목젹도 업시 글을 지여 보겟다고 붓을 들어 보십시요. 그것은 결국 어린아이의 붓작란에 끄치고 마는 것입니다.

첫재 엇던 생각이 필요한 것입니다. 이것을 우리는 상(想)이라고 합니다.

당신이 지금 엇던 시내 언덕에서 풀을 베고 잇다고 합시다.

공중은 맑고 바람은 짯뜻하고 새소리가 들녀오는 첫녀름이라면 당신은 그 시내까의 첫녀름 경치에 대해서 "아! 조타" "아! 시원하다" "아! 물도 맑다!" 하고 엇던 조각〱 생각이 머리에 어렴풋이 쩌올나 올 것입니다.

저편에서 배가 써나려옴니다. 배ㅅ전에(이상 17쪽) 엇던 사람이 낙시ㅅ대를 들고 고기를 낙거 올님니다. 당신은 이런 것들의 사실(事實)을 보고 자미잇다고 생각하실 것입니다.

쏘 하나의 이야기. 당신이 엇던 山에서 나무를 하다가 山 님자에게 들키여 지게와 낫을 쌔앗기고 쑤다려 마진 억울한 사실 가튼 당신의 눈압에 나타나는 모든 사물(事物) 당신이 커 나가는 데 즉 생활(生活)해 나가는 데 나타나는 모든 사실(事實)에 대해서 당신은 엇던 생각이든지 다 갓고 잇슬 것입니다.

즉 유쾌한 일이라거나 분햇든 일이라거나 설어웟든 일이라거나 자미잇든 일이라거나! 그런 것들이 당신의 생활이나 주위환경(周圍環境)을 통해서 당신의 생각의 세계 즉 머리속에 써올나 올 수 잇슬 것입니다.

다시 앗가의 이야기를 도리켜서 말슴합시다. 시내에서 큰 고기를 잡어 간 어부의 일을 당신은 집으로 도라가서 어머니나 쏘는 동생들이나 혹은 이웃 동무들에게 다음 가티 이야기할 것이겟지요.

> 내가 오늘 나무하러 갓섯는데 엇던 사람이 배 위에서 커다란 잉어를 아조 손쉽게 잡겟지. 엇지나 잉어가 크던지 배ㅅ장에서 펄덕〱 쒸는 게 엇지 자미잇섯는지 몰나 ―

당신은 본 대로를 말하엿슴니다. 이 사실을 말로 하지 안코 글자로써 나타내이면 그것을 우리는 "글"이라고 함니다. 즉 "作文"이나 "隨筆"이라고 함니다.

사실(事實)만을 나태내이는 것을 "글"이라고는 하지 안습니다.

자긔의 의견이나 생각이나 남에게 들은 거나 무엇이든지 말로 할 수 잇는 것을 말로(이상 18쪽) 하지 안코 다만 글자로써 써 놋는 것이면 모다 글이라고 할 수 잇습니다.

그러나 그 글이 전부가 잘된 글이라고는 할 수 업습니다.

◇ 엇던 글을 잘된 글이라 하나?

그러면 어터케 써야만 그 글을 잘된 글이라 하느냐 하면

첫재 알어보기 쉽게

둘재 조리(條理) 잇게

셋재 간단하게

넷재 자미잇게

이 네 가지가 첫재 구비되지 안코는 안 됩니다.

첫재 알어보기 쉽게 —— 에 잇서〻는 글이 뻣뻣하거나 읽어 나려가는 데 거실니거나 하면 못습니다. 어구(語句)나 문구(文句)를 쏙 남들이 잘 알고 잇는 것으로 가려서 써야 할 것임니다.

자긔가 자긔 의견대로 만들은 독창뎍 문구나 어구 가튼 것을 섯불니 쓰면 오히려 남이 알어보지 못할 섇만 안이라 코웃음치게 되는 것임니다.

둘재 조리잇게 —— 에 잇서〻는 쓰고저 하는 것을 첫재 설계(設計)를 세워야 합니다. 木手가 집을 지을 때에 보십시요. 집짓기 前에 먼저 그 집을 몃 간으로 부억은 어듸로 문은 어듸로 얼마만 하게 짓겟다는 設計부터 해 가지고 짓지 안습니가. 그와 마찬가지로 글을 쓸 때에는 무엇을 엇터게 어듸서 어듸까지를 쓰나 하는 예산(豫算)이 스지 안으면 안 됩니다.

예산이 슨 뒤에 비로소 글은 조리잇게 지여지는 것임니다.

그것은 목수가 집 지을 때의 實例처럼 주추를 다듬은 뒤에 기동을 세운 뒤에 차(이상 19쪽)〻차〻 얽거 들어가서 그 일이 모다 조리잇게 마저 들어가서 내종에 비로소 "집"이 되는 것과 가튼 조리임니다.

셋재 간단하게 —— "아모리 조흔 노래도 세 번만 들으면 듯기 실타"는 말은 우리가 흔이 듯고 잇는 말임니다.

아모리 훌융한 문장으로 글을 짓더라도 한 말 또 하고 압에 썻든 말 그대로 또 쓰고 하면 읽는 사람의 흥미가 업서짐니다. 글이란 것은 읽는 사람이 자미잇다는 생각이 업서질 만큼 지리지리하고 길고 한 말 또 하고 또 쓰고 또 쓰면 그것은 결국 拙作이 되고 마는 것임니다.

넷재 자미잇게 —— 에 잇서는

내가 쓴 글을 남에게 읽히려면 첫재 그 읽는 사람의 자미 — 즉 앗가 말한 흥미(興味)를 돗우지 안코서는 안 됨니다. 그러기 때문에 "원숭이"라는 당신이 쓴 글을 읽는 사람이 그 원숭이의 자미잇는 모양을 눈압헤 보는 거와 가티 늣기여질 만큼 자미잇게 쓰는 공부를 하여야 할 것임니다.

그 밧게 본 대로 — 들은 대로 — 또는 잇는 그대로 참말을 — 써야 할 것에 잇서々도 말슴하고 십습니다만은 紙面관게로 略하고 다음 號에는 글 짓는 實際에 들어가 말슴하겟습니다.

— 계속 — (이상 20쪽)

宋昌一, "童謠運動 發展性－旣成文人, 樂人을 向한 提唱(上)", 『조선중앙일보』, 1934.2.13.

童謠라는 말은 文字 그대로가 보여 주는 바와 가티 兒童이 부를 만한 노래입니다.

兒童은 언제나 노래하고 십흔 情緖와 '리듬'을 愛好하는 本能을 所有하엿기 때문에 童謠와 가티 그들의 마음에 適合한 노래는 업슬 것입니다. 그야말로 必然的 慾求의 對象이 아닐 수 업슬 것입니다.

古代로부터 어떤 民族이나 時代를 勿論하고 童謠와 民謠가 잇서 왓다는 것으로 보아서도 얼마나 童謠가 人間生活과 不可離의 必須物인지를 알 수가 잇습니다.

그러기에 文字가 업는 民族도 童謠나 民謠는 잇섯든 것입니다.

비록 一定한 作家와 創作된 時代는 몰을지언정 그들의 興을 일으킬 만한 노래이면 입에서 입으로 傳唱되여 오랜 歲月을 지나가는 동안 좀 더 고흔 말로 修正이 되여 온 것입니다.

멧 날 前에 臺灣 蕃人[191] 一行이 朝鮮을 것처 가면서 蕃人 固有의 民謠와 舞踊을 보여 준 일이 잇섯습니다.

누구나 본 사람은 다 가튼 늣김이 잇섯겟지만 文字도 업는 民族 우리가 알기에는 사람의 목을 함부로 잘느든 生蕃[192]들에게도 그려케도 野生的이면서도 興이 잇는 노래와 무엇보다도 規律的인 舞踊이 잇섯다는 것은 우리들을 한번 驚異케 하는 同時에 人間의 本能이 얼마나 노래의 慾求性을 가지는 것이라는 것을 깨닷게 하는 것입니다.

---

191 "고산족(高山族)"을 이르는 말이다. "타이완의 원주민으로, 인도네시아에서 건너와 정착하였으며, 중국인 및 네덜란드인에게 정복된 숙번과, 고유의 문화를 보존하며 산지에 사는 생번으로 분류된다."

192 타이완(臺灣)의 고사족(高砂族) 가운데 대륙 문화에 동화되지 아니하고 야생적인 생활을 하는 번족(蕃族)을 일본인이 부르던 이름이다.

그러나 今日과 가티 文藝運動이 極盛한 時代에 處하여 在來의 口傳에서 始作된 것과 가튼 노래는 벌서 녯것이 되고 좀 더 時代的 反映에서 울어나는 노래 다시 말하면 文藝的 價値가 잇는 童謠나 民謠를 創作하는 것은 當然한 事實이 될 것입니다.

實로 童謠는 兒童의 精神上 糧食인 만큼 여러 가지 料理法에 따러 兒童의 입에 맛게 될 것입니다.

在來의 唱歌는 兒童의 榮養을[193] 不關하고 만든 料理엿기 때문에 암만 불너도 無味乾燥할 뿐이요 돌이어 倦怠를 늣기게 하엿습니다. 여긔에서 反動으로 생겨난 것이 卽 新興童謠運動입니다.

朝鮮에 童謠運動이 發芽하기는 三一運動 前後하여 二十年의 歷史를 가지엿다 하나 外國의 童謠運動에 比하여 훨신 遜色이 업지 안습니다.

朝鮮童謠界의 不振 原因은 첫재 旣成文人들이 저야 할 兒童文藝에 無關心 그것입니다.

言必稱 朝鮮文壇 不振을 말하나 똑바로 그 原因을 캐여 본다면 兒童文藝를 넘우나 等閑視하여 發展이 업다는 데 基因되는 것입니다.

뿌리 업는 나무가 盛할 수 업는 것과 똑 맛찬가지 理由입니다.

現今 新聞紙의 學藝面이나 兒童雜誌를 通하여 적지 안흔 創作童謠라는 것이 有名無名의 作家들 손으로 만드러저 나오지만 其實로 보아 얼마나한 價値와 效果를 가진 作品들인지 퍽 疑問이 아닐 수 업습니다.

極端으로 생각을 한다면 어떤 作品은 宏壯히 哲學的이어서 成人들도 理解할 수 업는 것도 만습니다. 이것은 勿論 成人 중에서 童謠의 生命인 童心을 沒理解하고 지은 盲目的 作品일 것입니다.

그리고 大部分은 朝鮮童謠界의 先鋒인 尹石重, 尹福鎭, 金泰午 等 諸氏의 作品을 고대로 模倣한 데 지나지 안는 것이 만흿습니다.

이런 類의 것은 勿論 習作 時에 입은 어린 사람들의 作品일 것입니다.

193 일본어 "えいよう(榮養, 營養)"로 우리말로는 "榮養"이 아니라 "營養"으로 표기한다.

宋昌一, "童謠運動 發展性—旣成文人, 樂人을 向한 提唱(下)", 『조선중앙일보』, 1934.2.14.

朝鮮에도 兒童文藝에 關心하는 成人文人이 업지는 안흐나 힘이 넘우 微弱한 것은 事實이며 各 新聞에서 貴한 學藝面을 兒童文藝를 爲하야 提供하여스나 過去의 不信實한 態度는 營業 政策이 아니엇든가 하는 疑訝를 가지게 하엿습니다.

그러나 一九三三年부터의 各 新聞紙의 誠意는 欣賀할 일이 아닐 수 업습니다.

五百萬의 朝鮮兒童은 언제나 童謠의 涸渴을 免하여 보랴고 新聞의 學藝欄과 雜誌의 童謠欄을 하나 빳침업시 차저보나 適合한 童謠를 엇지 못하고 長嘆息을 禁할 수 업는 것이 事實입니다.

자— 朝鮮의 文人들이여! 괴로운 立場에서 世界的 傑作을 못 내여 苦悶하지 말고 차라리 귀여운 子女들을 위하야 노래 한마듸 이야기 한마듸를 만드러 줄 意思가 업습니까?

結末 업는 甲論乙駁의 評論을 함으로 歲月을 보내는 것보다 한마듸 子女들을 위하야 指導的 理論을 쓰지 못하겟습니까?

眞實로 朝鮮兒童은 牧者 업는 羊의 무리가 아닐 수 업습니다. 百萬 아니 멧 億萬 朝鮮兒童의 참된 아버지가 되며 崇仰의 的이 되여 그 名聲은 永遠히 빗나고 잇슬 것이라고 밋습니다.

다음으로 童謠運動의 發展은 實力 잇는 作曲家들의 出現에 잇는 것입니다. 童謠는 읽을 수도 잇고 노래할 수도 잇는 노래라고 할 수 잇스나 읽어 興을 늣김보다 曲調를 부처 口唱함으로 더 津津한 興을 感하는 것입니다. 朝鮮 童謠界에도 몃 분의 作曲家가 업지는 안흐나 外國의 그네들에 比하야 휠신 不足한 感이 잇습니다. 現今 都會나 農村에서 兒童들이 愛唱하고 잇는 童謠 中에는 作詞는 잘되엿스나 曲이 詞와는 맛지 안허 童謠를 조금도 理解하는 사람이면 누구나 不快感을 가지게 하는 것도 업지 아니합니다.

여긔에는 勿論 作曲家의 技術도 技術이려니와 童謠에 對한 기픈 考慮가 업다는 것 다시 말하면 童謠에 대한 無誠意한 態度가 나타나 보이는 것입니다.

童謠 한 개를 作曲하랴면 첫재로 作品을 再三再四 吟味하고 노래의 精神이 어데 잇는가 노래의 目的이 무엇인가 노래의 格調가 어떤 것인가를 十分 究明해 노흔 後에 붓을 들어야만 名曲이 나올 것입니다. 또 한가지 留意할 것은 謠에도 그럿치만 曲에서도 童心 表現을 이즐 수 업다는 것입니다. 謠나 曲에 生命인 童心은 世界兒童이 同一할 뜻하나 民族性의 差異가 잇느니 만큼 童心에도 그러할 것이매 作曲家는 朝鮮兒童의 童心을 잘 理解할 必要가 잇는 것입니다.

朝鮮 內만 하드래도 우리 兒童들을 爲한 幼稚園과 學校가 적지 안흔 數를 가지고 잇지만 그들이 매일 불러야 할 童謠 한마대를 변변히 못 가젓다는 것은 朝鮮 樂壇의 무엇을 말하고 잇는 것입니까?

그나마 洪蘭坡 氏의 童謠百曲集[194]과 가튼 小刊行物이라도 잇섯기에 그러치 말할 餘地조차 업섯슬 뻰하엿습니다.

實로 朝鮮童謠 樂人으로 洪 氏 功을 이즐 수 업슬 것입니다. 그의 作品이 가장 처음으로 兒童들의 心琴을 울리여 주엇다고 보아도 無妨할 것입니다.

現今 兒童을 指導하는 先生들이 그대로 우리의 말로 된 童謠를 한마대도 가르켜 볼랴고 이것저것 뒤적여 보나 教壇에서 指導할 만한 것을 찻지 못하고 慨嘆을 마지안는 現狀을 種種 目睹하는 바입니다.

朝鮮의 樂人들이여!

그대들은 남이 가질 수 업는 귀한 才操를 배왓거든 혼자만 가지지 말고 아들딸을 위하야 바치여 볼 覺悟를 가질 수 업습니까?

朝鮮兒童들은 不幸합니다. 本能的으로 가지기를 願하는 노래를 못 가젓기 때문에 나서 죽을 때까지 마음에 맛는 輕快한 노래 한마대 못 불너 보고

194 홍난파의 『朝鮮童謠百曲集』을 가리킨다. 출판사항은 다음과 같다. 『朝鮮童謠百曲集 上編』(硏樂會, 1929; 彰文堂書店, 1930), 『朝鮮童謠百曲集 下編』(彰文堂書店, 1933)

憂鬱 가운데 一生을 지나고 마는 것입니다.

이때에 萬一 우리 樂人 中에서 兒童들을 위하야 노래를 만들겟다고 구든 覺悟와 참된 誠意를 가지고 나서는 분이 계시다면 그야말로 朝鮮 童謠界에 잇서서 永遠不朽의 人物이 될 것이며 童謠樂人으로의 獨步가 될 것입니다.

마즈막으로 朝鮮童謠의 참다운 發展은 兒謠 가운데서 훌융한 童謠詩人이 雨後竹筍가티 輩出하는 데 잇다는 것입니다.

부질업시 成人들에게만 依賴할 것이 아니라 兒童 自身들이 童謠에 關心을 가지고 研究 發表하야 成人들이 自然히 指導의 責任을 感하도록 만드러야 할 것입니다.

在來에 兒童들은 創作活動은 자못 盛하얏스나 넘우 千篇一律 格에서 小毫의 發展을 보이지 못한 것은 事實입니다.

定型律만이 童謠作法의 原則이 아닌 以上 우리는 習作時代로부터 型의 拘束을 떠나 좀 더 自由스러운 謠를 만들기에 注意할 것입니다.

이 點에 잇서서 創作手法에 조흔 模範을 보여 주는 분은 朝鮮童謠界의 至寶인 尹石重 氏입니다.

尹 氏는 在來의 創作法에서 一轉하야 自由詩인 童詩運動을 남 먼저 始作하야 今日까지 꾸준히 發展하고 잇습니다.

尹 氏의 作品이라고 다 훌융하다는 말은 아니고 그 作法에 잇서서의 말입니다.

將來 朝鮮童謠의 發展性은 尹 氏의 것과 가튼 老練한 手法에다 좀 더 童心과 現實을 加味하야 나가는 데서 차즐 수 잇는 것을 力說하는 바입니다.

거듭 말하는 것은 童謠運動은 朝鮮文藝 側의 基礎工事인 것을 切感하는 同時에 旣成文人과 樂人과 兒童作家들이 하나이 되어 精誠을 다하는 곳에 참으로 朝鮮童謠의 光輝 잇는 發展이 잇슬 것입니다.

(一九三四. 二)

李孤山, "文藝作品의 模作에 對한 一考-南大祐 君에게", 『조선중앙일보』, 1934.2.15.[195]

筆者는 먼저 이 글을 쓰기를 躊躇도 하얏다. 解釋에 따러는 南 君에게 對하야 不利한 點도 업지 안키 때문에 —— 그러나 本稿를 草하는 筆者의 本意는 決코 南 君을 中傷하는 데 잇지 안흔 것은 勿論 筆者 또한 아직 微微한 門外漢일지나 文藝에의 가튼 것는 한 사람으로서 標記한 바 研究的 模作 問題로 本稿를 草하는 動機를 준 南 君과 및 一般讀者와 共히 再吟味 하야 보고저 함에 不過하는 바이다.

그러면 速히 本論으로 들어가련다.

×

一月 十八日附 本紙 學禮欄에 揭載된 河東 南大祐 君의 童謠 「눈」은 잘- 읽엇섯다. 그러나 그것이 創作이 아니오 剽竊 —— 또는 研究的 模作이엿기 때문에 그 作品을 읽고 처음에 別로 조흔 感想이 들지 안헛섯다. 그러나 어데까지 多心한 筆者는 이것을 나의 疑心하는 바 그 原作인 本春 『東亞』 紙의 當選童謠(一月 六日附 該紙 所載)인 鄭熙喆 君의 「보스랑눈」과 對照하야 보앗섯다.

먼저 發表된 鄭 君의 童謠는 三節인 바 一節에 二聯式이요 後에 發表된 南 君의 作은 亦是 三節이나 一節에 三聯式으로 되엿다. 그리고 想과 文句는 全혀 鄭 君의 것을 갓다 썻다 할 수 잇스나 但只 一節 及 二節의 終聯에 잇서 "은세계를 일웟네"와 "하얀꼿치 피엿네" 하는 二行이 原作과 全然 달은 것이다.

허나 이로써 南 君의 創作이라 하기는 可能치 안엇섯다. 그리고 또 한 가지 兩 作의 重要한 相異點을 發見할 수 잇는 것은 그 題目이 말하는 바와 가티 鄭 君은 "보스랑눈"만을 노래하엿고 南 君은 "보슬, 싸락, 함박" 三種의

195 '李孤山'은 이해문(李海文)의 필명이다.

눈을 노래한 것이다. 이 點으로써 南 君이 筆者에게 對하야 自己辯明的인 抗議를 意識的으로 提出할 수도 잇슬는지 몰은다. 그러나 南 君이 이것을 自己의 創作品이라고 主張하기에는 그 手法이 넘우나 鄭 君의 것을 模倣한 것이다.

그리하야 緖言에 前提한 바도 잇거니와 이 南 君의 童謠 「눈」은 南 君의 創作이라는이보다 차라리 鄭 君 創作 「보스랑눈」의 改作이라고 보는 것이 올헛고 또한 南 君으로서도 自己가 創作熱로 因하야 發하게 되는 他人 作品의 硏究的 模作 — 또는 改作 心理에 依하야 意識的으로 行한 바이라고 言明하는 것이 妥當할 줄로 生覺한다. 그럼으로 이러케 文藝作品을 意識的으로 改作 發表함에는 반드시 그 뜻을 附記하야 남의 懷疑를 풀고 自己의 藝術的 良心의 純然함을 보이는 것이 올타 할 것이다.

文藝의 길을 것는 사람은 누구나 體驗하는 바이겟지마는 自己가 조흔 作品으로 生覺하야 感激하는 마음을 가즌 小說이나 또는 愛誦한 詩謠는 언제나 그것이 머리ㅅ속에 떠돌아 그 想과 手法을 模倣코자 하는 마음이 잇게 되는 것이다. 그리하야 다른 作品을 만히 읽던지 또는 相當한 時日이 經過하야 前에 읽은 그 作品의 藝術的 感銘을 全然 — 또는 거의 忘却하기 前에는 自己의 創作品에 그 感銘한 作品의 想이나 手法이 意識 無意識中에 反映 或은 輸入되여지는 수가 만흔 것이다.

勿論 以上의 模倣과 反映은 部分的 또는 主義的이어야 한다. 그것이 全體的이며 또는 模倣을 爲한 模倣인 境遇에는 그 作品의 生命을 認定할 수 업는 것이다.

그러면 南 君의 童謠 「눈」은 그 어느 類에 屬하는가. 模倣을 爲한 模倣 또는 發表慾에 依한 剽窃作品인가. 그럿치 안흐면 創作熱에 隨伴하는 硏究的 模作인가 —— 이것을 明確히 分別하기가 困難한 바도 업지 안치마는 筆者의 偏見으로는 南 君이 童謠 「보스랑눈」을 「눈」으로 改作함에 잇서 그 手法이 拙하지 안흠과 또한 其他의 어느 點으로 生覺하건대 이것이 硏究的 模作이라고 스스로 斷定할 수가 잇섯다.

그러나 이에 南 君에게 對하야 一言할 것은 自己가 어느 程度의 手法을 갈으고 想을 가추엇슬진대 구태여 남의 作品을 模作하거나 改作할 必要가 업시 처음 拙劣한 過程을 밟게 됨은 不可避의 事實인즉 貧弱하나마 自己의 創作을 製作 —— 發表하기에 힘써 他人의 批判을 受하는 것이 自己의 前程을 爲하야 얼마쯤 有利할 줄로 生覺하는 바인즉 今後에 잇서서는 今番의 童謠 「눈」과 如히 他人에게 懷疑를 끼치는 模作이나 改作 發表하는 것은 되도록 避하야 주기를 바란다는 것이다.

그리고 南 君이 童謠 「눈」을 發表함에 當하야 改作한 것을 附記치치[196] 안흔 것은 失手인 것을 알고 反省할 必要가 잇슬 줄로 生覺한다.

×

前年에 筆者가 『朝鮮日報』 紙上에서 詩의 剽窃問題로 「朝鮮 雜誌의 文藝選者 諸氏에게」라는 簡單한 글을 草한 바도 잇섯지마는 이에 다시 各文藝選者 諸氏에게 重言할 것은 文藝作品 —— 特히 詩 童謠 等을 考選함에 잇서서는 —— 그날그날의 行事에 紛忙한 關係도 잇겟지마는 一層愼重한 態度로써 記憶에 溯하고 材料를 探하야 考選하야 주기를 바란다는 것을 이에 敢히 苦言하는 바이다. 그리하야 첫재는 作品 考選의 權威를 보다 嚴密히 樹立하고 그 다음 藝術的으로 아모 價値도 업는 剽窃 또는 그와 類似한 作品의 出現을 防止하야 無爲한 論議를 거들지 안케 하야 주기를 懇望한다.

끄트로 南大祐 君은 本春 『東亞』 紙에 童話가 當選되엿슴과[197] 其外에 數篇의 童謠가 發表되엿슴으로 보아 君은 兒童文學에 對하야 相當한 留意를 가젓스며 努力을 싸는 벗으로 볼 수 잇슨 즉 今後 氏의 活躍을 祝하야 마지안는 바이며 또한 本稿를 草함에 이르러 空然히 일흠을 너코 짓거리게 된 鄭 氏에게 深謝하며 아울러 南 君으로서도 筆者의 本意를 亮察하여 주기 바라고 이만 擱筆한다. (一月 二十四日 於 禮山 一隅)

---

196 "附記치"에 "치"가 한 번 더 들어간 오식이다.

197 1934년 『동아일보』 "신춘현상문예"에 동화 「쥐와 고양이(전4회)」(『동아일보』, 34.1.5~12)가 당선되었다. 문제가 된 김천(金泉) 정희철(鄭熙喆)의 「보스랑눈」(34.1.6)은 동요부문의 '當選 乙' 2편 중 하나였다.

李定鎬, "어린이들과 옛날이야기, 어떤 이야기를 들려줄가?(一)", 『조선중앙일보』, 1934.2.19.

어린사람에게 들려줄 이야기 — 즉 다시 말슴하면 어린사람에게 어떠한 이야기를 들려주어야 할까? 하는 말슴인데 이것을 말슴하기 전에 먼저 말슴하여야 할 것은 어린사람이 엇재서 이야기를 조와하는가! 또 이야기를 들려주면 어떠한 유익을 주게 되는가? 이것을 간단하게라도 말슴하고 넘어가는 것이 순서일 거 갓습니다.

×

이것은 내가 여긔서 따른 말슴드리지 안는다고 치드래도 여러분이 집안에서 늘 보시고 또 경험하시는 일입니다만 아조 쉬운 례로는 어린 사람은 네다섯 살만 되면 어데서 무슨 선물 가튼 게 드러와도 무슨 이상한 보통이만 보아도 어른보다 먼저 내달아서 "엄마! 그게 뭐요……그 속에 무엇이 들엇수……뉘 집에서 가저왓수……" 하고 궁금해서 못 견듸입니다. 그러면 보통으로 어머니 되신 분은 까닭도 모르고 "아니 그 어린녀석이 참견도 퍽은 한다……저리 가!" 하고 머리를 쥐여박든지 볼기짝을 딱 때리고 맙니다. 그러치만 그때 어린 사람은 곳 물러나지 안코 그것을 긔여히 드려다 보든지 펴 보아야 직성이 풀려서 제대로 물러나게 됩니다. 이것은 우리가 흔히 볼 수 잇는 일이 아닙니까? 그러면 이들이 왜 그렇케 안탑갑게 구느냐 하면 그 속에 들어 잇는 것을 꺼내 가지고 무슨 작난을 한다거나 또는 먹고 시픈 생각에 잇끌리여 그런 것이 아니라 그저 공연히 그 속에 무엇이 들엇는지 그것을 보고 시픈 욕심에 그러는 것입니다.

이것이 이야기를 조와하고 또 듯고 시퍼 하는 표식의 하나입니다.

또 어린 사람에게 작난깜을 사다 주면 불과 단 몃 시간이 못 되여 부서 버리고 맙니다. 이것도 역시 그저 망치고서 다시 부서 버리는 것이 아니라 그 속에 무엇이 들엇기에 요러케 긔묘하게 움즉이나 하는 궁금한 생각에서 그러는 것입니다.

아모것도 모르는 어머니가 이것을 보면 일껀 돈 주고 사다 준 것을 그꼴노 만들엇스니까 화ㅅ김에 어린 사람을 두들기든지 그렇치 안으면 "아니 이 녀석아! 오래 가지고 놀라구 사다 줬드니 금방 이러케 망쳣서?" 하고 욕이라도 한마대 하고 맙니다.

그러치만 이것도 어린 사람의 심리를 근본으로 모르는 무식한 어머니의 억지(어린 사람 편으로 보아) 소리입니다.

李定鎬, "어린이들과 옛날이야기, 어떤 이야기를 들려줄가?(二)", 『조선중앙일보』, 1934.2.20.

어린사람에게 잇서서는 그것을 망치지 안코 그냥 곱게 가지고 노는 것보다 깨트려 가지고 노는 것이 더 자미잇고 더 마음이 흡족한 걸 어떠케 합니까?

그러키 때문에 작난감 속에 무슨 긔계나 이상한 물건을 너허서 소리가 나든지 제절로 움즉이는 것이면 더 한층 속히 깨트려서 그 속에 무엇이 들엇는지 이것을 알려는 호긔심으로 그럭케 하는 것입니다.

이것이 이야기를 조와하고 또 듯고 시퍼 하는 표식입니다. 어린사람이 제일 이야기를 조와하고 듯고 시퍼 하는 것이 요때부터입니다.

원래 어린 사람들의 마음이란 어른의 마음과 가티 복잡하지 안코 단순할 뿐 아니라 덩그렁하게 비여 잇는 까닭에 늘 심심하고 흡족지 못하야 사사만물에 의심을 가지고 어른들을 쫒처다니며 성가시게 굽니다.

눈으로 보는 것 귀로 듯는 것 입으로 먹는 것 입는 것 냄새 맛는 것 기타 무엇에든지 의심을 품고 어느 때 어느 곳에를 막론하고

"이건 무어요."

"그건 무어요."

"저건 무어요."

하고 구지 알고 시퍼 합니다. 이것은 누가 그럭케 하라구 일너 준 것도 아니것만 제절로 나희만 되면 누구나 그럭케 하는 것인데 어린 사람이 그럭케 모-든 것을 알고 시퍼 하고 또 이야기를 듯고 시퍼 하는 리유는 자긔 마음속에 모르고 잇든 새로운 일 새로운 사실이 터득해 알려저서 차차 의심이 풀리고 지식이 늘고 — 지식이 늠을 따러 덩그렁하게 비인 마음자리가 차차 멧궈저 가는 까닭에 거긔에서 일종 어른으로서 생각할 수 업는 것들이 생기는 것입니다.

이것들은 곳 그 어린사람의 마음과 몸을 일시에 자라게 하는 특별한 관계를 가지고 잇습니다. 어린사람이 어느 때 제일 잘 자라느냐 하면 깃버서 깃버서 어쩔 줄을 모를 때 몸과 키가 붓쩍붓쩍 커지는 것입니다. 동시에 그 마음까지 따러서 커지는 것입니다.

그러기에 항상 꾸지람만 듯고 마음이 쪼들리여 자란 어린사람과 늘 마음이 깃부게 자란 어린사람과 비교해 보면 확실히 그 까닭을 아실 수 잇스리라고 밋습니다.

이렇케 이런 사람이 무엇이나 안탑갑게 알려는 그 심리를 말하면 어른들이 책을 읽는다든지 그렇지 안흐면 멀-리 가 보지 안튼 곳으로 려행을 하든지 하야 문견을 넓히려는 그 욕심과 꼭 가튼 것입니다.

그러기에 어린사람은 어디서 먹어야 하는 것인지도 모르면서 본능적으로 어머니의 젓을 찾는 것이로되 이것이 그들이 생명이 되는 것과 가티 동화 — 즉 이야기란 어린사람들이 자긔네 생활에 잇서서 어떠케 필요한 관계를 가지고 잇는 것인지 분명히 알지도 못하면서 거의 본능적으로 이야기를 요구하게 되는 것입니다.

그러기 때문에 만약 어린사람의 생활에서 동화 — 즉 이야기를 떼여 낸다면 이는 맛치 젓 먹는 아기에게 젓을 떼여 주는 것이나 맛찬가지입니다. 어린사람과 이야기란 교육적으로쁜 아니라 이러케 귀중한 갑을 가진 것이라 그들에게 잇서서는 어머니의 젓이나 또는 밥 다음으로 가는 생명 량식이 되는 것입니다.

그러니까 어린사람이 집안에서 그렇케 모-든 것에 의심을 품고 뭇든지 알려고 할 때에는 반듯이 아버지나 어머니나 또는 형님이나 누나가 그것을 자세하게 일러 주고 또 가르치고 이야기를 해 주시는 데 특별 노력이 잇서야 하겟습니다. (계속)

李定鎬, "어린이들과 옛날이야기, 어떤 이야기를 들려줄가?(三)", 『조선중앙일보』, 1934.2.21.

이러케 말슴하면

"온당치도 안흔 소리를 다하네…… 어린애들이란 그저 배곱흘 때 밥이나 먹이고 옷 입힐 때 옷이나 입혀서 유치원이나 학교에 보내여 공부나 하게 하면 그만이지 이야기는 다 무엇 말라 죽은 것이야! 이야기라고는 한마듸도 못 듯고 자라난 우리도 지금까지 잘 산다구…… 이야기를 조하하면 가난하다데" 하실 분이 게실지 모르나 이것은 무식한 어머니들의 말슴입니다.

물론 이야기를 따로 들려주지는 안는다고 해서 그 어린사람이 갑작이 현저하게 — 눈으로 볼 수 잇게 달러지느냐 하면 물론 그러케는 될 수 업습니다.

그러나 좀 더 눈을 크게 뜨고 그들의 생활을 협의하야 본다면 그 당장에 현저한 차이는 업다 하지만 十년이나 二十년이 지난 후에 보면 어렷슬 때 조흔 이야기를 만히 듯고 자란 사람과 이야기를 전혀 듯지 못하고 자란 사람과는 크게 차이가 잇는 것을 발견할 수 잇습니다.

그리고 어린사람들이란 어른이 이야기를 안 해 준다고 해서 그 듯고 시픈 욕망이 제절로 사러질 수 잇느냐 하면 그것은 먼저도 말슴하얏거니와 그것이 어째서 들어야 하는 것인지 자긔 자신부터 아지도 못하면서 거의 본능적으로 그것을 요구하는 것이라 어른의 제지나 혹은 억압으로 그 요구를 — 그 욕심을 도저히 눌을 수는 업는 것입니다.

어대 가서 어떠케 무슨 짓을 해서라도 그 욕망을 채우고야 마는 것입니다. 가령 자긔 집에서 이야기를 안 해 주면 동리에 나가서 동리 어른들에게 듯는다든지 또는 학교에 가서 선생님을 졸라서라도 또는 남의 이야기책을 빌려다가라도 그여히 그 하고 시픈 그 알고 시픈 욕망을 일우고야 마는 것입니다.

×

그러면 어린사람에게 무슨 이야기를 어떠케 들려주어 할가?

대체로 어린사람들은 유치원으로부터 보통학교 二년까지 다니는 어린사람들이면 한창 무엇이나 알고 시퍼서 애를 쓸 적인 고로 요때가 제일 강인하게 이를(이야기) 요구할 때입니다.

또 어느 때에 제일 이야기를 듯고 시퍼 하느냐 하면 대개는 밤이나 그러치 안흐면 놀다가 피곤해진 뒤끄테 제일 만습니다.

하여간 어린사람이 일단 이야기를 요구하거든 되도록 이를 거절하지 말고 곳 그에 응해 주시도록 하여야 합니다.

이야기는 우에서도 말슴하얏거니와 어린사람의 생명 량식인 만치 자긔가 밧브다고 자긔가 귀찬타고 안하여 주면 이는 맛치 어린사람이 배가 곱하울 제 아모것도 먹이지 안코 그냥 내버려 두는 것이나 다를 것이 업습니다.

李定鎬, "어린이들과 옛날이야기, 어떤 이야기를 들려줄가?(四)", 『조선중앙일보』, 1934.2.22.

그 다음은 이야기의 내용인데 넘우 복잡한 것은 안됩니다.

더구나 잠자기 전에 해 주는 이야기는 아조 간단하고도 자미잇는 것이라야 되겟습니다.

이야기는 원래 교훈이 본위가 아니라고 하드라도 어린사람 자신이 자긔 생활을 다소 반성해 나갈 수 잇는 것을 양념으로 조금식 석거서 해 주는 것은 크게 필요한 일입니다.

이것을 훌륭하게 잘 조리(調理)하야 너을 수만 잇다면 그 어린사람의 성격을 이러케 저러케 곳처 나가는 데에도 크게 효과를 볼 수 잇는 것입니다. 그러나 이것을 넘우 의식적으로 하여서는 아니 될 것이고 극히 자연스럽게 언급해야 할 것입니다.

한 례를 들면 어린사람들은 공동으로 얼골이나 손 씻기를 퍽도 실혀하지 안습니까?

그럴 때에는 무리하게 억지로 식기지 말고 나무입이 비 맛는 것을 실혀하지 안는 것은 깨끗하게 제 몸이 씻겨지는 까닭이라고 하면 어린사람은 곳 자연에 대해서 친해질 뿐 아니라 자긔 생활 — 즉 자긔 행동에 대해서 반성하고 시픈 충동이 생겨지는 것입니다.

이러한 경우일사록 크게 주의해야 할 것은 먼저의 말슴과 가티 넘우도 교훈시기기에뿐 흐르지 말고 그 이야기를 듯는 동안에 자연히 제절로 생각하게 하는 것이 필요합니다.

그리고 아모리 간단하고 단순한 이야기라고 하드라도 그 이야기의 계통만은 좍 통해 잇서야 할 것입니다.

즉 시초가 잇고 사건의 움즉임이 잇고 련락이 자연스럽고 또 종결이 분명하게 맛추어 지도록 께뮈저야 합니다. 또 어린사람들은 대개 어떤 이야기를 조와하느냐 하면 나이가 비교적 어린사람들은 대체로 현실적(現實的) 이야기보다도 공상적(空想的)으로 된 것을 조와합니다. 그러다가 차차 자라날사록 공상적의 것보다 현실적인 것을 — 또는 옛날에 정말로 잇든 위인들의 전긔(傳記) 가튼 것을 조와합니다.

이러한 데에 이르면 그 어머니의 용념(用念) 하나로 얼마든지 바르고 훌륭하게 교육시킬 수 잇는 긔회를 지을 수도 잇는 것입니다.

그리고 이야기를 해 주실 때 극히 주의해 주실 것은 의무 리행이라 해서 이야기를 억지로 얼른 끗내려 한다든지 자긔의 심긔가 불편하다고 해서 유쾌한 이야기도 불쾌스럽게 한다든지 또는 부주의하야 이야기의 제일 주요한 부분을 빼인다든지 하는 것은 아조 금물입니다.

이야기를 들려주실 때에는 되도록 진검하게 천천히 옴기면서 어린사람도 또는 어머니도 아조 그 이야기의 분위긔ㅅ 속으로 흘너드러 가게까지의 정도가 되지 안흐면 안 되는 것입니다.

또 그 이야기에서 가장 유익한 장면을 붓잡어서 이것을 그 어린사람이 충분히 리해하고 또 감동되여 너머가도록 노력하는 것도 훈육상 필요한 것입니다.

이러케 정성을 다해서 진실하게 이야기를 해 주면 그 어린사람은 자연히 자미잇게 드를 뿐 아니라 특별히 어조(語調)의 변화와 또는 여러 가지의 기교(技巧)를 빌지 안코라도 훌륭히 보람잇는 노력이 될 수 잇는 것입니다.

물론 이야기에는 긔교도 어느 정도까지 필요하지만 가정에서 그 어버이들이 자녀들에게 하여주시는 이야기는 그보다도 먼저 긔분(氣分)과 애정(愛情)이 더욱 필요한 것입니다. —(끗)—

李東友, "우리 마을에 왓든 극단들은 이런 것이다", 『신소년』, 1934년 2월호.[198]

◇ 주로 순회극단의 검토

내가 일을 맛치고 집에 도라오는 길 장장 압흘 지내게 되엿다. 지난달 열하룻 날 ——

붉은 기 퍼렁 기가 바람에 훨훨— 하엿고 〈월성회〉란 글자도 바람에 펄-펄. 그날 밤 관중의 한구석에 끼운 나는 싱겁고 짜고 흐리멍덩함을 피할 수 업섯다.

「아리랑」… 몃 해 전의 라운규 주연이든 아리랑 —— 밋쳐 난 사나희의 아리랑 노래 ——

후에 알고 보니 그거나마 〈월성회〉 치고는 제일 중요한 각본이엿다 한다. 〈월성회〉가 가자 난데업는 히락좌 —— 그 포스타에 쓰기를 맥 풀닌 조선 극게가 다시 약동이 업스란 법이 어데 잇나?

아조 굉장한 명구(名句)다.

도회의 사람들은 아름다운 포스타에 취하야 첫날(이상 54쪽) 밤 잇흔날 밤 만원을 이루엇다. 몃해 전 〈삼천가극단〉을 따러왓든 林生圓 氏의 스켓취… 더럽고 못난 명예와 금전을 부르짓는 노래 춤 근로대중을 속일 대로 쇠겨 먹는 가면 쓴 너털우슴! 그 후 — 역극시장이 온다는 광고는 신의주 전신주마다 나붓헛다. 멋모르는 아희들 어른들이 — 역극시장은 조선에 제일이다. 역극시장인 김련실 문수일이 갓튼 활동사진 배우가 잇다! 단연이 인기를 끈 연극시장 만원 만원 끗날까지 대만원. 그러나 이 극단의 신의주에 남기고 간 선물은?

… 덜어운 유행가 …

198 '李東友'는 이원우(李園友)의 필명이다.

"옛적 봉히 김선달이 놀면서도 잘 사럿다는 이야기…"

문수일 주연인 不如歸 갓흔 보기 실은 극 —— 오— 人生의 죽엄을 막을 자 그 누구드냐 등… 일하는 우리들을 마춰식히고 속여 먹자는 유일의 극들이다. 문수일이와 김련실 갓튼 영화배우를 써서 돈 모아 보자는 연극시장.

사카링 — 혓바닥에 단 사카링… 먹으면 해 되는 사카링… 동무를 역극시장[199] 갓튼 극단은 보면은 해 된다.

그리고 신무대 — 이것은 아리랑에 주연으로 나오고 요사히 "종로"에 나온 라운규의 주재라 하니 동무들도 그 극단의 정테를 알어 내겟지 ——

동무들 동무들은 일하는 소년이다. 우리는 일하는 극과 우리의 힘을 북도두아 주는 우리의 극을 보자.(이상 55쪽)

---

199 이상의 '역극시장'은 '연극시장'의 오식으로 보인다.

林和, "兒童文學問題에 對한 二三의 私見", 『별나라』, 통권75호, 1934년 2월호.

우리들의 文學은 지금 다른 엇더한 文學의 運動보다도 이 어린 世代의 교화적 사업에 對하야 큰 주의를 기우리어야 할 것이다. 청년이나 또 그 박게 만흔 사람들도 그러하지만 특히 그 가운대서도 우리들의 어린이들은 그들의 압길을 그릇치는 문학 수만흔 출판물 조직적인 교육 수단으로 말매암아 그들의 진정한 생활로부터 갈사록 격리(隔離)되어 가고 잇는 것이다. 쑨만 아니라 우리들의 소년의 대부분은 이러한 범위에 문화교육에 굴레에서남아도 쑥 써러저서 아주 무리하고 몽매한 야만 가운데 내어 버려저 잇는 것이다.

그럼에도 불고하고 우리들의 압헤 닥처올 새롭운 날을 계승할 또 청년 청년들의 남긴 모-든 미진한 것을 해결해 나갈 대단히 큰 임무가 이들 소년의 억개에 지워저 잇는 것이다.

이러한 멧 가지 리유 이외에 또 한 가지 우리가 이저버리지 못할 특별한 조건은 소년들의 지적 욕구(知的欲求)와 그들의 밧는 교육적 영향의 특별 일생을 통하야 얼마나 큰 힘을 갓는가 하는 년령적인 조건이다.

어린이들이 겨우 거름을 것고 말을 시작한 째부터 이십을 넘어 청년긔로 드러갈 그째(이상 2쪽) 즉 우리들이 일반으로 소년시대라고 불르는 그 시대라는 것은 실로 세상에 모든 것에 대하야 알냐고 하는 요구가 어늬 때보다도 왕성한 째이다.

그럼으로 이 시긔의 그들의 밧은 문학이나 교육의 영향은 그들의 한평생을 통하야 가장 쑥 〻한 인상이 되어 머므르는 것이고 또 다른 엇더한 째의 것보다도 그중 힘 잇게 영향하는 것이다.

통트러 말하면 이 시긔는 인간이 한평생을 사라가는 긔초공사가 실시되는 시긔이다.

우리들 청년 또 우리들보다 압슨 "로년들이" 모든 것을 계승하고 이것과 교대(交代)할 위대한 '쩨네레-숀'에 대하야 튼々한 긔초공사를 하고 못하는 것은 우리들에게 크나큰 관게를 가즌 일이다.

그럼으로 우리들은 단지 어린이들을 위한 사업에 잇서 단지 그것에 주의를 한다거나 될 수 잇는 한도의 일을 한다는니보다도 전테 운명적인 전신적인 로력과 확고한 게획을 가저야 할 것이다.

그러나 유감이남아 朝鮮에 文學운동이 생긴 以後 극히 적은 존경할 만한 작가의 몃 사람을 빼놋코는 이 귀중한 아동문학 문제에 대하야 진정한 로력과 관심를 갖지 못하엿섯다.

더구나 『별나라』 『新少年』 등의 잡지와 그 박게 지방 등지에서 나오든 조그만 잡지들을 통하야 이 영역의 선진자들의 외롭은 로력에 대하야 우리는 그다지 큰 원조를 하지(이상 3쪽) 못하얏고 또 그들의 출판물을 통하야 나날이 성장하고 잇는 소년들 자신에 문학적 진출 창조적 활동 등에 대하야 적당한 지도와 그들의 예술적 수준을 놉히기 위한 교육적 의의를 갓는 비평 등이 유감이남아 과거 우리들의 비평에서는 차저볼 수가 업섯다.

더욱이 아동문학의 고적한 선배자들이 예술지상주의적 관념론적 아동문학에 대하야(一九二八 － 三〇年代) 문학 이외의 다른 조직이 이것을 상당한 관심을 가지고 원조하고 격려하엿슴에 불구하고 우리 문학적 운동을 하등에 특필할 원조를 하지 못한 것은 쪽々히 비판되어야 할 것이다.

그럼으로 위선 중요한 것은 일반전 문한운동[200] 성인의 문학사업은 그 자신의 사업의 일부로서 아동문학의 문제를 생각하고 명확한 형태로 아동문학에 구체적 사업과 결부해야 할 것이다. 그리하야 놉하지고 잇는 아동의 문학욕구 그 성장을 고립적 상태로부터 구해 내일 것은 목전의 최대의 급무이다. 이것을 위하야 모든 로력을 악기여서는 안 될 것이다.

그 다음에도 우리들의 아동문학은 아동 자신에 대한 더 깁흔 리해를 가저야 할 것이다. 아동의 심리 아동의 지(知)적 능력 아동의 생활내용 그 감정 정서 그것의 년령에 의한 차이들의 상세한 상태에 입각한 문학이 생산되어

200 '일반적 문학운동'의 오식이다.

야 할 것이다. 특이 이것이 "아동문학"이 진정으로 어린이 자신이 자긔들의 문학이라고 생각하고 알고 조와하고 안하는 기본적 문제로서 지금 『별나라』 『신소년』 등 기타에 실니는 소년문학이 가지고 잇는 비소년적 결함의 제거를 위한 사업과 구체적으로 연결된 사업이다.

우리들이 아동교육 하는 대 잇서 추상적 이얘기로 하는 것이 아니라 아동의 문학을(이상 4쪽) 한다는 것을 일시도 이저서는 아니 된다. 그럼으로 그것이 철두철미 아동적 생활의 모든 구체성으로 된 문학적 형상(形象)을 갖지 안는다면 우리들의 아동문학은 어린이들로부터 머러질 것이다. 이 점은 우리가 과거의 모든 큰 예술가의 아동작품에서 비판적으로 만흔 것을 배워야 할 것이며 동시에 아동의 생활 감정 정서 등에 대하야 완전에 각가운 리해를 가질 것을 필요로 한다. 그러나 특히 또 한 가지 중요한 것은 현재의 우리들의 예술과학 예술비평이 도달한 놉흔 수준을 아동문학의 리론전[201] 과학적 리해와 권위 잇는 비평의 확립을 위하야 구체적을 정용되어야[202] 할 것이다.

무수하게 성장하는 아동자신의 시인 작가 등을 진실로 이러흔 예술적 수준에까지 도달케 하고 그들을 우리의 문학의 다음 世代의 훌릉한 교대자가 될 망큼 교육하기 위하야 우리들의 비평은 성실하고 친절해야 할 것이다. 이러한 어린 문학자 가운데서 성장하는 시적 천재(詩的天才)의 보배를 우리들의 비평은 쏙바른 길로 인도하는 대 큰 도음이 되어야 한다. 또 비평 쑨이 아니라 우리들의 작가는 그들 아동의 문학적 성장을 위하야 그들의 생활과 항상 접근하고 그들을 긔술적을[203] 원조하야 그들의 성장의 훌융한 보장자가 되어야 할 것이다. 우리들의 文學의 健全한 偉大한 交代者는 成長하고 잇다. 그것은 맛치 저녁 하늘에 번적이는 별들과 갓치 이 荒凉한 生活의 구렁에서 文學的 天才의 萌芽는 자라나고 잇는 것이다. 우리는 兒

201 '리론적'의 오식이다.

202 '구체적으로 적용되어야'의 오식이다.

203 '긔술적으로'의 오식이다.

童文學의 先進的 동무와 우리들이 作家 批評家의 공동의 조직적 방책과 로력에 의하야 이 모든 課題의 成功的 遂行을 爲하야 의론하고 행동해야 하리라고 생각한다.

이 問題에 對한 無理解者인 나로서 단지 必要하다고 생각하는 글의 斷片的 所感을 적는 데 지내지 안음으로 마흔[204] 동무들의 誠意 잇는 意見이 듯고 십다. 特히 愚見이 筆者에 만흐리라고 생각되는 誤見을 是正해 주고 동무들 自身에 具體的 意見의 展開되는 한 契機가 된다면 甚幸일가 한다.

三四. 一. 二九 — (이상 5쪽)

---

204 '만흔'의 오식이다.

鷲峯山人, "童劇硏究會 主催의 '童劇·童謠의 밤'을 보고", 『별나라』, 통권75호, 1934년 2월호.[205]

우리들에게는 이러한 모임이 자조 잇서야 할 것임니다.

그러나 아즉까지 우리 조선에서는 이러한 아히 동(童)자 든 모든 예술운동(藝術運動)은 한층 뒤떠러저 잇섯습니다.

첫재는 그만큼 아동예술운동이 어리엿섯고

둘재는 이 운동의 종사하든 동무들이 철이 업는 넘우 어린사람이나 또는 썩리 깁흔 학문이 부족하엿든 것들입니다.

그래서 동요, 동화 갓튼 것은 글 짓는 연습갓치 하고 동극 갓튼 것은 학교 학예회나갓치 하여 온 "잘못"들을 하엿습니다.

물론 다— 그러타는 것은 아님니다.

다만 한편을 차지한 수효 만흔 "얼짜" 아동예술가들에게 한해서 말입니다.

이런 이약이는 나중에 짜로 해 보기로 하고 정말 할 이약이로 넘어감니다.

童劇硏究會

먼저 이 단체의 공연(公演)을 말하기 전에 이 단체가 엇더한 단체인가를 잠간 삷혀보고 십습니다.(이상 21쪽)

아즉 이 단체는 사회를 향하여 엇더한 취지나 강령(綱領)을 낫타내지를 아니햇스니가 엇덧타고 잘나서 보기는 어렵습니다.

그러나 이 단체를 짜어가지고 잇는 분들을 보든지 쏘는 이 단체가 이제까지 하고 온 것을 밀우어 보면은 모두는 아니지만 한편이라도 엇더한 단체이라는 것을 엿볼 수가 잇슬 듯합니다.

그러면 무엇이 엿보이나요!

---

205 '鷲峯山人'은 송영(宋影, 본명 宋武鉉)의 필명이다.

1. 아즉 엇더한 한 가지로 치우친 주장이 업는 듯합니다.

2. 다만 막연한 "아동극" 운동을 하겟다는 열성만은 잇습니다.

3. 그래서 퍽 몸으로나 마음으로나 애들을 씁니다.

대개 이와 갓튼 점을 이 단체에서 차저낼 수 잇습니다.

童謠의 部

指導는 滿点입니다. 이 이상으로 더— 잘 지도하지는 못하겟지 할 만큼이나 조왓습니다.

아희들의 "소리"도 흠이 업습니다.

음계(音階)가 정확하고 길고 짜른 장단(長短)이나 쉬는 곳이나 무엇에나 아조 익은 과실과 갓햇습니다.

이갓치 조흔 지도와 조흔 재조들이엿슴에 불고하고 아조 커다란 실수는 동요의 선택이 잘못된 점입니다.

「단풍닙」「강남 간 제비」 갓튼 것은 척 올케 갈이여진 曲이엿스나 「百合花」「무덤에서」 갓튼 曲은 안 하니만도 못햇습니다.

아마 노래 불으는 아이가 "재조"가 만타는 것만 밋고 아이들의 목소리에 어울니지 안는 曲이란 것은 니저버린 모양입니다.(이상 22쪽)

만일에 鄭敬男이로 하여금 똑바른 曲을 불니여 주엇드면 그 재조가 더— 빗내여젓슬 것입니다.

合唱도 역시 만점이엿습니다.

李今男의 노래는 목소리로 불느는 것이 아니라 '오카리나' 갓튼 악긔를 부는 것 갓햇습니다.

또 金錫訓 氏의 伴奏는 점 놉핫습니다.

이 외에는 欠이 업섯습니다.

다음에는 謠와 曲을 점 더— 신중히 선택해 주셋스면 조켓습니다.

童劇의 部

동극은 동요보다는 "힘"이 더— 든 것이 낫타내 보엿습니다.

덩치 큰 땅방울이 무대 위에 어리여 보엿습니다.

연출과 진행을 겹처 맛터 본 金鳳冕 氏의 로력에 저절로 고개가 숙으러젓습니다.

그러나 동요부보다는 더— 원만치 못한 점이 섯겨 잇섯습니다.

부분을 씌여서 말해 보겟습니다.

一. **레퍼트리**

동요극 「톡긔」와 아동극 「사랑」(한 막)

「한네레의 昇天」(二場)

이 세 가지의 극본을 올녓습니다.

말을 들으니가 점 더— 조흔 극본을 올니려고 힘을 썻다고 합니다. (中略)

급히 하는 노릇이며 또는 압뒤 “사정”에 빗초이노라고 아마 이와 갓튼 절쑥바리 ‘레퍼트리’가 되지 안앗나 합니다.

열성 잇는 연출(演出)과 단련된 연긔(演技)들이 원만치 못한 ‘레퍼트리’ 때문에 희생(犧牲)이 됨 세음입니다.

나는 이럿케 생각합니다.(이상 23쪽)

물논 여러 가지 사정도 잇겟지만 무엇보다도 각본을 선택하는 이는 생각이 부족된 것도 한 원인이 안 되엿나 합니다.

왜? 그러한 싸닭은 간단합니다.

「톡기」는 아이들에게 새로운 “힘”을 너허 주는 퍽— 명낭한 연극입니다.

「사랑」은 인류애(人類愛)를 놉히인 연극입니다. (中略)

세 가지의 연극에서 흘너나오는 줄기가 역시 세 가지-ㅁ니다.

이것이 아동극 연극회 아즉 엇더한 주장이 스지 안엇다는 것을 증명하는 것입니다.

二. **演出**

연출은 연극의 바탕입니다. 이 바탕이 엇더한 데에서 연극의 갑이 정해집니다.

먼저 잘한 점은 이럿습니다.

1. 열성이 잇는 것

2. 침착한 것

들입니다.

그와 반대로 잘못된 점은

1. 전형(典型)적인 것

2. 통일이 업는 것

이러케 볼 수가 잇습니다.

「톡기」 이 동요극은 전체로 보와서는 잘되엿습니다.

그런데 위에 말한 것과 갓치 전형적인 수법이 만히 흘넛습니다.

동요극의 생명인 노래는 잘되엿습니다.

그러나 톡기들이 노래하며 뛰노는 것이 정말 달 밝은 밤에 뛰여노는 톡기들의 긔분이 나지를 안코 "학예회"에 나오는 합창대와 갓튼 점이 잇섯습니다.

"애들아 노래하자" 할 때에 슨 톡기는 슨 대로 안즌 톡기는 안즌 대로 자연스럽게 그대로 노래를 불느지를 안코 합창하듯시(이상 24쪽) 규측 잇게 벌녀 슨 뒤에(더욱히 반주 소리를 긔대린 뒤에) 불느는 것이라든지

또 여러 톡기들이 호랑이를 꾀일 때 한마듸 말을 토막을 내여서 여러 톡기에게 너나 말하게 한 것이라든지

호랑이를 죽이고 나서 조화서 악을 쓰는 그 악이 사실 깃븜에 넘치지를 안코 선생이 불느는 만세를 따라서 불느는 것 갓튼 것이라든지

이러한 점이 퍽 눈에 거슬니엿습니다.

만일 이 점이 업섯드면 퍽 조왓슬 것 합니다.

「사랑」(童劇) 전장에서 총에 닷친 독일 병정과 불란서 병정이 우연히 한 가난한 집에 들넛다가 다시 자긔 나라를 위한다는 생각으로 싸호려 할 때 주인집 딸이 "나라"를 떠나서 갓튼 사람으로서 사랑을 하라는 데에 감격이 되엿다는 이약이입니다.

하기 어려운 연극을 十五才 以內의 兒童에게 그만큼 효과를 내여노왓다는 것은 연출자의 힘이라고 봅니다.

그러나 男子 동생 役을 女子를 식힌 것이든지 누의 役을 맛튼 女子의 '쎄립프'[206]가 一律的이 된 것 갓튼 것이 조치 못햇습니다.

「한네레의 昇天」

이 연극은 전연히 실패입니다.

行人役과 '한네레'의 役만이 겨우 自己의 役을 살니엿지 그 外에는 모두 실패입니다.

義父의 兇暴한 醉態가 넘우 어색하며 女先生은 '로봇트'고 醫師는 말만 할 줄 아는 '로봇트'엿습니다.

더군다나 "女先生"이 壁幕 뒤(쑴 場面만 나타내는 곳)로 잘못 들어갓다 나왓다는 것은 연출자의 주의가 모자랏슬 섇입니다.

그리고 天使의 춤은 전연 연습이 모자란(이상 25쪽) 모양 갓햇스며 坐는 天使다운 점이 업시 律動 연습하는 生徒 갓햇습니다.

三. 演技와 舞臺

아희들의 연긔는 만점입니다.

어색한 곳이 잇다면 연출자의 주의의 부족이지 아희들의 책임이 아니라고 할 만치 되엿습니다.

그중에도 '한네레' 役 "톡기"의 役을 맛튼 아희가 점― 더 쒸여낫슬 뿐이며 그 外에는 水平이엿습니다. 舞臺는 잘되엿습니다. 역시 '한네레'의 昇天의 舞臺面이 급히 짜 논 틈이 보엿슬 뿐입니다.

紙面關係로 더― 자세한 것은 다음 긔회로 밉니다.

다만 동극연구회의 힘을 만히 쓰셋다는 경의를 표하는 동시에 싸라서 두 번쌔 맛는 공연에는 첫 번 공연의 잘못된 곳을 곳처 주셋스면― 할 섇입니다.

그리고 씃까지 점― 더― 조흔 동무들과 만히 힘을 합쳐서 씩々하게 나가 주시기만 바랄 섇입니다. (씃) (이상 26쪽)

206 일본어 "세리후(せりふ〔台詞〕)"로, "대사(臺詞)"란 뜻이다.

李鍾洙, "全朝鮮懸賞童話大會를 보고서(上)", 『조선일보 특간』, 1934.3.6.

中央保育學校同窓會 主催와 『朝鮮日報』 學藝部 後援으로 三月 二日 三日 兩日間 市內 長谷川町公會堂에서[207] 繼續 開催한 第一回 全朝鮮童話大會는 朝鮮 童話를 위해서 만흔 貢獻을 하엿다고 할 수 잇다. 그 貢獻과 意義를 말하는 사람 中에는 이런 點을 말할는지 모른다. 卽

一. 今般大會는 北에서는 義州, 南에서는 馬山서 參加한 演士가 잇서 全朝鮮的 規模이엇다.

二. 童話라는 것을 잘 理解하지 못하는 一般 家庭 어머니와 아버지에게 童話에 對한 理解를 促進하엿다.

三. 재미잇는 童話를 直接 어린이에게 들려줄 수 잇섯다 等等.

그러나 記者는 이런 점을 全然 無視하는 것은 아니지마는 이번 大會가 朝鮮 童話를 爲해서 뜻이 잇섯다고 할 수 잇는 것은 이것보다도 다음 두 가지에 잇지 안헛을까 생각한다.

◇

第一에 이번 大會에서 우리는 優秀한 童話家를 發見하엿다. 童話家라는 말이 通用될지는 모르나 如何間 童話를 잘하는 사람 적어도 童話를 잘할 素質을 가진 사람을 發見하엿다. 當選 演士인 中央保育 卒業班에 잇는 扈順愛 孃, 延禧專門 在學 中인 黃材景 君, 아이생활社에 잇는 崔仁化 君 그러고 馬山서 오신 李太圭 君은 훌륭한 童話家라고 할 수 잇스니 어린이들이 손벽을 치면서 재미잇게 들은 事實이 이것을 證明한다.

第二에 이번 童話大會는 다른 童話會도 그러켓지마는 —— 童話作家와

207 '長谷川'은 현재 서울특별시 중구 소공동(小公洞)의 일제강점기 때 명칭이다. 1904년 러일전쟁 때 조선군 사령관이었던 하세가와 요시미치(長谷川好道)가 거주한 곳이라 하여 부른 명칭이다.

童話家에게 豊富한 硏究材料를 提供한 데 만흔 意義가 잇섯다고 생각한다. 적어도 童話術에 잇서는 이번 大會를 契機로 하야 그 水準이 相當히 놉하질 것이라고 생각한다. (계속)

李鍾洙, "全朝鮮懸賞童話大會를 보고서(中)", 『조선일보 특간』, 1934.3.7.

그러면 이번 大會는 童話와 童話術에 關해서 우리에게 무엇을 가르켜 주엇는가? 二日間 繼續하야 記者가 十五名 演士의 童話를 듯고 느낀 바와 第二日에 審判이 指摘한 要點을 아울러 簡單히 말하여 보겟다.

童話 內容에 잇서서

一. 童話의 對象이 어린이라는 것을 이저버린 것이 만타. 이것은 內容, 用語, 表現 等 모든 點에 根本的 關係를 가진 重要한 것이니 가령

二. 童話의 構造에 잇어서 發端이 複雜하기 때문에 어린이들은 아무 興味를 느끼지 안흘 뿐 아니라 그 말을 理解할 수가 업다. 發端은 簡單하고 興味가 잇어야만 어린이의 마음 끌 수 잇다고 評한 朱耀燮 君의 評은 至言이라고 생각한다. 그러고 童話 構成에 對해서 한 가지 더 말할 것은 이얘기에 '크라이막스'가 업는 것이 만타는 것이다. 童話도 演劇과 갓치 어떤 發端이 잇으면 그 發端이 進展되어 '크라이막스'가 잇고 그 解決이라고 할 수 잇는 '캐타스트로프'가[208] 잇지 안흐면 안 될 줄 안다.

三. 童話가 全部 勸善懲惡의 傾向이 잇스나 그러고 이것은 當然한 現象이라고 할 수 잇스나 勸善懲惡도 露骨的으로 하면 이얘기도 재미업고 그뿐 아니라 어린애들에게 나뿐 아이의 이얘기를 들려주어서 도

---

208 연극에서 "대단원"을 가리키는 "catastrophe"이다.

리어 反對的 效果를 가질 危險이 잇다. 그러고 슬픈 이야기도 적엇스면 조켓다.

四. 用語가 어려워서 어린애들이 理解하지 못할 말이 만타. 가령 "名望이 놉다" "典獻" "告白한다" "全身에" 等等. 어른도 얼른 알아듯지 못할 말이 만타. 大體로 보아서 用語를 粗忽이 하는 感이 잇섯다.

◇

表現에 잇서서는 讀者는 누구나 다 느꼇겟지마는

一. 映畵 解說式은 듣기에 거북하엿고 도리어 反感을 가지게까지 하엿다. 이것은 審判 尹白南[209] 氏가 指摘한 바와 가티 슬픈 것을 또는 애처러운 것을 그려 내는 목소리로 表現할려고 한 結果인데 이것은 도리어 反對의 效果를 나타낸 事實로 讀者는 슬픈 이애기를 듯고 도리어 웃섯다.

二. 제스츄어를 할여면 充分히 하지 안코 六分 乃至 七分까지 하고는 끄치고 마는 까닭에 도리어 어색하야 제스츄어를 아니한 것만 갓지 못하게 된다.

李鍾洙, "全朝鮮懸賞童話大會를 보고서(下)", 『조선일보 특간』, 1934.3.8.

三. 이것은 제스츄어를 할려면 잘하건 못하건 充分히 —— 卑近한 例를 들면 손을 든다고 하면 손을 事實로 들 것이지 中途까지 들다가 말

---

209 윤백남(尹白南, 1888~1954)은 본명이 윤교중(尹敎重)이다. 관비유학생으로 와세다대학(早稻田大學) 정경과에 입학하였으나 지원 중단으로 도쿄고등상업학교를 졸업한 후 귀국하여 조일재(趙一齋)와 함께 "문사극단"이라 하던 문수성(文秀星)을 창단하였다. 우리나라 최초의 극영화로 알려진 『월하의 맹서』를 감독하는 등 영화사업에 관심을 기울였다. 『대도전(大盜傳)』, 『흑두건(黑頭巾)』 등 다수의 대중소설을 발표하였다.

것이 아니라는 말이지마는 '제스츄어'를 할려면 亦是 잘해야 할 것이다. 그리고 제스츄어에 關해서는 제스츄어와 說明의 統一 問題, 動作에 濫用 注意 —— 어떤 演士는 개가 뛰는 動作을 하느라고 演壇에서 안저서 딴스하는 사람과 가티 날뛰엇다 —— 等의 研究가 必要한 것은 勿論이다. 이 박게

三. 話中人物의 性格 表現法

四. 聲音의 表情에 關한 것

그 밧게 손을 움즉이는 것과 가튼 細細한 動作에 關해서 느낀 바가 업지 안치마는 이러한 것은 一般 話術 問題에 들어가는 것이고 그뿐 아니라 紙面關係가 잇기 때문에 略한다. 要컨대 童話는 그 表現에 잇서서도 어린아이들이 참으로 재미가 나서 心醉하게 하지 안흐면 안 된다. 그러기 위해서는 이야기하는 사람이 話中人物이 되어 가지고 그 話中人物의 性格을 聲音 또는 動作으로 充分히 發輝[210]하지 안흐면 안 될 것이다. 이번 大會에 演士中에는 우에 말한 여러 가지 點을 잘 實行한 사람도 만핫지마는 大體로 보면 不充分하엿다고 아니할 수 업다. 이번 大會에서 特別히 느낀 것은 '임미테이슌'— 즉 숭 내는 것과 '리피—테이슌' '리피—테이슌' 반복하는 것 —— 가령 崔仁和 君[211]의 매추리가 여호에게 처음에 잽혓슬 때에는 어떠코 어떠코 그러고 세재 번에는 어떠케 되엿다고 하는 것은 어린이에게 상당한 아필을 주엇다고 본다. 大端 不充分하지마는 一般 童話家의 參考가 되면 요행이다. (끗)

210 '發揮'의 오식이다.

211 (上)에 언급된 崔仁化가 옳다. 최인화(崔仁化)가 편찬한 『世界笑話集』(宗教時報社)이 발간되기도 했다.(「新刊紹介」, 『동아일보』, 34.9.1)

李定鎬, "中, 保, 同窓會主催童話大會 雜感, 同窓會, 演士, 審判者 諸氏에게(一)", 『조선중앙일보』, 1934.3.9.

(1) 中央保育 同窓會에

나는 특별이 동화에 관심을 가지고 이 방면의 생각을 만히 하게 되는 관계상 이번 대회에 잇서 그 긔대와 촉망이 대단히 컷섯습니다.

우선 이번 대회가 종래의 어떤 류의 동화 회합보다도 그 범위가 극히 넓어서 서북으로 사리원(沙里院) 의주(義州)와 남으로 마산(馬山)에서까지 참가를 한 대규모의 집합인 동시에 또한[212] 아동보육긔관의 출신들로만 조직된 크룹이요 거의 전부가 각 유치원의 현역 보모로서 활동하고 잇는 분들이라 가장 새로운 긔틀의 원만한 회합을 만드러 주리라고 미덧기 때문입니다.

그러나 이번 대회를 보고 나는 완전히 실망하엿습니다.

나는 동창회에 대해서 좀 심한 말일지 모르나 이번 대회를 무엇 때문에 주최하엿느냐고 뭇고 십습니다.

×

닑히는 동화가 아니요 직접 들려주는 동화에 잇서서는 무엇보다도 이를 듯는 상대 —— 즉 청중 문제가 가장 주요한 관계를 가지고 잇다는 것은 내 설명을 요치 안트라도 이미 여러분 자신이 더 잘 알고 잇슬 것임에 불구하고 선전할 때부터 어른들만을 상대하야 고가의 입장료를 내걸고 어린 사람의 입장은 근본으로 거부(拒否)하듯이 입장할 수 잇슬 어떤 표시도 업섯다는 것은 큰 실책이 아닐 수 업습니다.

×

이날 여러분을 대표한 사회자의 말슴대로 순전히 동화보급을 근본골자

212 '또한'과 '아동보육' 사이에 "이번 대회를 주최한 단체가"가 빠졌다고 이 글 2회(34.3.10) 말미에서 밝히고 있다.

로 하고 이번 모듬을 일운 것이라면 돌이어 그 효과에 잇서서 동화에 대한 리론을 토대로 한 보육강연 가튼 것이 좀 더 큰 성과를 나타내지 안헛슬까 합니다.

물론 식장 비용에 구애되는 특수사정을 전연 모르는 바가 아니지만 이것이 어린사람에게 관계되는 극히 소중한 회합이라면 좀 더 치밀한 생각과 준비가 잇서서야 할 것입니다.

물론 가정과 사회에 이를 보급하려면 리론 문제나 길다란 어떤 환영보다도 실제로 그들 아페서 동화란 이런 것이다 동화는 이러케 해서 들려주어야 한다 하고 그 모범을 보히는 것도 결코 일리가 업는 리론은 아니나 이것은 따로 전문 선배를 초청하야 정말 어른만을 상대로 강화와 실연을 아울러 할 일이요 이번 회합에서는 순연한 동화회로서의 온갓 것을 갓추엇서야 할 것입니다.

더구나 이번 회합은 그 주최 단체로 보아 동긔로 보아 또는 그 성질로 보아 사업으로 보아 대체로 알에에 세 가지를 완전히 갓추엇서야 할 것입니다.

첫째로 어린 사람을 만히 입장하도록 하야 조흔 이야기와 이러한 회합에 굼주린 이들에게 자긔네의 요망을 충족시켜 한때이나마 너그러운 위안을 주엇서야 할 것입니다.

둘째로 현상동화회라는 특수 회합인 만치 청중은 반드시 어린사람으로 하고 동화회로서의 긔분을 충분히 나타내여 일반 연사들로 하야금 자긔네의 기술을 완전히 발휘케 하고 엄정한 심판으로 빈약한 실연동화에 잇서 새로운 한 긔틀을 짓는 동시에 이를 항상 발전케 할 계긔를 지엿서야 할 것입니다.

셋째로 일반가정과 사회에 대해서 동화를 좀 더 충분히 인식케 하고 그 보급을 꾀하되 동화회로서의 탈선과 모순이 업도록 또는 연사 자체에 하등 구애되는 무엇이 업도록 어린사람보다는 훨신 적은 수효의 가정부인과 일반인사의 입장을 허하엿서야 할 것입니다.

그러나 이번 대회는 이 세 가지를 가장 리상적으로 적중히 못한 데서 성공보다는 실패가 더 크지 안헛나 합니다. ―(계속)―

李定鎬, "中, 保, 同窓會主催童話大會 雜感, 同窓會, 演士, 審判者 諸氏에게(二)", 『조선중앙일보』, 1934.3.10.

(二) 中央保育 同窓會에

이번 대회의 청중을 세별한다면 이틀 동안을 통하야 별다른 차이가 업시 근본 중심이 되여야 할 어린사람은 십분의 일도 못 되고 보육학교생과 유치원 보모가 약 십분의 삼 가정부인이 십분의 일 일반인사가 십분의 이 중학 이상의 남학생이 십분의 일 이러케 난워 볼 수 잇게 넘우도 고루지 못하엿습니다.

그러기 때문에 이번 실연한 연사는 완전히 한 개의 인형노릇을 하엿습니다. 맛지도 안는 청중 아페서 어릿광대노릇을 하엿습니다.

가까운 경성은 둘재요 먼― 지방에서 청중을 어린사람으로만 생각하고 온갓 준비를 하야 가지고 왓는 연사들은 거개 락망과 실패를 하얏습니다.

이날 이야기를 맛추고 나려온 몃몃 분이 나를 붓잡고 이를 호소하며 공연한 노력을 후회하는 소리까지 들엇습니다.

이날의 실패는 거의 대부분 원인이 여긔에 잇다고 보아도 과언이 아닐 것입니다.

더구나 둘재ㅅ날 연사보다 첫날 연사가 성적으로 등급으로 더 만히 실패, 락선된 것은 확실히 그 까닭이 여긔에 잇는 것입니다.

그뿐 아니라 이야기의 서술용어가 어린사람이 아지 못할 어려운 말이 만히 나온 것도 청중 표준의 긔분전환으로 무의식중에 제절로 그럿케 되지 안헛나 하는 생각이 납니다.

청중을 누르지 못하고 돌이어 청중의 위압에 눌리여 준비한 이야기를 생각대로 완전히 발휘 표현치 못한 연사도 적지 안헛습니다.

실연동화의 극치(예술적 가치)와 어린사람에게 직접 밋처지는 감정의 변화를 제대로 듯고 보지 못한 데서 다소 부족한 늣김이 적지 안헛습니다.

내 욕심껏은 청중의 단 절반만이라도 어린사람을 상대로 하야 주엇드면 훨신 더 조흔 성적과 효과를 내엿스리라고 밋습니다.

×

그리고 또 한 가지 중대한 실책의 하나는 심판의 선정 문제엿습니다.

항상 웅변대회가 아닌 이상 다른 방면의 저명한 인사보다도 이 방면의 전문연구와 조예가 잇는 이로서 선정하야 엄밀한 심사와 주도한 지시가 잇서야 할 것을 넘우도 소홀하게 넘기지 안헛나 합니다.

결과로 보아 중대한 영향은 업섯다 하드라도 원측상 이는 그랫서야 할 것입니다.

그리고 선전 포스타로부터 입장권 장내설비 등 기타 세세한 문제에까지 가장 주도한 주의와 고려가 잇서야 할 것입니다. 하여간 현상동화회로서의 손색 업는 완전한 회합을 만들 고심과 노력이 적엇든 것만은 사실입니다.

이상으로 동창회에 보내는 말을 끄틀 맷겟습니다.

아프로 열릴 제이회 때 어느 한 부분이라도 다소 참고가 될 수 잇다면 그것으로 만족할 것입니다. —(계속)—

訂正 昨日分 三段 初行 "또한" 아래에 "이번 대회를 주최한 단체가" 一行이 빠지엇슴.

李定鎬, "中, 保, 同窓會主催童話大會 雜感, 同窓會, 演士, 審判者 諸氏에게(三)", 『조선중앙일보』, 1934.3.11.

(一) 演士 諸氏에게

동화실연도 일종의 예술인 이상 그 내용과 표현의 두 가지를 따로 떼여 생각할 수 업는 지중한 관계를 가지고 잇습니다.

가장 완전한 동화의 실연이란 원래 그 내용도 극히 우수하여야 하지만 또한 그 표현도 비상히 교묘하지 안흐면 안 되는 것입니다.

다시 말하면 그 표현은 그 내용이 우수하여야 비로소 그 가치가 생겨지는 것이요 그 내용은 그 표현이 교묘하여야 비로소 그 가치를 나타내는 것으로 이 두 가지 중에 어느 하나라도 제거한다면 이는 완전한 가치를 어들 수 업는 것입니다.

그러나 이 동화실연은 맛치 각본과 연극의 관계와 맛찬가지로 순수한 예술적 립장에서 본다면 극히 교묘하고도 참된 표현은 그 자체가 따로 독립해서도(내용을 떠나서) 훌륭한 한 개의 예술이 될 수 잇습니다.

그 내용이 여하히 비교육적이고 야비한 것이라고 하드라도 그 표현만 교묘하다면 그 점뿐만은 일종의 예술로 간주할 수 잇다는 것입니다.

그러치만 우리는 그러한 불구자적 예술보다도 내용적 가치와 아울너 한 개의 완전한 예술을 요구하는 것입니다. 아니 맛당히 그래야 할 것이라고 생각합니다.

개나 고양이의 자미잇는 싸홈이라든지 무지개를 타고 하눌에를 올러갓다든지 마술할멈의 무궁한 조화라든지 하는 동화는 그 이야기의 줄거리뿐만은 듯는 상대의 호긔심을 자아내고 또 흥미를 어느 정도까지 잇끌는지 모르나 오직 호긔심에뿐 투합하고 또 듯는 상대를 질겁게 하는 그것뿐으로는 도저히 만족할 수가 업습니다.

그러타고 해서 도할자풍으로[213]

"임금님께는 충성해라."

"부모께는 효도해라."

하는 수신교과서 식의 동화를 실연하여라 한다는 말은 아닙니다.

반듯이 내용적으로 자미잇고 심원한 가장 리상적 이야기를 재료로 하여야겟다는 것입니다.

어린사람은 어린사람으로서의 인생을 생각하는 바가 따로 잇습니다.

213 '도학자풍으로'의 오식으로 보인다.

또 어린사람은 어린사람으로서의 사회생활이 따로 잇습니다.

우리는 이네들의 그러한 인생관과 및 사회관을 근본토대로 하고 보다 노픈 도덕성을 자준(刺唆)케 하여야 할 것입니다.

단 한 가지의 이야기를 듯고도 보다 나흔 품성을 형성할 충동과 자극을 바들 수 잇슬 만큼 되여야 합니다.

따러서 동화의 재료로 이러한 생각에 적합한 것으로 선택 조성된 것이라야 하겟습니다.

그러나 동화실연이란 여러 가지 조건이 한정되여 잇는 관계상 여하히 리론적으로 그 내용이 우리들의 취의(趣意)에 맛는 조흔 것이라 하드라도 그것이 실연동화로서의 조건 제한을 무시한 것은 실연동화로서 채용할 수가 업습니다. 그러기 때문에 실연동화란 그 내용이 전술한 바와 가티 가장 심원한 가치를 가진 것이면서 또한 실연이라고 하는 특수조건에 영합되는 것이라야 합니다.

그리고 이러케 훌륭한 내용을 가추운 동화의 재료라도 그 표현에 잇서서는 일종의 형식을 가지고 지여지는 것임으로 이 형식을 근본으로 무시해서는 도저히 그 목적을 완전히 달할 수가 업습니다.

다시 말하면 고아(高雅)한 예술적 표현이 반듯이 필요하단 말입니다.

그 내용적 가치가 놉고 따러서 그것을 아름다웁게 예술적으로 표현하는 거긔에 비로소 동화 예술의 완성을 볼 수 잇는 것입니다. —(계속)—

李定鎬, "中, 保, 同窓會主催童話大會 雜感, 同窓會, 演士, 審判者 諸氏에게(四)", 『조선중앙일보』, 1934.3.13.

(2) 演士 諸氏에게

그러나 이 두 가지를 가장 완전히 갓추운다는 것은 여간한 고심과 노력이 업시는 도저히 일울 수 업는 일입니다.

그러기 때문에 우리는 그 내용과 표현의 이 두 가지 중 어느 것을 먼저 생각하고 어느 것을 더 소중하게 생각해야 되겟는가? 하는 극히 모호한 경우를 당하는 때가 업지 안습니다.

그러나 경우는 여하튼 우리는 어느 때나 먼저 그 내용적 가치가 좀 더 놉고 원만한 것을 생각해야 할 것입니다.

표현의 기교(技巧)라는 것은 일조일석에 될 수 잇는 일이 아닙니다. 그러나 내용에 잇서서는 연자(演者)의 주의에 따러 충분히 선택할 수가 잇는 것입니다.

만일 그 표현은 다소 섯투르다고 하드라도 그 내용이 훌륭한 것이면 어떤 정도까지 성공한 것으로 볼 수가 잇기 때문입니다. 또 그것뿐으로 상당한 가치를 인정하게 되는 것입니다.

그러나 내용을 선택한다고 하등의 정견이 업시 단지 어린사람에게 아첨하는 어린사람의 환심을 사려는 불순한 제재(題材)를 가지고는 여하히 그 표현이 만점이라고 하드라도 이것은 어린사람에게 그만큼 해를 끼치는 것이라 극히 삼갈 일입니다. 이것은 다소 연단에 익은 사람일사록 이 함정에 빠지기가 쉬운 것입니다.

×

어린사람이 읽어서 그 진미를 아는 이야기와 들어서 그 진미를 아는 이야기와는 근본으로 그 자체가 서로 갓지 안타는 것은 조곰이라도 연단에서 이야기를 해 본 경험이 잇는 사람이면 누구나 수긍할 수 잇는 일이라고 생각합니다.

"읽어서 자미잇는 이야기면 들어서도 역시 자미 업슬 리가 업다."

"이야기로 해서 자미잇게 들을 수 잇는 것이면 또한 읽어서 자미업슬 리가 업다."

이것은 대단히 서투른 생각인 동시에 실연하는 이로서 가장 주의를 요하는 문제입니다.

읽는 이야이에는[214] 비교적 길다란 정경(情景)과 심적 추이(心的 推移)의 묘사와 그 이야기의 중심 되는 줄거리가 비록 단조하드래도 이는 그냥 용인될 수 잇는 문제이지만 이야기로 하는 — 즉 실연동화에 잇서서는 되도록 전술한 바의 두 가지(情景・心的推移 描寫)는 극히 간단히 하드라도 나종 것(이야기의 근본 줄거리를)은 극히 변화가 잇는 것으로 하지 안흐면 안 되는 것입니다.

듯는 이가 비교적 적은 좌담적 회석이나 학교 교실 가튼 적은 범위의 회석에서 이야기를 할 경우에는 그다지 읽히는 동화와 들리는 동화의 차이(差異)를 통절히 늣기지 안치만 다수한 청중을 일당에 모아 노코 소위 동화회라는 명칭으로 이야기를 할 때에는 반듯이 이 차이점을 충분히 고려한 이야기라야 되는 것입니다.

읽히는 동화회에는 어린사람이 조용히 그 이야기를 음미(吟味)하는 시간과 자유가 혜여(惠與)되여 잇지만 들리는 이야기에는 이러한 여유를 전혀 가질 수 업습니다. 자긔가 좀 미심하게 생각된다든지 우습고 자미잇게 생각된 곳이 잇스면 다시 한 번 그 구절을 되푸리할 수 잇는 것은 읽는 이야기에서뿐 될 수 잇는 일이요 이것을 전혀 허용치 안는 것은 듯는 이야기입니다.

그러나 듯는 이야기에서는 어린 사람의 심리가 언제나 이야기보다 한거름 압서 나갈 수 잇는 것이지만 읽는 이야기에서는 이것이 또한 전연 업습니다.

李定鎬, "中, 保, 同窓會主催童話大會 雜感, 同窓會, 演士, 審判者 諸氏에게(五)", 『조선중앙일보』, 1934.3.15.

(3) 演士 諸氏에게

원래 어린사람들이란 그러치 안어도 이야기가 조곰 장황하면 전체를 늣

---

214 '이야기에는'의 오식이다.

기기 쉬운 것인데 사건의 추이가 업시 어떤 한 부분의 정경뿐에 길다란 설명을 느러놋는다면 이는 자긔 스사로 이야기 전체의 흥미를 말살식히는 것입니다.

또 어린사람이 한 방안에 다수히 모이게 되면(어른도 그럿지만) 이네들에 게성이 전연 소멸되고 소위 군중심리라는 것이 이네들을 지배하게 되는 것입니다.

그럿키 때문에 반듯이 들려주는 이야기는 그 심리적 작용을 가장 기묘하게 잇끌고 나갈 만한 — 리용할 만한 준비가 필요한 것입니다.

×

이럿케 말슴하면 읽어서 자미잇슬 이야기라도 이야기로 해서는 전연 안 되겟다는 말슴가티 되엿습니다만 그런 말슴도 아입니다.

읽혀서 자미잇슬 이야기면 그 우에다 이야기로 하는 동화로서 조곰만 주의와 고려를 할 수 잇다면 보다 더 자미잇고 보다 더 효과 잇게 들려줄 수가 잇슬 뿐 아니라 어떤 경우에는 이야기하는 이에 따라서 비록 읽혀서 자미업는 이야기라도 보다 더 자미잇고 보다 더 효과 잇게 들려줄 수 잇는 것입니다.

그러면 그 준비와 고려라는 것은 어떠케 하여야 하는 것일까? 문제는 여기에 잇는 것입니다. 즉 아모리 훌륭한 이야기의 재료로서의 미담가화(美談佳話)가 잇다고 하드라도 읽키는 동화 그대로 이야기는 할 수 업는 일이요 또한 제일에 시간의 제한이 잇고 어린 사람으로서 아지 못할 어려운 말이 석겨 잇는지도 모르닛가 거기서 그 이야기에다 조곰만 손질을 하야 이야기에 변화를 붓치고 간혹 자미잇고 우스운 장면을 너어 깃븜을 주고 슬픈 정경을 만들어 울리우면서 이야기의 중심점까지 잇끌고 나갈 그것을 철저히 할 고심과 연구가 필요한 것입니다.

그러니까 읽히는 이야기를 짓는 것(創作)이라는 말로 표현한다면 들려주는 이야기는 드리마춘다(組成)는 말로 표현하는 것이 가장 적당한 말이 되겟습니다.

×

지면관계도 잇고 또 나 개인의 밧븐 사정으로 좀 더 충분한 설명은 다음 긔회로 미루고 내일은 전체로 여러분의 이야기를 대별해서 통괄적으로 내가 듯고 늣긴 그대로 솔직한 감상을 적어 볼까 합니다.

참고의 말슴을 끗냄에 잇서 거듭 한마듸 더 하고 시픈 것은 실연동화란 어쨌든

"만히 읽고

만히 듯고

만히 이야기해 보고

만히 비평을 밧고"

이 네 가지를 가장 충실히 직힐 수 잇는 사람이라야 이 방면에 확실한 성공을 할 수 잇는 것입니다. —(계속)—

李定鎬, "中, 保, 同窓會主催童話大會 雜感, 同窓會, 演士, 審判者 諸氏에게(六)", 『조선중앙일보』, 1934.3.16.

(6) 演士 諸氏에게

대체로 이번 대회에 출연한 연사를 대별해 본다면 거의 대부분이 이야기 내용선택에 잇서 충분한 고려가 업섯습니다.

이것은 이야기의 내용보다도 현상동화라는 특수조건 때문에 단 이번이라도 연단 경험이 있는 이야기를 추리기에만 급급하얏든 까닭으로 볼 수 잇습니다.

그리고 이야기의 대부분이 새로운 무엇이 업고 외국 것을 억지로 조선 것으로 만들어 하려는 데서 실패가 컷습니다.

생활과 환경이 우리네 살림과는 전연 다른 외국이야기를 충분한 주의와 고려도 업시 인물만을 조선 어린이로 밧구어 끼운 — 말하자면 양복에 갓을 씨워 논 거와 가튼 늣김을 주는 이야기가 만헛습니다.

이것은 물론 좀 더 저명하고 좀 더 효과 잇슬 이야기를 선택하는 고심에서 나온 것이라고 하드라도 성과 문제로 본다면 섯투른 개작이나 억지의 조성(組成)보다는 원이야기 그대로 들려주는 편이 훨신 더 나헛스리라고 밋습니다.

보통으로 우리가 생각할 때 외국이야기를 조선 어린이들에게 고대로 들린다는 것은 듯는 상대에게 충분한 감격을 주지 못하는 점에서 인물만이라고 밧구어 너흐려는 그릇된 생각을 갓기가 쉬우나 이는 도돌이어과보다도 실패하기가 쉬운 것이요 유명한 이야기에 공연한 흠집만 내고 마는 것임으로 이는 극히 주의를 요하는 문제입니다.

지금은 고인이 되엿스나 실연동화에 잇서 단연 첫 손가락을 꼽을 수 잇는 방정환(方定煥) 씨가 생존 시에 가장 만히 울리운 이야기 중에 「산드룡의 유리 구두」는 이것이 가튼 외국이야기이지만 그의 이야기를 단 한번이라도 들어본 사람이면 그 능숙한 어조와 표현에 감탄치 안코는 못 견댈 만치 유명하엿습니다.

그러니까 외국이야기 그대로가 조선 어린이들한테 완전히 소화를 시켜 조선이야기 이상으로 조흔 효과를 나타내일 수 잇겟는가? 하는 문제는 요컨대 그 이야기를 연출하는 연사 자신의 기술문제이지 결코 외국이야기라는 특수문제가 아니라고 밋습니다.

그러나 이번 대회에서 연출한 외국이야기는 거개가 그 내용의 전부는 아니이지만 대부분을 연사 자신이 마음대로 뜨더고친 것이엿습니다.

물론 실연이라는 특수조건을 생각하고 시간제한의 구애됨을 고려하야 완전히 이를 죄다 표시할 수 업섯든 까닭도 잇섯지만 대개가 졸열하게 첨삭을 하야 내용적 가치는 물론이요 실연효과로도 완전히 실패한 분이 더러 잇섯습니다.

하여간 이야기의 내용을 다소 고려하야 신중히 선택한 분은 표현기술이 부족하야 락선된 분이 만헛고 내용은 그다지 감심할 것이 못 되나 표현기술이 비교적 완전하야 입선된 이도 잇섯습니다. 그러나 근본으로 내용과 표현을 완전히 조화하야 가장 원만한 성과를 보혀 준 이가 단 한 분도 업섯든

것은 여간 섭섭한 일이 아니엿슴니다. (계속)

李定鎬, "中, 保, 同窓會主催童話大會 雜感, 同窓會, 演士, 審判者 諸氏에게(七)", 『조선중앙일보』, 1934.3.18.

(7) 演士 諸氏에게

도대체 내용에 대한 말슴을 한마듸로 끈어 말하면 이번 모힘을 주최해 준 단체에서도 연사의 편의를 도모해 줄 어떠한 성산이 업섯지만 여러분 자신부터 조선 것이거나 외국 것이거나 청중의 표준 여하를 근본으로 고려하지 안흔 데서 크게 실패하얏슴니다.

×

인제 내용 이야기는 그만큼 해 두고 표현방식에 대한 나의 늣김을 간단간단히 개별적으로 적어 보겟슴니다.

×

기실 동화에 잇서 음성과 동작은 가장 생명이라고 할 수 잇슬 만큼 중대한 관계를 가지고 잇슴니다.

동작이 업는 이야기는 무긔력하고 또 부자연하야 도모지 들을 맛도 업지만 효과에 잇서서도 이는 완전히 '제로'입니다.

어린사람의 눈아페 이야기를 그대로 실제의 경우를 당해 본 듯이 구체화시기려면 동작이 가장 자연스러우면서 극히 기묘하여야 하는 것입니다.

현재 '라듸오'를 통하야 듯는 동화가 어떠한 대가(大家)의 이야기라고 하드라도 직접 연단에서 듯는 것과 비교하야 그 효과 — 즉 감정을 잇끄는 점에 잇서 그 거리가 대단히 먼– 것을 보드라도 동작이 얼마나 필요한 것인지를 곳 알 수가 잇슴니다.

슬픈 경우라든지 깃븐 경우라든지 노햇슬 때 또 걱정스러울 때

"아아 나는 슬프다."

"아아 참말 깃브다."

하는 말보다도 그때의 경우를 가장 참되게 나타내는 표정과 동작은 몃 십 배 이상으로 듯는 이에게 심각한 인상을 너허주는 것입니다.

음성뿐으로 부족한 곳을 보충하고 이야기에 내용을 극히 생각하게 표현하야 그 내용이 실제로 눈아페서 일어난 일가티 구체화시기는 데는 오로지 이 동작의 힘이 필요한 것입니다.

그뿐 아니라 이야기 속에 나오는 인물은 그 성격이나 표정이 전부 이 동작을 통해서야 가장 분명히 나타나는 것입니다.

그러나 이번 대회에 잇서서 그 표정과 동작은 역시 넘우도 조화가 되지 안헛습니다.

넘우 과장을 하는 연사가 잇는 반면에 또한 넘우 무표정 무동작하야 이야기 전체의 흥미와 진실미를 아울러 죽여 버린 연사가 만헛습니다.

그 례로는 黃承鳳 氏와 任尙淳 氏가 조흔 대조엿습니다.

黃 氏는 넘우도 람용에 가까운 표정과 동작을 하엿고 任 氏는 이와 정반대로 넘우도 무표정 무동작하야 듯는 이에게 아모런 감흥을 주지 못하얏습니다.

이 표정과 동작에 잇서 다소 결점은 잇스나 그래도 비교적 성공한 연사로는 扈順愛 氏 黃材景 氏 李大奎 氏[215] 崔仁化 氏 등을 들 수 잇습니다.

×

그러면 이 동작은 어느 정도까지의 것이라야 가장 완전하다고 볼 수가 잇겟는가? 하면 이야기의 긔분을 자아낼 정도에 끄티는 것이 가장 유효하다고 봅니다.

이야기는 원래 그 성질상 아모런 분장(扮裝)도 업고 또 연사 이외의 보조자도 업시 단 혼자서 몃 사람이고 그의 활동하는 경우를 표현하는 것입니다.

그러나 그럿타고 해서 사실적(寫實的)으로 이야기ㅅ 속에 나오는 인물

215 '李太奎 氏'의 오식으로 보인다. 이 글 다른 쪽에 "李太奎"란 이름이 자주 나온다.

의 전체의 활동을 죄다 동작으로 표현하려 해서는 보통사람으로 될 수도 업는 일이지만 이는 거개 실패를 하고 맙니다.

어렵게 말하면 상징적(象徵的) 표현이 가장 적당하다고 생각합니다.

—(계속)—

李定鎬, "中, 保, 同窓會主催童話大會 雜感, 同窓會, 演士, 審判者諸氏에게(八)", 『조선중앙일보』, 1934.3.19.

(7) 演士 諸氏에게

그러면 이야기에 다른 동작을 붓치려면 대체 어떠한 경우에 이를 적당히 집어너허야 될 것인가? 이것은 이야기하는 이로서 가장 소중히 생각할 문제입니다.

내 경험이나 또한 선배의 리론으로는 반듯이 동작을 너허야 할 경우는 이야기ㅅ 속에서 극히 중요한 부분에뿐 한하여야 합니다.

이러한 때는 입으로 하는 설명보다도 표정과 동작으로 이를 대신하는 것이 훨신 더 그 장면을 살리는 것입니다.

요컨대 동작은 평범한 부분은 제외하고 비상히 소중한 장면에만 교묘하고 힘 잇게 집어너허야 듯는 이의 감정을 자극하고 또 충분한 효과를 나타내이는 것입니다.

×

"이야기의 시작은 입을 버릴 때가 아니요 연출하는 이가 회장에 그 자태를 나타냇슬 때부터이다."

이러케 말하는 사람이 잇는데 이는 어느 정도까지 적절한 말이라고 생각합니다. 즉 다시 말하면 사회자의 소개가 끗나고 연사가 단상으로 올너가는 그때가 이야기의 시초라는 말입니다.

그러나 여러분은 이 점에까지 가장 섬세한 주의를 가한 분이 전혀 업섯습니다.

거의 대부분이 황급하고 당황한 태도를 가젓습니다. 비교적 침착하게 등단의 모범을 보여 준 분은

鄭奎浣 氏 李太奎 氏 黃材景 氏 扈順愛 氏 崔仁化 氏 등엿습니다.[216]

×

그 다음은 단상의 위치문제입니다. 이것은 얼른 생각하면 이야기하는 이로서는 그리 소중한 문제 갓지 안흐나 청중이 연사를 감별하는 첫재 조목이 이것입니다.

영민한 사람이면 등단으로 단상의 위치까지만 보고 곳 그이가 이야기를 잘할 사람인가? 못할 사람인가? 이것을 어느 정도까지 짐작할 수 잇게 됩니다.

원래 단상의 위치는 그 회장의 넓히와 청중의 만코 적음에 따러 일정한 양식은 업스나 대체로 청중이 만흐면 만흘사록 연자는 그 위치를 뒤쪽으로 물리여 잡지 안흐면 안 됩니다.

즉 단상에서 청중의 전체가 자긔 눈ㅅ속 안에 들 정도의 위치를 잡어야 합니다.

그리고 한번 위치를 작정하얏스면 특별한 경우가 아니고는 그 위치를 결코 변하지 말어야 합니다.

그러나 이번 연사의 대부분이 이 과오를 범하얏습니다.

연사가 위치를 자조 변동하면 이는 청중의 주의(注意)를 산만케 하야 여하히 잘하는 이야기라도 흥미와 감명(感銘)을 박약하게 만들고 마는 것입니다.

또 연사로서 극히 조심해야 할 것은 연락의 유모와 그 대소와 고저의 차이를 신중히 참작하야 자긔의 동작 표현이 청중 전체의 눈에 빗최여 들어가도록 하여야 하는 것입니다.

다행히 이번 장소는 특히 공회당이엿든 만큼 별로 이 점에 구애되는 낭패

216 '등이엿습니다.'의 오식이다.

는 비교적 업섯다 하드라도 연사 자신이 이 점을 량해하고 은연중 이 과오에 범치 안흘 정도의 노력을 보여 준 분으로는 黃材景 氏 扈順愛 氏 李奭萬 氏 李太奎 氏 崔仁化 氏 鄭奎浣 氏 金龍卿 氏 金壽命 氏 趙庚萬 氏 白樂榮 氏 등이엿슴니다. —(계속)—

李定鎬, "中, 保, 同窓會主催童話大會 雜感, 同窓會, 演士, 審判者 諸氏에게(九)", 『조선중앙일보』, 1934.3.21.

(八) 演士 諸氏에게

동화실연에 잇서 표정은 동작과 맛찬가지로 중대한 관계를 가지고 잇습니다.

그런데 원래 조선사람의 얼골은 서양사람과 비교하면 철요(凸凹)가 적고 또 평범해 보입니다. 따러서 표정이 극히 빈약합니다.

이것은 영화(映畫)에 나오는 배우의 표정을 보아도 짐작할 수가 잇습니다. 그러고 조선사람은 옛날부터 억지의 점잔 때문에 희로애락의 대한 분명한 표정을 근본으로 삼가 왓기 때문에 더구나 이 표정문제에 잇서 다른 곳 사람보다 훨신 못한 것이 사실입니다.

그러나 이야기를 할 때에 이 표정이란 극히 유력한 무긔입니다. 깃분 장면이나 슯흔 장면이나 모다 연자의 표정에 의하야 직접으로 청중에게 빗치여지는 관게상 연자는 그 내용을 상징하는 표정에 충실한 노력이 잇서야 합니다. 이 표정에 잇서 비교적 자연스럽고 원만하엿든 분으로는 黃材景 氏 扈順愛 氏 崔仁化 氏엿슴니다. 그다음 두 손은 동작에 잇서 가장 주요한 역할을 하는 것입니다. 이 두 손의 활동 여하로 천변만화(千變萬化)도 생기고 섬세미묘(纖細微妙)한 동작도 될 수 잇는 것입니다.

원래 이 두 손의 사용방식은 처음에는 자연스럽게 아래로 떠러드리여 극히 가볍게 허수하게 주먹을 쥐이는 것이 생태(常態)입니다.

그리하야 이야기가 진행됨에 따러 점차로 변화를 부리는 것입니다.

이야기의 진경을 상징하는 동작은 천변만화이니 이것을 일괄해서 이야기할 수는 업고 오직 자연적 변화에 대해서 간단힌 말하겟습니다.

먼저 말한 바와 가티 두 손은 아래로 처 늘이는 것이 정태(正態)이나 이것도 언제든지 한 모양으로만 하고 잇서서는 자세가 넘우 단조해저서 자미업습니다.

때로는 전면으로 손가락을 맛 억거서 아래로 처 늘이기도 하고 또 바른편 팔만 뒤로 돌리는 수도 잇습니다. 어느 때는 가슴에다 두 손을 맛겨러 언기도 하고 또 두 팔을 죄다 뒤로 넘기여 뒤ㅅ짐을 지을 수도 잇습니다.

그러나 이 손에 활동과 변화에 잇서 꼭 이저서는 안 될 일이 꼭 한 가지 잇습니다.

넘우 급히 변화를 부리지 말고 서서히 활동을 하여야 하는 것입니다.

그러나 이번 연사의 대부분이 과오를 범하얏습니다.

넘우 급하게 변화가 만어서 청중에 우슴꺼리가 된 분이 만엇습니다.

또 아모런 변화가 업시 넘우 한 자세로만 고집을 부리여 도모지 단조하기 짝 업는 연사도 만엇습니다.

이 두 손의 사용방식에 잇서 비교적 성공한 이로는 黃材景 氏, 扈順愛 氏, 金壽命 氏 崔仁化 氏, 白樂榮 氏, 鄭奎浣 氏, 趙庚萬 氏 등이엿습니다.

—(계속)—

李定鎬, "中, 保, 同窓會主催童話大會 雜感, 同窓會, 演士, 審判者 諸氏에게(十)", 『조선중앙일보』, 1934.3.22.

(10) 演士 諸氏에게

두 발은 두 손과 가티 중요한 역할은 안 하는 것이나 그래도 몸 전체를 버티여 상체의 동작을 도읍는 관계상 발의 위치만은 또한 소홀히 볼 문제가 아닙니다.

이것은 먼저 발과 발 사이의 간격을 알마추 떼여 노아야 하는 것입니다. 넘우 지나치게 벌리여도 자세가 조해 보이고 또 그러타고 군대식으로 "긔착"의[217] 자세를 가저도 딱딱해서 자미업습니다.

가장 리상적 방법은 대체로 두 발을 긔착의 자세로 하고 조금만 사이를 벌리되 발굼치가 약 두세 치가량 떠러진 간격이 가장 조타고 합니다.

이 자세로 이야기를 계속하되 이것도 넘우 오래ㅅ동안 계속하면 단조해지니까 각금 한쪽 발씩(청중의 주의를 끌지 안흘 정도에서) 아프로 내노앗다 뒤로 나갓다 하면 몸 전체의 자세도 오른쪽으로 왼쪽으로 자조 변해저서 자세의 단조를 피할 수가 잇습니다.

하여간 발의 위치는 원측상 자조 움즉이지 안는 것이 좃습니다. 그러나 만약 이야기ㅅ 속의 인물의 대화로 인하야 발의 위치가 변하드라도 되도록 빨리(청중의 눈에 거슬려 보이지 안흘 정도에서) 먼저ㅅ 자리를 돌아가도록 하여야 합니다.

그러나 이번 연사의 대부분이 이 발의 위치를 一정하게 지키지 못하고 넘우도 황당하게 변화가 만허 이야기의 진실미를 일코 또 청중의 눈을 어지럽게 한 분이 만헛습니다.

그중에서 비교적 이 과오를 범치 안코 가장 침착하게 끗까지 이를 지켜준 이로는 黃材景 氏 崔仁化 氏, 白樂榮 氏 鄭奎完 氏, 李太奎 氏 扈順愛 氏, 李奭萬 氏 金相德 氏, 李根源 氏 등이엿습니다.

이야기의 동작은 주로 상반신의 활동입니다. 甲과 乙의 대화도 상반신을 오른쪽으로 또는 왼쪽으로 향하는 그것뿐으로 대화의 긔분을 충분히 나타낼 수가 잇습니다.

그러나 이번 연사의 거의 전부가 안해도 조흘 하반신까지 움직여 전체의 자세를 엄숙하게 갓지 못한 것이 커다란 결점이엿습니다.

그리고 어린사람의 이야기ㅅ 속에 대화가 만히 나오는 것이 보통입니다.

---

217 '기착(氣着)' 곧 "기척"은 구령어로서 "차렷"을 이르던 말이다.

그런데 이 대화에 잇서 순전히 어린사람 그대로의 대화투를 나타내인다는 것은 그리 쉬운 일이 아닙니다.

그러니까 이것은 평소에 이에 대한 관심을 가지고 어린사람들이 이야기할 때에 갓는 동작이나 어조를 잘 관찰해 둘 필요가 잇습니다.

그리고 이야기할 때에는 자긔가 가장 친하게 아는 어린사람 몃멋을 머리ㅅ속에 생각하면서 할 수 잇스면 이야기를 좀 더 활긔잇게 하고 또는 어느 정도까지 대화의 진실한 자태를 나타내일 수 잇습니다.

다시 말하면 이야기ㅅ 속에 나오는 어린사람에게다 자긔가 실제로 아는 어린사람의 온갖 어조와 동작을 가저다 붓치는 것입니다.

이것은 단순히 어린사람뿐만이 아니고 어떤 사람이고 간에 이야기ㅅ속에 나오는 인물의 대화에는 그 성질에 맛는 현실의 인물을 련상하면서 하는 것이 크게 필요합니다.

이 대화에 잇서 다소 결점은 잇스나 비교적 그 어조와 동작을 자연스럽게 표현한 이로는 黃材景 氏, 崔仁化 氏, 扈順愛 氏의 세 분이엿습니다. —(계속)—

李定鎬, "中, 保, 同窓會主催童話大會 雜感, 同窓會, 演士, 審判者 諸氏에게(十一)", 『조선중앙일보』, 1934.3.24.

(11) 演士 諸氏에게

그다음 연탁 위 물을 마시는 데도 상당히 고려할 필요가 잇스니 이것은 단상에 익숙한 사람도 간혹 잘못하야 청중의 조소ㅅ거리가 되거나 또는 청중의 주의를 산만케 하야 이야기의 흥미를 죽여 바리는 경우가 만습니다.

이야기를 시작하기 전에 마시든지 혹은 중도에 마시든지 일방으로 물을 컵에 따르면서 또 일방으로 이야기를 그냥 계속하는 이가 더러 잇섯는데 이는 반듯이 피해야 할 일입니다.

어린 사람들은 대개 이러한 경우에 혹은 연사의 입이나 혹은 컵으로 주의가 쏠리여 일껀 자미잇게 끄러 나오든 이야기의 긴장미를 일코 맙니다.

그러니까 이야기를 맛출 때까지 되도록 물을 안 마시는 것이 조흐나 부득이하야 마실 경우라도 한 번에 한 목음으로 정하는 것이 필요합니다.

두 번 이상을 벌컥벌컥 마시면 사람의 품위가 좀 나저 보이기 쉬운 까닭입니다.

그리고 이야기 도중에 물을 마실 경우에는 시긔를 잘 타서 청중이 우슬 때나 혹은 무엇이고 생각할 결을을 주엇슬 때 잠간 손 빠르게 한 목음 마시는 것이 가장 안전한 방식입니다.

이번 연사 중에 이 물 마시는 동작을 가장 긔묘한 솜씨로 보여준 이는 黃材景 氏, 金相德 氏엿습니다.

이야기ㅅ 속에 나오는 인물의 물 마시는 긔회를 공교하게 리용하야 극히 자연스러운 동작을 보여 주엇습니다.

×

이야기를 하는 도중에 무엇이고 참고의 물건을 사용할 경우가 잇습니다.

이것도 깟닥 잘못하면 돌이어 이야기의 흥미를 그 물건 쪽으로 빼앗기기가 쉽습니다.

대체로 여긔에는 두 가지 방식이 잇습니다.

그 하나는 청중이 아지 못할 사이에 연탁 밋이나 자긔 포켓트 속에 너엇다가 필요한 때 손빠르게 이를 꺼내 드는 것입니다. 그러면 청중은 뜻밧게 튀여나온 이 물건을 가장 경이의 눈으로 소아보게 됩니다.

또 한 가지는 처음부터 준비한 물건을 연탁 우에다 꺼내 놋는 것입니다. 그런데 이런 때 주의할 것은 결코 그 실물을 로출(露出)시기지 안는 것입니다.

책보나 기타 다른 무엇에 싸서 연탁 한 여페 노아 둘 것입니다. 그리고 이야기의 흥미를 돗구기 위하야 그 싼 보퉁이를 자조 주의해 보면서 손을 대이는 척하면 청중은 점점 호긔심을 일으킵니다.

그러다가 필요한 때 갑작히 그 물건을 끄내 들면 청중은 와— 하고 감격과 비상한 홍미를 늣기게 됩니다. 그러고 이 두 가지 방식 공통해서 주의를 요하는 것은 일단 그 역할을 맛친 물건은 즉시 청중의 눈에 띄우지 안케 치워버리는 것입니다. 이것은 청중의 주의를 산만케 할 염려가 잇기 때문입니다. 이번 연사 중 특히 扈順愛 氏 한 분이 이 법을 사용하엿습니다. 그 방식에 잇서 그리 철저하지는 못하엿스나 어쨋든 실연동화에 잇서 새로운 시험을 하엿습니다.

그러나 이분에게 특별히 전하고 십흔 이 옷 남자의 옷과 다르고 또 주머니가 남자의 것과 달러서 물건을 얼른 꺼내 들지 못한 데서 다소 실패한 감이 업지 안흐니 이후에는 반듯이 다른 방식을 사용하얏스면 하는 것입니다.

李定鎬, "中, 保, 同窓會主催童話大會 雜感, 同窓會, 演士, 審判者 諸氏에게(十二)", 『조선중앙일보』, 1934.3.25.

(12) 演士 諸氏에게

청중을 웃기려면 여러 가지 수단이 잇습니다. 육성으로 되는 것도 잇고 동작으로 되는 것도 잇고 순연한 내용만 가지고도 되는 수가 잇습니다.

그런데 한 가지 주의할 것은 아모리 우수운 이야기를 하드라도 연사 자신이 우서서는 안 되는 것입니다.

그냥 으젓하게 엄숙한 태도로 하는 것이 돌이어 청중을 못 견대게 웃기는 법입니다.

원래 청중을 웃긴다는 것은 회장의 타긔(墮氣)를 업새이고 활긔와 흥미를 돗구는데 가장 유리한 방편이 되는 관계상 흔이 이야기를 하는 이들이 청중을 웃기려고 별별 고심을 다하는 것이 사실입니다.

그러나 우리가 극히 조심해야 할 것은 웃기우기 위하야 억지의 노력을 하지 말어야 하는 것입니다.

고아(高雅)한 우슴을 엇기 위해서는 끗까지 으젓한 생각과 자연스러운

동작이 필요한 것입니다.

그 다음 울리울 경우에는 웃기울 때와 전연 정반대의 태도를 가저야 합니다.

역시 자신이 자긔 스스르 우름이 터저 나올 정도까지의 감정을 가지고 나가지 안흐면 안 되는 것입니다.

그러나 청중을 울리드라도 결코 이것을 오래 계속 시기여서는 안 됩니다.

잠간 슬픈 장면에뿐 눈물을 자아내게 하고 곳 다음 순간에는 명쾌한 얼골을 갓도록 할 것을 잇지 말어야 할 것입니다.

이번 연사 중에 웃기운 편으로는 黃材景 氏, 扈順愛 氏, 崔仁在 氏[218], 黃樂榮 氏, 李太奎 氏의 표정과 동작이 비교적 조흔 모범을 보여 주엇다고 생각합니다.

그러고 울리운 편으로는 아모도 운 사람이 업섯스니까 근본으로 어느 연사를 지칭할 무엇이 업스나 반듯이 청중이 눈물을 흘리지 안코는 못 백일 조흔 이야기를 가지고도 음성과 표정과 동작이 무리한 노력으로 인하야 돌이어 웃기우고 만 훌륭한 내용이 만헛습니다.

우선 白樂榮 氏의 「아름다운 마음」 鄭奎浣 氏의 「壽男의 글쓰기」 金龍鄕 氏의 「가슴에 핀 紅木丹」 가튼 이야기는 연사 자신이 좀 더 충분한 연구와 노력을 하엿드면 청중 전체를 가장 만히 울리엿스리라고 밋습니다.

끄트로 이번 연사들께 특별히 하고 십흔 말슴은 동화의 제목 문제입니다. 거의 전부가 이야기의 내용과는 거리가 훨신 먼－언[219] 제목을 붓치인 것은 물론이요 심하게는 어려운 론문(論文) 제목과 가티 꺽꺽하고 어려운 것이 만헛습니다. 우선 李根源 氏의 「惡一罪一 가름으로」라든지 金瀅準 氏의 「偉大한 生涯」 가튼 것은 도저히 동화 제목으로 볼 수 업슬 만치 어려운 제목입니다. 내용만 조흐면 —— 이야기만 잘하면 그만이지 제목이 무슨 관계이랴 할 분이 잇슬는지도 모르나 이것은 대단히 그릇된 생각입니다.

---

218 '崔仁化 氏'의 오식으로 보인다.

219 '머－언'의 오식으로 보인다.

동화는 어느 원측에서 준하지 안는다고 하드래도 그 제목부터가 어린사람의 이야기다운 표징이 되여야 할 것은 물론입니다. 벌서 十여일을 두고 어러분께 내 늣김을 고대로 설파해 왓스나 지금 생각하면 무슨 말슴을 어떠케 하엿는지 갈피조차 찻기가 어렵습니다. 실연동화 방식에 잇서서는 이외에도 참고의 말슴이 만켓스나 지면관계로 여긔서는 이만해 두겟습니다.

하여간 이번 대회로 인하야 동화실연에 다소 새로운 거들과 모범을 보여준 扈順愛 氏(一等) 黃材景 氏(二等) 崔仁化 氏 李太奎 氏(三等) 白樂榮 氏 鄭奎浣 氏(等外) 등 여섯 분께는 특별히 아프로 긔대와 촉망이 큰 만큼 이 방면에 잇서 부단의 연구와 노력이 잇기를 충심으로 바라는 바입니다.

―(계속)―

李定鎬, "中, 保, 同窓會主催童話大會 雜感, 同窓會, 演士, 審判者 諸氏에게(十三)", 『조선중앙일보』, 1934.3.27.

(13) 審判 諸氏에게

이번 현상동화대회의 심판으로 선정된 분은 李光洙 氏, 尹白南 氏, 朱耀燮 氏, 玉璿珍 氏, 朴仁德 氏의 다섯 분이엿습니다. 그중에 李光洙 氏 한 분이 잇흘 동안을 련하야 결석을 하고 그 외 네 분은 이번 모듬을 위하야 밧븐 몸으로 끗까지 가장 정성스럽게 참석하여 주엇습니다. 특히 어린사람 문제에 관련되는 특수회합이란 점에서 다른 구애되는 사정이 잇슴에도 불구하고 이번 회합의 심판으로서의 완전을 긔해 주엇슴을 나 개인으로 특히 감사히 생각합니다.

그러나 그러한 고마운 생각을 갓는 한편으로 또한 극히 섭섭하엿든 것은 한 분 심판이 아모런 고려의 □□도 업시 이 소중한 회합의 심판을 승락하고 무고히 결석을 하고 또는 출석한 분 중에서도 동화의 본질을 모르는 모순된 감상담을 들려준 것입니다. 물론 이 회합에 자청하고 나슨 것이 아니라 하드라도 시간과 자신이 업는 이 일에 어째서 쾌락을 하엿든가? 하는 불쾌한 생각이 업지 안헛습니다.

어떠한 회합이고 이것이 사회적으로 다소간 도움이 될 수 잇는 것이요 또한 평소에 늘 그러한 방면에 유의한 생각을 가지고 잇는 선배들인 만큼 간청을 거절치 못하고 정성만이라도 표해 줌을 어찌 감사하게 녁이지 안으릿까만 보통 으른들 문제에 관한 회합이 아니요 아모럿케 해도 조흘 어린사람 문제의 회합이라는— 경멸에 갓가운 태도로 이번 회합을 대해 주엇슴이 아닌가 하는 섭섭한 생각이 낫든 까닭입니다.

×

끄트로 이번 심판에 잇서 그 내용과 표현을 분담해서 이야기한 朱耀燮 氏, 尹白南 氏의 조밀한 비평은 연사로서 참고와 배홈이 만엇스리라고 생각합니다.

그 내용에 잇서 외국이야기의 졸열한 개작으로 명작의 흠을 낸 것이라든지 념우도 수신교과서식 교훈을 억지로 주입시킨 비자연적 이야기의 지적과 비판 — 또는 그 표현에 잇서 남용에 갓가운 무리한 표정과 동작이라든지 이야기의 중심과 결말이 분명치 못하게 한 조자로 일관하얏다는 것을 氏(尹白南) 독특의 간결하고도 자연스러운 표정과 동작으로 일일히 비교하야 가면서 비교적 자상하게 설명을 하얏습니다.

朱 氏는 상해(上海)대학 시대부터(그 전일지도 모르나) 동화에 대해서는 특별한 관심을 가지고 만흔 연구와 조흔 이야기를 써 내 노튼 분이요 尹 氏는 현재 중앙보육의 동화과를 전담하고 잇는 분인 만큼 동화 심판에 한 조흔 긔틀을 지여 주엇습니다.

×

그러나 다소 미흡한 점이 잇섯다면 좀 더 개별적으로 세밀한 검토와 비판을 하야 결점과 특장을 충분히 인식케 하고 새로운 출발에 대한 구체적 제시(提示)가 잇섯드면 하는 것이 내 욕심이엿습니다.

×

하여간 이번 회합은 근본 모흰 성질에 배치되는 부주의가 잇섯다고 하드라도 연사 여러분의 충실한 노력과 주최 측은 물론이요 심판 여러분의 남다른 정성으로 예긔 이상의 성황을 일우고 동화실연의 적지 안흔 참고와 모범을 보인 유위한 연사를 단 몇 분이라도 엇게 된 것은 이 방면의 새로운 개척과 발전을 위하야 저윽이 깃버하는 바입니다. (끗)

金台俊, "(朝鮮歌謠概說－六八)童謠篇(13)", 『조선일보 특간』, 1934.3.21.[220]

童謠라 하면 녜전에는 政治 社會의 變動을 豫言하는 그리고 兒童 間에 노래되는 讖謠만큼 생각되엿으니 朝鮮의 歷史上에서 이 例를 求하면

1. 後百濟 王 甄萱의 때에 "可憐完山兒, 失父涕漣濡(가엽다 完山兒는 애비를 여히고 눈물을 흘니네)"라는 노래가 流行하더니 오래지 안허서 甄萱이가 그 아들 神劒에게 幽囚 되고(筆者 妄譯, 以下 同)
2. 高麗 毅宗 때에는 "何處是普賢刹, 數此盡同力殺(普賢寺가, 어듸메뇨, 여긔서 亂이 난다)"라는 노래가 流行된 끗테 王이 普賢寺에 갓다가 武臣에게 弑하고
3. 高麗 高宗 三十六年十一月에 "瓠之木枝, 切之一水, 鐥陋台木枝, 切之一水, 鐥去兮去兮, 遠而去兮, 彼山之顚, 遠而去兮, 霜之不來, 磨鎌刈麻去兮"의 노래가 流行한 후 元에 服하고
4. 忠烈王卄年正月에 "萬壽山煙霧敝(萬壽山에도 연긔가 찻네"라는 노래가 流行하더니 元世祖忽必烈의 訃告가 오고
5. 忠肅王 때에 "用綜布, 作都目政事, 眞墨冊, 我欲油, 今年麻子少, 噫不得"라는 노래가 流行터니 金之鏡 等이 銓曹를 司掌할세 用事者들이 서로 塗抹해서 朱墨이 渾合하니 黑冊政事라고 嘲하엿다.
6. 忠惠王 때 阿也麻歌 上述
7. 恭愍王 때 "牛大吼, 龍離海, 淺水弄清波"(소가 울자 龍이 간다. 맑은 물에도 물결은 놉고야) "忽有一南寇, 深入臥牛峯"이라는 노래가 流行한 후 辛丑年에 王이 紅巾賊亂을 避해서 安東映湖樓로 蒙塵하고
8. 禑王卄一年 遼東征伐을 계획할 적에 "木子得國"의 노래가 軍民間에 놉더니 李太祖가 王氏天下를 簒立하고

---

220 金台俊이 『조선일보』에 연재한 「朝鮮歌謠概說」 가운데 '童謠篇(전3회)' 연재분이다.

9. 李朝開國初에도 "彼南山往伐石釘無餘"(南山에 올나 들을 쪼니 釘이 무저 남지 안네) 釘鄭同音, 남南同音, 그 후 芳碩의 亂에 鄭道傳, 南誾이가 죽고

10. 宣祖卄四年 "四月大月末에 京畿監司, 雨裝直領하네."하는 노래가 登登曲(上述)과 함께 流行되더니 壬辰亂이 닐어 四月 三十日 서울을 떠나 王이 義州로 播遷할 적에 京畿監司 權徵이도 沙峴까지 짤아갓섯지만 큰비가 와서 흠빡 저젓다.

11. 仁祖二十七年大喪에 坡州에 가서 陵짜리 잡을 적에 軍中에 "蛇穴이 正穴이라"는 말이 잇더니 英祖辛亥에 그 陵上에 蛇虺의 災異가 잇섯다.

그러타고 讖謠의 意味에만 썻느냐 하면 그런 것도 아니요 例컨대 中國에서는 『列子』에 말하기를 堯라는 님금이 天下가 잘 다시렷나 보기 爲하야 康衢에 나가서 童謠를 들으니 "立我烝民, 莫非爾極, 不識不知, 順帝之則"이라 하엿다 하고 朝鮮서도 白帝 武王이 新羅 서울 慶州에 가서 善花公主를 꼬여내고 저 「薯童謠」를 지엿다고(上述)하니 이런 童謠는 豫言的 意味가 업는 兒童의 歌謠란 말에 使用되엿다.

兒童의 歌謠 卽 어린이의 노래란 말이다. 勿論 이 속에는 民謠에서와 가티 自然的으로 古人의 遺産으로 傳해오는 童謠도 잇고 詩人의 創作에서 나온 童謠도 잇다. 이는 野蠻人도 素朴한 노래가 잇다 함을 原始 歌謠의 節에서 말하엿거니와 藝術的 感受性이 豊富한 어린이들은 恰似히 明朗한 봄 하늘에 종달새가 노래 불으지 안코는 참을 수 업는 것처럼 自然의 事物에 接할 적마닥 반다시 感受되는 藝術的 衝動에 못 이겨 스스로 읍조리게 되는 것이니 다른 民謠와 틀니는 點은 그 民謠가 純眞하고 崇古하고 兒童性이 잇고 語韻까지 音樂的이어서 童謠 遊戱로 될 수 잇는 데 잇다. 아희들이 달을 보면

달아달아 밝은달아
李太白이 노든달아

라고 하며 "새를" 보면

새야새야 파랑새야
뜨럭꿋테 노든새야
분을주랴 연지주랴
분도실코 연지실코
금봉채나 찔너다고(註 1)

수막질을 하랴면
"깍깍숨어라 깍깍숨어라"
라고 하고 기럭을 보면

기럭아 기럭아
압페가는놈 냥반
가운데친 기리매까-치
뒤에친 띠미싯개

비달기 우름을 들으면

꾹꾹 꾹꾹
기집죽고꾹꾹
자식죽고꾹꾹
헌누덕이불싸노코
망근팔아술사먹고
꾹꾹 꾹꾹

이처럼 事物을 接할 적마다 노래하지 안코는 말지 안는 것이 藝術感이 銳敏한 兒童의 마음이다.

金台俊, "(朝鮮歌謠概說－六九)童謠篇(14)", 『조선일보 특간』, 1934.3.23.

× × ×

그러나 때로는 無意識하게 純眞하게 불으짓는 속에도 만흔 諷刺의 意味를 包含하는 수가 잇다. 例컨대 兩班을 諷刺하는 노래에

兩班, 兩班
개팔아 두냥반
돼지팔아, 석냥반
소팔아 넉냥반
수염이 대자라도
먹어야 냥반

이는 마치「난봉歌」속에

둥단버서 遮日치고
방닙버서 雨傘밧고
喪막대로 제를삼고
橫巾버서 갈창대고
平壤 練光亭에
大도럿 노름가자

와도 가티 或은 다른 民謠에

서울兩班 죽엇다네
웨웨 죽엇다나
붓드막에 안저서
밥퉈정하다가 죽엇다네

불개미한테 불알을물녀
죽엇다네
무슨行喪 하든가
지개行喪 한데
무슨떡을 하든가
숭팟떡을 하데
무슨고물 햇든가
양대고물 햇데
어대로 가든가
울타리 궁기로가데
누구누구 울든가
암캐숫캐 울데
아이구︿ ︿︿

와도 가티 꼭두각시 脚本에 平壤監司 行喪을 강설이 썩은 냄새 난다고 諷刺한 것과도 가티 조선 歌謠에는 흔하게 볼 수 잇는 일이다. 더욱 僧侶를 諷刺한 童謠는 數가 퍽 만허서 우리는 李朝 以後에 僧侶가 八賤에 看做되여 얼마나 賤視된 것이며 修道하는 人間이라는 粉粧은 한갓 社會의 寄生蟲的 役割 以外에 아무것도 업는 意味에 얼마나 嫉視된 것이라는 것을 알겟다. 曰,

중중깍가중 대패로미러중
중대가리팟대가리, 오조앗페돌대가리

이라고 한 것은 薙髮한 僧頭를 웃은 것이요

중중깍가중 어듸서왓나
황장사서 왓네
무엇하러 왓나
동냥하러 왓네

무엇가지고 왓나
바랑가지고 왓네
무엇치고 왓나
목탁치고 왓네
念佛할줄 아나
念佛은 못하네
요념어 조념어
개똥밧테 돌중일세그려

또 중의 殺生戒를 비우서 노래하되

중아 중아 칼내라
배암 잡아 회치고
개골이잡아 탕치고
찔내 꺽거 밥해주마

或은 그들의 淸敎徒的 禁慾生活을 諷하야

이중놈아 이중놈아
나치마꼬리 노아라
우리어머니 알면
자최업시 죽겟다
우리아버지 알면
피업시 자피겟다

또는 그들이 破戒的 行動을 嘲笑하는 民謠로서

동냥왓소 동냥왓소
山꼴중이 동냥왓소
동냥이야 주지만은
줄이업서 못주겟네

(中略)
중내나네 중내나네
딸의방에 중내나네
중이먹든 밥그릇에
중내나서 못먹겟네
애라이년 물너세라
늬갈대로 나가세라

金台俊, “(朝鮮歌謠概說－七○)童謠篇(15)”, 『조선일보 특간』, 1934.3.24.

더구나 중의 ‘에로’에 關해서는 만흔 傳說도 잇고『禦眠楯』,『古今笑叢』,『蓂葉志諧』에는 “중이 有夫女를 通하다가 辱본 니약이”가 만코 또 童謠的 數謠 속에는

一남자 중놈인지
二남자 중놈인지
三綱을알엇스면
四禮를알엇스면
五헤라 중놈아
六학장 걸떠집고
七袈裟를 메고
八道를 遍踏하고서
구하노니 그것이냐

이는

一바랑아

二중놈아
三佛부처 모시고서
四禮를 배반하고
五倫을 몰나보고
……(下略)

의 數謠와도 갓다. (此間 六行 略)

×

그리고 童謠는 內容보담 形式美를 主로 하야 語韻이 노화야 하기 때문에 저절로 兒童의 心靈을 꽉 把握할 만한 滑稽的 遊戱의 要素를 담북 保藏한 者가 아니면 안 된다.

불무불무 불무야
불무딱딱 불무야
×
붐파붐파 붐파야
붐파붐파 붐파야
×
둥개둥개 둥개야
입으나 버스나둥둥
먹으나 굶으나 둥둥
둥개둥개 둥개야

의 노래는 어른이 아희를 戱弄하는 노래요

숭내쟁이 똥내쟁이
내미구넝 할티쟁이

는 흉내 내는 아희를 嘲弄하는 노래요 아희들이 잠자리를 잡으면서는

파리 동동 잠자리 동동
거미 동동 잠자리 동동

의 노래를 불으며 이는 그他 갯똥벌레(螢), 멧뚝이 가튼 小虫을 잡는 데도 반다시 노래가 생긴다. 윷노리를 하면 윷頌이 생기고 物件을 헬 적에는 반다시 數노름이 생긴다. 더구나 數謠는 그 種類가 매우 만타.

별하나 나하나
별둘 나둘
별서이 나서이

는 별 헤는 노래요 「콩 하나 팟 하나」도 이 비슷하고

일득이 이득이
삼득이 사득이
오득이 륙득이
칠득이 팔득이
구득이

는 제비뽑는 노래요

한거리 영거리
대청 술네
에방 먹어
찍어 내여
꼭두 역두
다와 달뜩

은 아희들이 둘너 안저 다리 헤는 十二數의 노래며, 그他, 八, 九, 十, 十一, 十三, 十四, 十五, 十六, 十九, 二十, 二十二數, 二十九數를 헬 적까지

의 노래도 잇다. (註 2)

×

滑稽的 趣味는 그他 여렁打鈴[221] 類에도 낫타나나니 「나무타령」, 「배타령」, 「日字打鈴」, 「엿打鈴」, 「방구打鈴」, 「통打鈴」, 「냥打鈴」 等이 모다 이에 屬한다. 나물 캐는 아희들의 노래에도

콩나물먹고 콩콩노자
동나물먹고 동동노자
넙나물먹고 넙놀아가자
참나물먹고 참노라가자

갓튼 것도 純眞한 山間 處女애들의 童心이 들어난다.

---

221 '여러 打鈴'의 오식으로 보인다.

李靑史, "童話의 教育的 考察(一)", 『매일신보』, 1934.3.25.

一. 序 論

童話가 一般人의 盲目的 見地로 다만 兒童에게 慰安을 주는 것이며 朦朧히 우슴을 사는 것이 아니다. 卽 童話가 兒童教育上 重要한 位置에 잇다는 것은 至今 다시 云々할 배가 아니다. 教育的 論理로 童話는 思考陶冶의 基礎가 되고 合理的 秩序的 思考開展의 糧道일[222] 것이다. 低學年的 考察로 말하면 機械的 記憶으로 成立되며 高學年的 考察로 말하면 理論的 記憶으로 成立되는 故로 童話의 合理的 秩序的性을 失하면 如何히 奇拔한 材料인 童話라도 兒童은 곳 興味를 일는 것이다. 長幼有序라는 文句는 社會組織上으로만 必要한 條件이 아니라 兒童에 寄與하는 童話의 構成上에도 大端히 重要한 것이다. 즉 秩序性이라는 것이 童話構成上 精神의 大部分이다.

萬一 이 秩序性을 失하면 其 童話는 不完全한 것이다. 例를 들면 이약이의 材料가 一로부터 二 二로부터 三 三으로부터 四의 順으로 向하면 이것이 곳 秩序的이고 兒童性格도 破壞하는 일이 업스며 一로부터 三 二로부터 五 四로부터 六과 갓치 不秩序的이면 全혀 兒童의 聯想的 觀念을 混濁하게 하며 健全한 思考力을 破壞하는 것이다.

春夏秋冬이라는 時季의 順序로 말하야도 이것이 春으로부터 秋로 冬으로부터 夏로 不順序한 運行을 한다 하면 我等 社會生活을 全然 破壞시키는 不安을 주는 것이다. 童話가 가진 命脈은 必然的으로 我等 社會生活과 離脫할 수 업는 故로 其 秩序性은 亦是 我等의 因習的 習慣에 順應하는 것이다.

特히 童話의 想像力은 科學을 基礎로 한 世界의 無限한 延長이라고 볼

222 '양도(糧道)'는 "일정한 기간 동안 먹고 살아 갈 양식" 또는 "군량(軍糧)을 나르는 길"이란 뜻이다.

수 잇는 것이 至當하며 科學을 써난 像想이라는 것은 純眞한 童話를 構成할 수 업는 것이다.

故로 童話는 野談이 아니고 確實히 兒童의 精神生活의 糧道이고 成長하야 가는 童性의 强壯劑이며 이것이 敎育上 見地로 본다면 思考陶冶 及 純眞性 陶冶의 基礎라고 말할 수 잇다.

然이나 現今 一般 敎育者들은 此點을 等閑히 生覺하고 이것을 敎育上의 必須圈 內에 너치 안는다.

童話가 如何히 兒童社會에 功獻하얏다 함은 數百年來 其 洗練한 文學的 藝術的 光彩를 빗내고 잇스며 그 光彩를 我等의 손에 寄與하야 준 것으로만 하야도 能히 證明할 수 잇는 것이다. 그리고 童話가 敎育的 價値가 업다는 敎育者의 論은 否定하고 십다. 그리고 近來 童話作家의 傾向은 亂作이 만타. 아무나 童話를 쓴다. 그런 故로 敎育家는 作品의 精選에 努力할지며 精選한 童話를 兒童에게 寄與하여야 된다. 都是 從來의 童話敎育은 歸納的이엇다. 同時에 敎育家는 童話를 慰安的 材料이며 웃김을 사는 것이 童話의 目的이라는 것을 指摘함에 不過하얏다. 그러고 現今으로 말하면 時代는 임이 이것을 淸算하얏고 童話를 整理한 敎材의 一部分으로 取扱하게 되엿다.

元來 童話라 함은 兒童의 經驗世界를 基礎로 한 것임으로 如何한 登場人物을 捕着하야 와도 兒童知識 範圍의 活動을 專有함에 사아는 것이다. 妙精, 각시, 여호 갓흔 것도 兒童이 生覺하는 行動을 爲主할 것이다. 비록 如何한 空想이라도 兒童 掌中에 始終할 것이다.

童話作家는 此點에 對照하는 兒童이라 함은 相等한 創作線에 立脚하야 相等한 興味와 相等한 感動을 갓지 아니하면 아니 된다. 이 約束이 가장 重大하다. 要컨대 童話의 秩序性도 이 見解로부터 出發하지 아니하면 其 特質을 消失할 뿐 아니라 또한 興味도 消滅하야 버리는 것이다.

그리고 萬一 童話作家 層에서 이 秩序性을 忘却하면 作品을 發表하기 어렵다. 그러고 이것을 새로운 創作이라고 稱한다. 또한 童話의 純眞性이라는 것은 童話와 一致點을 發見하고 一致한다 함은 熱注性의 効果를 말함이다. 童話를 童話로 하야 純一히 一致하게 하는 態度를 말함이다. 童話의 純粹的 興味에 依하야 對象에 向하야 純一하게 함을 爲主할 것이다.

童話에는 點數와 目標가 업다. 爲主한다는 功利性은 全혀 忘却하고 學課의 하나라는 槪念이 全혀 消失하야 純一한 마음을 兒童에게 一致함이다.

이 純一한 童性을 陶冶 鍊磨하는 것이 其 純一性을 다른 科學 敎授에까지 應用할여는 것이 文化敎育의 第一步로 實로 緊要한 것이다. 그리고 秩序性이 豊富한 童話를 選擇하야 思考陶冶를 爲하야 其 特質을 發揮식히는 것을 童話 寄與의 本質的 目的이라고 하겟다.

童話材料의 選擇이라 함은 二十世紀에 와서는 優生學의 見地로서 立脚한 것이 아니면 아니 된다. 要컨대 童話를 兒童에게 寄與함으로 因하야 兒童을 將來 有爲한 人物로 만들기 爲하야 養分이 될 것은 勿論이다.

이 養分은 極히 理想的이 아니면 아니 된다. 路傍之草라도 其 養分이 不足한 至境에는 枯死하는 것이다. 사람도 亦是 그러하니, 養分이 不足하면 그 靈이 死滅할지며 靈의 死滅이라는 것은 이것을 肉的으로 發見할 수 업스니 可畏할 일이다. 健全한 思想과 能力이 充滿한 童話를 選擇하지 아니하는 民族은 滅亡하기 쉬운 일이다. 獨逸에 크림童話가 잇다는 것은 獨逸의 民族性을 如實히 象徵하고 잇다.

東洋의 童話이니 西洋의 童話이니 云々하며 原始的 人種의 童話가 엇더하며 現代的 童話가 엇더하다는 것은 童話를 骨董品視的 取扱에 지나지 못하며 참으로 童話를 理解하는 敎育家가 아니다. 童話 健全한 人格의 人物 養成이 目的인 卽 我等은 童話를 玩具視하면 아니 된다. 旣往엔 優秀한 竪話[223]를 蒐集하며 第二 國民性的 養分이라는 것은 旣定된 事實이니 原始人 童話 詮索[224]은 不必要한 일이다.

223 '童話'의 오식으로 보인다.

224 일본어 'せんさく〔穿鑿, 詮索〕'로 "탐색함, 추구함, 세세한 점까지 귀찮을 정도로 깊이 파고듦"이란 뜻이다.

李靑史, "童話의 敎育的 考察(二)", 『매일신보』, 1934.3.27.

우리들은 반듯이 先進 文明人의 童話를 읽고 십허 할지며 優秀 國民이 가지고 잇는 童話를 選擇할 것이다.

獨逸民族이 갓고 잇는 크림童話는 全혀 此點으로 選擇할 必要가 잇다. 秩序性의 保全 思考力에 重點을 두고 創造力을 發達식힐 諸 要素를 包含하고 잇는 것이다.

그런故로 이제 우리들도 크림童話를 飜譯 改作하야 그 作品의 價値를 讚歎하는 所以이다.

嚴格히 말하면 크림 氏 兄弟의 童話集도 亦是 우리들 世界人類의 共有한 文明財産에서 材料를 取하야 改作한 것이니 우리들노서 엇지 크림 氏 兄弟의 作品에 關心하지 아니할 수 잇슬가?

卽 長久히 獨逸民族 間에 口傳될 것이며 獨逸語로 傳承됨에 지나지 못한 것이다. 全혀 이 童話가 獨逸民族의 사이에 起源을 두엇다고는 말할 수 업는 것이다.

그러나 如此한 童話의 生命이라는 것은 健實한 聯想과 善良한 想像과 思考陶冶의 基礎가 될 만한 秩序가 整頓되 잇는 까닭으로 兒童의 求智心이라든지 暗示性이라는 것에 滿足할 것이다. 그런 故로 이것을 敎育的 價値가 잇다고 일카르는 것이다. 卽 그 內容에 充分한 養分이 잇서야 하고 長久히 獨逸의 國民性을 萌芽식혀 온 것이다. 추릴 氏의 學說을 引用하면 卽

> 初等學校 初學年의 敎授要旨는 讀書와 習字가 아니다. 차라리 品性의 發育에 잇스며 이 目的에 向하야 適當한 敎材는 道德的 價値를 가진 것과 함께 兒童의 天性에 適當함을 要한다.

라고 말하얏다. 즉 同 氏가 크림童話를 敎授上에 使用한 것으로도 알 것이다.

優秀한 童話라는 것은 優秀한 國民性을 積築하야 先進 文明人의 人格을 向上식히여 온 要素가 되엿스며 그 過程이 되고 잇든 事實은 歷然히 證據를 세우고 잇는 것이다. 勿論 優秀한 童話가 크림童話쁜이라는 것은 아니다. 안다아슨의 童話이며 톨스토이의 童話에도 優秀한 것이 잇다. 그러나 이것은 教育的으로 精選할 적에 極히 그 材料가 적은 것으로 크림童話만큼은 實用되지 못하고 잇다.

그런故로 童話의 數를 만히 안다는 것으로 因하야 童話家를 일카름에는 多少 誤謬를 指摘할 餘地가 잇는 것이다. 第二國民의 教育이라는 背景이 잇는 故로 이 背景 압헤 立脚하야 줄 만한 童話를 所謂 教育的 童話라고 일커르겟다. 그런 故로 童話教材의 內容을 包含한 心理的 條件으로

一. 完全한 秩序性을 包含하고 잇는 것

二. 最善最良한 聯想을 誘導하고 잇는 것

三. 崇高豊富한 想像을 惹起식히는 것

을 選擇하야 國民精神의 根底를 其 幼少期에 잇서서 確實히 培養하지 아니하면 아니 된다.

李靑史, "童話의 教育的 考察(三)", 『매일신보』, 1934.3.28.

如上한 諸 問題는 다 童話의 形式이 그 內容과 一致하야 잇는 것이며 此 條件을 完全히 包含하야 잇스면 잇슬사록 兒童의 歡喜하는 材料가 되여 表現되는 것이나 이것이 童話의 外皮가 되는 것이라 하면 쏘한 그만치 童話다운 價値를 消失식히는 것이다.

童話教育家 파암·크렁 氏는 如此히 말한 바 잇섯다.

童話로서 그 內容이 非實際的인 것이면 兒童의 幼少期에 잇서 其 實際的 經驗의 知識을 攪亂하며 其 正當한 發達을 妨害한다. 그리고 其 虛僞的 內容이 後日

에 歷史的 內容인 敎材를 取扱할 적에 眞實로 妨害가 된다. 그런故로 처음부터 童話의 內容은 歷史가 갓고 잇는 것 가튼 歷然한 事實話만 取扱함이 조타.

라고 말한 바 잇섯다.

此說은 너무나 固癖[225]하나 亦是 其 一部面의 眞理를 參酌할 必要가 잇다고 말할 수도 잇다. 그러나 全혀 如上한 學說을 支持한다면 그것에도 誤謬點을 指摘하지 아니할 수 업는 것이다. 何故오 幼兒의 實際的 經驗이라는 것을 童話 創作者이며 이것을 授與하는 敎育家는 如何한 範圍에서 求하여야 조흘지 모르는 바이다. 卽 幼兒의 所見으로서는 成人은 巨人으로 보이며 成人의 世界는 巨人의 世界로 보이는 것이다. 自己가 조화하는 菓子 한 개일망정 其 實際 非實際를 判然히 區別할 수 업는 至極히 精神狀態의 發達이 幼弱한 時期임을 엇지 할 수 잇나?

此說에 對하야서는 차라리 추렬 氏 說에 可點을 發見할 수 잇는 點이 만타. 추렬 氏 曰

兒童은 史實과 假說을 判別할 能力이 업슴으로 純粹한 史的 材料는 敎材로서는 不當하다. 그런故로 聖書的 敎材는 初等學校 特히 初學年에는 不適當한 것이다. 兒童은 其 空想的 生活을 活潑히 豊富히 함은 切實이 要求한다. 이 要求에 應하야 所得하는 것으로서는 單只 獨乙[226] 크림童話의 適當한 撰擇이 잇슬 짜름이다. 獨乙 童話는 獨乙人의 故鄕에서 生長發達한 것이니 其 內容과 形式이 兒童의 性質과 全然 適合하다

라고 말하얏다.

後段의 主張은 고만두고라도 兒童이 史實과 假說을 判斷하는 能力을 갓지 못하고 잇는 것은 同感하는 바이다.

파암・크렘 氏 說은 全然 이에 反對이다.

---

225 '痼癖'의 오식으로 보인다. '痼癖'은 "아주 굳어져 고치기 어려운 버릇"이란 뜻이다.
226 예전에 '獨逸'을 이르던 말이다.

이에 이 두 사람의 主張의 中間에 立脚하야 論한 쑈우랑 氏는 다음과 갓치 말하얏다.

冷靜한 敎育家 中에는 童話가 兒童을 誘惑하야 合理的 現實的 世界로부터 神秘的 迷信的 空想國으로 다다르게 하는 弊害가 잇다. 그러나 兒童의 空想은 甚한 空想的 童話가 아니면 興味를 늣기지 못한다.

此種의 童話는 兒童의 空想의 滋養이며 이 食物을 授與하지 아니하면 도로혀 有害한 結果를 招來하기 쉽다. 單只 空想의 發達이 甚한 때에는 現實에 接觸식히혀 이것을 制禦할 必要가 잇슬 쑨이다. 그러나 何時든지 兒童의 想像力이라는 것이 現實을 理解할 수 잇는 過程이 되도록 注意 指導함이 童話의 敎育的 焦點이다.

라는 說을 理想으로 이제부터 本論으로 들어가고자 한다.

李靑史, "童話의 敎育的 考察(四)", 『매일신보』, 1934.3.30.

本 論

一. 童話 作家와 童話 敎育家의 態度

童話 創作態度의 가장 必要한 條件은 準備이다. 萬一 準備라는 것이 업스면 作品을 構成할 수 업스며 設令 作品이 構成된다 하드라도 兒童이 그 作品을 읽고 純眞한 世界에 照明될 수 업는 것이다.

一般 文藝創作 時에도 必要한 것은 亦是 此 準備일 것이다. 準備 업는 創作은 石炭 업는 汽船과 갓치 如何히 完全한 機關을 가추고 잇다 할지라도 航海를 할 수 업는 것이다. 準備 업는 創作家로서는 如何히 優秀한 語句를 羅列하야 논다 하드라도 完全한 作品을 쓰지 못한다.

童話創作의 條目에는 左와 如한 二 條目이 잇스니

1. 氣分의 準備

2. 材料의 準備

이다. 此內 氣分의 準備라 함은 肉體의 休養이다. 六根淸淨이라는 말이 佛語에 잇스니[227] 信佛에 對한 奉仕心이다. 沐浴齋戒라 하는 것은 信仰家 뿐의 道가 아니다. 童話的 氣分의 準備는 童話家의 六根淸淨한 氣分의 準備가 드듸여 神人을 感動식힐 만한 作品을 創作하기에 이르는 것이다.

맛치 靈界奉公하는 사람과 갓치 超人間的으로 或時는 釋尊을 論하며 神을 論하며 或時는 巨人을 膺懲하며 鬼神을 捕捉하니 該事는 그것이 假令 想像界에 屬하는 것이라도 沐浴齋戒的으로 給終할 必要가 잇다.

現今 學校敎育도 修身敎授가 兒童의 精神的 糧道가 完全히 되지 아니함은 敎師의 이 靈的 準備가 不足한 것이 起因하는 것이다. 靈을 說하는 者 其 靈의 準備가 無하고서 무엇을 說할 수 잇는 것인가? 그러나 沐浴齋戒라는 것은 常人으로 좀체는 不能之事이다.

故로 氣分으로 心身을 休養한다는 意이다.

飛行家의 墜落의 原因은 前日의 不攝生이라는 것인데 殆히 第六官으로서 高度, 速度, 風向 等을 調節하는 飛行家는 冷靜한 銳敏한 六感으로 操縱하지 아니하면 맛치 盲人이 杖을 일은 것과 갓하야 드듸여 墜落의 第一因이 되니 飛行家에 對하야서는 戒心할 일이다.

童話家도 亦是 飛行家와 갓다. 空中과 原稿用紙라는 舞臺는 틀니나 第六官의 活動은 飛行家보다 도리혀 任이 묵어울지도 몰은다. 兒童의 氣分을 豫想하고 이약이의 順序를 生覺하며 그것을 象徵的으로 말함과 가티 寸尺의 隙間도 업시 靈肉이 共히 銳敏히 活動함은 實로 德三軍之將이라도 概가 잇다.

童話創作이 氣分의 創作인 만티 童話敎育도 氣分의 敎育이다. 氣分을

---

227 '佛語'는 "불가(佛家)의 말"이란 뜻이고, '六根淸淨'은 "진리를 깨달아 욕심과 집착이 없어지고 육근이 깨끗하여지는 일"이란 뜻이다. '六根'은 "육식(六識)을 낳는 여섯 가지 근"으로 "곧, 안(眼), 이(耳), 비(鼻), 설(舌), 신(身), 의(意)를 총칭하는 것"이다. '六識'은 "六根에 의하여 대상을 깨닫는 여섯 가지 작용"을 이른다.

統一치 못하면 三軍之將이 되지 못한다. 그러나 個性이 各異하고 家庭生活이 各異하고 東西環境을 各異히 하고 잇는 卽 自己 處地를 各々 달니하고 잇는 兒童들에게 氣分의 統一을 하랴는 것에는 滿足한 結果를 엇기가 어려우나 먼첨 作家와 敎育家의 氣分 統一이라는 것이 先問題일 것 갓다.

故로 敎育家로서는 創作家와 氣分을 統一하야 兒童에게 氣分의 同化, 共鳴의 基礎가 되는 氣分의 模倣이라는 過程을 考慮할 것이다. 此 模倣이 드듸여 善意한 暗示로 推移되여 兒童의 共鳴이라는 過程이 되는 것이다. 故로 童話作家로서는 作品의 成不成만 云々하지 말고 童話의 敎育的 價値를 全體的으로 考慮할 必要가 잇는 줄 안다.

實로 模倣이라는 것은 最初의 氣分을 醱酵식히는 重要 心理인 故로 吾人은 氣分의 統一을 童話의 基礎的 階段으로 生覺하는 바이다.

萬一 氣分의 統一이 欠如한 作品을 發表하는 일이 잇다고 하면 이것이 果然 一家團欒 和氣靄々한 家庭에 잇는 兒童들에게 如何한 影響을 줄 것인가? 決코 其 作品은 兒童에게 共鳴을 밧지 못할 것이다. 氣分이 不統一하는 時는 벌서 作家自身의 良心이 不愉快한 것이 아닌가? 참으로 이 點에는 熱注性이라는 것이 必要하다.

童話를 愛護하는 敎育家가 現代 敎育界에서 理解를 밧고 歡迎을 밧음은 이 準備性이 完全히 陶冶되여 잇는 까닭이다. 佛敎語에 昭顔愛語[228]라는 말이 잇스니 이 말은 相當히 修業을 싸안 宗敎家가 아니면 能히 實行하지 못한다. 宗敎家가 이 和顔愛語를 爲主하고 잇는 것과 가티 作家와 敎育家들도 靈과 肉의 準備를 할 것이다. 이 準備라는 것을 心身의 休養이라고 말하는 것이다. 再言하면 이 準備性이라는 것을 熱注性의 一部分이라고 하며 事物에 純眞히 奉仕하는 心情의 活動이라고 말하고 십흔 것이다. 이

228 '和顔愛語'는 불교 경전인 『大無量壽經』에 있는 말로, "부드럽고 온화하여 기쁜 빛이 도는 얼굴에 부드럽고 따뜻하며 사랑이 담긴 말"이란 뜻이다. '昭顔愛語'는 바로 아래에 있는 '和顔愛語'의 오식으로 보인다. '愛語'는 "보살이 중생에게 대하여 사랑으로 하는 말"로 "부드럽고 따뜻하며 사랑이 담긴 말"을 뜻하므로 밝은 얼굴로 '愛語'를 하는 것으로 풀이하면 될 것이다.

熱注性이 豊富하지 아니한 사람에게 엇지 童話를 硏究한다는 餘地가 잇슬가.

李靑史, "童話의 敎育的 考察(五)", 『매일신보』, 1934.3.31.

二. 童話 材料에 對하야

童話 創作에 잇서々는 무엇보다도 材料의 準備가 必要하다. 如何히 熱注性이 잇고 純眞性이 充滿하다 하야도 材料의 準備가 粗惡하면 其 作品은 完全한 것으로 볼 수가 업스며 兒童에게도 充分한 幻影을 밧을 수 업스며 共鳴을 밧을 수 업스니 도리혀 兒童에게는 惡影響을 及하게 하며 兒童으로서는 이것을 嫌惡하며 倦怠히 할 것이다.

玆에 童話材料를 現今 初等學校에서 施行하고 잇는 敎材的으로 分類하면

1. 讀本的 童話(科學的 童話)
2. 修身的 童話(倫理學的 童話)
3. 課外的 童話(趣味的 童話)

로 大體的 區別을 볼 수 잇다.

元來 童話分類에 對하야서는 各人의 主張과 其 標準이 相異하나 所謂 "옛날이약이" 卽 "古談"이라는 것만은 좀 童話와 區別할 必要가 잇는 줄 筆者는 生覺한다. 古談이라는 것은 或種 考察노 生覺하면 才談 野談 傳說 傳記類 怪談 等으로 其 標準은 成人에 잇는 것이다.

그리고 그 趣旨는 成人의 娛樂에 잇다. 그러나 童話는 그러치 아니하다. 童話의 趣旨는 兒童에 잇고 兒童의 敎育的 材料 成立하는 것이다. 佛蘭西에서 發行한 크림童話集을 보드라도 修身的童話 信心的童話 逸話 怪談的童話 史的童話 嘆談的童話로 區別되여 잇다.

이솝의 寓話 헤레롱의 寓話 라온헨의 寓話. 寓話라는 것도 童話와는 確

實히 區別되여 잇다.

獨乙 케벨 氏도 다음과 갓치 말하야 古談과 童話는 確實히 區別하얏다.

> 大抵 文學의 種類 中에 내가 第一 조와하는 것은 古談이다. 그러고 노어버리스 氏가 그것은 "文學의 規準"이라고 말한 것은 正當하다. 모든 詩的 作品은 古談的이 아니면 아니 된다. 그러고 事實 古談이라는 것은 엇더한 詩的 藝術的 作品에 比較하야도 그것은 敍事詩 或은 散文을 勿論하고 吾人이 提出하는 一切 要求를 滿足식인다. 그에 對하야 童話라는 것은 標的이 兒童이고 兒童의 敎育的 對象物에 지나지 못하는 것을 主張한다. 云々…….

이라고 말한 바 잇섯다.

以上으로 보아도 昔時로부터 童話는 創作的이고 敎育的이라는 要素가 包含되여 잇스며 이것이 兒童의 想像的 鑑賞力을 充分히 發揮하고 잇섯든 것을 證明한다.

三. 童話와 民族生活

童話는 其 發生當時의 民族生活을 無視하면 참ㅅ된 興味를 맛보지 못한다. 此 問題의 考察은 歷史的 硏究가 必要하다.

卽 『沈淸傳』에 나오는 龍宮이며 『興夫놀夫傳』에 나오는 朴 等 갓흔 것도 其 時代의 民族生活의 程度를 象徵하고 잇는 것이다. 그러나 아직까지 이러한 것을 아무도 硏究한 사람이 업슨 것은 遺憾이다. 卽 龍宮 朴 그 自身을 硏究 云々이 아니라 그 童話 發生時代의 民族生活을 探究할 必要가 잇다는 것이다.

卽 『沈淸傳』 發生時代의 兒童들과 龍宮이라는 것에는 如何한 關係가 잇섯든 것인가? 이것은 興味 잇는 硏究材料이다. 卽 其 時代의 兒童들은 未知하고 華麗한 對象物에 큰 愛着을 갓고 잇섯다는 것을 象徵하고 잇다. 그러고 그만큼 其 時代의 生活은 科學的 理解가 적엇섯고 한 假想的이고 愚迷한 愛着心으로 龍宮이라는 것을 憧憬하야 『沈淸傳』의 永遠한 生命을 이제ㅅ것 傳하고 잇는 것이 안일가.

興夫놀夫의 朴도 亦是 朴 속에서 寶物이 나온다는 愛着心으로 憧憬함을 말하지 아니하얏든 것이 永遠히 兒童의 記憶에서 사라지지 아니하는 背景을 만든 것이다.

何時代의 民族을 勿論하고 가장 愛着을 주는 材料와 或은 가장 恐怖를 주는 것이 話題에 오르는 것이다.

『이솝童話集』 五百二十六 話 中 그 重要한 것을 分類하야 보면

1. 人類에게 愛着을 갓게 하는 動物

   驢馬이약이 三五, 犬에 對한 이약이 三一, 馬에 對한 이약이 一一, 鳥 一五, 牛 一八, 燕 一○, 猿 九, 山羊 六, 其他의 數는 此와 갓게 만치 안타.

2. 人類에게 恐怖를 늣기게 하는 動物

   獅子 四一, 狼 三八, 狐 四五, 鷲 一○, 其他의 數는 此와 가치 안타.

要컨대 사람은 飛行機가 생기면 飛行機 라듸오가 생기면 라듸오라고 써드는 것이다. 故로 童話도 其 時代의 民族生活의 文明 程度 如何를 研究하지 아니하고서는 참된 童話價値를 敎育的으로 兒童에게 共鳴식히지 못한다.

李靑史, "童話의 敎育的 考察(六)", 『매일신보』, 1934.4.1.

四. 兒童의 本能과 童話

데온·듀우위 氏의 說로 말하면 兒童의 本能을

1. 交話本能
2. 探究本能
2. 構成本能
4. 藝術本能

으로 區別하야 이것이 事物 創造의 가장 重要한 活動을 한다고 말하얏다.

本能活動에 快感이 相伴함은 當然한 일이다.

以上의 四 條目 本能이 다 兒童으로서 童話를 읽고 들음(聽)에 必要한 것은 勿論이다. 더욱이 交話本能과 探究本能이라는 것을 詳細히 硏究할 必要가 잇다는 것이다. 童話作家와 敎育家는 이 努力的 準備로 因하야 恒常 兒童의 完全한 理解力을 計算하고 잇는 것이다. 童話는 滋味 잇스닛가 듯고 십다는 單純한 兒童心理 硏究로만은 참으로 兒童에게 敎育的 價値를 發揮치 못하는 것이다.

五. 童話의 興味 態度

童話와 兒童의 興味 關係를 心理的으로 硏究하면

1. 이약이의 材料(間接的 興味)

2. 이약이를 읽고 듯는 것은(直接的 興味)

라고 말할 수 잇는 것이다.

興味本位이니 興味中心이니 하는 童話家들의 主張과 兒童의 興味라는 關係가 元來 엇더한 것이냐? 이것은 만은 作家와 敎育家들의 主張이 잇섯다.

卽 興味라는 것은 第一 好奇心의 飢餓에 依한 知的 欲望으로부터 起因한 것이라고 말할 수 잇는 것이다. 즉 知的缺乏의 表徵이면 特히 兒童의 興味는 心身發達에 必要한 것이니 이 缺乏狀態는 興味를 이르키는 心理過程에 密接한 關係가 잇다. 兒童의 自然的 興味라는 것은 兒童의 知情意의 發達의 必然性 條件이다.

그러면 卽 興味라는 것은 兒童의 心身發達에 重大한 關係를 가진 것인 故로 이 興味를 誘起식힘에는 그 方法으로 大端히 注意할 條件이 잇다. 卽 作品創作上이라든지 旣成作品 傳授上에 表現過多와 態度 過多라는 것이다. 卽 童話가 一般 敎育家 層의 誤解를 사는 點은 表現過多와 態度過多에 依하야 興味라는 點을 越하야 娛樂이 되고 마아는 까닭이다. 卽 興味가 心理的 制限을 넘어 娛樂的 態度로 마아는 까닭이다. 卽 童話의 創作과 其 傳授方法은 兒童의 求知本能을 利用하야 이약이를 解說的으로 다시

暗示的으로 卽 教育的으로 興味를 誘起함은 兒童의 能動的 價値가 잇는 것인 故로 有利하나 脫線的 娛樂的이 되여 버리면 全혀 兒童의 態度는 受動的이 되여 童話의 本質 眞理를 傳授할 수 업는 狀態에 이르는 것이다.

教育家 宗教家의 童話에 對한 見解는 이 點을 明瞭히 하는 努力이 童話作家에게 薄弱한 故로 眞實한 童話의 教育的 價値를 認하지 못하고 種々으로 批難하는 것이다.

또한 從來의 童話家로 보아도 其 研究態度가 此 理論까지 오지 아니하얏다. 그런 故로 童話의 眞假는 만은 批難을 밧어 왓다.

호온 博士는 此點에 對하야

"興味는 自發的 活動으로 喚起하는 感情이다."

라고 하얏스며 쥬에 教授는

> 興味는 發達하는 能力의 記號이며 또한 徵候이다. 予는 其 興味가 如實的 性能을 表示함을 밋는다. 그런 故로 興味에 對하야서는 恒常 注意 깁흔 觀察을 함이 教育者의 重要한 일이다.

라고 말한 信條를 吾人은 屢々히 生覺하며 自省할 것이다. 그곳에 童話의 教育的 價値가 잇는 것이다.

李靑史, "童話의 教育的 考察(七)", 『매일신보』, 1934.4.5.

六. 作品 創作의 寫實的 態度

童話의 作品創作 卽 作品構成의 態度로 其 基本的 態度를 曲線的에 두는 것은 實노 兒童의 能動的 興味 誘起라는 것으로부터 出發한 것이다. 童話의 創作態度는 亦是 作品을 藝術化하는 것 傾向이 大部分인 것도 此點으로부터이다. 所謂 寫實化한다는 批難은 模倣에 잇는 것이다.

模倣이라는 것은 곳 이것이 兒童의 精神指導요 動作指導가 되는 故로 創作態度 —— 卽 이약이의 創案이라는 것은 그 構成에 重大한 意味가 잇다.

그런데 이 點을 忘却하는 傾向이 往々 잇스니 可歎之事이다. 或人은 兒童藝術을 抽象的 藝術이라고 論함은 兒童藝術이 創作作品으로부터 成長하는 藝術的 作業이라는 意味이며 一般 藝術과의 交涉을 重히 보는 것은 誤見이다. 兒童藝術은 兒童人格의 培養하는 基礎가 되는 것인 故로 藝術을 藝術노 살니는 點이 弱小하다.

兒童의 藝術이 兒童의 靈과 肉 사이에 잇서 溶解作用을 하고 將來 高尙한 人格을 養成함에 價値가 잇는 것이다.

故로 童話 創作態度는 兒童의 靈과 肉體 사이에 順調로 妥協 吸收되지 아니하면 아니 된다.

往々 童話創作에 寫實的 態度를 避하는 것이 좃타고 하는 論이 잇스나 模倣이라는 것은 自然이 附與하야 준 人間에 原則이라는 것으로 避할 수 업는 것이다. 卽

1. 動物의 抽象 及 概念 模倣
2. 食物의 抽象 及 概念 模倣

라는 것에는 寫眞的 態度에는 批難할 餘地가 업는 것이다. 다만

3. 사람이 故意로 만든 人爲的 模倣에는 除退식힐 餘地가 잇는 것이다.

例를 들어 말하자면 何等 社會에 나오는 惡人 幽靈 鬼 惡魔 等에 對하야서는 注意할 必要가 잇다. 事實 動物이나 植物은 自然的 調和에 힘이 잇서 人間生活을 紊亂할 일이 업스나 人間이 故意로 만든 人爲的 模倣에는 人間生活에 不調和한 것이 만타. 惡人 鬼 惡魔 等은 如何히 人間生活을 紊亂식힌다고 하나 絶滅식힐 일은 업다. 그러나 惡人이라는 模倣은 그 結果가 엇더케 될지 모른다. 童話 創作態度에 同化되고 純眞한 模倣性이 豊富한 兒童에게 模倣을 하게 하면 一大變事가 될 것이다. 더구나 惡人 갓흔 模倣은 態度化하기가 가장 容易하여 同化하니 이것만은 極力 避할 것이다.

그러나 動植物의 抽象的 模倣의 態度로서는 그다지 條件이 無하다. 소

(牛) 갓흔 것을 態度化하면 이것을 寫實化함에는 全體的 聯想觀念을 表現하는 것이 조흘 듯 生覺한다.

結 論

序論에도 말한 바와 가티 童話의 目的은 思考的 陶冶의 基礎이며 萬有科學에 對한 硏究的 態度가 根本이다.

1. 童話에 依하야 어든 秩序性
2. 童話에 依하야 어든 判斷力
3. 童話에 依하야 어든 想像力
4. 童話에 依하야 어든 熱注性

이 宇宙萬有에 對한 思考力의 基礎이다.

整理되여 잇지 아니한 感情을 柔和히 培養하며 科學의 種子를 ᄲᅮ리는 素地를 만든다는 것이 童話作家 及 敎育家의 責任이다. 童話는 娛樂이 아니요 精神向上의 糧道이며 이 點을 理解치 못하면 童話敎育은 不能之事이다. 滋味가 잇스닛가 童話를 쓰고 읽고 듯는다는 사람은 童話의 本質을 알지 못하는 사람이다.

童話는 判斷함이 完全하여야 한다. 理解를 하고 判斷을 함에는 刻刻으로 童話의 生命이 낫하나는 것이다. 그러고 此 理解와 判斷의 光輝가 兒童에게 同化될 적에 비로서 眞實한 敎育的 價値가 낫하낫다고 말할 수 잇다.

이 價値는 他 科學에도 求할 수 잇다. 科學의 難易에 依하야 注意를 繼續하고 잇는 瞬間에 基礎的 秩序的 聯想的으로 構成되는 것이다. 그 瞬間에는 倦怠할 겨를도 업고 다만 硏究目的에 觀念을 集中하는 것이다.

玆에 童話價値의 光明이 잇슬 時代가 到來할 것이다. 그때 새로운 生命을 가질 것이다. 黎明이 올 것이다. 卽 情操敎育을 爲主하는 感情整理가 가장 重要한 事業이라고 할 것이다.

作家 敎育家의 態度로서는 自己自身의 人格에 對照하야 作品의 創作 敎材의 選擇을 充分히 注意하야 童話의 本質的 目的에 向하야 精進할 것

이다.

單只 初等學校 兒童의 施談과 좀 處地를 달니하는 것은 宗教的 素地이며 信仰의 萌芽이다. 童話는 此 目標에 向하야도 活用할 수 잇는 것이다.(完)

李東友, “『新少年』 신년호의 讀後感”, 『新少年』, 1934년 3월호.

몃 동무의 作品?

나는 『新少年』이 오자 하로밤을 새워 가며 熱讀햇다. 내 온몸의 精力은 活字化한 동무들의 作品을 차래차래 보앗다.

너무나 沈態에 빠젓든 1933年의 兒童文學 —— 응 우리는 今年부터는 – 하는 듯한 동무들의 意氣 —— 불조아 兒童文學을 노려보는 듯한 意氣 —— 紙上을 넘처흘너 工場少年과 農村少年들의 헤여저 잇는 마음마음을 團合식혀 줌이 이슬 듯햇다.

李東珪 동무의 童話 「파랑새」는 끗끗내 여러 새들의 防害을 뿌리치고 아지도 못하는 곳을 探險하려고 긴– 길을 떠낫다니 아모쪼록 만은 知識을 어더 가지고 無事히 도라와서 아모런 새 知識도 업든 새들에게 큰 指導者가 되엿스면– 하고 期待하고 십다.

鄭青山 동무는 아마도 갓치 일해 내려오든 동무가 돈 만은 동무를 딸어갓다가 무수한 辱을 當하고 또 무슨 生覺이 낫는지 日前 놀든(?) 가난한 동무를 차저오는 그 따위 동무를 보고 우리에게 그것을 指示키 爲해 쓴 듯 십흔 건 「까막까치 한 마리」라는 童話다. 이것을 읽어 본 동무들 우리는 반다시 그런 까치는 박차 버리자. 또 「샤록크와 업순이」 山갓치 싸어 노은 倉庫의 쌀! 金庫의 돈 때문에 밤잠을 못 자는 엇던 主人이 理由는 財物을 훔쳐 가려는 盜賊놈이엿다.(이상 46쪽)

이런 方法 저런 方法도 다 水泡로 돌아갓으나 샤록크라는 개를 사 오자 모–든 것은 成功 됫다. 이밥 고기를 어더먹든 샤록크는 업순이도 이밥 고기를 먹으리라고 生覺햇스나 乃終에는 모–든 것을 깨들은 개는 업순이와 親한 동무가 됫다가 決局은 그 집을 나와 定處업시 떠낫다는 것이다.

그럴 게지… 微物인 개도 업순이 갓흔 애들을 보면… 웡! 웡 지저대니 참 기맥힌다. 이것이 저 洪九 동무의 滋味나는 童話다. 童詩의 代表는 아모래도 李元壽 동무다.

썩 보시요. 「사이길」 나도 그럿커니와 여러 동무들도 한 달에 두세 番式은 집貰를 못 내여 이곳저곳으로 옴겨 다닐 게다. 農村보다도 都會는 더욱 더욱 한 것이다. 바람이 불거나 치웁거나를 勿論하고 부릅뜬 눈! 호령에 쫓기여 定치도 안는 집을 向하야 移舍 길을 나서는 우리들— 다 갓치 이 詩를 읽자. 다글다글 다글다글 언니가 끌고 가는 구루마 압헤 누이는 압잽이 조롱을 들고 —— 아마도 이 동무는 밤에 쫓겨난는 게다.

金友哲 동무는 어느 날 어느 예수 밋는 애들과 가만가만이 이야기했다. 그러나 그건 목사님의 하시는 행실을 말하는 것이다. 그래… 아니 월급을 백원식이나 탄단 말이야… 그럼 그 멋에 쓰노… 료리갑… 밧두 사고… (이상 47쪽)

여기에서 하든 조각말을 모주리 합하야 쭉 —— 써 노코는 이름하야 목사님의 월급이라 햇다. 이 童謠는 여러시 뫼서 불느기 조타.

바다서 죽은 성님!은… 씩씩한 일꾼이엿건만 먹고 살기 爲해… 그만 죽엇다. 물 거츠른 바다가에 죽은 성님을 생각하는 그 애도 어유 공장에 단이는 소년 —— (二行 略) —— 尹崑崗 동무의 健筆인 게다.

동무들. 여기까지 이럭저럭 讀後感을 썻다만은 너무 一向하게 조-타 조-타 뿐이니 너무 섭섭한 것 갓기도 하다.

그러나 반듯이 缺點을 써야만 讀後感이라는 定理는 업다.

그리고 附言하는 것은 밋처 붓이 가지 못한 小說 「男妹」 「절놈바리 아젓시」 其他 童謠들은 紙面關係上 略한다. 未安하기 짝이 업다.

李向破 동무는 作曲과 作謠를 겸친 才人이라니 깃분 일이다. 兒童文學의 行進에 一曲을 바라며 동무의… 表紙 그림은 新讀者를 끄는 礎石이 되기를 빌며 崔玉嬉 동무의 「별들 이야기」는 못 본 것이 遺憾이다.

끗흐로 『新少年』의 健康을 바라며 붓을 던진다.(이상 48쪽)

閔華景, "兒童劇에 關한 短篇的인 所感 一節－넓니 農村 講習所와 夜學會를 위하야", 『우리들』, 제4권 제3호, 1934년 3월호.[229]

H 兄.

演劇問題에 對하야 무엇이든지 쓰라는 付托을 밧고 나는 躊躇치 안을 수 업습니다. 그만큼 淺薄한 智識을 가젓기 때문이외다.

그러나 兄의 付托이라 아니 쓸 수 업서서 몃 字를 지어 보겟습니다.

勿論! 兄은 演劇文化에 對한 卽 어른을 위한 演劇에 對한 것을 써 달나신 付托이셔슬 것이외다. 그러나 나는 구지 兒童劇에 關하야 몃 마듸 써 보려고 하는 것이니 兄의 本意에 버서지는 일이 될는지 모르겟소이다만은 兒童劇에 關하야 늘 쓰고 십허 하든 참이요. 現在 兒童들을 다리고 演出의 所任을 맛고 잇는 關係로 저절로 이것을 이야기하게 됩니다. 그러면 나의 이야기를 들어주십시요.

H 兄!

「달과 해」「톡기와 거북」!「꼿과 天使」이러한 아름다운 일홈을 가지고 舞臺 우에서 만흔 父兄들을 경멸하는 態度로 나리다보면서 노래하고 춤추든 時節이 兄에게나 나에게는 잇섯습니다.

그때의 나희 어린 우리들은 얼마나 즐거히 이런 歌劇에 出演하엿스며 熱心으로 練習을 하엿든 것이오닛가?

그러나 兄! 지금 나는 다리고 잇는 아해들(이상 32쪽)에게 이런 種類의 '노블'한 演劇을 가르치기에는 躊躇하여 마지안을 뿐 아니라 가르치려고도 하지 안습니다.

그들은! 가난한 집 딸이외다. 그리고 아들이외다. 그들은 그의 父母가 밧헤 씨 뿌리는 것을 보앗습니다. 그리고 된 볏헤 몸을 태우며 김매는 것도 보앗습니다! 북데기 먼지 속에서 마당질하는 것도 보앗지만 겨울에 추움과

229 '閔華景'은 민병휘(閔丙徽)의 필명이다.

주림에 울어도 본 아해들이외다.

그들은 天使로 보지 못햇거니와 해와 달님의 恩澤도 모르는 아해입니다. 꼿도 아름답게 보지 못한 것은 거짓 업는 事實일 것이외다.

그만큼 그들에게는 해를 노래 식히여 주어도 깃거운 마음이 일지 안을 것이오 天使를 만들어 주어도 울 것이외다! 그것은 헐벗고 주린 그들이라 그런 것과는 너무 거리가 먼 작란인 까닭이외다.

그리하야! 나는 이 땅 우에 事實을 이야기로 만들어 그들에게 주엇습니다! 農夫 學生 職工 地主 等을 作品의 主人公으로 만들엇고 좀 더 잘 살리고 어른이나 아해들이나 어두운 生活 가운데서 마음을 한 뜻으로 가지고 나아가는 것을 이야기의 줄거리를 잡엇습니다!

二三年間 經驗에 빗치여 이런 것을 上演하여야지만 보는 사람들의 입에서 "올타!" "그럴 것이다" 하는 歡呼를 들은 일이 잇슴으로서 더욱히 그런 것으로 하엿습니다.

"깃브고 즐거운 노래를 부르자" 하는 풍금과 피아노에 맛치여 부르는 曲調를 나는 모름니다. 그 애들도 모름니다.

가난한 이 학교에는 그런 것도 업습니다! 그리하야 여러 사람이 다 잘 알고 잇는

"아리랑 아리랑 아라리요"

로 曲調를 만들어 뒤에서 '하-모니카'로 伴奏를 하게 하엿스며 背景으로는 黑幕을 치고 煙草函를 뜨더서 집도 만들고 山도 만들고 하엿습니다.

照明 代身에 '남포'(아래로 켜게 된 놈) '호야'[230]에 色紙로 감엇고 表裝은 白紙로 만들엇습니다.

그러나 그들은 이러한 殺風景한 舞臺 우에서 蒼白한 얼골에 우슴도 띄우고 눈물도 흘니거니와 기시찬 希望에 무엇을 決心하는 힘을 表情으로서 나타내기도 합니다.

요사히 내가 演出하는 이 學院의 演出 覺書를(이상 33쪽) 소개하면 이럿습

230 'ほや[火屋]'는 "등피, 향로나 작은 화로 등의 뚜껑"을 뜻하는 일본어이다.

니다.

「進興會長」이란 一幕 喜劇이외다.

사람

會長

洞長

幹事

書記

金첨지

그 아들

洞里 사람 甲乙丙 三人

衣裳과 小道具

中折帽子 세 개

감루 한 개

장죽 한 개

양복 신사복 한 벌

두루마기 둘

머리 手巾 네ㅅ

舞臺 用具

黑幕 一枚

보루紙 두 장

押증 三十 개!

걸상 두 개!

등잔 하나!

이럿습니다. 備品의 價格은 二圓 內外로 全部 비러 할 수 잇는 것이외다.

H 兄!

이런 가운데서 그들은 活潑하게 노래하고 울고 또는 웃고 합니다.

이러케 되어 이야기가 上演한 잇흔날부터 각 사랑으로 또는 사람들이 모히는 어느 곳이나를 勿論하고 談話의 資料가 되는 가운데 ×××에 對한

××的인 힘을 엇드며 分散에서 ××로 發展해 가는 것이외다.

이만큼 우리들의 아우와 누나들의 하는 演劇은 偉大한 成果를 누는 것이외다.

생각하니 예前에 우리들의 작란하든 「해와 달」「토기와 거북」「꼿과 天使」갓흔 것은 엇던 多福한 사람을 위하야 行하여진 留聲器의 代用이엿습니다그려?

그들은 우리들의 작란을 보고 얼마나 우섯겟지요. 그리고 편안히 방에 안저서 지나가는 말끗헤 이야기하고 비웃기도 하엿슬 것이외다.

H 兄!

이런 意味에서 나는 兒童劇의 大衆을 主唱합니다. 뿐만 아니라 實行하고 잇습니다. 兒童劇의 部門的 役割. 우리는 이것도 重大한 文化行動으로서 取扱하지 안으면 아니 될 것이외다. 끗흐로 조리 업는 漫談을 느러노흔데 사과하면서 이만 붓은 놋습니다. 근로하소서….(이상 34쪽)

朱永涉, "普專 演劇 第2回 公演을 끗마치고", 『우리들』, 제4권 제3호, 1934년 3월호.

1

朝鮮 學生劇運動의 搖籃期를 버서나서 새로운 意味의 演劇運動과 步調를 갓치 할 것을 約束하는 意味에서 그 첫 公演을 보여 주기는 一九三二年 「荷車」와 「三等 水兵 말틴」을 끌고 나온 普專演劇部엿다.

이 公演에 對한 劇評, 레파토리問題, 失敗原因 等은 이미 次論한 바 잇슴으로 여기에서는 그것을 略하고 지금까지 걸어온 우리 演劇部의 自己批判을 試하려 한다.

第一回 公演의 經驗으로 우리는 演劇部 內部 統制의 必要를 늣기엿다. 그리하야 一九三三年에 들어오면서 演劇部 內部를 整理하고 演劇을 實質的으로 研究하자는 企圖 아래서 우리는 다음과 갓치 部署를 나누엇다.

1. 脚本部 2. 舞臺部 3. 衣裳部 4. 效果部 5. 照明部 6. 經理部

그리고 各部에는 그 部에 對해서 좀 더 專門的으로 하자는 意圖 미테서 各部 責任者를 두엇다. 그러나 그 다음 一個年 동안 우리들의 活動은 얼마나 進展되엇는가? 우리는 단지 演劇理論 一般에 對한 講座를 數次 모인대 不過하엿다. 그리하야 第二回 公演期를 압두고 우리는 研劇을 爲한 部署보다도 公演을 爲한 部署를 가질 必要를 切實히 느꼇다. 그래서 그다음 部署를 改定하엿스니! 1. 脚本班 2. 演出班 3. 舞臺班(大道具, 小道具) 4. 衣裳班(化粧) 5. 效果班 6. 宣傳班 7. 出演班으로 나누고 各班에는 또한 責任者를 두엇다. 그러나 其後에도 如前히 研劇部의 活動은 脚本班의 活動에 끄치고 말엇다.

脚本班에 잇서서는 脚本에 對한 研究보다는 選澤된[231] 脚本을 謄寫하는 責任만을 가진 듯한 感이 업지 안엇다. 우리가 昨年 봄부터 가을까지 選澤

231 '選擇된'의 오식이다. 아래도 같다.

해 논 脚本은 다음과 갓다.

「炭坑夫」「審判 밧는 老人」「列에 參加하라」「카이젤 兵士」「阿珍」「黑人」「땅을 사랑하는 무리」「解放된 동키호테」「로빈후드」等이엿다. 그러나 봄부터 가을까지 以上 諸 脚本은 차레차레 不通過가 되엿다.

그래서 겨울까지 公演期를 延期하고 脚本 選澤에 焦조한 脚本班으로써 할 수 없시 이미 他 劇團에서 "通過"된 脚本을 빌려 온 것이 이번 第二回 公演으로 가지고 나온 막심 고리기 作 「밤 酒幕」이엿다.(이상 36쪽)

半個年間에 한아 어든 脚本을 압헤다 노코 우리는 勇氣를 가다듬엇다. 그러나 이것을 學生劇으로 消化식히는 데는 여러 가지 難点이 가로막혀 잇섯다. 우리는 처음에 戱曲 內容을 좀 곤처 가지고 上演하려 햇지만은 急迫한 公演期日 때문에 할 수 업시 檢閱 臺本 그대로 公演할 수밧게 업섯다.

其 結果 演劇을 통트러 지루하고 無氣力한 것을 免치 못하엿다.

大部分 學生을 觀衆으로 하고 잇는 學生劇에 잇서서 觀衆의 레벨을 이저서는 안 된다. 이 点에서 이런 레퍼토리 選澤은 失敗라고 본다.

2

朝鮮에 잇서서 演劇公演에 가로맥혀 잇는 諸 難關 公演을 끗마치고 이것을 한 번 뒤도라 볼 때 참으로 苦笑를 참지 못할 別 屈曲이 만헛다.

이것을 우리가 언제나 豫測하고 잇는 바지만은 이번 公演을 通해서 우리 硏劇部[232] 內部 問題로 생기는 諸 難点 밧구어 말하면 우리 손으로 克服하야 할 問題를 指摘한다면 첫재로 硏劇部 組織에 잇서서 各班의 活動이 缺如하엿다는 事實이다.

「밤 酒幕」과 갓은 커단 脚本은 우리들 演劇을 硏究하려는 젊은이에게 잇서서는 한 커다란 試錬場이라고 볼 수 잇다. 그런대도 不拘하고 硏劇部 멤버의 活動이란 단지 出演班 몃 사람의 機械的 活動에 不過하엿다.

여기서 우리는 지나간 過誤를 淸算하고 압날의 飛躍을 約束하지 안어서

232 '演劇部'의 오식이다. 아래도 같다.

는 안 된다.

研劇部 멤버는 演劇理論 一般에 對한 研究를 繼續하는 것과 同時에 各技術的 部門에서는 專門的으로 研究하야 된다. 例를 들면 이번 公演에 잇서서 照明의 失敗는 純全히 이갓흔 效果의 缺如를 말해주고 잇다. 이런 意味에서 전번 延專 野外劇의 舞臺裝置는 意義 잇는 것이라고 생각한다.

第三回 公演을 압둔 普專 研劇部의 今年 課題는 各班의 技術的 向上과 아울러 各班의 獨立이다.

그리하야 今年에는 演出, 裝置를 除한 各班 —— 脚本, 裝置의 一部分, 化粧, 衣裳, 照明 等을 우리 멤버의 손으로 遂行하자.

그리하야 나중에는 "學生劇은 學生의 손으로—"라는 데까지 나가지 안으면 안 된다.

이리하야 優秀한 演劇人을 길너 내여야만 한다. 學生劇의 技術的 向上, 더 나가서는 學生劇의 獨立 — 優秀한 學生劇人의 進出은 演劇人이 不足한 朝鮮 演劇界에 잇서서 반가운 現象이다.

3

以上에서 짦으나마 普專研劇部의 걸어온 길과 將來의 展望을 簡單하게 論하엿다. 研劇部 동무들의 批判을 기다린다. 第三回 公演을 압둔 普專 演劇部! 理論과 實際에 잇서서 언제나 活潑한 活動이 잇기를 바란다.

…(二行 略)… (이상 35쪽)[233]

233 주영섭(朱永涉)의 「普專 演劇 第2回 公演을 끗마치고」는 36쪽에서 시작하여 35쪽으로 끝이 났다.

金泳恩, "유치원 음악과 노래(동요)에 대하야", 『아이생활』, 1934년 4월호.[234]

編者 = 지난 三월 어느 날 저녁 서울 이화여자보육학교 졸업생 반일회에 구경 갔다가 그날 밤 순서 중 이 봄에 졸업생 김영은 양, 강순애 양의 연설한 내용이 일반 아동을 기르고 가르키는 부모와 소학교 선생과 주일학교 선생들과(일반 유치원 선생은 물론) 아동문제를 착실이 생각하시는 여러분에게 참고가 되겠기로 본 문제와 「원아 자연과학에 대한 이야기」를 이에 소개해 드립니다.

어린이의 마음을 순화(純化)시키고 그 정서(情緖)를 아름답게 곱게 세련(洗練)시키는 데는 무엇보다도 음악과 노래(동요)가 가장 필요합니다.

음악으로는 아이들이 북, 요발(鐃鈸), 방울(搖鈴), 삼각음기(三角音器), 탬부린, 혹은 잡음(雜吟)내는 악기(樂器), 사지제(沙紙制)와 같은 악기들을 치고, 흔들어, 소리를 내여 쉬운 곡조에 마쳐 훌륭한 군악(軍樂)을 만들어 내기도 하며 또 거기 마쳐서 간단한 딴쓰를 아름답게 하기도 합니다. 소리 나는 것은 무엇이나 두둘겨 음(音)을 마쳐 가며 노래하고 유쾌해 합니다. 작난감 피아노, 목금(木琴), 나팔 같은 것으로 소리 내기도 하지만 물통이나 유리잔 등을 깨칠 것은 생각도 없이 힘것 힘것 처 울리웁니다. 그리고 어린이들이 부르는

동요에 대하여 잠간 말슴하려 합니다. 동요에 관한 여러 책에 적히여 있는 동요의 정의(定義)를 뒤저 보면 "동요"는 "아동의 노래라" 하고, 혹은 "어린이들이 부르기 쉬운 노래라" 하였읍니다. 좀 더 자서히 설명한 것으로는 "동요는 아동 자신이 창작한 시(詩) 즉 아동들이 자기의 감흥(感興)을 어떠한 형식에던지 구속되지 않고 자기 스스로의 음율(音律)에 마추어 부

234 원문에 '梨花保育 今春 卒業 金泳恩 孃'이라 되어 있다.

르는 시라" 한 것이 있읍니다. 그러나 옛날에 있어서의 동요의 의미는 우리가 오늘날 쓰는 의미와는 달렀읍니다. 즉 어떠한 사변(事變)이 생길 징조를 보이는 이요(俚謠)라는 의미로 쓰인 것이 많습니다. 예를 들면 "김치꾹은 업질러지고 홍두깨에 꽃이 핀다"라는 것이 있읍니다. 이것은 지금으로부터 약 六, 七十년 전에 유행된 동요입니다. 당시의 국척(國戚)으로 오래동안 세도(勢道)를 누리고 있든 김씨일문(金氏一門)이 일조에 실패하여지고 홍씨(洪氏)가 그 뒤를 이여 세도를 하리라는 것을 예언한 것이라 합니다. 그래서 옛날 사람들의 동요에 대한 설명을 들어보면 어떠한 사변이 일어날 것을 하늘이 아동의 입을 빌어서 일반 민중(一般民衆)에게 미리 보야 준(豫示) 것이라 합니다. 그러면 오늘날 우리가 말하는 동요의 의미는 무엇인가? 여기에도 또한 두 가지가 있으니 그 첫재는 먼저 말한 바와 같이 "아동 자신이 창작한 시"요, 둘재의 의미는 동심(童心)으로써 본 우주(宇宙)의 사상(事象)을 표현한 예술적(이상 38쪽)(藝術的) 노래라고 하겠읍니다. 그리고 창가와 다른 점은 종래의 창가라는 것은 너무 산문적(散文的)이어서 무미간조(無味乾燥)한 내용을 가진 것뿐입니다. 그러므로 이 새 의미의 동요를 짓는 태도는 공니적(功利的)이 아니요 아동이 가진 아름다운 공상(空想)과 순진한 정서(情緖)를 조곰도 상치 아니하고 풍부한 예술적 내용을 가진 가사(歌詞)와 곡조(曲調) 즉 단순하고 조화가 잘되는 것으로 아동의 능력이 밎이리만치 긴 것으로 그들에게 제공해서 종래(從來)의 창가의 결점을 보충하려 하는 것이 신흥동요운동(新興童謠運動)의 목적입니다. 이제 동요를 말하려 합니다.

첫재 설화적 동요(說話的 童謠)입니다. 이 종류의 동요는 가장 보통 되는 것이니 시인(詩人)이 마치 자기 무릎 우에 안긴 어린아이에게 옛이야기나 들려주는 듯한 노랩니다. 그래서 이 노래를 부를 때에는 아동의 맘으로 하여금 그들의 독특한 어떤 몽환경(夢幻境)에 이르게 하는 노랩니다. 우선 예전부터 정해 오든[235] 동요 중에 「달아달아 밝은달아」와 같은 것은 비현실

235 '전해 오든'의 오식이다.

적(非現實的)이요, 현실화(現實化)할 수 없는 가공적, 몽환적, 상상(架空的, 夢幻的 想像)을 재미있게 노래로 지여 부른 것입니다.

이 우주의 모든 현상을 어떤 신비적, 환상적, 안공(眼孔)으로 바라보는 아동에게는 이와 같은 종류의 동요가 가장 많은 환영을 받고 또 많이 불려졌읍니다. 그리고 근일에 창작된 것으로는 윤극영(尹克榮) 씨가 지은 「까치까치 설날은 어적게구요」와 같은 것도 설화적 동요(說話的童謠)에 틀림없읍니다. 이 노래는 어린이들이 가장 고대하고 가장 즐기는 계절적 인사(季節的人事)를 읊은 것입니다. 또 한 가지 자장가도 이 종류에 들어옵니다. 천사와 같이 순진한 어린 아이도 이 사파(세계)의 현실에는 여러 가지 불안(不安)과 괴로움이 있는 듯싶어서 이 세상에 출현하는 첫 선언(宣言)부터 응애 소리를 치며 웁니다. 그들은 저이들의 느낀 바 불평을 표현하는 수단 방법으로 오직 울음이 있을 뿐입니다. 그래서 배가 고파도 울고, 몸이 아파도 울며, 만반의 괴로운 정을 다 이 울음을 통하여 하소연합니다. 이 울음을 달래는 데는 젖이 있고 요람(搖籃)도 있지마는 여기 또 한 가지 중요한 것이 있으니 어린아이를 천국 같은 꿈나라로 인도하는 자장가가 그것입니다. 현대 작픔(作品)으로 대표될 만한 것은 이명식(李明識) 씨의 「자장노래」와 같은 것입니다. 이와 같은 동요는 여러 가지 다른 형식을 가진 것이 많습니다마는 그 지은 근본 동기(動機)는 다 아동을 위하여라는 관념(觀念)에서 써낸 것입니다.

둘재는 추억시적 동요(追憶詩的童謠)란 것입니다. 이 동요는 시인이 그 어렸을 때의 생각(추억)을 그대로 노래 부른 작픔이니 예를 들면 「갈닢배」와 같은 노랩니다.

갈닢배 청갈닢배, 하나, 둘, 셋
외대백인 떡실어 밀물에 띠고
두대백인 말실어 썰물에 띠고
두엉배는 굼실어 강에띠우자.

이와 같은 것은 그 아이 때 시냇가에서 재미있게 놀든 모든 관경이 마치 활동사진처럼 눈앞에 지나가든 것입니다. 이 얼마나 순진하고 아름다운 추억의 꿈이겠읍니까?

셋재로는 상징시적 동요(象徵詩的童謠)입니다. 이 동요는 그 내용의 지경이 작자의 정신생활에 어떠한 상징(象徵)이 되는 작픔(作品)입니다. 가령 일본의 시인 서조팔십(西條八十) 씨의 작픔 「금실새(金絲雀)」와 같은 노래 「잊어버린 캐나리아」라는 것은 당시 작자 자신이 시를 떠나서 상리(商利)를 다투든 자기의 기박한 신세를 적은 것입니다. 그러면 동요는 예술적 가치가 있어야 하고 운률(韻律)이 음악적(音樂的)이여야 할 것은 물론입니다.(이상 39쪽)

金友哲, "兒童文學의 問題－特히 創作童話에 對하야(一)", 『조선중앙일보』, 1934.5.15.

兒童文學運動을 아프로 運轉시겨 나갈 優秀한 作家가 最近 三年間에 잇서서 뒤를 니어 輩出하고 그들 自身도 藝術 創造 過程에서 自己完成의 大途를 不斷 發進시기고 잇슴은 欣喜할 現象이다.

兒童文學作品이 多量으로 生産되고 잇스며 質的으로 보아도 向上線을 것고 잇슴은 반가운 現象이 아닐 수 업다. 每月『별나라』誌와『新少年』誌上을 通하야 三四十編이 創造되고 잇슴을 바라볼 때 우리들이 걸어온 지낸 날의 歷史를 追憶하고 驚異의 눈을 흡뜨게 됨은 숨길 수 업는 事實로써 兒童文學에 當한 者 누구나 感懷의 情에 잠기지 안흘 수 업다. 그동안에 우리들의 作家가 끈임업시 研究하고 開拓해 온 탓으로 새로운 樣式이 네 種目이나 늘엇다 —— 曰 少年報告文學 少年壁小說 合唱詩(슈프렛히콜) 童話詩 —— 이러케! 이와 가튼 樣式은 우리들이 처음으로 發見한 것도 아니지만 우리들은 새로운 樣式의 開拓에 對한 不斷의 研究를 通하야 그것을 豊富히 하려고 애썻스며 그것을 利用해 왓다.

題材 選擇의 視野가 넓어지고 主題의 積極性이 强調되고 內容이 豊富性을 띄엿지만 依然히 우리들이 製作한 피와 땀의 結晶인 兒童文學作品은 그 內容이 勤勞하는 兒童의 日常生活에서 遊離해 잇스며 技術이 低級함은 무슨 까닭일까?

우리들은 아직도 "作文"을 짓고 잇다. 形象化하는 것이 아니다. 說明하고 잇스며 生生한 現實을 리알리스틱한 筆致로 描寫하는 것이 아니라 作者 自身의 主觀과 思想을 主人公을 시켜서 雄辯하고 잇다. 作家는 興奮되여 잇스며 自己自身의 形象이 아니라 自身의 主觀과 思想의 說明化에 自己陶醉 되여 잇다.

가장 冷靜해야 할 作家는 小主觀에 사로잡혀서 生生한 現實의 複雜한 大河를 그 現象을 通하야 本質에까지 파고 들어가서 形象化시키지 못하고

自己思想의 素朴한 記錄에—卽 現實의 歪曲化에로 무덤을 파고 잇다.

最近에 이르러 우리들의 賢明한 作家는 自己 墳墓를 파는 自身을 發見하얏다. 自己들이 過去에 잇서서 興奮되여 制作한 作品이 小說이 아니라 作文이고 眞實을 그린 것이 아니라 主題만을 나타낸 것이며 事實的 形象이 아니라 宣傳하엿다는 것을 기피기피 깨닷게 되엿다. 그들이 이것을 今日에 잇서서 새삼스럽게 깨달엇다고 곳 來日부터 쏘시앨리스틱·리알리즘의 準한 作品 —— "眞實"은 形象化한 作品을 制作할 수 잇슬까? ——

아니다 아니다! 客觀的 眞實의 形象化에의 길이 그러케 平坦한 길이며 一朝一夕에 밟을 수 잇는 것이라면 十年 동안에 百人의 文豪가 輩出되엿슬 것이로되 百年에 열 사람의 天才的 作家를 차즐 수 업는 것을 볼 때에는 그 길이 얼마나 거칠고 어렵고 힘드는 것인가를 能히 알 수 잇다.

現象을 通하야 本質을 究明하라! —— 는 말을 作家에게 던지기는 冷水마시기보다 헐할지도 몰은다. 그러나 實際에 잇서서 作品을 쓰려면 作家는 自己 意圖는 아모리 正當하고 現實을 뚤코 들어가서 本質的 運動을 파내려고 애써도 別로 效果를 엇지 못하고 그저 現象만을 어루만지다 말은 作品밧게 生産하지 못하게 된다. 여긔서 批評家는 소리친다.

> 그 作品은 眞實은 그리지 못햇다. 그와 가튼 小說은 뿌르조아 作家도 能히 쓸 수 잇는 것이다. 그것은 普通學校 生徒들의 作文이다. 問題 以下의 品이다. 桃色的 作品이다…….

하고 批評家는 몃 줄의 論捧을 휘둘러 그 作家를 罵倒한다. 그러면 그 作家는 苦悶한다. 自己 딴에는 現實을 生生하게 그리려고 無限 애썻는데도 自己의 體驗과 技術이 不足한 탓으로 그와 가튼 未熟한 作品이 되엿다. 에-라! 못해 먹겟다. 이리하야 다음으로 그 作家가 쓰는 作品은 마즈막에 가서 고요한 山村에 先覺者가 들어오고 무슨 운동을 하고 얼마 뒤엔 햅피·엔드로 끄틀 막는다. 이런 氣分的인 것을 써야만 批評家에게 賞讚을 밧든 時代가 우리에게도 잇섯다.

金友哲, "兒童文學의 問題－特히 創作童話에 對하야(二)", 『조선중앙일보』, 1934.5.16.

그러나 現實의 偉大한 흐름과 함께 우리들의 作家도 成長하고 世界를 밝히 보려는 藝術家의 尖銳한 眼光은 現實이 天河에 넘처흘럿다. 그리하야 眞實을 그리자 —— 하는 正直만 부르지즘이 各 곳에서 일어나고 이것이 우리들 兒童文學作家에게도 深大한 影響을 주엇다.

過去에 잇서서 우리들의 兒童文學作家들은 現實에서 出發하지 안코 生硬한 世界觀으로부터 出發하엿기 때문에 作品에는 반드시 正義에 끌는 熱血少年이 나타낫스며 夜學에서 主人公이 연설을 하고 하로아츰에 少年部가 結成되고 아버지들의 일을 助力해 주어서 아저씨들이 익엿다 —— 는 式의 正曲된 現實(?)이 作品에 그대로 나타낫다. 勿論 이와 가튼 作品은 어느만큼 效果的일는지 몰은다. 그러치만 結局 그와 가튼 햅피・엔드式 結末은 現實의 抽象化 安易化를 가저오며 現實이 얼마나 複雜多端하며 ××이 얼마나 困難하다는 것은 抹殺함으로써 兒童에게 夢幻의 世界를 보여 주엇다. 勿論 이와 가튼 作品을 읽고 난 兒童은 一時的으로는 興奮되고 感激하야 날뛸지 몰은다만흔 그들이 現實에 부닥칠 때 小說에서 본 安易하고 平凡한 世界와는 넘우나 距離가 멀다는 것을 늣기고 驚歎할 것이다.

우리들의 作家가 그려 온 인간들은 모다 人形이고 산송장이엿다. 主人公은 作家의 代辯者엿다. 主人公은 씩씩하며 꿋꿋하고 웅변이고 주먹이 세인 少年들만이엿고 相對人物은 모다 뚱뚱보로 그려 노핫다. 우리가 現在에서 보는 人間은 그러한 人形的 存在가 아니다. 말하고 行動하고 苦憫하고 웃고 우는 複雜한 性格을 가진 산 人間들 — 그들의 性格과 思想은 하로밤만 자고 나도 變化를 일으킨다. 性格과 思想과 感情은 複雜한 現實의 흐름에 섯기여서 不斷이 變化되고 動搖되고 發展되며 잇다. 昨年 봄에 憂鬱한 性情을 갓고 잇든 사람이 今年 겨을에는 樂天家의 性格으로 突變하는 수도 잇스며 오늘 아츰은 甲이라는 사람을 미워하는 感情이 래일 저녁엔 變化를 일으켜서 그 사람과 더부러 笑□하고 곱게 볼 수도 잇게 되는 法이다. 兒童文學作家들은 階級性에 當然이 存在해 잇는 童心에서 出發하여 作品을 制作할 時 이와 가튼 複雜多端한 — 그리고 恒常 躍動하는 性格을 形像化식히는 才操를 배워야 할 것이다.

作家는 辨證法의 硏究에서 作家的 才能을 完成하는 것이 아니라 現實을 깁히깁히 파고들어 가서 그의 本質的 理論을 차저내여 만히 形象化하는 創造的 活動을 通하야 不斷이 發展하고 自身의 世界觀을 豊富이 하는 것이다.

그럼으로 習作時代에 處하야 無名作家들은 多讀 多思 多作함이 가장 正當한 態度다. 누구는 말하리라. 多作해서는 못쓴다고! —— 이 말에는 首肯할 點도 업지는 안흐나 實際에 處한 眞理는 될 수 업다. 우리는 틈만 잇스면 多作하는 것이 조타! 반드시 發表 안해도 조타! 한 卷의 小說冊을 읽는 것보다는 一篇의 小說 創作하는 것이 作家的 手腕의 發展으로 보아 有效함을 아는 經綸에 비취어 잘 알고 잇기 때문에 ——

作家의 이데올로기-的 構成은 高度의 것임에 不拘하고 自己가 眞實을 形象化하려는 藝術的 良心은 非常히 强大함에도 不拘하고 藝術的 形象이 貧弱함은 무엇을 말함인가? 作品을 製作하려면 붓이 마음대로 안 돌아가고 기껏 써 노흔 것이 歪曲化가 現實이다. 作家가 여긔서 苦憫하고 따러서 自身의 藝術家的 才能과 直觀力에 疑惑을 갓게 되고 甚至於는 失望에 떠러저서 作家生活을 집어치우게도 된다.

金友哲, "兒童文學의 問題－特히 創作童話에 對하야(三)", 『조선중앙일보』, 1934.5.17.

우리들의 兒童文學作家가 一般的으로 보아서 技術이 나즌 것은 否認할 수 업는 嚴然한 事實이며 同時에 世界觀이 把握 程度가 未及함도 可히

推測할 수 잇는 事實이다. 十年, 二十年식 作家生活을 한 大家的 作家가 업다고 해도 過言이 아니다.

今日의 時期에 잇서서 그들에게 記念碑的 大作 長篇少年小說이나 長篇童話 作品을 期待하는 것은 分에 넘치는 바람일지도 몰은다. 그들은 지금도 作文을 짓고 잇고 기껏 쓴다는 것이 短篇이 아니라 掌篇(콩트)에 갓가운 少年小說을 쓰고 잇기 때문에!

그러나 失望할 必要는 조곰도 업다. 東京의 兒童文學의 大家 佐藤紅祿[236] 氏 가튼 분은 文壇生活 四十有餘年을 經驗한 老大家가 안닌가? 五六年 乃至 七八年의 文筆勞働박게 못해 본 兒童文學作家로써의 우리들은 아직도 병아리다. 지금 병아리다. 지금 병아리들이 合唱하고 잇다. 그럿치만 우리도 經歷을 싸하 가면서 꾸준이 創作活動을 繼續해 가면 머지안흔 將來에 記念碑的 大作으로 藝術의 高塔과 殿堂을 세울 수 잇슬 것이다.

그런데 한 가지 우리들이 銘心할 것은 —— 새로히 開拓된 樣式을 좀 더 誠意잇게 恒久的으로 硏究하고 發展시켜야겟다는 것이다. 새로운 樣式(少年報告文學, 少年旋小說[237], 合唱詩, 童話詩 등등)을 그 最初에는 新奇癖에서 紹介도 하고 건드려도 볼 兼 試驗 삼아 應用해 보다가는 얼마 안니가서 실증이 나 가지고 헌신짝 내버리듯 집어치우는 惡習이 잇다.

少年小說이면 少年小說 —— 그 한 部門을 가지고 기피 硏究하는 이가 업슴은 섭섭한 일이다. 童話도 짓고 少年詩도 쓰고 作曲도 하고 그림도 그리고 童劇도 짓고 小說도 꾸미고 成人文壇에도 進出하고 詩도 쓰고 —— 그저 닥치는 대로 쓰고 맨든다.

우리들과 立場은 달으지만 童謠 童詩만을 硏究하는 尹石重 氏의 眞正한 態度에는 感服하지 안흘 수 업스며 童話詩의 硏究를 꾸준히 繼續해 나가면서 童話詩 作品을 發表하는 李東友 君에게도 敬意를 表하고 십다.

過去에 우리들은 農村과 少年農民을 取扱한 兒童文學作品을 全部 푸로

236 '佐藤紅綠(さとう こうろく, 1874~1949)'의 오식이다.

237 '少年壁小說'의 오식이다.

兒童文學이란 總稱 속에 包括하여 왓다. 그리하야 이와 가튼 意圖 미테서 多量의 作品이 製作되엿다. 그러면 이것은 正當을 일치 안헛든가? ——

現今에 잇서서 로동자의 子女의 이데올로기–와 農村에 파뭇처 사는 農民의 아들딸들의 이데올로기–를 同論할 수는 업스며 混同해서는 誤謬나 템포가 빠르고 理性이 機敏한 都市 少年勞働者의 心理나 感情이나 風俗과 템포가 느리고 比較的 素朴하게 자라는 農村少年의 그것과는 全혀 相異할 것이다. 그럼으로 兩者 間의 生活感情이나 童心의 世界도 서로 달은 것이다. 勿論 兩者 사이에는 一致默도[238] 업지는 안타. 그러하다고 해서 兩者間의 具體的 相異點을 忘却하고 同一의 範圍 속에 몰아넛는다면 — 生生한 兒童文學作品은 期待할 수도 업다.

過去에 制作된 우리들의 作品을 들추어보면 少年農民과 農村을 題材로 取한 作品에서나 少年勞働者의 生活에서 取한 作品에서 나를 莫論하고 主人公의 性格이 具體的으로 生生하게 表現되지는 못햇다. 都市의 少年에게서는 都市少年다운 獨特한 性格과 感情을 發見할 수 업고 그저 農民의 아들이나 로동자의 아들이 다 가튼 抽象的 性格으로 千篇一律化되엿슬 뿐이다. 우리들의 兒童文學作品에도 "性格"이 잇섯느냐?고 뭇는다면 나는 얼골을 붉히지 안흘 수 업다. 우리들의 作品에 "性格"이 잇섯든가? (中略)

그럼으로 現在 時期에 잇서서는 兩者 間의 相互關係를 作家는 看破하면서 農民兒童을 作品上에 取扱할 時는 반드시 그들의 感情과 素朴한 理性과 單純한 童心에서 出發할 것이며 都市의 少年生活을 描寫할 時에는 그들의 複雜한 感情과 機敏한 理性과 그들의 都會的 情緒에 물드른 童心을 形象化할 것이다.

그러한 意味에 잇서서 우리들 사이에 好評을 바든 具直會의 「가마(叺)장」 金友哲의 「放學날」 安平原의 「물대기」 등등 作品은 푸로兒童文學 作品이 아니라 農民兒童文學 作品이엿든 것을 記憶한다.

그 밧게도 李東珪의 「故鄕」, 洪九의 「콩나물죽과 이밥」, 金友哲의 「등피

238 '一致點도'의 오식이다.

알 事件」과 「아편쟁이」 安平原의 「첫녀름」과 「머리를 어루만저도」 —— 등등 作品은 農民兒童文學이라 불으는 것이 正確하겟다.

以上의 農民兒童文學 作品을 除外하고 嚴密한 意味로 푸로兒童文學 作品의 '렛델'이 부틀 만한 作品의 優秀한 것은 —— 洪九의 「도야지밥 속의 편지」. 鄭青山의 「移動音樂隊」. 金友哲의 「同情 메-달」 成慶麟의 「惡夢」. 李東珪의 「班」. 尹晟宙의 「벤또」 —— 등등에 不過하얏다. 勿論 그 뒤에도 조흔 作品이 만히 나왓지만 —— 一一히 列擧하지 못한다.

農民兒童文學 作品에 비겨 볼 때 量으로써는 勿論 質的으로 보아서 뒤떠러진 感이 업지 안타. 이 現象은 손톱만치도 奇異한 것이 못 된다. 兒童文學 作家들이 工場生活과 少年勞働者의 日常生活을 直接 體驗하지 못한 탓으로 그들이 生産 場面의 知識을 全혀 몰으는 것 —— 그들의 九%가 農村的 條件만 느러노트래도 賢明하신 讀者는 可히 推測할 수 잇슬 만하다.

金友哲, "兒童文學의 問題-特히 創作童話에 對하야(四)", 『조선중앙일보』, 1934.5.18.

三

끄트로 이야기하고 십흔 것은 童話에 關해서이다. 少年小說을 좀 더 開拓하지 안코는 發展시길 수 업다. (中略) 몃 千年의 오랜 歷史를 가진 童話는 人類社會에 잇서서 不滅의 藝術的 樣式이다. 童話는 兒童會에 잇서서 神經이요 頭腦다. 그런데 朝鮮에서는 童話보다 少年小說이 그동안 만히 制作되고 歡迎을 받어 왓다. 뿌르조아 童話家들은 非現實的 架空的 童話만을 그것도 創作이 아니라 改作 或은 意譯햇기 때문에 "眞實"을 찾는 兒童은 現實的이고 다이나믹한 樣式 —— 少年小說을 要求하게 되고 사랑하게 되엿다.

그러나 우리들은 그들의 童話 遺業을 批判的으로 繼承하야 現實에 立脚

한 眞實한 童話 —— 感想과 童心이 豊富하게 融合한 新童話를 創作하려 하며 그러한 雰圍氣를 짓고 잇다. 少年小說보다도 童話 創作에 우리들은 力을 돌릴 必要가 잇다.

'안델센' 先生의 童話 뮤흐렌 先生의 童話에 對한 硏究 및 紹介 —— 끄림 童話의 끈임업는 硏究를 繼續할 것은 童話作家의 第一 되는 任務다. 『로빈손·쿠루소-』와 가튼 長篇童話가 未久에 우리들 속에서 製作될 것을 밋고 바랜다. 同時 外國童話의 飜譯 또는 改作과 傳來童話의 蒐集을 게을리 해서는 안 되겟다.

"眞實"을 담은 童話 作品 —— 現實에 立脚하야 "空想"하고 "憧憬"하는……創作童話야말로 百萬의 귀여운 兒童에게 사랑을 밧고 貴여움을 밧고 그들의 心身을 高揚시길 수 잇슬 것이다.

童話는 아이들과 가티 空想도 하고 憧憬도 하고 夢想도 하고 想像的 世界를 이야기해 주기도 한다. 그러기에 童話는 空想과 想像이 豊富한 兒童에게 第一 갓가운 樣式이고 兒童에게 사랑을 밧는다. 童話의 世界는 童心의 世界요 遊戲의 殿堂이다.

그런데 우리가 여긔서 반드시 記憶해 둘 것은 童心의 世界에도 時代意識이 嚴然이 存在해 잇다는 그것이다. 부잣집 애들의 童心과 가난한 집 아이들의 童心이 다르리라는 것은 누구나 首肯할 수 잇는 單純한 想像이다. 그러고 우리들의 作家가 童話의 世界에서 아이들의 空想을 말할 때 반드시 現實에서 出發해야 된다는 것을 忘却해서는 안 된다.

最近에 나타나는 創作童話 가운데 少年小說과 分別하기 힘드는 作品이 間或 눈에 띄움도 決코 奇異한 現象이 아니다. 金友哲의 創作童話 「少年部號」를 읽어 보면 대개는 그러케 짐작될 줄 밋는다. 그러치만 어듸까지든지 童話는 童話로써의 特殊性이 잇고 機能이 잇다.

童話에는 들려주기 위한 童話와 읽기만 하면 그만인 童話가 잇다. 그 박게 童話와 兒童劇을 結合식힌 童話劇도 잇고 童話와 少年詩를 結合식힌 童話詩도 잇다. 그럼으로 童話에 對한 硏究는 들어갈스록 깁고 無窮無盡한 것이다.

朝鮮에 잇서서 創作童話에 努力하는 —— 鄭青山, 洪九, 李東珪, 李周洪…… 그 外 여러 동무들의 眞實한 努力과 誠意 잇는 硏究를 빌며 이 글을 맛춘다.

一九三四. 五. 一二日 脫稿

南夕鍾, "朝鮮과 兒童詩－兒童詩의 認識과 그 普及을 爲하야(1)", 『조선일보 특간』, 1934.5.19.

우리는 現在에 가진 것이 별로 업기 때문에 모-든 것을 지금 자라나는 兒童에게 바랄 수박게 업는 것을 痛感하여야 할 것이다. 우리가 現在에 잇는 모든 힘을 兒童을 잘 길우고 가르치기에 바치리라는 大決心을 하여야 할 것이다.

朝鮮의 兒童은 家庭에서 제 房도 업고 地位도 업고 社會에서는 兒童을 爲한 遊戱場 音樂 文學도 업고 잇는 것이 어른의 玩弄과 꾸지람과 속임과 따림과 試驗의 恐怖라고 할 形便이다 等 이런 글을 읽은 일이 잇다. 우리는 이의 眞意를 알메 힘써야 할 것이다. 어느 時代 어느 社會를 勿論하고 兒童은 그 國家 或은 그 民族에 잇서서 中堅人物이다. 그 國家가 繁盛하고 그 民族이 隆盛함에는 精神的으로 肉體的으로 健全한 兒童을 養成함에 잇는 것이다. 더욱이나 朝鮮이란 環境에 태어난 兒童은 그 自體가

健全할 만한 아무 設備 刺戟 教育을 밧지 못하고 잇다. 더욱이나 二重困難을 當하고 잇는 朝鮮에 잇서서야 第二 後備役軍의 兒童 養成은 重言할 必要도 업는 急先務인 것이다.

아직 朝鮮이란 어느 方面으로 보나 그 모-두가 貧弱하다는 것박게 世界에 자랑할 것이란 업슬 것이다. 이런 局面에 處해 잇는 環境임으로 그 兒童의 養成機關은 더욱이 보잘것업이 薄弱하다. 이러한 現象임으로 自然히 그 兒童의 指導者 數도 적고 따라서 大概가 兒童問題에 對해서는 等閑視하는 弊端이 만흔 것이다.

希望과 光彩가 充滿할 明日의 朝鮮社會는 確然히 兒童의 것이다. 自他를 勿論하고 우리는 根本的으로 朝鮮의 健實한 健兒를 養育함에 두 팔을 것고 나서야 할 것이다. 各各 그 部分을 擔當하야 各其 그 指導的 責任을 잇지 말고 健鬪하여야 할 것이다. 노래는 兒童에게 잇서서 生命水와 가튼 役割을 갓고 잇다. 朝鮮兒童은 現今 노래에 枯渇되고 잇는 것이다. 노래

업는 社會는 沈滯를 意味하는 것이요 노래 잇는 社會는 興盛을 意味하는 것이다. 따라서 朝鮮과 兒童의 노래는 떠날래야 떠날 수 업는 重大한 不可分離的 關係를 갖고 잇는 것이다. 이러한 重且大한 關係를 갖고 잇슴에도 不拘하고 朝鮮의 新文學이

發達 過程은 밝게 된 지 不過 몃 十年의 짧은 歷史가 잇슬 뿐이니 그 밋에 屬된 兒童文學은 自然히 餘地업시 蔑視를 當하며 말할 수 업시 蹂躪을 當해 온 것이 事實이다.

筆者는 健全한 朝鮮을 이끌어 나감에는 먼저 健全한 兒童을 養成할 것이요 健實한 兒童을 養育함에는 힘 잇고 씩씩한 文學을 그들에게 줄 것이다. 文學은 文化向上의 根本 礎石이 되는 것이요 社會發展의 必然的 附帶役割을 갖고 잇는 것이다. 이에 따라 筆者의 提唱은 말할 수 업는 低下의 구렁텅이 말할 수 업는 慘酷한 環境에 處해 잇는 朝鮮兒童에게 죽은 노래를 除禦하고 씩씩하고 산

生命의 流動詩的 노래를 주자는 것이다. 이에 따라서 먼저 一般의 兒童詩에 對한 觀念의 認識과 그 普及이 가장 急務일 것이니 이의 一助의 意味로서 本稿를 執筆하게 된 것이다. 萬一에 軌道에 버서난 誤論이 잇다면 가튼 길의 研究作家 諸氏의 鞭韃을 밧고자 한다.

南夕鍾, "朝鮮과 兒童詩－兒童詩의 認識과 그 普及을 爲하야(2)", 『조선일보 특간』, 1934.5.22.

×

朝鮮에 兒童文學運動者가 몃 사람 되느냐?고 外國사람에게 質問을 바드면 우리는 누구누구라고 손을 꼽으며 몃 사람이라고 對答을 할 수 잇슬가. 朝鮮에 兒童詩를 研究하는 사람이 몃 사람이나 되며 그의 單行本을 낸 사람이 몃 사람이나 되는가. 英國에는 世界的으로 이름이 노픈 마-자-

그-스, 그리스치나 로셋지, 로드 텐슨, 스티븐손, 타고아(印度)[239] 等

專門的 硏究作家가 잇스며 그중 스티븐손 氏의 『아이의 노래의 나라』 타고-르 氏의 童謠集 『新月』 等은 더욱이 이름이 노픈 것이다. 英國의 例는 그만 두고라도 日本 內地에 잇서서의 專門家를 列擧하면 北原白秋, 西條八十, 白鳥省五, 野口雨情, 三木露風, 有賀年, 久保田宵二, 島木赤彦, 落合勇 氏 等인데 이 大概는 二三卷의 單行本을 著書하야 發行되야 잇다.

朝鮮의 兒童詩를 爲하야 努力하는 니를 列擧하야 본다면(過去와 現在를 通하야) 嚴弼鎭 氏, 鄭列模[240] 氏, 鄭芝鎔 氏, 李光洙 氏, 朱耀翰 氏, 金素雲 氏, 金泰午 氏, 高長煥 氏, 尹石重 諸氏를 들 수 잇고 歌謠의 作曲方面에 잇서선 鄭淳哲 氏, 玄濟明 氏, 李鍾泰[241] 氏, 洪盛裕[242] 氏, 洪蘭坡 等 諸氏를

列擧할 수 잇겟다. 아직까지 上擧한 諸氏 外 其他 人士의 努力은 말할 수 업시 크거니와 압흐로 더욱 새로운 專門 硏究作家가 만히 輩出되여지기를 바라 마지안는 바이다.

머리말이 너무 길게 되어 未安하게 생각된다. 이제부터 本論으로 들어가려고 한다. 그런데 이곳에 먼저 이약이하야 둘 것은 兒童詩의 認識을 爲하야선 爲先 詩의 本質을 討究할 必要가 잇서 左에 詩의 本質의 討究로부터

---

239 마더구스(Mother Goose), 크리스티나 로세티(Christina Rossetti), 로드 테니슨(Alfred Lord Tennyson), 스티븐슨(Robert Louis Stevenson), 타고르(Rabīndranath Tagore)를 가리키는 것으로 보인다.

240 '鄭烈模'의 오식이다.

241 1905년생. 작곡가이자 지휘자. 일본음악고등사범학교(日本音樂高等師範學校)를 졸업하고, 이왕직아악부(李王職雅樂部)에 재직하였다. 1934년 경성방송관현악단(京城放送管絃樂團) 출범 때 지휘를 맡았고, 1942년 후생실내악단(厚生室內樂壇)의 구성원이었다. 일제강점기 말에 친일단체인 〈조선음악협회(朝鮮音樂協會)〉의 조선인 평의원 중의 한 사람이었다.

242 1908년생. 일제강점기 신문 잡지에는 洪性裕로 된 것이 많다. 경성(京城) 출생으로 동경고등음악학원(東京高等音樂學院)과 국립음악학교(國立音樂學校)를 졸업하고, 중앙보육학교(中央保育學校) 교수를 지낸 바이올리니스트다. 피아니스트 김원복(金元福)의 남편이며, 홍난파(洪蘭坡)의 조카이다.

始作하려 한다.

一

大體 詩란 무엇인가. 그 意義 및 本質을 說明하기는 各自의 人生觀과 社會觀에 따르지 아느면 그 藝術觀에 따러 그 本質의 說明은 다- 다른 것이다. 그러나 詩의 그 內容에 잇서서는 그 意義를 달리 解釋할른지 모르나 그 形式에 잇서서는 그

大概는 一致한 見解를 가지고 잇다. 이러기에 結局 詩란 것의 利用價值問題가 들어나는 것이니 或者는 藝術은 政治的 武器로 使用한다든가 或者는 藝術은 人間享樂的 役割을 하지 안허서는 안 된다든가 或者는 그 時代 그 現實을 描寫하야 讀者로 하여금 그 現實을 하루속히 認識케 하여야 한다든가 여러 가지 說이 잇스나 如何튼 普通 우리들이 "이 詩는 잘된 詩라고" 말을 하게 될 때는 그 言詞는

文藝의 一樣式으로서의 "作品"을 意味하고 잇는 것이라 보겟다. 그럼으로 이때에 잇서는 "詩"는 小說, 戱曲, 時調 等 文字로서 表現된 各 部門의 藝術樣式에 對立하는 한 槪念일 것이다. 그리고 "詩的인 情景이다"라고 말할 땐 그것은 어떤 藝術樣式으로서의 作品을 가르키는 것이 아니고 對象 가운데 包含되여 잇는 어떤 性質을 意味하는 것이겟다. 그러치만 그 性質은 어떤 表現方法에 依하면 特殊한 形式을 가진 作品 —— 詩 아니면 詩調等 —— 이 될 수 잇는 것 다시 쉽게 말하자면 "詩"가 될 만한 情景 情趣인 것이다. 따라서 그것은 大概 現實의 世界와 달은 어떤 世界를 表現하는 言詞가 될 것이다.

南夕鍾, "朝鮮과 兒童詩－兒童詩의 認識과 그 普及을 爲하야(3)", 『조선일보 특간』, 1934.5.23.

따러서 이러한 때 使用되는 "詩"란 言詞는 異像的인[243] 作品이 아니고

素材 中에 包含되여 잇는 "詩的 美"라고도 말할 수 잇는 한 屬性을 意味하는 것이라고도 말할 수 잇겟다. 그런대 簡單히 말하면 詩라는 것은 詩的感動 詩的情緖 詩的情熱 리즘을 갓지 안어서는 안 된다. 그러기에 詩의 表現이 韻文으로 씌엇든가 無韻으로 씌엇든가는 第二次 問題다.

何如間 各各 다른 主義主張을 가진 別派라고 할지언정 그 方定式은 다음과 가튼 最後의 合致點을 본다.

詩學 定理의 ABCD的 連立方程式

藝術
- 事物 +(直感 + 情熱) = 凝視 形態 ………………… A
- 凝視體 + 想像力 = 詩的 精神 ………………… B
- 詩的 精神 + 詩的 感動 = 詩的 內容 ………………… C
- 詩的 內容 + 詩的 表現 = Poem ………………… D

더욱 다음 詩의 系統을 順序에 따러서 列擧해 보면 다음과 갓다.

- 美(詩)
  - 藝術美(詩)
    - 文學(詩)
      - 韻文(詩)
        - 時調
        - 漢詩(詩)
        - 新體詩－自由詩(詩)
        - 民謠
        - 兒童詩－童謠
        - 其他
      - 散文
    - 美術
    - 彫刻
    - 演劇
    - 音樂
    - 舞踊
    - 建築
  - 自然美

243 '理想的인'의 오식으로 보인다.

詩란 것은 大概 前記와 가튼 系統과 脈絡을 갓고 잇는 것이다. 이러함으로 詩라는 것은 文學의 第一 重要한 地位에서 잇게 된 것이다. 文學 部內에서만이 아니라 藝術一般 部門에 잇서서 무엇보다도 重且大한 位置를 占領하고 잇는 것이다.

如何 詩는 어듸까지고 生命律의 滲透이고 充溢이 아니여서는 안 된다. 이 때문에 우리들의 詩文學은 全 生命的이고 全 生存的이다. 그럼으로 勿論 우리들의 活動하는 全的 社會의 全的 視野가 아니여서는 안 된다.

二

詩의 目的과 詩의 本質은 大略 上述한 바와 가틈으로 그 詩의 部屬된 兒童詩의 本質은 어떤가? 兒童詩의 意義는 무엇인가

兒童詩에는 兒童自由詩와 童謠가 잇다고 보는 것이 普通이다. 日本에서도 童詩와 童謠를 區別하겟느냐 안 하겟느냐는 問題에 對하야 專門 研究家들이 만히 다툰 일이 잇지만 北原白秋 說과 가티 兒童詩는 童詩와

童謠를 確然히 區別하여야 할 것으로 안다. 如何튼 이것은 兒童詩의 分類 問題에 들어가 論述하겟거니와 都大體 무엇이 兒童詩인가. 詩로서의 兒童自由詩이든가 歌謠로서의 童謠는 그 形式에 잇서서드런[244] 區分은 갓게 되는 것이지만 그것을 意味하는 內容 —— 兒童詩라는 것 —— 은 다름이 업는 것이니 그 意義는 朝鮮에서도 相當히 論議된 바 잇거니와 그 大體는 兒童은 詩人이다. 兒童의 生活環境을 노래한 것이 卽 어린이노래이다. 그럼으로 이 兒童詩의 作家로서는 두 갈래가 잇스니 하나는 兒童 自身이 부른 노래요 또 하나는

大人이 兒童의 生活을 노래한 것이니 現今의 兒童詩 世界는 아니 過去의 兒童詩 世界에서도 이 創作에 對한 才質을 素質을 要求하게 된 것이다. 그럼으로 素質은 勿論이요 多量生産이 그 創作道를 練磨식혀 주는 길이 되여 잇다. 이 創作方法論보다도 이곳에 잇서서는 參考로 詩歌로서의 兒童詩의 位置를 적어 보기로 하자.

---

244 "잇서서"에 "드런"이 잘못 삽입된 것으로 보인다.

南夕鍾, "朝鮮과 兒童詩－兒童詩의 認識과 그 普及을 爲하야(4)", 『조선일보 특간』, 1934.5.24.

時調 民謠 漢詩 新詩 散文 其他文學 (演劇, 戱曲, 小說 等)	兒童自由詩 童謠 童話詩 (抒情 童謠詩) 唱歌詩 兒童詩劇 童謠劇 唱歌劇

朝鮮의 在來의 兒童詩의 解釋은 퍽으나 錯誤가 만엇다. 그저 아무 것이고 아이들이 기뻐하며 부르기만 하면 된다는

觀念을 가젓다. 더욱이 그 童謠의 잇서서의 矛盾된 認識 十年 前의 朝鮮社會에 적지 안은 惡影響을 주엇섯다. 그저 아무 것이고 七五調나 五七調나 四四調나 그 調子만 맛처 노면 동요라는 생각을 갓게 되엿든 것이다. 그 例로서의 二三篇의 童謠를 例擧해 보면

봄은왓다 (石剛 作)

수잘놋는봄손이차저와서
山언덕에넓은들에파란비단을
고히고히입부게까라를 놋코
붉읏붉읏웃는꼿놋코잇고나
착한동무봄손이 압남산에서
날오라고날마다 부르고잇네
가자가자春杞야 山으로가자
어서가서 입분꼿한바구미식
가자가자春杞야 들로가자

사람들아 (牛耳洞人 作)

(略)

종달새야 (南夕鍾 作)

하날놉히종달종 노래부르며
끗업시떠오르는 종달의새야
땅넓고집도만은 우리나라엔
조고마한이몸이 살곳업고나
오날은따스—한 봄날이건만
구멍뚤린솜옷을 몸에다걸고
거츠른황야에다 한숨만쉬며
너만을처다보고 눈물짓노라

넓고푸른허공에 둥—실떠서
자연을노래하는 종달의새야
부모업는나하고 동무하여서
우름울며먼나라 나라를가세

等等 이따위 노래를 큰 자랑으로 알고 大童謠家然하고들 新聞이나 雜誌에 發表해 오든 것이 過去 十年 前까지의 朝鮮의 童謠의 現像이엿다. 이러한 原因으로 그 當時는 鄭淳哲 氏의 「푸른한울」이 童謠壇의 獨舞臺엿다고 하여도 過言이 아니겟다. 그때는 勿論 童謠作曲에 努力하는 이도 적엇지만 比較的 그 曲에 付할 만한 童謠가 업섯다고 해도 過言이 아니겟다. 그리자 朝鮮으로

東京의 〈색동會〉 存在가 移舍를 하게 되자 方定煥, 鄭淳哲, 鄭寅燮 等 諸氏가 外國童謠 飜譯에 努力하게 되여 作曲까지 外國 그대로 부르게 된 것이엿다. 이러함으로 노래를 要求하는 朝鮮의 兒童世界는 넓고 노래는 업슴으로 自然히 低流의 流行歌들을 兒童 自身들이 아모 意味도 모르면서 「落花流水」를 부르고 「放浪歌」 等等을 길거리에서 막 부르게 되엿다.

이 現象은 現今에는 次次 그 度가 적어저 가고 잇스나 混亂한 現在 朝鮮

레코-드 全盛時代에 다시 그 低級한 사랑, 술, 게집의 노래가 아이들의 귀를 기우리게 하고 잇다. 이것은 歌謠淨化運動으로서도 一大 改善을 絶叫하여야겟지만 作曲家 諸氏는 하루 速히 어린이노래의 專門家의

作品을 만히 作曲하야 繼續的으로 全 朝鮮으로 配布를 하여야 할 것으로 밋는다. 따라서 어린이노래의 專門大家의 出現을 우리는 하루速히 부르짓지 안어서는 안 될 것이며 養成하지 안허서는 안 될 것이다. 筆者는 흔이 이런 類의 이야기를 文士同僚 間에서도 듯는다. 그것은 童謠나 童詩를 쓰는 사람이며 아니면 兒童文學을 論하는 사람이면 벌서 한층 덥허놋코 '레벨'을 낫추워 놋코 본다.

南夕鍾, "朝鮮과 兒童詩-兒童詩의 認識과 그 普及을 爲하야(5)", 『조선일보 특간』, 1934.5.25.

그들의 觀念은 大概 姑息的이다. 어린이의 노래는 어린이

自身이 짓는 것이라는 것만 念頭에 두고 大人이 어린이를 爲해서 어린이에게 들리우기 爲해 노래를 짓는다는 큰 義務와 큰 役割을 忘却하고서 아무 사람이고 동요나 동시를 쓰는 사람이면 그야말로 幼稚하게 보는 것이 通例이다. 이것은 아직 朝鮮의 文壇 自體가 低級한 下流에 屬하야 잇는 것을 意味하는 同時에 兒童文學에 對한 그 觀念의 普及이 徹底치 못하기 때문이라 보겟다.

다른 곳에서는 昨今 兒童詩와 敎育問題로서 그 硏究에 沒頭하고 잇는 現象이다. 그럼에도 不拘하고 朝鮮에는 아직 兒童詩의 觀念조차 徹底히 普及되지 못하엿스니 언제

兒童과 兒童詩 敎育問題를 結付하야 硏究하는 人士가 나질 것인가(勿論 現在 努力하고 잇는 人士도 잇기는 잇지만) 언제 兒童藝術 敎育을 理論化하야 實施해 보려는가.

如何間 兒童藝術 教育問題에 잇서선 自由詩 學校劇 其他 여러 가지로 輕蔑視 못할 것이 만치만 爲先 童謠 教育問題부터 解結을 짓기에 努力하여야 할 것이다. 童謠(兒童詩) 教育問題는 兒童藝術 教育上 第一 急先務가 되여 잇는 것이니 이에 對한 觀念의 普及을 爲하야 하루 速히 우리는 그 善導를 講究키 爲하야 獻身的 努力을 앗기지 안어야 할 것이다.

三

兒童詩를 分類해 본다면 大略 兒童自由詩와 童謠로 난흘 수 잇겟다. 朝鮮엔 兒童自由詩라는 것은 極히 近年에 擡頭되엿지만 그 童謠의 그 根源은 퍽 長久한 것이다. 在來에 잇든 傳來口傳童謠(아니면 傳來口傳民謠) 其他가 齎來한 朝鮮童謠界에 그 童謠 遺産은 크다 안할 수 업는 것이다. 이 童謠에

根性을 두고 第二期로 朝鮮엔 兒童自由詩運動이 擡頭하게 된 것이다. 이에 따라서 兒童藝術運動은

第一期 藝術的 唱歌 (兒童을 爲한 歌謠)의 提示
第二期 兒童의 自由詩(兒童의 作으로 된 歌詩謠)의 育成 (兒童을 爲한 歌詩謠)의 育成

의 二種으로 區別할 수가 잇고 大體로 새로운 意味에서 兒童詩를 分類해 본다면

一. 大人이 兒童을 爲해 진 藝術的 詩, 謠(Nursery Rhyme)
二. 兒童 自身의 作으로 된 歌謠, 詩篇(Childrens Poem)

이라 할 수 잇는대 童詩와 童謠의 區分을 어디서 찻겟느냐 하면 結局 童謠는 兒童生活을 兒童語로 音律 調子를 마처 쓴

律調詩요 兒童自由詩는 兒童生活을 兒童語로 表現한 無律調詩라 보는 것이 普通이다. 이러고 보면 그 兩者의 區別은 그 創作形式과 아니면 그 律調 形式에 依하여서 우리가 아러야 할 것이다. 그럼으로 童謠라 하면

그 全部가 노래가 되어야 할 것이다. 노래를 부를 性質을 具有하지 안어서는 안 될 것이다. 童詩(兒童 自由詩)와 童謠를 歷史的으로 考察해 보면 童詩는 童謠의 發達 後 進步되여 온 것이라 보겟다.

南夕鍾, "朝鮮과 兒童詩－兒童詩의 認識과 그 普及을 爲하야(6)", 『조선일보 특간』, 1934.5.26.

卽 童詩가 現今 勃興하게 된 것은 第一 始初에는 歌謠로서의 童謠 形式(體裁)를 模倣하고 잇든 兒童들이 그 各自의 本性의 感動의 生生律로부터 차츰차츰 自由詩形의 構想을 表現하게 된 것이다. 이제부터 더욱더욱 우리 **朝鮮**에서도 全國的으로 우리 어린이들에게 生生한 童詩와 童謠를 普及식혀야 할 것이다.

그리고 다음으로 兒童詩의 種類를 생각해 본다면 大體 다음과 가튼 몃 개로 分類해서 생각할 수 잇다.

一. 童話詩로서의 童謠

이것은 童話를 아이들에게 리즘을 주어서 詩人이 그 스스로의 奔放한 想像의 産物로서 긴이약이를 아니면 짧은이약이를 童謠로 만들어서 이약이하야 주는 것이다.

朝鮮에서도 이 童話詩를 郭福山, 李東贊, 尹石重, 筆者, 其他가 試筆하야 世上에 發表하얏다. 저― 西條八十 氏의 「玻璃의 山」 藤森秀夫 氏의 「三人姬」 等이 世上에 有名한 것이라 하겟다.

二. 天氣와 天候의 노래

이것은 어린이들이 天氣 아니면 天候의 對한 豫想 아니면 그에 對한 所願을 노래한 것이다. 朝鮮에도 在來로 傳來童謠로서 「해야해야 나아라」 等이 잇지만 이 類의 노래는 朝鮮의 童謠作家 諸氏가 만히 試하야 世上에 내노은 것이다.

南夕鍾, "朝鮮과 兒童詩－兒童詩의 認識과 그 普及을 爲하야(7)", 『조선일보 특간』, 1934.5.27.

三. **敎訓을 主로 한 童謠**

北原白秋 氏는 이와 가티 말한 일이 잇다. "나는 깁히 생각한다. 小學校에 잇서서 글을 가르켜 주는 것은 一年 後에 조소리(音)를 가르키고 言語를 가르켜 노래하는 것을 먼저

誘導할 것이 아닌가"라고. 氏는 藝術自由敎育의 立場으로부터 어린아이들에게 여-러 가지 知識을 童謠에 依하야 가르켜 주지 안어서는 안 된다고 主張하고 잇다. 이것은 幼稚園을 거치지 안코 나온 어린이에게도 適合할 것이요 幼稚園을 거치고 普通學校에 入學한 어린이에게 適當한 善導策이라 보겟다. 如何튼 白秋 氏의 說을 全的으로 朝鮮에 實施하기는 極難한 일이나 現在의 全體 初等學校에서는 이 藝術自由敎育 問題를 愼重히 考慮하야 얼마만큼이라도 爲先 效力을 엇도록 努力하여야 할 것이다. 따라서 朝鮮의 童謠 硏究作家는 되도록은 만은 效用을 갓도록

智識 敎訓을 어린이들에게 豊富히 注與하기 爲하야 最善을 다하야 努力하여야 할 것이다. 두말할 必要 업시 無意味한 어린이의 노래보담도 한 가지라도 그네들에게 깨달음이 잇슬 만한 노래(아니면 劇 等)를 大人作家는 그 創作에 全力을 다하여야 한다는 것은 筆者가 새삼스러히 웨치는 바가 아니겟다. 따라서 後 機會를 보와 筆者는 兒童과 藝術敎育 問題를 論議하겟슴으로 이곳에는 이만큼으로 簡約해 두고 넘어가긔로 한다. 따러서 무슨 性質의 智識을 무슨 方法으로 어린이들에게 주겟느냐는 것도 論議해야 할 것으로 생각한다.

四. **遊戱歌**

遊戱歌에 屬된 童謠는 爲先 韻律的으로 노래한다는 것을 目的하고 잇다. 全然 그 노래의 意味를 無視한다는 것은 아니겟지만 무엇보다도 먼저 韻律的인 表現을 必要로 하는 것이다. 勿論 朝鮮에도 從來 이런 類의 것이 相當

히 만엇지만 그것은 大概 詩로서의 價値가 적은 冗漫한

猥雜한 것에 지나지 안엇다. 적어도 童謠인 以上 詩的 價値가 놉흔 그리고 愉快한 遊戲歌를 바라서 마지안는다. 從來 朝鮮에서 「술래잡기」라든가 「숨박곡질」 가튼 노름을 할 적에 부르는 노래는 그 全部가 遊戲歌에 屬하는 것이라 보겟다. 그런데 從來에 일으러서는 童謠란 童謠는 大概 遊戲化식히는 傾向이 濃厚하고 이것은 遊戲라는 것보다도 차라리 舞踊化에 가차운 것이라 하겟다. 韻律과 律動의 關係는 이곳에 크게 깁흔 뿌리를 박고 잇는 것이라 보겟다. 그리고 아직 朝鮮에는 그러하다 할 만한 朝鮮兒童의 遊戲도 적고 遊戲化한 노래도 적다. 그 大概는 '振付'[245]를 그냥

飜譯해다 쓰는 것이니 이 얼마나 朝鮮 어린이들에게 잘못된 가르킴인가. 하루속히 이 方面에 또한 專門家가 나타나 주기를 바라 마지안는다. 여-러 말하면 군소리가 될는지 몰으겟지만 朝鮮 어린이들에게는 그 노름, 작난부터 朝鮮 固有의 民族的 情緖를 가진 것을 줄 것이며 그것을 다시 現代化하여야 할 것이다.

南夕鍾, "朝鮮과 兒童詩－兒童詩의 認識과 그 普及을 爲하야(8)", 『조선일보 특간』, 1934.5.29.

五. 年中 行事歌

이것은 豊年歌라든가 모심을 적에 부르는 노래라든가 八月 秋夕에 부르는 노래라든가 其他 여러 가지로 큰 모임 반가운 모임이 잇슬 적에 부르는 노래를 意味하는 것인대 大體로 보와 現今 朝鮮에는 古來로 傳해 오는 口傳民謠가 그

全部를 占領하고 잇다 하야도 過言이 아니리만큼 이에 對한 創作은 至極

245 일본어 "ふりつけ〔振(り)付け・振付〕"로, "안무(按舞), 안무가(按舞家)"의 뜻이다.

히 드문 것이다.

六. 자장가

이것은 어른이 어린이에게 들리워주는 노래다. 勿論 그 노래의 性質은 兒童의 生活을 兒童의 心理로 兒童의 言語로 表現하야 불으는 것이다. 朝鮮 在來의 民衆的 代表的 자장가를 이곳에 紹介해 보면 다음과 갓다.

자장가

자장자장 잘두잔다
우리애기 잘두잔다
銀子童아 金子童아
壽命長壽 富貴童아
銀을주면 너를살가
金을주면 너를살가
國家에는 忠信童이
父母에겐 孝子童이
兄弟에겐 友愛童이
一家親戚 和睦童이
洞內坊內 有信童이
泰山가티 굿세여라
河海가티 깁고깁허
有名天下 하야보자
두지둥둥 잘도잔다
우리애기 잘두잔다

以外에 朝鮮에서도 嚴弼鎭 金泰午 金恩燁[246] 李東贊 等 諸氏가 자장가를 世上에 내노흔 줄 記憶되나 如何튼 자장가는 그 內容보담도 리즘이 잘 符合되는 것이여서 曲調가 아름다워야 한다는 것이 第一 첫 條件이라 보와도 無關하겟다. 如何튼 새로운 朝鮮에 새로운 朝鮮의 意識과 民衆的 情緒를

246 '金思燁'의 오식으로 보인다.

가진 자장가가 하루속히 作曲되여 世上에 나타나기를 바라 마지안는다.

以外에도 兒童詩를 細密히 區別하면 抒情詩로서의 童謠라든가 追憶詩로서의 童謠 象徵詩로서의 童謠 等이 잇겟스나 大體로 보와 現在의 兒童詩를 區別해 본다면 上述한 바와 갓겟다.

이 童謠의 分別 形式은 어느 나라를 勿論하고 다 가틀 것이나 그 나라 그 나라의 民衆意識과 그 環境에 따라서 그 內容은 各異할 것이다. 그리고 年前까지의 朝鮮의 童謠는 大概

自然 觀照에 依하야 創作하고 따라서 그것을 부르든 것이 全部이기 때문에 兒童은 自然 詩人이라 解釋하고 아니면 兒童은 眞善美를 가지고 그 全的으로 解釋해 왓든 것이 時代가 밧귀이고 社會가 變遷過程을 밟게 됨에 그 解釋을 社會는 容納 안 해 준다. 兒童 自身도 眞善美의 生活에서 離脫되엿다. 그리하야 그들은 苦를 맛보고 또는 서름과 눈물도 격겨 봄으로 그들의 詩的表現은 隱隱히 아지도 못하게 社會意識을 머리에 갓게 되고 따라서 人生觀을 潛在意識으로 너케 된다. 이 例로서의 兒

童詩를 紹介해 보면 다음과 갓다.(이 內容을 吟味해 보면 알 것이지만 社會面을 如實히 그려 내어 잇는 것이다.)

南夕鍾, "朝鮮과 兒童詩－兒童詩의 認識과 그 普及을 爲하야(9)", 『조선일보 특간』, 1934.5.30.

동요 팔려가는딸(尹福香 作)

공장에팔려가는 어린동모가
식검은기차타고 먼곳간다고
가슴을뚜다리며 작고웁니다
팔려가는내딸이 이제떠나면
어느때에또다시 만날가하고
보내는어머니가 작고웁니다

이 노래는 一九二八年『朝鮮日報』學藝面 紙上에 실리엿는 作品인대 尹福香 氏가 大邱女子普通學校 在學 時代에 지은 것이다. 얼마나

社會의 悲慘狀이 兒童의 頭腦까지 反映되엿는가를 잘 알 수가 잇슬 것이다.

동요 나는몰으겟서요

왼종일후-여- 새를좇기에
목구녕이터지도록 소리질러서
내목소리마듸마듸 쉬여젓서요
어재나는새모리를 하게되나요
새벽부터밤까지 일을하야도
어찌하야우리집은 가난한가요
압집의복동이는 학교가는대
나는엇재야학에도 못가는가요
(筆者 作)

如何튼 그 例를 列擧하자면 限이 업다. 우리는 兒童詩 硏究作家로 어린이들에게 아름다운 꿈만을 들여줄 것이 아니라 幻滅의 空想世界에서 現實世界로 飛躍해야 할 것이다. 어린이 그들은 아름다운 꿈만을 空想美 自然美만을 즐기고 잇지 안는 것이다. 그들은 只今 現實의

描寫와 그 眞狀을 반가히 맛는다. 우리는 이 現實과 兒童과의 關聯性을 沈着히 硏究하여야 할 것이다. 自然主義와 浪漫主義 文學이 興盛하든 十八世紀나 十九世紀의 時代와 社會와 現代(現實)(略)인 過渡期에 잇서서는 그 社會의 經濟機構와 그 民族的 意識을 잘 諒察하여야 할 것이다. 이곳에 뿌리를 박고 나오지 안는 文學은 結局 現實性을 忘却한 아무 所用 업는 것이 되고 말 것이다. 朝鮮에서도 相當히

藝術의 再出發論 아니면 文學의 再出發論을 問題 삼고 잇지만 그 態度 그 硏究方法을 그릇치지 안토록 苦心하여야 할 것으로 밋는다. 如何튼 簡單히 問題를 要約하야 말해 본다면 무엇이 社會의 人類의 幸福을 增進식히

겟느냐는 것이 問題인 것이다. 어느 方面을 어느 方法과 어떠한 態度로 나가야 한다는 것을 우리는 어느 (略) 過程에 잇서서나 明確히 提示하야 나가야 할 것이다.

南夕鍾, "朝鮮과 兒童詩－兒童詩의 認識과 그 普及을 爲하야(10)", 『조선일보 특간』, 1934.5.31.

모든 것은 朝鮮이란 現實을 土臺로 解剖하야 그 眞을 取하고 그 虛僞를 버리며 우리 民族의 幸福 增進을 圖謀하는 데 잇슬 것이다. 그럼으로 우리는

急速히 목이 미도록 밥을 먹으려 말고 적은 일로부터 順序를 찻저 한거름 한거름 健實한 기둥을 세우기 爲하야 着實性 잇는 꿋꿋한 礎石을 박아 노와야 할 것이다.

이제로부턴 詩歌로서의 兒童詩의 藝術的 價値를 論해 보려 한다. 쉬운 말로 말하면 兒童詩가 가지고 잇는 藝術上으로 본 '벨루-'는 어떤 것인가를 이약이해 보려 하는 것이다. 兒童詩를

評價해 보려면 兒童詩의 藝術的 價値와 兒童詩의 教育的 價値로 난오와 檢討할 수 잇는 것인데 그 教育的 價値는 다른 機會에 執筆하겟슴으로 이곳에는 略하고 지나가기로 한다. 兒童詩가 詩歌的 地位를 力然히[247] 保持하고 잇는 以上 그 兒童詩가 藝術的 어떤 큰 地位를 갓고 잇다는 것을 自他가 容認하고 잇는 바이다.

저- 北原白秋 氏는 이러케 말한 일이 잇다. "大人은 흔히

自己 滿足을 爲하야 兒童을 玩具로 取扱하는 수가 잇다." "世上에는 그 사람 自身의 作品은 成就 못하면서 兒童의 입 흉내만 내는 童謠를 지어

247 '歷然히'의 오식이다.

내놋는 年少作家도 꽤 만흔 모양이다. 이것은 얼마씀 그 사람의 才能까지를 얏게 評價하고 십게 되는 것이다. 優秀한 童謠가 그 사람에게서 産出될 수 잇겟느냐 하는 것은 至極히 怪常한 것이라 보지 안어서는 안 될 것이다. 또 詩人들 중에서는 童謠를 低級視하는 傾向도 만타. 또 그 創作을 大端이 平易한 것이라 輕侮하는 傾向도 잇다. 그러치만 그러면 한번 지어 보라고 하면 질 수 잇느냐 하면 이것 역 疑問인 것이다"라고.

朝鮮에도 이러한 傾向이 잇다는 것은 上述한 바이지만 特히

教育者 或은 父兄 間에도 童詩謠가 참말로 理解되지 못하고 하야 만흔 여러 어린이들의 純眞하고 속임이 업는 아이면 그 各國 그 各自의 環境을 如實히 그린 詩的 情操의 그 眞價를 再吟味할 必要가 잇다는 것은 筆者는 생각하는 바이다.

그러면 다음에 日本 內地의 童謠詩人들의 例를 들어 그 藝術的 價値를 알어보기로 하자 (「童詩 教育의 新研究」 122頁 參照)

1. 三木露風은

"童謠는 참말 詩와 조금도 다름이 업는 것을 쉬운 어린이의 말로 表現한 것이다. 童謠는 詩다." 『眞珠島』[248] 序文에서

2. 北原白秋는

"短歌와 똑 가튼 心理로 自然에 對하야 어린이의 말로서 그대로 쓴 것이 童謠이다." 『叡智와 感覺』 序文에서

3. 西條八十은

"平易한 表現이 거침업시 自然的으로 된 때 童謠는 詩다." 『現代童謠講話』[249] 中에서

4. 野口雨情은

"童謠는 兒童의 노래이여서 大端히 어린이에게 잇서선 興味가 깁흔 것이 아니여서는 안 된다. 그리고 그와 同時에 大人에게도 興味가 잇고 그 童謠

248 미키 로후(三木露風)의 『眞珠島:童謠集』(アルス, 1921)을 가리킨다.

249 사이조 야소(西條八十), 『現代童謠講話:新しき童謠の作り方』(新潮社, 1924)을 가리킨다.

을 듯든가 노래하든가 하면 어느 새에 일어버리고 잇든 어린 時節의 그리운 마음이 確然히 가슴에 湧出되여 와야 할 것이라는 것이 必要하다.

南夕鍾, "朝鮮과 兒童詩－兒童詩의 認識과 그 普及을 爲하야(11)", 『조선일보 특간』, 1934.6.1.

卽 永遠히 滅亡하지 안는 兒童性을 가지고 잇는 것이여서 더욱 그 以上 그 童謠가 참말로 尊貴한 價値가 잇는 藝術品이여서 그 言語의 調子가 音樂的으로 優秀한 것이 참말 童謠이다." 『童謠作法問答』[250]에서

5. 白鳥省吾는

"詩는 全部 그러하지만 特히 童謠의 境地는 全 存在에－ 生物에게도 無生物에게도 똑 가튼 無差別의 親切하고 또한 깁흔 愛를 가지고 부르게 된다. 그곳에 特殊한 興趣와 宗教心 亦 잇는 것이다. 童謠는 純粹한 藝術이다. 그럼으로 그것은 決斷코 第二義的인 것은 아니다." 『종달새의 巢』[251] 序文에서

6. 柳澤健은

"童謠는 詩와 가티 어린이의 世界의 彼岸에 잇는 第二의 世界를 出生식히지 안어서는 안 된다"라고 말햇다.

이와 가튼 輿論을 우리는 들을 수 잇다. 如何튼 兒童詩의 藝術的 價値는 누가 어느 紙上에 말한 바와 가티 兒童은 幼時엔 藝術的 氣稟을 表示하는 것이다. 幼兒는 大槪

天才라고도 생각된다. 그 日常生活이 詩이고 그 言語가 詩인 故로 그들

250 노구치 우조(野口雨情)의 『童謠作法問答：新しい童謠の作り方』(交蘭社, 1921; 尙文堂書店, 1922)을 가리킨다.

251 시로토리 세이고(白鳥省吾)의 『雲雀の巢』(精華書院, 1921)를 가리킨다.

은 두말할 必要 업시 그대로의 眞實性 잇는 詩人인 것이다. 詩 或은 노래는 그저 고든 곳에서만 眞實한 魂을 精神을 차즐 수 잇다. 智惡와 分別만 가지고서는 詩를 지을 수 업고 저— 三木露風 氏는 말한 바가 잇지만 어린이는 大人보다도 훨신 나은 天眞性을 가지고 잇다. 그럼으로 어린이는 大人보다 말할 수 업시 나은 詩人이라고도 말할 수 잇는 것이다. 이러고 보면 어린이는 나면서부터 詩人이라는 것이 肯定될 것이다. 그러치만 兒童의 詩가 高尙한 藝術的 價値를 가지고 잇는 것일까 그것을 알기 爲하야서는 먼저 兒童의 生活을 도리켜 생각해 보지 안어서는 안 될 것이다. 이것은 별달리 쓸

機會가 잇겟거니와 우리는 저— 价川龍之介[252] 氏의 말과 가티 "文藝鑑賞의 秘訣은 全然 白紙의 狀態로서 作品에 對할 것이다." 참말로 이러한 態度로서 兒童作品을 對하게 된다면 누구라도 다 兒童의 詩의 藝術的 價値에 驚歎하지 안코는 못 백일 것이라 생각된다. (以下 略) (完)

252 '아쿠타가와 류노스케(芥川龍之介, 1892~1927)'의 오식이다.

孫晉泰, "序", 馬海松, 『海松童話集』, 東京: 同聲社, 1934.5.

우리들 七八友가 〈색동會〉를 맨든 것은 발서 十二年이나 前 일이엿다. 이 會는 우리의 어린 사람들을 爲하야 일을 하여 보자는 趣旨에서 成立되엿다. 그래서 우리들은 그동안 글로 노래로 또 일로 우리들의 微力을 다하여 왓다. 馬海松 君을 비롯하야 鄭寅燮 君 及 故 小波 方定煥 君 等의 熱 잇는 童話며 어엿분 童謠 曺在浩 崔瑨淳 兩 君의 歷史童話며 訓話 鄭淳哲 尹克榮 兩 君의 아름다운 作曲 等. 이 諸君의 우리 어린 사람들에게 바친 精誠과 業績은 決코 적게 評價되리라고 생각되지는 안는다. 이 外에도 우리는 數三의 有爲한 會友를 가젓슴을 스스로 자랑하는 바이다. 이렇타고 내여노흘 만한 해 노흔 일은 업슬 망정 내 또한 〈색동會〉의 一員으로 諸君의 驥尾에 부터 가게 됨을 몹시 自負하고 잇다. 우리 會友로서 童話集을 낸 이에 故 小波가 잇고 作曲集을 낸 이에 鄭淳哲 君이 잇다. 그러고 이번에 또 馬君이 童話集을 내게 되엿다. 엇지 우리들의 깁분 일이 안이랴. 君의 童話集은 우리 어린 사람들의 愛重한 동무가 되고 또 貴한 精神的 糧度가 될(이상 197쪽) 것을 밋고 疑心치 안이한다. 馬 君의 이 책에 序를 쓸 任이 안임을 내 스스로 알지 못하는 바는 안이나 오즉 깁분 마음을 참기 어려워 이에 敢히 몃 줄의 말을 記錄하야 序에 박구고저 하는 바이다.

孫 晉 泰 識 (이상 198쪽)

高漢承, "序", 馬海松, 『海松童話集』, 東京: 同聲社, 1934.5.

海松 君의 깨끗하고도 多情한 童話를 읽을 때마다 나는 도라오지 못하는 녯날의 "마음의 故鄕"에 다시 간 듯하엿습니다.

사람이란 누구든지 기쁘거나 질겁으나 슯흐거나 괴로웁거나 될 수 잇는 대로 만히 마음의 故鄕에 도라가서 永遠한 어린 世界에 마음쩟 허염치고 십흔 것입니다. 그러고 이때만이 사람들 살림 가운대서 가장 거룩하고 가장 깨긋하고 가장 사람다운 때일 것입니다.

어린이는 어린이대로 그들의 살림을 더 윤택하게 하기 爲하야 그들 世上을 더 깨긋하고 더 넓게 하기 爲하야 어른은 어른대로 녯날의 마음의 고향에 도라가서 거룩하고 어린이답게 되기 爲하야 나는 海松 君의 땃뜻한 이 이약이가 여러분께 얼마나 조흔 선물이 될 것을 밋음니다.

더구나 만치 아니한 同志 가운데 귀하고 령롱한 創作童話集이 내 벗 海松 君의 손으로 지어젓다는 것을 생각하니 압서 간 同志 小波 君과 한가지 눈물겨웁게 반갑고 고마웁습니다.

高　漢　承 (이상 199쪽)

秦長燮, "序", 馬海松, 『海松童話集』, 東京: 同聲社, 1934.5.

海松은 나와 코 흘릴 적부터의 무척 갓가운 동무입니다. 그래 나는 海松의 일은 모도 잘 암니다. 海松은 이제부터 十二三年 前부터 童話를 쓰기 始作햇습니다.

그 後 東京서 〈색동會〉가 생길 적에 海松도 한 會員이 되여 繼續하야 童話를 硏究하면서 갓금 東京 잇는 조선 어린이들을 모아 노코 童話를 들녀주곤 하얏습니다.

그때는 나도 東京 잇슬 때라 그런 모딈에 함게 참례하야 海松의 童話를 자미잇게 듯곤 하얏습니다.

그 後 얼마 잇다 나는 東京을 써낫습니다만은 海松은 그대로 東京에 남아 잇서 어썬 큰 잡지사에서 중한 일을 마터보고 잇섯습니다. 지금은 그

잡지사의 사장으로서 큰 활동을 하고 잇습니다.

海松은 朝鮮과 조선 사람 그中에도 특별히 조선의 어린이를 사랑하는 점에 잇서 아모에게도 버금하지 아니하는 사람입니다. 그래서 海松은 늘 밧분 틈을 타서라도 조선의 어린사람들에게 보낼 선물로 童話를 써 왓습니다.

그러나 海松의 童話는 하나도 하로밤에 되는 것이 업섯습니다. 童話 한 편을 쓰기에 몃 해가(이상 200쪽) 걸린 적이 다 잇습니다.

생각하고 생각하고 또 생각하고 이러케 두고두고 생각을 해 가지고야 쓰기 始作하는 것임니다. 이것은 조선의 어린이에게 다만 한 편일지라도 허술한 童話를 읽히지 안켓다. 珠玉 갓흔 이야기만을 선물하겟다는 거룩한 정성에서 나오는 일입니다. 나도 간혹 童話를 쓰는 사람의 하나이지만 이 점으로는 참으로 海松에게 敬意를 아니 表할 수 업습니다.

그리고 海松이 아즉까지 發表한 童話는 全部가 創作인 點에 特色이 잇습니다.

내가 昨年 봄 잠간 東京에 잇슬 때에 나와 海松 사이에 海松의 童話集을 내 보자는 議論이 낫습니다. 그러나 海松의 童話는 이곳저곳에 흐터저 잇서 海松 自身의 손에 남은 原本이 몃 가지 안 되엿습니다.

그래 나는 自進하야 남어지 海松의 童話를 全部 모도아 주기로 約束하고 『어린이』에 廣告를 내여 海松의 童話가 실린 헌 잡지를 사드려서 全部 모드아 海松에게 주엇습니다. 그 後 여름에 나는 조선으로 도라오고 말엇습니다.

지금 海松의 童話集이 世上에 나오게 된다는 소식을 듯고 반갑고 깁붐니다.(이상 201쪽)

海松의 가장 갓가운 친구의 하나로서 이 童話集이 조선의 어린 분들의 靈에 조흔 糧食이 되여지기를 海松과 함게 빌며 마지안습니다.

秦 長 燮 (이상 202쪽)

馬海松, “後記”, 馬海松, 『海松童話集』, 東京: 同聲社, 1934.5.

아아 멀고나 어느 틈에 이러케도 멀니 왓슬까? —— 人生行路를 걸어온 어느 사람이나 —— 어질은 사람이거나 어리석은 사람이거나 —— 다 갓치 늑기는 이 늑김을 나도 늑긴 바이외다.

내가 걸어온 길이 멀되 일다운 일을 한 것이 업고 동무에게 자랑할 만한 것을 남기지 못햇스나 그러나 이 亦 누구나가 다 갓치 늑기는 바와 갓치 온 길을 돌아다볼 때 그것이 귀엽고 애처롭고 또 귀엽고 참아 흘씀 도라다보지 안을 수 업는 —— 다만 그 마음으로 이 冊을 꾸민 것이외다.

—— 薄情하게 말하면 이러한 過去를 淸算하고 새길을 찾기 爲해서……….

못되고 어리석은 —— 그러나 내게는 귀엽고 못 니즐 나의 발자최 —— 그것을 보아주소서.

이 冊을 꾸미어 준 秦長燮 林南山 辛石然 諸氏에게 謝意를 表하나이다.

昭和 九年 四月 十三日

著　　者 (이상 203쪽)

張赫宙, "(新刊評)海松童話集 讀後感", 『동아일보』, 1934.5.26.

馬海松 氏의 『海松童話集』[253]은 最近 朝鮮文으로 出版된 多數한 出版物 가온대 가장 意義 깊은 것에 하나다. 그리 많지 못한 朝鮮의 新刊書籍 가온대 정말 우리의 文化를 빗나게 할 만한 것은 더욱이나 적엇섯다. 대개는 所謂 赤本[254] 程度에 지나지 않엇고 조금 高級한 것이라도 通俗小說類 等이 엇으며 더욱이 우리의 어린이들에게 읽히고 싶은 出版物은 全혀 없엇든 것이다.

어린이들은 學校 敎科書에만 滿足하지 못하고 그들의 豊盛한 讀書欲은 날로 넓어저 읽을 것을 求해 마지아니한다.

그러나 그들의 讀書欲을 滿足시킬 만한 冊子가 朝鮮文 書籍 가온대 몃 卷이나 될 것인가?

나는 우리의 어린이들이 색다른 風俗과 傳說에서 나온 이야기를 읽고, 우리의 그것을 모르고 成長함을 볼 때, 괴로움을 금치 못하엿다. 이것은 비단 나뿐이 아닐 줄 안다.

이번 『海松童話集』에는, 가령 「少年特使」 「호랑이」 「둑겁이 배」 같은, 흔히 옛날이야기에서 귀 익게 듣던 이야기가 많이 잇고, 그것도 著者가 많이 加筆을 해 두엇으니 묵은 느낌이 없는 新鮮한 맛이 行間에 떠돌게 되엇다. 첫머리에 실린 「어머님의 선물」에는 多少 센치멘탈한 느낌이 잇어, 悲哀와 軟弱함을 남의 나라 어린이보담 많이 가젓다는 우리 어린이의 취미에 알맞겟으나, 나는 오히려 그것을 取하지 않겟다.

또 「少年特使」에 나오는 "둑겁이" "차돌"이의 두 少年들이 一大 冒險을 짊어지고 異國에 國寶를 찾으러 가는 勇氣는 좋으며, 多少 어린이들을 勇

253 마해송(馬海松)의 『海松童話集』(東京: 同聲社, 1934)은 한국어 표기로 도쿄(東京)에서 발행되었다. 총판매는 경성(京城)의 개벽사(開闢社)가 맡았다.

254 일본어 '아카혼(あかほん)'으로, "(江戶 시대 중기 이후의) 붉은 빛 표지의 어린이용 이야기 책" 또는 "저속한 싸구려 소설책"이라는 뜻이다.

敢케 할 줄 아나, 그러나, 이 두 少年들이 國寶를 찾은 경로가 그들의 果斷과 勇猛으로 그러케 된 것이 아니고 僥倖으로 그러케 된 것이니 僥倖을 바람이 많다는 우리 어린이를 행여 弱하게나 아니 할가 하는 느낌이 든다. 그리고 「호랑이」도 호랑이 두 머리를 잡은 동기로 一種의 僥倖이니 이것도 「少年特使」와 같이 著者의 意圖와는 反하는 效果가 날가고 나는 저어한다.

그러나 이 두 篇에도 無論, 「둑겁이 배」와 같은 明朗한 氣分과 웃음이 잇어, 이야기가 아름다웁게 짜어저 잇기에 그다지 큰 험은 없으리라고 믿는다.

以上의 몇 篇을 읽다가, 나는 「바위나리와 애기별」 「토끼와 원숭이」(이것은 不得已 事情으로 中斷이나 퍽 아까운 것이다) 「호랑이 고깜」을 읽을 때, 優秀한 童話를 發見하엿음에 기쁨을 말치 않을 수 없다.

「바위나리와 애기별」은 내가 여태것 읽든 童話 가온대 가장 아름다운 것이며, 조선의 아름다운 혼을 충분히 표현하엿다고 생각한다. "애기별"의 慈愛心, 友情. 그리고 平和를 나는 깊이 사랑한다. 이 童話는 '안델젠'에도 『크림童話』에도 決코 뒤지지 아니하는 것이다. 다른 童話들도 다– 그러커니와 이 한 篇에 限해서는 "글"이 더욱이 아름다웁고 이야기하는 솜씨도 自然스럽고 完璧한 것이다. 『海松童話集』은 이 한 편만 해도 읽을 價値가 充分히 잇다.

「토끼와 원숭이」는 中斷이기에 나 亦是 더 말치 못하겟으나 「호랑이 고깜」은 特히 조선의 어린이뿐 아니라, 어른들에게도 읽히고 싶은 훌륭한 童話다. 佳作임이 틀림없다. 호랑이들이 그 正體조차 모르고 잇던 "고깜"을 호랑이의 젊은이들이 찾어내어 깨트리어, 없애 바리엇다. 이 한 篇에는 科學과 社會의 發展이 잇다.

이 밖에 劇으로 된 「福男이와 네 동무」 「다시 건저서」 「장님과 코끼리」 「독갑이」 들이 잇어, 어린이들의 劇에 對한 智識을 도움이 잇을 뿐더러 그들의 모도임을 질겁게 할 것이다. 「장님과 코끼리」는 다른 곳 이야기를 改作한 것이나 우슴과 諷刺가 들어 잇어 좋은 兒童劇임이 틀림없다.

나는 좀 더 仔細히 論評하고저 햇으나, 粗劣한 評筆로는 오히려 原作을

害칠가 저어해서 讀後感을 쓰기로 하엿다. 『海松童話集』을 읽는 이나, 作者에게 잘못된 點이나 없다면 퍽 多幸타 생각한다.

(發行所, 東京市 淀橋區[255] 泊木一, 一一九. 定價 一圓)

255 요도바시쿠(淀橋區)로 예전에 도쿄토(東京都)에 있던 구(區)다. 신주쿠(新宿) 구의 서부에 위치해 있었으나, 현재 지명으로는 존재하지 않는다.

本社 B 記者, "兒童文學作家(一) 鄭靑山 氏 訪問記", 『新少年』, 1934년 4-5월 합호.

삼월 이십일. —— 오전 열시 반쯤.

편즙국 선생님의 특명은 바든 긔자(記者)는 영락정 일정목에[256] 잇는 나즈막한 별나라社로 씨를 차젓다.

때마츰 씨는 책상을 안고 무슨 장부인지 뒤적어리다가 아모런 통긔도 업시 당돌하게 차저드는 긔자를 보더니 얼골에 미소가 떠올은다.

"아 엇더케 오십니까?"

"네 그저 볼일이 잇서서 —— 다른 게 안이라 新少年社 五大計劃의 하나인 少年藝術家 訪問의 일로 그져…"

긔자는 씨가 권하는 교의에 허리를 나려노앗다. 이 교의가 엇더케 좃튼지 궁둥이가 압허서 조금 트면…….

"어험. 헌데 올에 春秋가 몃치신가요."

"수물네 살이요. 그건 왜 물으시요. 엡분 누님 잇세요?"

"아. 안이 그런 게 아니라 —— 헌데 말에요. 어험. 장가 안 드셧지요? 아직두."

그랫드니 선생님이 아(이상 18쪽)주 실쭉해지시며

"원 천만에 —— 벌서 결혼햇다우."

"아들, 딸 보셧세요?"

"아직 성공치 못햇습니다."

"제게 지금 세 살 먹은 산애아이가 한 놈 잇는데 말입쇼. 선생님! 미안하옵지만 계집애를 나십쇼. 그래 우리 두 놈을 결혼식힙시다."

햇드니 이거 보세요. 鄭 선생님이 仰天大笑하시겟죠. 그리고 하시는 말

256 '永樂町 一丁目'은 현재 서울특별시 중구 저동 1가의 일제강점기 때 명칭이다. 1914년 영희전(永禧殿)과 장악원(掌樂院)의 이름을 합성하여 영락이란 동명이 만들어졌다.

슴이
"가만 계십쇼. 딸 낫커든 중국 사람에게 팔어서 호떡 만두나 사먹을까? 원."
記者가 하루에 세 번 몸을 살피는데 그 시간이 되여서 생각헤 보니 탈선이 되엿는지라 이제부턴 정색을 해 가지고
"선생님 어느 方面으로 힘쓰시렵니까?"
"글세요. 童話를 만히 創作할가 합니다.…… 그리고 童詩도 각금 써 볼까 합니다."
"만히 힘쓰십시요. 헌데 『新少年』 편즙에 對한 무슨 希望은 업스십니까?"
"글세요. 뭐 별로 업습니다."
"지금 밥부십니까? 한가하시면 놀너나 가시지요. 천천이 이야기라도 하면서."
"말슴만은 고맙습니다. 그럿치만 남의 일을 보는 놈이 어듸 그런 여유가 잇습니까?!"
"아 그러면 넘우 실례 만히 햇습니다."
"천만에! 자조 놀러 오시죠."
"네 ——"
긔자는 인사의 악수를 하고 자리를 물러 나왓다. 앗차 이즌 게 잇다! 鄭青山 氏의 얼골 모습을 자셔히 보고 나올 껄 —— 그만 그의 씩씩한 얼골 모습을 그려 놋치 못하여 독자 제씨한데 미안합니다. 한 달 전 처음 入社한 '신마이'[257]라 긔술이 부족하니 엇절 수 없는 사정입니다. 용서하십쇼.(이상 19쪽)

257 일본어 'しんまい〔新米〕'로, "신참(新參), 풋내기"라는 뜻이다.

本社 A 記者, "兒童文學作家(二) 李東珪 氏 訪問記", 『新少年』, 1934년 4-5월 합호.

삼월 열아흐렛날, 일은 새벽이엿다. 하늘은 먼동이 틀 때부터 우유빛으로 흐려 잇드니 북쪽과 서쪽로으로부터 먹장 갓흔 구름이 모여들며 거리는 캄캄하여젓다. 무시무시한 날이다!

긔자는 안국동 네거리에서 빼쓰를 탑시고 峴底洞 어구에서 용감스럽게 '도비오리'[258]를 합신 다음 터덜터덜 걸고 걸어서 산꼭땍이에 잇는 李東珪 氏의 文化住宅으로 향하엿다. 왼쪽으로 져어 유명한 별돌담을[259] 바라보면서 ——

오막사리 文化住宅 —— 쓸어질 듯한 문깐에는 李東珪라는 문패가 달려 잇다. 바람이 불 대마다 소리를 내이며 춤을 춘다.

"이리 오너라 ——"

도야지 목 따는 소리로 쾌ㄱ 질럿다. 나타나는 것이 下女가 안이고 주인장 되는 李東珪 氏!

"아니 인제 일어나세요."

긔자가 던지는 말에 쓸쓸한 미소로 대답을 대신한다.

"들어오시죠."

"안이 좃습니다. 밧그로(이상 20쪽) 놀러 나가시지 안켓서요?"

현명한 긔자는 氏의 아름다운 안해 氏를 한번만이라도 보고 십헛지만 —— 내가 먼저 自發的으로 對面식혀 달랄 염치는 업는지라 李 氏의 自然發生的 태도만 믿고 서 잇스니깐 —— 아주 맹랑하지요!

자긔 안해를 빼서 갈가 보아 겁이 낫든지 문을 다드면서 밧그로 나오겟

258 일본어 'とびおり〔飛(び)降り・飛(び)下り〕'로, "주행 중인 차에서 뛰어내리는 것"이란 뜻이다.

259 '벽돌담을'의 오식이다.

죠. 그러드니 뒷산으로 놀러 가자고 긔자의 손목을 쓱 잇글겟죠. 아아 헐 수 ない.[260]

氏의 뒤를 천천이 따라가면서 긔자는 一問을 던젓다.

"李 선생님. 년세가 몃치시요!"

"수물네 살입니다. 늙엇지요?"

"뭐 스물네 살이 늙어요 원. 그런데 안해 氏의 년세는?"

"수물 다섯!"

"아유. 한 살 더 먹엇군요."

"그럿탑니다."

"그런데 아이 잇세요?"

"네 지금 배 안에서 꼬물거리고 잇다고 밤에 잘 때 안해 氏가 放送하든군요."

"몃 달이나 됏세요?"

"여섯 달이라든가 ——"

"호오!"

여기서 긔자는 말문이 맥혓다. 씨의 누님이 절세미인이고 처녀고 재사라든데 하나 청구해 볼까? 하다가 안 준다고 잡아떼면 엇쩌나? 하고 겁이 나서 그만 꾹 참엇죠.

"선생님은 장차 어느 部門으로 創作에 힘쓰시렵니까."

"童話와 童謠 두 가지로 힘쓰겟소이다."

"요지음 쓰시는 「파랑새」[261]는 아주 걸작이시든데 —— 새로운 창작방법에 준해서 쓰시든데요?"

"아마 조선에서는 제가 제일 먼저 새로운 창작방법을 작품상에 구체화씨혓는가 분데요. 「파랑새」는 새(이상 21쪽)로운 힘을 어더서 쓰는데 —— 아마

260 '헐 수 ない.'는 "ない"가 "없다"는 뜻이므로 "헐 수 없다."(할 수 없다)란 뜻이다.

261 이동규(李東珪)의 장편동화 「파랑새」는 이 대담이 이루어지고 있던 1934년 3월에 제2회가 연재되고 있었다.

장차부터 더 잘될 껍니다."

여기서 잠간 긔자는 동규 씨의 스타일과 얼골 생김생김을 세밀히 관찰해볼 긔회를 어덧다.

다섯 자 넘을가말가 한 작달막한 키, 웃둑 선 코ㅅ나름, 희멀금한 얼골빗, 크다란 두 눈, 시컴언 눈섭 얼핏 보면 米國 少年갓치 보인다. 몸은 약한 편이여서 三百六十日 중 三百日은 콜콜 알어 새일 것 갓다!

그럿치만 兒童文壇에 잇서선 老壯으로 有名하고 모르는 少年이 업다.

요즈음은 '갱' 首領이라든가? —— 他稱이 안이라 自稱으로 떠버리고 단이니 얼마 안이하야 '갱'으로선 沒命할 운명을 가지고 잇는 氏 ——

"그런데 先生님! 新少年社는 왜 나오시게 되엿나요?"

뒷산에 올라 바윗돌에 가즈란이 안즌 긔자는 氏에게 물엇다. 하도 궁금하길래!……

"사정이 잇서 나왓습니다. 그리지 안어도 몸이 약해서 좀 靜養하려는 터인데 —— 잘되엿지요. 뭐? 고요히 방안에 누어서 思索이나 하고 생각나면 創作이나 하렵니다."

"兒童文壇에서 누가 제일 잘 씁듸까?"

"글세. 내 생각 갓해선 이동규 氏 갓든데 자셔히 몰으겟습니다."

"아이 선생님두 원 —— 自畫自讚을 해요."

"암 그래야죠. 米國 少年들 못 보앗서요. 나라는 아이 'I'를 놉히지 안어요?"

"글세. 선생님이 꼭 米國 少年 갓드군."

이러니저러니 수작하는 동안에 日昇中天하야 할 수 업시 本社로 돌아오다 오는 길에 동규 氏와 갓치 호떡집에서 만두 먹은 일이 잇지만 아이 내 창피해 죽겟서! 글세 그걸 엇더케 적어요? 자아 그만둡시다.(이상 22쪽)

安平原, "(小論)알기 쉽게 感銘 잇게 씁시다－三月號를 읽고 늣긴 바 잇서 글 쓰는 동무들에게 提議함－", 『新少年』, 1934년 4-5월 합호.

正確하고 알기 쉽게 쓰는 것 感銘이 잘되게 쓰는 것 等은 우리들 作品製作에 잇서 重要한 方法인 것은 作家의 어느 분을 勿論하고 다 잘 알고 잇는 事實일 줄 압니다. 그러나 最近의 우리들 作品에 大部分이 알아보기 어렵고 複雜한 事件(題材)인 대다 無秩序한 羅列로서 도저히 무엇인지를 깨다를 수 업스며 따라서 作品을 읽고 나면 卽是 이저버려 조고만치의 感銘도 남어 잇지 못함은 무슨 까닭이겟습닛가?

나의 所見 갓해서는 作家의 敎養이 不足한 것 事件에 對한(題材에 對한) 觀察이 明確치 못하고 淺薄한 것도 까닭이 되겟스며 客觀的 情勢의 러롭지[262] 못함에서 故意로 事件을 曖昧하게 만드는 것도 까닭의 한 가지가 될 줄 압니다. 그러나 여기 또 重大한 까닭은 過去의 作品들은 奇蹟的이고 神秘的인 個人(따라 그 社會)을 描寫하여 온 대 反하야 우리들의 作品은 普遍的이고 좀 더 多端하여진 群衆(集團的인 人間과 社會)을 그리(이상 23쪽)려는 데 그 큰 原因을 갓고 잇는 줄 압니다. 作家는 그런 것들을 잘 意識하고 잇스면서도 自己도 모르게 過誤를 犯하고 잇는 것을 항용 봅니다. 意識함으로 依해서 犯하는 조흔 例로(이것은 지나간 일이지만) 三二年度 年頭에 우리들의 詩人 朴世永은 固式化한 領域을 넘자고 부르지즈다가 한 발자국 넘어처서 作品의 散漫化의 傾向을 보인 일이 잇습니다. 그리고 最近 安龍民의 詩를 볼 때 조흔 題材임에 不拘하고 어려워 理解하기가 여간 힘드는 것이 아닙니다. 더욱이 그것은 산 形象을 넘어나 技巧的으로 表現하려는 대서 起因한 것이엿습니다.

그뿐 아니라 最近의 우리 少年文壇에서는 部分部分의 形象을 그리기에

262 '리롭지'(이롭지)의 오식이다.

技巧를 다하려고만 애스고[263] 全體의 調齊에는 그릇치는 일이 非一非再하엿습니다. 어듸서 그랫느냐?고 뭇는 분이 게신다면 部分部分의 描寫는 顯著히 發展되 가는 대도 事件의 展開는 엇더케 되여 가는지 갈피를 잡을 수 업는 最近의 作品들을 읽어 보면 알 것이라고만 對答할 뿐이겟습니다.

自己의 作品에 잇서서도 그런 感을 가젓다는 것을 솔직이 告白합니다. 이것은 또 製作技術의 能치 못한 대가 立體로만 스는 대 까닭을 갓는 것도 잇섯습니다. 또 過去의 作品들은 한 個人의 事情을 展開하여(描寫하여) 감으로 맛치 한 가닥 실을 뽑는 격이 되엿지만 오늘 우리들 作品은 여러 사람을(群衆—社會) 그림으로 만흔 실 가닥을 한꺼번에 뽑는 격이 된 셈입니다. 그럼으로 잘 뽑으면 過去의 것에 比해서 힘차고 찬란하지만 잘못하면 헌클니기 쉽습니다. 다시 말하면 여러 사람 중 한 사람(集團 속의 個人)을 生生하게 描寫하며 또 여러 사람 相互의 關係와 時間과 場所의 配置를 正確하게 表現하여야 된다는 말입니다. 내가 上의 列擧한 事實에 留意하기는 벌서부터이엿습니다마는 『新少年』 三月號를 읽고 나(이상 24쪽)서 밧작 그런 事實을 동무들 압헤 말하고 십흔 感이 치밀엇습니다.

보십시요. 具直會 童謠 「우리집」 「우리 언니」 桂光煥의 것 「참새」 等은 얼마나 알아보기 어려웁닛가. 金旭의 「긔차」에 아버지를 실고 전주 개명으로 갓다는 것은 무엇을 暗示하엿는지 모를 일이 아닙닛가. 金友哲의 詩 「깜동이의 노래」 중에 「그리하야 몃해가 지나갓다 — 일 분간!」 이 句를 누가 理解할 수 잇습닛가. — 일분간!이라고 한 것 무슨 말인지를 모르겟습니다. 安龍民의 作品은 대개가 알아보기 어렵다는 것을 우에서도 말햇지만 「난쟁이 아젓시」도 조흔 題材인대 어려운 語句와 지나친 技巧로 무엇인지 알아보기 힘듭니다. 初對의 作家 錢啄[264]의 小說 「월급날」도 安龍民의 童詩요 等과 비슷한 点이 잇습니다. 描寫는 生生하게 하엿스면서도 場面의 配置가 電光石 빗처럼 變遷되여 記憶할 여유조차 주지 안엇습니다. 이

263 '애쓰고'의 오식이다.

264 '錢啄'은 성경린(成慶麟)의 필명이다.

것은 詩에서보다 小說에 잇서서 그 配置가 더 클 줄 압니다. 特히 이 作品들은 우리들의 조흔 作家의 손으로 製作한대 不拘하고 한 말로 하면 알기 어렵고 感銘되지 안는 대 到達한단 말입니다. 그것은 나의 우에서 重複한 條件 中의 그 어느 것에라도 不知中 關聯된 犯過일 줄 압니다. 作家 동무들은 이 事實에 깁히 留意하여 아무리 複雜多端한 事件의 題材이드라도 그것을 正確히 알아보기 쉽게 서서 讀者로 하여금 한 번 읽으면 卽是 머리 속에 感銘의 印을 치도록 힘씁시다. 말을 거듭합니다마는 우리들 作家의 相對로 하는 讀者는 知識水準이 나즌 勤勞少年이 아닙니다. 그럼으로 일부러 未熟한 立體的으로 쓰어서 失敗하기보다 차라리 平面的으로 쓸 것이며 지리한 長篇을 쓰기보다 뚝뚝한 短篇을 써 나가는 便이 조흔 点도 잇슬 것입니다.

알기 쉽게 쓰자! 感銘 잇게 쓰자! 이것 決코 오늘에 새로히 發見된 方法은 아닙니다. 오즉 다시 한번 提議하여 동무들의 注意를 喚起하고저 합입니다. 끝으로 頭眉를 가리지 안코 卒地에 쓴 것으로 그 要領만 보아 주시고 잘못된 点은 鞭撻하여 주신다면 感謝하겟습니다.(이상 25쪽)

南大祐, “『新少年』 三月號 童謠를 읽은 뒤의 感想”, 『신소년』, 1934년 4-5월 합호.

우리들의 가장 사랑하는 『新少年』 三月號를 읽고 그 씩씩하여지고 豊富한 內容에 기쁨을 억제치 못하야 이에 童謠를 읽고 난 뒤의 感想을 드는 바이다.

□ 솔개미　洪九

이 童謠는 農村의 가난한 어린 동무들이 솔개미를 보고 부르기 조흔 노래라고 봅니다. 자꾸 읽어도 자미나고 表現이 퍽 잘되엿습니다.

□ 설이라지만　安平原

이것은 童詩로서 설을 마지하는 부자집(三字 略)과 가난한 집 아해들의 대조가 순조롭게 흘러나리엇습니다. 가난한 동무들은 설이라고 한숨과 탄식도 하지 안코 참다운 이야기를 들어 보랸다는 씩씩한 마음씨라고 봅니다.

□ 굴뚝　北原樵人

참봉네 굴뚝과 가난한 토막 굴뚝에서 나오는 연긔를 순조롭게 淸新味잇게 그리어 내엇습니다. 한번 읽고 나면 다시 한 번 더 읽게 할냐 하는 맛이 잇습니다.

□ 긔차　金旭

가기 실타는 사람들을 태우고 털털 굴러가는 긔차를 보는 어린 동무의 가슴에(이상 26쪽) 서 나오는 솔직한 고백이라고 봅니다.

□ 우리 집　具直會

農村의 가난한 살림살이의 寫實的 表現으로 잘되엇습니다.

□ 자리 짜기　李向破

자리 짜는 아버지의 그 表現이 참으로 잘 나타내엇스며 어서 짜아 빗을 갑고 책을 보아야겟는데 짤 자리가 만흐니 화가 나며 속이 탄다는 技術的 表現이 잘되엇다고 봅니다.

□ 우리 언니　具直會

이 童謠는 농사꾼의 언니를 노래한 것인데 "이러마나 어려이소"라는 무슨 말인지 알 수가 업스며 二行略이 되어 보지 못한 것이 퍽이나 유감입니다.

□ 깜둥이의 노래　金友哲

이것은 少年詩로서 가난한 집에 태여난 어린 아해가 소꿉동무와 놀 때의 敍事詩的 效果를 充分하게 담어 부엇습니다.

□ 참새　桂光煥

참새의 오들오들 떨고 잇는 것을 순조롭게 그리어 낸 것으로 平凡하다고 봅니다.

□ 난쟁이 아저씨　安龍民

난쟁이 아저씨를 그저 그러케 그려 낸 것으로 좀 淸新味가 잇섯스면 조켓다고 생각합니다.

以上으로서 그럭저럭 비빔밥식으로 讀後感을 썻다만은 모다 一向하게 조타뿐이니 섭섭하기 짝이 업스나 나의 읽어 본 感想이야말로 모다 조와서 뒤숭숭할 뿐이외다.

이 外에 讀者童謠가 잇스나 洪九 氏의 選評이 잇고 따라서 紙面關係로 略하고 보니 더욱 성성한 感이 不無하외다.

끝으로 編輯 先生에게 바라는 바는 不得已한 事情이라고 보나 우리들의 보고자 하는 곳을 略하지 마소서! (이상 27쪽)

K. S 生, "一九三四年 作家 照明台", 『新少年』, 1934년 4-5월 합호.

▷ 尹鐵 君 — 고향 定州城에 파뭇쳐서 修養하고 잇다든가? 아서 지금은 洪景來가 나올 幕이 아니여!

▷ 姜鷺鄕 君 — 兒童文壇에서 자라난 이 친구 —— 成人文壇으로 짬피온 하려다 기운이 짓처 추어 올으지 못한 동무여! "꺼진 大陸의 등불"을 언제 다시 밝히려는가? 上海의 거리에서 동무도 업시 얼마나 쓸쓸할까? 나에게 누이동생이 하나 잇더면 三전짜리 우표를 붓처서 派견할 껄?

▷ 崔玉禧 君 — 오직 하나뿐인 少女 作家! 아직 作品은 半 타-스도 못 내노앗스니 新進 天下의 미듬직한 "옵바"들아 위하라! 그리고 누나의 압날에 빗남이 잇스라!

▷ 金旭 君 — 미남자. 但 키가 적어서 비관! 자(이상 30쪽)살 혐의 농후! 아이 조곰 긔다려오.

▷ 洪九 君 — 아동문단에선 제법 老壯파. 『三千里』에서 『우리들』 품안으로 들어왓데여. 아이 반가워라!

▷ 李東燦 君 — 중국 안동현에서 소리치든 이 친구! 요지음 돈푼이나 벌엇는지 잘 산다든군. "自力更生"하야 동무 合力 然後에 小工場 설립 합셧는데 일홈이 "割著所"[265] —— 自稱 工場主 兼 小使, 兼 職工, 兼 무엇무엇.

▷ 具直會 君 — 몸은 튼튼한지. 서울에서 百六十里라나. 서울 잇는 동무들 한번 자전거로 차저가 봐요.

▷ 李東珪 君 — '갱' 首領으로 有名하시다. 但 미안한 것은 "他稱"이 안이

---

265 "割箸所"의 오식이다. "와리바시(わりばし〔割りばし・割(り)箸〕)"는 "소독저"를 뜻하는 일본어이다.

라 "自稱"이란 점. —— 그렷치만 "부득의한 사정"이다. 헐 수 ない.[266]

▷ 成慶麟 君 — 아동문단에서 재주 잇다고 "定平"[267] 잇는 이 동무! 왜 아무 作品도 안 쓰나 햇드니 놀라지 마세요. 照明해 보니간두 돈을 치(錢啄)구 잇드군. 그대 얼마나 땃느냐 물어봣드니 아유 "호떡" 한 개 갑을 땃네.

▷ 安友三 君 — 동경서 鐵路工夫 노릇을 하구 잇데. 그래 빗최여 봣드니 그런 게 아니라 少年詩 "工夫"를 하고 잇서 아주 마지메[268]하게 말야!

▷ 金友哲 君 — 시골 잇기가 심심하여서 잠간 바람 쏘이려고 서울 왓다든가? 그런데 城北洞 잔듸판에 물이 올으질 안어서 울(이상 31쪽)며울며 돌아갓데.

▷ 安龍民 君 — 이 친구! 퍽 자미 '나이'[269]병 걸녓서! 目下 治療 中!

▷ 玄東炎 君 — 왜 沈묵을 직히고 잇는가 곳 作을 나어 보지?

▷ 安平原 君 — 요지음 봄이라 "平原"에 나가서 創作하기 조켓군.

▷ 金沼葉 君 — 成人文壇에 글 만히 쓰드군. 아주 出世햇는데. 원고료 밧거든 말야 胡餠이라두 한탁 내여!

▷ 趙鐵 — 왜 君 字를 안 썻느냐고 이유가 잇스니 들어 봐! 北道 發音은 "×××"이라든가? 달은 건 다 자미ない인데 말야 일홈이 조와! 걸작(傑作)이거든. "아이 여보! 좃철 씨! 그 일홈 제게다 팔으세요?"

▷ 朴芽枝 君 — 박아지 떵떵 朴서방 —— 동요나 하나 지여 볼까?

▷ 宋虎人 君 — 범 사람이니 사람도 안이요 범도 아니면? 人非人인가. 그러나 마음은 조-커든.

▷ 李周洪 君 — 재간떵어리라면 그만이지 뭘! 만화 잘 그리겟다 作曲 제법 하겟다 童謠도 OK! 批評도 그럴 듯 —— 어험! 자네 ×× 잇스면

---

266 '헐 수 ない.'는 "ない"가 "없다"는 뜻이므로 "헐 수 없다."(할 수 없다)란 뜻이다.

267 '定評'의 오식이다.

268 일본어 'まじめ(眞面目)'로, "진심, 진정, 진지함"의 뜻이다.

269 '나이(ない・無い)'는 "없다"는 뜻의 일본어이다.

주게! 념려 無用일세. 뭐? 실혀.

▷ KS生 君 — 照明子가 누구냐구? 알고 십허? 코ㅅ물이 나와 아이 안 대 주겟다 —— 정 알고 십거든 호떡 한 개 싸 가지고 열다섯시 팔십구 분에 북악산 소나무 밋 돌파 위로 오게! 어 험!

여러분 그러면 평안히 돌아가세요. 여긔는 作家照明放送局이올시다.

J・K・J・M－(쩨이・케－・쩨이・엠…) (이상 32쪽)

田榮澤, "(兒童을 爲하야, 其四)少年文學運動의 進路", 『新家庭』, 1934년 5월호.

> 옛 문학을
> 다시 짓고
> 새 문학을
> 더 내이자.

조선에 소년문학운동이 시작되기는 두말할 것 없이 신문관의 『소년』(少年)과 『붉은 저고리』 『아이들보이』 등의 발행이 처음이라고 하겠다. 그러나 이 『소년』 같은 잡지는 당시에 하나밖에 없던 문예와 역사 지리 등 재료를 가지고 조선정신을 고취하던 일반 청년잡지인 것은 그 독자가 아이들보다도 어른 가운데 많었던 사실을 보아서도 알 것이다.

그러고 그 말과 글에 있어서 또 취미에 있어서 아이들의 정도와 심리에 합하는 것이라고는 할 수 없고 따라서 순수한 의미에 있어서 소년문학운동이라고 하기가 어려웠다. 참 의미에서 소년문학운동이 시작한 것은 기미년(己未年) 이후에 일어난 고 방정환 씨의 『어린이』와 『사랑의 선물』의 간행과 그보다 좀 전에 오천석 씨 주간으로 한성도서에서 발행한 『학생게』[270]가 나고, 군의 『꿈방울』, 『끄림 동화집』 등이 출판된 것이라고 할 수 있다.

그 뒤에 과거 약 십년 이래로 소년소녀 잡지와 동화와 동요의 단행본이 쏟아져 나왔으니 곧 『아이생활』, 『별나라』, 『신소년』, 『소년게』[271] 등 월간잡지와 이정호, 고장환, 최병화 제씨의 외국동화의 번역 소개와 출판과 한정동, 윤석중 제씨의 동요 창작과 동요집 출간이 그것이다.

---

270 『學生界』는 한성도서주식회사에서 1920년 7월 1일자로 창간호가 발행되어 1924년 6월까지 통권 22호를 낸 잡지이다. 편집 겸 발행인은 오천석(吳天錫)이었다.

271 『少年界』는 최호동(崔湖東) 주재로 1926년 12월 창간호를 발행하였고, 이어 '少年界社'에서 1927년 6월에 『少女界』를 발간하였다.

이상에 내가 극히 간단히 말슴한 바 과거의 우리 소년문학운동은 어떠한 길을 밟어 왔던가. 요람시대요 초창시대이었던 『소년』 잡지의 운동은 덮어놓고라도 그 뒤의 고 방정환 씨나 오천석 씨의 운동은 그 동화의 내용이나 심지어 잡지 편찬의 체재까지가 거이 외국의 아동문학의 번역이오 (10여 글자 검은 줄 삭제) 엇다고 할 수밖에 없다. 방정환 씨는 그 아호(雅號) 소파(小波)라는 것과 그의 동화와 오천석 군과 그 후년의 제씨가 내놓은 동화가 거이 (8여 글자 검은 줄 삭제) 서양동화인 것이 속일 수 없는 사실이다.

동화가 그러하였던 셈으로 동요운동도 역시 순전히(이상 51쪽) 번역과 모방 상태에 있었다. 그 실례로는 한동안 굉장하게 유행하든 「카나리아」[272]와 「둥근 달 밝은 밤」 같은 노래가 될 것이다. 남의 이야기를 옮겨 듣는 것은 모르나 남의 노래를 고대로 옮겨 부르는 것은 좀 부끄러운 일 같이 생각된다.

그리고 대개 서양의 아동문학을 번역하고 소개함을 따라서 그동안은 자연히 서양 아동문학의 대부분을 차지한 신화에 관한 것을 많이 취급하였다. 그래서 심지어 동화라는 것은 그런 것인 줄로 알게까지 된 듯싶다.

우리가 가장 유감으로 생각하는 것은 과거의 소년문학운동가들이 너무도 조선의 고유한 아동문학을 돌아보지 아니한 일이다. 중간에 『우리 동무』 『조선동화대성』[273] 등 조선동화집의 단행본이 낫고 근년에 와서 조선 재래동화를 더러 취급하는 일이 있지마는 처음 한동안은 잡지에서는 조선 재래동화는 도무지 돌아보지 아니하였다. 곧 조선 재래동화나 혹 조선동화로서의 창작에는 붓을 대일 생각을 아니 한 것이다. 이렇게 재래동화를 취급하지 아니한 까닭은 우리 선인(先人)이 볼 만한 아동문학으로서의 유산(遺

272 「가나리야(かなりや)」는 1918년 『赤い鳥』(11월호)에 처음 「かなりあ」로 발표되었으나, 1919년 나리타 다메조(成田爲三)가 곡을 붙여 1919년 5월호 『赤い鳥』에 발표할 때 제명을 바꿔 「かなりや」로 했다. 사이조 야소(西條八十)가 작사하였다.

273 한충(韓沖)의 『朝鮮童話 우리동무』(芸香書屋, 1927), '조선동화대성'은 심의린(沈宜麟)의 『朝鮮童話大集』(한성도서주식회사, 1926)을 가리키는 것으로 보인다.

産)을 끼쳐 준 것이 없는 것이 첫재 이유요 설혹 더러 있다 하더라도 새로 이르키는 아동문예운동에 있어 항간에 돌아다니던 재래동화로서는 독자의 흥미를 끌 수가 없었던 것이고 둘재의 이유이었으리라고 볼 수 있다.

마즈막으로 과거의 아동문예의 특색은 그것이 대개는 너무 쎈티멘탈리슴에 흐른 것이다. 동화에도 그랬거니와 동요에 있어서 더욱 그렇다. 이것도 역시 우에서 실례를 든 「둥근 달 밝은 밤에」이나 「그리운 오빠」 등이 많이 유행한 것을 보아서 알 수 있다. 이러한 노래 밖에 흖이 공장에 간 언니(오빠 어머니)를 제재(題材)로 삼은 동요들이 대개 슬프고 처량한 것이다. 그리고 또 최근에 와서서는 아동문학운동에 있어서도 계급의식이 갈리고 사상적 색채를 띠는 것이 또 한 가지 특수한 현상이라고 볼 수 있다.

"모방"이라는 것이 문예창작의 발전 진보에 있어서 반듯이 밟어야 할 필요한 도정(道程)이오 번역이라는 것도 새로운 문예운동에 없지 못할 방법이오 경로(經路)라고 하겠지만 그것은 초창시대(草創時代)에 있을 일이오 언제나 남의 것만 얻어먹을 수는 없는 것이다.

그런 즉 이 앞으로는 모방과 번역에 한하였던 과거의 지역(地域)에서 떠나서 창작의 새 경지를 개척하고 조선 재래 아동문학의 재작(再作)을 힘쓸 것이다.

조선에 동화로나 더구나 동요나 동화 속에 볼 만한 아동문학이 (『심청전』, 『흥부놀부』, 『콩쥐팥쥐』 등 손꼽아 세일 수 있는 것을 내놓고는) 별로 없었던 것이 부끄럽고 한스러운 일이어니와 기왕 민간에 돌아가는 그 이야기나(이상 52쪽)마 아동문학으로서 기록화하고 창작화하지 아니하면 그나마 잃어버릴 지경이오 그리고 찾으면 설혹 안델선 같은 문호가 서양문학에 남긴 업적에는 못 비길지라도 어느 정도까지는 조선의 어린이의 정서와 심리에 맞는 조선 재래의 아동문학을 걷우어 얻을 수 있을 것이다. 그런 즉 먼저 아동문예운동가들은 조선의 재래 아동문학을 연구하고 재작하기에 최선의 노력을 하기를 바란다.

다음에는 우리가 지금 속한 시대와 사회를 배경으로 하고 재료로 한 아동문학을 창작할 것이다. 최근에 와서 이러한 경향이 보이는 것은 반가운 일이어니와 우리는 이 방면에 더욱 유의하고 노력함이 있기를 바라는 바이다.

사실 아무리 어린이들이라도 현대의 어린이들은 너무도 현실을 멀리 떠난 황당한 신화에는 그만 염증을 느끼게 된 것이 사실이니 이제부터는 저들이 처하여 있고 아츰 저녁에 목격하고 체험하는 현실을 붙잡어서 보여 주어야 하겠다. (한 줄 가량 검은 줄 삭제) 쎈치멘탈리슴에 (이것은 물론 예술과 특히 아동심리에 반듯이 있을 것이다. 정도 문제요 경우 문제다)에 흘러서는 안 될 것이오 그리고 의식적으로 계급의식을 가지고 미워하고 저주하는 감정을 순진한 어린이들에게 넣어 주는 것도 나는 반대다. (6줄 가량 검은 줄 삭제)

과거의 소년문학운동의 한 가지 특증(特徵)이라고 할 만한 것은 그 일에 종사하는 이들이 방정환 씨를 내놓고는 거이 소년이었던 것이다. 그것은 마치 지금으로부터 약 반세기 전 조선교육운동이 처음 불 일 듯 일어날 적에 소학교를 마친 사람이 소학교 교사가 되고 중학교를 마친 사람이 중학교 교사가 된 현상이나 비슷한 사실이다. 그리고 당시에는 우리 사회에서 너무 복잡하고도 시급한 문화운동 가운데서 상당이 교육받고 경력 있는 지도자로서 이 방면에까지 관심을 두지 못하고 또 두는 이가 별로 없었던 까닭이라고 할 수 있다. 그래서 부득이 소년 자신이 소년문예운동에 투신하게 된 것이다. 이 앞으로는 우리 문인 가운데서와 선배 가운데서 이 방면에 좀 더 깊은 관심을 가지고 노력하는 이가 많이 나기를 바라는 바이다.

— (끝) — (이상 53쪽)

高仁泰, "兒童教育과 兒童文藝의 序說", 『實生活』, 1934년 5월호.

最近 八九年 以來 朝鮮에도 兒童敎育과 兒童文藝에 對하야 끈임업는 發展을 하야 왓다. 或은 갓가운 日本의 것을 輸入도 하고 或은 멀니 外國의 것을 飜譯도 하엿다.

그리하야 兒童에게 對한 常識도 漸次로 發展되엿고 在來의 兒童의게 對하야 虐待 乃至 驅迫하든 態度도 버러지게 되엿섯다.

勿論 在來에도 兒童의게 對하야 無智沒覺的 虐待와 驅迫을 한 것은 아니지마는 一般的으로 보아도 虐待 乃至 驅迫한 것은 속일 수 업는 것이다.(이상 7쪽)

一言以蔽之하면 朝鮮 在來로 잇는 俚諺이 잇스니 卽 "在下者는 有口無言이라" 하는 말노써 모든 兒童과 下流階級을 支配해 왓든 것은 누구나 否認치 못할 史實이다.

우헤도 暫間 말하엿거니와 朝鮮 兒童은 虐待와 驅迫을 밧어 온 것은 빼지 못할 事實이나 그러나 그럿타고 全的으로 虐待와 驅迫은 하지 안엇스니 말하자면 그 時代(封建時代)에 敎育制度라는 것이 잇섯슴을 우리는 잘 말하지 안흘 수 업다.

在來의 朝鮮의 兒童敎育 制度는 말을 하지 안트래도 잘 알 卽 個人主義的 敎育制度이엇스니 書堂이든지 書院이라는 制度가 그것이 代表가 될 수 잇는 것이다.

그리고 그의 主로 된 思想은 東洋의 普遍的으로 澎拜된[274] 尊周主義的 孔子의 思想을 根據로 한 儒道思想이다. 짜라서 朝鮮에 모든 學者를 中國의 學者의게 比하얏슬 쑨이오 中國學者의 以上 가는 學者가 잇는 것가티는 말해 오지 안엇다.

그의 餘弊는 兒童의 입에서 "孔子曰" "孟子曰" 하는 소리를 할지언정 孔子

274 '澎湃된'의 오식이다.

가 엇던 사람이며 孟子가 엇던 사람인 것을 잘 몰낫다. 그것을 알녀면 적어도 書堂에서 二三年은 썩어야 알 엇든 것이다.

통트러 在來의 朝鮮 兒童敎育은 注入的 成人敎育인 것만은 속일 수 업는 史實이다. 從하야 兒童의게 自然으로 솟아나는 情緖와 픠여나는 純眞한 思想은 無慘히도 假者의 中國人 또는 中國思想을 넛키에 餘暇가 업다. 지금에도 一部 外國 崇拜群은 통잼이로 삼키려고 하는 판에 그만 假外國人을 맨들고 만다. 이와 맛찬가지로 그때도 中國의 것은 모도 崇拜하엿고 信賴하엿다 하여도 過言이 안일 만큼 甚하엿다. 그러나 그들 封建時代 人物이 中國의 것을 崇拜하며 中國의 것을 行하려 하엿스나 실상은 中國의 것을 족음도 具體로 實現한 것은 업다. "二十而立 三十而冠"이라고 千讀萬讀을 식히면서도 열 살만 넘으면 벌서 嫁娶를 議論하엿다.

그리고 李朝 中世와 近世에 와서는 經書 卽 道德的 規範은 姑舍是가 되고 오즉 詩와 賦를 힘써서 科擧라는 것을 通過하면 足하엿다.

곳 밧구어 말하면 人格을 陶冶한다든지 學識을 廣求하는 것이 學問이 아니라 科擧와 官祿的 學問이 되고 말엇다. 얼마나 朝鮮의 官僚的 精神이 드러배겨 잇는가는 지금에 朝鮮人의게 보아서도 往往히 發見할 수 잇는 것이다.

在來의 朝鮮의 敎育制度가 이와 가티 根本的으로 缺陷이 잇엇슴에 不拘하고 頑固한 父老는 그래도 在來의 學問을 固執하엿섯다.

그러나 滔々히 밀여오는 것은 新思潮이며 新制度이니 누가 이것을 막을 수 잇스리오. 歷史는 決코 逆轉하지 안는 것은 모든 世界史를 놋코 보아도 잘 알 수 잇는 것이다.

於是乎 朝鮮에도 甲申年 政變 以來 學校敎育 制度는 實施하게 되엇다. 그러나 一便 學校敎育 制度는 實施되엇지만 또 一便 書堂敎育 制度이라든지 書院敎育 制度는 그대로 만이 잇섯다. 그리고 根本思想에 잇서서도 별로히 差異를 가지(이상 8쪽)지 안엇섯다. 말하자면 새로운 形態를 뒤집어 쓴 書堂敎育 그대로이엇고 새로운 述語로 構成된 書堂敎育 制度 그대로이엇섯다.

그러든 것이 資本制度가 朝鮮에 드러오고 思想이 變革되며 儒敎思想, 儒敎道德은 헌신짝 버서 던지듯이 버서 버리고 새로운 敎育이며 새로운 思想의 뿌리를 박게 되며 基督敎的 宗敎思想이라든지 自主主義的 個人思想이 놀나울 만치 擡頭되엇다. 따라서 兒童敎育의 不徹底를 切實히 늣기지 안이치 못하게 되엿든 것이다.

그러나 아즉까지도 一般的 兒童의게 對한 硏究, 兒童의게 對한 施設은 하나도 업섯다. 말하자면 그저 千字文이나 떼거든 學校로 보내자 야릇한 學校敎育 萬能으로 이제는 치웃치게 되엇다. 어느 時期에는 學校에서 冊과 밥을 사 주면서도 敎育을 식혓스나 그 當時는 그를 돌이어 괴롭게 생각하야 拒否하고 驅逐하엿든 것이 只今에 와서는 反히 學校에서 拒否하고 驅逐하는 形態에 이르게 되엇다. 말이 잠간 脫線된 듯하다.

그러케까지 過程을 지나오기에 만흔 時日을 要하엿스니 最近 六七年 以來로는 少年問題가 擡頭함에 伴하야 自然히 兒童敎育과 兒童文藝에 對한 論議도 햇불 놉히 들게 되엇다.

그리하야 最近의 形態로 본다면 멧 個의 少年雜誌가 잇고 七八卷의 童話集이 잇고 二三卷의 童謠集이 잇고 四五卷의 兒童遊戱集을 求景하기까지에 이른 것이다. 말하자면 在來의 混沌된 敎育制度로부터 組織的, 具體的으로 敎育制度가 樹立되어 가며 同時에 發展하게 되어 兒童의게 對한 敎育問題도 따로히 論議할 만하게 되여 잇다.

前述한 바와 가티 朝鮮의 兒童敎育과 兒童文藝는 畸形的 發達을 밟어 왓다는 것을 여러분은 仔細히 알 수 잇는 것이다.

그러면 우리는 如何히 하여야 朝鮮의 兒童敎育과 兒童文藝를 좀 더 組織的 좀 더 具體的으로 實現하도록 努力하여야 할 것인가.

兒童은 그들이 모든 것이 成長期에 잇슴으로 指導를 밧는 享樂性이라든지 또는 模倣性이 多한 것은 우리가 常識的으로도 알 수 잇는 바이지마는 在來 여러 學者들은 이에 對하야 여러 가지 敍述한 바가 만타. 이곳은 紙面關係도 잇스니 以後에 兒童敎育과 兒童文藝에 對하야 具體的으로 紹介하려 하거니와 엇쨋든 兒童敎育과 兒童文藝에 對해서 在來 모든 學者들의

兒童에 對한 硏究에 잇서서 그 言說이 不一한 것은 오늘날까지 모든 兒童硏究學者에게 對하야 만흔 腐心을 끼치는 바이다.

따라서 朝鮮의 兒童敎育과 兒童文藝도 엇썬 한 사람 두 사람의 學說로 樹立될 수 업는 것은 明瞭하기 火를 봄과 갓다.

다시 朝鮮 現在의 兒童敎育과 兒童文藝를 硏究한다는 사람들의 傾向을 본다면 勿論 胎生期에 잇고 草刱期에 잇는이만큼 非組織的이오 非全體的인 것은 두말을 要치 안흐나 童話 멧 篇과 童謠 멧 篇을 쓰고 가장 兒童敎育과 兒童文藝 硏究者然하는 傾向이 잇는 것은 實노 兒童敎育과 兒童文藝를 爲하야 寒心치 안타고 할 수 업다.(이상 9쪽)

一般的으로 사람에 잇서서 情緖 그 물건이 全部가 아님과 가티 兒童에 잇서서도 情緖 그 물건이 全部가 될 수 업는 것이다.

그럼으로 兒童敎育과 兒童文藝에 잇서서도 童話, 童謠, 遊戱 等이 이것만으로도 兒童의 精神向上을 期必할 수 업는 것이다. 엇던 째는 往往히 反히 兒童의게 墮落的 傾向을 줄 수도 잇게 되는 것이다.

一部 社會에서는 兒童敎育과 兒童文藝에 對하야 宗敎的 指導를 主唱하야 마지안는다. 勿論 이것도 조치 안흔 배는 아니다. 그러나 兒童에게 잇서서 宗敎的 訓練이 機械的 公式的으로 흘을 쑨 아니라 乃至 强壓的으로 兒童으로 하야금 神을 崇拜한다든지 또는 엇던 무엇을 꼭 잇는 것이라고 그들의 頭腦에 認識될 째에는 卒然히 이 觀念을 써나지 안는다. 그리고 엇쩌한 째는 神이라는 偶像을 머리속에 모시고 단이게 되기까지 되면 그의 頭腦는 科學的 發達과는 距離가 넘우 멀어지게 된다.

宗敎도 現代에 일으러서는 그 宗敎的 價値가 在來의 不可思議的 卽 奇蹟的 무엇을 超脫하야 同胞愛, 人類愛를 根據로 한 科學的 信念을 根據로 한 博愛思想이 主動되어 잇는 것은 識者階級에서는 누구나 共知하는 바이다.

그러기 째문에 兒童에게 잇서서도 그의 精神을 宗敎的 傾向으로 指導하고자 할진댄 반드시 近代 科學思想을 根據로 한 宗敎的 訓練, 宗敎的 指導가 아니면 不可한 것이다.

싸라서 宗敎가 主體가 되는 것이 아니라 近代 科學思想으로써 兒童問題를 取扱한 宗敎的 指導 訓練이 아니면 아니 될 것이다.

이와 가티 兒童敎育과 兒童文藝에 對하야 硏究는 輕輕한 一部 問題가 아니고 적어도 社會問題에 重要한 地位에 잇는 것은 一般이 죄다 알 줄 안다.

싸라서 이 兒童敎育과 兒童文藝에 對한 問題도 不斷한 努力 不少한 時日을 要하는 것이다. 二三個의 少年雜誌와 一二個의 童話集으로써는 가뭄의 少雨보다도 못한 것이다.

그리고 쏘 한 가지 말할 것은 近代 科學思想과 아울너 한 가지 轉入된 것이 잇스니 이는 卽 一般的으로 말할 수 잇는 社會主義 思想이다.

勿論 資本主義 制度가 잇슴에 從하야 그의 矛盾인 勞働, 農民階級의 發生은 必然이겟지마는 이 階級思想이 兒童敎育 問題에까지 轉入되는 것은 쏘한 注目치 아니치 못할 것이다.

以來 論한 바를 統轄하야 그 思想的 根據와 指導的 根據를 본다면 (一) 宗敎的 指導 (二) 官僚的 指導 (三) 資本主義的 指導 (四) 社會主義的 指導 等 이러케 區別할 수 잇는 바 이것도 究竟은 社會問題가 解決됨과 從하야 解決될 것은 疑心치 안흐나 그러나 現時 朝鮮에 잇서서라도 좀 더 完全한 兒童敎育을 實施하고 좀 더 完備된 兒童文藝思想을 너허주랴면 家庭과 學校, 學校와 家庭, 家庭과 社會, 社會와 家庭, 學校 이러케 相互的으로 그를 支持하고 그를 指導한다면 庶幾有望한 일이다. 그러나 이 相互作用을 忘却하는 때는 쏘한 兒童問題가 容易히 發展되지 못할 것은 明若觀火일 것이다.

要컨대 兒童敎育과 兒童文藝에 對한 問題로 時代思潮의 順應하야 相互指導的, 相互扶助的이 아니면 안 될 것이다.(이상 10쪽)

金泰午, "童謠藝術의 理論과 實際(一)", 『조선중앙일보』, 1934.7.1.

序 言

朝鮮에도 二十年 前부터 新童謠가 發生된 以後로 近代教育者와 少年指導者 及 兒童들은 童謠藝術에 對하야 非常한 興味를 가지고 잇다. 그리하야 幼稚園이나 普通學校에서 반드시 童謠를 가르켜야 되겟다는 必要를 다가티 늣기고 잇는 듯하다.

그러나 아직도 童謠藝術이 一般的으로 普及되려면 相當한 時日을 要할 것이니 或者 文人이라고 하는 사람 중에도 童謠에 對한 理解와 기픈 研究도 업시 童謠를 輕蔑히 보는 傾向을 從從 發見한다.

"童謠는 아이들이나 할 수 잇는 하잔헌 것이다. 童謠는 幼稚하다." 이러한 그릇된 觀念의 뿌리를 뽑아버리지 못하고 童謠詩人이나 兒童文學者를 文壇 레벨에서 低下시기려는 沒理解的 行動을 敢行하는 사람이 잇다고 하면 그 얼마나 자기의 無智를 暴露함이랴! 그들은 大概 童謠藝術을 學問的 知識에 끌어너허 마치 工藝品과 가튼 作品 意識的으로 어떠한 理論的 解釋的 報告的 作品이 참 詩요 童謠요 藝術로 아는 사람들 중에서 흔이 볼 수 잇는 奇現象이다.

願컨대 이러한 誤謬를 犯하고 잇는 사람이 아직까지 潛在하야 잇다고 하면 하로밧비 清算해 주기를 바라서 마지안는 바이다. 그것은 아직두 幼兒期을 버서나지 못한 朝鮮文壇의 成長期에 잇서서는 兒童文學을 疎忽히 볼 수 업는 問題이며 더군다나 文學建設의 基礎工事가 되어 잇는 兒童文學에 至大한 關心을 가저야만 할 것이다. 將來 朝鮮의 健實한 文學을 樹立하고 못함은 成人文藝家 諸氏가 이에 한 가지 責任을 질 義務가 잇다고 생각한다.

그리면 童謠를 論하는 사람 童謠를 創作하는 사람은 먼저 童謠藝術이란 무엇인가를 研究하지 안흐면 아니 되겟다. 그리하야 이 알에 各 項目을 따라 研究와 批判的 態度로써 지금 童謠의 當面問題라고 생각하는 몃 가지를 들어가지고 愚論을 展開해 보고저 한다.

童謠藝術이란 무엇인가?

여러분은 童謠藝術이란 術語가 퍽으나 서투루게 들리실른지 몰은다. 그러나 童謠가 兒童藝術의 하나라고 하면 童謠는 亦然 童謠藝術이 되는 것이다. 童謠藝術이란 名稱은 筆者가 처음으로 力說한 듯하다. 그런대 童謠藝術은 童心藝術(野口雨情 氏의 名稱)의 一分野이다. 더 나아가서 童心藝術은 童謠뿐만이 아니라 여러 遊戲 手工 彫刻 童話 童劇 이러한 모든 것이다 童心藝術에 屬한다.

童謠는 言語의 音樂이다. 言語의 音樂이란 言語의 調子가 音樂的 音律을 가진 意味다. 그리고 言語의 音律과 調子라고 하는 것은 音律과 音律과의 交響樂이다. 왜 그러냐 하면 童謠의 本質을 노래함으로 童謠 舞踊함으로 그 使命을 다하는 것이다.

童謠藝術을 다시금 分類하면 어린이노래(童謠, 童謠音樂, 童謠舞踊, 童謠劇, 童謠遊戲)로써 表現된다. 그리고 童謠藝術은 童心에 빗친 事物의 藝術化가 그것이다. 童心을 無視한 童謠藝術은 存在하지 못한다. 童謠란 다시 말하면 先天的으로 바든 天賦의 마음 그대로를 感知할 수 잇는 藝術境이 童謠藝術로써 後天的으로 注入한 偏學問的으로는 感知할 수 업는 藝術境이라 하겟다.

金泰午, "童謠藝術의 理論과 實際(二)", 『조선중앙일보』, 1934.7.3.

童謠舞踊과 童劇

兒童은 藝術的 本能이 잇스니 그들의 日常生活이 活動的이오 遊戲的이라 自由로운 舞臺에서 뛰놀기를 질겨 한다. 아이들이 마루 우에서 다름박질하기 뜀질하기 또는 각금 제 흥에 겨워서 춤을 덩실덩실 추는 것을 보게 된다. 이것은 將來에 자라서 舞踊家가 될려는 것이오 조고마한 아가씨들이 솟곱작난하는 것이나 동리 집 아이들이 숨박꼭질 도둑놈잡기 兵丁노리 하는 것이 모도가 演劇을 하고 잇는 것이다.

그럼으로 童謠가 童謠의 使命을 다하려면 노래 부르고 춤추고 遊戲하는데 잇는 것이다. 그런데 童謠의 歌詞 作曲 舞踊 遊戲 이것은 各各 獨立된 藝術이나 모도가 童心의 世界를 向하야 創案되는 것은 마찬가지다. 그러면 童謠舞踊이란 歌詞로부터 바든 作曲 또는 그것으로 '힌트'를 어더 童謠舞踊化 되는 것이다. 童謠舞踊의 效果는 筋肉이 發達되고 起居動作이 고요하고 自然美가 나타나게 된다. 말하자면 身體의 調和的 發達에 가장 效果的일 것이다.

童謠舞踊家는 童心의 世界를 理解하는 詩人的 素質을 가저야 할 것이다. 童劇을 指導하는 사람도 亦是 童心藝術을 充分히 理解하는 사람이어야 할 것이다. 兒童의 世界를 理解하지 못한 童謠舞踊이 成立되지 못한다.

童劇은 兒童의 綜合藝術이다. 假令 兒童의 生活을 有心히 본다고 하면 아가씨들은 어머니도 되고 貴婦人도 되고 사나희도 되고 어여뿐 색씨도 되어 솟곱작난 가튼 것을 질겨 하며 도련님들은 兵丁노름 醫師노름 뛈뛰기 뽈차기 굴렁쇠 굴리기 動物숭내 어른숭내 도둑놈잡기 하는 모든 짓거리가 遊戲的이오 活動的이오 演劇的이다. 그리고 거짓 업는 眞實 그것이다.

詩人 쉴러―는 말하기를 "遊戲하고 잇는 그때야말로 眞實한 인간이다"고 遊戲의 價値를 力說하얏고 카―서는 "劇的 本能은 모든 사람의 內在한 普遍的 本能이다"고 말하엿다. 스펜서―끌―서도 "藝術은 遊戲가 發達된 것이다"라고 主張하엿거니와 兒童에 잇서서는 더욱 그러하다.

조선에 잇서서 童謠舞踊이나 童劇은 아직 幼稚한 領域을 벗서나지 못할 뿐 아니라 이 方面에 着實한 關心을 가진 사람이 멧 사람 되지 못한 듯하다. 여긔에 잇서서 〈劇藝術研究會〉에 提議하는 바는 特히 兒童劇部를 두어서 그 方面에 關心을 가진 분이 만히 研究하여 現實 朝鮮兒童이 要求하는 創作品을 提供하도록 努力하여 주엇스면 한다. 그리고 〈朝鮮童謠研究協會〉[275]와 〈朝鮮兒童藝術研究協會〉[276]에서도 이에 注力하엿스면 한다. 往年 〈京城保育學校綠羊會〉에서 從從[277] 童劇을 試驗해 본 것은 반가운 일이엇스나 웬일인지 近來에 와서 아모 消息이 업스니 궁금하다.

金泰午, "童謠藝術의 理論과 實際(三)", 『조선중앙일보』, 1934.7.4.

童謠의 指導 問題

幼稚園이나 普通學校에서 童謠 指導者의 責任을 마튼 保姆와 教員은 童謠에 對한 理解와 常識이 잇서야 할 것은 勿論이다. 兒童에게 童謠를 가르키려고 하면 먼저 童謠의 本質을 알지 못하고는 不可能한 일이다. 童謠의 本質이란 童謠藝術을 理解하게 하는 童謠에 對한 鑑別眼을 말함이다. 이 鑑別眼 업시 童謠 選擇이란 되지 못할 것이라 하겟다.

그럼으로 幼稚園, 普通學校, 童謠團體에 잇서서 指導의 責任을 마튼 사람은 반드시 童謠에 對한 鑑別眼과 童心에 對한 理解가 잇서야 할 것이다. 그리고 指導者는 童謠를 兒童에게 짓게 하는 것보다도 먼저 童謠에 對한 鑑賞을 시기는 것이 教育上 一層 有效하다고 생각한다. 鑑賞法은 두 가지 方法으로 할 수 잇다고 野口雨情 氏는 말하기를 첫째로 歌詞에 잇서서 그 속에 包含된 內容의 맛을 알게 한 뒤에 노래를 줄 것이오 둘째로 먼저 歌詞를 주고 그 노래의 氣分과 속뜻을 兒童 各自가 맛보게 하는 것이다.

---

275 〈朝鮮童謠研究協會〉는 한정동(韓晶東), 정지용(鄭芝鎔), 신재항(辛在恒), 김태오(金泰午), 윤극영(尹克榮), 고장환(高長煥) 등의 발기로 1927년 9월 1일에 창립하였다. 경성부 체부동(京城府 體府洞) 칠 번지에 사무실을 두었고, 강령(綱領)은 "一. 我等은 朝鮮少年運動文化戰線의 一部 內에 立함. 一. 我等은 童謠의 研究와 實現을 期하고 그 普及을 圖함" (『東亞日報』, 27.9.3)으로 하였다.

276 〈朝鮮兒童藝術研究協會〉는 정인섭(鄭寅燮), 현제명(玄濟明), 정홍교(丁洪教), 백정진(白貞鎭), 최성두(崔聖斗), 김복진(金福鎭), 노천명(盧天命), 유삼열(劉三烈), 남응손(南應孫), 김지림(金志淋), 유기흥(柳基興), 원치승(元致升), 모기윤(毛麒允), 한보패(韓寶珮), 이구조(李龜祚), 김성도(金聖道), 신원근(申源根), 원유각(元裕珏) 외 수인(外 數人)의 발기로 1933년 11월 28일 창립한 단체이다.

277 '種種'의 오식이다.

그런데 이 두 가지 方法을 適當하게 利用하면 조흐나 萬一 指導者가 그 歌詞에 對하야 그 속살의 맛과 硏究와 批判的 態度가 업시 그 歌詞를 잘못 理解하고 內容과 全然 다른 方法으로 解釋하는 것은 가장 危險한 일이 아닐 수 업다. 그럼으로 틀닌 鑑賞法을 써 가지고 歌詞의 內容을 充分히 깨다름 업시 兒童에게 가르친다는 것은 敎育上 等閑히 볼 수 업는 問題이다.

或者 兒童에게 童謠를 가르치는 敎員 中에도 往往 이러한 것을 發見할 수 잇다. 그것은 自己의 趣味 그것만 中心으로 하야 作品을 選擇하고 兒童들이 要求하는 童謠를 沒覺하는 일이 만타. 或은 兒童의 多數決定에 依하야 選定하는 일도 잇스나 그것 亦是 選擇方法이라고 말할 수 업다.

童謠는 긴 것보다 짧은 것이 조타. 그것은 兒童의 생각는 單純함으로 單純化시기는 것이 가장 賢明한 일이다. 그리고 童謠는 永遠히 업서지지 안는 兒童性이 잇고 藝術的 價値가 잇서야 하며 따러서 語韻까지 音樂的인 것이 眞正한 童謠라 할 것이니 童謠의 指導者는 그 歌詞의 選擇과 作曲에 잇서서도 細心의 注意를 가저야 할 것이다.

童謠 아닌 童謠

이 項目은 童謠의 指導問題와 連絡이 잇는 問題이다. 輓近 兒童文學 部門에 잇서서 가장 多量 生產을 하고 잇는 童謠 中에 遺憾이나마 童謠 아닌 童謠가 만히 잇슴은 속일 수 업는 事實이다. 이것은 少年雜誌의 童謠 考選者와 各 新文 學藝部 擔任者의 責任도 업지 안흐나 흔이는 外國童謠의 意譯的 童謠 또는 模倣的 童謠를 만히 보게 된다. 누구나 노래 짓는 初期에 잇서서는 남의 훌륭한 作品을 模倣하는 것이 全혀 업슬 수 업는 것이나 언제까지나 남의 숭내만 낸다면 그것은 藝術에서 제일 尊重히 녀기는 個性 곳 自己만 가지고 잇는 어느 特殊性을 自己 作品에 明白히 發揮할 수 업기 때문이다.

그리하야 노래로써의 生命이 죽게 되고 나종에는 거짓童謠 藝術的良心을 妄却한[278] 童謠 아닌 童謠가 되고 마는 것이다.

---

278 '忘却한'의 오식이다.

近年 所謂 童謠作家然하는 사람의 意識 中에서도 童謠 아닌 童謠를 發見할 수 잇는 것이니 그 童謠 中에는 兒童들이 使用하는 달콤한 兒童語를 갓다 쓰기에 애쓰는 듯하나 그 內容에 잇서서는 實로 보잘것이업다. 그것이 얼른 보면 퍽 조흔 듯하나 永遠性이 업고 一時的 流行性 童謠에 不過하게 되는 것이니 童謠는 뽄 잇게 멋잇게 사탕발름가티 솜씨만 내려고 해서는 큰 失敗를 보게 되는 것이다. 그럼으로 일직이 西條八十 氏는 ——

"童謠라고 하면은 調子의 아름다운 文句와 兒童이 조하할 題材만을 끌어노코 甘味가 만타고 보이는 노래만 써도 조타고 생각하는 모양이다"고 말하엿다. 果然 그러한 童謠는 얼른 보면 잘 지은 것 가트나 오래 볼수록 그 실속 업는 것이 나타나고 말 것이니 그야말로 빗갈 조흔 개살구 格이 되지 안흘 수 업다.

그리고 近來에 流行을 띈 童謠가 각금 나타나고 잇다. 그것을 時俗 레코-드에서 흘러나오는 流行歌를 모아서 맨든 或은 日本 內地에서 부르는 노래 또는 曲調를 조곰식 따서 지은 얼룩이 童謠가 라듸오를 通하야 각금 듯게 된다. 이와 가티 流行性을 띈 童謠는 眞實치 못한지라 그것이 마치 魂 업는 부처님이나 生命 업는 人形이 되고 말 것이다. 그럼으로 童謠運動 하는 사람은 이러한 似而非的 童謠를 防止하여야 할 것이며 그 反面에 藝術的 香氣가 노픈 조흔 노래를 推奬하여야 될 것이다.

金泰午, "童謠藝術의 理論과 實際(四)", 『조선중앙일보』, 1934.7.5.

童謠 放送과 레코-드 音樂

近年에 와서 朝鮮에도 안테나를 通하야 들리는 童謠放送도 꽤 發達되여 가는 중에 잇다. 그것이 一週日이면 二三次 依例히 施行할 '프로그람'으로 짜어진 듯하다. 생각하면 童謠의 普及上 宣傳上 또는 敎育上으로 推奬할 點이 잇다고 생각한다. 그런데 한 가지 재미스럽지 못한 일로는 어떠한

流行歌的 流行性을 가진 童謠 童謠 아닌 童謠의 跳梁 眞正한 童謠藝術과는 距離가 떨어진 似而非的 童謠의 放送을 각금 듯게 되는 것이니 이것은 童謠藝術을 墮落하게 되는 危險性이 잇다고 본다.

日前 本紙에 具王三 氏가 洋樂의 放送과 레코-드 音樂에 對하야 簡略히 論評한데 잇서서 나 亦是 同感이다. 그런데 여긔에 取扱하고저 하는 것은 童謠에만 局限하고저 한다. 여긔에 具體的으로 論及하자면 紙面關係도 잇슴으로 될 수 잇는 대로 간단히 말하고저 한다.

첫재로 童謠選擇의 任務를 가진 放送課에서는 眞正한 童謠의 發展을 爲해서는 注意와 鑑別眼이 必要하다고 생각한다. 近年 童謠團體가 만히 생기엿다. 나의 記憶으로는 〈綠星童謠硏究會〉〈꾀꼬리會〉〈계수나무會〉〈코스모스會〉〈달나라會〉 其外 主日學校 普通學校에서 童謠放送으로 다토아 하는 모양이다. 그중에는 참다운 意味에서 童謠藝術을 硏究하는 團體가 업지 안흔 바는 아니다. 或者는 童謠放送을 爲하야 일어난 童謠團體가 업지 안타고 볼 수 업겟다. 그러면 둘째로 이 團體 指導者는 童謠選擇과 作曲에 잇서서도 特別한 用意와 鑑賞眼을 가저야 할 것은 두말할 餘地가 업다. 放送局의 조그마한 마이크로폰을 通하야 放送되는 그것이 결코 적은 일이 아니다. 全 朝鮮的으로 퍼진다는 意味에서 重大性을 發見함으로써이다.

◇

그리고 한 가지는 童謠의 레코-드 吹込에 對한 問題이다. 조선에 레코-드 會社의 經營者들은 流行歌나 조선소리盤 吹込에만 沒頭하고 童謠의 吹込을 等閑히 보는 모양이다. 某社 支店 文藝部에서는 特히 童謠와 民謠에 對하야 만흔 關心을 가지고 이에 實行할 것을 言明하는 것을 듯고 매우 반가웟다. 아프로 남 먼저 着手하야 鄕土藝術에 만흔 寄與가 잇기를 바라며 마지안는 바이다.

레코-드 會社에서는 거의 頹廢的 哀愁的 遊興的 또 애로, 그로, 넌센스的 低級한 流行歌를 一蹴하고 今後로는 새로운 藝術品 健全한 藝術品을 내어 달나는 것이다. 營業政策上 不可能하다고 辯明하기 쉬우나 用意만 잇스면 次次 實行할 可能性이 업지 안흘 것이다. 그런데 朝鮮童謠의 吹込

은 가장 적은 數字를 말하고 잇다. 그나마도 吹込된 몃 個가 잇스나 大部分이 日本 內地 童謠의 音譯이나 그러치 안흐면 童謠다운 童謠가 別로 업다. 레코-드가 家庭音樂上 必要不可缺의 것이라고 하면 特히 敎育上 充分히 考慮할 問題라고 생각한다. 要컨대 童謠의 選定에 잇서서도 特別한 關心을 가저야만 할 것이다.

幼稚園 童謠의 急務

지금은 때느진 感이 업지 안허 잇스나 이 項目에 關聯된 實際的 行動임으로 그리 無意味한 일이 아닐까 하여 말하고저 한다. 筆者는 多幸히 지난 五月 十八日에 朝鮮日報社 主催인 第六回 全京城幼稚園聯合園遊會에 가 볼 機會를 어덧섯다. 參加한 二十四 個 團體의 幼稚園과 一千五百餘 名 園兒가 景武臺의 綠陰이 싱싱하고 꼿 香氣 그윽한 속에서 한자리에 모혀 기쁘게 노래하고 질겁게 뛰노는 것은 實로 여러 가지 意味에서 반가운 일이다.

그러나 그 反面에 나는 失望을 늣긴 일이 한두 가지가 아니다. 처음 開幕劈頭에 불으는 園遊會도 그럿커니와 順序를 따러 進行되는 各 幼稚園의 노래와 遊戱에 잇서서도 만흔 不滿을 늣기게 되엿다. 或 어느 幼稚園은 그 노래와 律動遊戱에 잇서서 相當한 考慮를 가지고 한 것도 업지 안허 잇섯스나 그것은 極히 少數엿다. 어느 幼稚園이라고 指目은 하지 안흐나 아직까지도 天然의 美 二人兵隊 小人王 金錦割 郵便配達夫 飛行機 海軍 큐비춤 빠스켓 꼿□ 等等 外國童謠의 惠澤이나 翻譯歌詞를 고대루 옴겨다가 어린 아기네들에게 注入시겨서 그러한 모듬에까지 내어놋는다는 것은 實로 부끄러운 일이다.

더군다나 人情風俗과 兒童의 生活方式이 다른 外國童謠를 그대로 直輸入한다는 것은 조곰이라도 조선兒童의 童謠藝術에 關心을 가진 사람으로는 참아 하지 못할 노릇이다. 차라리 適當한 敎材가 업스면 甲子幼稚園[279]

279 1924년 4월 유일선(柳一宣)이 경성부 청진동(京城府淸進洞)에 설립한 유치원이다. 이 유치원에 유치원 교사 양성을 담당한 2년제 경성보육학교(京城保育學校)가 있었다. 갑자유

과 가티 아기네들의 假裝行列이 더 조핫슬 것이다.

金泰午, "童謠藝術의 理論과 實際(五)", 『조선중앙일보』, 1934.7.6.

◇

그러면 幼稚園에서 부를 만한 조흔 童謠를 주엇느냐고 反問하리라. 果然 當然한 質問일 것이다. 그러기에 幼稚園童謠의 急務가 그것이다. 筆者도 幼稚園教育에 잇서서 門外漢은 아니다. 그러기 때문에 조선의 幼稚園 保姆와 當局者의 苦衷을 모르는 바도 아니다. 實로 同情할 점이 만흔 것이다. 마음은 잇스나 그 教材와 設備가 充分치 못하고 一般 父兄母妹의 幼稚園教育에 對한 沒理解와 或은 批評을 바다 가면서 財政困難을 맛보면서도 그것을 이끌어 가는 여러분의 誠意와 獻身的 努力에 남달리 敬意를 表하는 바이다.

그런데 여긔 말하는 童謠뿐만이 아니라 童話, 手工, 童謠舞踊, 童劇만 하여도 아직까지 우리네들 손으로 製作된 훌륭한 藝術品이 만치 못한지라 幼稚園 當局者는 苦悶을 느끼고 잇슴을 잘 알고 잇다.

그러면 兒童藝術에 留意하신 여러분은 特히 幼稚園 教材에 適當한 材料를 만히 創作하기를 바라서 마지안는다.

朝鮮 "童謠" 復興

〈朝鮮童謠研究協會〉는 지금으로부터 八 年 前 一九二七年 九月에 創立되엿다. 여긔에 入會한 會員은 當時에 잇서서 童謠作家의 權威者와 童謠研究에 뜻을 둔 여러분이 거의 網羅하다십피 되어 가장 活氣를 띄고 事業을

치원과 경성보육학교는 일본계 교회인 조선회중교회(朝鮮會衆教會)가 그 재단이며 유일선은 조선 전도부의 부주임이었다.

施行하여 왓슴은 속일 수 업는 事實이다. 創立所志를 다음 해에 朝鮮 童謠人의 童謠를 收集하야 『朝鮮童謠選集』(一九二八年版)[280]을 發行하게 된 것이다. 그리하야 童謠에 留意한 사람들은 〈朝鮮童謠硏究協會〉의 긔ㅅ발 알에로 모혀든 것이니 그때 幹部의 任에 當한 幹部 數氏의 努力이 결코 적다고 볼 수 업게시리 되엿다.

그러다가 계속적으로 事業을 發展시키려고 애를 써 왓스나 한갓 財政問題로 — 또는 幹部된 사람이 地方에 만히 在住하는 關係로 事業의 發展이 如意치 못하고 沈默이라는이보담 沈滯狀態에 빠지고 만 것이다. 그런데 客年에 다시금 幹事會를 모히고 幹部改善과 機關紙 『童謠運動』을 發行하기로 決議하매 또다시 各 地方에서는 〈童協〉에 만흔 關心을 가지고 機關紙 促成에 對한 期待와 希望이 날로 더하엿섯다. 그러나 우리네들의 일이란 마음대로 되어지는 世上이 아니라 그 亦是 貫徹하지 못하는 맘인들 오작하얏스랴!

願컨데 이 事業을 爲해서 精神的으로나 物質的으로 새로운 事業家와 健實한 童謠 作家들이 만히 輩出하야 이 運動에 努力하엿스면 한다. 그리고 舊 幹部들은 新進 여러분들과 서로 握手하야 좀 더 勇氣를 振作하여 運動方針의 樹立과 그 打開策을 講究하여야 할 것이다. 그리고 〈童協〉에서 緊急한 事業으로는 機關紙 『童謠運動』의 發刊을 促成할 것이다. 그리하야 理論으로나 實際에 잇서서 그에 對한 作品行動과 宣傳普及 또는 統制에 敏活한 活動이 잇서야 할 것이며 特히 全朝鮮幼稚園에서 使用할 『幼稚園童謠集』을 出版하도록 實行할 것이다.

結　論

좀 더 具體的으로 論述해야 될 것임에도 不拘하고 이것으로써 끗막으랴 할 때 未備한 點을 늣긴다. 그러나 이것은 紙面의 關係도 잇거니와 넘우 支離한 듯하야 後期를 約束한다. 여긔에 附言하는 바는 野口雨情 氏 著

---

280 〈조선동요연구협회〉 대표 고장환(高長煥)을 편집자로 하여 발간한 『朝鮮童謠選集(一九二八年版)』(博文書舘, 1929.1)을 가리킨다.

『童謠と童心藝術』[281]에서 더러 參照한 것도 잇다. 그리고 童心藝術이란 말은 野口雨情 氏가 맨— 처음으로 主唱한 名稱인데 그것이 適當하기에 그대로 使用하야 왓다.

끄트로 조선에 童謠作家는 만히 輩出되고 잇스나 이와 有機的 關係가 잇는 童謠 作曲家는 퍽이나 듬을다. 바라건데 童謠 作曲家들의 꾸준한 努力을 앗기지 말허 주시기를 懇望한다.

兒童文學에 留意하고 잇는 우리는 童謠藝術에 對하야 研究的 態度를 가지고 一般 兒童藝術에 잇서서도 根氣 잇는 努力을 하야 갑 잇고 抵力[282] 잇는 藝術品이 만히 나오기를 懇望한다. 이러한 微意에서 나는 이 글을 草하게 된 것을 말해 두고 이만 擱筆한다.

— 一九三四. 六. 二一 於 京城 —

281 노구치 우조(野口雨情)의 『童謠と童心芸術』(同文館, 1925)을 가리킨다.
282 '底力'의 오식이다.

金泰午, “朝鮮童謠와 鄕土藝術(上)”, 『동아일보』, 1934.7.9.

近年 兒童文學 가운대 가장 活氣를 띠면서 多量生産을 하고 잇는 童謠界는 實로 混沌을 極하고 잇다. 종종 新進作家로부터 優秀한 作品을 發見하지 않는 바도 아니다. 그 大部分은 童謠 아닌 童謠의 跳梁 一種 流行性을 띤 童謠가 많이 나타나 잇음은 속일 수 없는 事實이다. 더욱이 幼稚園이나 普通學校에서 가르치고 잇는 童謠와 唱歌는 外國童謠의 意譯이나 또는 아기네들 生活과 그들 年齡에 適合지 못한 노래를 그대로 注入시키고 잇으니 두말할 것 없이 그들 兒童들은 消化不良症이 생길 것은 當然한 일이다. 그러므로 조선의 흙으로부터 生産된 童謠다운 童謠를 많이 製作하지 않으면 아니 되게 되엿다.

幼稚園에 잇어서는 그 適當한 教材가 不充分하므로 十分 同情할 餘地가 잇거니와 普通學校에서 지금 教授하고 잇는 『初等唱歌集』(一年으로 六年까지)을 본다면 朝鮮兒童의 日常生活과 또는 그들 情緖에는 너무도 동떨어진 教材를 羅列한 感이 없지 않다. 그中에도 八十五 퍼센트 가령이 日本말로 된 童謠와 唱歌임은 말할 것도 없거니와 各 學年用에 조선童謠의 挿入된 것이 겨우 三四篇에 不過하다. 그나마도 五六學年用에는 一篇도 發見할 수 없을 뿐 아니라 間或 조선童謠의 編入된 것을 본다고 해도 그 選擇과 作曲에 잇어서도 不滿한 點이 한두 가지가 아니다. 이 問題에 잇어서는 紙面關係도 잇으므로 다음 機會에 이에는 割愛하거니와 어쨋던 唱歌集의 編輯當事者들의 童謠에 對한 鑑別眼이 不足하다는 것을 말하지 않을 수 없게끔 되엇다. 그것이 朝鮮兒童을 相對로 한 普通學校 教材로서는 適當하다고 볼 수 없기 때문이다.

◇

그러길래 「朝鮮童謠와 鄕土藝術」의 必要性을 느끼게 되는 것이다. 그러면 朝鮮童謠란 무엇을 意味한 것인가? 그것은 조선말로 쓴 ── 童謠일 것이니 무엇보다도 그 속살(內容)이 조선 獨特의 魂과 情緖가 흘러야 될 것은 勿論 조선兒童의 生命이 움즉이어야 될 것이다. 거듭 말하자면 조선童謠는 鄕土童謠를 意味한 것이니 鄕土童謠는 곧 故鄕의 말로 쓴 童謠를 鄕土童謠라 하겠다. 그리고 鄕土童謠는 흙의 노래요 흙의 自然詩다.

우리는 조선이라고 하는 큰 故鄕을 가젓다. 鄕土란 좁은 意味로는 故鄕을 말한 것이오 넓은 意味로는 조선을 말함이다. 조선이란 땅땡이의 흙에서 나서 이 흙에서 살다가 흙으로 돌아가는 우리 사람이 어찌 조선의 흙에 대한 愛着心이 없을 수 잇으랴! 自己가 먹고 자라난 흙을 어찌 忘却하여 어찌 배반할 수 잇는 일이랴!

◇

조선의 흙으로부터 난 흙 藝術 흙 文學을 가르처서 鄕土藝術이라 하겟다. 그러면 童謠, 民謠, 時調 等이 다 鄕土藝術品이라 하겟다. 미레―는 偉大한 흙의 畵家다. 佛蘭西 國民의 魂을 넣은 鄕土藝術品이다. 野口雨情, 白鳥省吾, 加藤武雄, 犬田卯, 福田正夫 諸氏는 鄕土詩人 흙의 小說家다. 그 밖에 뾰른손, 미스트랄, 토마스 하디, 루이펠고 等 諸氏가 또한 흙의 藝術家다.

그런데 童謠와 民謠는 方言에 依하야 表現하는 것도 좋은 일이다. 여기에는 農村을 背景으로 한 鄕土語로 된 田園童謠도 推奬할 點이 잇다고 생각한다. 그것이 地方的이라 하더라도 제법 藝術的인 말을 골라서 아모 꾸밈이 없이 수수하게 노래하면 되는 것이다. 그러면 우리는 今後로 더욱 조선의 흙냄새 나는 童謠와 民謠 — 조선의 흙의 生命이 躍動하는 藝術品은 兒童에게 提供하는 것이 敎育上 有效한 일이며 鄕土敎育의 本意가 여기 잇는 것이다.

金泰午, "朝鮮童謠와 鄕土藝術(下)", 『동아일보』, 1934.7.12.

이 아래 조선의 傳來童謠 及 民謠 數篇을 들어 여러분의 鑑賞에 붓치기로 한다.

비야비야 오지마라
우리언니 시집갈때
가마속에 물이들면
다홍치마 얼룩진다.

(또 하나)

아가아가 우지마라
네가울어 날이새니
닭이울어 날이새지
고운낯에 어룽진다
아가아가 우지마라.

農夫歌(民謠)
여봐라! 벗님네야
이내말슴 들어보소
天下勝地 우리조선
간곳마다 片片沃土
얼 널널 상사디야. (略)

이 밖에 全羅道 「육자백이」 平安道 「愁心」 또는 鄕土的 新童謠를 例擧할 수 있으나 그만 略하거니와 이와 같이 山川風物과 人情風俗에 對한 感情的 리뜸을 가장 率直하게 나타낸 人情의 소리… 이는 田野의 農夫와 山村의 婦女 그리고 兒童의 生活 中에서 가장 鄕土的 氣分과 感情的 活動을 鮮明하게 表現한 藝術品이 얼마나 貴重한 것이랴!

◇

그런데 朝鮮 農村의 兒童들은 아직두 童謠 하나 면면히 불러 보지 못하고 잇다. 回顧컨대 지금으로부터 十二, 三年 前의 일! 筆者가 所謂 某 小學

校 教員으로 잇을 當時 그들에게 適當한 唱歌教材를 求하는 대는 實로 苦憫을 느끼엇든 것이다. 그때의 名色 唱歌集이란 것이 모두가 教訓 乃至 知識을 넣어 주겟다는 功利的 歌謠뿐이오 學問的 知識에 끓어넣어 마치 手工品과 같은 意識的으로 어떠한 理論的 解釋的 作品이 그 大部分이엇기 때문에 그들 兒童에게 適合할 리 萬無하엿다.

그리하여 고대루 가르키기에는 良心의 苛責이 생기고 그러타고 해서 좋은 教材도 없는 터이니 내가 지은 童謠를 손수 曲譜를 부처서 教授해 본 일이 다시금 回想된다. 그렇다. 그 當時 音樂教員으로 어떤 분들은 누구나 同感하리라. 그만큼 조선은 兒童藝術에 잇어서 等閑하엿고 當場 寶貝를 가지고 잇으면서도 自己 것을 自己가 貴愛하고 尊重하고 키워 줄 向念과 努力이 없기 때문에 남보다 뒤떨어질 것은 必然의 勢일 것이다.

그러면 지금에 와서는 어떠한가? 少數의 都市學校의 有意한 先生이나 兒童 外에는 童謠다운 童謠를 불너 보지 못하고 잇는 터이다. 朝鮮童謠의 普及은 아직두 相當한 時日을 要求하고 잇나니 于今것 或者 初等學校 先生이 하라드라도 童謠의 本質을 알기는커녕 童謠에 對한 理解도 가지지 못하고 잇다. 가르치는 것이라야 어린 兒童들에게는 適當치 못한 教訓的이오 不自然스런 큰 사람의 마음에 사로잡힌 學校 唱歌나 그렇지 않으면 조선 鄕土味를 떠난 外國唱歌나 飜譯唱歌를 고대루 가르키기에 餘念이 없다.

◇

그러므로 그들은 鄕村에 살면서도 그들의 눈에 비친 自然의 노래 鄕土의 노래를 불러 보지 못하고 남다른 環境 속에서 쓰라린 生活을 하고 잇는 것이다. 그네들 작난터의 꽃이오 보배인 이 노래를 맘대로 불러 보지 못하고 잇다는 것은 못내 가슴 아픈 일이다. 三木露風 氏 ——

"童謠는 自己自身을 表現함이다. 自己自身을 표현하지 않으면 좋은 童謠가 아니다"고 말하엿다. 그런데 나는 이렇게 主張하고 싶다.

"조선을 흙을 떠난 童謠는 참 朝鮮童謠가 되지 못한다"고… (끝)

金泰午, "童心과 藝術感", 『學燈』, 제8호, 1934년 8월호.

모든 일에 맑고 께끗한 마음을 가진 사람은 흔히 童心의 所有者라고 볼 수 있겠다. 反面에 打算的 功利的 또 陰險한 마음을 가진 사람은 童心의 所有者라고 볼 수 없다. 童心은 良心으로써 良心은 卽 童心이라고 해도 妄發은 아니다. 兒童에게는 打算的 功利的 또는 陰險性이 적은 까닭으로 兒童이 童心을 많이 가지고 있다는 것은 당연한 일이라 하겠다. 그러므로 이 童心을 어려서부터 빼았기지 않고 마음에 잘 간직한다면 一生 所有할 수도 있게 된다.

그런데 童心藝術이라고 하면 童心에 비쳐 事物의 藝術化가 그것이다. 그러길레 童心을 無視한 童心藝術은 存在하지 못할 것이다. 童心藝術은 여러 가지 形式으로 表現된다. 童謠, 童話, 童謠舞踊, 繪畵, 手工, 彫刻, 童劇, 兒童映畵 等等으로 나타날 수 있는 것이다. 나는 이 童心藝術 中에도 主로 童謠藝術에 있어서 取扱하고저 하는 것이다.

◇

童謠가 兒童藝術의 하나라고 하면 童謠가 製作되기까지의 作者로서의 藝術感이 없고서는 결코 香氣 있는 藝術品이 되지 못할 것이다. 그러면 어떠한 것이 藝術이라 할가? 아마 여러분은 산 높고 물 맑은 山村이나 田野에 나아가서, 或은 바다에서 或은 街頭에서 모름직이 이러한 藝術感을 느껴 본 일이 있었으리라.

假令 —— 아름다운 꽃을 보고 美感이 생기는 것이라든지, 하늘에서 노래하는 종달새를 보고 같이 노래하고 싶은 마음이라든지, 山谷에 흘러가는 맑은 샘물을 볼 때 그 물에 들어가 물작난 하고 싶은 것, 물결치는 바다를 볼 때나 달 밝은 밤에 달을 보고 무슨 말을 걸어 보고 싶은 것 그 든[283] 自然萬象을 볼 때 그것을 본 뒤에는 아름다운 느낌이 생기고 사랑하는 맘이

283 '그 모든'에서 "모"가 빠진 것으로 보인다.

생기고 노래 짓고 싶은 맘이 나는 것이니, 이것이 곧 藝術感이라고 말할 수 있겠다. 그리고 어리었을 적에 지낸 일에서 지금도(이상 29쪽) 分明히 생각나는 것을 거짓과 꾸밈이 없이 맑고 깨끗한 맘으로 노래한다고 하면 그것이 곧 童謠藝術로서 表現되는 것이다. 다시 말하면 느낌이 생기고 愛着이 생기고 노래 쓸 맘이 생기는 것이 藝術感이다.

◇

果然 어린 아기네들의 生活을 有心히 觀察한다면 그들은 無意識한 가온대 藝術的 生活을 하고 있다. 그러기에 그들의 生活은 自然 그것이다. 陽地바른 담장 밑에서 옹알종알 앉어서 무어라 중얼대는 것이라든지, 나무토막을 가지고 집을 짓는 것이라든지, 지나가는 音樂隊의 숭내부리는 것이라든지, 빼구기 꾀꼬리 입내 내는 것이라든지, 맑은 물이 흘으는 시내가에서 갈잎배를 띠우고 노래 부르는 것이며, 모래城을 쌓아 놓고 집을 맨드는 그것이 모두가 藝術的 衝動으로부터 나온 것이다. 그야말로 거짓 없는 있는 그대로의 自然性의 發露요 童心藝術의 藝術境이라 하겠다. 그렇다. 兒童은 언제나 이러한 藝術 속에서 生活하고 活動하고 遊戱하면서 成長되고 있는 것이다. (一九三四.七.九. 於 東京) (이상 30쪽)

南夕鍾, "文學을 主로－兒童藝術教育의 聯關性을 論함(上)", 『조선중앙일보』, 1934.9.4.

序 言

兒童藝術에는 文學 音樂 舞踊 繪畫 調刻 手工 等 여러 가지 部門이 잇다. 이 여러 가지 部門이 兒童의 日常教育에 미치는 諸 關聯性을 斷片的으로 考察해 보자는 것이 本論의 趣旨이다. 먼저 이야기하야 둘 것은 兒童藝術 各 部門에 따라 教育問題를 比較하야 兩者의 關係를 細密히 論하려 하엿스나 筆者의 事情과 紙面關係에 따러서 兒童藝術의 最高 部門이요 第一 重要代表 部門인 文學藝術에 依據하야 論해 보려고 한다.

朝鮮은 物質文化라든가 精神文化라든가 어느 方面으로 보든지 貧弱한 것밧게는 자랑거리가 업다고 하여도 過言이 아니겟다. 이만큼 모든 部門이 外國에 뒤떠러저 잇느니만큼 더욱이나 兒童文學問題라든가 教育問題 가튼 것의 幼稚함은 말할 수 업시 붓그러운 事實을 우리는 가지고 잇다. 한 사람의 몸을 열 토막으로 난오와 活躍하여도 不足하리만큼 朝鮮의 모든 機關은 그 各 理論과 實際에 貧窮症을 갓고 잇슴을 우리는 赤裸裸히 目睹하고 잇기 때문에 各 機關에 專門研究家가 적은 것을 새삼스러히 愛惜과 遺憾을 表하는 바는 아니나 如何튼 現今 朝鮮 現實에 잇서서 方今 積極的으로 各 部門에서 專門研究家를 손짓하야 부르고 잇다는 것은 事實이다.

이 모든 現象의 結果는 朝鮮으로 하여금 兒童藝術에 關한 專門研究 著述한 冊을 갓지 못하고 兒童教育問題에 關한 專門研究 著書 한 冊을 못 갓게 한 것이 朝鮮 現實의 一例이다. 以下는 本論에 들어가기로 하자.

二. 兒童藝術과 兒童教育

藝術과 教育은 말할 것 업시 不可分離의 關係를 갓고 잇다. 唱歌, 圖書, 遊戲, 作文, 手工 等 一切의 學校 課目은 直接間接으로 多大한 關係를 갓고 잇서 이에 重大性은 이로 測量키 어려운 만큼 兒童의 日常生活에 뿌리를 박고 兒童의 意識을 左右하고 잇는 것이라 하지 안흐면 안 될 것이다.

現代와 가티 教育이 그 本來의 使命을 일코 그저 教師의 한 月給 事務로서 실혀도 할 수 업시 機械的 日課를 되푸리하야 兒童을 教育시기고 잇는 狀態에 잇서서는 兒童이 處해 잇는 社會 環境을 直接 注入시겨 그 意思를 直接 傳達할 수 잇는 藝術이 가지는 바 그 責任은 크다 안흘 수 업다. 힘미치는 데까지는 우리의 現代 教育의 病廢를 矯正하기에 努力하여야 할 것은 當面의 急務이라 안흘 수 업고 될 수 잇는 대로는 教育者에게 賦與된 最大限 規定 限度에서는 自由로히 朝鮮 現實이 待望하는 바 生生한 教育을 兒童에게 注與하기 爲하야 무엇보다도 藝術에 依한 教育方法이 第一 有爲하다 할 수 업스니 이곳에 藝術과 教育의 關聯性을 論하여야 할 急迫性을 늣기게 된다.

世上에는 여-러 가지 教育方法의 主唱이 잇다. 個性教育이니, 自由教育이니, 創造教育이니, 全人教育이니, 藝術教育이니, 家庭教育이니, 學校教育이니, 여러 가지 論說이 잇다. 그러나 結局 이 全部는 어떠케 兒童을 教育시겨 社會에 내노토록 하여야 할까 하는 생각만은 同一한 것이라 하겟다.

筆者는 本論에 잇서서 朝鮮教育의 疲弊를 論하려는 것이 本 目的이 아니다. 單純이 藝術이 가즌 바 教育의 效果性을 主로 論하려고 함으로 簡單히 筆者가 論하는 目的을 要約해 말해 본다면 藝術教育의 一種 主唱이라 할 것이다.

흔히 藝術은 現實世上에는 必需的이 아니라고 생각하는 認識不足輩가 잇지만 이것은 넘우나 抽象的 觀察이요 薄弱한 考察이라 안흘 수 업다. 왜냐하면 藝術은 人間의 最高級 精神的 武器이기 때문이라 簡單히 對答할 수 잇다. 人間은 나면서부터 잘살며 오래 살려는 本能을 갓고 잇다. 이 生活本能은 無限한 慾望을 갓고 잇서 恒常 現在에 滿足 안 하고 能率的으로 生活을 向上시기려고 하는 것이다. 따러서 이 生活을 向上시기려고 卽 本能의 欲求을 發揮하기 爲하야 産業을 일으키고 이 모든 物質生活의 充實을 期하기 爲하야 藝術을 낫고 또는 發達시기고 或은 모든 사람이 共同生活을 하기 爲하야 道德이라는 것이 생기게 되엿다. 이와 가티 하루하루 人類의

生活은 進步 發展되는 것이다.

이 속에서 藝術은 人間의 本能 慾求을 爲하야 永遠히 進化 發展되여 가는 것이라 하겟다. 따러서 그 發展은 다음으로 다음으로 次代의 人生에게 새로운 價値를 付加해 가는 것이다. 그리하야 그 究極으로서의 價値를 實現한 때에 우리들은 理想을 實現햇다고 보는 것이다. 이것을 文化哲學에 잇서서는 文化價値의 實現이라 하야 그것이 人生의 永遠의 目的이라고 하는 것이다. 따러서 現在 或은 過去에 잇서서 生活의 一 期間은 全部 文化價値 實現의 過程이라고도 말할 수 잇서 그 過程을 文化라고 名目하는 것이다. 그리하야 文化의 過程에 잇서서 價値創造에 參與하는 것은 科學 道德 藝術이여서 眞實한 意味에 잇서서의 文化價値는 이 가운대 하나라도 不充分함이 잇스면 그 實現은 不可能하다고 말할 수 잇겟다. 이곳에 文化價値 實現의 道程에 잇서서 藝術의 價値가 또한 認定되는 것이다. 따라서 敎育이라는 것이 文化의 流動 가운대 存在되여 잇는 것임으로 敎育 그 自身이 文化價値의 實現에 努力하여야 할 것은 勿論이다.

그러고 이 모든 文化價値의 實現은 人生의 生의 本能的 必然的 慾求의 發揮라 하겟다.

藝術은 그 發生으로부터 考察하야 보드래도 藝術은 決코 遊戱와 娛樂物이나 享樂物이 아니요 生活의 衝動으로부터 일어나온 것이다. 그럼으로 生의 表現인 것이다.

이와 가티 藝術과 人生 人生과 敎育 敎育과 藝術과의 關係는 極히 密接한 關係를 가지고 잇는 것이니 더 區區히 길게 敎育과 藝術의 關係를 說明할 必要가 업슬 것으로 안다.

人生이 未來를 向하야 生의 本能을 發揮키 爲하야 거름을 것는 過程에 잇서서 또는 새로운 生活과 새로운 文化價値를 創造하는 過程에 잇서서 藝術 업시는 敎育의 存在가 否認되고 敎育 업시는 藝術의 存在性이 首肯안 되리 만큼 相關關係를 藝術과 敎育은 가지고 잇는 것이니 藝術은 敎育을 등에 업고 永遠이 언제고 새로운 社會를 建設키 爲하야 驅走하는 것이다.

南夕鍾, "文學을 主로-兒童藝術教育의 聯關性을 論함(下)", 『조선중앙일보』, 1934.9.6.

三. 藝術에 依한 教育의 目的

우의 論議가 抽象的으로 흘은 것 가튼으로 藝術에 "依한 教育"이 文化의 一道程으로서의 教育에 貢獻하고 文化價値의 實現을 目的으로 하고 잇다면 그것은 教育의 作業上 如何한 形態를 가지고 나타나는가 그것을 只今 暫間 具體的으로 이야기해 보고저 한다.

藝術教育으로서의 兒童藝術教育은 兒童 自身의 藝術만을 가지고 論함이 아니다. 이것은 勿論 兒童이나 大人이나 各自의 藝術品이 兒童藝術이란 領域 안에 屬되는 限은 全部 통털어 教育과의 重大한 關聯性을 갓고 잇다. 이러기에 이 全部가 兒童藝術이란 意義를 갓고 잇다고 할 것이다.

藝術에 依한 教育은 往往 藝術家를 養成하기 爲한 教育이라 하야 世上 사람은 흔이 잘못 解釋하는 수가 만타.(그러나 아직 朝鮮에는 藝術教育의 主唱과 理論이 基盤을 잡고 樹立 못 되고 잇기 때문에 그 實際에 잇서서도 結果가 未詳한 가운대 잇다 하야도 過言이 아니겟다.) 그러치만 흔히 一般 教育者와 家庭의 父兄들의 입으로부터 藝術을 主로 한 教育은 軟弱한 兒童을 만드는 弊害가 잇다 한다. 이것이 所謂 藝術教育의 一種 批判이다.

그러나 다음 世紀를 創造하고 人生의 究極 目的인 文化價値를 實現하는 우리에 잇서서는 此 藝術教育은 第一 重且大한 地位에 노여지는 것이니 人生의 第一 强한 愛情을 通하야 各自의 意思를 支配하고 或은 現今 教育에 缺如되어 잇는 社會意識을 뿌리 기피 너허 주기 爲하야 此 藝術에 依한 教育은 무거운 責任을 깨닷지 안허서는 안 될 것이며 朝鮮의 一般 教育者로서는 此論에 贊成하는 바 잇다면 하루속히 조금식이라도 實施하여 주기를 바란다.

兒童藝術教育은 다음에 말하는 三項을 當面의 目標로 하야 스로-간으로 하고 잇다 말할 수 잇겟다.

(1) **個性尊重**

從來의 教育의 幣의 한 가지는 人間을 그저 普遍性만을 가지고 全部 보려고 한 대 잇다. 數十人의 兒童을 한 뭉치로 하야 同一 教師가 同一 教材를 同一 手法에 依하야 指導한다. 그것은 人間의 普遍性을 主要한 對象으로 한 組織에 틀림업다. 勿論 從來 如干 "個性 調査"를 하야 "個別 指導"가 全然 업섯다고는 할 수 업스나 如何튼 教師는 機械的으로 自己 人生觀을 가지고 或은 上部의 命令대로 兒童들을 機械視하는 慣行을 갓고 잇섯다. 個性尊重의 소리만이 놉고 實蹟이 올으지 못한 理由도 이곳에 첫재 基因되는 것이여서 作文, 童謠, 散文 等 兒童藝術의 教育은 人間의 本然性을 尊重하고 生命의 尊貴함을 崇拜하는 대서부터 空間的으로 時間的으로 그저 하나만이 잇고 둘이 업는 各 個性을 兒童들에게 認定하는 것이다. 따라서 그것은 當然 兒童들 各自를 各各 그 獨自性에 잇서서 살리고 그들의 個性을 더욱더욱 人生的으로 意義 잇게 하고 社會를 알게 하는 것이다.

(2) **創造的 精神의 涵養**

藝術教育은 如何한 人物이라도 그것이 無限의 創造發展의 過程을 더듬고 잇는 것이라는 것을 前提로 한다. 먼저 만흔 哲學者에 依하야 唱導되여 잇는 것이지만 "刻刻으로 進化를 끄티지 안는 生命의 流動"을 基調로 한 兒童藝術(文學)教育은 아이들의 創造力을 실증이 나드래도 充實히 發達케 하는 것이 目的이다. 그럼으로 藝術教育의 創造力 涵養은 無限히 크고 넓은 效果를 갓고 잇는 것이라 하겟다. 더욱이나 朝鮮社會와 가티 모-든 文化가 남에게 뒤질 때 어린이 때부터 그 頭腦를 創造的으로 教育시켜 주어야 할 것은 父兄은 勿論이요 自他가 全部 銘心하여야 할 것으로 안다.

(3) **教育의 生活化**

教育은 恒常 兒童生活과 距離가 잇서서는 안 된다. 언제나 教育은 兒童의 生活 속에 사는 데에 그 生命이 잇다. 人間의 모든 觀念이 現實의 生活과 遊離할 때는 그것은 一分 價値가 업는 幻滅이요 아름다운 空想으로 化해 버리고 말어 우리 人生에게 아무 效果가 업슬 것이다. "科學을 爲한 科學" "藝術을 爲한 藝術" "教育을 爲한 教育"이란 것은 우리는 언제나 人生的

價値를 갓지 안코 잇슴을 認識하며 포이코트하여야 할 것은 勿論이다. 먼저 이야기한 敎育도 人生의 一 道程이라는 立場에 잇서서 敎育이 生活로부터 떠러진다는 것은 말할 것 업시 敎育이란 自身의 自殺이다. 敎育이 참다운 그 使命을 다하야 人生的 意義를 다하기 爲하야는 무엇보다도 먼저 敎育 그 自身이 生生한 生活이 아니어서는 안 된다.

"兒童의 生活 그것은 藝術이다 文學이다"라고 斷定함에 對하야서는 이미 詳細히 『朝鮮日報』 紙上과 『中央日報』 紙上에서 論한 바 잇슴으로 이곳엔 略하고 지나간다. 이러고 보면 藝術敎育은 그대로의 姿態에 잇서서 兒童의 生活이라고도 말할 수가 잇겟다. 그 点에 잇서서 자칫하면 生活에서 遊離되는 敎育을 恒常 兒童의 生活에 붓들어 매는 것이 敎育과 生活과의 融合合一을 圖謀하기 爲하야 가장 適切하고 有效한 것이라 할 것이다.

以外에도 內的生活의 充實이라든가 鑑賞力의 養成이라든가 題材의 發見이라든가 數多한 效用이 만치만 이곳에 全部 例證하기에 困難함으로 本稿는 이것으로 끗을 막으려 한다.

끗으로 바라는 바는 朝鮮에는 하루速히 藝術敎育이 實施되여 조곰식이라도 改革하야 새로운 地盤을 세워 놋코 새로운 압날을 기다리게 되엿스면 한다.

三四. 七. 於 東京

南夕鐘, "(兒童文學講座, 一)文學이란 무엇인가", 『아이생활』, 1934년 9월호.

나는 자나 깨나 밤낮으로 여러분을 사랑하고 있읍니다. 여러분을 위하는 힘은 비록 적으나 나의 가지고 있는 바 온 정성과 온 몸을 당신들에게 바치고 있읍니다. 나는 언제고 여러분을 위해 도움 될 것을 생각하고 있읍니다, 따라서 그 생각한 바를 실행하기도 합니다.

조선에 여러분을 위하야 하로도 쉬지 못하고 애쓰시는 선생님이 많습니다. 그러나 아직까지 여러분에게 어드런 큰 효과를 드리지 못하고 있읍니다. 이제로부터 그 효과는 차차 나타날 것이니 이에 따라서 당신네들은 씩씩한 소년이 되고 착한 소녀가 되어서 어둠컴컴한 우리 조선에 밝은 빛을 빛내일 일꾼이 되어야 할 것입니다.

슬픔과 가난을 박차고 어름장같이 차고 강철같이 굳은 두 주먹을 부르쥐고 제각기 맡은 책임을 다하기 위하야 장래 훌륭한 사람이 되기 위하야 힘 있게 앞으로앞으로 차워 나가야 할 것이 당신네 여러분들입니다.

내가 이번 달부터 매달 쓰는 글이 당신네들이 앞을 향하야 싸워 나가는 길에 있어서 조곰이라도 도움 됨이 있다면 나는 그 이상 더없는 질거움으로 생각하겠사오며 끝끝내 여러분이 애독하여 주시옵기 바라오며 본문으로 들어가기로 합니다.

文學이란 무엇인가

대인(大人)문학이나 아동문학이나 그것이 문학인 길에 있어서는 조곰도 다름이 없는 것입니다. 전자는 대인을 위한 문학이요 후자는 아동을 위한 문학이요 아동 자신의 문학인 것입니다.

그러므로 대인과 아동이란 구별만 있을 뿐이지 문학이란 그 뜻으로 보면 조곰도 다름이 없읍니다. 그러면 문학이란 무엇인가를 몰라 여러분은 궁금해 할 것으로 압니다. 문학이란 조곰도 어렵게 생각할 필요가 없읍니다. 간단히 요약하야 말하면 문(이상 34쪽)학이란 것은 사람의 감정(느낀 바, 깨다른 바 등)과 의사(意思) 즉 뜻을 문자로 표현(表現)한 것입니다. 그러므로 여러분이 항상 보고 듣고 부디치는 집안의 살림살이를 자기가 느낀 대로 글로 써내면 그것은 벌서 훌륭한 문학입니다.

이곳에 있어서 그 문학작품이 잘되었다든가 잘못되었다든가는 별문제입니다. 어떤 문학작품이 잘되었다든다 못되었다든가는 그 내용(內容)과 그 표현의 기공을 제삼자(第三者)가 보와 비평할 때 비로소 성립되는 것이라 하겠읍니다.

그런데 문학의 뜻은 우에 말한 바와 같거니와 문학 가운대는 여러 종류가 나누어 있습니다. 여러분이 늘 잡지에서 보시는 것과 마찬가지로 소설, 동화, 동시, 동요, 아동극, 작문 등 이것을 분류하야 말하면 그 범위(範圍)가 대단이 넓습니다.

이 종류는 달래 생겨나는 것이 아니라 어떤 착상(着想) 어떤 사물에 대하야 느낀 감정 혹은 의사가 하나 있다면 이것을 표현하는 그 형식에 따라 각 문학작품은 각각 달리 분류케 되는 것입니다. 그러므로 가령 여러분들 중에 누가 어떤 항구 부두(港口埠頭)에서 여름 고열에 땀을 흘리며 일하는 노동자를 보았다고 합시다. 그러면 여러분은 이때 이 감상 자기 마음에 느낀 바를 작문으로 할 수도 있고 동요로도 할 수도 있고 동시로도 쓸 수 있는 것입니다.

이 각 종류에 따라서 즉 소설, 동화, 동요, 동시 등의 뜻과 각 종류의 작법은 다음 호부터 차례차례로 여러분에게 이야기해 올릴 것이오나 위선 이곳에 알아두어야 할 것은 다른 것이 아니라 문학이란 것은 예술(藝術)이란 것의 일 분야(一分野)인 것을 알어 두어야 합니다.

예술이란 것은 무엇일가? 여러분은 알고 싶겠지오. 예술이란 것은 다른 것이 아니라 모-든 사물에 대하야 사람이 느낀 감정 의사 등을 문자 혹은 그림 혹은 육신으로 혹은 빛으로 혹은 음(音)으로 혹은 선(線) 등등으로 외부(外部)에 표현해 내논 것의 전부를 일카르는 것입니다. 그러므로 예술 가운대는 문학, 미술, 건축, 음악, 무용, 조각, 등등의 여러 가지가 있습니다. 따라서 두말할 필요 없이 이 모-든 것은 전부 예술이란 명칭을 갖게 되는 것입니다.

다시 말하는 바이지만 대인문학은 어른을 떠나서 성립 안 되고 아동문학은 여러분을 떠나서는 성립 안 되고 아동문학은 여러분을 떠나서는 성립 안 되는 것입니다. 그러므로 우리가 여러분들을 위야[284] 아동문학을 연구(硏究)한다는 것은 그 근본의 토대가 여러분들 속에 있는 것입니다. 여러분들(이상 35쪽) 생활을 더 잘 알고 여러분들 마음을 더 잘 알어서 우리가 어떤 작품을 써서 여러분들 마음에 만족을 드려야 한다는 것이 우리의 큰 의무(義務)입니다.

끝으로 한마디 할 것은 다른 것이 아니라 문학 가운대는 뿌르문학이란 것이 있고 푸로문학이란 것이 있다는 것입니다. 그러나 이것을 해석하자면 퍽 어렵게 이론(理論)이 전개되오니 그저 문학이란 그 길에 있어서 양자가 다 같은 뜻을 갖고 있다는 것만은 알어 두어야 하겠습니다.

이번 달 강좌는 미비하나마 이것으로 끝을 막고 다음호에는 동요란 무엇인가 동요작법 동요, 동시 구별을 이야기하야 드리기로 하겠습니다.

三四. 八月 於 東京 (이상 36쪽)

南夕鍾, "(兒童文學講座, 2)童謠란 무엇인가", 『아이생활』, 1934년 11월호.

되도록은 뜻이 다 표현되고 자유로히 되도록 하십시오. 그러므로 어떤 줄(行)만은 六五調가 되고 혹은 七四調가 되는 수가 있읍니다. 그러므로 가령 四四調에 있어서는 특별한 경우 어떤 줄은 三四調가 되는 수도 있고 五四調가 되는 수도 있고 四五調가 되는 수도 있는 것입니다. 그 예로 앞서 적은 노래 「해가 떳나」를 다시 한 번 보기로 합시다. 第三節 셋재 줄은

---

284 '위하야'(위하여)의 오식이다.

四三調로 되어 있는 것을 우리는 볼 수 있읍니다. 그러므로 할 수 없는 경우에는 그대로 자유로히 언구(言句)에 맡겨 둠이 좋습니다.

둘재로 이야기해 둘 것은 동요는 여러분이 짓는다는 것은 물론이오 이외에 어른들이 여러분을 위하여 짓는 동요가 있읍니다. 그러나 이 양자는 그 뜻이나 내용에서는 조곰도 틀림이 없는 것입니다.

셋재로 이야기하여 두어야 할 것은 동요에는 여-러 가지 종류가 있다는 것입니다. 대강 그 종류를 적어 본다면 1. 동화시(童話詩)로 된 동요 2. 천기(天氣)와 천후(天候)를 노래한 동요 3. 어른이 여러분들에게 교훈을 들리기 위하여 적은 동요 4. 유히가(遊戲歌)=가령 술래잡기 노래라든가 「숨바꼭질」 노래 같은 것 5. 年中行事歌=가령 풍년가 등 6. 자장가. 이외에도 상증동요(象徵童謠), 추억동요(追憶童謠)라든가 여러 가지가 많습니다. 여하간 여러분들의 동요의 세계에는 별의별 것이 다 많습니다. 따라서 그 세계는 무한대 합니다 항상 여러분들은 달콤한 노래만을 짓지 말고 좀 더 기운 있고 산 씩씩한 노래를 짓도록 힘쓰십시오, 그리고 자기가 느끼고 본 바를 숨김없이 노래로 적어내도록 노력하십시오.

이번 달 이야기는 이것으로 끝을 막으려 합니다. "동요란 무엇인가"와 "동요작법"을 따로따로 이야기하여 드리려고 하였으나 지면관계상 이번 달에 이만 이야기해 버리고 만 것을 여러분은 양해해 주십시오.

"동요란 무엇인가"와 "동요작법"을 이야기하자면 우에 적은 것뿐이겠읍니까만 여러분들이 알어보기 쉽게 간단이 이곳에 적어 논 것입니다. 그러면 다음 달 또 만나기로 하고 이번 달은 이만 실례하기로 합니다.

— (一九三四年 九月 於 東京) —

南夕鍾, "(兒童文學講座, 四)作文이란 무엇인가", 『아이생활』, 1935년 6월호.

이제는 봄철도 다 갔읍니다.

들엘 가나 산엘 가나 첫여름 빛이 무루녹고 있읍니다.

여러분 그 시간 열심히 공부들을 하셨는(이상 40쪽)지요. 한 반식 올라가셨을 터이니 반갑습니다. 그리고 운동도 쾌활이들 하셨읍니까. 따라서 키도 커지고 몸집도 났겠읍지요.

내가 여러분에게 변변치 못한 이야기나마 하든 것을 그지간[285] 너무나 오래동안 쉬여서 대단히 미안하게 되었읍니다. 그지간 나의 생활에는 너무나 큰 혁명이 있었으므로 여러분들 생각은 밤낮 하고 있으면서도 어찌할 수 없이 몇 달 여러분들을 만나 뵈지 못하였으니 널리 짐작해 주십시요. 그러면 이번 달부터 매월 집필하겠는데 이번 달은 작문이란 무엇인가를 이야기해 보고저 합니다.

◇－◇　　　◇－◇

작문이란 동요나 자유시와 마찬가지로 여러분들의 일상생활을 길게 혹은 짧게 아모 형식을 취할 것 없이 쭉 적은 것입니다. 즉 자기가 자고 일어나는 동안에 어떠한 점에 느낀 바가 있다면 혹은 특별이 글로 적을 만한 일을 했다면 그 중심 요점을 제목(題目)으로 붙여 놓고 적은 글일 것입니다.

대인문학(大人文學)에 수필(隨筆) 수상(隨想) 같은 것이 여러분들 문학에 있어서는 작문이 될 것입니다. 따라서 더 나아가 여러분들의 작문이 익숙해지고 여러분들이 어른이 되어 특별한 것을 종목을 붙여 연구(硏究)한 것을 적어 놓게 될 때는 그 작문은 론문(論文)이라도 부르게 되는 것입니다.

---

285 "그사이"의 북한어이다. 남석종이 함경남도 신고산(新高山) 출신이어서 현재 북한 지역의 방언을 사용한 것으로 보인다.

여러분들의 작문도 대인문학상에서 □지는 거와 같이 구별을 한다면 기행문(紀行文)이라든가 단문(短文)이라든가 기타 여러 가지로 난을 수가 있지만 보편적(普遍的)으로 특별한 동요라든가 자유시라든가를 제외(除外)하고 적는 글은 전부 작문이라 일카름이 통칭(通稱)입니다.

작문이란 어떤 것인가를 예를 들어 이야기해 본다면 『아이생활』(今年新年號)에 실린 재령 박병원(朴炳元) 군의 「알기는 무얼 알어」 라든가 장연 장적동(張笛童) 군의 「국화」라든가 신천 강종규(康鍾奎) 군의 「웃음의 일기장」이라든가 김수영(金壽永) 군의 「꿈아」라든가는 전부 작문인 것입니다. 작문이란 것은 더 여러 가지로 긴말을 하지 않드래도 여러분들이 잘 아시겠으므로 간단히 요약(要約)하고저 합니다.

그러면 가령 학교에서 원족(遠族) 갔다 와서 원족이란 제목 하에 원족 갔다 오는 동안의 느낀 바 생긴 일을 적어 놓으면 그것은 훌륭한 작문입니다. 이것은 여러분들이 잘 아실 것입니다만 여하간 작문에 있어서는 동요와 같이 또는 동요보다 글을 쓰기에 자유스러운 자유시보다도 글짓기가 제일 쉬운 것입니다. 그 리유(理由)는 전자와 같이 작문은 형식이라든가 운률(韻律)이라든가를 전연 생각지 않고 자유로히 자기 마음대로 생각키우는 것을 적게 되모로 말(이상 41쪽)입니다.

작문은 글을 짓는데 있어서 제일 가는 초석공사(礎石工事)입니다. 이 작문을 잘 짓게 되면 후일에 이르러 동화(童話)도 쓰기 쉽고 소설(小說)도 쓰기 쉽고 한걸음 더 나아가서는 론문(論文)도 쓰기 쉬울 뿐만 아니라 문장(文章)이 유창하여지고 남이 자기의 글을 읽을 때 피로(疲勞)를 느끼는 대신에 흥미(興味)를 느끼게 되어 그 글의 값은 일반 세상에 높게 되는 것입니다.

어렸을 적에 작문을 짓는다는 것은 꼭 장래에 있어서 문필(文筆)을 본업(本業)으로 하겠다는 생각보다도 글을 짓는 습관을 늘 기르면 자기가 곧 어른이 되어 자기의 일생생활에 중대한 소용이 될 수 있다는 것입니다.

나는 작문이란 무엇인가를 이야기하든 끝에 여러분들에게 매일 일기(日記)를 적는 습관을 기르도록 권고(勸告)하고 싶습니다. 일기를 적는다는 일은 문장(文章)을 숙달(熟達)시킨다는 점에도 물론 필요하지만 그것은 생각(思索) 즉 두뇌(頭腦)를 넓혀 주고 자기 자신의 생활의 잘못을 고치게 되어 후일의 자기의 인격(人格)이라든가 자기의 출세(出世)의 길을 닦는 데 있어서 큰 중대한 역할(役割)을 하는 것입니다.

이것은 나의 자랑은 아니나 나는 보통학교 사 학년 적에 선생님에게 이야기를 듣고 일기를 적기 시작한 후 크다란 자미를 느끼게 되어 아직까지 어디를 가나 혹은 여행(旅行)을 하드래도 일기만은 꼭 적어 나려오고 있읍니다.

여러 어린동무들에게 부디 권하오니 반듯이 매일 일기를 적도록 힘쓰십시오. 일기라는 것은 그날그날의 생활기록(生活記錄)이라는 것보다 미래(未來)에 대한 설계도(設計圖)인 것입니다.

그러면 내월 또 만나기로 하고 작문에 대하여서는 이만 끝을 막겠읍니다.

(내가 이번 달에 서울로 돌아왔으니 여러분들을 만나보고 싶어 그리든 정은 덜겠읍니다.) (五月 十一日 於 京城) (이상 42쪽)

南夕鍾, "(兒童文學講座, 6)童劇이란 무엇인가", 『아이생활』, 1935년 9월호.

여름철도 덥다덥다 하든 새에 어디론지 벌서 도망을 처 버리고 선선한 바람이 불어오기 시작했읍니다. 내가 『아이생활』에 「아동문학 강좌」를 집필하기(이상 34쪽) 시작한 지 한 돐이 되어 돌아왔읍니다.

그지간 나의 사정으로 인하야 쉰 달도 있었지만 여하간 너무나 오래 끌게 되어 여러분에게 미안하기 짝이 없습니다. 앞으로 사오 개월 내로 끝내고저 하오니 끝까지 읽어 주시기 바랍니다. 그러면 곧 본 이약이로 들어갑시다.

× ×

동극이란 무엇인가. 동극이란 우리가 늘 흖이 볼 수 있는 동화극(童話劇)

이라든가 아동극을 가르키는 말인대 그 뜻은 어린이를 위하야 연출(演出)하는 연극(演劇)이라 하겠읍니다. 아동극 즉 동극이라 함은 저 서양(西洋)에 있어서도 근래에 보게 된 것이므로 동양의 조선에는 극히 근년에 이르러 보게 된 것입니다. 어린이를 위하야 노래나 이야기는 옛날부터 있었지만 어린이를 위하야 연출하는 연극 아니면 아동 스스로가 연출하는 연극은 전 세계를 통하야 그 역사가 말할 수 없이 짧은 것입니다. 그러므로 조선에 있어선 동극의 역사는 퍽 짧습니다. 그리하야 아직 그렇게 발달이 못 되고 있읍니다.

동극은 동요극(童謠劇)과 동화극으로 난호아서 말할 수 있는데 (한 줄 가량 해독 불가) 학교극(學校劇) 학교용소가극(學校用小歌劇) 아동대화극(兒童對話劇) 등이 전부 포함되어 있는 것입니다.

동극을 동화극과 동요극으로 난호아 생각한다면 먼첨 동화극이란 무엇일까를 생각해 보기로 합시다. 동화극이란 다른 것이 아닐 것입니다. 어떠한 내용을 가진 이야기를 이야기로 하는 것이 아니라 극화(劇化)시킨 것일 것입니다. 그리고 동요극이란 그 내용에 있어서 七, 八퍼-센트 이상이 노래(동요)로 된 것이라 할 것입니다.

그리고 동화극이나 동요극이나 그 어느 것을 물론하고라도 아동생활을 극화시킨 것이라는 것은 말할 것도 없고 이곳이 중대하게 취급(取扱)하며 생각하지 않어서는 안 될 것은 동극은 어른이 연출(演出)하는 것이 아니라 아동 자신이 연출하는 극이란 것입니다.

동극이란 아동교육적 입장에서 중대한 역활을 갖고 있다 안 할 수 없으니 아동생활에 있어서 아동들은 어른들에게서 이야기를 듣는 것보다 아동자신의 극을 보면 직각적(直角的)으로 아무것이고(이상 35쪽) 느끼게 되므로 그 효능성(効能性)에 있어서 무엇보다도 제일 큰 효과(効果)를 갖게 되는 것입니다. 이 의미에 있어서 어른들은 여러분들에게 여러분들 생활에서 생생(生生)한 면(面)을 취제(取題)하야 각본(脚本) 아동극을 적어 내기에 노력을 아끼지 않게 됩니다. 즉 어른들은 여러분들의 일상생활이 극적(劇的)인 것을 이용(利用)함에 힘쓰게 되는 것입니다.

여하튼 쉬운 말로 간단히 말해 본다면 여러분들을 훌륭한 사람으로 인도하기 위하야는 예술교육(藝術教育)상으로 보아 제일 힘이 크다는 것이 특색(特色)인 것입니다. 다시 말하면 아동극은 예술교육 문제로서 아동예술 중에서 제일 중대(重大)한 임무(任務)를 갖고 있는 것입니다.

아까도 말했지만 아동의 생활은 극적이어서 신파(新派) 같은 것의 흉내를 하고 싶어 못 견디는 것입니다. 그것은 나보다도 여러분들이 더 잘 알고 계시겠지요. 물론 여러분들이 노는 노름이 어린이 여러분들의 성질(性質)에 따라서 혹은 환경(環境)에 따라서 다르겠지만 솟굽질이라든가 기타 여러 가지로 보아서 극을 좋와한다는 것은 여러분들의 본능(本能)인가 봅니다. 그리하야 예술(藝術)과 교육은 이 본능을 죽이려 해서는 안 되는 것입니다. 더욱 더 본능을 살리려는 데 그 목적이 있을 것입니다. 조금 어려운 이야기지만 이곳에 잠간 말하고 지나갈 것은 학교극 문제입니다. 학교극이라 함은 교육극이란 것입니다. 즉 교육으로서의 한 예술인 것입니다. 그러므로 그것은 여러분들 생활에 있어서 일종의 극인 것입니다.

종내(從來)에는 아동극을 담화회(談話會) 혹은 학예회(學藝會) 같은 모듬에서 일종의 여흥(餘興)으로 어린이들을 연출시켰지만(지금도 아동극을 그렇게 이해하고 이용하는 곳이었겠옵니다만) 최근에 이르러서는 어른들이 어린이 문제를 철저히 연구하야 어린이 여러분들의 현실 생활(現實生活)을 그려서 여러분들에게 제공(提供)케 되고 아동극의 예술적 가치(藝術的價值)를 내나 남이나 모다가 인정(認定)케 된 것입니다.

동극은 아동 자신의 것인 이상 아동극에 있어서 제일 중요한 것은 그것을 연(이상 36쪽)출하는 아동이 얼마만큼 인간적(人間的)이며 현실적(現實的)인가에 귀착(歸着)됩니다. 그러므로 그것은 아동의 인격(人格)이며 아동 자신의 예술인 것입니다.

동극을 창작(創作)함에 있어서 그것을 취제(取題)하는 방면은 여러 곳입니다. 그 내용에 있어서는 별반 동화와 다른 점이 없겠지만 동극은 직접 아동 자신여 퍽으나 많은 영향이 있읍니다.

이곳에 참고적(參考的)으로 이야기해 둘 것은 동극을 동양보다 일즉이 발달된 서양에서는 어른들을 위해서 지은 때가 있읍니다. 이것은 동화를 어른들에게 예술로써 지은 시대에 함께 이러난 현상입니다. 그 서양의 예(例)를 들어 이야기한다면 여러분도 잘 아실 저 유명한 메텔링크의 「파랑새」 바리－의 「신데레라 이야기」 로스탄의 「샨 · 크렐」 입센의 「벨 · 낀트」 등인 것입니다.[286] 이상은 모-다 세계적으로 유명한 동화극인 것입니다. 그러나 조선에서는 아직 이렇다 할 만한 큰 작품(作品)이 없읍니다. 퍽으나 섭섭한 현상입니다. 그러나 앞으로 대 비약(飛躍)이 있을 것을 믿습니다.

이곳에 나는 어른들을 상대로 이 글을 적는 것이 아니라 아동 여러분을 상대로 적으니만큼 동극이란 무엇인가 그 의미를 찾어내는 데 끄치고 구체적 설명(具體的說明)은 약(略)하기로 합니다.

이번 달 동극이란 무엇인가는 내 자신이 쓰고 나서 여러분들이 읽기에 좀 힘든 구절이 있지 않을까 생각됩니다. 동극 문제뿐만 아니라 일반문학 문제이라도 내가 아는 데까지 여러분과 함께 생각함을 기뻐하는 나이니 서슴지 말고 물어 주시기 바랍니다.(이상 37쪽)

---

286 모리스 마테를링크(Maurice Maeterlinck)의 「파랑새(L'Oiseau Bleu)」(1906), 제임스 매튜 배리(Sir James Matthew Barrie)의 「신데렐라 이야기」, 에드몽 로스탕(Edmond Rostand)의 「샹트 클레르(Chantecler)」(1910), 헨리크 입센(Henrik Ibsen)의 「페르 귄트(Peer Gynt)」(1867)를 가리킨다.

尹石重, “노래를 지으려는 어린 벗에게”, 『조선중앙일보』, 1934.10.15.

우리집의 암탁이
　　알을 나엇네
눈도귀도 다업는
　　두루뭉수리
싀집온지 넉달에
　　열형제나코
꼬대꼬대 부끄러
　　울음웁니다

이런 동요가 잇습니다. 그러나 이것은 “어른의 동요”입니다. 만일, 정말 바른 동심(童心)으로 ‘넉달만에 알난 것’을 보앗다면, “부끄러 울음 운다” 하지 안코 “조와서 노래한다” 햇슬 것입니다.

싀집 온 지 넉달 만에 열 형제를 나엇스면, 동네방네로 다니여 자랑할 터인데, 어째서 부끄러 울음 우는 소리로 들엇습니까?(한 줄 가량 해독 불가) 눈”으로 보앗기 때문입니다.

동요를 지을 때에 소중한 것은, “바른 동심”을 갓는 것이외다.

▷……◁

그러나 아모리 바른 동심으로 지은 노래라 하드래도 아모짝에 쓸대업는, 아모짝에 쓸때업슬 뿐더러, 가다가는, 우리 맘을 약하게 맨드는 노래는 필요치 안습니다. 보세요, 이런 노래가 잇습니다.

날점으는 하늘에
　　별이삼형제
빤짝빤짝 정답게
　　비최이드니
왼일인지 별하나

보이지안코
남은별이 둘이서
눈물흘린다

(한줄 가량 해독 불가) 노래는, 돌아가신 소파 방정환(小波 方定煥) 선생이. 열두 해 전 해 지으신 노래입니다.

내기 그 남은 두 별을 노래한다면, "눈물흘린다" 하지 안코 "셋이서 숨박곡질하다가, 하나가 숨엇는데, 둘이서 암만 차저도 나오지 안는다"고 하겟습니다. 정 우는 것으로 보고 시프면 "찻다 찻다, 못 찻고 운다"고 하겟습니다. 숨박곡질하다 못 찻고 우는 일은, 여러분도 종종 잇지 안습니까?

초저녁애 제일 먼저 뜬 별 셋은, 먼저 나오기 내기를 해서, 첫지, 둘지, 셋지한 별로도 보겟습니다. 어째서 방 선생은 "삼형제에서 하나가 죽고, 남은 별이 둘이서 눈물 흘리는 것"으로 보섯는지 모르겟습니다.

이 박게도 "귀뜨라미 긔뜨르르 가느단 소리" "하늘에서 오는 눈은 어머님 편지" "수수나무 마나님 조흔 마나님, 오늘 저녁 하로만 재워주세요" 가튼, 쓸쓸스런 노래를 지으시더니만, 마침내 슬픈 최후를 마치섯습니다. (한 줄 가량 해독 불가)

그럼으로 그것이 아모리 조코, 아모리 아름다운 노래라 하드래도, 우리 맘을 괜수루 울린다거나, 외롭게 맨든다거나, 약하게 맨드는 노래는, 짓기를 피해야만 합니다.

아침에 소는 해를, 붉은 해가 두 팔 벌리고 나라든다고 보면은, 유쾌하고 신이 나지마는, 오늘 하로를 또 억찌 보내나 하고, 올러 오기 실흔 것을 억지로 기어올러 온다고 보면은, 맥이 풀립니다.

우리는, 항상 밝고, 깃브고, 유쾌한, 그리고 부지런하고 떳떳한, 고든 맘과 바른 생각으로, 만물을 대해야만 됩니다. 게서 소슨 노래야말로 억만대를 두고 부른다 하드래도, 항상 우리에게 힘을 주고, 깃쁨을 주고, 희망을 줄 것이 아닙니까.

▷……◁

그러나 또한 아모리 유쾌하게, 아모리 거짓업시, 지은 노래라 하드래도, 음악적이 아니오 "토막글"이라면, (한 줄 가량 해독 불가)

"토막글"이란 무엇입니까? 노래 아닌 긴 말을, 토막토막 잘라서, 노래처럼 적어 노흔 "글"을 가르처 말한 것이올시다. 보기에는 노래지마는, 불르면은 작문입니다. 그러므로 우리는, 노래를 지을 대에, 붓끄테서 나오게 하지 말고, 맘에서 솟도록 해야겟습니다. 누님이 물을 길을 때, 동이 가장자리에 무든 물을, 손으로 씨처 내드시 여러분이 여러분 맘에서 울어나온 고대로의 노래를 종이에 옴겨 적은 다음에는, 군더덱이를 말쨍이 지워버리십시오. 그래야 훌륭한 노래가 됩니다.

▷……◁

보는 것, 들리는 것, 하늘과 땅 사이에 잇는, 아니 하늘과 땅 그것까지도 그리고 별과 달과 해와, 우주(宇宙) 만물이, 노래 아닌 것이 업고, 그림 아닌 것이 업고, 춤 아닌 것이 업습니다. 또한 여러분은 누구나 다, 훌륭한 화가요, 음악가요, 시인입니다. 그럼으로 여러분은 영원히 깃브고 쉽게 노래할 수 (한 줄 가량 해독 불가)

宋昌一, "兒童文藝의 再認識과 發展性(一)", 『조선중앙일보』, 1934.11.7.

一. 兒童文藝界의 近況

現今 朝鮮兒童文藝界는 서리 마즌 晩秋의 花壇가티 荒凉하기 짝이 업다.

數年 前만 하드래도 兒童을 爲한 文藝誌가 五, 六種이 刊行되고 單行本의 童謠, 童話 等의 出版物이 發刊되며 諸 新聞紙는 닷토아 學藝面 한 모통이를 兒童文藝欄으로 提供하여 數多한 作家들의 볼 만한 活動이 잇섯든 것을 아직도 우리의 記憶에 남아 잇는 事實이다.

이러틋 燦爛하든 兒童文藝의 黃金時代는 漸次 衰頹하기 始作하여 至今에는 만흔 作家들이 자최를 숨기고 마럿스며 發刊 雜誌라고는 손을 곱기가 힘들게 그 數가 적은데 그나마 亦是 어린애의 거름발가티 넘어질 듯한 危險性이 보히고 잇는 現象이다.

또한 各 新聞은 거의 兒童文藝 揭載를 이저버린 狀態인데 오직『中央日報』만이 兒童藝術欄을 特設하고 每日 四五篇의 兒童作品을 싣고 잇는데 참으로 그 勇斷과 努力은 誠心 祝賀치 안흘 수 업다.

그런데 닷는 말에 채찍이 될는지는 몰으나 兒童文藝欄을 모처럼 둔 나마에는 童謠나 童詩에만 置重치를 말고 좀 더 作品의 範圍를 널리 하며 投稿作品을 嚴選하야 藝術的 價値와 內容의 簡潔을 重要視하얏스면 더욱 効果가 잇스리라고 밋는 바이다.

某 紙는 文壇의 沈滯를 痛論하야 發展策에 對한 一般文人의 高見을 請하는 글을 실엇다. 이 글을 再三 愛讀한 筆者는 兒童文藝에 對하야 一言도 言及치 안흠을 무엇보다도 섭섭히 생각하얏다.

── 웨 文人들은 兒童文藝를 度外視하는가?

── 兒童文藝가 文壇의 뿌리인 것을 몰으는가?

이러케 혼자 웨처 본 일이 잇다. 참으로 兒童을 賤待視함은 容認치 못할 우리의 祖上이 남겨준 납분 因襲이다.

이런 惡因襲이 아직도 우리들의 머리에 남어 잇다면 아모리 압날의 發展을 불으짓는다 해도 모다가 空論이 될 것뿐이다.

現今 兒童文藝는 '오아시스' 없는 沙漠이다. 牧者 일흔 羊의 무리다.

二. 兒童과 兒童文藝

兒童은 肉體的으로나 精神上으로나 恒常 成長하는 過程에 잇다.

肉體의 養育을 爲하야 澱粉, 蛋白質, 脂肪, 비-타민 等의 營養素가 必要한 것가티 精神上 發展을 爲하야 童謠, 童詩, 童劇, 童話 等의 文藝가 必要하다.

以上의 精神上 糧食인 諸種 文藝 中에는 그 發生이 實로 人類가 集團生活을 創始한 原始時代부터 된 것도 잇다.

그러고 보면 文藝는 人間의 머리가 進步됨으로 發生되엿다기보다 本能的의 것이다.

人間의 本能이라면 生活하기 爲하야 먹을 것을 찻는 生活本能과 子孫을 後世에 繁殖케 하려는 生殖本能을 생각하기 쉬우나 이 外에 高等動物만이 所有할 수 잇는 遊戱本能이 잇다.

遊戱本能이야말로 人間의 生活을 高潔 向上케 만들며 數多한 發明品을 産出케 하는 것이니 藝術의 表現인 音樂, 美術, 詩, 小說, 劇, 映畵 等도 이 本能의 所産이 아닐 수 업다.

本能이 先天的으로 가지는 것이매 兒童에게 藝術的 氣質이 潛在하여 잇다는 것은 疑心할 餘地가 업는 것이다.

宋昌一, "兒童文藝의 再認識과 發展性(二)", 『조선중앙일보』, 1934.11.10.

竹友藻風[287] 氏의 말을 빌면 "童謠는 年齡을 가지지 안은 地上의 天使이다. 언제 낫는지 어대서 왓는지조차 몰은다. 생각컨대 神이 아담과 이브를 만들기 以前부터 樂園 나무 알에에서 遊戱하고 잇든 것이겟다"라고 하엿다.

이러케 敍情詩의 一種인 同時에 民謠의 一部로 되여 잇는 童謠의 發生을 說明하엿다. 어떠튼 童謠는 어떤 功利的 條件下에 만드러진 것이 아니라 本能的인 宗敎的 動機로 自然을 그대로 노래한 것뿐이다.

또한 童話로 보더라도 其 發生을 童謠 以前에다 두고 所謂 神話의 殘留物이라고 하니 自然界의 物理 現象을 이야기한 自然神話가 人間界로 漸次 옴겨저서 人間과 人間의 生活 一切를 說明하고 잇는 것이 童話가 된 것이 明確하다.

神話 傳說 童話는 社交本能과 交話本을 所有한 人間의 必然的 發生物이 아닐 수 업스며 人類文化 發展에 따러 形態와 內容의 變遷이 업슬 수 업다.

그 다음으로 兒童劇과 가튼 것은 童謠나 童話와 가티 人類 最低級 文化期에 屬하는 것이 아니라고 한다. 이것은 적어도 最近에 이르러 文化發達에 依한 所産物이라고 한다.

以上에 列擧한 童謠, 童話, 童劇 等의 兒童文藝는 兒童 精神生活에 必須的 糧食인 同時에 兒童의 心靈을 啓發하는 役割을 하는 것임으로 切實히 늣기는 것이다.

三. 成人과 兒童文藝

成人은 兒童을 指導할 全 責任을 負하얏다. 兒童을 낫코 밥을 버러 먹이는 것만으로 責任을 다하얏다고 할 수 업는 것이다.

萬一 그럿타면 禽獸에 다름이 무엇일가? 이런 意味에서 兒童文藝敎育은 高尙한 人格을 만드는 必要條件이 되는 것이니 兒童을 기르는 成人들은 먼저 兒童이 무엇인가 文藝가 어떤 것인가를 理解한 後 거긔에 對한 趣味와 鑑賞力을 길러야 할 것이다.

---

287 다케토모 소후(竹友藻風, 1891~1954)는 일본의 시인이자 영문학자이다. 1921년 기타하라 하쿠슈(北原白秋) 등과 함께 〈新詩會〉를 결성했다. 『世界童話大系(北歐篇)ーアンデルセン童話集』(世界童話大系刊行會, 1924), 『世界童話大系 第17卷(諸國童謠集 翻譯篇・日本篇)』(世界童話大系刊行會, 1925), 『英國童謠集』(研究社, 1929) 등이 있다.

家庭에서 兒童들이 教科書 外에 그림冊이나 雜誌 가튼 것을 읽으면 어룬은 無理하게도 그것을 빼앗스며 教科書나 보라고 辱說을 하는 것이나 家庭에서 노래를 불으면 식끄럽다고 꾸짓는 等事는 모도 兒童의 精神上 發育을 抹殺시기는 것이라고 본다.

成人은 家庭에서부터 兒童을 사랑할 줄 알아야 한다. 우리 兒童들은 外國의 그대들가티 活氣 잇게 뛰놀 場所와 道具를 가지지 못하엿다. 거긔에다 家庭에서까지 사랑을 못 밧는다면 얼마나 不幸할 것인가?

兒童을 사랑함에는 勿論 어리고 貴엽다는 點이나 無邪氣한 點이나 身體가 弱하니 불상하다는 單只 外形에 나타나는 것으로만을 主要視하여서는 안 될 것이다.

좀 더 兒童觀을 深刻한 데 두어 兒童生活의 本質이 무엇인가를 徹底히 理解하며 認識하여야 될 것이다.

그리하여 兒童의 精神訓練에 置重하여야 된다. 지금 不良少年이 都市마다 떼를 지어 橫行하여 큰 頭痛거리라 하지만 成人은 여긔에서 其 原因을 明白히 把握한 後에 對策 講究치 안흘 수 업는 事實이다. 現今 學校教育을 보더라도 漸次 勤勞教育에 치우치는 傾向이 만흔데 其 甚한 實例는 農村에서 만히 볼 수가 잇다.

勤勞 養育도 勿論 生活에 必須的일 것이라 하겟지만 兒童을 좀 더 理想化하려면 藝術教育에 힘을 씀이 무엇보다 조흐리라고 밋는다.

或者는 藝術教育 따위는 한 裝飾的 教育에 지나지 안는다 하나 決코 그럿치는 안타. 藝術教育이야말로 人間의 더러운 마음을 淨化시기며 個性을 向上 發展케 하는 要素라 할 것이다.

"高尙한 藝術은 偉大한 心靈의 表現이라"

는 西洋人의 말이나

"文藝는 人生의 硏究한 結果의 報告"

라고 한 어떤 文人의 말을 보더라도 藝術教育 特히 文藝教育이 얼마나 偉大한가를 알 수 잇다.

朝鮮에 아직도 世界的으로 자랑할 만한 藝術家와 作品이 업다는 것은

根本的으로 兒童指導에 等閑히 한 때문이겟다.

兒童은 原始時代의 人間과 가티 天變地異나 모든 物理的 現象을 童話나 神話 中에서 解決하려고 하기 때문에 一篇의 童話를 絶對로 信仰하는 者이다.

日前에 어떤 幼稚園 兒童이 自己보다 조곰 큰 아이를 따러 밤길을 거러 몃 십리를 定處업시 村길을 가다가 지나가는 사람에게 發見이 되여 집으로 돌아왓다는 데 그 어린아이가 조곰 큰 아이를 따러간 이유는 天使를 보여준다는 바람에 疲困한 줄도 몰으고 몃 십리를 갓다는 것이다.

이 兒童은 先生에게서 들은 童話 中에 나오는 天使를 無限히 憧憬하엿든 것이 事實이다.

이 實話를 미루워서 兒童의 天眞스러운 心理를 엿볼 수가 잇는 同時에 成人은 兒童指導에 얼마나 周密한 努力을 하지 안흐면 안 될 것이라고 功感하는[288] 바이다.

宋昌一, "兒童文藝의 再認識과 發展性(三)", 『조선중앙일보』, 1934.11.16.

成人은 在來의 民族的 産物인 兒童文藝를 그냥 傍觀함보다는 現代 兒童에게 얼마나한 效果가 잇는지를 檢討하여 볼 必要가 잇는 줄 안다.

固有한 童話 中에는 넘우 迷信에 흐르는 것도 업지 안흔데 이런 類의 것은 兒童을 迷惑케 하는 나뿐 影響을 주는 것이니 成人은 새로운 標準알에에서 兒童心理에 조흔 影響을 줄 만한 創作品을 만히 製作할 責任이 잇는 것이다.

그러나 兒童文藝 創作에 잇서서 넘우 條件에만 拘束을 바더서는 안 된

---

288 '共感하는'의 오식이다.

다. 그러케 되면 돌이어 童心 속에 潛在한 神秘性 想像力을 減退케 만드는 地境에 이를는지 몰으겟다.

某 國에서 宗教 反對運動을 猛烈히 할 때 먼저 兒童의 精神부터 너허 주는 것이 急先務로 생각하고 兒童의 感化가 第一 기픈 童話製作에 잇서서 絶對로 鬼神이나 精靈 等의 神을 材料로 取扱지 못하게 하엿다.

그 밧게 王子, 王女, 王者 等의 取材도 禁하엿고 勞働者의 實生活과 技術進步와 機械發明에 關한 等事에서 取材하게 하엿다.

여긔에서 우리는 그 宗教 排斥運動을 童話를 通하야 하엿다든가 童話製作에 잇서서 諸 條件을 附하엿다는 것이 模倣할 問題가 아니라 그들의 根本精神인 兒童文藝 重要視 그것이 우리에게 어떤 觸感을 주지 안는가?

이가티 政治的으로 兒童文藝를 指導하는 例를 보거든 우리는 相互自發的으로라도 어떤 指導原則 알에에서 第二世 國民精神 淨化教育에 努力하지 안흐면 안 될 일이다.

宋昌一, "兒童文藝의 再認識과 發展性(四)", 『조선중앙일보』, 1934.11.17.

兒童文藝 發展性

現今 兒童文藝界가 이처럼 沈滯하게 된 原因은 解決하기에 困難한 問題가 만흘 줄로 안다.

그 만흔 難題를 다 檢討한대야 別로 妙한 解決策이 업다는 것은 諸人의 周知하는 바이다.

그럼으로 可能한 範圍 內에서 二三의 條項을 檢討하기로 하자.

첫재 —— 隱退한 兒童藝術作家들의 再出發 問題이다. 前日에 그 만흔 作品을 每日가티 製作하든 熱이 무엇 때문에 冷却하고 마럿는가?

勿論 發表機關의 不誠實한 것도 關係가 잇겟지만 學窓의 餘暇로 創作하

든 분들이 就職戰線에서 苦鬪하기에 틈이 업는 原因도 잇스리라고 본다.

其中에도 原因이 後者에 屬하는 者가 만흐리라고 생각하는 同時에 우리 民族이 가지기 쉬운 就職을 努力의 全部로 알며 終點으로 생각하는 납분 精神을 速히 버려야 된다.

아모리 餘暇가 업다 해도 모처럼 兒童文藝를 위하야 몸을 밧치엿든남아에 끗까지 努力하여야 過去의 功든 塔이 문허지지 안흐리라고 생각한다.

隱退한 作家들이여! 지금은 어데서 무엇을 하고 잇는가?

우리들의 어린 生命들을 위하야 再出發의 勇氣를 내지 못하겟는가?

朝鮮兒童文藝를 위하야 不朽의 業績을 남겨 주지 못하겟는가?

둘재 —— 發表機關의 建設 問題이다.

고기가 물이 업스면 살 수 업는 것과 가티 作家가 發表機關이 업스면 活動할 수가 업다. 아모리 훌륭한 作家가 잇다 해도 發表가 업스면 무슨 所用이 잇는가!

發表機關이라고 新聞 雜誌가 잇스나 一時的 營業手段인 듯한 때가 만하 眞實한 作家들의 失望을 가지게 할 뿐이니 新聞 雜誌만 唯一의 發表機關으로 밋다가는 到底히 兒童文藝의 發展을 期待할 수 업스리라고 생각하는 바이다.

아프로 이런 機關들이 兒童文藝를 좀 더 重要視하고 待遇를 改善한다면 얼마나 朝鮮의 將來를 위하야 欣賀할 일이랴만은 그럿치 못하다면 兒童文藝의 關心하는 者들이 地方的으로 全 朝鮮的으로 團體를 組織하야 營利를 目的치 안는 發表機關을 만드러 놋는 것이 上策이라고 본다.

營利를 目的치 안는다는 말이 우서운 말 갓지만 朝鮮現實은 兒童文藝誌 따위나 發行하여서는 到底히 收支가 맛지 안는 것이 明確한 事實이 되여 잇기 때문이다.

京城에 兒童을 위한 團體가 만히 잇스나 別로 活動을 듯지 못함은 심히 섭섭한 일이다.

아프로 問題는 熱誠 잇는 人物의 多數 輩出함에 큰 希望이 잇는 것이다.

돈도 熱이 잇스면 따러오는 것이라고 생각한다.

兒童文藝에 關心하는 者들이여! 그대들의 머리속에 다시 한번 兒童의 價値를 생각하며 兒童文藝의 重要性을 認識하는 同時에 新決心을 가저 보지 안흐려는가!

셋재 —— 旣成文人들의 後援問題이다.

兒童文藝라고 兒童들만이 創作하며 批評할 權利를 가지는 것이 아니매 成人文壇과 兒童文壇은 不可離의 密接한 關係가 잇는 것이니 成人文人의 絶對 後援이 必要하다고 밋는다.

假令 例를 들면 잇다금 兒童文藝 作法講座 가튼 글을 發表하야 兒童文藝 作家들의 指導的 理論을 樹立함에 힘쓰는 일이나 임의 發表된 作品에 對한 時評을 加하야 優秀한 作品을 指摘 好評하는 等事는 兒童文藝發展上 效果가 만흐리라고 밋는 바이다.

더구나 童謠와 가튼 것은 읽어 興을 늣김보다 口唱으로 效果가 더욱 큰 이만큼 作曲家들의 熱誠 잇는 贊助가 또한 必要하다고 생각하는 同時에 朝鮮 樂人들은 自身의 不幸만을 생각하고 自暴自棄치 말고 希望이 만흔 兒童들을 위하야 쓰라린 環境 속에서라도 勇氣를 가다듬어 가지고 童心에 適合한 作曲을 만히 만들어 줄 義務가 잇는 것을 알아야 한다.

이러케 成人들의 兒童을 指導하며 後援하는 努力이 잇고야 어찌 兒童文藝의 發展이 업겟는가.

畢竟은 不遠한 將來에 朝鮮에도 兒童文藝의 燦爛한 殿堂이 꿈여질 것이라고 밋는다.

(一九三四. 一〇) —끗—

朴勝極, "(講話)文學家가 되려는 이에게－편지의 형식으로써－", 『별나라』, 통권78호, 1934년 11월호.

君이 보내준 편지는 반갑게 받아 보앗다.

나는 君에게의 편지 회답을, 따로 하는이보다, 이 글을 쓰는 것이 훨신 나을 것이라고 생각해서 이에 붓을 들게 된 것이다.

×

君과 쪽같은 생각을 가지고, 쪽같은 처지에 있는 젊은이들은, 이 세상에 얼마든지 있을 것이다.

농촌에서, 어촌에서 공장에서 일터에서 회사에서 밤낮으로 일하면서도 그 불타오르는 정열(情熱)을 억제치 못하고 무한한 고민을 할 것이며, 괴롬과 주림 속에서도, 그 어쩌한 앞날의 크나큰 포부(抱負)와 리상(理想)이 끓는 가슴을 울렁거리게 할 것이다.

더욱히 君과 같이 싀골 농촌에 파무쳐 있는 젊은이들은 어쩐지, 도회지가 그립고, 이름난 사람들이 부러워서 '나도 한번 훌륭한 사람이 되었으면' 하고 애태울 것이다.

사실, 이런 생각을 하는 것이 나쁜 것은 아니다. 어듸로 보나 칭찬할 점이다.

넉々한 집 자녀들은, 보통학교를 졸업하고, 서울 같은데 가서 고등보통학교나 여자고등보통학교를 단이며, 더 나가서는 전문학교나 대학에 들어가 아주 싼사람이 되여서, 공부를 하지만, 君과 같은 젊은이들은 그렇지 못하니 마음이 상할 것은 정한 리치다.(이상 34쪽)

그러나, 그대들은 그 적은 것을 부러워하는 데 그치지 안고, 좀 더 크고 훌륭한 것을 바라다 볼이라고 믿는다.

나는 君의 편지를 보고 위대한 문학가(文學家)가 되려는 것을 잘 알엇다.

그러면 君은 왜 문학가가 되려고 하는가?

그것도, 나는 대강 짐작은 했다.

그러나, 나는 君이 문학가 되겠다는 데 있어서, 간단하나마 말하지 안흐면 안 되겠다.

이것이 나의 할 일이라고 생각한다.

×

君의 말과 같이, 君은 가난한 젊은 농민이므로, 문학을 연구할 시간의 여유를 갓지 못한 것이 사실이다. 또 君은, 최서해(崔曙海)나 길천영치(吉川英治)[289] 같은 사람들은, 독학(獨學)으로 성공했다는 것을 말하지만, 그것도 시대와 환경이 다르니까, 지금에도 꼭 그렇게 될 수 있다는 것은 단언할 수 업는 일이다.

君은 장차 이름을 천하에 날리고, 한평생 호화로운 생활을 하기 위하야, 문학가가 되려고 애쓰는 것은 아닐 것이다.

이렇게 생각도 하지 안을 것이지만, 만일 이런 생각만이 문학가가 되겠다는 마음에 앞선다면, 일즉이 곳처야 될 것이다.

무엇보다도 지금 세상에서 君과 같은 처지에 있는 사람이라면, 위선 모든 것을 각오(覺悟)해야 될 것이다.

또한 이 세상을 잘 알어야 될 것이며, 가난한 농민이라는 것도 인식(認識)해야 된다.

그래서, 올흔 일을 하는데 앞재비가 되며, 여러 가지를 배우는 데, 진력(盡力)을 다해야 할 것이다.

문학을 연구한다든지, 문학가가 되든지, 언제나, 세상의 모든 일과 등저서는 안 된다.

문학을 연구한다고 그것만 힘쓰면, 어데나 병신이 되여버리는 것이다.

물론 이렇게 하자면 괴롬이 많을 것이므로 그것을 각오해야 된다는 것이다.(이상 35쪽)

---

289 요시카와 에이지(吉川英治, 1892~1962)는 일본의 소설가이다. 일본의 소설가이다. 1935년부터 1939년까지 『아사히신문(朝日新聞)』에 연재한 「미야모토 무사시(宮本武藏)」는 광범위한 독자를 획득하였고, 대중소설의 대표적 작품이 되었다.

문학가라고 하는 것이, 그렇게 어려운 것도 아니며 또 그렇다고 쉬운 것도 아니니까, 그만한 각오가 있어야, 참다운 문학가가, 이[290] 될 수 있을 것이다.

대중의 앞에 서서, 일하는 문학가, 대중과 한편이 되는 문학가, 또 전 인류의 행복을 위하야 일하고 연구하는 문학가 인생관(人生觀)과 세계관(世界觀)을 똑바로 보는 문학가, 이것들만이 참다운 문학가라는 것을 알어야 된다.

지금 세상에는 이런 문학가가, 얼마나 되는지 너무도 적은 것이 딱하다.

×

이러한 문학가가 될랴면, 문학가적 소질(素質)도 있어야 하겠지만 다른 사람들이 쓴 책과 글을 많이 읽어야 될 것이다.

그런데, 글을 쓰고 책을 읽는 데 있어서, 주의하지 안으면 안 된다. 나쁜 문학가의 쓴 글을 그대로 믿고, 배운다든지 하는 것도 안 되는 일이지만, 그것보다도 문학가에 국한(局限)한 것쁜 아니라, 정치, 경제, 사회, 철학, 과학 등 여러 가지 방면의 책을 많이 읽어서, 풍부(이상 36쪽)한 지식을 얻어야 한다는 것이다.

이것 업시는, 위에서 말한 병신이 되는 것이다.

또한 자기가 쓰고 십흔 것을, 얼마든지 써 보는 것도 좋은 일이다.

그런데, 누구나 다 그런 경향이 있지만 덥허놓고 써서, 덥허놓고 발표하기에 애쓰는 것은 좋지 못한 폐단이다.

그러는 것보다는, 좀 쓷지게 좋은 작품(作品)을 내놓도록 해야 될 것이다.

물론 쉽게 좋은 작품을 내놀 수만 있다면, 더 좋은 일이지만, 그것은 어려운 일이니까 말이다. 또 작품을 발표하는 데 있어서도, 발표할 그 신문과 잡지의 성질이, 어써타는 것을 먼저 생각해야 될 것이다.

젊은이들은, 더 만히 여러 가지에 조심해야만 된다. 끝으로 부탁하는 것

290 '이'는 잘못 삽입된 오식으로 보인다.

은, "위대한 문학가가 되랴면, 위대한 포부를 가지고, 위대한 행사를 하라"는 것이다.

자— 그러면 君이여!

위대한 문학가의 길로 정진(精進)하는 위대한 문학가가 되기 바런다.
(一九三四. 九)

車斌均, "(藝苑 포스트)兒童文學을 爲하야", 『조선일보』, 1934.11.3.

日本 內地에 有名한 兒童文學作家 某氏가 "兒童文學은 兒童이 잇는 限, 衰滅치 안는다" 하엿지만 이것은 단지 兒童이 잇는 限 그들의 感情과 그들이 늑기는 純眞한 情緖가 잇슬 것이며 또 表現慾과 知識慾이 强烈한 그들 兒童이라는 點을 잡어 가지고 그러케 言明하엿슬 것이다.

그러나 成人이 引導 乃至 誘導하야 兒童創作生活을 家庭으로나 社會的으로 任意롭게 그리고 豊富하게 하여 줄 뿐 아니라 또 兒童들의 情緖를 더욱 美化식혀 주고 精神的 糧食이 될 讀物을 提供하여 주는 成人作家에 努力이 업시는 兒童文學에 振興을 企待할 수 업슬 것이다.

그런데 우리 朝鮮文壇에 成人作家 諸氏는 무삼 理由로인지 全혀 關心을 가지지 안는다 하여도 過言이 아닐 만치 兒童讀物에 對하야 等閑視하는 모양이다.

보라! 家庭에서나 學校에서나 어린이들에게 들려줄 이야기와 이들이 보아 有益할 만한 讀物이 現在 朝鮮社會에 얼마나 되는가?

또 그러케도 질겨 하는 노래를 어린이들에게 提供함이 얼마나 되엿스며 이들의 純眞한 感情을 表現식혀 주고 북도다 주는 藝術的 教育機關이 우리 社會에 얼마나 되는가?

우리는 한번 反省하여 볼 必要가 잇스며 冷靜히 觀察하여 볼 必要가 잇지 안는가?

또는 外國 것의 번역의 讀物보다 朝鮮에 自然과 人情風俗을 提供하야 朝鮮 아동으로 하여금 鄕土를 사랑하는 마음을 북도다 주고 자미잇게 읽고 有益됨이 만흔 讀物을 提供하야 줌을 바란다.

沈宜麟, "(保育學校 當局者에게 보내는 말 3)幼稚園 改革은 保育學校서부터-音樂會 열 번보다 童謠會 한 번이 必要", 『조선중앙일보』, 1934.11.15.[291]

근래에 와서 보건대 유치원에 결함이 만흔데 이것은 즉 보육학교 결함에서 나왓다고 보겟습니다.

보육학교의 제도라든가 또는

‖ **그들의** ‖ 활동을 볼 때 다소간 탈선하지 안엇다고 볼 수 업습니다.

첫재로 제도에 잇서서 학년을 연장식히는 것이 조켓다고 생각합니다.

그래서 유치원의 보모가 될 그들에게 좀 더 전문적 산 지식을 너허 주엇스면 조켓습니다.

즉 아동심리를 잘 이해하며 아동의 발육에 대하야 또는 아동의 언어교육에 대하야 여러 가지로 지도할 자격이 잇서야 할 것입니다.

그러고 현재 보모들을 보면 간혹 너무

‖ **몸치장** ‖ 들만 하는 가온대 아이들을 취급하는 데도 쌀쌀하며 아동연구에 바치는 시간도 적은 듯 시픈데 보육학교 당로자들은 이것을 좀 더 단속해서 질소검박한 보모들을 양성해 주엇스면 합니다.

그리고 무엇보다도 여긔서 내가 문제를 삼고 십흔 것은 소위 보육학교가 시내에 몃이 잇스면서도 이러타 하는 아동연구가들을 내지 못하는 것인데 이것은 즉 보육학교 방침에 잇서서 동심(童心)에 너무나 무관심하는 까닭이라고 하겟습니다.

지방으로 돌아다니며 음악순회는 할지언정 아동작품전람회라든가

291 원문에 "京師附屬普校 沈宜麟"이라 되어 있다. "京師附屬普校"는 "京城師範學校 附屬 普通學校"의 줄임말이다. "保育學校 當局者에게 보내는 말"은 전체 10회 연재되었고 "淑明女高 李元植, 京師附屬普校 沈宜麟, 進明女高 李世楨, 小說家 李光洙, 培花女高 金允經, 同德女高長 趙東植" 등이 참여하였다. 다 보육학교와 관련된 것인데 심의린의 것은 아동문학과 관련되므로 수록하였다.

‖ **동요나** ‖ 동극에 대한 창작이나 실연(實演)은 볼 수 업는 것입니다. 말하자면 여긔 대한 활동이 업다고 해도 과언이 아니라고 생각합니다. 그럼으로 아프로는 동심에 대해서 좀 더 관심을 갓도록 해 줄 것입니다.

그리고 아프로의 보모들은 좀 더 인격을 가진 사람들로 부인계에 모범이 되어서 가정부인들과도 좀 더 련락을 취해서 과연 직접으로 그들의 지도자들이 되여야 하겟다고 생각합니다.

金尖, "(藝苑 포스트)兒童文學을 위하야", 『조선일보』, 1934.12.1.[292]

어린이는 第二世 國民이다…… 等等의 말을 입으로 떠든다. 現下 兒童文學界를 보라! 童謠 童話 其他를 쓰든 멧멧 사람들도 다 잠들고 말엇다. 흔이들 兒童文學은 成人文學에로 올나가는 한 習作品으로 아는 잘못된 생각을 가젓다. 그래서 처음에는 童謠 童話 等을 쓰다가도 조금 가면 "밤낫 童謠 등속만 쓰고 잇서…… 成長이 잇서야지!" 이런 怪談들을 토한다. 다시 말하면 兒童文學을 쓰는 것을 한 창피로 생각들을 한다. 이 무슨 소리들이냐?

朝鮮의 作家들이여! 참말로 兒童問題를 重要視한다면 글에 굶주린 우리 어린이들에게 조금이라도 도움이 될 만한 글을 달라! 兒童文學에 小毫만치라도 留意하라.

292 원문에 '龍岡 金尖'이라 되어 있다.

朴世永, "昨今의 童謠와 兒童劇을 回顧함", 『별나라』, 통권79호, 1934년 12월호.

요사히 와서 아동예술은 더 한심하게 아주 보잘것이없게 되엿다는 것을 늣기게 됩니다.

나는 물론 이 까닭을 알고 잇습니다. 그러기에 여기에 두어 마듸 나의 감상을 적어 보고저 하는 것입니다.

지금부터 몃 해 전만 하드래도 지금과 가티 한심하게는 되지 안엇습니다. 윤극영 씨와 정순철 씨들이 동요에 대한 많은 노력을 하얏고, 홍란파 씨도 또한 여기에 대한 많은 작품을 내노앗습니다. 그리고 최근까지 표한종[293] 씨가 〈가나다회〉를 잇끄러 나오며 동요의 지도를 해왓든 것입니다. 이여서 〈꾀꼬리회〉니, 〈달나라회〉니, 〈고스모스회〉니, 〈짜리아회〉니, 〈록성동요연구회〉니 연달어 생겨낫습니다.

그리고 동극에 잇서々는 보다 더 힘이 없는 동요 단체와 가티 전문적으로 연구하는 단체가 없엇습니다. 그것은 물론 조선의 형편이 그러닛가 따라서 그가티 된 것이라고 생각합니다. 동요는 아동들에게 지도하기도 퍽 쉬울 쑨 않이라 지도하는 이의 편의로 동극보다는 힘이 덜 듭니다. 그럼으로 입때까지의 동극이란 것은 거이 학예에서 연출한 동극 가튼 것에서 그리 버서나지 못하엿습니다. 싸라서 아동극은, 연출하자면 만흔 돈이 들며 공연한댓자 오히려 듸린 비용조차 나올 길이 업는 째문일 것입니다. 간혹 아동(이상 4쪽)극 단체가 잇섯대자 학교 선생과 아동을 중심으로 한 학예회 가튼 것에서 한거름 압슨 것 짜위의 단체엿습니다. 내가 보는 바 그중에서 좀 우수한 것이 잇다면 〈앵봉회(鶯峯會)〉라고 하겟습니다. 이 〈앵봉회〉 역시 조그만 학교를 중심으로 아동극 단체를 맨든 것입니다. 그리하야 처음 제일

---

293 표한종(表漢鍾)은 1925년 8월 소녀들을 위한 단체인 〈가나다회〉를 결성하는 등 소년운동 단체에 관련하였다. 해방 후 초등학교 교장으로 재직한 것으로 알려졌다.

회 공연의 긔ㅅ발을 드른 적이 二八年 가을입니다. 때에 천도교긔념관에서 개최하얏스니 레파트리는 宋影 作 「자라 사신」과 朴世永 作 童詩劇 「소兵丁」이엿습니다. 이것을 전후로 라듸오 방송도 많이 하엿지만 이 〈앵봉회〉의 공연은 상당히 인긔가 놉핫습니다. 물론 지도자가 아동극에 아는 것이 만으신 송영 씨엿고, 배경은 강호(姜湖)[294] 림화(林和) 추적양(秋赤陽)[295] 씨 등이 밧고 의상(衣裳)에는 림화 씨엿스며 모든 우수한 긔술자들이 그야말로 힘을 다하야 연출한 만치 지금도 생각에 남음이 잇습니다.

그러나 그때에 가장 드믈게 보는 이와 가튼 아동극도 일반의 리해하는 정도는 말할 수 없이 얏헛습니다. 그때에도 경비로 말하면 오분의 일을 채지 못하얏든 것이니 도대체 돈이 만히 드는 아동극은 발전할 도리가 없엇습니다. 七年 七月에 별나라社 주최로 아동극의 밤을 서울에서 열엇스니 이것은 아동극 경연(競演)의 밤인 세음이엿습니다. 그때는 사실 아동극의 전당(殿堂)이라고 할 만큼 천진스러운 아동예술을 보여 주엇다고 하겟습니다. 여러 학교에서 모다 여기에 전문가를 초빙해서 연습을 식혓는지는 모르겟스나 하여간 드믈게 보는 아동극이라 할 만큼, 그 개인 기술에 잇서서나, 단체적 훈련이 눈에 씌엿습니다. 그 다음으로는 순전한 아동극 단체로서 조직된 〈동극연구회〉가 잇스니 이는 김봉면(金鳳冕)[296] 씨의 지도하는

---

294 강호(姜湖, 1908~1984)는 경상남도 창원군(昌原郡)에서 출생한 화가, 무대미술가이자 영화감독이다. 1927년 조선프롤레타리아예술동맹에 가입하여 선전미술 활동을 하였고, 1930년 말경에 『별나라』, 『신소년』 등의 표지 그림과 삽화 등을 그렸다. 극단 〈신건설(新建設)〉에 참여하였다. 1932년 출판법 위반으로 투옥되어 1934년 9월 출감하였고, 1938년 2월 공산주의자협의회 사건으로 투옥되어 1942년까지 수감생활을 하였다. 1937년 4월에는 추적양(秋赤陽) 등과 함께 광고미술사를 창립하기도 했다. 1946년 월북하여 연극무대 제작과 영화제작 활동을 하였다.

295 추완호(秋完鎬)의 필명이다. 「"신건설" 사건 예심종결서 전문(一)」(『동아일보』, 35.7.2)에 추완호의 필명이 적양(赤陽)임이 밝혀져 있다.

296 김봉면(金鳳冕)은 일제강점기인 1920년대 중반부터 경기도 일원의 공립학교의 훈도(訓導)로 재직하였다. 작품으로는 『매일신보』에 아동극 「섯달 금음날(전3회)」(37.1.26~31), 동화 「귀여운 죄」(33.3.22), 「날개 업는 비행기」(37.12.19), 「쇠기름 한덩이」(38.2.27) 등을 발표했다.

단체인 것입니다. 이 단체 역시 학교아동을 중심하야 된 것으로 각금 공연도 하고 라듸오 放送도 하엿슴니다. 해가 박귀인 즉 九年 正月인가 공회당(公會堂)에서 〈동극연구회〉의 제일회 공연을 열엇슴니다. 레퍼트리는 「톡기」(일막) 「사랑」(일막) 「한네레의 승천」(二場) 등이엿슴니다. 아동의 지도에 잇서서는 만점이라 할 만큼(이상 5쪽) 아동예술의 틔 한아 업는 것을 차즈려 하엿슴니다. 하여간 다소 실패한 점도 잇스나 조선의 아동극게를 노코 보면 이만한 것도 더 차즐 수 없는데야 엇지 하겟슴닛가. 그러나 〈동극연구회〉와 〈앵봉회〉는 성질이 달낫스니 〈앵봉회〉는 연극의 본밧탕에서 나가려 함이엿고, 〈동극연구회〉에서는 동심의 표현으로서의 아동극 일본으로 말하면 평내소요(坪內逍遙)[297] 씨의 영향을 만히 가진 듯 십흡니다. 물론 아동극이니 만치 동심이 웃듬이겟스나 "극" 그 물건으로 보아서는 〈앵봉회〉의 아동극이 과연 "극"다운 "극"의 지경에까지 이르럿다고 보겟슴니다.

그러나 동요운동이 옴으러드는 한편에 아동극도 이제 와서는 아조 차즐 길조차 업시 되엿슴니다. 동요 단체로는 〈가나다회〉 〈록서동요연구회〉[298], 〈고스모스회〉, 〈싸리아회〉, 〈달나라회〉 등이 쓰러지고! 〈꾀꼬리회〉도 잇는지 없는지일 만큼 되여 버리엿슴니다. 그리하야 요사히에 더러 라듸오로써 방송하는 동요라든지 아동극은 문제를 삼을 수 업슬 만치 레벨이 써러지니 조선의 아동예술이 이러케까지 퇴보를 한다는 것은 실로 가슴이 답々할 만한 일임니다. 동요라는 것은 독창이나 제창이나 졸열(屈劣)하기가 짝이 업고 엇던 것은 듯기가 시럴 만큼[299] 잘못하는 것도 잇슴니다. 그리고 더욱

---

297 쓰보우치 쇼요(坪內逍遙, 1859~1935)의 본명은 쓰보우치 유조(坪內雄藏)이고, 일본 메이지(明治) 시대에 활약한 소설가, 평론가, 번역가, 극작가이다. 1883년 도쿄대학교(東京大學) 문학부 정치과를 졸업하였다. 대표작으로는 문예평론 『小說神髓』(松林堂, 1885~1886), 소설 『当世書生氣質』(晩青堂, 1885~1886)과, 셰익스피어전집을 번역한 『沙翁全集』(전40권, 早稻田大學出版部, 1909~1928)이 있으며, 근대 일본문학 성립과 연극 개량 운동에 많은 기여를 했다.

298 원문은 '가나다회록, 서동요연구회'로 되어 있으나, 쉼표가 잘못 놓여 있을 뿐만 아니라 1930년대 유기홍(柳基興)이 조직한 '녹성동요연구회(綠星童謠研究會)'를 오식한 것이다.

299 "듣기가 싫을 만큼"이란 뜻이다.

요절할 일은 아동극입니다. 극이 아니라 조선어독본 읽는 셈입니다. 이것을 아동극이라고 내놋는 지도자는 엉터리업는 사람입니다. 그뿐 아니라 레코-드 음악에 잇서서도 동요에 대한 리해(理解)를 너무나 가지지 못하고 단지 영업적에로만 흘으는 것 가틉니다. 나는 여기에 대하야 이러케 생각함니다. 가치 업는 제품을 맨드러 천덕구니를 맨드느니보다 가치 잇는 作品을 맨드러 값이 잇는 예술품(藝術品)을 맨들지 않는가 함입니다. 내가 레코-드에 대하야는 말할 필요가 없지만 조선의 동요단체를 대표하야 취입도 하고 조선의 동요는 이러타는 역활(役割)을 한다는 그 내용이 우리의 기대에 어그러지기커냥, 그야말로 고소(苦笑)를 줄 만하다는 것입니다. 이번에 새로이 컬넘비아의 판으로 된 것이 잇스니 나는 음악의 상식은 없어 그 곡에 대하야는 잘 모르겟거니와 음악적으로도 감탄할 바 못 되지만, 그 동요 가사(歌詞)에(이상 6쪽) 잇서서 크나큰 잘못을 가지고 잇는 것이 이상도 하고 웃음을 이르키게 하는 것입니다. 작사자는 누구인지 니젓거니와 작곡한 분조차 여기에 째다름이 없엇고, 레코-드 회사의 문예부에서 이것을 발견할 만한 아동예술의 지식이 부족햇든가 함입니다. 문제의 동요는 〈록성회〉의 취입으로 된 「자장가」이니 중간에 "우리애기약간버린 입술"이란 구절이 나오는 것입니다. 아마 애기의 "방-긋" 버린 입슬이란 것을 약간(若干)이라고 표현한 것 갓습니다. 그야말로 동요가 아니라 산술 문제인지요. 하여간 동요에 이런 학술적 용어(學術的用語)가 드러간다는 것이 모순임니다. 그럼으로 이것이 동요로서의 아모 가치가 없는 것은 벌서 작정된 것입니다. 물론 앞으로는 여기에도 만흔 주의를 바라거니와 너나 할 것 없이 근거가 없는 이의 하는 짓이란 각금 이런 잘못을 범하게 되는 것임니다. 그것은 그러커니와 아조 요사히 나는 소학교의 학예회에서 하는 아동극을 보앗습니다.

학예회이닛가 동극 공연과는 아조 성질이 달느지만 이런 놀나운 작란을 하는가 하고 나 스사로 놀랏습니다. 아모리 사회정세가 달느다 하드레도 이런 것을 아동극이라고 내놋는가, 학부형을 상대로 한다 치드래도 "학부형은 어린애인 줄 알고 그러나" 하는 생각이 남니다. 이것은 아동극이라고 할 수는 없고 한낫 작란이라고밧게 볼 수 없섯습니다. 대개 극본(劇本)이란 것도 없이 교과서(敎科書)의 내용을 가지고 수민 극이 요사히는 만히 쓰이는 모양임니다. 그야 교과서를 근본 삼엇든지 외국 근본을[300] 밧탕 삼앗든지 그것을 둘재 문제로 치드래도 '쎄리트'[301]라든지, 배경, 의상, 장치, 지휘, 강독 어느 것 하나 극가치 보이지 안엇습니다. 이것을 볼 때에 지난 때의 〈앵봉회〉 시절과, 또는 『별나라』 륙주년 긔렴 동극 경연(童劇競演), 또는 올봄 〈동극연구회〉의 제일회 공연이 회고됩니다. 아동예술이 급하게도 이가티 몰락(沒落)해 버렷다는 것은 한심한 일임니다. 우리는 진심으로 아동예술의 부활(復活)에 심쓰지 안으면 안 될 것임니다. 무엇보다도 조흔 긔술자들이 되여야 할 것이며 여기에 대하야 노력할 진실한 분이 나와 주어야 될 것임니다. (九. 一〇. 二三)[302] (이상 7쪽)

300 '외국 극본을'의 오식으로 보인다.

301 연극의 "대사"라는 뜻인 일본어 "세리후(せりふ[台詞])"의 오식이다.

302 본문의 연도 표시는 "昭和" 연호이다. "九. 一〇. 二三"은 1934년 10월 23일이란 뜻이다.

×××, "이 해를 보내는 執筆 先生의 全貌", 『별나라』, 통권79호, 1934년 12월호.

이 아래에 執筆先生님의 全貌를 써 보겟습니다. 그런데 이 ×生은 先生님의 秘密이라 할 만한 그 春秋를 알고 잇슴으로 年齡順으로 적으려 함니다. 헌데 혹시 잘못된 것도 잇는 듯하나 大差는 업스리라고 斷定. 그러나 大槪가 三十 前后인 것만은 事實임니다.

民村 李箕永 先生께선 조흔 글도 만히 쓰시기는 하나 그 反面에 술도 잘 마시지요. 그중에도 송영 씨와는 언제든지 붓허 댕기시니 환경이 갓고, 뜻이 갓고 酒量까지 가터서 百年知己란 이 두 분을 두고 한 말. 얌전하시기로도 第一, 말느시기도 제일. 선생님에게 고랑을 챌예면 別製가 아니고는 無効. 先生님의 所生은 아드님이 둘, 짜님이 둘 "二對二"의 形勢로 나가시나 아직도 또 有望하신 便. 담배도 잘 잡수시(이상 20쪽)나 언제든지 無言으로 게심니다. 그리나 술을 잡수서야 비로서 開口를 하신다니 先生님의 뜻이 단단하심을 짐작할 수 잇슴. 그러나 뜻에 맛지 안는 사람하고는 언제든지 沈默을 직히신다고 합니다. 요사이는 시골에 게시여 고생을 하시니 故鄕이 퍽 그리우시겟지……!

雲波 安俊植 先生 말슴 잘하시기론 엄지손이지요. 聲量이 크기로 제일, 音樂的으로 크신 게 아니라 武勇的으로 크신 것이다. 이런 이약이를 해도 聽衆은 놀날 만함이다. 더구나 엽헤 안진 사람들은 눈이 공연히 둥그래짐니다. 기카 크신 것은 過去의 "一流 스포스맨"이란 것을 말하는 듯, 그런데도 눈물이 만흔 분임니다. 『별나라』를 닛자 닛자 해도 못 닛는 것은 아마 이 눈물이 남에게 比하야 만으신 때문인가 봅니다. 선생님은 술 하곤 아조 絶對反對임니다. 아모 禁酒會에 入會하시면 톡톡이 手腕을 보이실 모양. 그뿐인 줄 아심닛가. 담배도 안 잡스시니 致富術에 能한 細音. 先生님은 아든님이 셋, 짜님이 두 분이라고. 그런데 모두(이상 21쪽)가

『별나라』보다 동생이라고 합니다. 그리고 웃으운 것은 밥 잡수실 때 콩밥이 아니면 역정을 내십니다. 대접하는 사람은 주의할 일.

星河 朴世永 先生 큰소리 잘하시기로 有名. 人情 만키로도 유명, 못한다는 것은 이 世上에 한아토 업지요. 일직이 꿈에 나파륜이[303] 돼 밧다고 벗틔든 분도 이 세영 씨입니다. 何如間 体格에 比해선 말슴만은 엄청나지요. 술 담배는 다-안[304] 서로 술 담배 잘하는 분의 氣分을 傷치 안케 한다는 것이 先生의 '못트'. 또한 過去에 쓴 童謠는 동요가 아니라고까지 하시니 얼마나 傑作을 낼야고 그리시는지. 잡숫는 건 미역을 실여하시고 두부를 조와하신다고. 짜님하나, 아드님 하나것만 역시 세상에서 제일 입부다고 버틔십니다. 腰切—.

石坡 宋影 先生님은 好人이십니다. 각금 先生님끼리도 胡人이라고 합니다만은, 가난하신 품이 民村 先生이나 갓슴니다. 일직이 푸로작가로 일홈이 놉핫지만 워낙 생활 (이상 22쪽) 관계로 작품도 만히 못 쓰시는 모양. 선생님은 한참 당년애는 圖書館엘 엇지 오래 댕기시고 小說冊을 다-읽으셧든지 館員들도 感歎不己엿다고. 勿論 無料로 '파-쓰'되엿든 것도 事實. 또한 作品에 잇서서 先生님만큼 冒險을 하시는 분은 엄슴니다. 速筆도 有名하시기는 하지만 先生님이 일부러 傑作을 내노시러면 馱作이 되기 쉽다고. 하나 「印度兵士」만은 超越하신 構想을 시험해 보신 것이라고. 어느 해인가 學校 先生님으로 게실 때 두부를 엇지 조와하시든지 별명이 두부선생님이엿다고 합니다. 술은 民村 先生만큼 조와하시돼 막걸니도 상당이 '팬'이라고 하십니다. 짜님이 둘, 아드님이 하나. 지금은 "山上民"의 生活을 하시는데 지금은 錦江에서 고기만 낙그시는지 소식이 묘연 ——.

朴芽枝 朴一 先生님은 先生님들이 불느시기를 "물장수"라고 합니다. 明川 선생님이심으로 묵중하신 선생님입니다. 선생님은 일직이 변화무쌍(變

---

303 '나파륜(拿破崙)'은 나폴레옹(Napoléon)의 음역어이다.

304 '다-만'(다만)의 오식으로 보인다.

化無雙)의 生活을 하섯(이상 23쪽)습니다. 금테 안경에 중학교 교원도 하섯고 長髮의 詩人도 되섯다고. 쪼르덴 服에 脚絆을 치고 우유배달도 하섯습니다. 이것이 이런 先生님들이 못하실 일이라 함임니다. 先生님은 是非 잘 짜지기로 유명하시니 裁判官을 하셋스면 알맛겟습니다. '石川啄木'[305]派라 할까. 詩人 啄木의 詩에 늣긴 바 만은 듯함니다. 요사이는 京城郊外에서 農村生活을 하시고 게신데 好評이 嘖々. 亦是 사람을 對하는데 能하신 까닭. 술도 잘하시고 담배도 잘하심니다. 先生님도 차차 小說을 쓰시랴는지 지금은 小說을 쓰시는 중이라고, 이러다가는 조선에도 詩人은 "가물에 콩나기가" 되겟스니 큰일. 댁에를 나가 보면 선생님은 밧흘 거두고 滋味나시는 모양. 엽헤 슨 애기가 누군고 무르니 先生님의 짜님이라는데 동생이 업서서 걱정이라구요. 여섯 살이나 되엿스니 그도 그럴 듯하군요.(이상 24쪽)

---

305 이시카와 다쿠보쿠(石川啄木, 1886~1912)는 메이지(明治) 시대 일본의 가인(歌人), 시인이다. 단가집(短歌集)으로 『한줌의 모래(一握の砂)』 등이 있다.

XYZ, "執筆 先生의 全貌", 『별나라』, 통권80호, 1935년 1-2월 합호.[306]

> 저번에 제일회로 몃 분 先生님의 흠담을 하엿지만 이번에는 쏘다시 몃 先生님의 이약이를 써 보려는 데 꾸지람을 드를까 바 망서려진다.

海剛 金大駿 先生 보드라운 글을 쓰시기로 有名하시거니와 朝鮮의 詩人中에서도 先生님은 빼노면 자리가 빌 만큼 有名하시지요. 그 音律도 妙하시거니와 呼吸도 아조 크십니다.

키도 상당히 크신데 안경은 언제든지 쓰고 게시지요. 先生님이 그 어느 해인가 전주에서 올나 오섯슬 때는 서울 잇는 친구들이 엇지 못 살게 구럿든지 주머니만 톡톡 털니고 가서서 다시는 上京하실 생각이 없으신 모(이상 46쪽)양. 술도 잘하시고 담배도 잘하시나 쏘한 결심이 무서우십니다. 선생 역시 호인이심으로 집 앞에서는 천병만마(千兵萬馬)가 들쓰러도 밤낫 웃으시고 게십니다. 先生님의 가정은 참으로 평화 하시답니다. 그러나 날마닥 어린이들의 눈동자들과 부닥치는 바람에 先生님 역시 원고 쓰실 틈이 없어 不平이 滿々하시지요.

響 嚴興燮 先生 故鄕이 忠南 江景. 일직이 부모 없이 크신 先生님은 慶尙道에서 中學時代를 보내시고 晋州에서 孫楓山 先生과 가티 배호신 일도 잇습니다 — 그래서 그런지는 모르나 서울 친구들은 문둥 先生님이라고까지 웃은 소리를 합니다. 처음 楓山 先生과 上京하신 때는 女性時代를 마터 보시고 「흘너간 마을」이란 小說을 써서 文名을 어드섯지요. 지금은 아조 有名하게 되섯거니와 이 先生님 역시 교편을 쥐고 게십니다 —— 外國 사람이(이상 47쪽) 안다면 朝鮮의 文士는 쓰라린 者여! 하겟

---

306 『별나라』(통권79호, 1934년 12월호)에 "×××, 「이 해를 보내는 執筆 先生의 全貌」"의 집필자가 "×××"이나 목차에는 "XYX"로 되어 있었다. 따라서 "「執筆 先生의 全貌」(『별나라』, 통권80호)"의 집필자 "XYZ"는 전호의 집필자와 동일인이다.

씀 눈물이 나지요. 몸이 약하세서 왼 일년 동안 한여름만 빼노시곤 (염체가 없어서 그리시는지) 마스크를 걸고 다니십니다. 그리고 공교히 병이 나신 째 体操 시험을 보게 되엿는데 冊床 우에서 시험을 본 일까지 잇지요. 하하하 先生님은 조그만 일에도 허!허?허! 허 소리를 잘하시기로 有名하십니다. 先生님은 술 담배를 잘못하십니다. 그러나 세 살된 짜님 한아가 잇것만 서울에서 혼자 게십니다. 아마 조흔 原稿를 만이 쓰시랴고 그러시는지!

楓山 孫在奉 先生 先生님은 진주에서 각거운 초게(草溪)가 고향이십니다. 일직이 아버님을 여이고 어머니께서 교육을 식히섯슴니다 —— 先生님은 나히 네댓 적에 눈물의 만주로 갓섯슴니다 —— 그리고 지금도 각금, 어린 째 눈에 븨최엿든 쓰라림을 생각하실 것임니다. 엇지나(이상 48쪽) 쌀밥이 먹고 십던지 "쌀밥을 좀 줘 어머니" 하고 얼마나 외첫다고 함니다. 글씨도 잘 쓰시고 글도 잘 지시고 재조가 만흐시나 술은 잘못하시면서 담배는 아조 한시라도 못 참으십니다. 先生님은 일직이 「불칼」 가튼 名作을 쓰섯거니와 선생님 성격도 아조 칼날 갓지요. 요사이는 아조 침묵을 직히시는데 아마 다시 쓰실 것임니다. 아든님이 둘 짜님이 하나 선생님은 가정에 자미를 부치섯다는 것보다 일에 억배이겟지요.[307]

向破 李周洪 先生 얼는 보게는 절(寺)에서 오신 어른 갓지요. 아닌게 아니라 해인사(海印寺)에 약을 잡수라 자주 가신대지요. 왼 그림엔 그리 재조가 만흐신지 보통학교 째에도 도화에는 밤낫 百点이엿다고요 —— 그럴 쯧도 한 말 팔지요. 李甲基 先生과 함께 有名합니다.

그런데 先生님의 말슴은 통역을 시여야 알어드를 만콤 사토(이상 49쪽)리를 쓰십니다. 그런데 先生님의 글은 유모어 하기로 有名해서 맛치 漫畵를 보는 셈이라고 합니다. 「가죽 쓴이 급해서」과 「墨銃」 가튼 것은 快作이엇는데 공교히 발표치 못하스니 "아니 그게 엣 째민에" 하고 웃으십니다. 새해부터는 大漫畵를 그려 주시기로 햇거니와 선생님의 그 솜씨는 압흐

307 '억매이겟지요.'의 오식이다.

로가 더욱 볼 만할 것이겟지요. 장가드신 지가 한참인데 인제 갓난 짜님의 자미를 보시는 모양.

그러나 놀나지 맙시요. 담배는 보통이시지만 술은 너무 치우치게 고르지 안습니다. 엇던 째는 멧 사발도 잡숫고 엇던 째는 아조 한 방울 입에 안 대십니다. 친구들은 말하기를 글붓대를 썩거서 그림붓대에 붓치라고 하지요. 先生님은 쉽게 안 드르시는 모양.

蝶夢 崔秉和 先生『별나라』의(이상 50쪽) 처음 날 째부터 돌보아 주시는 先生님은『별나라』가 열 살을 먹도록 장가도 안 드시지오. 執筆 先生님 中에 아조 獨身主義者처럼 버틔십니다. 말느시기는 상당히 말느시엿스되 안경테 째문에 어울님 만큼 되엇지요. 마음씨 고으시기로 유명하거니와 학생소설이란 새 文學 部門을 늘니섯지요. 올치 先生님은 그 고흔 마음씨가 雅號로 변한 모양이지요. 先生님도 분필가루를 상당히 마시는데 亦是 少年少女小說에는 自信이 게신 모양. 그러나 늘 틈이 없어서 걱정이시지요. 先生님 역시 샌님 部門의 한 분이신지라 술 담배 금단(禁斷)은 그야말로 상관이 없을 만큼. 그러나 大食家임에는 大驚失色이지요.(이상 51쪽)

選者, "新春文藝 選後感(完)", 『동아일보』, 1935.1.17.[308]

童話 · 傳說 · 實話

이번 新春文藝에 잇어 顯著히 눈에 뜨이는 現象은 童話가 例年에 比하야 量으로든지 質로든지 다 떨어지는 것이다. 兒童 自身의 손에 쓰여진 매우 素朴한 것만이 만흔 中에 大部分 傳來童話, 또는 緣起傳說의 類에 屬하는 것으로서 兒童의 情緖를 고읍게 길러 줄 만한 것이라든지, 兒童의 想像力을 豊富히 해 줄 만한 것이라든지, 兒童의 實生活에서 取材하야 兒童에게 조흔 본보기가 될 만한 것이라든지는 찾어보기가 어려웟다. 少年文學에 留意하는 이들이 이 方面에 더욱 關心하고 더욱 努力하지 아니하면 將來가 적지 아니 悲觀된다.

이번 當選된 童話「꽁지 없는 참새」[309]만 하더라도 그 筆致의 고움과 想의 아름다움에 取할 배 없는 것은 아니지마는 만일 兒童의 實生活에서 取材한 좀 더 現實에 卽한 作品이 잇엇드면 選者는 그것을 取하엿을 것이다. 佳作에 뽑힌「참새와 구렁이」[310]는 一種의 緣起傳說에 屬하는 것으로서 비록 어떠한 寓意가 그 속에 잇다 할지라도 더 높이 들 수는 없엇다.

다음 傳說은 거의 全部가 緣起傳說이엇으므로 고르고 골라서 두 篇만 取하엿고 이를 補充하기 爲하야 民俗學界의 權威인 孫晋泰 氏의 寄稿를 얻어 이미 紙面에 發表하엿으니 조흔 본보기가 되엇을까 한다.

끝으로 實話는 當選된 것은 다 相當히 조흔 것이어니와 落選된 것 中에는 素材는 조흔 것이면서 行文이 拙하야 이야기를 살려내지 못한 것이 大部分이오 또 너무 潤色 또는 誇張을 하야 그 이야기의 眞實性을 害한 것이

308 「新春文藝選後感(전7회)」(『동아일보』, 35.1.9~17)에서 아동문학과 관련된 부분만 옮겼다.

309 1935년도 신춘문예 동화 부문 당선작인 정순철(丁純鐵: 丁友海의 필명)의 「꽁지 없는 참새(전5회)」(『동아일보』, 35.1.1~8)이다.

310 鷺洋近(盧良根의 필명)의 「참새와 구렝이(전2회)」(『동아일보』, 35.1.13, 2.3)이다.

또한 만햇엇다. 當選된 것 中에서도 第三席 閔丙均 氏의 「어머니의 半生」[311] 같은 것은 多分히 後者에 屬하는 것이엇다.

◇　◇　◇

以上으로써 「新春文藝 選後感」을 끝낸다. 끝으로 한마디 重言하거니와 新春에 文藝를 懸賞募集하는 것은 新人을 캐어나려는 意圖와 努力에서 나온 것이다. 每年 新春마다 우리는 여러 新人을 紹介해 왓엇다. 그럼에도 不拘하고 그 所謂 新人들은 應募가 단순히 賞金을 爲한 試驗이엇든 듯 그 後에 오는 꾸준한 努力이 없으므로 한번 반짝하고는 다시 자최도 없이 슬어지고 마는 것을 너무도 만히 보앗다. 이는 섭섭한 일이다. 이번에 當選된 여러분들은 각각 그 部門에서 꾸준히 精進하야 今年에는 만흔 收穫이 잇게 하라. 우리는 여러분의 今後의 勞作에 對하야 充分한 紙面을 準備해 가지고 잇다. (끝)

311 "實話, 新撰苦盡甘來記" 「어머니의 半生(전7회)」(『동아일보』, 35.1.21~2.2)의 지은이는 민영균(閔影均)으로 되어 있으나, 「新春募集原稿當選者 發表」(『동아일보』, 35.1.1)에는 "閔丙均"으로 되어 있다. "閔影均"은 "閔丙均"의 필명으로 보인다.

呂運亨, "『少年中央』을 내면서", 『少年中央』, 창간호, 제1권 제1호, 1935년 1월호.[312]

옛날에, 아프카니스탄과 인도 국경 한 산중에, 산양꾼 내외가 살고 잇섯습니다. 가죽옷을 입고, 가죽신을 신고, 굴을 파고 그 속에서 살고 잇섯습니다. 그런데 그들은, 아들 쌍둥이를 나 노코는 고만 인도의 유명한 구렝이가 되여 버렷습니다.

포대기에 싸혀 잇는 피ㅅ덩이 어린아이를, 하나는 집에 잇는 산양개가 젖을 먹여 기르고, 또 한아는, 새끼를 나서 죽인 호랑이 한 마리가, 업어다가 길럿습니다. 그런데 자란 후에는, 한 아기는 개짓을 하엿고, 또 한 아기는 호랑이 숭내를 내엿습니다.

그들은, 그들을 길러 준 엄마를 닮어 버린 것입니다.

우리 『少年中央』은 여러분의 호랑이 어머니가 되려고 합니다. 여러분은 이 호랑이 젖을 먹고 무럭무럭 자라서, 이담에 사납고 용감스런 훌륭한 일꾼이 되여 주십시오.(이상 10쪽)

여러 선생님의 이 조흔 말슴을 가슴속에 깊이깊이 색여 두자.

權東鎭, "나의 당부", 『少年中央』, 창간호, 제1권 제1호, 1935년 1월호.

부모님의 이르는 말슴을 잘 듯고, 선생님의 가르치는 바를 잘 배워서, 훌륭한 일꾼이 되여라.

우리 집안이 잘살고 못사는 것도 우리 조선이 잘되고 못되는 것도 다

312 원문에 '本社 社長 呂運亨'이라 되어 있다.

여러분 손에 달렸다.

曹晩植, "나의 당부", 『少年中央』, 창간호, 제1권 제1호, 1935년 1월호.

一. 조흔 일에 부지런하라.
二. 조흔 동무를 사귀라.
三. 조흔 곳에 다니라.(이상 10쪽)
(독서에 부즈런하고, 인정 잇고 마음 바른 아이를 잘 사귀고, 도서관, 소년회, 혹은 운동하는 곳 같은 데 다닐 것이다.)

韓龍雲, "나의 당부", 『少年中央』, 창간호, 제1권 제1호, 1935년 1월호.

남의 것을 내 것보다 더 존중하여라. 그리고 거짓말과 거짓 행동을 해서는 못쓰며, 내 잘못을 남에게 밀지 말어라. 고자질을 하는 것, 남을 욕하는 것, 다 나쁜 짓이다.

梁柱三, "나의 당부", 『少年中央』, 창간호, 제1권 제1호, 1935년 1월호.

남한테 뒤지지 마라. 공부도 남보다 한발 더 앒스고, 기운도 남보다 갑절 더 세고, 일도 남보다, 갑절 더 하여라. 그래서 다 같이 이 담에 훌륭한 조선 사람이 되여라.

崔奎東, “나의 당부”, 『少年中央』, 창간호, 제1권 제1호, 1935년 1월호.

남을 업수이 보지 마라. 가난하다고, 헐벗엇다고, 무식하다고, 못생겻다고, 그들을 만만이 봐서는 아니 된다. 이 세상의 모든, 괴롭고, 힘들고, 뼈아픈 일을 누가 다 하는지 아느냐.

俞億兼, “나의 당부”, 『少年中央』, 창간호, 제1권 제1호, 1935년 1월호.

믿음의 생활을 하여라. 정직하고 진실하고, 겸손하여라. 올코 그른 것을 분명히 가려서 그른 일이거든, 억만금을 준대도 하지 말고, 올흔 일이거든 혼자라도 행하여라.

金活蘭, “나의 당부”, 『少年中央』, 창간호, 제1권 제1호, 1935년 1월호.

억센 힘줄은 날마다 운동함으로 발달되는 것이오, 날카로운 총명은 날마다 독서함으로 게발되는 것이오, 덕스런 품격은 날마다 묵상함으로 닥겨지는 것이다. 운동과 독서와 묵상을 게을리 마라.

李容卨, "나의 당부", 『少年中央』, 창간호, 제1권 제1호, 1935년 1월호.

여러분은 무엇이 되고 싶은가? 발명가? 운동가? 음악가? 문학가? 무엇이 되든지 간에 시방부터 힘쓰시오. 이 세상엔 저절로 되는 일이 업다. 그리고 해서 안 되는 일도 업다.(이상 11쪽)

金鳳冕, "童劇에 對한 片論", 『藝術』, 창간호, 1935년 1월호.[313]

童劇이란 무엇인가? 그것은 說明할 餘地가 없으리만큼 글자 그대로의 兒童의 劇이다. 어른의 劇에 對해서 兒童의 劇이라는 概念이 생긴 것은 누구를 勿論하고 首肯될 事實이다. 그러면 童劇이라고 하는 말에는 어떠한 意味가 포함되여 잇는가? 過去의 歷史의 페지를 들처 보고 또 '라디오'를 通해서 가끔 들어보며 大略 아레 두 가지로 나누어 볼 수 잇는 것이니

一. 兒童에게 보이기 爲한 劇

二. 兒童이 出演하는 劇

이― 두 가지로 될 것이다. 그러면 兒童에게 보이기 爲한 劇이란? 演劇을 求景하는 者가 兒童인 것이요 出演者는 어른도 될 수 잇고 兒童도 될 수 잇으며 어른과 兒童이 合同하여서 出演하여도 無妨하며 如何튼 兒童을 目的으로 上演되는 劇을 말함이다. 둘째 兒童이 出演하는 劇이란 어떠한 것인가? 兒童 自身이 實演하여서 兒童에게 보여 주는 것이니 出演者도 兒童이요 觀覽者도 兒童이다. 여기서 兩者의 可否를 가리지 않거니와 이 두 가지가 지금 우리가 때때로 들을 수 잇고 또 볼 수 잇는 童劇의 現象이다. 그러나 不可不 이 兩者 中에서 그 어느 것을 잡는다면 내 自身으로써는 後者를 잡겟다. 그것은 童劇의 本精神에 基因한 바이다.

다음은

단 한가지나마 童劇다운 童劇이 없는 이 때에도 이름만은 別別 것이 다 잇으니 曰 童話劇 童謠劇 唱歌劇 兒童劇 對話劇 舞踊劇 等 이 外에도 別別 怪常한 이름을 命令者들의 各自 怪異한 性格에 따라서 創作된 것이 많으니 무엇 하나 자랑할 것 없는 우리들로서는 이름만이라도 많이 들어서 뽐내

313 『藝術』 창간호는 1934년 12월 10일 발행되었으나, 잡지 표지에 1935년 "新春特別號"라 해 놓은 것으로 보아 "1935년 1월호"다. 그리고 필자 이름 김봉면은 목차에는 "金鳳冕"으로 본문에는 "金奉冕"으로 되어 있으나, 다른 글에 나타난 이름으로 볼 때 "金鳳冕"이 맞다.

보고 싶은 생각도 없지는 않으나 다— 먹은 왜콩껍질 같아서 머리만 아프고 시원한 구석이란 없다. 그러면 그 많은 이름 가운데서 몇 個만 골라 보기로 하자.

演劇이란 綜合藝術이니 여러 가지 要素로 構成되여 잇다. 그 主要素를 大別하여 보면 一. '스토-리' 二. 歌謠(音樂도 包含되어 잇다.) 三. 舞踊이다. 이것을 童劇으로 비추어 본다면 '스토-리-'를 童話라고 하겟고 歌謠를 童謠라고 하겟으며(이상 31쪽) 舞踊을 童踊이라고 하겟다. 卽 童話 童謠 童踊은 童劇의 三要素가 될 것이다. 그러면 이제 童劇을 構成要素로부터서 分類하여 본다면 童話劇 童謠劇 童踊劇 세 가지로 나누어 보는 것이 第一 妥當하다고 믿는다. 그러나 이 分類法은 極히 常識的으로 또 便宜上으로 分類한 것이겟고 결코 嚴密한 科學的 分類法은 아니다. 童話劇이라고 해서 童話만으로 成立된 劇을 말함도 아니겟고 童話를 中心으로 構成된 劇을 意味함이요 童謠劇 童踊劇도 亦 同一한 것이니 童謠劇이라고 해서 童謠만으로 成立되엿다거나 童踊劇이니까 童踊만으로 될 것은 絶對 아니다. 만약 그런 것이 잇다고 할 것 같으면 그것은 劇이 아니다. 왜? 그런고 하면 劇은 綜合藝術인 까닭이다. 만약 單獨要素를 가지고 成立된 劇이 잇다면 그것은 綜合藝術인 劇에 違反된다. 그리고 童話劇 童謠劇 童踊劇이란 名稱을 말한 것은 우에도 말햇거니와 劇의 內容을 構成하는 中心要素로써 假與한 名稱에 지나지 안는다. 劇이란 綜合藝術인 까닭에 嚴密히 檢討한다면 童話劇이라든가 童謠劇이라는 그 말부터 矛盾이요 論理的으로 成立되지 못하는 말이다. 童劇의 構成된 主要素로부터 便宜上 붙인 이름에 더 지나지 안는다.

그리고 對話劇이란 어떻게 보면 劇이 될는지도 몰으며 될 때도 잇으나 數學上의 問答 같은 것을 한다면 그것은 참다운 劇이라고는 말할 수 없으며 其他 唱歌劇이라는 둥 童歌劇이라는 둥 하는 名稱은 構成要素로 보아서 分類 中에 넣기가 거북하기 짝이 없다. 왜? 그러냐 하면 그것은 表現形式으로부터 생긴 名稱인 까닭이다. 表現 形式이란 앞서 말한 形式과는 그 意味가 全혀 틀리니 그냥 둔다면 그야말로 混合이다.

이제 童劇을

童劇	⎧	童話劇
	⎨	童謠劇
	⎩	童踊劇

이렇게 構成 三要素로부터 假與한 세 가지 名稱만에 끄칫으면 하는 생각이 든다.

다음은 演出 指導의 몇 가지 片見을 적어 보면 童劇의 演出者는 반듯이 兒童이래야 한다. 童劇은 兒童 自身의 出演을 主로 한다면 옛 탈을 떠나서 그 演出者는 반듯이 兒童이래야 한다. 그 다음은 어른 劇의 舞臺監督의 必要를 느낌과 같이 童劇에도 演出 指導가 있어야 한다. 演出 指導者란 文字 그대로 童劇이[314] 演出을 指導하는 者다. 指導란 助成을 意味하는 것이니 그렇다면 兒童의 活動을 助成하여서 演出의 效果를 다함이 演出 指導者의 責任이다. 指導者는 自己 意思대로 모든 것을 强要해서는 안 된다. 兒童을 能動的으로 活動을 시키며 指導者는 그 活動을 助成하여서 方向의 틀림이 없도록 하는 것이 演出 指導者의 本領이다. 그러면 演出 指導者란 어떠한 사람이 될 수 잇는가. 그것은 그 團體의 中心人物이래야 하고 다음은 童劇의 演出 指導者는 兒童 演出에 對해서 如何한 助成을 하여야 할 것인가. 第一은 脚本의 選出이다. 兒童을 自發的으로 活動시키는 點으로 본다면 脚本도 兒童에게 選定시키는 것이 第一 適當하다고(이상 32쪽) 생각하겟다. 그러나 兒童 自身은 그리 많은 脚本을 읽지도 못하엿고 또 冊子를 갖지도 못한 關係上 大槪는 指導者가 이것을 選出하여 주는 것이 只今의 現象으로 最善이라 하겟다. 다음은 脚本이 選定되면 脚本의 朗讀과 解釋이다. 指導者는 創作의 動機와 全篇의 趣旨 字句의 說明 人物의 性格 背景 及 舞臺裝置의 注意 等 그 脚本 演出의 必要事項을 兒童에게 잘 了解시켜야 한다. 이것이 끝나면 다음은 配役이다. 配役을 選定하는 데는 두 가지 方法이 잇으니 公開를 目的 삼는다면 脚本 中의 人物의 性格의 適當한

314 '童劇의'의 오식이다.

兒童을 選出하여야 한다. 즉 適材適用의 配置가 必要하다. 公開가 아니고 學校 其他 幼稚園 같은 데서 練習을 目的으로 할 때에는 全然 反對로 다시 말하면 兒童 自身의 性格과는 相反되는 役割을 配當하여도 一理 잇는 일이다. 假令 日常 自己가 싫어하는 그 어느 것이 이 뒤틀린(自己의 性格에 相反되는 것) 童劇 練習으로 하여금 갑작히 趣味를 얻게 되는 例가 하나둘이 아닌 까닭이다. 다음은 配役이 끝나면 臺詞의 暗誦이다. 어른 劇에는 或 臺詞의 暗誦이 不充分하여도 幕 뒤에서 臺詞를 읽어 주는 사람이 잇지만은 童劇에는 그렇지 못하다. 童劇에도 뒤에서 읽어 주는 사람이 없는 것은 아니지만은 意志와 融通性 많은 語根을 갖지 못한 兒童에게는 臺詞의 不通으로 하여서 劇을 失敗하는 수가 하나둘이 아니니 童劇에 限해서는 暗誦에 十二分 注意하여야겟다. 다음은 練習 時間인데 一日一回 한 시간式을 最適當으로 생각한다. 事實 그 以上은 不可能하다. 心身의 發達이 不充分하므로부터 오는 疲勞 그것은 兒童으로 하여금 한 시간 以上을 더 繼續시키지 못하게 하는 커다란 原因이다. 練習 中은 될 수 잇는 대로 꾸지람을 피할 것과 一幕物에 二週日 以上을 要하는 脚本은 생각할 餘地가 잇다.(長篇劇은 特別이나)

다음은 二十分 乃至 三十分 假量을 要하는 一幕物의 童劇 練習表를 作成하여 보면

第一回　配役의 決定 諸 規約 決定
第二回　臺詞 朗讀 及 脚本의 分解 討議
第三回　臺詞의 暗誦 其他 注意事項 討議
第四回　臺詞의 暗誦 動作의 各自 硏究
第五回　初練習(動作 없이 名詞만으로)
第六回　初練習(動作과 함께)
第七回　初練習(音樂 使用까지)
第八回　初練習의 最終日(反省會)
第九回　準練習(衣裳의 着用)
第十回　公演 當日과 같이(本練習)(背景까지)

以上과 같이 大槪 十回면 三十分 以內의 一幕物의 練習을 充分하다고 생각된다.(만약 童踊劇이면 좀 더 舞踊 練習 時間이 必要하니까 그때는 日時의 延長을 보게 된다.) 끝으로 童劇과 世評에 對해서 몇 마디 써 볼가 한다. 世上에 무엇 하나 아니 그런 것이 없지만은 處女地란 고생 아닌 것이 없으면 더욱이 傳統的으로 가진 賤待와 侮辱을 받어 오든 朝鮮 이 따의 劇임에야 더욱 말할 餘地가 없다. 내가 이 따에서 童劇이란 이름을 들(이상 33쪽)어 보기는 지금으로부터 十餘年 가량 되는가 한다. 그야말로 有名無實이여서 童劇의 理論과 모든 것이 甚히 模湖하다. 약간 紙上을 通해서 보면 몇 줄 안 되는 童劇에 對한 記載가 없지는 않으나(이것도 가물에 콩나듯키다.) 그것은 大槪가 非實際的인 學者論에 끄치며 或은 理論뿐으로 藝術의 實際에 어두우며 實際家에는 敎育의 原理를 把握치 못하는 것이 많다. 或 童劇의 가까운 理論을 귀로 들을 수 잇는 때도 잇으며 잘 야기하는 사람도 잇으나 그 사람 自身이 脚本도 안 쓰며 實際 指導도 하지 않으매 童劇은 過去 十餘年을 虛送하여서 오날날까지 굴러 온 것이다. 때로는 남의 附屬物이 되고 때로는 全然 形跡까지 버림을 받은 바가 되어 가면서 애닯은 十餘 星霜을 나려온 것이다. 그리다가 最近 '라디오'를 通하여 몇 週日에 단 한번만이나마 童劇을 들을 수 잇으나 때로는 애닯은 心思가 한두 번 일어나지 않엇다. 그 理由는 거의 全部가 이름뿐이요 兒童의 참다운 生活을 理解도 못하며 兒童生活을 表現하려고 하며 或은 그저 娛樂機關으로만 생각하고 또 童劇쯤에야 하야 門外漢이 이것을 敢히 公開 或은 放送하기 때문에 童劇에 對한 眞實性을 찾을 수 없엇든 것이다.

다음은 社會에서 보아 주는 童劇의 價値를 考察하여 보고저 한다. 그야 모든 것이 初期時代에 잇는 童劇이니 社會가 誤認함에 別로히 責할 길이 없다 하겟으나 自己의 罪는 一時 숨겨 두고 몇 마디 記하여 보기로 하면 社會는 너무나 童劇에 對해서 沒理解하고 너무 薄情하다. 甚한데 이르면 童劇의 不必要를 말하며 餘興的으로 생각한다.

藝術은 人間生活과 密接한 關係를 가지고 잇는 것쯤은 周知할 바이요 藝術이 生存하는 곳에는 人生의 潤澤이 잇고 高尙이 잇고 眞實이 잇다.

만약 人間으로부터 藝術을 分類시킨다면 그 얼마나 無趣味하며 殺風景을 일우랴. 藝術은 人間의 享樂的 欲求를 滿足시키는 時間消費에 틀림없으나 참다운 劇을 본다 音樂을 듣는다 舞踊을 본다 하여서 人生生活에 얼마만한 潤澤이 생기며 精神이 爽快하고 活動力이 增進되는가. 十分을 虛費하여서 二十分의 生産이 잇음을 알어야 할 것이다. 도리키어 童劇을 살펴보자. 그리고 童劇으로 해서 兒童이 얼마만큼 기름끼 잇게 자라가는 것을 보자. 다만 童話만으로도 울고 웃으며 童謠만으로 뛰고 노래 불은다. 그리는 동안에 兒童의 全身에는 크다란 人間味가 기름지기 시작한다. 항차 綜合藝術인 劇을 보고 實演하고 하는 데 잇어야 童話나 童謠만으로 얻은 그 效果의 몇 百倍 더함은 更論할 餘地가 없는 것이다.

童劇은 道德上으로 보거나 智能上으로 보거나 兒童의 人格完成에 적지 않은 助勢를 하고 잇으며 藝術的 敎育의 向上이 品性에 純化하여 간다는 理論的 問題는 그만둔다고 하더라도 兒童이 童劇을 하므로써 여러 美德 잇음을 살펴보자. 가령 여러 兒童이 모여서 어떤 童劇을 實演함에는 協力一致의 習慣이 必要하며 서로 協力하여서 일에 當하지 않으면 아니 되고 實演함에 따라서 얻은 知識과 技能은 決코 크면 크지 적지 않을

—(三十 頁로 續)— (이상 34쪽)

—(三十四 頁에서 續)—

것이다. 兒童은 劇的本能이 多分하다. 兒童의 日常生活을 보매 누구를 勿論하고 그들의 旺盛한 劇的本能의 發露를 볼 수 잇다. 그 무엇 하나 劇 아닌 것이 없다. 모든 動作과 가진 言語가 純眞한 그네들만이 가질 수 잇는 童劇의 大本이다. 이러한 劇的本能을 充分히 가지고 잇는 兒童으로부터 劇을 뺏는다면 그것은 罪를 犯함에 틀림이 없다. 그 잘못된 곳을 善導는 할지언정 禁止는 絶對不可하다고 생각한다. 童劇을 비방하면서 學校에서 가르키는 唱歌 圖畵 作文 같은 科目에는 緘口하니 이 무슨 矛盾된 일이랴. 만약 學校(他處도 좋다)에서 가르키는 藝術的 陶冶를 爲한 童謠 圖畵 作文 같은 대 對해서 不平이 없거든 藝術的 陶冶를 爲한 劇을 배우고 보는데 그 무슨 不平이 잇는가? 거듭 말하거니와 劇은 綜合藝術이다.

文學 音樂 舞踊 其他 여러 가지 藝術이 根本的 要素가 되여서 綜合的으로 構成된 것이 劇이다. 앞에도 말하엿거니와 朝鮮은 童劇의 初期時代다. 바야흐로 싹트랴고 하는 過程에 잇다. 이 싹이 자라서 六百萬 朝鮮兒童들의 기름진 糧食이 되도록 善導해 주며 북도아 주자.

一九三四年 五. 一〇 (이상 30쪽)

金秉河, "博物童謠研究－植物槪說編(2)", 『조선중앙일보』, 1935.1.26.[315]

緖 言

나는 한 十餘年 前 朝鮮文 新聞紙上에서 動植物을 主題로 한 童謠를 눈에 띄는 대로 收集하엿다. 그것이 오늘에는 一千二百八十首나 되는데 이것을 動植物 兩部로 나누어 가지고 動物은 普通 動物編, 鳥類編, 昆蟲編의 三編으로 나누엇고, 植物은 그대로 植物編이라 하얏는데 植物만 그 種類가 六十九種이나 되어 이것을 다시 四十四科로 分類하야 學名과 日本名을 調査하야 보앗다.

이제 먼저 植物編을 紙上에 내어놋는 바 이것은 童謠作家들에게 參考가 될 것이오 一般的으로는 趣味讀物이 될 것이오 中學校 學生들과 普通學校 敎員 諸氏에게는 敎授用으로 適當하리라고 밋는 바이다.

다음 미리 말하야 둘 것은 東, 朝, 中外, 中央, 每, 時代 이런 것이 나오는데 이것은

(東)『東亞日報』, (朝)『朝鮮日報』, (中外)『中外日報』, (中央)『朝鮮中央日報』, (每)『每日申報』, (時代)『時代日報』

를 말하는 것이다. 그리고 童謠作家 諸氏에게 一一히 許諾을 엇지 못한 것은 住所를 몰으는 때문으로 이 점을 諒解하야 주기 바라며 事實 나는 植物學에 對하야도 硏究하야 본 바가 업는 바 論文 中 名稱에 錯誤가 잇거든 專門家 諸氏의 校正이 잇기를 바라는 바이다.

315 횟수 표기가 (2)로 되어 있으나, '緖言'이 있고 내용으로 보아 실제는 (1)이다. 「博物童謠硏究－植物槪說編(2)」(『조선중앙일보』, 35.1.27)에 (2)회가 바로 매겨졌다.

1. **櫻桃科**(Drupaceae)

가. 매화(ウメ) Prunus Mume sieb. et Zuccarini

매화(梅花)에는 白梅, 紅梅 等을 普通 家庭에서 花園과 花盆에 심어 觀賞用으로 손곱아 오는 것이다.

매화꼿[316]

화분에 심은매화
　꼿이피엿네
가지가지 벌린가지
　흰꼿이피네
앞엣가지 열린곳
　이제피고요
웃가지 꼿송이는
　래일필거네
들창미테봉오리
　손꼽아두고
아츰자고 나면은
　어느새폇네
　　　(安松) (朝)

이것은 白梅花를 花盆에 심어 冬期 따스한 溫突房에 드려다 노아두면 一月頃에 피기 始作하는 것을 말하는 것으로 每日每日 한 송이 두 송이 피여 滿開되여 간다는 表現이 잘되엿다고 본다.

다음 것은 梅花가 滿開한 어느 봄날 어스름이 어두어 가는 저녁때의 自然을 더욱이 日氣가 淸明함을 그리어 낸 것 갓다.

밤매화[317]

울담밑에 백매화가

---

316 안송(安松)의 「매화꼿」(『조선일보』, 30.1.29)이다.

317 양춘룡(陽春龍)의 「밤매화」(『매일신보』, 31.4.11)이다.

하이야케 피인것을
우스럼- 봄밤장막
고요-히 가려노니
×
귀여운 애기별은
꼿속에 숨어들어
생끗방긋 우스면서
꼿과같이 쏘근대요
(陽春龍) (每)

나. 살구(アンズ) Prunus Ansu Komarov

살구(杏)꼿은 모든 꼿들 中에 가장 일즉이 피는 것이라 하겟다.

살구나무[318]

뜰아페나온
살구나무는
가엽게도
빳빳하게말녓서요
아츰에는참새무당
요기조기모혀안저
지지재재궂하건만
푸른닙들은
도들생각도안해요
(崔興吉) (東)

겨울에 살구나무 닙은 다 落葉지고 죽은 나무와 가티 쓸쓸히 서 잇서 줄거리와 가지만 빼치어 가지고 아츰 해빗이 도다 올을 때 따듯한 해ㅅ빗을 쪼이겟다고 참새들이 모히어 지저귀는 것을 그리어 내인 듯하나 넘우나 迷信에 저저 잇다고 하겟다.

318 최흥길(崔興吉, 十六)의 「살구나무」(『동아일보』, 26.6.10)이다.

金秉河, "博物童謠研究－植物槪說編(2)", 『조선중앙일보』, 1935.1.27.

살구꼿[319]

담여페 살구꼿
늙어 젓스나
올해도 철차저
피엿 습니다
어린애 입술가티
곱던 봉아리
안개비 봄비에
우섯 습니다
◇
하이한 살구꼿
바람을 타고
팔으락 팔으락
떠러 집니다
풀뜻는 토끼와
가티 놀려고
넙넙히 춤추며
나려 옵니다
(黃順元) (東)

눈 날리고 찬바람 부는 겨울은 어느듯 가고 봄날이 돌아왓슬 때 늙은 나무가지에 맺친 꼿봉오리가 봄비를 마저 가지고 피엿다가 어느듯 落花됨을 그리어 내인 것인데 피어 가지고 질 때까지의 形容이 잘되엇다고 하겟다.

319 황순원의 「살구꽃」(『동아일보』, 32.3.15)이다.

살구[320]

문허진 돌담밑에
　　　　살구나무엔
외알짜리 살구가
　　　　달려잇다우
　　◇　◇
날마다 닉기만
　　　　기다렷더니
서당간짬 어떤애가
　　　　따갓담니다
　　　　(李承億) (中外)

純眞한 兒童으로 모든 世上의 兒孩들이 自己 마음과 가티 善良한 줄 알엇드니 눈 업스면 코배 먹을 世上으로 自己가 書堂 가 工夫하는 하로 동안에 닉어 가는 한 알의 살구가 어느 兒孩의 입으로 들어가 버리엇슴을 그리어 내인 것이다.

다. 복숭아(モモ)

복숭아(桃)에 對하야는 童謠가 만흔 줄 알엇스나 單 一首에 不過한데 그 內容에 잇서서는 桃花를 表現한 것이 아니라 자장가 비슷하게 乳兒를 달래는 데 桃花를 작란감으로 주며 지은 것이다.

兒孩들은 어느 꼿을 물론하고 울긋불긋한 꼿을 바들 때는 꼿과 가티 방글방글 웃는다. 女兒들은 鳳仙花로 손톱에 물드리는 習慣이 잇서 무슨 꼿이든 물드리면 되는 줄 알고 잇다.

복숭화꼿[321]

자장자장 울애기

320 이승억의 「살구」(『중외일보』, 30.6.28)이다.
321 조종현(趙宗泫)의 「복숭화꼿」(『중외일보』, 30.8.21)이다.

잘도자누나
복숭화꼿 물들여
손톱이붉웃
곱게곱게 물들여
재워주면은
등에업힌 울애기
콜콜자누나
◇ ◇
방실방실 울애기
잘도자누나
복숭화꼿 쥐여주면
입이혜발름
고운고운 꼿송이
주어달래면
킹킹대든 울애기
방싓웃노나
(趙宗鉉) (中外)

金秉河, "博物童謠研究－植物概說編(3)", 『조선중앙일보』, 1935.1.29.

2. **梨科**(Poraceae)

가. 배(ナシ) Pyrus Eeratira Rehder

배(梨)에 對하여 지은 다음의 한 편은 事實 春期에 滿開하는 梨花를 말하는 것이 아니라 嚴冬雪寒에 시름업시 나리는 함박눈은 山과 野原에도 싸이고 나뭇가지에도 싸혓다. 뜰 아페 잇는 배나무 가지에 白雪이 싸혀 잇는 것이 마치 봄날 배꼿이 滿開한 것과 갓다. 오래 두고 보고 십허 바람도 불지 말고 새도 안지 말나고 哀願하엿스나 얄미운 해ㅅ님이 다 녹여 노핫슴에 섭섭한 마음으로 을픈 노래다.

배꼿[322]

배나무꼿 피엿네
어제밤에 싸힌눈
배나무에 꼿폇네
아츰햇발 빗나라
배나무꼿 고읍게

×

배나무꼿 상할라
떨지마라 바람에
안지마라 참새도
아츰햇발 미웁지
배나무꼿 다녹여

(姜泓模) (朝)

나. 사과(リンゴ) Malus asitica Nakai

사과(林檎, 陵果)

우리들이 늘 먹는 林檎은 朝鮮 在來種이 아니라 外國에서 輸入하여 栽培한 것들인데 國光이니 紅玉이니 하는 것들이다.

元來 林檎은 氣候가 寒冷한 地方에 適當한 것이라 京畿道 以北에 가장 만코 南鮮 地方에 잘 안 되는 果實이라 하겟다.

내가 우에 學名을 記한 것은 國光 紅玉 等의 學名을 記한 것이 아니라 朝鮮에 在來로 나려오는 純 朝鮮種(テウゼンリンゴ)의 學名을 記하야 參考를 삼고저 하는 바이다.

外國에 잇는 林檎의 種類가 大約 二千餘種이라는 만흔 種類가 잇지만은 現朝鮮에 輸入되여 가장 만히 栽培하고 잇는 것은 五六種에 지나지 아니하는 것이다.

---

322 강홍모(姜泓模)의 「배꼿」(『조선일보』, 30.2.14)이다.

林檎에 對한 童謠가 單 두 首이지만 그것을 한번 살펴보면

푸른林檎[323]

보슬보슬 오는비에
파란릉금 치워라고
나무닙을 덥퍼쓰고
한들한들 떨고잇다

×

어득어득 저녁비에
동실동실 파란릉금
엄마품이 그리워서
눈물눈물 흘리누나

(金昌臣) (中外)

이것은 여름 바람 불고 비올 때 나무닙이 비에 저저 사과 알에 착 부터 잇는 것과 비방울이 사과 우에서 대굴대굴 흘러 떠러지는 것을 그리여 내인 것이다.

사과따러[324]

례배당목사가
　　사과만타는
저한울나라로
　　망태가지고
빨간사과따러
　　가고시퍼요

×

빨간사과따서
　　망태에지고

---

323 김창신의 「푸른 林檎」(『중외일보』, 28.6.23)이다.

324 청량리 여운선(淸凉里 呂運善)의 「사과따러」(『동아일보』, 30.9.8)이다.

하얀옥토끼와
반달배저어
은하수건너서
오고시퍼요
(呂運善) (東)

金秉河, "博物童謠硏究-植物槪說編(4)", 『조선중앙일보』, 1935.1.30.

3. 殼斗科(Fagareae)
가. 도토리(オホナラ) Quercus mongolica Fischer

도토리밥[325]

어머니 어머니
나는실어요
도토리밥 인제는
못먹겟구요
맛업고 떨버서
못먹겟구요
◇
어머니 어머니
아버지가 애쓰고
지은가을을
왜거리 딴사람이
다가저가고
우리는 맛업는

325 오영수(吳永壽)의 「도토리밥」(『조선일보』, 30.1.22)이다.

도토리만 먹나요
(吳永壽) (朝)

도토리(柞, 靑剛木, 眞木)에 對하야는 農少年이 自己의 生活環境을 그리여 낸 것이다.

元來 도토리라 하면(櫟, 橡)(クヌギ) Quercus acutissima Corruthers)를 가라침이라 하겟다.

나. 밤(クリ) Castanea Pubinervis Sehneider var dulcis Nakai
밤(大栗, 栗木)

밤송이[326]
이나무 저나무에
가세밤송이
줄눙줄눙 달렷는
가세밤송이
돌조박을 던져서
밤송이따서
깔쩨는 따금따금
피가흘러도
먹을젠 버적버적
맛이조화요
(崔錫崇) (中外)

가을에 栗毬가 自然 黃色이 되고 보면 破裂되며 栗果가 떠러저(아람 밤) 容易하게 주서 먹을 수 잇지만 破裂되기 前에는 누구나 돌팔매질하여 따서 毬針에 찔리여 가면서 밤알을 까 내어 벳겨 먹는 맛의 果然 야금야금하게 맛이 잇다는 것을 그리어 내엿다.

---

326 원산 최석숭(元山 崔錫崇)의 「밤송이」(『中外日報』, 30.9.27)이다.

밤송이[327]

가시덤불 성속엔
　　　　가죽울타리
그가운덴 샛파란
　　　　집이잇서요
그집속엔 새하얀
　　　　백인종들이
살림사리 파란집
　　　　퍽조타고요
아버지와 어머니
　　　　한아들하고
옹기종기 세식구가
　　　　살고잇서요
　　　　(吳世昌) (朝)

栗에 對하여 수수꺽기 가운데 '따금이 속에 맴맴이 맴맴이 속에 텁텁이 텁텁 속에 얌얌이 가 무엇이냐?' 하는 것이 잇거니와 栗花를 살피여보면 雄花는 長□狀이고 雌花는 恒常 三個로써 殼斗 內에 싸 가지고 잇서 雄花穗의 基部에 着生되여 잇는 바 栗果로 말하면 栗毬에는 動物 嚙齒類 中 "고슴도치"와 가티 刺針이 周圍에 돌아가며 수업시 密生되어 잇는 囊狀의 苞內에 쌔여 가지고 內部에는 栗果가 三個式 大部分 드러 잇는데 果然 童謠로써 栗果의 構造形成狀態가 잘 表現되엿다고 할 수 잇다.

4. **躑躅科**(Ericaceae)

가. 진달래(ゲンカイツツジ) Rhododendron mucronulatum Turop.

진달래(躑躅)

327 오세창의 「밤송이」(『조선일보』, 29.9.24)이다.

진달래꼿

먼-산에 진달래꼿
　　새로히 피면
동내집 어린이들
　　깁버라구요
너도나도 서로히
　　올라갑니다.
　　◇
진달래꼿 한포기
　　곱게피면은
뫼파다 흙무든손
　　툭톡털고서
한포기 두포기식
　　꺽거갑니다.
　　◇
그러나 진달래꼿
　　애처럽게도
가제나온 꼿하나
　　업서젓다고
눈물을 지우면서
　　슬피운대요.
　　(南宮琅) (中外)

金秉河, "博物童謠硏究－植物槪說編(5)", 『조선중앙일보』, 1935.1.31.

진달래꼿

겨울 동안은 兒孩들이 치워서 山野에을 못 가다가 따스한 봄바람이 불어오게 되면 雙雙히 손목 잡고 산으로 올라가며 양지쪽 언덕에서 메 캐든

兒孩들도 방끗이 웃고 잇는 진달래꼿을 꺼거 감을 그리어 내인 것이다.

진달래꼿

학교가는 길가에
　　　잔듸밧테요
진달래꼿 한포기
　　　봄마젓노라
그젓게는 한송이
　　　방울젓드니
어젓게는 세송이
　　　피엿습니다
　　　◇
온아침은 몃송일가
　　　맛칠냇드니
간밤에 장난꾼놈
　　　꺼거갓다고
중머리 진달래꼿
　　　눈물흘려요
새들도 설어울다
　　　가버립니다.
　　　(朴默蛙) (每)

朝鮮은 一面에 一校主義 時代라 一面이라면 相距가 幾十里 朝鮮農村의 兒童들은 學校에 工夫하라 가랴면은 大部分이 每日 早飯에 一二十里는 普通으로 徒步通學하는 것인 바 들도 지나고 山間도 지나고 언덕도 넘어야 겨우 學校 上學時間에 맛추어 갈 수 잇는 것이 現朝鮮 農村兒童들의 맛보고 잇는 바는 누구나 잘 알 것이다.

그들은 嚴冬雪寒 치운 날도 여름비가 나리는 장마 때도 꼿 피는 봄철에도 每日 日課的으로 往來하여야만 된다. 羊과 가티 善良한 그들! 오즉 봄날 나날이 피어 가는 진달래꼿을 바라보면 疲勞을 이즈랴드니 진달래는 작란군으로 因하여 昨今에 變하여젓다. "중머리 진달래꼿 눈물흘려요" 여긔에는 自然의 人情味가 흘으고 잇다.

진달래꼿[328]

들가운데 외로히핀
　　　진달래꼿은
캄캄한 오늘밤이
　　　퍽외롭겟네
노래하며 춤추어줄
　　　동무도업시
들가운데 외롭겟네
　　　쓸쓸하겟네
내일에는 나물캐려
　　　들가에가서
외로운 진달래꼿
　　　파올랍니다
우리집 뒷뜰에
　　　노-랑상추꼿
다정한 새동무가
　　　되겟습니다.
　　　(鄭祥奎) (朝)

5. 石蒜科(Amaryllidaceae)

가. 수선화(スキセン) Narcissus Tazetta L. V. Chinensis

수선화(水仙花)

수선화[329]

눈오는 밤거리에

328 정상규의 「진달내꼿」(『조선일보』, 30.4.27)이다.

329 버들개지의 「수선화」(『동아일보』, 25.5.19)이다. 원문에 연(聯) 구분이 제대로 되어 있지 않아, 『동아일보』에 수록된 원래 작품을 참고하였다.

불상한 어머니와
아들이 잇섯습니다

『엄마야 나는못가겟다
배가곱파 못가겟다
암빵이라도 사주렴』 하고
아들이 울며
말햇습니다

『아—얼마나 주리느냐
무엇을사주고시프냐
한푼도 돈이업고나
어서이밤이 밝앗스면』
어머니는 눈물을흘리며
말햇습니다

눈은옵니다 눈은옵니다.
희미한 달빗에
싸인 거리에는
날이 밝아옵니다

엄마와 아들은
서로 껴안고
열분 거적속에서
잠이 들엇습니다

그이트날아츰 푸른하늘
눈싸인 거리에
떠러진 거적속에는
어엽분 수선화
두송이가
피여잇섯습니다

보슬보슬 눈마지며
세상을 떠나간

어머니와 아들은
수선화가 되엿습니다
(버들개지) (東)

이것은 童謠라고 하느니보다 童話라고 함이 나흘 것 가트며 좀 더 나아가서는 水仙花의 傳說이라고 하는 것이 더 조흘 것이다.

金秉河, "博物童謠硏究－植物槪說編(6)", 『조선중앙일보』, 1935.2.4.

6. 松科(Pinaceae)
가. 솔 Pinus densiflora Sieb et Zuce
솔(赤松)
現 朝鮮 山野에 普通으로 自生되여 잇는 것이 赤松이라 하겟다.

솔나무[330]
솔나무 솔나무큰솔나무
우리집뒤 큰솔나무
가지가지가지마다
솔방울이송송
양산가티널린닙사귀
터실터실 둥치껍지
찬겨울에도 이모양
더운녀름에도이모양
(裵小任) (東)

330 창원 배소임(昌原 裵小任, 十一)의 「솔나무」(『동아일보』, 26.10.24)이다.

松樹는 喬木 又는 灌木으로 恒常 綠葉을 가지고 葉은 單葉으로 互生하여 잇는 것을 그리어 내엿다.

솔방울[331]

솔나무엔 솔방울
다방솔엔 다닥방울
방울은 방울이라도
소리는 안나는방울
(李命根) (中外)

소나무[332]

우리뜰에 홀로선
소나무하나
씩씩하고 긔운잇게
잘도크네요
오늘같이 바람부는
무서운날도
치운줄도 몰우고
잘도노네요.
우리들이 칩다고
웅쿠리면은
소나무는 휘적휘적
몸짓하면서
무엇이 치우냐고
호령하네요.
(忠州 崔龍鳳) (朝)

바람이 조금式 살낭살낭 불면 솔나무는 몸을 살금살금 흔들지만 겨울날

331 사리원 이명근(沙里院 李命根)의 「솔빵울」(『중외일보』, 30.3.23)이다.
332 충주보교 3년 최용봉(忠州普校三年 崔龍鳳)의 「소나무」(『조선일보』, 29.11.12)이다.

强寒風 불어올 때 사람은 칩다 하여도 솔나무닙에 바람이 갈길 때마다 소리를 내며 그래도 青青하게 서 잇슴을 말하얏다.

金秉河, "博物童謠硏究－植物概說編(7)", 『조선중앙일보』, 1935.2.5.

눈맞는소나무[333]

앞산우에 저나무
푸른소나무
그믐밤을 잊고서
잠을잔게죠
◇
압산우에 소나무
오늘아침엔
머리까지 하야케
백발이됏소
註－俗語에 섣달 금음날 밤에 잠을 자면 눈썹이 세어진다…….
(鎭南浦 鄭俊杰) (東)

7. 薔薇科(Rosaceae)

가. 벗꼿(テウスンヤマザクラ) Prunus serrulata indlnlermedia Nakai 벗(山櫻, 樺皮桼)

벗꼿[334]

천가닥 느러진

---

333 진남포 정준걸(鎭南浦 鄭俊杰)의 「눈맞은소나무」(『동아일보』, 30.12.20)이다.

334 평양 최인준의 「벗꼿」(『동아일보』, 28.1.21)이다.

버들실로요
꾀꼬리 소래를
잡아매여서

두던우 잔듸에
노아주면은
그때에 벗꼿은
피어납니다.
(최인준) (東)

다스한 바람이 불어오면 벗꼿이 滿開하는 時節을 說明한 것이다.

나. 장미(ネバリノバラ) Rosa multiflora Thuub. Regel V. adenophora Fret sav

장미(薔薇) (一名 찔네나무)

다. 해당화

해당화(玫瑰, 梅瑰, 海棠)

해당화[335]

압뜰에도 고흔꼿
뒤뜰에도 고흔꼿
오색빗이 찬란하게
어엽게 피엿서요
서울갓든 도련님은
조아라고 뛰다니며
압집언니 뒷집언니
모다모다 불럿지요.
(開城 平海) (東)

335 개성 평해(開城 平海)의 「해당화」(『동아일보』, 25.9.6)이다.

海棠花는 北國 海濱에 잇서 砂地에 自生하는 바 元山 明沙十里에 가장 만히 잇다고 하겟다. 元山地方 附近에서는 庭園에도 栽培하야 觀賞用으로 愛玩되여 오는 터이다. 우에 것은 海棠花의 名稱을 紹介한 데 지나지 안는다.

라. 앵도

앵도(櫻桃, 梅桃)

앵도가늑엇네[336]

털도든 푸른닙은
　　쪼그라들고
빨가숭이 앵도는
　　익엇습니다.
왕개미 올라가서
　　쌈을걸어서
앵도알 튀저서
　　피흘립니다.
　　(金濟龍) (每)

夏期 개미들은 成熟한 果實에는 糖分이 만흔지 더욱 앵도가 늑고 보면 단맛이 더 잇서 기어올라 果皮를 嚙破하고 糖液을 吸食하는 것을 그리어낸 노래다.

앵도알[337]

앵도남게 열리인
　　빨간앵도알

---

336 선천 김제룡(宣川 身彌島學院 第三年 金濟龍, 一五)의 「앵도가 늑엇네」(『매일신보』, 32.7.17)이다.

337 심송향의 「앵도알」(『매일신보』, 31.5.17)이다.

앵도나무 한톨락
떨어지면요
×
앵도나무 밋-헤
다람쥐가요
호물호물 앵도만
주어먹지요
(沈松香) (每)

다 닉요[338] 앵도알은 自然 地上에 떨어지는 것이다. 다람쥐가 앵도알을 냉큼 집어먹는 것을 그리어 낸 것이다.

金秉河, "博物童謠硏究－植物槪說編(8)", 『조선중앙일보』, 1935.2.7.

앵도알[339]

불긋불긋 앵도알
잘도익는다
조랑조랑 가지에
잘도익는다
봄바람에 앵도꼿
곱게피더니
조랑조랑 앵도알
곱게익엇네
어제익고 오늘도
또익어간다

338 '닉은'의 오식이다.

339 조종현(趙宗泫)의 「앵도알」(『조선일보』, 30.6.24)이다.

불긋불긋 앵도알
더귀엽고나
조랑조랑 가지에
익는앵도야
지지말고 래일도
곱게익어라
(趙宗玹) (朝)

앵도나무에 앵도알이 조랑조랑 달리어 가지고 每日每日 닉어 가는 것이 맛치 빨간 꼿이 피어가는 것이나 달음업시 보기 조흔 것은 두말할 것도 업다. 이것은 그 아름다운 앵도가 永永 그대로 잇섯스면 하는 생각에서 나온 노래다.

마. 딸기

딸기[340]

올망졸망 딸기알
매어달린게
골이나고 분해서
빨개젓슬가
◇
아니아니 햇님이
내려쪼여서
고흔얼골 힌얼골
타서그러치
(黃順之) (東)

딸기는 무더운 伏中에 닉어서 먹게 되나 누구나 딸기를 따먹으러 山으로

340 황순원(黃順元)의 「딸기」(『동아일보』, 31.7.19)이다. 아래의 '黃順之'는 "黃順元"의 오식이다.

갈 때에는 구슬 가튼 땀을 비방울가티 흘리며 언덕을 올려가야만 먹을 수 잇는 것이다.

그럼으로 얼는 생각한 때 딸기는 夏節 뜨거운 햇빗으로 말미암아 닉어 가는 것을 그리어 내인 노래다.

딸기[341]

익어가는 딸기네알
소먹이다 보구서는
다익은댐 따가랴고
그냥두고 돌아왓네
◇—◇
울아우 손목잡고
딸기따러 와서보니
어느누가 몬저와서
냉금냉금 다따갓네
(車南星) (東)

普通 山野에 딸기는 夏期 어느 곳이나 널리어 열리고 잇다. 往來하는 사람도 따먹으려니와 일부러 아이들은 딸기를 따먹자고 산으로 가는 것이다.

바. 월게화

月見草[342]

백금달이 예뻐게
이세상에 빗올때
월견초는 벙긋이

---

341 차남성의 「딸기」(『동아일보』, 31.4.3)이다.
342 망향인의 「月見草」(『동아일보』, 26.12.23)이다.

우습짓고 피엿네

(望鄕人) (東)

달 밝은 여름밤에 방긋이 웃는 듯이 月季花가 피고 잇는 것을 보고 지은 노래다.

金秉河, "博物童謠硏究－植物槪說編(9)", 『조선중앙일보』, 1935.2.8.

8. 睡蓮科

가. 함박꼿

함박(芍藥)

우리함박꼿[343]

우리집에 함박꼿
먼저비에 돗더니
벌서입이 자라서
꼿봉오리 매첫네
아츰저녁 웃더니
간밤비에 피엿네
아름다운 함박꼿
보기조케 벌렷네
우리아기 곱다고
동모들에 다자랑
나븨별은 춤추며

---

343 괴산 사리면 강습회 제이학년(槐山沙梨面講習會第二學年)(九才) 김영균의 「우리함박꼿」(『매일신보』, 32.5.22)이다.

놀기조아 안가네
(金英均) (每)

芍藥이 비 오고 난 다음날 닙이 활작 퍼지고 어느듯 芍藥花가 滿開하여 가는 것을 볼 때 老少를 勿論하고 깁버함을 마지안코 자랑함을 그리어 내인 노래이다.

함박꼿[344]

하느님은 슯흐다구
보실보실 가는눈물
한업시 뿌리는데요
우리압뜰 함박꼿은
초록치마 곱게입고
벙실벙실 웃기만해요
×
밧을매는 언니얼굴
구슬땀이 주렁주렁
앵도처럼 열렷는데요
우리압뜰 함박꼿은
연지찍고 분바르고
벙실벙실 웃기만해요
(李薰見) (中外)

9. 芭蕉科

가. 파초

파초 —— (芭蕉)

原産은 熱帶地方의 多年生植物이든 것을 移輸入하여 觀賞用으로 하고 잇다.

344 진주 이견훈(晋州 李見薰)의 「함박꼿」(『중외일보』, 27.5.9)이다. '李薰見'은 "李見薰"의 오식이다.

莖高가 一尺餘로 葉은 크고 長은 橢圓形으로 中肋의 內側에 平行한 側脉이 有하고 夏期葉身으로부터 花莖이 橫出하야 帶黃色의 不整齊花가 大形의 苞腋에 簇生하여 가지고 花後 肉質的 長果實이 열리지만 朝鮮과 如히 寒冷한 곳에서는 果實이 익지 아니하는 것이다.

파초닙[345]

울타리밋 파초닙은
아츰에는 벙글벙글
한낫이면 시들시들
(金興燁) (東)

모든 植物은 發散作用이란 것을 하는 바 根部에서 吸收한 水分을 葉의 表面으로부터서 太陽을 바더 가지고 空氣 中으로 發散되는데 아츰 저녁으로는 이 作用이 中止되여 싱싱하지만 낫에는 太陽이 强한 까닭에 미처 根部에서 氣分이 올러올 사이가 업시 水分이 蒸騰함으로 水氣가 업서 시들시들 시들어지는 것을 말한 것이다.

10. 桑科
가. 뽕(クハ)
뽕(桑椹樹)

서러운닙하나[346]

뽕나무에달린닙 다떠러지고
부모와리별키가 나는실타고
한닙사귀남어서 치워떠는데
지난밤못된바람 뽕닙을때려

345 김흥엽(慶北 金泉公普 金興燁)의 「파초닙」(『동아일보』, 26.9.5)이다.
346 한상진(裡里 韓相震)의 「서러운닙하나」(『조선일보』, 30.12.9)이다.

뽕닙은아프다고 떠러젓서요
부모와리별하고 바람에불려
이거리저거리를 헤매이면서
동모야내동모야 이리오너라
너이는나버리고 어듸갓느냐
나는나는치워서 떨고잇단다
(裡里 韓相震) (朝)

이 童謠의 題目은 「서러운닙하나」 하엿지만 內容에 잇서는 뽕나무에 對한 것으로 다만 뽕닙이 晩秋 洛葉짐을 그리어 낸 것에 지나지 안는다.

11. 南天星科

가. 창포

창포(菖蒲, 白菖)

창포한포기[347]

나제는
제비들이 한가하게도
팔깃팔깃 재조넘지요
외로운개울가엔
버들이한구루

밤이면
반듸불이 애닯흐게도
반짝반짝 왓다가지요
적막한개울가엔
창포가 한포기
(晶東) (東)

347 정동(晶東)의 「창포 한포기」(『동아일보』, 26.1.11)이다. '晶東'은 "韓晶東"이다.

菖蒲는 池沼의 水邊에 自生하는 多年生草인데 葉은 劍狀의 平行脈葉이 簇生하는 것잇 바[348] 다만 菖蒲의 生産處所를 알니어 논 것이다.

金秉河, "博物童謠研究－植物概說編(10)", 『조선중앙일보』, 1935.2.13.

12. 玄蔘科

가. 오동

오동(桐, 白桐, 泡桐)

오동닙하나[349]

가을밤푸른달빗
철－철흘러
오동나무닙새를
새여들어서
달빗에녹아돗는
오동닙하나

가을밤섬돌미테
우는귀뚤암
서로운그우름이
구슬프다고
우수수소리내는
오동닙하나
(禹奉亨) (中外)

---

348 '葉脈이 簇生하는 것인 바'의 오식이다.

349 우태형(禹泰亨)의 「오동닙 하나」(『중외일보』, 29.10.21)이다.

오동닙[350]

갈바람 살—랑
　　불어오니까
오동닙 우수수
　　떨어집니다

떨어진 닙들은
　　치웁다구요
몸들을 맛대고
　　발발떱니다.
　　(金魚草) (東)

시름업시 나리는 비는 함박꼿 나무닙을 정하게 닥가 내고 따라서 꼿방울도 방그레 웃는 反面 農夫들은 一年之糧을 만들기 爲하야 피땀을 흘려 가며 밧 김을 부즈런히 매고 잇는 農村 光景을 그려 낸 노래이다.

나. 련꼿
(蓮, 蓮藕)

련꼿[351]

련못에 새로핀
　　련꼿한송이
간들간들 바람결에
　　춤을추면요
　　◇
이웃에 잠들엇는
　　여러봉오리

350 김어초(金魚草)의 「오동잎」(『동아일보』, 30.12.15)이다.
351 영숙(英淑)의 「련꼿」(『매일신보』, 32.7.6)이다.

나도나도 다토아
　　　피여남니다
　　　(英淑) (每)

때는 돌아와 련꼿이 한 송이 피기 시작하면 다음 두 송이 세 송이 피어 가지고 나종에 그 련못에 잇는 련이 죄다 꼿이 피어 감을 그리어 내인 노래이다.

련꼿[352]

우리집마당아페
조고마한련꼿잇네
아츰일즉일어나서
련못가에가서보면
벙글벙글우스면서
보기조케피여잇네
가득하게피여잇네
　　　(金彝濟) (東)

이것은 못 가운데 잇는 蓮이 아츰 일즉 일어나서 蓮池로 나아가 보면 蓮花가 滿開하여 잇슴을 그리어 내인 노래이다.

련꼿[353]

절압헤 련못에는
　　　련꼿들피엿서요
하얀얼골 연지찍고
　　　곱게도피엿서요
떠올으는 햇님보고
　　　빵긋빵긋우스며

---

352 김이제(郭山 斜立明新學校 二年 金彝濟, 十)의 「년쏫」(『동아일보』, 26.9.30)이다.
353 이구월(馬山에서 李久月)의 「련쏫」(『중외일보』, 28.8.2)이다.

우리들은 직금부터
낫잠을자겟다고
붓처님의 련꼿들은
인사하고잇담니다
(李久月) (中外)

大概 植物의 葉은 秋期末에 至하여는 落葉 되는 것이다. 이것은 植物이 秋期末을 當하고 보면 地下의 溫度가 降下함으로 自然 根部의 水分 吸收作用이 衰弱하여지는 것이다. 그럼에도 不拘하고 葉에서는 水分 蒸散作用의 量이 減하지 안하고서 그대로 夏期와 가티 水分 蒸散作用이 甚한 까닭에 植物 體內의 水分이 不足되여 枯死의 形便에 이르고 말게 되는 것이다.

金秉河, "博物童謠研究－植物概說編(11)", 『조선중앙일보』, 1935.2.17.

그럼으로 體內의 生命을 살리기 爲하야 水分의 蒸散量을 될 수 잇는 대로 減少시키기 爲하야 葉柄이 附着되여 잇는 곳에 所謂 離層이라는 一種의 組織이 생기어 가지고 莖枝와 葉의 連絡이 中斷되여 落葉이 되는 것인데 桐葉은 普通 植物보담 早落하는 바 이것을 그리어 내인 것이다.

13. **百合科** Liilaceae
가. 개나리(ヒメユリ)
개나리 —(山丹)
개나리는 山地에 自生하는 것도 잇지만 大部分은 庭園에 栽培하는 多年生草木이라 하겟는데 高가 二尺餘 되는 것도 잇고 적은 것은 一尺餘에 達하며 大小는 産地에 따라 相違하다.
葉은 細長하고 平行이며 鱗莖은 적고 卵形으로 되여서 數顆 集合되고

各 鱗片은 其數가 적을 뿐더러 白色을 띄우고 잇스며 春日 梢上에 數花가 피는데 꼿은 瓣이 狹하여 開展하지 아니하고 色은 黃色 赤色의 二種이 잇는데 瓣內에도 赤細點이 박히어 잇는 것과 박히어 잇지 안은 두 가지가 잇다.

개나리꼿[354]

누님이심으신 개나리꼿은
서리를마즈며 슬퍼하더니
금년도고웁게 단장을하고
상그레우스며 피여나지요

◇

북간도떠나신 우리누님은
다시금돌아를 올줄몰나도
뜰아페남겨둔 개나리꼿은
방그레우스며 피여나지요

◇

간도간누님이 나는그리워
개나리꼿송이 휘여잡고서
요러케조러케 들여다보니
누님의얼골이 뵈는듯해요

(吳光鎬) (每)

自己의 누이가 개나리를 심어 놋코 멀니 間島로 갓슬 때 다음해 그 개나

354 오광호(平壤 吳光鎬)의 「개나리꼿」(『매일신보』, 31.3.9)이다. "누님이심으신 개나리꼿흔/서리를마즈며 슬퍼하더니/금년도고웁게 단장을하고/상그레우스며 피여나지요/◇ 북간도써나신 우리누님은/다시금도라를 올줄몰나도/뜰압헤남겨둔 개나리꼿흔/방그레웃으며 피어나지요/◇ 간도간누님이 나는그리워/개나리꼿송이 휘여잡고서/요러케고러케 들어다보니/누님의얼골이 뵈는듯해요//" 김병하(金秉河)는 『매일신보』를 인용하였는데, 오광원(平壤 吳光園)의 「개나리꽃」(『동아일보』, 33.9.28)도 유사하다. 원문 표기는 다음과 같다. "누님이심으신 개나리꽃/서리맞으며 슬퍼하더니/금년도고웁게 단장을하고/상그레우스며 피여나지요/◇ 북간도떠나신 우리누님은/다시금도라를 올줄몰나도/뜰앞에남겨둔 개나리꽃은/방그레웃으며 피여나지요/◇ 간도간누님이 나는그리워/개나리꽃송이 휘여잡고서/요러케고러케 들어다보니/누이님얼골이 뵈는듯해요// 밤길을걸으면서 九. 二十一日作"

리가 꽃은 피엇것만 누님은 오지 안허 누이를 그리워하면서 지은 것이다.

개나리[355]

『호수가로 가지안흐면 큰개나리 꽃은 꺽지못한다』고
산아래 나무꾼이 말합듸다

『산꼭대기로 가지안흐면 큰개나리 꽃은 꺽지 못한다』고
호수우에 배사람이 말합듸다

그러길래 산꼭대기에갓더니 깃드린새의 말이
『푸른하늘가지 가지안흐면
큰개나리꽃은 꺽지 못한다』고

(옥동자) (東)

이것은 개나리의 産處를 몰라 개나리를 꺽그러 山으로 갈가 湖水가로 갈가 하날로 갈가 몰나서 갈팡질팡하며 그리어 내인 것 갓다.

나. 물망초

一名 —— 넘나물

넘나물(黃花菜, 鹿葱)

파란물망초[356]

— 1 —

저들판에 고개숙인
파란물망초
한들한들 봄바람이
그리웁지만

355 옥동자의 「개나리」(『동아일보』, 25.3.4)이다. 행(行) 구분은 『동아일보』의 원문에 따랐다.
356 남궁랑(南宮浪)의 「파란물망초」(『동아일보』, 30.11.9)이다.

가을날의 바람은
　　　　쌀쌀하다고
오늘밤도 별미테서
　　　　우노랍니다
—2—
저들판에 고개숙인
　　　　파란물망초
종다리새 울음소리
　　　　그리웁지만
귀뜨라미 울음소린
　　　　얄미웁다고
오늘밤도 별미테서
　　　　우노랍니다
　　　　(南宮浪)（東)

野原에 生成하야 가지고 花는 그다지 크지 못하고 直徑이 一分 假量의 空中色을 띄우고 잇지만 勿忘草에 對한 傳說이 퍽으나 만히 流行되고 잇느니 만큼 美麗할 것은 업스나 사람들의 人氣를 여간 끌고 잇는 것이 아닙니다. 草長도 五六寸의 小草이고 葉은 長이 一寸餘의 長楕圓形인데 花期는 約 二個月間으로 早春부터 開花되기 始作하는 것이다. 이 童謠는 勿忘草가 秋期에서 春期를 想像하야 그리어 내인 것이다.

14. 公孫樹料[357]

가. 은행(ギンナン)

은행(銀杏, 白果)

357 "公孫樹科"의 오식이다. 공손수(公孫樹)란 나무가 자라 열매를 맺기까지 수십 년이 걸려 붙여진 이름으로, 할아버지가 은행을 심으면 손자가 그 열매를 먹게 된다는 뜻에서 비롯되었다고 한다.

은행나무알에서[358]

1

등넘어 콩밧갈든 엄마더딀때
누나하고 저녁밥 지어두고서
뒷동산 은행낭게 기대안저서
들에가신 엄마를 기대렷다오

2

백리길 읍내장에 가신엄마가
오신다든 그날도 해가저무러
누나를 붓잡고 목노아울제
은행열매 따주며 달내엿다

3

오늘밤은 시월에도 달이밝은밤
은행나무 입사귀 단풍드러서
바람에 한닙두닙 떠러지는대
멀니가신 누나가 그리웁다오

(金水卿) (朝)

銀杏樹는 落葉喬木으로서 莖은 多數한 枝로 分하여 莖의 後生木部에 導管이 업고 莖에는 長短 二種의 枝椏가 잇서 가지고 長椏는 恒常 葉이 叢生되엿고 其葉脈에서 短椏가 나 가지고 數個의 葉이 또한 叢生하여 잇다. 雌花와 雄花는 各各 異株에 잇는데 雄花는 短椏의 葉脈에 나서 荸荑花序로써 만흔 雄蕊이 잇고 花絲의 頂上이 膨大되여서 其下面 一側部로 二個의 葯胞를 떠러[359]트리고 잇다. 雄花도 亦 短椏에 葉脈에 나 가지고 二個의 心皮로 되어 各心皮는 一個로서 잇는 胚珠가 잇다. 胚珠는 珠心 上部에

---

358 김수향(金水鄕)의 「은행나무아래서」(『조선일보』, 29.10.5)이다. 아래 '金水卿'은 "金水鄕"의 오식이다.

359 「博物童謠研究 — 植物概說編(11)」(『조선중앙일보』, 35.2.17)은 여기 '葯胞를 떠러'로 끝이 났다. 편집의 착오 때문이다. 이후 끝까지는 「博物童謠研究 — 植物概說編(12)」의 뒷부분에 이어서 편집되어 있었지만, 맥락을 고려하여 바로잡았다.

花粉室을 가지고 胚珠 內에서 생기는 雌性植物은 綠色인데 恒常 二個의 有頸雌器가 잇서 漸次 成長함을 따러 珠心을 全部 破壞하는 것이다. 花粉은 風으로 飛散하여 柱頭에 達하자 子房室로 들어가 結實되는 것이다.

童謠 中 "은행열매 따주며 달래엿다오" 하는 것을 보아 雌花를 가지고 잇는 雌樹임을 알 수 잇는 것이다.

15. 苔葱科

가. 고사리

고사리(蕨, 龍頭菜)

고사리[360]

고사리 고사리 밧고사리
무덤우에 난고사리
　　처녀죽은 혼이드냐
　　총각죽은 넉시드냐
고사리 고사리 밧고사리
주먹주먹 쥐인고사리
　　때린놈을 못때렷나
　　잡을놈을 못잡앗나
　　　　　　(飛達岐) (朝)

고사리는 山野에 自生하는 羊齒類로서 葉은 全體가 三角形을 일우고 羽狀으로 分裂하여 凡 三回에 葉綠 裏面으로 굽으러저 가지고 赤褐色의 子囊群이 달니는 것이다. 그런데 早春 莖部에서 新生하는 新葉은 直立하여 가지고 全部 展開 前은 掌狀으로 卷縮되어 잇슴을 그리어 내인 것이다.

360 비달기의 「고사리」(『조선일보』, 30.5.14)이다.

16. 旋花科

가. 나발꼿

나발꼿(白丑, 牽牛子, 黑丑)

나발꼿을 "멧꼿" 或은 "흑꼿"이라고도 하며 平壤 附近에서는 "냉초꼿"이라고 하는 바 그 種類가 실로 數十種이나 되는데 大槪가 左側으로 纏繞하는 莖을 가지고 他食物이나 棍棒 等을 차근차근 감아 올라 가며 五六月頃이 되면 早朝에 美麗한 漏斗形의 合瓣花가 피기 始作하야 가지고 正午頃이면 슬어저 버리는 것이다.

이제 나발꼿에 對하야 몃 가지 童謠를 들어 보기로 하면

나발꼿

우물가의나발꼿
　　곱기도하지
아침마다첫인사
　　방긋우서요
점심때우물가에
　　다시와보면
방긋방긋반가워
　　놀고가래요
동무동무놀다가
　　늦게와보니
노여워입담을고
　　말도말재요
　　(郭蘆葉) (中外)

아츰에 피인 꼿이 點心 때까지는 보앗지만 點心 後 얼마 잇다 보니 시드러져 잇슴을 그리어 내인 듯한데 "아츰마다 첫인사 방긋우서요"와 "노여워 입담을고 말도 말재요" 等은 잘 表現되엿다고 보겟다.

金秉河, "博物童謠研究－植物概說編(12)", 『조선중앙일보』, 1935.2.18.

개나리꼿[361]

노랑노랑 노랑이
　　　개나리꼿은
우리집 뒷동산에
　　　피엿습니다
나보고 생글생글
　　　깃버하면서
입을벌려 우스며
　　　노래합니다
　　　◇
노랑노랑 노랑이
　　　개나리꼿은
저산에 아름답게
　　　피엿습니다
나보고 방긋방긋
　　　즐겨하면서
고개를 끄덕이고
　　　춤을춥니다
　　　(洪仁洙) (每)

이것은 자긔 집 뒷동산에 피어 잇는 개나리를 바라보며 그리어 내인 것이지만 개나리의 滿開되어 잇는 花의 形成狀態가 잘 表現되엇다.

361 홍인수의 「개나리꼿」(『매일신보』, 32.2.3)이다.

金秉河, "博物童謠研究－植物概說編(13)", 『조선중앙일보』, 1935.2.20.

나팔꼿[362]

울미테핀 나팔꼿은
　　　　축음긔지요
해뜨기전 트러놋는
　　　　소리긔게조
울아버지 논김매기
　　　　늣지말라고
일제히 머리들고
　　　　소리치지요.
아버지를 뒤따라
　　　　니러난나는
자주빗 얼골에다
　　　　우슴을띄운
소리긔계 나팔꼿과
　　　　인사하지요
　　　　(宋昌一) (中外)

農村少年들의 부즈런하고 따러서 花草에 對한 愛着心이 잇다는 것을 차저볼 수 잇다.

나팔꼿[363]

울타리에 연분홍꼿
　　　　아츰나팔꼿
해도안뜬 첫새벽에

362 송창일의 「나팔꽃」(『중외일보』, 30.7.21)이다.
363 김준홍의 「나팔꽃」(『매일신보』, 30.10.7)이다.

발서피엿나
동쪽으로 서쪽으로
나팔붑니다
『늣잠자는 동무들아
일어나거라』
동편산에 붉은햇님
샛죽우스며
밤사이에 안녕햇나
인사할적엔
나팔꼿은 제할일도
다맛첫다고
샛죽뻿죽 우스면서
시들어저요
(金俊洪) (每)

나팔꼿은 일흔 아츰에 핀다는 것과 太陽이 어느듯 뜨거워질 때에 "나팔꼿은 제할일도 다마첫다"고 하는 대서 受粉作用이 다 일우워다는 것이며 "샛죽샛죽 우스면서 시들어저요" 하는 데서 꼿이 이우러저 간다는 表現이 훌륭하게 되엿다.

나. 메(ヒルガホ)

메 —— (旋花, 免兒猫, 葍子根)

메는 野原處處에 自生하는 多年生의 蔓草로서 긴 纏絲莖을 가지고 葉은 戟狀인대 기리가 三寸 假量에 達하는 長柄을 가젓다. 五六月頃으로부터 夏期가 다 가도록 漏斗狀의 合瓣花가 피는데 그 비츤 淡紅色을 띄우고 꼿은 正午頃에 피기 始作하는 것이다. 그런데 根部는 "고구마"와 가티 생기어 이것을 캐어다 兒孩들이 먹는 것이다.

메 캐러가자[364]

호미와바구니

두손에들고서
옥희야선이야
메 캐러가자

공중에종다리
노래부른다.
우리도마초아
노래부르자

첫뿌리캐인것
어머니드리고
그다음캐인것
똑가티먹자
선이야저것은
너의집제비요
옥희야이것은
너의집제비
그다음오는것
우리집제비
(黃崗童) (朝)

이 童謠는 兒孩들이 메 캐며 노는 場面과 春景을 그리어 내엿고 따러서 父母에 對한 恭敬心과 自己들 동모에 對한 友愛心이 如實히 表現되엇는데 果然 平和와 人情이 흘으고 잇슴을 發見할 수 잇는 것이다.

17. 董菜科

가. 오랑캐꽃(スミン)

오랑캐꼿 —— (紫花地丁, 菫米布袋)

오랑캐꼿은 大槪가 野原의 處處에 自生하는 草花로 草高가 三四寸 假量

364 황강동의 「메 캐러 가자」(『조선일보』, 30.1.29)이다.

인데 早春에 葉間으로부터 數梗이 出하여 가지고 一梗에 한송이식 紫紅色으로 그다지 美麗할 것은 업스나 側面으로 꼿송이가 비스듬이 들고 잇는 것이다.

오랑케꼿[365]

어이어쁜 오랑케꼿
밧둑가엔 피질마라
꼿반기는 마을색시
풋나물을 캐러왓다
바구니에 담아갈나

밧둑에핀 오랑케꼿
돌작바테 자라지라
돌작바테 곱게피면
마을색시 못온단다
(윤복진) (中外)

다만 이것은 오랑케꼿이 나물 뜻는 처녀들에게 뜻기어 업서질가 念慮하는 데 지나지 아니하지만 花草의 愛情이 흘으는 맛이 잇다.

金秉河, "博物童謠研究－植物概說編(14)", 『조선중앙일보』, 1935.2.21.

18. 葡萄科

365 윤복진의 「오랑케쏫」(『중외일보』, 27.5.13)이다. 원문은 다음과 같다. "어이어쁜 오랑케꼿/밧둑가엔 피질말아/쏫반기는 마을색시/풋나물을 캐러왓다/바구니에 담아갈라//밧둑에핀 오랑케쏫/돌작바테 자라거라/마을색시 못다니는/돌작바테 곱게피면/마을색시 못온단다." 「박물동요연구」에서는 "마을색시 못다니는"이란 한 행이 빠져 있다.

가. 포도(ブダウ)

내가심은포도나무[366]

내가심은 그나무
　　잘도크겟네
녯집터 포도나무
　　잘도크겟네
꾀꼴 꾀꼴새도
　　차저오겟네
추렁추렁 포도열매
　　익어가겟네
　　　(李日相) (每)

葡萄의 種類가 十餘種이나 되는데 蔓生의 落葉樹 灌木으로써 莖의 變形으로 된 養鬚을 가지고 他物에 감고 올라가며 成長하는 것이다. 自己가 녯집에 심어 논 것을 생각함이지만 "추렁추렁포도열매 익어가겟네" 이것은 花軸에 만흔 꼿이 달니어 結實함에 따러 珠形 果實이 추렁추렁 달니엿슴을 그려 내인 것이다.

19. 禾本科

가. 보리(オホムキ)

보리(大麥, 牟)

봄보리[367]

압뜰에도푸릇푸릇
뒷뜰에도푸릇푸릇
압뜰뒷뜰보리싹은

366 이일상(全州 李日相)의 「내가 심근 포도나무」(『매일신보』, 30.9.30)이다.

367 진주제일공보 3년 전윤덕(晋州第一公普三年 田潤德)의 「봄보리」(『조선일보』, 30.3.28)이다.

생기잇게자라나네
춥고추운눈시절을
겨우겨우다지내니
기뿌고도조흔드시
봄왓다고춤을추며
웬-뜰에자라나네
(田潤德) (朝)

이것은 가을보리로써 秋期에 씨 뿌렷다 싹터서 조금 자라 가지고 그대로 冬期雪中을 지나 다음해 봄에 무럭무럭 자라람을 그리어 내인 것이다.

보리[368]
왼들에파랏튼보리는
어느듯누른비틀띄엇고나
농부들은낫가러들처메고
보리빌때에
점심내가는어머니따라가
맛잇는들밥먹을일이
자미스려웁다
(朴斗彦) (東)

어느듯 봄은 지나가고 여름이 되고 보면 보리는 結實이 完全히 일우워짐에 이것을 거더들리기 爲하야 農夫들은 낫들고 奔走하며 兒孩들은 밥 니고 나아가는 어머니를 따러가서 野原에서 點心 먹을 것을 그리어 내엿는데 農村田園風景이나 農民生活의 表現이 잘되엿다.

나. 밀보리(コムギ) Triticum Sativum Lamarck
밀보리(小麥, 秣)

368 박두언(萬頃 朴斗彦)의 「보리」(『동아일보』, 26.6.17)이다.

밀보리[369]

종달새는밧갈고
　　제비는씨뿌려
파릇파릇도다난
　　밀보리들이
가을날 새파란
　　꿈을흔들며
춤춥니다 가을날
　　날맑은午後
　　(崔仁俊) (東)

밀보리는 秋期에 씨 뿌려 싹 나온 것이 冬期를 지나 春期에 完全히 成長하야 가지고 初夏에 거더들이는 것인데 이 童謠의 內容은 春期에 씨 뿌린 것이 秋期를 지나는 듯이 表現되여 農事의 矛盾된 感이 잇다.

다. 벼 Oryga satiyva
벼(稻)
(一名 南朝鮮에서는 "나락"이라 함)

벼이삭[370]

봄에심은 벼가요
　　가을이되여
커다란 누른이삭
　　고개숙엿소
저때문에 봄여름
　　피땀흘리운
가난한 농부보기

---

369 최인준(平壤 光成高普 崔仁俊)의 「밀보리」(『동아일보』, 27.10.23)이다.
370 전식(田植)의 「벼이삭」(『매일신보』, 30.10.7)이다.

붓그런가보
(田植) (每)

稻는 春期에 農夫들이 밧 갈고 씨 뿌리어 苗床을 만들엇다. 이것을 다시 畓 또는 田에다 移植하고는 肥料 주고 김매 주고 이러케 功을 들여 秋期에 이르고 보면 充分히 結實한 벼싹은 고개를 숙이고 잇는 바 이것을 그리어 내인 것인데 稻畓 秋景의 表現이 잘되엿다.

金秉河, "博物童謠研究-植物概說編(15)", 『조선중앙일보』, 1935.2.23.

벼야벼야[371]

벼야벼야 닉어라
어서어서 닉어라
왼들판에 다닉어
이논저논 베비자
×
무렁무렁 닉은벼
피땀흘녀 지은벼
이논저논 벼비어
우리차지 다하자
(南大祐) (東)

俗談에 "九十九 石 하는 놈이 一石하는 놈의 것을 빼앗는다" 하는 말과 "내 배 불으면 종의 밥 짓지 말나" 하는 것이 잇지만 이 童謠는 慾心과 利己主義 色彩가 濃厚한 것을 能히 三尺童子라도 알 수 잇다.

---

371 남대우(河東 南大祐)의 「베야베야」(『동아일보』, 33.10.1)이다.

가튼 農村部落民으로 饑餓線에서 彷徨 하거나말거나 自己만 배부르게 먹고 享樂生活을 하겟다는 私慾이 表現되엿다.

벼야벼야[372]

누렁누렁 익은벼
한단두단 비어서
우리들의 굶은배
가뜩가뜩 채우자

×

추석마지 떡방아
하로종일 쿵덕쿵
피땀흘녀 지은벼
떡해먹자 쿵덕쿵

(南大祐) (東)

秋期 農家生活 現狀을 그리어 내인 것이라 하겟지만 田畓의 만흔 所有權을 保持한 富農民의 自己富裕함을 廣告하는 데 不過하다. 農業을 職業으로 삼는 者가 모두 이 貌様이라면 오즉이나 조흘 것이랴만은 血汗을 흘니고도 먹을 것이 업서 草根木皮로 生命을 겨우 이어 나가는 者가 더 만히 잇는데야 어찌하랴

라. 갈(アシ) Phragmites commauis Tinius

갈(蘆, 葦, 葭)

갈나무는 江岸이나 湖池 等의 水邊에 自生하는 宿根草로써 春期 地中에 잇는 舊根으로부터 싹이 터 나와 가지고 春期와 夏期에 자라서 秋期에 至하면 草高가 十餘尺에 達하는 것이다.

仲秋頃에는 갈대나무 끗 우에가 穗가 생기어 圓錐花序를 만드러 가지고

372 남대우(河東 南大祐)의 「베야베야」(『동아일보』, 33.10.1)이다. 같은 곳에 같은 제목의 동요가 두 편 실렸는데 두 번째는 제목 표시가 없고 지은이도 "同人"이라 하여 수록되어 있다.

多數한 갈꼿이 주럭주럭 달니어 가지고 얼마 지난 後에는 完全한 結實이 되면 綿과 如한 白毛가 뒤집어쓰고 잇다가 이것이 바람에 四方으로 散飛되어 種子를 蕃殖하여 나아가는 것이다.

갈대닙[373]

강변에외홀로 섯든갈대닙
겨울밤찬바람에 슬피웁니다
나그네새기럭이가 날으는 하늘에
싸락눈이허터저 치워웁니다

쓸쓸히흔드는 하얀갈대닙
쓸어지며 부대치며 떠는소리엔
싸락싸락 싸락눈이 슬슬내리니
강변에 갈대닙 외로웁니다

(鄭基周) (東)

晩秋를 當하고 보면 눈도 날리고 바람도 불게 될 뿐더러 갈닙도 말라 가지고 强風이 불면 갈대가 이리 흔들 저리 흔들 움지기는 대로 닙에서는 바스락바스락 하는 소리가 나는 것을 그리어 내는 것이라 하겟다.

갈대[374]

달밝은 갈밤에
냇가에 갈대가
흰손을 들고서
손짓을 합니다
씨까지 잠자는
고요한 이밤에
누구를 오라고

373 정기주(陝川 鄭基周, 一六)의 「갈대닙」(『동아일보』, 26.12.5)이다.
374 윤복진의 「갈대」(『중외일보』, 27.4.29)이다.

손짓을 햇슬가

(윤복진) (中外)

바람이 솔솔 부는 달밝은 가을밤 白色 갈대싹이 흐느적흐느적하는 것을 그리어 내인 것인데 秋月夜景이 잘 表現되엿다고 보겟다.

20. 毛莨科 Cranuculaceae

가. 할미꼿(テウセン, オキナグサ) Pur Satilla Koreana Sprengel

할미꼿(老姑草)

할미꼿은 山野와 路防에 普通으로 만히 잇는 高가 五寸으로 八九寸 假量의 花草로써 四五月頃에 六片으로 되어 잇는 한 송이 꼿이 地面을 向하고 굽으러저서 피어 잇는데 그 꼿의 外部로는 白色의 毛와 가튼 것이 씨워 잇고 內部는 맨들맨들한대 紫色비치 도는 것이다.

어느듯 꼿이 다 진 다음에는 雌葉의 先端에 白色의 毛가 기다란하게 뻗치어 가지고 꼭 老人의 白髮과 조금도 달음업시 보이는 데서 "할미꼿"이란 일홈이 지어진 것이나 아닐가 생각된다.

할미꼿에 對한 童謠가 數十首나 되는 가운데서 다음의 二三首를 選擇하야 가지고 한번 살피어보기로 한다.

할미꼿[375]

뒷산에핀 할미꼿

가시돗친꼿

싹돗칠때 등고분

등꼽쟁이꼿

호득호득 봄바람

흥을보며는

병신꼿 할미꼿은

375 김웅렬의 「할미꼿」(『중외일보』, 30.3.6)이다.

얼골붉히오.
(金雄烈) (中外)

이것은 할미꽃이 봄날에 싹이 터 가지고 자라나서 꼿 필 때까지 成長하는 順序와 밋 花形을 그리어 내인 것인데 잘 表現되엿다고 보겟다.

金秉河, “博物童謠硏究－植物概說編(16)”, 『조선중앙일보』, 1935.2.24.

할미꼿[376]

뒤ㅅ동산 언덕미테
허리굽은 할미꼿이
아름답게 단장하고
젊엇다고 자랑해요
×
능청쟁이 할미꼿이
늙은이는 점잔타고
젊은허리 꾸브리고
늙엇다고 자랑해요
金基柱 (朝)

이것은 할미꼿이 開花 中에 잇는 것을 그리어 내인 것이지만 할미꼿 나무의 形容이 簡單하고도 잘 表現되엿다고 하겟다.

---

376 김기주의 「할미꽃」(『조선일보』, 30.4.15)이다.

할미꼿[377]

새들은 흥에겨워
　　　　노래부르고
나븨들은 질거워
　　　　춤을추는데
홀로핀 할미꼿은
　　　　벗이업다고
머리를 숙이고서
　　　　눈물집니다
큰벌과 작은벌이
　　　　떼를지어서
할미꼿 머리우로
　　　　날어다니며
할머니 할머니
　　　　자꾸불러도
못들은체 하고서
　　　　눈물집니다
　　　　(朴斗彦) (中外)

이것은 새들이 흥에 겨워 노래 부르고 胡蝶들이 질거워 亂舞하며 할미꼿이 滿開되어 잇는 春期 野原의 自然景을 그리어 내인 것이라 하겟는데 比較的 잘 表現되엿다고 볼 수 잇는 것이다.

21. 千屈菜科

가. 백일홍(サルスベリ) Lager stro emia indica Linne

백일홍(百日紅, 紫薇, 紫荊)

普通 家庭과 花園에 가장 만히 栽植하여 紫紅色의 美花가 樹梢에 삐죽삐죽 나와 가지고 봉오리가 달리어서 開花하는 보기 조코 아릿다운 꼿이라 하겟다.

377 만경(萬頃) 박두언의 「한미꼿」(『중외일보』, 27.4.13)이다.

백일홍[378]

×

가을바람 살랑살랑 화단우에 불어와
시드른 백일홍— 그 가지 한들 한들

×

힘업시도 숙인고개 요리조리흔드는양
봉오리에 이슬지든 그아츰 꿈꾸는가

(오광호) (朝)

이것은 다만 가을에 서리가 나리고 바람 불 때에 自然 백일홍은 시들어 버리는 것이다. 바람이 살랑살랑 부는 어느 가을날에 시들어 가는 것을 바라보고 지는 것인데 봉오리를 想像하며 지은 것 갓다.

百日紅[379]

할옷입고 쪽지쓴
　고흔백일홍
빨간구슬 연주를
　곱게찍고서
마당가에 쓸쓸히
　누굴기두나

×

붉은해도 서산에
　사라지고요
은하가에 별님도
　반짝이는데
백일동안 누구를
　맛나보려고
고흔얼골 그대로

378 평양 오광호의 「백일홍」(『조선일보』, 30.10.22)이다.

379 김재영의 「百日紅」(『매일신보』, 31.8.5)이다.

누굴기두나
(金載英) (每)

夏期間 百日紅이 滿開 되여 잇는 어느 날 저녁 때 바라보며 그리어 내인 것인데 할옷는 葉을 말한 것이오 쪼지는 雌雄蕊를 가르침이요 발간 구슬 연주는 花瓣을 말한 것인데 夜景과 花形에 對하야 잘 表現되엿다고 볼 수 잇는 것이다.

22. 荳科

가. 콩(ダイズマメ) Glycine Soja Bentham

콩을심어[380]

왈강달강
　　콩을심어
여름동안
　　길러내어
가을된뒤
　　비여들여
배불으게
　　먹쨋드니
지난비가
　　가저가고
마을집에
　　빗을갑고
빈주먹만
　　남엇고나
　　(邊熙田) (中央)

이것은 昨年 夏期 未曾有의 大洪水로 말미아마 田畓을 일코 家産을 流

380 변희전(吉州 邊熙田)의 「콩을 심어」(『조선중앙일보』, 34.8.6)이다.

失하야 死線에서 彷徨하는 三南 水災民의 慘狀을 當한 사람으로 오즉 自己가 콩을 심어 놋코 김매 주고 북도다 주고 할 때마다 이것만 잘되고 보면 數多한 家口가 延命은 하여 가리라고 하엿드니 意外에 洪水에 띄워 바리고 조금 남은 것으로 겨우 秋期에 秋收라고 하여 드린 것은 빗쟁이에게 빗 갑고 나니 아무 것도 업시 赤手空拳만 남은 貧農民의 現狀을 그리어 내인 것이다.

金秉河, "博物童謠研究－植物概說編(17)", 『조선중앙일보』, 1935.3.1.

콩닷되[381]

들에는 황금곡식 물결을처도
우리집 추수한건 업는가봐요
모두들 풍년이라 질겨하지만
우리는 이삭주랴 분주하지요

남들은 소부려서 추수하지만
마당에 낫가리를 가려놋치만
우리는 엄마와나 들에나가서
온종일 이삭준것 겨우콩닷되

(붉은샘) (朝)

가튼 農村이면서 더욱히 한 部落에서도 同一한 農夫라는 아래 가튼 피땀을 흘리것만 누구의 집 뜰 아페는 노적데미가 山가티 싸혀젓고 自己의 집 아픈 몬지가 나서 물을 뿌리게 되는 貧困한 生活을 말하얏고 넓은 들에

381 붉은샘의 「콩닷되」(『조선일보』, 30.11.28)이다.

누러케 닉어 머리를 숙이고 잇는 곡식이 가득하것만 그는 따로따로 所有權을 가지고 잇는 사람들의 물건이다. 다른 사람들은 모다들 豊年이라 떠들지만 自己집 쌀 항아리에는 凶年이 들어 한 끼의 끄려 먹을 糧食이 업서 이삭을 주어야만 空腹을 겨우 免할 수 잇는 것이 貧窮한 農民의 生活現狀으로써 그들의 눈물 석긴 한줄기 읇퍼 낸 노래이다.

나. 아가시아(ニセアカシア) Roleinia Pseado Acacia

아까시아닙

아까시아닙사구
톡기먹는닙사구
　　언제나톡기는
　　바랜답니다.
　　저녁이면내가
학교에서올때마다
따가지고온답니다.
　　　　(金五月) (中外)

大槪 아가시아닙을 草食動物이 만히 먹고 잇는 톡기들을 여름날 아가시아닙을 훌터다가 먹이며 길으고 잇든 바 自己가 學校에 가 工夫하는 동안 못 먹고 굶고 잇슬 것을 생각하며 下學하고 집으로 돌아올 때 따 가지고 오는 것을 그리어 내이엇지만 動物을 사랑하는 마음이 얼마나 캬륵한가를 能히 알아볼 수 잇슬 만하다.

23. **菊科** (Compositae)

가. 다리아(ダ-リアテンジクボタン) Dahlia Variabilis Dest

다리아-(天笠牡丹)

一名 —— 인도꼿

다리아[382]

집에심은 다리아 키큰다리아
내키보다 한자나 더큰다리아
빨간꽃이 피여서 행복하지요
어제밤의 폭풍우 사나웁드니
아침저녁 만나서 정든다리아
가엽게도 마저서 병들엇서요
어엽부든 다리아 불상하여서
기둥세워 튼튼히 매여줫드니
아침해발 비추면 긔운내지요
아름다운 빨간꽃 피여시들면
우리들은 가여워 땅을파고서
시든꽃은 파뭇고 씨만캐둬요
(최수환) (中外)

다리아는 元來 '메키시코' 産의 熱帶性을 가지고 잇는 것이라야만 陽地쪽에만 심은다면 失敗를 免하고 잘 꼿求景을 할 수 잇는 花草이다. 다리아는 키가 큰 까닭에 꼿꼿한 막대를 땅에 꼬자 가지고 이것에다 依支하야 빗드러매지 아니하면 强風時에는 넘어지기 容易한 것이다.

그리고 秋期 서리가 나리어 오게 되면 自然 다리아의 莖葉은 枯死함으로 잘너 바리고 球根은 캐내어 冬期 바람 치지 아니하는 곳에 一尺半 假量 파고 무더 두엇다가 翌年에 다시 캐내어 난우어 심어야 하는 것이다.

그런데 이 童謠는 다리아를 栽培하는 이로써 一年間 經驗을 그리어 낸데 不過한 것이다.

따리아[383]

담장미테 따리아는

382 최수환의 「다리아」(『중외일보』, 29.10.5)이다.

383 원산고녀 이주경(元山高女 李珠暻)의 「싸리아」(『조선일보』, 30.10.28)이다. 지은이가 '李珠曝'은 "李珠暻"의 오식이다.

곱게피엿네
빨강노랑 가지가지
잘도피엿네
우리언늬 싀집갈때
한아름안고
슬금슬금 례배당을
것든이때가
금년에도 따리아는
곱게피여도
싀집가신 우리언늬
웨안오실가
포기포기 눈물짓는
고흔따리아
우리언늬 보고시픈
눈물이라네
(李珠曝) (朝)

다리아꼿에는 各色이 잇는 바 이것은 自己의 언니가 다리아꼿 필 때에 다리아꼿을 한 홈큼 가슴에 안고서 敎會堂에서 結婚한 다음 어느듯 一年이 지나가 다시 다리아가 꼿은 피엇지만 싀집간 언니를 생각하며 그리어 내인 것이다.

金秉河, "博物童謠硏究－植物槪說編(18)", 『조선중앙일보』, 1935.3.7.

따리아[384]
가을달환하게

384 삼열의 「싸리아」(『중외일보』, 29.10.12)이다. '삼열'은 "高三悅"을 가리킨다.

빗치는날이면
동생이 심어논
검붉은따리아
달빗채 빠안짝
머리를 흔들죠
◇
가을바람고히
부러와서는
따리아를 슬적
건드릴때마다
동생이 그리워
눈물집니다
◇
새울고꼿피는
일흔봄날에
땅파고뿌리를
무더두고는
엄돗는것보고서
먼나라갓죠
(삼열) (中外)

달 밝은 가을밤 바람은 소리 업시 불어오고 다리아는 만개하엿는데 봄날에 다리아를 심어 노코 不歸의 客이 된 同生을 생각하여 그리어 내인 것이다.

나. 국화(キク) Chrysanthemam Sinense Sabin V. genterrso

국화—(菊花)

菊花는 봄날 根節에서 도다난 것은 肥料를 주고 六月 中旬頃까지 길러 가지고서 葉을 一二枚式 달리게 莖을 中斷하여 이것도 花盆에 꼬자 가지고 뿌리를 나리게 한 다음 亦是 이것도 肥料를 잘 주어 가며 거두어 주면 晩秋大形의 花를 求景할 수 잇는 것이다.

국화꼿[385]

금년봄눈다녹고
땅도풀린뒤
우리집넓다란
압뜰에다가
화단뭇고정성것
심어논국화

진달래꼿백일홍
웃음웃을땐
웃는꼿이밉고다
푸르럿더니
찬바람이산넘어로
불어드니까

그것은더실타고
볼이부웟네
지금까지성이나서
볼이부엇지만
그까짓성이야
몃날갈테냐?

서리넝감산넘어로
날아들면은
반갑다고벙실벙실
웃음웃을걸
공연히성이나서
서둘러대네

(北鎭 鄭東晟) (東)

385 정동성(北鎭 鄭東晟)의 「菊花꼿」(『동아일보』, 29.10.11)이다.

이것은 봄에 화단을 만들고 菊花를 심어 여름이 지나고 가을이 되여야 모든 것들은 찬 서리에 시드러저도 국화만 아름다운 것을 피여 가지고 잇는 것을 말한 것이다.

국화[386]

국화의색색꼿이
　　　피여납니다.
붉은국화아름답게
　　　피여나니까
노랑국화도 노랑노랑
　　　잘도핍니다.
붉은국화노랑국화
　　　서로닷토아
불긋불긋노랑노랑
　　　잘도핍니다.
　　　(李致官) (東)

秋期에 菊花가 여러 가지 빗과 여러 가지 貌樣으로 滿開하여 감을 그리여 낸 것이다.

국화[387]

양지바른마당가
　　　쓸쓸한곳에
방긋이우슴웃는
　　　고흔국화가
하나하고둘셋이
　　　피엿답니다.

386 이치관(巨濟 李致官)의 「국화」(『동아일보』, 26.11.28)이다.

387 마포공보 오세창(麻浦公普 吳世昌)의 「국화」(『조선일보』, 29.11.3)이다.

◇

찬서리에나무닙
떠러지는데
희망이가득찬—
국화만은요
고읍게닷토와서
피엿답니다.
(吳世昌) (朝)

이것은 가을 찬 서리에 모든 草木은 시드러저 落葉이 듯것만은 오즉 菊花만은 조금도 變함이 업시 그대로 닙히 靑靑할 뿐더러 아름다운 꼿이 방그레우스며 피어남을 그리어 내인 것이다.

金秉河, "博物童謠硏究 — 植物槪說編(19)", 『조선중앙일보』, 1935.3.8.

국화[388]

내가심은 화분에
국화한그루
향내송이 한송이
이제야폇소
바람차고 서리찬
이가을날에
어찌하면 그러캐
피엿슬까요
다른꼿은 다지고

---

388 유천덕(鐵山 劉天德)의 「菊花」(『매일신보』, 30.12.16)이다.

넙만잇는대
방긋방긋 우스며
저혼자폇소
아름다운 향기는
뜰에나서도
웬일인지 나븨는
아니옵니다.
(劉天德) (每)

自己가 親히 栽培하야 가지고 가을에 菊花꼿이 開花되기 始作하면 여긔서 더 반가운 것은 업다. 그리고 그 香氣가 뜰에 차서 코를 콕콕 찌르것만 나븨는 한 마리도 차저오지 아니함을 그리여 내인 것이다.

나. 문들네(タンポポ) Jaraxacum Platycarpum H. Dahlstaedt
문들네 —— (蒲公英, 白鼓釘)
一名 — 안즌방이
野原과 路傍 等 到處에 普通으로 잇는 多年生草로써 每年 舊根에서 新芽가 發生하지만 실상 地上莖은 업고 葉은 倒披針形으로 下向한 鋸齒를 가지고 根에서 나오는 것이다. 봄날 叢葉間에 二三의 花莖이 내밀어 가지고 黃色의 舌狀花冠으로 된 頭狀花가 피어나는 것이다. 그리고 花後에는 冠毛가 有한 種子가 열리는 植物인 것이다.

길가에문들네[389]
길가에 문들네는
가엽습니다.
오고가는 사람이
차고다녀서

389 비달기(飛達岐)의 「길가에문둘네」(『조선일보』, 30.5.10)이다.

오늘도 나무꾼의
　　　모진발길에
세번이나 채워서
　　　시드릅니다
아니아니 불상해
　　　가엽습니다
지대로 노하두면
　　　말라죽을걸
　　　(飛達岐) (朝)

路傍에 피어난 문들네가 行人의 발길에 밟히어 시들어짐을 그리여 내인 것인데 植物愛와 人情味가 흘으고 잇슴을 알 수 잇는 것이다.

안즌방이꼿[390]

언덕미테안즌방이
꼬프리고안저서
놉다란봄하늘만
처다봅니다.
언덕미테안즌방이
숙으리고안저서
흰나븨노랑나비
불러냄니다.
　(金尙默) (朝)

다만 이것은 봄날 문들네가 피어가지고 잇슴을 말한 것이다.

문들네[391]

언덕미테 문들네

---

390 김상묵의 「안즌방이꼿」(『조선일보』, 30.4.19)이다.
391 손종호의 「문들네」(『조선일보』, 30.6.10)이다.

키큰아가씨
일은봄 첫봄부터
단장하고서
범나뷔 도령님을
기다렷다네
노랑나뷔 흰나뷔
다지내가고
봄도봄도 그만그만
다되엿는데
범나뷔 도령님은
안오신다네
진달네꼿 복사꼿
넘우고아서
송이송이 찻노라
못오신다네.
하도하도 원통코
분한마음에
옷벗고 머리깍고
중이되엿다네.
(손종호) (朝)

문들네의 紫葉 하나로써 花柱가 길고 그 우에 聚葯雄葉로 圍繞되어 柱頭가 둘에 갈러저 가지고 其面이 粗糙한 까닭에 花粉이 容易하게 柱頭에 附着되게시리 되어젓슴으로 蜂蝶은 오지 아니 한다는 것을 그리어 내얏고 "옷벗고 머리깎고 중되엇네" 함은 花後 種子가 成熟하고 보면 冠毛에 依支하고 잇는 柄下部에 附着된 그대로 花□를 떠나 四方으로 □□되는 것을 그리여 내인 것이다.

金秉河, "博物童謠研究－植物概說編(20)", 『조선중앙일보』, 1935.3.9.

다. 코스머스(オホハルシヤギクアキザクラ) (Cosmosa bipinatuscav)
코스모스는 庭園의 觀賞用으로 栽培하는 一年生 草木으로 高가 七,八尺 以上에 達하고 秋期에 枝, 梢 우에 美花가 피는 바 色은 淡紅色, 淡紫色, 紅色 等 여러 가지가 잇는 것이다.

<u>코스스머</u>[392]

느진가을 꼿밧테 코스머스가
빩잇빩잇 아름답게 피엿더니만
오늘아침 찬서리에 병이들어서
시들시들 시들어 눈물진다오

×

봉선화 백일홍 다쓰러지고
코스머스 꼿마저 시든꼿밧테
늙은나븨 한마리 차자왓다가
팔낙팔낙 한숨쉬며 나려갓다오

(金基柱) (每)

秋期에 코스머가 滿月 되여 자랑트니 찬 서리에 그만 시드러 버린 것을 그리여 내엿고 다음 쓸쓸한 庭園의 秋色 自然景이 잘 表現되엿다고 볼 수 잇다.

<u>코쓰모쓰</u>[393]

가을바람 살낭살낭 화단우에부러와

392 '코스머스'의 오식이다. 김기주의 「코스머스」(『매일신보』, 30.12.18)이다.
393 김월봉의 「코쓰모쓰」(『조선일보』, 29.10.4)이다.

시드론요 코쓰모쓰 그가지한들한들
힘업시도 숙인고개 요조리흔드른양
봉오리에 이슬지든 그아침꿈꾸는가
(金月峯) (朝)

라. 산국화(アブラギク) Chrysanthemun indicum L.V. lavandulaefolium Fischer

산국화(山菊, 甘菊花)

산국화는 山野到處에 自生하는 多年草木으로 高가 三四尺 假量 되고 多數한 小枝가 分岐하야 黃色의 頭狀花가 피는 것이다.

산국화[394]

살랑살랑 단풍지는
외따른산에
노랑노랑 산국화
홀로핀국화
가래깃짐 지고오며
땀을흘닐때
쉬여가다 나를보고
손짓을하네
바삭바삭 산골바람
닙흘굴니고
아츰마다 찬서리
히게오는데
어찌조리 산국화만
곱게폇슬가
엡븐그꼿 햇님보구
웃기만하네
(張仁均) (朝)

394 장인균의 「산국화」(『조선일보』, 33.11.23)이다.

이것은 晩秋의 단풍들이 하야케 서리가 온 가운데 오즉 山菊花만이 滿開한 아츰 山景을 그리어 내인 것인데 自然景이 잘 表現되엇섯다고 볼 수 잇다.

마. 생치(チサ) Lactuca Scariala L. V. Sativa Biach

생치(萵苣, 苣, 生菊, 萵菾)

一名 ― □□□에서는 □□라 함

이 알에 童謠의 題目이 「씨뿌리는날」이라 하엿지만 內容에 잇서는 생치에 對한 것인데 다만 멀니 간 아버지를 생각하며 생치 씨를 뿌리며 읇퍼낸 데 不過하다.

씨뿌리는날[395]

밧고랑 헤이면서
　씨를뿌려요
아버님이 즐기시는
　생추나물씨

종일우는종달이
　동모를삼어
오늘밤에싹트라는
　노래부르며

고생사리가신압바
　병이드러서
차에실녀온다는
　저기저고개

오늘도올나가는

395 이원수의 「씨뿌리는날」(『조선일보』, 30.2.13)이다. 연(聯) 구분이 제대로 안 되어 있어 『조선일보』 수록 작품을 따랐다.

그차를보며
아버님께드릴상추
씨를뿌려요
(李元壽) (朝)

金秉河, "博物童謠研究－植物概說編(21)", 『조선중앙일보』, 1935.3.10.

바. 해바라기(ヒマワリ) Helianthus uliginosum sinne[396]

해바라기 —— (向日葵, 轉日蓮, 迎陽花)

一名 － 平壤 附近에서는 "해가우리"라 함

해바라기꽃은 夏期 炎天에 喜笑를 띄우고 그야말로 炎暑를 謳歌하는 듯이 日光을 欣慕하야 東으로부터 西便으로 日光을 딸아 花頭가 廻轉하는 것을 보아 얼마나 日光을 조화하는 花草인가 잘 아는 바이니 긴 說明은 그만두고 草高가 제일 큰 것은 十五尺 以上 가는 것도 잇스며 花徑이 一尺을 넘은 것도 잇는 것이다.

花色은 大部分이 黃色이라 하겟다.

해바라기[397]

뒷뜰에고읍게핀 해바라기꽃
동편에붉은햇님 솟아올으면
고읍다란얼골에 우슴을띄고
방긋우스면서 경례를해요

---

396 'Linne'의 오식이다.

397 남응손(高山 南應孫)의 「해바라기」(『동아일보』, 28.8.24)이다. '高山 南應順'은 "高山 南應孫"의 오식이다.

뎅뎅저녁종소리 들려올때에
서편에둥근햇님 걸타안지면
뒷뜰에해바라기 섭섭하다도
잘다녀가시라고 경례를해요
(高山 南應順) (東)

해바라기가 아츰은 東便을 向하고 夕陽에는 西便으로 廻轉하여짐을 그리어 내이엇는대 잘 表現되엿다고 보겟다.

해바라기

매암이 매암매암 울기도전에
해바라기 시악씨는 맴을돕니다
밤새못본 해ㅅ님을 반겨하면서
해바라기 시악씨는 맴을돕니다

숨기내기 해ㅅ님이 산을넘으면
초저녁 바람결에 잠이듭니다
하로종일 돌든맴이 고단하여서
쪽돌이를 쓴채로 잠이듭니다

노래하며 춤추는 천사의나라
새들도 나라가는 그리운나라
서쪽하날 붉은놀의 꿈을꿉니다
해바라기 시악시는 꿈을꿉니다[398]
(尹石重) (中外)

여름 일흔 아츰 해바라기가 東便으로 回轉하는 花形이 "쪽도리"로 表現되엿습니다.

398 3연은 행갈이가 되어 있지 않아 위와 같이 행갈이를 하였다.

해바라기[399]

아츰해님붉으레
　　　　소사오르면
마당아페잠자든
　　　　해바라기꼿
햇님보고반가히
　　　　례를합니다
저녁햇님섭섭히
　　　　넘어갈때면
뒤울미테홀로핀
　　　　해바라기꼿
해님보고섭섭히
　　　　례를합니다
　　　　(金尙禧) (東)

해바라기꼿이 머리를 숙이고 아츰은 東便을 向하여지는 것이 잘 表現되엿다고 보겟다.

42. 葫蘆科 (Cucurditaceae)

가. 오이(キウリ) Cucumis sativus Sinne

(오이 —— (胡瓜, 黃瓜, 靑瓜)

大槪 이 種類의 植物은 軟弱하여 우리가 普通 보는 植物과 如히 꼿꼿하게 直立하여 잇지 아니하고 卷鬚로써 他物에다 감어 가며 漸次 伸長하는 바 이것은 所謂 攀絲莖 植物이라고 하는 것이다.

오이장사[400]

오이사 오이사

399 김상희(金尙禧, 一四)의 「해바라기」(『동아일보』, 26.11.14)이다.

400 춘옥(春玉)의 「오이장사」(『조선중앙일보』, 34.8.1)이다.

오이강지 억개에매고
이거리 저거리
돌아가는 오이장사들

이집도 저집도
오이들을 논아주면서
어제도 오늘도
우리집은 안주고가네
(春玉) (中央)

여름날 아무리 오이가 만히 生産된다 하드래도 金錢이 업는 사람에게는 求景조차 못한다는 人間世上의 넘우나 貧富의 差가 잇슴을 그리어 내인 노래이다.

金秉河, "博物童謠硏究－植物概說編(22)", 『조선중앙일보』, 1935.3.12.

나. 호박(カボチャ) (CucarbitamaschotaDcuh)
호박(南瓜, 金瓜, 蕃南瓜, 蕃瓜)

호박꼿
호박꼿속에
벌이든체
꼭쥐여따서
귀에대면
왱댕왱댕
듯기조화요
(牛山) (中外)

호박꼿이 피고 보면 "띙벌"이라는 蜂類의 一種이 호박꼿의 花蜜을 取하기 爲하야 날러와 꼿 속으로 살금머니 들어갓슬 때 아이들이 가만가만히 가서 花口를 꼭 봉하야 잡고 그대로 꼿송이를 따서 귀에 대엇슬 때 "띙벌"은 그 속에 갓치어 나오랴고 야단을 치며 왕왕하며 돌아다니고 잇슴을 그리어 내인 것. 이것은 누구나 어려슬 때 만히 經驗하여 보는 바이니 잘 記憶할 것이라 밋는 바이다.

호박나물[401]

둥글둥글 호박나물 맛잇는나물
울할머니 잘잡숫는 나물입니다
하로종일 바틀내고 돌아오실땐
치마폭에 한개두개 따오십니다
×
하북타북 호박나물 연한나물은
울하머니 잘잡숫는 나물입니다
간장치고 기름치면 맛이고수해
오물오물 잘잡숫는 나물입니다
(朴松) (東)

이것은 여름날 연한 호박닙흘 따다가 슬적 듸처 가지고 기름 치고 간장 처 뭇치어서 밥반찬으로 먹음을 그리어 내 것이다.

호박[402]

울미테 호박너울
버러지드니
색기호박 두개가
열렷습니다

401 박송(朴松)의 「호박나물」(『동아일보』, 30.10.20)이다.
402 한유일(咸興 韓裕馹)의 「호박」(『매일신보』, 30.9.19)이다.

더크면 따먹자고
두엇드니만
간밤에 웬사람이
따갓습니다.
(韓裕駉) (每)

自己집 담 미테 심어 노흔 호박덩굴에 두 개의 애호박이 열니어 잇기에 이것은 더 크게 길너 가지고 단호박이 되거든 먹으랴 두엇드니만 하로밤 사이 어느 얄구진 사람이 따갓슴에 넘우나 世上은 虛無하다는 것을 그리어 내인 것이다.

호박닙[403]

압담우에 파란파란 조호박닙흔
어느고흔 아가씨의 양산이던가
녀름해빗 혹근혹근 퍼다붓는날
청개골이 아가씨가 더위피해요

울타리에 너울너울 저호박닙흔
어느글방 도령님의 우산이던가
소낙비가 퍼억퍼억 쏘다지는날
청개고리 도령님이 비를피해요

요롱조롱 호박닙흔 정말귀엽네
저녁해가 넘어가고 찬바람일면
우리집에 아가도령 양산들고서
마실마실 저녁마실 다녀옵니다
(尹福鎭) (中外)

403 윤복진의 「호박닙」(『중외일보』, 29.7.1)이다. 원문에 띄어쓰기가 안 된 행(行)은 『중외일보』 작품을 따라 수정하였다.

무더운 여름날 호박닙히 양산가티 활작 버리고 잇슬 때 그 밋 그늘 속에는 뜨거운 太陽熱을 피하기 爲하야 청개고리가 웅쿠리고 안저 잇스며 비오는 날도 亦是 비를 피하기 爲하야 안저 잇슴을 말하엿고 저녁 때 아이들이 호박닙흘 따 가지고 양산가티 바처 들고 洞里로 돌아다니는 것을 그리어 내인 노래이다.

25. 浮萍科 (Lemnaceae)

가. 부평초(ウキクサ) (Spirodela polyrhiza (L)Scheiden)

一名 —— 개고리밥

부평초 — (浮萍草)

池水와 沼潭 或은 畓水 等에 둥둥 떠 잇는 小草라고 하겟는데 頭狀體가 겨우 一二分으로 圓形인데 조금 光澤이 잇서 가지고 其色은 表面은 綠色이고 裏面은 紫色이라 하겟는 바 늘 三個式 結合하야 下部로 多數의 鬚根이 느러저 잇는 것이다.

부평초[404]

시냇물에 파－라케 자라난풀은
흘너가는 물우에서 살작폇다가
물우에서 소리업시 사라진다고
세상에선 부평초라 불너준데요

해점으러 들에나간 어린뭇새도
움ㅅ속에 드러가서 잠이들것만
물우에서 사라가는 부평초마는
오늘밤도 물우에서 떠단인데요.

(南宮琅) (朝)

---

404 남궁랑의 「부평초」(『조선일보』, 30.9.23)이다. 연(聯)과 행(行) 구분이 안 된 부분은 『조선일보』 수록 작품을 따라 수정하였다.

부평초가 물 우에 떠가지고 자라나고 잇슴에 밤에도 홀노 떠 잇슴을 즈윽히 생각하여 그리어 내인 노래인데 同情心이 흘으는 感이 잇다.

金秉河, "博物童謠硏究－植物概說編(23)", 『조선중앙일보』, 1935.3.14.

부평초 (개고리밥)[405]

물우에 둥실떠 물장구치며
외롭게 흘러가는 부평초하나
달밝은 이밤에 정처도업시
흘러가는나라는 어느곳인가

푸른물결 타고서
호올로 흘러가는 부평초하나
바위바위 부듸칠적 무섭도안나
동무업시 떠나가는 어느나란가

새벽에 찬서리 마저가면서
정처업는 려행길 서름나겟내
곡조마처 노래나 불러드릴가
우리집뒤 연못에 모서드릴가
(夕鍾) (朝)

이것도 부평초가 흘으는 물에 떠서 흘러가고 잇슴을 가이업시 생각하고 그리어 내인 노래인데 亦是 人情味가 흘으고 잇슴을 發見할 수 잇는 시이다.

---

405 시내고예교 석종(市內高豫校 夕鍾)의 「부평초」(『조선일보』, 30.11.9)이다. "夕鍾"은 "南夕鍾"으로 "南應孫"의 필명이다.

26. 楡科(ulmaceae)

가. 느틔나무(ケヤキ) Abelicea Serrata Makino

느틔나무 —— (欅)

느틔나무는 山野에 自生하는 落葉 喬木으로 幹高가 數十尺이요 周圍가 큰 것은 十餘尺에 達하는 것이 잇다.

느틔나무의功[406]

우리동리어구에선 느틔나무는
키도대채크지마는 몸도크지요.

봄이면은지나는새 붓잡어노코
울음울려사람에게 깃붐을주오

여름이면가지마다 록음을실어
땀흘리는농부들을 위로하지요.

가을이면만흔이피 락엽이되면
집신장사김첨지의 군불감이죠

치운겨울돌아오면 웃뚝이서서
우리동리알려주는 標木이라오.
(金昊圭) (中外)

이것은 느틔나무의 形成을 말하엿고 봄이면 새가 울고 여름이면 그늘저 農夫들이 땀을 들이게 하고 가을에는 落葉 저 불감이 되고 겨울에는 나무만 웃둑이 서 잇슴을 말하엿는데 四時 農村風景이 잘 表現되엿다고 볼 수 잇는 것이다.

406 김호규의 「느트나무의功」(『중외일보』, 30.2.15)이다. 연(聯) 구분이 되어 있지 않고 일부 띄어쓰기가 달라 『중외일보』 수록 작품을 따라 수정하였다.

느틔나무[407]

뜰아페 느틔나무
　　　잎피는나무
재비새 참새들이
　　　가지에안저
따뜻한 봄날이요
　　　도라왓데도
들은척도 안하고
　　　닙만피지요
　　　○
뜰아페 느틔나무
　　　정자될나무
제비새 참새들이
　　　가지에안저
게으른 나무라고
　　　놀려주어도
더운날 여름날만
　　　기다린다오
　　　(朴在琯) (朝)

이것은 일흔 봄날 江南 갓든 제비도 돌아왓고 참새도 가지에 안저 지저귀엿지만 싹 돗을 생각도 하지 아니하고 우둑허니 서 잇슴을 그리어 내인 노래이다.

27. **檀香科** (Satalaceae)

가. 제비꼿(カナビキサウ) Thesium chinense Turopaninow.

제비꼿 —— (百蕊草, 檀香)

이것은 大概 野原에 만히 自生하는 高가 一尺 內外 되는 植物로서 葉은

407 박재관의 「느티나무」(『조선일보』, 30.4.15)이다.

狹長하고 線形으로 互生하여 잇는 것이다. 春期부터 夏期間에 葉腋에 白色의 小花가 피엿다가 球形의 果實이 열리는 것이다.

제비꼿[408]

내ㅅ물가언덕우에
제비꼿하나
물새보고빵긋웃는
제비꼿하나
고흔얼골물속에
비추어보며
한들한들춤추는
제비꼿하나
(張孝燮) (中外)

물이 잔잔히 흘으고 잇는 언덕 우에 제비꼿이 한 송이 피어 가지고 물속에 조그마한 물고기를 낙그러 오는 물새를 보고 웃는 듯도 하고 솔솔 부는 바람결에 한들한들 흔들리고 잇는 것을 그리어 내인 노래이지만 제비꼿의 開花時의 自然景이 잘 表現되엇다고 하겟다.

金秉河, "博物童謠研究－植物概說編(24)", 『조선중앙일보』, 1935.3.15.

28. 茄科 Solahaceae

가. 일년감(アカナス トマス) (Solanum Lyratum Linne)

일년감 —— (蕃茄)

408 장효섭의 「제비꼿」(『중외일보』, 28.6.26)이다.

일년감은 園圃에 栽培하는 一年生의 蔓草로써 一種의 臭氣가 잇스며 葉은 複雜한 羽狀複葉으로써 小葉은 다시 羽狀으로 分하야 莖과 가티 粘毛가 密生 되여 잇는데 黃色의 花가 피고 紅色의 果實이 열리는 것이다.

일허진「도마도」[409]

누가누가 따갓나 누가따갓나
아츰저녁 손주어 양한도마도
간밤도 달밤에 나가봣드니
빨가빨가 빨가케 익어가든걸
누가누가 따갓나 누가 따갓나
몽글몽글 익으면 아주익으면
할아버지 젯상에 놋차햇드니
어느어떤도적놈이훔처갓슬가
(楊汀赫) (東)

이것은 自己가 每日가티 功을 드리어 열리게 한 일년감을 잘 닉고 보면 그것을 따다가 할아버지 祭日에 祭物로 쓰랴 하얏드니 어떠한 도적놈이 훔치어 가 넘우나 世上은 코 업스면 눈 베어 먹을 말 못할 世上이라는 것을 그리어 내인 노래이다.

나. 감자(ジャガイモ) (Solauum tuberohum Linne)

감자 —— (馬鈴薯, 洋芋)

감자는 原産地가 南亞米利加이엿든 바 朝鮮에 輸入되어 가지고 밧헤 심는 一年生草로 地下莖과 地上莖이 잇는 바 地上莖은 高가 一尺 假量에 達하야 數枝로 分하얏고 地下莖은 塊莖으로 現在 우리가 食用하는 감자알이다. 그럼으로 우리가 먹는 감자는 植物의 莖部에 해당한 까닭에 감자의 눈을 도리어 栽培하면 싹시 트는 것이 原因이라 하겟다.

---

409 양정혁(楊汀赫)의 「잃어진 『도마도』」(『동아일보』, 30.11.17)이다.

감자

아버지가 감자를캣다
　　재미도 나게
보리밧골에서 패낸다
　　큰놈 적은놈
　　　　(李傘) (中外)

農事 지은 감자를 自己 아버지가 보리밧 이랑에서 큰놈 적은놈 캐어 내는 것을 그리어 내인 것이다.

다. 고초(タウガラシ)[410]

一名 —— 당추

고초 —— (蕃椒, 青椒, 苦椒, 唐辛, 白芥)

田에 栽培하는 一年生草로써 高가 一二尺 假量이며 葉身은 長卵形으로 先端은 尖하고 長葉柄이 互生되엿는데 夏期 白色小形의 合瓣花가 피어 가지고 長圓으로 끗히 뾰족한 果實이 綠色이든 것이 成熟함을 따러 紅色으로 變하여지는 것이다.

이 果實은 大端히 매운 것은 누구나 잘 아는 바이다.

고초[411]

마당아페 열린고초
가지가지 조롱조롱
붉은고초 금랑이면
어린동생 옷자락에
고이고이 채워주고
은전한푼 너허주리

410 'タウガラシ'는 "トウガラシ"의 오식이다. "トウガラシ"는 "Japanese pepper"로 "산초(山椒)"를 가리킨다.

411 전병덕의 「고초」(『중외일보』, 27.6.7)이다.

붉은비단 푸른끈에
보기조흔 비단금랑
하나떼어 열고보니
깃브고나 금빗쌀알
모다모다 금쌀이면
엄마무덤 무더보리
(全秉德) (中外)

고초가 만히 열리어슴을 그리어 내엿고 붉은 고초 속에는 黃色 種子가 잇슴이 表現되엿는대 貧窮한 生活者의 눈물겨운 노래이라 하겟다.

金秉河, "博物童謠研究－植物概說編(25)", 『조선중앙일보』, 1935.3.18.

당추나무

어제밤 눈서리에 당추나무가
추어서 바들바들 떨고잇더니
오늘아츰 돗는해 처다보고서
(한줄 가량 해독 불가)
해ㅅ님께하소연하며울기만해요
(林炳道)

느진가을 눈서리에 시드러 (한 줄 가량 해독 불가)

새빩안고초밭

밝안 잔자리
저녁바람에
사알낭살낭

벌판으로 들노
쫏기여갑니다
분주하든추수노래
끈치여버리자
논벌에는잡바진
허제비가하나
락엽이나라듯는
토방가에는
눌하니햇볏도
열버젓는데
새빩안고초밭
(한줄 가량 해독불가)

가을날 저녁때 꼿잠자리들이 空中에 飛遊하고 잇는 秋期 農村 風景이 잘 表現되엿다고 보겟다.

29. **鼠李科**(Rhainnaceae)

가. 대추(ナツメ) Ziryphus sativa Gaert V. inermis SchneiderSchneider.

대초 —— (棗, 紅棗)

大概 高가 二丈餘 되는 落葉 喬木으로 葉은 平滑한 腎卵形인데 鈍鋸齒가 잇서 가지고 잇다. 夏期 淡黃□色의 五□小花가 피엿다. (한줄 가량 해독 불가)

金秉河, "博物童謠硏究－植物槪說編(29)", 『조선중앙일보』, 1935.3.21.[412]

풋대추[413]

풋대추 따면은
　　안된단말 듯고
아버님 모르게
　　서너개 땃더니만
익지도 안허서
　　먹지는 못하나마
바리지 못하고
　　줌치에 두엇더니
아버지 만나면
　　풋대추 생각나서
풋대추 잇는지
　　가만히 보앗지요
　　(尹福鎭) (東)

이것은 닉지 안니한 풋대추를 따먹지 말라는 아버지의 命令을 어기어 가지고 몰내 감추어 두고 보는 것을 그리어 내인 것인데 넘우나 子息을 壓迫하여 길으고 잇다는 것이 表現되엇다고 볼 수 잇다.

30. **錦葵科**(Malvaceae)
가. 무궁화(ムクゲ) Hibiscus Syriacus Linne
무궁화 ―― (無窮花, 木槿花, 權木, 蕣)

412 '29'로 되어 있으나 3월 18일자가 25회인데 3월 21일자가 29회가 될 수 없고, 내용도 이어지는 내용이므로, '26'의 오식으로 보인다.

413 윤복진(등대社 尹福鎭)의 「풋대추」(『동아일보』, 27.4.24)이다.

무궁화는 朝鮮에 잇서 이즐 수 업는 有名한 꼿이라 하겟는데 大槪 灌木으로 人家에 만히 栽培하는 것이라 하겟스며 葉은 楔狀卵形으로 往往 三裂片으로 되엿고 緣邊에 齒牙가 잇는 것이다. 夏期에서 秋期까지 單瓣 或은 重瓣의 美花가 每朝에 피는데 花色은 紫色 或은 白色 等이 有한 것이다.

그런데 무궁화에 對하야 만흘 것이라고 미덧드니 다음 單 一首임은 너무나 섭섭함을 禁할 수 업다.

無窮花[414]

무궁화
뺡안꼿닙
얼골에
따다부티고

우리들은
『교기요―』
흉을보앗네

그소리에
장닭은
성을
내엿네

병아리떼
그걸보고
우서댑니다.

(牛山) (中外)

---

414 우산(牛山)의 「無窮花」(『중외일보』, 30.8.13)이다.

소년운동

社說, "열 돌을 맞는 조선소년군–씩씩한 발전을 하라", 『동아일보』, 1932.10.3.

一

〈조선소년군〉은 오늘로써 만 十주년을 맞이함으로 〈조선소년군총본부〉에서는 성대한 긔념식을 거행하는 동시에 식후에는 소년군의 분렬식 밋 운동회를 개최한다 한다. 영예 잇는 〈조선소년군〉이 무수한 파란곡절을 거처서 이에 十주년을 맞게 되는 것은 〈조선소년군〉을 위하야 축복할 일이다.

二

〈조선소년군〉은 누구나 아는 바와 같이 지금으로붙어 十년 전 경성에 소년군이 창립된 것을 시초로 경향 각지에 소년군이 총립하야 一시는 각 군 치고 설립되지 않은 곳이 없으리만큼 위대한 발전력을 가지고 발전하던 바 이래 해를 거듭하는 동안에 혹은 재정상의 관게로 혹은 지도자들의 출타로 유명무실한 곳이 많아젓섯다. 그런데 최근 다시 이 운동이 중흥하야 그 수휴가[1] 八천에 달한다 하니 다행하다.

三

소년군의 직능이 어떠한가는 이제 재론을 불요하거니와 장래할 공민으로서의 직능을 다하기 위한 범백의[2] 긔초적 훈련을 주는 것만은 독자의 공지하는 사실이다. 개인의 체력을 발전시키고 단체적 행동을 훈련하며 봉공적 정신을 함양하는 데에 소년군의 장래할 공민으로서의 행할 직능의 긔초가 되는 것이다. 이리하야 세게 각 민족은 각각 소년군을 양성하야 후일의 륭흥에 가추나니 뗀맑(丁抹)에 그 련맹 총본부가 잇서 때로 대표대회가 열림은 저간의 소식을 알 수 잇는 것이다.

1 '수효가'의 오식이다.

2 '범백(凡百)'으로 "갖가지의 모든 것"이란 뜻이다.

四

〈조선소년군〉은 다른 방면에서 보는 바와 같이 극히 유치한 상태에 잇다. 이 여명긔에 잇는 소년군을 지도, 장려하야 위대한 세력을 맨드는 것은 소년군 자체의 발전일 뿐 아니라 조선 전민족의 륭흥이다. 이때껏 이 사업에 종사해 온 지도자들이 각고면려할 의무을 가진 것은 물론이어니와 일반 식자 제위의 더한층 반성할 점이 아닌가 한다. 〈조선소년군〉 건군 十주년을 당하야 그의 씩씩한 발전을 빌고 일반의 주의를 환기한다.

表良文, "新騎士道－朝鮮少年軍의 進路를 밝힘(一)", 『동아일보』, 1932.10.7.

十月 五日은 〈朝鮮少年軍〉이 創立된 지 滿十年 되는 날이다. 〈朝鮮少年軍〉이 十年 前에 그 呱呱의 소리를 桂山에서 노피 지르든 바로 그날이다. 이날을 當하야 實로 感懷의 큰 바가 잇다.

趙喆鎬 氏가 八名의 少年으로 하야금 一團을 作하야 〈朝鮮少年軍〉이라 이름한 지 十年에 지금은 數爻를 八千으로 헤이니 이 運動이 果然 千倍나 增進되엇다 하겟다. 壯하다 趙喆鎬 氏의 創業이여. 〈朝鮮少年軍〉이여.

〈朝鮮少年軍〉 創立 十周年 記念으로 지난 二日에 奬忠壇에서 盛大한 式과 아울러 陸上競技大會를 開催하얏다. 그러나 이로써 十年의 感懷는 오히려 남는 바 잇서 이제 이 小論을 草하려 함은 十年 동안 자라난 朝鮮의 少年軍 運動으로 하야금 다시 한 번 더 一般社會에 새롭게 하고 少年軍 指導者 諸君에게 小見으로나마 그 進路를 밝히려 함에 잇다 하겟다.

少年軍의 本質

少年軍 ── '뽀－이 스카우트' 運動이 一九〇八年 英國 '뻬－덴 파우엘'[3] 氏에 依하야 創案됨은 少年의 訓育上 一大 新機軸이라 하겟다. 그가 一八九九年 英杜戰爭에 司令官으로 臨하야 '메－푸킹' 市가 '트란스발' 軍에게 包圍되엇슬 때 英國少年들의 勇敢하고 機敏한 動作을 보게 되어 以後 그는 眞心을 少年의 敎養에 傾注하야서 그 任地나 或은 故鄕에서 附近의 少年들을 糾合하야 스스로 그들과 班伍하야 近 十年동안 少年의 心理를 研究함으로 그들의 人格과 健康의 向上을 爲하야 考案한 것이 이 '뽀－이 스카우트'의 訓練法이라 한다.

'뻬' 氏가 元來 軍人의 出身임으로 英國에서까지 最初에는 一種의 軍事敎育이라는 誤解를 바덧섯스나 次次 그 內容이 分明하게 됨에 家政 學校

3 로버트 베이든 파월(Robert Baden-Powell, 1857~1941)을 가리킨다.

教會 以外에 少年을 指導하는 方法이 缺如한 現 社會에 가장 適當한 少年訓練法으로 認定되어 그 理想 그 手段이 만흔 共鳴者를 내어 世界的 傳播를 보게 되어 現今에는 四十餘個國에 亘하야 그 組織體를 보고 實로 五百萬 名의 數를 헤이게 되엇다. 이 數는 世界 少年의 總數에 比하야 보면 그리 만타고 볼 수는 업스나 國際聯盟은 그 總會에서 이를 世界의 恒久平和를 가저 올 運動이라 認定하고 그 發展策을 決議하얏고 各國에서는 政府가 이를 援助하는 現象을 보게 되엇다.

그러면 '뽀-이 스카우트'의 目的은 무엇이냐. 그것은 여러 가지로 말들을 하나 要컨대 少年에 對하야 그들의 生涯를 喜悅에 充滿케 하야 그 喜悅을 他人에게 人類 全般에 頒與하는 데 잇다고 한다. '뻬' 氏는 "少年으로 하야금 幸福, 健康, 愛助하게 하자"고 한다. 또 "善良한 市民, 善良한 國民, 善良한 人類의 一員 되게 하자"고 한다. 그리고 訓練의 方針으로서는 "能力잇고 同情 잇는 指導에 依하야 少年의 一切的 閑時間을 有用化시키자"고 하는 것이다.

'스카우트' 訓練은 高下貧富의 別이 업시 모든 階級의 少年의 興味를 부처 주고 五體不具者, 例하면 聾者, 啞者, 盲者 가튼 소년들도 조타. 이는 배우랴는 欲望을 사랑함이다. 어쩌한 사람이건 人間으로서의 光明을 探究하는 要素를 가지고 잇다. 要는 指導者의 賢明에 잇다 할 것이다. 團體的 訓練, 森林智識, 班長의 責任, 野營 作業을 通하야 品性을 陶冶하고 工作, 橋梁架設, 野營의 臨機的 硏究 等에서 有用한 勞働家가 되는 데 裨益이 잇는 嗜好와 技藝를 엇고 運動, 體操, 個人的 衛生, 食物의 智識 等을 通하야 身體發達과 健康을 자아갓고 生物 無生物의 別이 업시 모든 自然 硏究 中에 밧는 生의 愉快함을 享樂하는 方法 —— 動物學과 그 自然的 進程에 依하야 性 問題의 自然的 了解를 바들 것 自然界의 美를 會得시킬 것 動植物을 사랑함으로 그를 人生에게 有用化시키며 變事와 人命의 救助를 取扱하야 人間愛와 人生信仰을 日常生活 中에 織造하는 奉仕的 精神을 기르는 데 '뽀-이 스카우트'의 最善의 道가 잇는 것이다.

表良文, "新騎士道－朝鮮少年軍의 進路를 밝힘(二)", 『동아일보』, 1932.10.8.

'쏘-이 스카우트'의 訓練 個人訓鍊이 主요 團體訓鍊이 從이다. 統括的으로 말하건대 '스카우트' 訓練은 人格養成을 主로 하야 誘惑 만흔 少年時代의 閑時間을 善用케 하야 身體와 精神의 健全을 企圖하야 一方 民族觀念을 社會觀念을 高尙케 하는 同時에 人類愛를 高唱하는 것으로 加入한 少年으로 하야금 終生의 幸福을 享受케 하고 그들에 依하야 組織된 社會로 恒常 光榮에 充滿케 하고 그 精神의 普及과 徹底에 依하야 世界의 永久平和를 將來케 하자는 것이 이 運動의 理想으로 이 國際的 倫理運動이라 불리는 所以라 할 것이다. '스카우트' 主義는 卽 새로운 騎士道라 할 것이다. 戰鬪만을 질기는 騎士가 아니다. 全 世界의 젊은 사람들을 가튼 生命의 飛躍의 가운데로 聯合시키고 사랑과 活動과의 偉大한 理想으로 이끄는 가장 새로운 組織인 것이다. 가장 새로운 騎士의 道인 것이다.

少年軍과 朝鮮

朝鮮에서도 一九二二年 十月 五日에 '스카우트' 運動으로 少年軍이 創始되엇스니 當時 軍職을 辭하고 中央高普에서 敎鞭을 잡은 趙喆鎬 氏가 八名의 少年으로 一團을 形成하야 〈朝鮮少年軍〉이라고 이름한 것이 그것이다. 以後 京鄕에 共鳴者를 多數히 내어 그 發展이 자못 注目할 만하게 되어 少年軍 團體가 簇生하게 되엇스니 이 運動이 數年間 朝鮮 社會에 적지 안흔 '센세이슌'을 주엇고 今後에도 이 運動이 宜를 得하고 順序로 發展한다면 民族訓練과 公民敎育에 莫大한 效果가 잇슬 것은 疑心 업는 事實이다.

우리는 이제 暫間 朝鮮少年의 訓育되는 現狀을 살펴보자. 父母가 子女에 對하야 그들의 幸福을 爲하야서는 自己犧牲까지라도 앗기지 안는다는 無條件한 極致의 사랑을 가지는 것이 生物로서의 本能일지는 알 수 업스나 그 訓育하는 方法과 子女에 對한 觀念에 잇서서 父性愛와 母性愛의 存在를

疑心할 만큼 無知하고 無責任하얏다고 볼 수 잇다. 그러면서도 그들은 子女는 사랑하는 것이다 하는 漠然한 因習的 愛나 道義心이나 衝動的 사랑 아래서 責任을 廻避하얏섯고 더욱이 親子女 親父母의 그러한 骨肉의 私的 關係를 써나서 公民으로의 어린 사람 公民으로서의 어른 이러한 關係에 잇서서는 消極的 個人主義的 觀念으로 社會的 責任은 些少視하야 왓다. 前日의 朝鮮은 더할 것도 업거니와 今日의 朝鮮의 어린 사람들의 處地를 보자. 그들을 爲한 特別한 施設이 무엇이냐. 本能的으로 사랑한다는 마음 만의 愛로는 將來 社會의 主人이 될 資格을 만들어 줄 수 업는 것이다. 結果는 多數의 落伍者를 養育할 쓴이다. 落伍者가 만흔 社會에 進展과 隆盛이 잇슬 理가 업다. 만일 잇다 하면 이것은 奇蹟이라 하겟다. 그럼으로 朝鮮少年의 生長을 우리의 因習의 眼界를 超越하야 冷靜히 觀察한다면 決코 幸福스러운 處地에서 遺憾 업시 힘것 자라나는 그들이라 할 수 업다. 朝鮮의 少年軍運動은 반듯이 이 點을 考慮하게 되는 것이다.

意識的으로는 少年을 賤待한 社會와 時代야 어대 잇섯스랴마는 愛護하고 信賴하자는 好意가 結果로는 돌이어 그들로 하야금 撥剌한[4] 氣品과 天眞한 態度를 일허버리게 하는 일이 往往 잇섯스니 이것은 朝鮮少年이 正히 그 가운데 被害者의 하나이엇다고 할 수 잇다. 在來 우리 社會의 그릇된 訓育方針과 變通性 업는 倫理觀이 그들의 知能의 啓發과 品性의 陶冶를 意識치 못하는 中에서 妨害를 하야 온 것은 事實이다. 往昔과는 조금 달러 젓다는 今日의 家庭에서 少年을 如何히 取扱하는지 그것을 보아도 前日의 우리 少年의 社會的 待遇가 어써하얏든 것은 넉넉히 想像할 수 잇다.

如何튼 朝鮮 少年처럼 一般 家庭과 社會에 理解 못 바더 온 것은 文化를 가진 社會로서는 極히 少數의 例라 할 것이다.

少年의 社會的 待遇가 異常한 朝鮮의 少年軍 運動者는 이만한 境遇와 事情을 짐작할 만한 머리를 만들어 갓지 안하서는 아니 될 것이다. 우리 朝鮮의 少年軍 指導者들이 過去 十年 동안에 싸하 노흔 塔은 果然 든든하

4 '潑剌한'의 오식이다.

고도 燦爛하다. 그러나 아즉도 이를 正解치 못하고 傍路를 것는 이가 만흔 듯하다. 그리하야 第三者로 하야금 少年軍은 運動場이나 직히러 다니는 것 儀式場에나 쏘차다니는 것 돈 잇는 집 子弟나 할 일 업서서 하는 것 等으로 보게 한 것이다. 이 어찌 '스카우트' 本質에 하나인들 合한 所見이랴. 이는 朝鮮의 社會人이 朝鮮의 '스카우트' 運動을 嘲笑하게 한 것은 우리 '스카우트' 運動者들이 元來의 本質을 會得치 못하고 잇슴에 잇다 하겟다. 指導者의 누구를 보면 宛然 軍隊의 士官처럼 處하고 누구를 보면 政治的 結社나 組織한 듯이 處하고 누구를 보면 過激(?)主義者처럼 하야 '스카우트' 本質에 버서지는 行動을 하야 自己自身을 그릇하고 所屬團體와 '스카우트' 運動 全體에 큰 妨害를 주는 일이 업지 안타고 하겟다. 쏘 社會奉仕를 그릇 理解하는 이들이 만흔 것 갓다. 學業과 業務를 廢하고까지 活動하는 사람들이 잇다. 勿論 이러한 奉仕도 조치 안타는 것이 아니다. '스카우트'의 最大한 榮譽는 奉仕에 잇다 하겟다. 그러나 '스카우트'의 奉仕는 學業과 業務의 餘暇를 利用하야 少年의 힘이 미치는 限에서의 奉仕인 것이다.

趙喆鎬 氏는 少年軍을 創始할 째 그 本質을 宣明히 하얏스니

── 〈朝鮮少年軍〉은 義勇忠實한 朝鮮 男兒의 品性을 陶冶하야 博愛와 協助의 精神으로 世界人類의 幸福에 貢獻하랴 하는 一大 倫理運動이다. 그럼으로 少年의 學業과 業務의 餘暇를 利用하야 興味와 感受의 通性을 啓發하야 運動遊戲의 사이에 自然的으로 觀察과 推理와 鍛鍊과 手工 技能의 練習으로써 人格을 修養하며 身體를 强健히 하야 入하야는 家庭에 勤勉하고 出하야는 社會에 奉仕하는 實力을 涵養함을 爲主하나니 從來의 文弱에 흐르든 民族性의 缺陷을 補充 變換하야 世界的 善良한 사람으로 人格을 完成하랴는 것이 곳 그의 目的이다. 故로 우리 〈朝鮮少年軍〉은 單히 軍事敎育의 糟粕이나 歐米式 斥候의 模倣만이 아니다. 徹底한 朝鮮的으로 民族性의 改造와 意氣發揚에 努力하는 바 社會敎化 事業이니 鄕村에 잇서서는 더욱 그 地方의 事情에 適合케 할 必要가 잇다. 이가티 하야 "完全한 朝鮮 사람으로 世界的 恒久平和에 貢獻하자"는 것이 우리의 目標로 하는 바이다 ── 라고 朝鮮에 適合한 '스카우트'를 提唱한 것이다.

表良文, "新騎士道-朝鮮少年軍의 進路를 밝힘(三)", 『동아일보』, 1932.10.9.

少年軍의 指導

少年軍運動은 少年 自體에 醱酵한 自覺的 運動이니 보다 他力的 運인 만큼[5] 決코 對抗的 意識을 가진 運動이 아닌 것을 아러야 될 것이다. 少年들로 하야금 좀 더 幸福스러운 生活을 갓게 하는 同時에 그들의 將來 生活도 幸福으로 引導하자는 것이며 그들의 幸福이란 家庭의 幸福 社會의 幸福 人類의 幸福을 意味하는 것이다. 그럼으로 이 運動은 少年을 對象으로 한 指導者의 運動으로 볼 수 잇다. 이러한 意味에서 이 運動에서 特히 조흔 指導者를 要求하는 同時에 指導者의 使命이 더욱 큰 것이다. 今日의 朝鮮의 少年軍運動이 適切한 指導의 缺如로 그러함인지 低氣壓 地帶에 處한 感이 잇슴은 少年軍 自體를 爲하야 一種의 不安을 아니 늣길 수 업다. 그리하야 一方에서는 이러한 運動의 不必要를 말하는 이가 업지 안는 것이다. 少年軍運動이 좀 더 眞實化하여야 되겟다. 다시 말하면 이 眞實化는 指導의 淨化와 正當化를 意味함이다.

少年들이 若干 서로 모여서 遊戲할 때 自然히 一團이 造成됨은 古今東西를 通하야 틀림업는 事實이니 이는 少年들의 本能인 것이다. 所謂 魁首가 그中에서 생겨서 어느 程度까지 그 동무들의 結束을 促進시킴에 이르면 이는 훌륭한 少年의 一團이라 할 것으로 萬若 이 魁首 노릇하는 者가 不良性을 가젓스면 그는 容易히 不良少年團이 되는 것이오. 이에 反하야 少年의 心理를 잘 理解하는 善良한 指導를 준다면 容易히 善良한 무리가 될 것이다. '쏘-이 스카우트'의 訓練은 實로 이 例에 鑑하야 發端된 指導者의 人格的 指導를 主로 한 것이라 할 것이다.

그런데 現今 朝鮮의 '쏘-이 스카우트' 指導者들을 보건대 勿論 擧皆를

5 '運動인 만큼'에서 "動"이 탈락된 오식이다.

말하는 것이 아니오 참으로 어느 指導者를 보면 尊敬할 만한 人格者도 잇거니와 어느 一部를 보건대 自己가 하는 運動의 目的조차를 分明히 覺知치 못하고 一種의 好奇心에 끌려서 東奔西走하는 이도 잇는 것 갓다. 그리하야 沒人情 沒友愛한 團員의 毆打 事件 等이 新聞紙上에까지 오르게 되는 일도 잇게 되는 것이다.

'색-이 스카우트' 國際事務局 總長 '뻬-덴 · 파우엘' 氏가 말하는 指導者의 資格을 들어보자. 그는 '색-이 스카우트' 指導者는 '색-이 맨'이 될 것 가트면 고만이라고 하얏스니 그 意味는

一. 그는 少年의 精神을 갓지 아니하면 아니 될 것 그리하야 爲先 그의 弟子와 同一한 平面에 自己를 둘 수 업으면 아니 될 것
二. 그는 少年의 年齡에 應하야 各異한 種種의 心理를 會得치 아니하면 아니 될 것
三. 그는 集團보다도 차라리 弟子 한 사람을 取扱할 心算이 업어서는 아니 될 것
四. 그는 最善의 效果를 엇기 위하야 그의 弟子間에 協同精神을 助長함을 要할 것

以上의 '색-이 스카우트' 訓練의 基礎를 이루는 主要한 原則인 것이다.

第一點에 對하야는 '색-이 스카우트' 指導者는 學校의 先生 軍隊의 士官 敎會의 牧師와는 달러 自然을 사랑하며 少年의 希望에 共鳴하야 눈 가는 대로 몸 가는 대로 少年들에게 敎育을 줄 만한 適當한 사람이 아니어서는 어려울 것이다. 指導者 自身으로서는 어써한 사람이든지 조타. 敎師건 醫師건 軍人이건 職工이건 다만 少年들과 가티 쒸놀면서도 그들에게 高遠한 理想을 갓게 하고 그들을 智的으로 體的으로 人格的으로 向上發達시킬 수 잇는 이면 고만인 것이다.

그는 少年들에 對하야 情다운 兄님이 될 것이오 情다운 동무가 될 것이 第一 肝要한 일이다. 다시 말하면 事物을 보는데 少年의 着眼點으로부터

한다. 그리하야 正當한 方向으로 指導하고 鼓舞奬勵함을 要한다. 오직 이 쑨이다.

이 '색-이 스카우트' 運動은 愉快한 兄弟의 情誼다. 決코 軍隊的 不自由味만은 갓지 아니하얏다. 奉仕라는 愛의 精神으로써 나와 남과 社會와 人類를 幸福의 殿堂으로 이쓰는 兄弟들이며 동무들이 아니면 아니 될 것이다.

第二點에 對하야는 共同的으로 行動할 째에는 年齡의 高下를 勿論하고 自己의 年齡의 高 或은 下를 意識치 안케 되도록 協調하는 境域을 주며 內로는 年齡을 쌀하서 그들 心理를 잘 硏究하야 精神上으로 向上의 길을 여러 줄 것이다.

第三으로는 指導者의 하는 일 中의 가장 興味 잇다고 할 것인데 各 少年에 對하야 그 天賦의 才能을 發見하야 善處를 把握하고 이를 發達시켜서 惡處를 排除하는 것이다. 가장 性質이 惡하다는 少年일지라도 仔細히 觀察하면 반듯이 五十 '퍼센트'의 善處는 包藏하고 잇는 것이다. 여기서 指導者의 할 일은 이 善處를 發見하야 現在의 五十 '퍼-센트'를 八十 '퍼-센트'로도 九十 '퍼센-트'로도 增進시키는 것이다. 이것이 少年의 性情을 敎化한다는 것이다. 이 點에 잇서서 特히 우리 朝鮮의의[6] 少年軍 指導者들이 만히 考慮할 點이 잇는 줄 안다.

第四로는 班制로나 徒黨의 制로나 各個訓練의 合同的 表現을 주는 것을 말함인데 이것은 지금 여기서 單純히 말할 수 업는 條項이니 時間 잇는 대로 後日에 仔細히 써 볼까 한다.

要컨대 朝鮮의 少年軍 指導者들은 남달리 反省하고 修養할 것이다. 우리가 지금 그리 아무러케나 덤빌 째가 아니다. 餘裕라 할지라도 貴重한 時間과 金錢을 消費하고 그리 無理만을 할 일은 업다. 智慧와 聰明을 가진 指導者들이 되자.

---

6 '朝鮮의'에 '의'가 더 들어간 오식이다.

表良文, "新騎士道－朝鮮少年軍의 進路를 밝힘(四)", 『동아일보』, 1932.10.12.

少年軍의 聯絡

일에는 두 가지가 잇다. 하나는 一個人의 힘으로 할 수 잇는 일이오 또 하나는 여러 個人이 힘을 合하고 힘을 聯絡하야서만 完美한 效를 볼 수 잇는 일이 잇다. 성냥ㅅ불을 그어 한 집에 불을 놋는 것은 혼자 할 수 잇는 일이어니와 불 부튼 자리에 새 집을 일욱하는 일은 決코 혼자 하기 어려웁다. 적은 집이면 옛사람 宮殿이나 長城 가튼 것이면 無數한 사람의 힘의 合作과 聯絡을 要하는 것이다.

우에도 말한 바이지만 '스카우트'의 訓練은 個人訓鍊이 主요 團體訓鍊이 從이라 하겟다. 그런데 '스카우트'의 個人訓練이란 오로지 個人을 爲한 個人의 訓練이란 말이 아니오 이는 人間 世界의 幸福과 永久平和를 將來케 하자는 基礎로서의 個人이니 個人訓鍊의 뒤를 짜르는 것이 곳 團體요 團體 團體의 聯絡이다. 그리하야 먹기를 爲하야 사는 것이 아니라 살기를 爲하야 먹는데 먹지 아니하면 못 산다는 論法으로 善良한 個人을 造成키 爲하야 善良한 團體를 만들어야 하겟고 善良한 團體로 더 크게 有機化시키자면 團體와 團體가 聯絡하고 合致하여야 되겟다는 것이다. 이제 各 團體의 綱領을 보건대

〈朝鮮少年軍〉

一. 良心잇는 朝鮮 男兒로 그 義務를 다하겟습니다.
二. 사람을 사랑하며 社會에 奉仕하겟습니다.
三. 心身을 鍛鍊하며 準律을 지키겟습니다.

〈朝鮮斥候團〉

一. 神과 社會를 爲하야 本分을 다하며 斥候 準律을 嚴守함

二. 恒常 他人을 援助함

三. 德性을 닥그며 身體와 精神을 健全케 함

以上 二三團의 綱領을 보건데 文字的 羅列에 異를 볼 뿐이오 그 發現은 大同小異라 하겟고 다음 制度에 잇서서의 異를 찻건데 〈朝鮮少年軍〉은 赤紫色 〈朝鮮斥候團〉은 青色 네갑을[7] 둘러서 애써 서로 남에게 달리 보일려 한 것을 볼 수 잇고 그 外에 進級制度나 班制나 技能進度의 制는 좀 달르다 할지나 甚하게는 呼角 信號가 달라서 가튼 奉仕的 精神을 가젓다는 '스카우트' 相互의 奉仕的 義務를 그릇하는 수가 잇다 한다. 甲 團員이 부는 救助信號를 乙 團員은 다른 信號로 배운 까닭에 다른 行動을 取하는 例도 적지 안는 것이다. 善을 爲하야 同一한 길을 밟어 나아가야 할 사람들이 서로 統一과 聯絡的 訓練指導를 밧지 못한 까닭에 各自 各樣으로 그 하는 바를 一般 社會人이 웃게 되는 것이다. 朝鮮의 '스카우트'를 朝鮮 社會人이 웃는 것은 一般 朝鮮 사람의 '스카우트'에 對한 理解 如何에도 달렷스려니와 그 重要한 原因은 朝鮮 '스카우트' 運動者들 自身에게 잇다고 보인다.

朝鮮의 六百萬 少年 中 不過 五六千名의 少年을 抱擁한 스카우트 運動이 —— 朝鮮의 아들이오 朝鮮의 목숨인 우리 少年들로 하야금 眞과 善과 美로 引導하자는 神聖한 運動이 聯絡과 統一은 姑捨하고 各自 各動함은 寒心事라 하겟다.

合致團結은 統一을 意味하고 統一이 잇는 以上 有機的 作用과 機能이 잇고 그리하야 所期目的을 全的으로 다 할 수 잇는 것이다. 모든 일이 다 그러하거니와 더욱이 '스카우트' 運動에 잇서서는 統一 聯絡이 必要한 것이다. 그는 人間的 國際的 倫理 運動임에야 더 말할 것이 업는 줄 안다.

---

7 '네갑'은 '네커치프(neckerchief)'를 가리키는 것으로 보인다. "장식이나 보온을 위해 목에 두르는 정사각형의 얇은 천"을 뜻한다. 보이스카우트 단복을 보면 목에 두르는 사각형 천이 있다.

結 言

以上을 要約하건데 朝鮮의 少年軍이 가진 問題는

첫재는 指導者 問題

둘재는 聯絡體 問題

라 하겟다.

첫재로 指導者들은 自覺反省하고 爲先 스스로를 修養하야 '스카우트'의 目的을 分明히 하고 運動의 正當한 길을 찻도록 할 것이오.

둘재로는 聯合統一하야 親善을 圖謀하고 講習會, 展覽會, 競技會 等을 開催하야 訓育의 實績을 向進시킬 것이다. (聯絡機關 組織에 關한 筆者의 提案은 〈朝鮮少年軍總本部〉 理事會에 提出되어 保留 中에 잇슬 뿐 아니라 지금 여기서 簡單히 記錄할 수 업슴으로 그 具體案의 發表는 後日로 미룬다.)

要컨대 朝鮮의 '스카우트' 運動도 一般社會가 그 功績을 認定케 되도록 盡力하여야 될 것이오 萬一 이러한 運動이 何等의 實效를 보이지 안코 헛된 宣傳을 일삼는다든지 脫線의 길을 짓는다든지 한다면 社會의 輿論은 運動 自體의 存在까지를 否定하게 될 것은 分明한 일이다. 少年軍 運動의 存在를 意義 잇게 할 實績을 보임에는 家庭에서나 學校에서나 敎會에서나 어들 수 업는 또는 訓練될 수 업는 善良한 사람의 敎養을 少年들로 하야금 修得하도록 眞善을 다하는데 朝鮮의 少年運動도 그 進路를 밝게 할 것이라 밋는다.

親愛하는 現代 朝鮮의 젊고 새로운 騎士들이여 光明으로 光明으로 向進하는 길을 밟자.(了)

一九三二. 一〇. 七

北岳山人, "새해 첫 아침에-어린이 여러분에게", 『매일신보』, 1933.1.1.

오날이 새해입니다. 계유년의 첫닭 소리에 천지만물이 새롭고 쌀하서 인사도 새롭습니다. 더구나 여러분은 나희를 한 살 더 잡숫게 되니 첫재 여러분의 부모님도 깃버하실 것이요 이 깃버하시는 사랑 알에 새해의 새 기분으로 활발하게 압날을 위하야 배호고 또 놀고 하실 것이니 이는 여러분을 위하야 경하할 일입니다. 그러나 이 축복할 이날에 여러분에게 한마대 새해 인사 겸 들이는 말슴은 달은 것이 아니라 올해는 특히 계유년 즉 닭의 해라는 것입니다. 그런데 이 닭이라는 짐생은 녜로부터 우리 사람에게 그중 가까운 동물이이요 동시에 우리에게 성공의 비결을 가르처 주는 고마운 짐생입니다. 그것은 여러분도 아시는 바와 가티 사람이 하로 일을 하고 고닯흔 것을 쉬이랴고 왼 종일을 수고한 그만치 밤에 잠을 자고 나면 사람이란 게을러서는 못 쓴다고 날샐 녁에 울어서 잠을 깨여 주는 것입니다. 그럼으로 녯날의 성현도 계초명함관수(鷄初鳴含盥水)[8]라고 하야 일즉이 일어나서 소세한 뒤에 부모님끠 뵈옵고 그다음에 그날 할일을 하라고 하얏습니다. 이는 하로의 일은 새벽에 달렷고 일년의 일은 전월에 달린 것으로 만일에 그날에 할 일을 새벽에 밀어 정해 노치 아니하면 그날 일은 거지반 헛 보냇다고 할 수 잇고 그해의 할일을 밀이 정월에 정해 놋치 아니하면 그해의 일은 거지반 헛 보냇다고 할 수 잇스니 금 가튼 시간을 헛 보내고 허둥거리는 까닭입니다. 그런즉 여러분은 특히 이 닭해에는 달은 해보다 마음을 도슬라 먹고 먼저 부모님의 말슴을 잘 듯고 다음에야 모조록 무슨 일에든지 부즈런하야 기어코 성공하겟다는 결심을 하고 못처럼 몃 해만에 돌아온 닭해를 헛도이 보내시지 안키를 바랍니다.

---

8 『禮記』에 나오는 "鷄初鳴咸盥漱"의 오식이다. "첫닭이 울면 세수하고 양치질을 하다"라는 뜻이다.

劉道順, “새해를 마즈며－어린 벗들에게”, 『매일신보』, 1933.1.3.

어린 벗들이여.

오늘은 1933년의 초하롯날이올시다.

동산 우에 금빗 햇발이 평화스러히 쩌오르는 때 꼬까를 입고 세배하는 광경을 보면 얼마나 마음이 깃거운지 모르겟습니다.

어린 벗들이 무럭무럭 자라나는 것을 생각하면 조선의 압날 우에는 광명이 잇고 희망이 잇는 것을 알겟습니다

나무가 업는 산 우에 수풀이 욱어지고 것츤 들 우에 기름진 전답이 생길 것은 어린 벗들의 튼튼한 팔다리의 힘이 안이면 아니 될 것입니다.

이럼으로 해가 거듭할 때마다 어린 벗들의 키가 자라고 팔과 다리가 굴거지는 것을 보면 나는 씃업는 축복을 가지고 노래를 부르고 십습니다.

어린 벗들이여.

새해를 마젓스니 엇더한 생각과 무슨 일로써 새해를 헛되히 보내지 안으시렵니까.

어린 벗들이 압날 조선의 귀중한 보배인 것만큼 여러 벗들에게 이 일을 무러보지 안을 수 업습니다.

어린 벗 한 사람이 한 일에 한 가지를 그릇치면 이는 아름다워질 조선에 검은 점을 치는 것입니다.

‘그리스도’는 어린 벗들을 가르켜 천국에 드러갈 사람이라고 축복하엿습니다.

‘타골’ 선생은 어린 벗들을 사람의 쏫이라고 노래하엿습니다.

성인과 학자가 무엇 때문에 어린 벗들을 례찬한 줄 암니까.

자라는 것에 희망이 잇고 어린 것에 쌩긋함이 잇는 까닭입니다.

희망과 쌩긋함 — 어린 벗들은 이것을 일허서는 아니 될 것입니다.

‘라팔레온’이 어린 벗들에게 손을 내여미러슬 때 불란서의 장래는 어린 벗들의 불란서엿습니다.

오늘의 불란서는 그때의 어린 벗들이 맨드러 논 긔초 우에 튼튼한 집을 지엿습니다.

어린 벗들이여.

새해에 무엇을 하며 엇더케 지낼려고 합니까.

어린 벗들은 가난한 집에 태워나 조흔 옷과 맛난 음식이 넉넉하지 못합니다.

그러나 튼튼한 마음을 가지고 새해의 첫날에 굿세게 서 주십시요.

들에 나아간 어린 벗들은 호메를 들고 짬을 흘려야 할 것입니다.

학창에 나아간 어린 벗들은 책을 들고 게을리지 안어야 하겟습니다.

이 밧게 여러 어린 벗들은 동모끼리 화목하고 부모를 도읍고 맛흔 일에 힘써야 할 것입니다.

가는 길에 고개가 잇스면 힘써 넘고 가는 길에 강이 잇스면 돌지 말고 건너야 하겟습니다.

굿은 결심을 갓고 몸을 튼튼히 하고 수양을 게을리지 맙시다.

새해에 이럿틋한 마음과 일로써 어린 벗들은 뜻 잇는 살림을 하지 안어서는 아니 될 것입니다.

鄭成昊, "어린이날을 압두고 부모형매에게－어린아이를 잘 키웁시다(1)", 『조선일보』, 1933.5.3.

우리가 지금 살고 잇는 세상은 너무 복잡하고 또 편벽되여 잇기 때문에 우리들의 생활은 즐거운 편보다 괴로운 편이 더－ 만습니다. 조선 사람 전체의 생활이 이런 만큼 특별이 조선의 어린 사람들의 생활은 더욱 말할 수 업습니다. 우리들의 생활이 이러케 말할 수 업게 괴로움에도 불구하고 악을 쓰면서 살겟다고 하는 까닭이 어데 잇슴니까? 그것은 우리의 압날 생활이 행복스럽고 자유스러울 것을 밋기 때문입니다.

세상의 성장하여 나가는 법측을 보면 쇠운(衰運)이 진(盡)하면 성운(盛運)이 오는 것이며 괴로운 생활를 하는 사람들의 노력에 의하야 행복된 생활이 시작되는 것입니다.

우리들의 행복되고 자유스러운 생활은 압흐로 오는 것입니다. 우리가 이러한 행복된 새 생활을 하랴면 어린이를 잘 키우고 잘못 키우는데 중대한 관게를 가지고 잇는 것입니다.

그럼으로 우리가 만일 지금 사는 것보다도 더 잘 살나면 우리는 압흘 보고 살어야 하고 압흘 보고 나아가야 합니다. 우리가 만일 압흘 향하야 나아가려면 우리는 우리들 어른보다 압선 사람을 따라 나아가야 합니다. 압선 사람을 따라 나아가려면 우리는 어린이를 따라 나가야 합니다. 사십살에 아들을 나앗스면 아버지는 사십년 뒤진 사람이고 그 아들은 사십년 압선 사람입니다. 보십시요. 할아버지 시대에는 '람푸'를 켜고 살엇습니다마는 아들 손자 시대에는 할아버지가 생각도 못하든 전등(電燈)을 켜고 살게 되고 자동차, 긔차를 타고 다니며 몃 천리밧게 말도 들을 수 잇는 긔계가 발명되엿습니다. 그러기 때문에 우리는 우리들보다 압선 사람 어린이를 압세우고 어린이를 쌀아 나아가야만 억지로라도 압흘 향하야 나아가게 됩니다. 만일 어른이 어린이를 끌고 나간다면 그것은 압흐로 나갈 사람을 뒤로 쓰는 것입니다.

×

조선에서는 가장 뒤써러진 늙은이가 새 사람(어린이)를 끌고 뒤로만 갓습니다. 어린이가 가[9] 세상은 새 세상이요 새 일터입니다. 그러나 늙은이가 가는 세상은 묵은 세상 즉 무덤입니다. 무덤으로 가는 것은

아모리 늙은이가 피하랴 해도 피할 수 업는 일입니다. 그런데도 불구하고 조선 사람 집안에서는 가자든 저 무덤으로 가는 늙은이가 웃두머리가 되여 가지고 전 집안 식구를 무덤으로 끌고 감니다. 무덤으로 가기 실혀 돌아서는 사람이면 "어른"의 말을 거역하는 사람이라고 불효라고 합니다. 그쁜만이 아니라 "재하자는 유구무언"이라고 해서 아모 말 말고 무덤으로 짤아가는 것이 효도(孝道)라고 햇슴니다. 부모의 잘 을[10]세 번 간(諫)해서 듯지 안커든 울면서라도 무덤으로 짤아가야 지극한 효도(孝道)라고 하얏슴니다. 이것이 이것이 조선을 압흘

못 보고 뒤만 향하면서 살게 맨드러 노은 크나큰 까닭임니다. 조선 사람처럼 아들짤의 덕을 볼냐고 무한한 욕심을 가지고 잇는 사람은 업슴니다. 그쁜이 아닙니다. 그 덕을 볼나는 래일(來日)의 새 주인(主人) 어린이를 조선 사람처럼 학대하고 냉대하는 사람은 쏘 이 세상에 업슴니다. 여러분 새로 잘아나는 어린이들은 우리들의 기둥(柱) 감이오 들보(樑) 감임니다. 이것을 위하지 안코 이것을 잘 것우지 안코 엇더케 덕을 보겟습닛가?

조선 사람들은 잘살겟다고 귀신을 위하느니 무엇을 위하느니 합니다. 그리하야 고사를 하느니 무엇을 하느니 하느라고 쓸데업시 돈을 씀니다. 그런 것을 위하지 말고 잘살겟거든 말[11]

어린이 를 위하여야 됨니다. 업는 돈에 고사 드리느라고 함부로 돈을

9 '가는'에서 "는" 탈락한 오식이다.

10 '잘못을'에서 "못"이 탈락한 오식이다.

11 "말"은 불필요하게 들어간 글자로 보인다.

쓰지 말고 그런데 쓸 돈이 잇거든 어린이를 강습소나 야학이나 학교에 보내며 한 자라도 알게 하십시요. 정말로 우리가 잘살 방법은 오직 한 가지 어린이를 잘 키워야 합니다.

이제것 늙은이 중심(中心)으로 살아오든 모-든 살님사리를 즉 다시 말하면 뒤로 물너만 가든 모-든 살님사리를 어린이 중심(中心)으로 곳쳐야 합니다. 그래야 우리에게 새로운 살님사리가 오는 것이며 한 가지 한 가지 압흐로 나갈 수 잇는 것입니다. 이제ㅅ것 우리가 가난하고 불자연한 생활을 하여 온 것은 모-든 살님사리를 늙은이 중심(中心)으로 하기 때문입니다. 그러면 어린이 중심으로 살님사리를 랴면[12] 엇더케 하여야 할 것인가를 잠간 말슴하겟슴니다.

어른들은 어린이가 커 가는데 방해(妨害)가 되지 안케 하여[13] 함니다. 쒸는 것 작난하는 것 소리를 질으면서

노래를 하는 것 이것저 을[14] 참견하는 것 등은 모다 어린이가 자라나기 위하야 모-든 것을 어드랴 하는 방법입니다. 그것을 조선 사람은 "이 녀석아. 쒸지 말아. 신발 해질나" "이 년석아. 귀 압흐다. 쩌들지 말아" "어른들 하는데 애 녀석들이 무슨 참견이냐" 하고 남은 자라날 량식을 어드랴는데 그것을 방해함니다.

鄭成昊, "어린이날을 압두고 부모형매에게－어린아이를 잘 키웁시다(2)", 『조선일보』, 1933.5.4.

어른들은 위선 이것을 주의하여야 하겟슴니다. 쏘 지금까지는 어린이들

12 '하라면'에서 "하"가 탈락된 오식이다.

13 '하여야'에서 "야"가 탈락된 오식으로 보인다.

14 '이것저것을'에서 "것"이 탈락된 오식이다.

이 어른들의 심부름꾼이 되여 잇섯지만 지금부터는 우리들의 압재비 어린이의 심부름꾼이 되여야 하겟습니다.

어린이 가 자라나갈 량식을 엇기 위하야 쒸고 노래하는데 어른들은 심부름을 어서 어린이에게 그 재료를 넉넉히 주어야 하겟습니다. 어른이라고 함부로 어린이라 움박지르지 마십시요. 헌 사람은 새로 자라는 어린이를 쌀아가야 밝은 곳으로 갈 수 잇고 무덤을 피할 수 잇는 것임니다.

그러면 어린이 중심으로 하야 어린이를 잘 키울냐면 엇더케 하여야 할 것인가 하면

◁ **첫재** 자유스럽게 해야 함니다. 어른의 마음에 맛지 안는다고 해서 어린이가 하고저 하는 일을 막지를 말고 될 수 잇는 대로 자유스럽게 활동을 할 수 잇도록 하여야 하겟습니다. 어린이들은 이 세상일을 잘 알지 못하기 때문에 무엇이든가 작고 하여 볼나고 함니다. 작고 하여 보는 데에 세상일을 알게 되고 용긔가 나고 활동력이 생기여서 새 생활을 할 수 잇는 사람이 됩니다.

◁ **둘재** 사회생활을 식힙시다. 우리는 달은 사람이 업시 자긔 혼자만으로서는 살어갈 수가 업습니다. 농사를 하는 사람은 량식을 맨들고 공업을 하는 사람은 집을 짓고 긔계와 긔구를 맨들고 선생은 글을 가르키고 함니다. 이러케 서로서로 달은 사람의 일을 도아줌니다. 이러케 사람은 서로 도아주지 안코 개인개인이 썰어저 잇기만 하면 그 사회는 쇠하여 가고 그와 반대로 잘 엉키고 도아주면 그 사회는 잘 되여 감니다. 우리들도 압흐로 잘 살어갈나면 압날의 주인공인 어린이들을 사회생활을 잘 식히여야 하겟습니다. 사회생활을 잘 식히랴면 단체생활을 식혀야 함니다.

◁ **셋재** 보통 상식을 가르킵시다. 어린이들도 상식을 알어야 함니다. 학교에서 배우는 것만 알어서는 안 됩니다. 력사담, 동화, 동요 갓흔 것을 만히 알으켜 주서야 함니다. 그러케 하여야 어린이들이 커서 사회생활을 잘하게 됩니다.

우리는 압날을 살니고 조선 사회를 다시 살니기 위하야 쏘는 그러케 훈련

을 주기 위하야 소년회가 생기엿슴니다. 소년회에서는 우리의 압재비 새 일터의 새 주인공 어린이들이 모혀서 엿테것 자유롭게 마음것 크고 자라지 못한 동모들을 움박지름 업시 마음것 자라고 크게 하여 주는 한편 참사람이 되게 하기 위한 교양과 훈련을 줌니다. 그리하야 오직 하나인 희망의 꼿 어린이를 유감업시 길을 지도를 하여 줌니다.

마음을 즐거웁게 하여 주기 위하야 노래와 연극과 무도를 가르처 주고 또 의문을 풀어 주기 위하야 녯날이약이(童話)를 들녀줌니다. 그리고 실제적(實際的)으로 간단(簡單)한 사회생활(社會生活)의 훈련(訓練)까지 줌니다.

끗흐로 일반 부형모자(父兄母姊)님께 꼭 직혀주시고 늘 실행해 주서야 될 몟 가지를 말슴하겟슴니다.(계속)

鄭成昊, "어린이날을 압두고 부모형매에게—어린아이를 잘 키웁시다(完)", 『조선일보』, 1933.5.5.

◇ **첫재** 소년회에 잘 보내주십시오.

우에 말슴하여서 소년회란 무엇이란 것을 알으섯스닛가 우리가 잘살기 위해서 꼭 어린사람을 소년회[15] 보내주십시오.

◇ **둘재** 늘 감독하야 주시고 소년회에 련락을 하여 주십시오.

소년회에셔와 학교에서 배우는 것을 무러보시여서 소년회에서 무엇 하라는 것을 알고 게서야 함니다. 그리고 각금 차저주섯스면 더욱 감사하겟슴니다. 그리고 어린사람이 밧게서 놀 째에 그 동모를 주의해 주십시오.

◇ **셋재** 어린이에게 허튼 돈을 주지 마십시오.

소용 이외에는 돈을 결코 주지 마십시오. 어린이는 짯딱 잘못하면 그

---

15 '소년회에'에서 "에"가 탈락한 것으로 보인다.

돈을 납분 곳에 쓰게 됩니다.

◇ **넷재** 조흔 잡지를 닐켜 주십시오.

어린이들은 모-든 것을 연구하랴고 하고 알랴고 함니다. 그 연구재료를 주기 위하야 조흔 잡지를 사 주십시오.

◇ **다섯재** 어린이를 째리지 말고 하일너[16] 주십시요.

어린이를 째리면 긔(氣)가 죽음니다. "긔"가 죽을 째면 "마음"이 죽어 버림니다. 그것이 버릇이 되면 무슨 일에든지 스스로 용긔(勇氣)를 내지 못하게 되여 일에 대한 자신(自信)하는 힘이 업서짐니다. 그러닛가 째릴 일이 잇서도 째리지 말고 조흔 말로 타일너 주십시요.

◇ **여섯재** 어린이 위생에 주의하여 주십시요.

몸이 튼튼하여야 무슨 일이든지 마음 놋코 잘하게 됨니다.

시절을 쌀아 위생에 주의하여 주십시오. 잘 째 재우고 일어날 째 일어나게 하고 몸을 깨긋하게 하여 주십시오.

◇ **일곱재** 제 일은 제가 하게 해 주십시오.

우리 조선 사람은 남에게 의뢰하는 버릇이 만습니다. 그럼으로 어렷슬 째부터 자립자영(自立自營)의 정신을 키워주기 위하야 자긔 일어난 잠자리라든가 자긔 방 갓흔 것을 자긔 손으로 치우도록 하여 자연히 자긔 자영의 정신을 가지도록 하게 하시오.

◇ **여들재** 어른과 갓치 대접을 하여 주십시오.

우에서도 루루히 이야기한 것과 갓치 우리 조선에서는 어린 사람이라면 사람다운 대접을 해 주지 안엇습니다. 그럼으로 우리가 압날에 잇서서 그야말로 잘살랴면 어린이를 어른과 갓치 대접해 주십시오.

◇ 이 글을 지방에서 어린이날 긔렴강연 째에 소년회에서는 작참하시기[17] 바람니다.

---

16 '타일너'(타일러)의 오식이다.

17 '지참하시기'의 오식으로 보인다.

사람이 잘살기 위하야 압날의 새 일꾼 어린이를 잘 기르십시다. 그리하야 지금의 살님사리보다 행복 된 살님사리를 하여 봅시다. 씃흐로 아모쪼록 저이들이 하는 어린사람 운동을 성원(聲援)하여 주시기를 바라고 이만 긋침니다.

金泰午, "어린이날을 당하야 어린이들에게－먼저 조선을 알고 꾸준이 힘써 뛰어나는 인물 되자(上)", 『조선중앙일보』, 1933.5.6.

오월 달 첫 일요일 되는 七일은 우리 어린이의 날이올시다. 어린이날! 어린이날! 얼마나 즐겁고 기뿐 날입니까? 사랑하는 소년소녀 여러분! 이날은 특히 그대들을 위하야 전 조선적으로 지키는 명절날이올시다. 경성을 비롯하야 삼천리강산의 방방곡곡에는 어린이를 위하야 여러 가지 놀이가 잇스니 아마 여러분들도 어떠한 놀이에든지 참가하서서 유쾌하게 노실 줄 압니다.

여러분! 지금은 五월이외다. 뒤ㅅ동산에는 록음이 욱어지고

못자리에는 푸른 모가 쑥쑥 잘아나고 산기슭 들밧에는 이름도 모를 가지각색 꼿이 피여 봄을 찬양하고 취한 듯합니다. 종달새와 꾀꼬리는 아름답게 노래하고 나비와 소리개는 제멋대로 춤을 추며 질깁니다. 이러틋 조흔 날에 여러분은 새로운 마음으로 이 뜻잇는 모힘에 참가하게 되엿스니 얼마나 기뿐 일이겟습니까. 여러분 눈에 보히는 것도 봄이어니와 여러 소년소녀는 지금이 한창 인생의 봄이외다. 그 긔세는 마치 五월의

해빗과 가티 찬란하고 五월의 새입과 가티 싱싱하고 또는 五월의 생물과 가티 맑고 깨끗합니다. 이 시절이 얼마나 꼿다운 시절입니까. 아모쪼록 긔운껏 뛰며 굿건한 마음으로 씩씩하게 나아가야 하겟습니다. 이 뜻기픈 날을 마지하야 특히 여러분께 멧 마듸로 부탁할 말슴이 잇습니다.

◇ **첫재**[18] 우리가 먹고 입고 살고 잇는 이 땅을 잘 알기로 합시다.

여러분은 조선 땅에서 나서 조선 어머니의 젓을 먹고 숨박꼭질 숫곱질 동무들이 다 조선 동무이며 말도 조선말을 배윗습니다. 그럼으로 여러분이 제 아모리 외국말을 잘한단손 치드라도

18 원문은 '~부탁할 말슴이 잇습니다. 첫재 우리가~'와 같이 편집되어 있으나, '下'와 통일을 기하기 위해 행갈이를 하고 약물을 부여하고 글자의 크기를 키웠다.

독일 사람이나 영국 사람이 될 수 업습니다. 따러서 여러분이 조선이라는 것을 한시라도 이저서는 아니 될 것이며 현실의 조선이 어떠한 것을 알어야 합니다. 조선 사람 전체가 행복하게 되면 여러분이 행복하게 될 것이오 조선 사람 전체가 불행하게 되면 여러분도 불행하게 될 것입니다. 그럼으로 우리 조선 소년은 먼저 조선을 알고 조선 사람을 행복스럽게 하는데 가장 큰 긔대와 촉망을 가지고 잇습니다.

金泰午, "어린이날을 당하야 어린이들에게－먼저 조선을 알고 꾸준이 힘써 뛰어나는 인물 되자(下)", 『조선중앙일보』, 1933.5.7.

◇ **둘재** 꾸준히 힘씁시다.

우리는 희망 가온대 끈허지지 안는 굿센 마음을 길으자는 것입니다. 우리는 대개 참을성이 부족하야 모든 일에 실패하고 마는 것입니다. 그런데 여러분께서 결심하신 그것을 꼭 성공하게 할 방책이 잇다면 얼마나 깃뿐 일이겟습니까. 그것은 다른 것이 아니라 곳 꾸준히 힘쓰는데 잇습니다. 꾸준히 힘쓴다는 것은 놀고 십흔 때에 놀지 못하고 자고 십흘 때에 자지 못하고 그냥 그것만 붓들고 힘쓰라는 말은 아니외다. 여러분이 놀고 십흘 때 놀고 자고 십흘 때 자시오. 그러나 어떤 그 일에 대하야 매일에 할 것은 반드시 그날에 하여야 합니다.

가령 매일 책 十 페지 이상을 보기로 하얏스면 그날에 아모리 분주한 일이 잇다 하더매도 꼭 五十 페지 이상을 보아야 합니다. 날마다 그날에 할 것은 그날에 하고 다음날에 할 것은 다음날에 하여 그대로 쉬지 안코 한결가티 나아가 가는 것을 꾸준이 하여 나아가는 것이라고 하겟습니다.

이와 가티 하는 사람은 꼭 어떠한 일에든지 결심한대로 성공하고야 맙니다. 그런대 꾸준이 힘씀에 잇서서 사사(私事)보다도 공사(公事)를 더 중히 녁이고 나아가야 합니다. 다시 말하면 여러분은 어려서부터 자긔 일신보다 여러 사람을 위하는 아름다운 덕과 용긔를 기르기에 꾸준이 힘쓰십시요.

◇ **셋재** 뛰어나는 인물이 됩시다.

오늘 우리가 "어린이날"로 정하고 온 조선 소년소녀들로 떼를 지어 가지고 긔ㅅ발을 날리며 노래를 불너서 이 거룩한 날을 긔념하자는 것은 다른 것이 아니라 여러분은 오늘로 인연해서 묵은 때ㅅ국을 떨어버리고 자주 새로운 소년과 소녀가 되여 여러분의 왕성한 원긔와 용맹이 잇는 것을 알어야 합니다. 그러고 이제는 엉석만 부리는 어린이가 되지 말고 노픈 리상(理想)과 경륜(經綸)이 잇서야 할 것을 잇지 말으시오. 그리하여 사랑하는 아버지와 어머니 아페 보히자는 것입니다.

그런데 여러분은 이 길을 잘못 들면 더 자랄 것도 더 못 자라게 하는 일도 잇습니다. 다 자라지 안헛는대 다 자란 줄 알며 다 되지도 안헛는대 다 된 줄 아는 것처럼 가엽고 불상하고 아까운 일은 업습니다. 몸으로나 지식으로나 덕행으로나 충실하게 건전하게 자라는 것은 어릴 때 어린이답게 행하는데 잇습니다. 그럼으로 여러분은 력사(歷史)에 나타난 인물 중에 가장 훌륭한 사람으로 하나둘을 뽑아서 그이를 보범[19] 삼아 나아가는 생활을 하면 반듯이 훌륭한 인물이 될 것입니다. "나도 이다음에 그런 일을 하여 보겟다. 그런 어른과 가티 되여 보겟다" 하는 생각이 잇는 것은 어린이 생활에 방향을 정해 주는 것이며 힘과 활동이 되는 것입니다.

우리가 "어린이날"을 정하야 해마다 해마다 이날을 긔념하자는 뜻이 여러 가지가 잇겟지만 특히 금년 어린이날을 당하야 우리 륙백만 소년소녀 여러분에게 반듯이 실행 조건으로 멧 가지를 부탁하옵니다. 하고 십흔 말은 아직도 만흐나 이런 명절날에 넘우 만히 하는 것도 지리하겟슴으로 이만 주리옵니다. — (끗) —

---

19 '모범'의 오식이다.

丁洪教, "간단한 력사－압흐로 엇더케 할가", 『조선일보』, 1933.5.7.

‖ **어린이** ‖ 날을 마지하야 과거에 지내여 온 력사를 잠간 뒤지여 보기로 하겟습니다. 조선의 소년운동이 이러나기는 지금부터 십일년 전인 일천구백십구년도이엿습니다. 이때는 조선의 강산이 어수산란할 때이엿는바 그때에 안변, 광주, 주[20] 등지에서 소년회 간판이 걸니게 됨을 비롯하야 점점 전 조선 각지에 소년회 간판이 걸니게 되엇습니다. 그 후 각지 소년회에서 그 수가 삼백여 곳이나 되엿스나 일정한 지도방침을 세우지 못하고 분산적으로 각각 그 회의 목적을 세워가지고 일들을 해 나아가는 일편 서울에는 〈운동협회(運動協會)〉[21]와 〈오월회(五月會)〉가 조직되야 각각 '슬로간'을 내세워 가지고 전 조선에 흐터저 잇는 년[22]

‖ **소녀회** ‖ 와 련락을 취하야 통일적 도에[23] 노력하고 잇섯습니다. 그러나 여긔에 한 가지의 문제가 잇섯든 것은 〈오월회〉는 상설긔관으로써 어느 때를 물론하고 각지 소년회와 련락을 하엿지만 〈운동협회〉는 비상설기관으로써 어린이날만을 당하게 되면 각지 소년회와 련락을 하고 잇섯든 관계로 항상 〈오월회〉와 〈운동협회〉가 각각 어린이날 행렬을 하게 되는 동시에 시비가 떠날 사이가 업섯습니다. 이와 가티 지내이든 일천구백이십칠년에 〈오월회〉에서는 전 조선적으로 통일적 행동을 일으키기 위하야 〈조선소년련합회창립준비회(朝鮮少年聯合會創立準備會)〉를 조직하야 선언을 발표하는 동시에 오래ㅅ동안 왈시왈비하며 떠들든 〈운동협회〉와 서로 악수하야 발긔대회를 소집하는 동시에 그해

---

20 '안변, 광주, 진주'의 오식이다.

21 1923년 4월에 방정환(方定煥), 조철호(趙喆鎬) 등이 조직한 〈朝鮮少年運動協會〉를 가리킨다.

22 '소년'에 "소"가 빠진 오식이다.

23 '지도에'에서 "지"가 빠진 것으로 보인다.

‖ **시월에** ‖ 〈조선소년련합회〉를 조직하게 되엿습니다.

◇……◇

그후 이천구백이십팔년에[24] 지금까지 자유련합제이든 소련맹을 동맹제로 〈조선소년총동맹〉으로 조직체를 변경하게 되엇습니다. 그러나 당국의 간섭으로 변경한 조직체를 그대로 두지 못하게 되엿슴으로 일시 그 일면일소년회제를 채용하게 되자 이것이 재차의 분렬된 동긔가 되고 말엇습니다. 이와 가티 됨을 쌀하서 소년운동은 점차로 침체상태에 이르러서 오늘에는 이삼년간 아모런 사업을 하지 못하고 다만

‖ **해마다** ‖ 어린이날만을 거행하게 되는 것이라고 하겟습니다.

이와 가티 됨을 짜라서 일천구백이십사년에 창설된 조선의 "어린이날"도 이삼년간은 소년운동이 침체됨[25] 짜라서 과거와 가티 각지에서 성대이 거행되지 못하고 소수 단체에서 거행하게 될 뿐이엇습니다.

그러면 압흐로 엇더케 하여야 하겟는가 —— 일부에서는 지금 침체 중에 잇는 〈소년총동맹〉을 해체하고 어린이날까지도 업새 버리라는 말까지 잇습니다만은 굿대여 잇는 단체를 업새며 여러 해를 두고 거행하든 어린이날을 폐지하라는 것은 부당한 줄 암니다.

입을 것이 업고 먹을 것이 업다고 그 사람은 죽어야 되겟습니가. 입도록 로력하고

‖ **먹도록** ‖ 로력하여야 할 것이 안입니가. 이와 맛찬가지로 만일에 그릇된 바가 잇스면 그것을 고치여서라도 북도다 나아가는 것이 소년운동자가 할 바이며 일반사회에서 이 사업을 도아주도록 되여야만 할 것입니다. 그리하야 나중에는 소년회에 자녀들을 보내 어린이날이 조선의 큰 명절이 되도록 되여야만 하겟습니다.

---

24 '일천구백이십팔년에'의 오식이다.

25 '침체됨에'로 보인다.

金泰哲 외, "소년운동자로써 부모님에게 한 말슴－어린이날을 마즈면서", 『조선일보』, 1933.5.7.

성품에 맛처 양육하시요　弘濟少年軍 **金泰哲**

나는 이 깃거운 어린이날을 당하야 특히 말삼하고 십흔 것은 어린 사람의 성품(性品)을 미처 길러 주십쇼 하는 것입니다. 얌전한 사람에게 팩팩하게 길르면 그 어린 사람은 죽도 밥도 안 될 것이며 팩팩한 사람을 얌전하라고만 하면 얌전하게 쉽게 되겟습니까. 그 어린이의 마음을 잘 보살피어 그 어린 사람이 잘 듯도록 그 어린 사람 성품에 짜라서 각각 적당히 길러야 할 것입니다. 갑으로 갈 사람한테 을로 가라 을로 갈 사람한테 갑으로 가라 하면 두겟습니가. 서로서로 텬분이 잇는 그대로 그 성격에 맛도록 지도해 주세야만 할 것입니다.

씩씩하게 자라도록 하자　朝鮮少年軍總本部 **趙喆鎬**

조선의 부모는 너머나 그 지도방법이 인습적으로만 흘르고 잇는 바 이것이 대단히 조치 못합니다. 그럼으로 이러한 것을 버리고 가정은 어린아이를 위한 가정이 되야서 모든 일이 그 어린아이를 위하야서 하는 것이 되여야만 하겟습니다. 그러는 동시에 어린아이가 자라나는 의기를 썩지 말고 엇더한 일이든지 활발한 성격의 소유자가 되도록 지도하야 장차 엇더한 사업에든지 씩씩하게 해 나아가도록 지도하여야만 하겟습니다.

책을 선택하야 읽킵시다　天華少年軍 **柳仁文**

어린이의 독물은 어린이의 량식입니다. 어린이의 량식이 어린사람 맘에 맛고 맛이 잇서야 어린사람이 붓적붓적 자라고 크게 커 갈 수 잇스나 만일 그 음식이 맛업는 것이나 썩은 것이라면 그 어린사람은 체할 것이며 병들 것이며 자라지 못할 것입니다. 그런고로 어린이날을 당하야 특히 말하고 십흔 것은 무엇보다 압흐로 어린사람의 독물에 주의할 것이며 일반 부형은 선택에 유익해야 할 것입니다. 다른 말도 만흐나 나는 특히 이 말을 부탁합니다.

건강한 몸을 만드러 내자 少年軍京城聯合會 **李亨雨**

사람이 제일 소원하기를 그저 아무 병 업시 편안햇스면 합니다. 과연 사람은 무엇보다 건강이 제일입니다. 만사는 몸이 튼튼한 담에 되는 것이니 우리가 제일 직혀야 할 것은 몸이며 몸을 위하야서는 적당한 운동과 건강을 위한 일은 해야 할 것입니다. 요새 보건운동이 만흔 것도 이 까닭이며 쏘이 스카웃의 운동도 여기에 주력합니다. 깃거운 명절 어린이날을 당하야 륙백만 어린 동모의 건강을 축하의 일반 부형은 이 점에 특히 착안하야 건실한 역군을 만히 내어 주기 바람니다.

소년회 사업을 도와줍시다 翠雲少年會 **安丁福**

어린이날 〈翠雲少年會〉이라고 하면 얼는 생각하기에 어린이애호운동 갓튼 단순한 것이 — 즉 여기에 그 어린이날에 의의(意義)가 전부인 것으로 생각하고 쏘 지금까지 선전하여 온 것도 여기에 치중한 점이 가장 만엇습니다. 그리하야 일반으로는 어린이날이 다만 어린이 애호 선전날로만 생각하도록 되게 하여 왓습니다.

그러나 결코 어린이날이 거기에만 그 뜻이 잇는 것이 아니요 조선 어린이 전체를 조직적으로 지도하야 그들에게 집단의식 — 즉 사회생활에 활교육(活敎育)을 너허주며 모-든 것을 준비식히여 나아가는 것이 쏘 뜻이엿든 것입니다. 그래서 그리하기 위하야 각지에 소년회를 조직하고 그 뜻을 일반에게 알리기 위하야 어린이날을 정하고 오늘까지 기념하여 왓든 것입니다. 그럼으로 소년회라고 하는 것은 한 학교와 가튼 것입니다. 그런데 여러분께 여기에 너무 관심을 안 가지는 것은 퍽 섭섭한 일이며 그런데 오늘날에 당하야 소년회 사업이 쇠폐하여젓스며 소년운동이 침체(沈滯)된 것은 퍽 유감된 일이며 조선의 장래를 생각하여 저도 극히 근심할 일이올시다. 이것은 여러분께서 너무 냉시(冷視)하신 대에도 그 원인이 잇사오니 깁히 생각하여서 소년회 사업에 조력하시고 협력하여 주시옵기를 간단히 말삼드림니다.

언제던지 깃부게 하게 基靑少年部 **鄭聖采**

어느 때 基年少年部를[26] 물론하고 육녀를 양육하시는 부모는 그 어린아이들에게 언제든지 질겁고 깃거운 마음을 주도록 하여야 하겟습니다. 이와 가티 깃분 마음을 어린아이가 갓도록 하는 것은 어린아이를 씩씩하게 키우게 되는 것입니다. 마치 꼿밧에다가 물을 잘 주는 것과 갓습니다.

자녀에게 모 이[27] 되라　달나라 申錫基

어린아이를 양육하려면 먼저 부모 되는 이가 그 자녀에게 하인이 되여서 모든 일에 모범을 뵈여 주어야만 되겟습니다. 아들과 쌀들에게는 잘해야 된다고 하면서 자기들은 어린아이가 보는 데 조치 못한 일을 하게 되면 즉시 어린아이는 그 조치 못한 행동을 본쓰게 됩니다. 그럼으로 자녀를 양육하시는 부모는 먼저 자긔자신을 돌본 후에 자녀에게 타일너야만 되겟습니다.

---

26 '基靑少年部를'의 오식이다.

27 '모범이'의 오식으로 보인다.

鄭成昊, "오늘에 드리는 일곱 가지 조건—서로 맹세하고 실행합시다", 『조선일보』, 1933.5.7.

어린 동모 여러분. 새로운 봄날과 함께 우리들의 명절 "어린이날"은 또 왓슴니다.

해마다 자라 가는 우리들의 깃붐의 날도 벌서 열두 해재임니다. 어린동모 여러분!

우리들이 이날을 한 해 한 해 마지하면 마지할수록 우리들의 힘은 커 가고 우리들의 일터는 넓어지는 것임니다. 우리들의 힘이 커 가고 일터가 넓어 갈수록 압날 새 조선의 긔초가 굿건해지는 것임니다. 어린동모 여러분! 이날은 당신네가 가진 단 하나의

명절이며 새날을 살니는 생명의 날임니다. 소리처 노래를 부르며 마음것 쒸놉시다.

그리하야 새 힘과 거록한 정신을 길너 새 일꾼으로서 새 일터로 나갈 큰 준비를 합시다.

거록한 생각과 경건한 마음으로 이 깃붐의 날을 마지하십시은.[28] 나는 이 즐거운 명절을 당하야 특히 조선 륙백만 어린동모 여러분에게 이 깃붐의 날을 더한층 의미 잇게 마지하기 위하야 몃 가지 부탁의 말슴을 드리겟슴니다. 마음속에 굿게 맹세하고 꼭 직히기로 하십시다.

나는 여러분에게 드리는 말슴을 특히 어린이날 선서문(宣誓文)이라고 일음 부치엿슴니다.

"나는 조선의 아버지 어머니들이 생각하는 씩씩한 조선 소년이 되기 위하야 아래의 일곱 가지를 선언하겟슴니다."

첫재, 나는 언제나 압날의 새 사람인 것을 짓지 안코 지금 사람보다 씩씩하고 참된 사람이 되겟다.

28 '마지하십시오.'의 오식으로 보인다.

둘재, 나는 동모를 위하는 것이 나를 위하는 것이오 쏘 □□를 위하는 것임을 잊지 안켓다.

셋재, 나는 참된 정신과 아울너 건전한 몸을 기르기 위하야 조흔 잡지를 읽으며 운동을 힘써 하겟다.

넷재, 나는 무슨 일이든지 서로 도웁고 마음을 합하여야 된다는 것을 잊지 안켓다.

다섯재, 나는 새 세상에 아름답고 새로운 씨를 뿌리며 올은 일에는 언제나 씩씩하게 나아가겟다.

여섯재, 나는 정대하고 부즈런하고 용감한 마음을 가지겟다.

일곱재, 나는 무슨 일이든지 조곰이라도 남에게 지지 안는 정신을 가지겟다.

조선 어린동모 여러분!

새날의 새 주인이 되기 위하야 새 마음으로 다 가티 이것을 맹세하고 굿게 직힙시다.

어린이날 만세!

조선 어린동모 만세.

高長煥, "少年運動 諸賢께－어린이날에 當하야(一)", 『조선일보』, 1933.5.7.

우리는 波濤 만튼 과거와 침체한 昨日을 뒤두고 또다시 새로운 어린이날을 마지하게 되엿다.

조선에 어린이날이 生긴 지 今年으로 滿 十一週年 조선 사람의 運動이 여러 가지로 만흐나 사라가는 運動의 한아로 해마다 □□으로 직히는 어린이날 우리의 運動이 죽은 듯이 고요하다가도 이때가 되면 더퍼노코 덤벼든다. 도처에서 이날을 직히기 위하야 법석거린다. 過去 現在를 通하야 所謂 運動線에 나슨 우리들 運動者 自身의

늣김이 엇더한가. 果然 깃븜으로써 마지할 것인가? 筆者 中央準備의 한 사람으로 해마다 準備에 손을 대이고 今年도 그 擧行에 對한 準備의 뇌를 쓴 사람이다.

各 團體의 代表會合을 열고 今年 어린이날에 對한 意思를 물어보며 이 運動을 持續함이 可냐 否냐의 議論도 걸어 보앗다. 이 運動을 하야 社會的으로 效果 엇엇스나 或은 害毒을 끼첫느냐. 그리하야 結論이 나기를 이 運動은 반다시 직혀 가야 한다. 每年 地方의 經過報告를 보든지 對外 情勢로 보아서 可當한 일이라고 하얏다. 그만 둘데야 그만 둘 수 업시 임의 일반적으로 조선의 한 명절이 되엇고 때가 되면 누구나 이날을 紀念할 줄 알게 된다. 이나마 안 한다면 얼마나 損失이 잇스며

이나마 擧行한다면 얼마나 收獲이 잇스랴. 實로 이 運動이 始作된 지 十一週年 特別한 波濤가 업시 늘 그 標準으로 온건히 자라 왓다. 멧 해 동안 實際 少年運動은 沈滯하야도 이 運動만 직혀 가면 그만인가. 少年運動을 打開치 안코 少總 問題를 念頭에 두지 안코 이것만이 가장 장한 일인가. 오늘날 조선소년운동의 지난 날을 돌아보아 누구나 거듭된 理論을 續出할 것이며 或余 批難할[29] 者 잇슬 것이다. 과연 이나마도 쉬운 일인가. 再昨年과도 달러 今年은 더 힘이 들엇스며 더 悲慘한 光景을 보앗다. 우리

들 돈 업고 세력 업고 단결력도 업는 살림살이에 그리 쉬운 일이 안이다. 전조선 二百餘處에 動員식히기에는 모든 準備品을 供給하기에는 힘드는 일이다.

高長煥, "少年運動 諸賢께－어린이날에 當하야(完)", 『조선일보』, 1933.5.10.

이번 地方 團體에

充分히 供給치 못한 理由도 여기에 한아이다. 어린이날은 民族的으로 朝鮮 獨特한 名節임으로 알아 두고 이날을 직히고 이날을 즐겨히 마저야 할 것이다.

그리고 이날을 當해서 이날을 紀念하야 今年 어린이날로 하야금 우리의 자라 가는 조선의 소년운동이 다시 큰 눈을 쓰고 모든 것을 새 맘 새 뜻 새 정신으로 한 맘 한 뜻 한 정신으로 굿게 쇠뗑이가치 뭉치어 거미줄 가튼 組織 미테 참된 進路를 차저 나가야 할 것이다.

그리고 우리 運動者 自身은 다만 이날 名節만 직힐 것이 안이라 이날로써 하야금 우리의 全體 問題를 解決해야 될 것이다.

少年運動이 엇더한 意識으로 흘를 것인가 或은 무슨 注意로 버들 것인가. 우리는 어린이날을 마지하야 엇던

(이하 7줄 가량 검열로 삭제 당함)

來의 理論闘爭만에서 다시 나아 와 實踐的이며 效果的인 運動이 잇서야 할 것이다.

말로만 혹은 속으로만 써들 것이 안이라 客觀的 諸 情勢를 잘 把握하야 實踐過程을 重要視해야 할 것이다.

---

29 '或如 非難할'의 오식이다.

우리는 이날을 當하야 이에 全心力을 다하고 實質的 새 소년운동의 길로 걸어 나가야 할 것이다. 잠든 소년운동을 어린이날로써 깨우자. 그리하야 일하자!

이 글은 급히 쓰는 거라 이만 쓰고 다음 긔회로 미룬다.

“어린이날－그 근본정신을 잊지 말라”, 『동아일보』, 1933.5.7.

五월의 첫재 공일인 어린이날은 따스한 햇볕, 자라는 신록과 함께 또다시 돌아왓다. 우리가 이날을 어린이의 명절로 쇠어 오는 지가 열한 해째이다. 그동안에 여러 가지 파란곡절은 잇엇지마는 꾸준히 지켜 온 이날, 지금은 三천리 방방곡곡에 六백만 어린이가 자기네의 명절로 가장 유쾌하게 가장 성대하게 보내는 날이 되엇다. 엄숙한 의식이 잇고 찬란한 기행렬이 잇고 강연이 잇고 여흥이 잇고 그러고 또……, 이렇게 여러 가지 일이 이날 뺄 수 없는 순서로 되어 잇다. 그러나 대체 무슨 일이든지 十년쯤의 젊지 않은 세월을 반복하야 그 형식이 가초아진 뒤에는 한낱 습관이 되어버리고 그 본래의 근본정신을 잊어버리는 수가 흔히 잇는 것이다. 오늘날 五월의 첫재 공일이 어린이날인 줄은 누구나 알고 이날이 오면 거리에 어린이들의 행렬이 잇는 줄은 누구나 다 기억하지마는 이날 어린이는 무엇을 부르짖는지 그러고 어른들은 그 부르짖음에 대하야 어떠한 반성을 하고 어떻게 지금까지의 관렴과 태도를 고쳐야 할지를 생각하는 일이 이제 없지 아니한가. 이에 우리는 이날을 당하야 새삼스럽게 어린이날의 근본정신을 잊지 말라고 다시 한번 웨치려 하는 바이다. … 그러면 어린이날의 근본정신은 무엇인가.

二

우리 조선에서는 옛적부터 유교의 三강五륜을 그대로 지켜 부위자강(父爲子綱)이라 하고 장유유서(長幼有序)라 하야 한 가정에 잇어서도 자녀보다 부모가 중심이 되어 왓고 사회에 잇어서도 늘 어른을 앞세우는 것을 옳은 일로 여겨만 왓다. 이리하야 조선의 어린이들은 이 인습과 윤리의 밑에서 자유스러운 성장을 얻지 못하고 눌리고 굽혀지고 졸아들고 할 뿐이엇다. 어린이날의 근본정신은 어린이는 한 가정의 꽃이오 그 사회의 보배임을 충분히 일반에게 이해시키는 동시에 종래의 관렴과 태도를 고치어 어린이로 하여금 지각과 체력과 덕성을 가장 자연스럽게 길러 가도록 하자는 것이다. 이리함으로써야 비로소 가정과 사회와 민족의 장래가 광명과 행복과 융성으로 인도될 수 잇는 것이다.

三

이날부터 어린이를 가정의, 사회의, 민족의 주인으로 모셔 올리자. 그리하야 그들로 하여금 자유로 뛰놀고 자유로 배우고 책임 잇게 계획하고 책임 잇게 실행하게 하자. 그들의 오르는 길에 우리는 댓돌이 되고 그들의 노리터에 우리는 터 닦는 사람이 되자. 오늘날 조선 어린이들은 밥에도 굶고 지식에도 굶어 잇다. 그들에게 충분한 영양을 주고 그들에게 균등한 교육을 주자. 그리하야 우리의 어린이들은 어른들보다는 적어도 한 걸음 더 향상하고 더 전진한 사람이 되어 조선의 명일을 밝고 굳세고 아름다고 즐거운 것이 되게 하기에 넉넉한 일꾼들이 되게 하자.

四

오늘이 어린이날이라 하야 오늘 하로만 어린이를 위하는 체하다가 내일이 되면 그만 잊어버리고 또다시 옛 습관 그대로 지나가는 것은 또한 어린이날의 진정한 뜻을 아는 것이라 할 수 없다. "이날만"이 아니라 "이날부터"라야 하는 것이다. 그리하야 이날을 한 해 두 해 더 맞는 대로 더욱더 어린이에게 대한 정성과 노력이 더해 가고 늘어가야 할 것이다. 이 어린이날을 당하야 이 몟 마디 말을 삼가 우리의 어른들과 가정과 사회에 보낸다.

社說, "兒童中心의 社會", 『동아일보』, 1933.5.21.

一

어린이날 行列을 鍾路에서 본 기억이 다 사라지지도 않은 五月 中旬에 朝鮮 各 新聞의 社會面은 읽기에도 소름이 끼치는 兒童虐待 記事로 大部分을 채와 잇다.

斷頭 幼兒屍의 發見을 筆頭로 到處에서 每日 發見되는 暗葬兒屍 養女虐待 事件, 小兒 轢傷 事件 等等 實로 뼈가 저린 慘狀 속에서 우리는 며칠을 살아 왓다. 그러지 않아도 奇薄한 環境에 태어난 불상한 朝鮮 兒童들에게 이 얼마나 잔인스러운 加害이냐?

二

兒童虐待에는 兩面이 잇다. 하나는 마땅히 保護해야 할 處地에 잇는 保護者의 不注意로 말미암아 兒童에게 危害를 맞이는 일이니 轢殺, 病死 等이 이 部數에 속하는 虐待요, 또 하나는 한거름 더 나아가서 故意로 精神的으로나 肉體的으로 危害를 加하는 일이니 斷頭, 壓殺, 體刑 等이 여기 속하는 虐待이다. 現代 文明 諸國에 잇어서는 前者에 依한 虐待도 罪惡視 되어 道德上과 法律上의 制裁가 잇는 오늘날이어늘 우리 朝鮮에서는 아직도 잔인한 加害가 盛行하고 잇다는 것은 참으로 부끄러운 일이오 또 將來가 憂慮되는 일이다.

三

우리는 將來를 바라고 산다고 하는 것은 누구나 다 하는 말이다. 그러면 將來라는 말은 무엇을 意味하는 것인가? 將來는 별것이 아니라 지금에 우리의 눈앞에서 모락모락 자라고 잇는 이 兒童들이 主人公이 될 그때를 가르친 말이다. 그러면 그들이 主人公이 될 社會에다가 唯一의 希望을 붙이고 사는 우리로서 그들을 虐待하고 等閑히 여긴다는 것은 常識으로만도 到底히 理解할 수 없는 일이다.

兒童 虐待의 原因에는 勿論 人類의 殘忍性으로부터 起因된 바도 많겟

지마는 그 根本理由인즉 日前엣 利益에 너무 눈이 어두운 까닭인가 한다. 兒童保護에 不注意하는 것도 日前 業務에 너무 바뿐 탓이겟고 兒童을 買賣하는 것(事實 이 兒童 買賣制度는 兒童虐待의 가장 큰 伏魔殿이다.)도 파는 者나 사는 者나 모다가 日前엣 小利를 爲하야 將來할 偉大한 天才 또는 指導者를 或은 抑壓하고 或은 殺害한다는 것이야말로 이 얼마나 痛嘆할 일이냐?

四

兒童虐待防止策으로는 道德的 及 法律的 制裁를 加하야 兒童을 保護하는 것이 上策이겟지마는 그보다도 根本策은 곧 그 原因除去 及 民衆訓育에 잇는 줄 안다. 그러므로 先進諸國에서 가진 것과 같은 諸種의 兒童保護法案의 立案과 實施를 하로速히 보게 하도록 爲政當局에게 要求하는 同時에 民間側으로도 兒童虐待防止會나 或은 兒童保護會의 設立으로써 이 問題를 한, 커다란 民族的 事業으로 取扱할 必要가 잇음을 力說하고 싶다.

經濟的 極端 貧窮과 舊道德思想의 羞恥心은 嬰兒壓殺의 主要 原因이 된다. 兒童買賣의 唯一한 理由도 또한 經濟的 窮乏에 잇다. 이 重大 原因을 除去하기 爲하여서는 產兒制限法의 實施를 要하는 同時에 私生子에 對한 道德的 標準을 變更할 必要가 잇다. 이 方法도 또한 先進諸國에서는 널리 實施되는 것으로서 우리의 創案은 아니다.

五

問題의 根本은 一般 民衆의 覺醒如何에 달리엇다. 아동을 父母의 一種 私有財產으로 생각하는 舊觀念을 그 根底로부터 뽑아 버리기 前에는 兒童保護의 實蹟은 볼 수 없을 것이다.

兒童虐待를 防止하고 保護觀念을 宣傳할 目的으로 兒童保護會가 하로 바삐 組織되기를 바라서 마지아니한다. 이번 機會에 萬一 兒童保護會의 組織이 具體化된다 하면 地下에 잇는 無頭幼兒鬼도 자기의 죽음이 헛되지 않엇음을 기뻐하리라!

兒童을 虐待하는 社會, 그것은 自滅行動을 取하는 社會이다.

兒童을 保護할 줄 아는 社會, 兒童 中心으로 일우어진 社會, 그 社會에는 將來가 잇고 繁榮이 잇으며 進就가 잇을 것이다. 다 같이 朝鮮半島에 兒童 中心의 社會를 樹立하기에 努力하도록 決心하여야 할 것이다.

南應孫, "새해를 마지하야 어린니에게 드리는 말슴(1)", 『매일신보』, 1934.1.3.

어린동무 여러분.

닭의 해는 영구히 살어지고 말엇습니다. 누가가 쪼차낸 것도 아니요 누가 가라고 권고도 안햇겟지요. 그러 제 스스로가 갈 째 되니 가고 만 것입니다.

우리는 지난해에 여-러 가지 눈물, 한숨, 깃븜, 우슴을 격거 보왓습니다. 한탄을 하며 주먹도 처 보고 마음썻 울어도 보왓습니다.

월사금을 못 내고 학교에서 쫏겨 나와 울어 본 적도 잇고 나무하다가 산 임자한테 쫏겨 온 적도 잇고 공장에 가서 일해 본 적도 잇고 어머님, 아부님, 형님, 누님 병간호를 위하야 슬허해 본 적도 잇고 마음먹은 일이 뜻대로 안되어 한째는 어린 마음에도 세상은 왜 이가치 귀찬을가. 세상은 서름으로 된 것가치 생각한 일도 잇고 학교에서 락재를 하고 부모님에게 꾸지람을 들은 일도 잇고 상급학교 입학시험에 합격되여 온— 세상은 기쁨으로 생각된 째도 잇고 작문이나 노래를 지어 잡지나 신문에 발표하고 세상에 출세한 것가치 남몰으게 기뻐한 일도 잇고 학교를 대표하야 시합 경주에 나가 우승한 일도 잇고 패부(敗北)한 일도 잇고 학교에서 나와서 야학에 단긴 일도 잇고 야학을 당국에서 못하게 하야 야학에 가지도 못한 일도 잇고 어린 동생을 업고 품파리 나간 어머님을 기다리며 곱흔 배를 참어 본 일도 잇고 공장에서 밤중이 되어 늦게야 돌아오는 누나를 치운 겨울밤에 홋옷을 입고 벌벌 썰며 마중을 나가 본 일도 잇고 아젓시들에게 씩씩한 힘 잇는 이약이를 들어 본 적도 잇섯겟습니다.

이 모-든 역사(歷史)의 짐을 한 억개에다가 담북 실고 一천 九백 三십 三년은 겨울날에 나려와선 햇볏에 살아지는 흰 눈과도 가치 어듸로인지 쌔끗히 살어지고 말엇습니다.

여러 어진 동무들 ——

벌서 동쪽 산머리에는 새해가 솟아 올랏습니다. 온— 천지를 그 쓰거운 광선으로 나려 쏘고 잇습니다. 보십시요. 저 햇발은 이 짱에 새해가 왓다는 것을 알리는 새 멧세지가 아닙니까.

우리는 저 해의 햇발을 힘것 마서 들여야 하겟습니다. 저 해라도 능히 들여마시고도 남음이 잇슬 만한 넓다란 가슴과 마음을 가저야 하겟습니다.

그리고 새해를 기쁜 마음과 새론 마음으로 마저 들여야겟습니다.

이제 나는 닭의 해를 보내고 새해를 마즈며 여-러 어린동무들에게 멧 마듸 부탁을 하고저 합니다. 이 부탁은 내가 여-러분에게 강제로 권하고 십흔 것이 아니라 여-러분이 다 생각하고 해야 할 일을 여-러분과 함께 생각하고 무슨 일을 어쩌케 해야 하겟다는 것을 의론해 보는 것입니다.

南應孫, "새해를 마지하야 어린니에게 드리는 말슴(2)", 『매일신보』, 1934.1.5.

어린동무 여러분.

여-러분은 이 사회에 후비역군(後備役軍)입니다. 즉 이 사회에 업지 안어서는 안 될 사람입니다. 그럼으로 우리가 알어야 할 일도 만코 해야 할 일도 만습니다. 이가티 우리의 사명은 중대합니다.

어린동무 여러분. 우리는 이 사회를 이끌고 나가는 라침반(羅針盤)이며 인도자입니다. 그 책임과 의무가 크고 중한 것은 물론이요 사회는 우리 손에 이끌어 오는 것입니다.

우리는 이곳에 큰 생각이 잇서야 하겟습니다.

그러면 우리는 어쩐 생각과 어쩐 마음으로 어쩐 일을 어쩌케 하여야 하겟습니까.

우리는 먼저 과거를 돌아보는 사람이 되여야 하겟습니다.

지난 째를 생각해 보는 것은 무엇보다도 긴요한 일입니다. 즉 흘러간

날 흘너간 시간을 돌아보고 지금에 처해 잇는 일과 닥처오는 압날의 일을 알어야 하겟습니다.

그러나 지나간 날을 생각하고 한탄을 한다든가 눈물을 짓는다든가 설허한다든가 하는 것은 퍽 자미업는 일입니다. 퍽 자미업다는 것보다도 이런 일을 단연 하지 안허야겟습니다. 내가 지나간 날을 생각하라는 것은 이 뜻이 아니라 현재 일과 닥처오는 길을 어쩌케 할가를 지나간 날에서 발견해 내라는 것입니다. 그럼으로 우리는 항상 지나간 일을 알어보는 정신을 일어야 하겟습니다. 세상의 모-든 일은 잇는 일로부터 새 일이 시작될 수 잇는 것입니다. 그럼으로 우리가 아무 일이고 하는데 잇서々 과거의 일을 생각지 안코는 안 될 것입니다. 둘재로 말삼 올릴 것은 아무 일이고 일을 시작하기 전에 먼저 주위의 사정을 잘 알어보란 것입니다. 즉 아무 일이고 자기가 처해 잇는 환경을 잘 리해(理解)하고 그 주위의 사정이 용허하는 한에 게획(計劃)을 수립(樹立)하야 그 게획을 실현키에 노력(努力)치 안으면 그 게획이란 일종에 관념(觀念)은 공상(空想)으로 돌아가고 만다는 것을 알어야 할 것입니다. 다시 말하면 자기 주위의 사정의 반영으로서 수립된 게획이 아니라면 그것은 실현의 가능성(可能性)이 업다는 것을 말슴해 둡니다. 그러나 그것은 우연적으로 실현될 때가 잇슬런지는 몰으나 필연적(必然的)이라 규정지을 수는 단연 업습니다. 이것에 반하야 전자는 그 실현성이 필연적으로 존재해 잇는 것이라 보겟습니다. 여러분들이 보기에는 좀 어려운 말노 들어갓는지는 몰으겟스나 이것을 번복해서 아조 알기 쉬운 말노 곤처 이곳에 옴겨 노와 본다면 가령 내가 보통학교를 단긴다고 합시다. 그런데 집은 아주 가난하야 월사금은 집에서 주지 못하고 아젓시에게서 갓다 쓴다고 합시다. 그러나 아젓시댁도 그닥지 넉넉지 못한 살림이나 보통학교 월사금만은 대여 줄 수 잇는 형편이라고 봅시다. 그런데도 불구하고 나는 장차 육군대장이 되겟다 혹은 문학박사(文學博士)가 되겟다고 생각한다면 그것은 실현성이 업는 공상이라는 것임이다.

金泰午, "少年運動의 回顧와 展望——九三四年의 課題(上)", 『조선중앙일보』, 1934.1.14.

一. 緖論

어린이는 家庭의 싹이오 民族의 꼿이오 人類의 希望이다. 어린이를 爲함은 社會의 絶對 責任이다. 이러한 標語 알에서 조선에도 一九一九年을 筆頭로 少年運動이 싹트기 始作하얏다. 果然 어린이는 그 民族 그 社會의 將來를 約束하는 原動力이 됨은 말할 것도 업거니와 어린이의 成長 發達은 그 民族 發展段階의 重要한 地位를 占하니만치 어린이들의 힘은 크고 어린이들의 世界는 가장 偉大한 것이다.

朝鮮의 少年運動은 十五年의 歷史를 가지게 되엿다. 卽 一九一九年 以後 各 部門運動을 具體的으로 일으키자 여긔에 少年運動도 그中의 하나이다. 그리하야 第一 먼저 地方에서 少年團體가 發生되엿스니 바로 그해에 뒤미처 光州, 晋州, 安邊 等地에서 少年會가 組織되엿다. 그 後 一九二二年에 中央에서 〈天道敎少年會〉가 創立되고 一九二二年에는 〈半島少年會〉가 創立된 以後 運動은 漸漸 發展되여 少年運動의 切實한 高調를 意味한 兒童擁護機關인 少年會 看板이 雨後竹筍가티 일어나 一九二七年에는 四個 聯盟體와 三百餘 細胞團體에 그를 뭉친 〈朝鮮少年總聯盟〉의 最高機關이 結成되엿든 것이다. 十五年이라는 歲月은 歷史上으로 그리 長久한 期間은 아니다. 그러나 이 짧은 期間 內에 朝鮮少年運動은 劃時期的 發展을 보앗다고 할 수 잇다.

그러나 現在의 朝鮮少年運動은 아직까지 分派的이오 分散的 運動의 領域을 버서나지 못하고 잇는 것이 속일 수 업는 嚴然한 事實이다. 더욱 近年에 와서는 少年運動의 '이데올로기' 問題로 자못 論難이 甚하여 階段 對立의 二大 陣營으로 난호다십히 되엿다. 그런데 〈朝鮮少年總聯盟〉의 組織體가 鞏固하지 못하고 恒常 分裂에서 彷徨하며 지금은 그 存在조차 疑心할 만치 沈滯狀態에 빠저 잇스니 이 어찌 朝鮮의 어린이들의 將來를 爲하야

憂慮할 바 아니랴! 그러면 그 沈滯 原因이 那邊에 잇는가? 運動의 新展開를 爲하야 그에 對한 對策을 講究하지 안흐면 아니 되게 되엿다.

二. 組織問題

어떠한 事業을 莫論하고 그 일이 組織的이 아니면 未久에 破滅이오 成功을 期待할 수 업는 것이다. 何等의 役割을 하지 못하고 잇는 少總은 遺憾이나마 解體를 하던지 再組織을 하던지 해야 될 것이다.

過去의 우리의 모든 經營 가온대 龍頭蛇尾와 가티 有始無終하여 失敗가 만흠은 客觀的 條件이 가장 不利한 原因도 잇겟지만 沈思하건대 첫재로 指導하는 그 사람의 人格이 健全하지 못하고 둘재로 일하는 그 덩이의 團結이 鞏固하지 못함에 잇슬 것이라 하겟다. 우리는 언제나 非常한 일을 할 人格 그 일을 原動力이 되는 鞏固한 總合團體인 것을 切實히 要求하고 잇다. 어떠한 主義的 偏見이나 宗派心에 固執하지 말고 맨 밋層에서 悲慘한 生活을 하고 잇는 朝鮮 少年의 解放과 擁護 及 救濟를 爲한 것이면 모든 것을 超越하고 한데 뭉치어야 한다. 將來에 健全한 民族을 맨들기 爲하야는 조선의 어린이를 좀 더 徹底한 訓練과 敎育이 必要함과 同時에 그에 對한 指導者의 健全한 人格과 堅固한 組織體가 잇서야 할 것은 重言을 要치 안는 바이다.

三. 敎育問題

어린이 敎養問題는 社會的으로 重大한 意義가 잇는 것이다. "세 살 때 버릇은 여든에까지 미친다"는 朝鮮의 俚諺도 잇거니와 어렷슬 때의 敎養如何는 將來 成人이 되어서 社會的으로 活動함에도 큰 關係를 가지고 잇는 것이다.

金泰午, "少年運動의 回顧와 展望－一九三四年의 課題(下)", 『조선중앙일보』, 1934.1.15.

過去의 朝鮮人은 "在下者는 有口無言"이라는 鐵則 미테서 어린이를 極

히 虐待하얏슬 뿐 아니라 兒童敎育에 잇서서도 퍽으나 等閑視하야 왓다. 잇다고 해야 그들에게는 中國文學을 土臺로 한 封建思想과 成人敎養을 써 왓나니 다시 말하면 啓蒙篇 白首文 童蒙先習 通鑑 史略 等-等 難澁한 漢文學的 道德을 注入시키기에 餘念이 업섯든 것이다.

그리고 父母는 子女를 玩弄物視 所有物視하고 그들 어린이에게는 何等의 自由와 社會的 地位를 엇지 못하고 마츰내 早婚이라는 무서운 形態로써 그들 成長期에 적지 안흔 害毒을 주엇나니 子女敎育에 잇서서 커-다란 矛盾을 낫케 된 것이다. 이로 因한 朝鮮의 荒廢는 當然한 일일 것이라 한다. 그리하야 이에 對한 抗爭的 運動으로 少年의 權利 及 解放을 부르짓고 少年의 社會的 地位를 確保키 爲한 少年運動이 일어나게 된 것이다.

少年敎養運動의 基礎工事는 眞正한 兒童敎育에 잇스며 따러서 兒童文藝運動은 兒童敎育 築造의 基礎工事라 하겟다. 그러면 지금에 잇서서 兒童文學書類 單行本은 그만두고라도 月刊으로 나오는 少年雜誌의 『아이생활』, 『어린이』, 『新少年』, 『별나라』 等等의 最近 傾向을 考察하건대 『아이생활』, 『어린이』는 道德的 宗敎的 涵養과 民族意識을 너허 주기에 힘쓰는 자최가 潛在하야 잇고 『별나라』, 『新少年』은 階級意識을 注入시키기에 努力하는 자최가 現著하다.

다시 말하면 在來로 少年雜誌는 趣味增長, 情緖涵養, 學校敎育의 補充敎材를 하야 왓든 것이 인제는 階級對立의 두 가지 갈래로 난호아진 것이다. 그러면 今後의 朝鮮少年運動은 어떠한 方針으로 指導하며 展開시겨야 될 것인가? 한 말로 말하자면 먼저 朝鮮少年이라는 대서 出發하여야 될 것을 主張하는 바이다.

四. 兒童 虐待 防止 問題

日本에서는 客年 十月 一日에 兒童虐待防止法을 制定 實施하얏다. 그 內容은 ——

一. 不具畸兒를 觀覽시기는 일

一. 乞食을 시기는 일

一. 輕業曲馬團에 使役시기는 일

一. 路上에 歌謠 遊戲시기는 일

一. 藝□, 酌婦, 女給을 시기는 일

以上 項目에 對한 施行은 十四歲 未滿 兒童을 標準한 것이다. 그런대 虐待를 當하고 잇는 兒童이 京 市內만 一千五六百名이라 한다. 여러 가지로 虐待를 밧고 遊離乞食하든 兒童들이 救援을 엇게 된 것은 그들을 爲해서는 實로 多幸한 일이다. 그러나 不幸히 그 法案이 朝鮮에 잇서서는 "時期尙早"라는 허울 미테서 實施치 못하게 되엿다.

따로이 朝鮮 內 虐待를 밧고 잇는 兒童을 調査한다면 日本의 그것에 比하야 幾何級數的으로 놀나운 數字를 보게 될 것이다. 죽지 못해 延命하고 잇는 그들 不祥한 兒童들이야말로 目不忍見의 悽慘한 事이다. 爲政當局은 이에 至大한 關心을 가저야 할 것이니 速히 朝鮮에 適當한 兒童虐待防止法을 實施하기를 期待하는 바이다.

一九二八年 少總에서 決議된 標語 中에

一. 少年人身賣買에 對한 防止運動을 하자.

一. 十八歲 以下 早婚防止運動을 하자.

一. 少年文盲을 退治하자.

一. 少年危險作業, 幼年勞働防止運動을 하자.

이러한 '슬로간'을 내걸고 왓든 것이다. 그러나 이것을 施行함에는 少總이 넘우나 無能한 가운데 잇스니 民間社會 有志들이 朝鮮兒童擁護會를 促成시기어 하로밧비 朝鮮兒童의 權利와 그에 對한 擁護, 救護에 盡力하기를 懇望하는 바이다. 그리고 眞正한 意味에 잇서서 朝鮮兒童硏究會의 構成을 아울러 期待한다.

五. 結論

우리는 모든 所有의 代表인 少年少女를 잘 指導하고 못함에 우리 生命이 달려 잇다. 그들이 잘되고 못됨은 그들 잘못에 잇슴이 아니오 그의 父母의 責任이며 社會 全體의 連帶責任이다. 그러타면 어린이 敎養訓練에 細心한 注意를 가저야 할 것이니 그럼으로 우리의 하고야 말 少年運動은 努力이 組織的으로 되여야 할 것이다.

以上이 一九三四年 少年運動의 課題이라 하겟다. 그러면 우리 運動을 더욱 키워 주기 爲하야 新年부터 各 新聞의 兒童欄 擴大를 願望한다. 少年雜誌는 더 새로운 面目을 띄고 나오기를 期待한다. 全 家族이 破滅되다시피 한 우리가 그래도 압날의 希望을 두는 것은 조선 民族의 富이오 寶貝인 그들을 밋기 때문이다. 未來의 아름다운 집을 建築하려는 그들 어린이를 잘 붓도다 주어야만 將來에 우리도 新生의 歡喜가 따를 것이라 하겟다.

—(끗)—

盧一, "朝鮮의 '어린이날'", 『實生活』, 1934년 1월호.

一

"어린이날"은 朝鮮의 한 祝日로 되엇다. 每年 五月 첫 日曜日이 어린이날로 決定되어 벌서 멧 해재 이날을 紀念하게 되엇다. 어린이가 人生의 싹이오 民族의 "순"이오 社會의 꼿으로서 全 人類的 祝福의 갑어치가 잇는 것은 새로히 말할 必要가 업는 것이지만 이 社會的 要求에 依함이런지 지금까지 해마다 이 어린이날은 京鄕을 뭇지 안코 자못 盛況 속에 紀念하게 되엇다. 첫재 어린이 그들은 純眞 그것처럼 社會 各層의 一般的인 讚揚을 밧는 것과 둘재 이러한 純眞한 어린이들의 祝福에는 어쩌한 政治的 處地에 잇는 사람이고 그 順成을 冷視하면 하엿지 일부러 干涉 或은 沮害할 理由가 업는 데에 因함이다. 今年에 잇서서도 오는 五月 六日의 첫 日曜日을 잡어서 이 紀念의 擧行을 準備하는 터이니 平靜보담은 차라리 寂寥를 늑기는 이즈음에 반듯이 活潑 및 潑剌한 式의 行列이 進行될 것을 預期하여 남음이 잇슬 바이다.

二

여긔에 잇서 어린이 關係의 諸 機關에서 朝鮮 獨自의 어린이날이 國際的 無産少年 '데이'의 統制에 써나는 것이란 意味에서 反對의 意向을 가진 바 잇다 하니 이것은 아즉 正確한 意思表現이라고까지에는 못 미츤 바 잇스나 그러나 그 見解의 妥當치 못한 것은 우선 이에 知的하여 둘 必要가 잇다. 朝鮮의 問題가 國際的 一 連鎖를 써나서 孤立 또 排他的 存在는 잇슬 수 업스나 朝鮮이란 地域 朝鮮人의 集團 그 傳統과 當面의 傾向 및 利害를 同一히 하는 具體的인 特殊의 事다. 이제 절로 朝鮮 獨自的의 情感意識 및 一定한 實踐的인 作爲를 要하는 바이니 어린이날에 잇서서도 全然 同一한 理由에 依하야 獨自的인 紀念의 날로 가질 수 잇는 것이다. 祖上崇拜와 長上偏重的인 過當한 道德觀念에서 어린이들의 擁護伸張 되어야 할 意味로서도 이날은 一定한 初期的 價値를 가지는 터이지만 現下 朝鮮의 어린

朝鮮人的 處地에서도 그 擁護 및 伸張의 意識을 培養 生長케 하는 點으로서 朝鮮 어린이날의 獨自的 紀念의 必要가 充分한 것이다. (이상 6쪽)

(以下는 不得已한 事情으로 略함) (이상 7쪽)

社說, "'어린이'날의 再認識—權威 잇는 團體를 조직하라", 『조선일보』, 1934.4.17.

一

五月 첫 日曜日이 在邇하야 어린이날의 準備가 臨迫하엿다. 一年 一次 어린이날을 定하야 그날에 여러 가지로 어린이를 爲한 일을 하여 온 것은 先覺者와 有志의 큰 功績이다. 엘렌 케이 女史는 "어린이의 世紀"라는 말을 썻거니와 지금의 朝鮮이야말로 어린이를 中心으로 하지 아니하면 아니 될 때다. 어린이를 爲한 運動을 더욱 有力化하고 더욱 普遍化하지 아니하면 아니 될 때다. 어린이에게 希望의 全體가 잇는 朝鮮으로서 아직 어린이의 重要性에 對한 認識이 甚히 不足한 朝鮮이다.

二

在來의 어린이날運動은 넘어 局部的이오 獨斷的인 感이 업지 아니하엿다. 따라서 未洽한 弊가 업지 아니하엿다. 이러한 全 民族的으로 意味가 깁흔 運動은 모르미[30] 全 民族의 最高 頭腦를 網羅한 團體가 主體가 되어서 最大한 誠意와 力量을 가지고 할 것이지 一部 有志만이 不足한 力量을 가지고 할 일이 아니다. 이러므로 어린이날運動에 從來 主體가 되어 오던 團體나 人士는 今後에는 맛당히 어린이날運動의 主體가 될 最高 團體 組織의 斡旋者가 되는 데 그치기를 決心할 것이다. 社會 各 方面의 有力者를 招請하야 一大 어린이運動의 最高 首腦部가 될 團體를 形成하는 職務를 自取함이 올흘 것이다. 教育界의 有力者는 勿論이어니와 各 言論機關, 宗教團體, 幼稚園 等 무릇 어린이의 運動에 對하야 關係와 關心을 가진 方面을 網羅하는 機關을 組織하야서 每年 어린이날의 準備에 關한 것은 勿論이오 될 수 잇스면 常設的인 어린이運動의 主體가 되도록 함이 올흘 것이다. 이러케 함으로만 어린이運動을 有力化하고 普遍化하고 아울러 常設化할

30 "모름지기"와 같은 뜻이다.

수가 잇슬 것이다.

三

좀 더 具體的으로 말하면 男女 初等 中等의 各 學校와 保育學校와 幼稚園을 主 되는 組成員으로 하고 宗敎團體 言論機關 體育團體 醫師會 藝術家 等을 補助하는 組成員으로 하고 有志 財産家를 파트론으로 하야서 機關을 組織할 것이오 그 事業으로는 一年 一次의 어린이날 節次의 制定과 實行 어린이를 爲한 詩歌 圖書 樂曲 映畵 等의 選定 製作 飜譯 等의 事業이며 어린이公園 어린이體育場 어린이會館 等의 施設이며 어린이의 體育的 團體的 道德的 語學的 訓練方針과 資料를 만드는 事業과 가장 重要한 일인 家庭에 對하야 어린이 養育 待遇法 革新에 關한 運動 等 —— 이러한 것들일 것이다.

四

一民族의 運命은 어린이의 訓育 如何로 決判되는 것이다. 萬一 어린이의 訓育에 對하야 關心과 誠意가 적은 民族이 잇다고 하면 그 民族의 前途는 不問可知일 것이다. 지나간 世紀는 젊은이의 世紀에서 世界 各 民族이 젊은이의 訓育에 絶大한 努力을 하고 잇섯다. 그러나 新世紀는 젊은이가 어린이에서 오는 줄을 發見하엿다. 조흔 어린이 조흔 젊은이에서 오는 모양으로 조흔 젊은이는 조흔 어린이에서만 오는 것을 發見하엿다. 이에 對하야 가장 關心을 만히 가진 이는 蘇聯과 파시스트 伊太利라 하거니와 必要에 잇서서는 朝鮮이 第一일 것이다.

今年의 어린이날이 朝鮮 어린이運動의 新紀元을 劃하기를 바라며, 이 苦言을 朝鮮의 敎育者와 識者階級 全體에 부친다.

고장환, "生命의 새 名節, 조선의 '어린이날'―열세 돐을 맞으며(上)", 『동아일보』, 1934.5.4.

오월 첫 공일 어린이날은 돌아왓습니다. 어린이를 위한 어린이날의 기렴은 이날을 맞어 전 조선의 천지를 흔들어놓을 것입니다. 현재 우리 조선에 대하야 우리는 장차 무엇을 바라랴? 저기를 보면 비참한 정경이오 여기를 보면 소조한 광경입니다. 만일 파멸과 잔락의 끝이 잇다면 지금 조선은 그 끝의 끝까지 이르러 잇는 것입니다. 그러나 우리는 오직 장래를 향하야 히망을 세우고 잇습니다. 이러한 조선도 다시 한 번 새로운 건설을 보게 되리라고 믿습니다. 이와 같이 현재의 조선에 대하야도 우리는 바라는 것이 없지 안습니다. 아니 현재의 조선이라 오히려 우리의 바람이 더욱 많은 것입니다. 그러면 그 히망의 실행자는 과연 누구겟습니까? 조선의 로년보담은 조선의 장년에 잇고 조선의 장년보담은 조선의 청년에 잇습니다. 모든 다른 연령의 게급보담은 오직 어린이에게 잇읍니다.

장래 조선의 주인공 될 어린이들, 파멸의 조선과 잔락의 조선을 갱생의 조선으로 부활시킬 어린이들, 새 조선의 건설자 될 어린이들, 조선 사람으로써 참다운 조선 사람이 될 어린이들 —— 그 어린이들의 건강은 곧 새 조선의 건강이오 그 어린이들의 발육은 곧 새 조선의 발육이오 또 그 어린이들의 노리는 곧 새 조선의 노리의[31] 어린이들의 행렬은 곧 새 조선의 행렬입니다.

전 조선의 늙은이 젊은이는 모름직이 어린이를 위하야 토대가 되고 기초가 될 것이니 거기서 우리는 더한층 건전한 새 조선을 볼 수 잇는 것입니다. 아버지여! 어머니여! 또 형님과 누의여! 우리는 우리의 자질과 함께 이날을 축복하며 이날을 알어 갑시다.

31 '새 조선의 노리요'의 오식으로 보인다.

고장환, "生命의 새 名節, 조선의 '어린이날'－열세 돐을 맞으며(下)", 『동아일보』, 1934.5.5.

재력 없고 세력 없고 단결력 없는 탓으로 조선 사람들은 이때까지 뒤지고 짓밟이어 왓습니다. 그러나 그 불상한 사람 중에서도 더 나리눌리우고 더 참담한 인생이 조선의 소년 소녀이엇습니다. 학대 받엇다 하면 오히려 한목 사람값이나 할가 —— 갓 나서는 부모의 재롱감 장난감이 되고 커서는 어른 일에 편하게 씨우는 기게나 물건이 되엇섯을 뿐이오 한목 사람이란 값이 없엇고 한목 사람이란 수효에 치우지도 못하얏습니다. 그들은 크게 자라날 어린이요 새로운 큰 것을 지어낼 어린이입니다. 어른보다 멫 十년 새로운 세상을 지어낼 미천은 갖엇슬 망정 결단코 어른의 주머니 속 물건만 될 까닭은 절대로 없읍니다. 새로 피어날 새싹이 어느 때까지든지 나려눌려만 잇을 때 조선의 슯음과 아픔은 어느 때까지 그대로 이어만 갈 것입니다.

…◇…

그러나 한이 없이 뻗어날 새 목숨 새싹이 어느 때까지든지 눌려 업드려만 잇지 않엇습니다.

지금부터 십삼년 전 오월 어린이날에 멫 십년 멫 백년 눌려 업드려만 잇던 조선의 어린이는 이날부터 고개를 들고 힘 잇게 외치기 시작하얏습니다.

가리운 것은 헷치고 덮인 것은 벗겨 던지고 새 세상을 지어낼 새싹은 웃줄웃줄 뻗어나기 시작하엿습니다. 그 기세는 마치 五월의 새닙같이 씩씩하고 五월의 해ㅅ님같이 찬란하고 五월의 샘물같이 맑고 깨끗하엿습니다. 어린 사람의 해방운동이 단체적으로 五백여처에 일어나고 그들의 생명 량식이 수十 가지 잡지와 책으로 나와서 그들의 살림은 커지고 또 넓어젓습니다.

아 아 거륵한 날 력사적 기렴의 날 어린이날! 새싹이 돋기 시작한 날이

이날이오 성명도 없든 조선 어린이들이 새로운 생명을 얻은 날이 이날입니다.

열세 돌을 맞는 금년 어린이날을 맞어 조선의 모든 형제자매여 조선이 나은 생명의 새 명절 이 "어린이날"을 재인식합시다! 그리하야 다 같이 가정적으로 사회적으로 민족적으로 아니 세계적에 이르기까지 이날을 성히 지킵시다.

그리하야 앞으로 모든 어린이운동에 전력을 바칩시다. 참된 새 살림을 건설하기까지 어린이를 위하자 동시에 아름다운 세상을 차지할 역군을 맨듭시다! 이것이 금년 어린이날을 맞는 의의이며 임무입니다. 다 같이 어린이날운동에 참례합시다! (끝)

社說, "어린이날", 『조선일보』, 1934.5.6.

今日은 五月 첫 日曜, 어린이날. 어린이날이 아직 어린이 명절이 채 되지 못한 것이 恨이다. 어린이 명절이 되엇스면 집집마다 이날은 어린이 조와하는 飮食을 만들고 어린이들에게 꼬까를 입히고 왼 집안이 하로를 어린이를 爲하야서만 사는 날이 되어야 할 터인데 아직 그러케 못 된 것이 恨이다. 아모리 하여서라도 그러케 하여야 하겟는데 그러케 하자면 어린이날의 運動을 全 朝鮮的으로 擴大할 必要가 잇다. 明年 어린이날은 劃期的인 큰 어린이날이 되도록 敎育者, 思想家, 藝術家, 言論界 할 것 업시 各 方面 有志가 總動員 되기를 바란다.

社說, "어린이날 어른들에게", 『동아일보』, 1934.5.6.

一

오늘 五월의 첫재 공일인 어린이날은 명랑한 햇볕, 자라는 산록과 함께 또다시 돌아왓다. 이날을 지키기 시작한 지 횟수로 열세 번, 돐으로 열두 번, 이제는 三천리 방방곡곡 四백만 가정의 六백만 어린이들이 다 가치 가장 즐거운 명절로 쇠는 날이 되엇다. 이날에는 서울을 비롯하야 남북각지에 의례히 엄숙한 의식이 잇고 성대한 기행렬이 잇고 유쾌한 여흥이 잇어 마치 연중행사의 하나와 같이 되어 잇다. 그러나 이 세상 왼갖 일이 한 해 두 해를 지나는 동안에 습관화하여지면 어느 사이에 그 근본정신을 잊어버리기 쉬웁나니 우리는 이제 이날을 당하야 특히 어른들에게 두어 마디 말을 보내어 이날의 의의를 다시금 새롭게 하려 한다.

二

우리 조선의 윤리형식은 재래로 어른을 중심으로 맨들어져 있다. 가정에 잇어서도 부모가 중심이 되고 사회에 잇어서도 어른을 앞세우는 것이 우리 가정이나 사회의 질서를 유지하는 데 가장 옳고 또 좋은 일로 되어 잇다. 이리하야 조선의 어린이들은 이러한 인습과 윤리의 밑에서 자연스럽고 또 자유스러운 성장을 하지 못하고 지각과 덕성과 체력에 다 눌림을 받고 자라왓다. 그러므로 오늘날 어린이들은 그 작은 손이나마 높이 처들고 그 적은 목소리나마 힘껏 질러 어른들의 종래의 태도에 대하야 반성을 재촉하는 것이다. 이것이 어린이날이 가진 본래의 정신이다. 우리는 이제 그 부르짖음에 귀 기울여 종래의 태도와 관념에 크게 수정이 잇어야 할 일이다.

三

근대의 여류사상가 앨렌 케이 여사는 二十세기는 어린이의 세기라고 하엿거니와 인류는 어린이가 어떠케 소중한 것인지, 한 민족의 장래가 얼마나 어린이에게 달린 것인지를 통절하게 자각하여야 한다. 어린이는 가정의 꽃이오 사회의 보배요 민족의 싻인 줄을 알아야 한다. 우리는 우리의 어린이들을 적어도 현재의 우리보다는 더 나은 사람으로 길러내기 위하야 가진 기회를 맨들고 모든 정력을 바쳐야 한다. 우리의 어린이들은 밥에도 주려 잇고 지식에도 주려 잇나니 그들에게 균등한 교육을 주는 것이 또한 우리들 어른의 어깨 우에 짊어지운 크나큰 책임이다. 우리는 명일의 이 땅의 주인이 될 그들에게 가장 충실히 봉사하는 사람이 되어야 한다. 그리 함으로써야만 우리는 우리의 가정, 사회, 민족이 행복, 광명, 융성을 마지할 빛나는 명일을 기대할 수 잇을 것이다.

四

오늘부터 어린이를 더 소중히 알고 더 극진히 대접하자. 오늘이 어린이날이라 하야 길거리에 어린이들의 기행렬이 잇는 날로만 알고 지날 것이 아니오 어린이날의 근본정신을 확실히 깨닫는 동시에 "오늘 하로만"이 아니라 "오늘부터" 우리의 과거의 태도와 관념을 바르게 갖기로 하자. 그러나 끝으로 한마디 붙일 말이 잇다. 이상에 말한 것은 결코 어린이를 어른과 같이 모시라는 말이 아니다. 어린이를 어린이대로 길러 가자는 것이다. 저 초목이 자라는 데 비와 바람, 눈과 서리가 다 필요한 것처럼 우리의 어린이들에게도 때로는 봄비같이 자애로운 사랑과 아울러 눈서리 같이 엄한 책망도 필요한 적이 잇다. 다만 어른 본위로가 아니라 어린이 본위로 하자는 것이다. 이러케 길러야만 우리의 내일을 부탁할 수 잇지 않겟는가.

趙喆鎬, "어린이運動의 歷史－一九二一년부터 現在까지(上)", 『동아일보』, 1934.5.6.

이때까지 압박만 받어 오든 조선의 어린이들이 새 생명(生命)을 찾고 새 사회에 새 인격을 비로소 찾게 되며 一반에게 다소의 인정을 받게 되기는 지금으로부터 十三년 전 즉 一九二一년 첫봄부터라 하겠습니다. 이 열세 살 먹는 돌을 맞이하면서 우리들은 다－ 같이 가장 기쁜 맘으로 어린이날을 기념하며 이 씨러저 가는 사회를 바로잡아 줄 어린이들을 축복하지 아니하면 아니 됩니다. 봄은 이 강산을 바리지 아니하고 또 찾어왓건만 웨 이리도 쓸쓸한지 만물은 잠자다가 새 기운을 얻어 삶에 움즉이건만 웨 이리 따분하게 기운이 없는지?

▷… **그러나** 이 어린이 기념일만은 우리의 둘도 없는 참 의미 잇는 축일입니다. 잇는 맘과 잇는 힘을 다－하야 생일차리 해 주지 아니하면 아니 되겟습니다. 이 기쁜 날을 맞이하는 동시에 이 "어린이날"의 력사를 간단히 적어 볼가 합니다.

이 어린이날의 래력을 얘기하자면 누구나 다－ 아시는 바와 같이

▷… 기미년운동(己未年運動) 때에 진주(晋州) 어린이 十五六명이 자기네끼리 모여서 ○○기염(○○氣焰)을 올인 것이 조선 어린이 모딈의 처음이라고 하겟읍니다. 동시에 안변(安邊), 광주(光州)에도 이런 운동이 잇엇다 하나 기록(記錄)이 밝지 못함니다.

그러나 이런 예도 예수교의 주일학교나 또는 몃몃 어린이들끼리 모여서 운동단체 같은 것을 조직하야 가지고 모엿다 헤젓다 하든 단체가 없든 것은 안입니다.

一九二一년 四월경에 천도교(天道敎)에서 소년회(少年會) 간판을 부치고 어린이운동을 이르킨 것을 비롯하야 아래의 '슬로간'을 걸고 〈반도소년회(半島少年會)〉, 〈불교소년회(佛敎少年會)〉, 〈명진소년회(明進少年會)〉 등이 생겨 나왓섯읍니다.

一. 재래의 윤리적 압박(倫理的壓迫)으로부터 해방(解放)하야 어린사람으로의 인격(人格)을 찾자.
二. 재래의 쓸쓸하고 캄캄한 무지로부터 해방하야 새로운 정서(情緖)를 기르자.
三. 재래의 비사회적 악습(非社會的惡習)으로부터 해방하야 새 세상의 새 사람이 되기에 맛당한 사회성을 기르자

▷… **다음에** 어린이를 교양지도(教養指導)하는 정신은 같으나 一반 어린이회에서의 지도방법과 좀 다른 방법을 가지고 잇는 '뽀이스카웉' 운동을 말 아니 할 수 없읍니다. 지금은 어린이회는 점점 침체하야지고 소년운동(少年運動)이 가장 성왕하야지니만큼 어린이운동사(運動史) 가운데에 중요한 기록(記錄)이라 할 수 잇읍니다. (계속)

趙喆鎬, "어린이運動의 歷史－一九二一년부터 現在까지(下)", 『동아일보』, 1934.5.9.

一九二二년 十월 五일에 〈조선소년군(朝鮮少年軍)〉이 처음 조직되고 그 뒤에 종교(宗教)를 배경으로 한 척후대(斥候隊)가 조직된 뒤로 지금에 이르기까지 十三년 동안에 〈조선소년군〉이 八十여 호대(虎隊)나 되고 그 외의 三四十 단체를 합하야 백수十여에 이르게 되엿다. 어린이회가 처음 소리친 뒤 三四년 동안에는

▷… **전 조선** 안에는 四백 五十여 단체나 되든 것이 지금에는 간판만이라도 겨우 유지하야 가는 것이 모도가 七八十도 안 된다 하니 그 얼마나 침체하야젓으며 퇴보되엿읍니까. 참으로 유감천만한 문제라고 생각합니다.

어린이들을 一주 二三회식 모아 가지고 동학 동요나 혹은 원족뿐으로는

어린이들에게 배우랴는 요구의 양식을 만족히 줄 수가 없음니다. 그래서 어린이 지도자와 및 어린이들을 상대로 한 잡지 중『어린이』『별나라』『샛별』『新少年』『아이生活』등을 발행하는 一방에 一九二三년 七월에는 천도교에서 전조선 지도자 약 三十七八명이 一주일 동안 지도연구회를 개최하고 동경 유학생 중에서도 어린이 문제를 연구하는 분이 많이 나게 되엿읍이다. 〈오월회(五月會)〉라는 것이 즉 유학생들이 조직한 지도자 회합이라고 볼 수 잇읍니다.

一九二二년 이전에는 어린이날이라고 정한 날이 없이 각각 제마닥 기념하엿읍니다.

▷… **이것이** 너무도 적조함으로 전 조선적으로 통일하야 기념하는 것이 필요한 것을 느끼고 〈천도교소년회〉의 방정환(方定煥) 〈불교소년회〉의 한영석(韓榮錫) 〈조선소년군(朝鮮少年軍)〉에서는 내가 모히여 五월 一일을 "어린이날"로 정하고 그 해에는 〈조선소년운동협회(朝鮮少年運動協會)〉라는 명칭으로 경성과 및 각 지방만히 기념하게 되엿읍니다. 기념하는 방식은 기행열(旗行列), 一반을 위한 강연 어머니를 위한 회합, 어린이를 위한 동화 동요와 활동사진을 연중행사와 같이 거행하며 오늘에 이르럿습니다.

一九二五년 十월 十六일에 경성에서 분립하야 잇는

▷… 〈**오월회**〉와 〈소년운동협회〉가 합동하는 동시 五월 一일은 노동제일(勞働祭日)이오 또 일요일이 아닌 때가 많은 고로 지장이 적지 아니하다 하야 五월 첫 공일을 "어린이날"로 정하엿읍이다.

一九二六년 三월 二十五일에는 〈朝鮮少年總聯盟〉으로 이름을 정하고 이 명의로 어린이 단체를 지도하며 또한 "어린이날"을 기념하게 되엇입니다.

이와 같이 "어린이날"이 五월 一일이던 것이 五월 첫 공일로 하게 되고 지도자 회합은 〈소년운동협회(少年運動協會)〉로 〈五월회〉가 분파하엿다가 다시 〈소년총연맹〉으로[32] 또다시 〈소년운동경성연합단(少年運動京城聯合團)〉으로 기구한 변천을 하야 오늘에 이르럿읍니다.

---

32 공식 명칭은 〈조선소년총연맹〉이다.

▷… **그러나** 지금은 이것도 저것도 다- 유명무실하게 되고 지금까지 三四년 동안 임시임시 하야 조선어린이날준비회의 명의로 경성에서는 경성어린이날준비회의 명의로 실행하고 잇습이다.

끝으로 몇 마디 쓸 것은 우리의 모든 단체가 다 수면상태(睡眠狀態)에 빠저 잇는 원인의 하나는 지도자의 책임일가 합이다. 진정으로 이 어린이운동이 우리의 생명길이라고 자각이 잇다면 좀 더 자중하고 좀 더 단결하고 좀 더 자아만 주장하지 말고 좀 더 연구하고 좀 더 히생적으로 봉사하는 지도자가 더 많이 나와 지도하야 주시기를 바라는 바임이다. 그리고 통일기관(統一機關)이 하나 잇으면 하는 히망을 여러분께 부탁합이다. (끝)

李如星, "(兒童을 爲하야, 其一)兒童保健 問題에 對하여", 『신가정』, 1934년 5월호.

햇빛과
화초는
아이들의
약이외다.

조선에서는 아동을 기르는 성년자 자신의 보건문제부터도 일반적으로 관심이 적은 터이니 그 자녀들의 보건문제에 대해서야 더 말할 필요가 없겠지오. 만약 배불리 먹이고 흡족하게 입히는 것만으로 충분하다면 그런 다행이 없을 것이겠으나 그것은 무병건강한 아동에게 할 말이요 선천적으로 체약한 아이라면 온도나 영양만을 공급하여 준다고 몸이 튼튼하여 질 수는 없는 것이 아닙니까. 그리고 선천적으로 모처럼 좋은 품질을 타고 난 아이라 할지라도 그 보육(保育) 여하에 따라 갑자기 약한 아이가 될 수도 있는 것이니까 아동의 천품 여하와 건강 여하를 불구하고 무단히 세심한 주의를 가하여야 할 것은 물론이라 할 것이외다.

특히 우리 조선의 아동은 경제적(經濟的)으로 많은 혜택을 입지 못하는 자가 대부분인 고로 다른 나라 아동들과 같이 영양가치(營養價值) 많은 음식만을 줄창 먹을 수도 없으며 위생적인 의복만을 자주 갈아입을 수도 없고 또 깨끗한 주택에 거처하며 아름다운 정원에서 유희하기도 어려운 일이나 그렇다고 되는대로 그것을 버려두는 것은 크게 잘못인 것을 깨달어야 될것이외다.

첫재 음식에 대하여서는 고가(高價)의 영양가치 있는 것은 먹이지 못한다 할지라도 아동의 치아(齒牙)와 위장(胃腸)에 해로운 것이라든지 먹여서 병 되기 쉬운 음식 같은 것은 적어도 잘 살펴주어야겠고 음식의 분량 같은 것도 저희에게만 맡겨서는 안 될 것이외다.

다음으로 의복에 대하여서는 가벼운 비단옷이나 고가의 털옷이 아니라 할지라도 아동의 보온과 피부의 신진대사(新陳代謝)에 지장이 없고 그 운동에 불편이 없는 정도의 정결한 의복은 입히도록 힘써야 될 줄 압니다.

그리고 셋재로 아동의 주거와 유희장에 대하여는(이상 44쪽) 큰집과 넓은 뜰이 없다 할지라도 실내는 가장 간조(乾燥)하고 일광이 충분히 들어오며 공긔유통이 잘되는 방이면 비록 방이 적다 할 지라도 밖에 나가 놀기 좋아하는 아동의 발육에는 큰 지장이 없을 것이오 뜰에는 되도록 나무와 화초를 심어 아동으로 하여금 신선한 공긔를 마시게 하는 것이 좋을 것이외다. 조선집에는 나무나 화초를 능히 심을 만한 뜰이 있는 집일지라도 그냥 비어 두는 것이 보통인바 이것은 여간 아석한[33] 일이 아닌 줄로 압니다. 만약 뜰이 없는 집이라 하면 초화 화분 한두 개쯤은 마루 곁이나 실내에 놓아둘 수 있지 않을까요. 이것으로 말미암아 아동이 건강하여지리라고는 믿기 어렵다 할지라도 자연을 사랑하는 아동의 정서를 길러 주는 의미로도 없어서는 안 될 일이외다. 서울 다방골이라면 부자들 많이 사는 곳이라지만 남산 같은대 올라서 그쪽을 한번 내려다보십시오. 거기는 나무 한 폭이 볼 수 없는 가장 살풍경한 곳인 것을 누구나 볼 것이외다. 어째서 조선사람은 자연을 등지고 살려는가요. 집을 짓되 귀한 일광을 영접할 줄 모르고 뜰을 만들되 좋은 나무를 심을 줄 모르는 것은 자연에 대한 지식이 전연 없는 것을 증거하는 것이외다. 더욱이 서울 같은 곳은 시내에 이렇다 할 공원도 없고 아동들을 위한 유원지란 아직도 생겨나지를 않었으니 아동에게 청신한 일광을 쏘여 주고 신선한 공긔를 마시게 하는 대는 각자가 힘을 모아서라도 빈터에 나무 같은 것을 심어 공긔를 아름답게 할 궁리를 해야 되겠습니다. 그 이익을 받는 자는 비단 아동들뿐이 아니겠지오. 그리고 행길에 많이들 나가서 노는 아이들을 위하여 각자가 다 자기 문전을 청결히 소제하여 그것이 아동 유원지의 대신이 될 만큼 만들어 줄 필요가 있을 것이외다.

---

33 '애석한'의 오식이다.

이상에 말한 것은 대체로 내가 느낀 아동 보건의 개괄적 주의사항(概括的注意事項)이거니와 다음에 한 가지 더 말슴하여 둘 것은 아이의 정신생활이 보건문제에 밎이는 중대한 영향이외다. 너무나 "하지 말라"는 말만을 아이들에게 많이 들려줄 때에는 아이는 모든 사람을 소극적(消極的)으로 해석하기 쉬운 고로 자연 천진난만(天眞爛漫)한 기상이 줄어지고 일반적으로 활발한 운동량이 줄어들어 그 건전한 발육을 저해하게 되는 것이니 이 아동의 정신적 방면에 대하여도 세심한 주의를 가져야 될 것은 누구나 깨닫지 않으면 안 될 일일 것이외다. 그리고 다음 문제는 아동의 의료(醫療) 문제란 커다란 것이 있겠으나 나는 그 일상 보건문제에 대하여서만 소회를 간단히 말하고 이 문책을 막고저 하는 것이외다. (끝) (이상 45쪽)

高嶺松, "(兒童을 爲하야, 其二)兒童圖書舘의 必要", 『신가정』, 1934년 5월호.

아동 위한
도서관을
하로바삐
설치하자.

어떠한 사람이든지 자기의 자녀를 사랑하지 않는 사람은 없다. 이것은 어느 사회나 또는 어떠한 시대를 물론하고 조금도 틀림없는 공통의 사실인 것 같다.

그뿐만 아니라 사회가 문명하면 문명할스록 사람들은 모두 자기의 자녀를 一층 더 사랑하는 동시에, 그 자기의 자녀 사랑하는 마음을 훨신 더 넓게 하야 사회의 一반 어린이들을 사랑하게 된다. 이야말로 자기의 어린이를 참으로 사랑하기 때문에 남의 어린이까지 사랑하게 되는 것이다.

그러면 무슨 까닭으로 문명한 사회의 사람들일스록 아이들까지 사랑하게 되는가? 그것은 다름이 아니다 현재의 어린이들은 장래에 자기의 뒤를 이어서 사회의 운명(運命)을 좌우할 주인인 동시에 아울러 일꾼들인 까닭이다. 그러므로 문명한 사회의 사람들은 一반적으로 어린이들을 사랑하며 귀중하게 여긴다. 따라서 어린이의 교양(敎養)문제를 사회적으로 크게 힘쓰며 또 항상 연구한다. 그리하야 현재의 어린이들을 잘 교양하야 자기네의 뒤를 이어서 장래 사회의 주인이 되며 일꾼이 되기에 아무 부족도 없이 충분하게 하려고 항상 무한한 애를 쓰고 있다.

그러나 우리 조선사람들은 四천여년의 역사를 가진 문명한 민족이라고 스스로 자랑하는 민족이면서도 어린이를 대수롭지 않게 여기는 점에 있어서는 아마 세계에서 가장 깨지 못하였다고 하여도 결단코 지내치는 말이 되지 않을 것이다. 사실상 우리 조선사람처럼 어린이들을 대수롭지 않게 생각하며 천대하는 사회는 별로 드물 것이다.

보라! 종래 우리 조선에서는 유교문명(儒教文明)을 수입(輸入)하야 꼭 그대로 실행하려고 하니만치, 모든 것이 어른을 중심(中心)으로 하는 주의며 도덕이었고, 어린이의 존재(存在)는 전연히 인정치 아니하였다고 하여도 적당한 말이 될 것이다.(이상 46쪽)

이와 같이 모든 것을 어른 중심으로만 하고, 어린이들은 지극히 대수롭지 않게 여기기 때문에 그들(어린이들)의 교양문제에 대하여서도 역시 범연한 편이었다. 그러한 전통적 유풍(傳統的遺風)이 모르는 가운데 자연히 전하여 내려오기 때문에, 오늘날 아동교육에 있어서도, 여간 등한한 것이 아니다. 물론 근래에는, 누구든지 다 자녀를 교육시키는 생각을 가지고 모두 애쓰는 것이 사실이지마는 그것은 자녀가 장래에 맡게 되는 사회를 생각해서 교육시키려는 것보다도, 학교의 졸업장이 있어야 취직하야 의식 걱정을 안 하게 되며, 또 졸업장이 있어야 시집을 잘 보낼 수가 있다고 세상에서 떠들게 되며, 또는 사실도 어느 정도까지 그렇게 된 까닭에, 어쩔 수 없이 자녀를 학교에 보내는 것같이 생각된다. 그리고 만일 그러한 필요가 조금도 없다고 하면, 현재 자기 자녀를 공부시키는 사람의 수효가 얼마나 줄게 될는지도 모를 것이다.

사회의 사조(思潮)가 그와 같이 어린이들을 소중하게 여기지 않으며, 따라서 그들의 교양문제를 참으로 중대시 않기 때문에, 교육의 기초인 아동의 교양에 대하야 별로 힘을 쓰지 않는다. 그러므로 조선의 수부인 서울 같은 데서도 지금까지 아동도서관(兒童圖書館) 같은 것이 한 개도 없다. 현재 소위 一류 보통학교에는 아동문고(兒童文庫)라는 것이 명색 있는 모양이나 그것은 실상에 있어서 아동에게 참고가 될 만한 서적이나 그림책 같은 것이 별로 없어서, 그야말로 유명무실한 터인즉, 적어도 서울 같은 큰 도시(都市)에는 반듯이 아동도서관이 몇 개식 있어야 할 일이다.

어떤 이는 현금 조선에서 아동도서관 같은 것이 무슨 그리 필요할 것 있느냐고 할는지도 알 수 없으나, 어린이일스록 여러 가지의 참고도 되며 취미도 있는 도서(圖書)를 많이 열람(閱覽)케 하는 것이 그 교육상 효과로 보아서 여간 크지 않을 것이다. 웨 그런고 하면 현재 조선의 가정은 一반적으로 보아서 그 생활이 모두 곤난하니만큼, 그 자녀가 학교에 갔다 온 뒤에는 가정에서는 아주 등한히 하지 않을 수 없게 된다. 그러므로 만일 근처에 아동도서관 같은 것이 있으면 매일 얼마 동안씩이라도 여럿이 규률 있게, 정숙하고 공부하는 습관을 기르게 되는 동시에, 아울러 귀중한 시간을 공연히 나쁜 작란이나 하는 것에 허비하지 않게 될 것이다. 이러한 여러 가지 점으로 보아서, 아동도서관은 큰 사람을 위한 보통 도서관에 내리쟎게 필요하다고 생각한다.

그러므로 一반 사회의 인사가 각자의 자녀 — 즉 사회의 장래 주인이며 일꾼인 어린이들을 참으로 사랑하며, 따라서 그들의 교양문제에 대하야 조금만 깊이 생각하여 본다면 웬만한 도시에는 반듯이 아동도서관을 몇 개씩 시설하여야 할 것이다. —(끝)— (이상 47쪽)

주요섭, "(兒童을 爲하야, 其三)兒童公園을 設置하라", 『신가정』, 1934년 5월호.

> 무엇보다
> 아이들을
> 행길에서
> 못 놀도록.

一

"아이들은 어른의 아버지다"라는 서양 철언이 있다. "아동은 장내 사회의 주인이다"라는 말과 같은 뜻이다. 그러면 장내에 이 사회의 주인이 되어 이 사회를 지금보다 더 나은 이상적 사회로 끌고 나아갈 어린이들을 가장 튼튼하게 가장 선량하게 가장 참되게 길러 놓는다는 것은 현재 살어 있는 우리들의 가장 큰 의무요 가장 어려운 책임이다. 현 사회는 그들의 건전한 발육을 위하여 왼갖 편의를 보아주고 왼갖 시설을 해 주는 것이 당연한 일이다.

선진 각국으로 보면 일즉부터 아동보호와 아동교육의 필요를 절실히 느끼어 의무교육의 실시, 아동의료소의 설비, 탁아소(托兒所)의 시설, 아동공원 완비, 아동보호기관 등 가지각색으로 그들의 제이세 국민을 보호하고 지도하며 교육하고 있는 것이 사실이다.

二

그런데 통탄할 일로는 우리 조선에 있어서는 아동보호시설로는 그 어느 하나 완비된 것이 없으니 민족 장내의 건강 급 번영을 생각할 때 이야말로 우려할 현상이다.

중에도 특히 아이들의 건강을 보장하고 덕성을 함양하며 단체생활의 체험장을 일우는 아동공원이나 아동유히장이 공개된 곳이 한 곳도 없다고 하는 것은 실로 부끄러운 일이다. 어떤 특수계급 또는 특수부락의 전용(專

用)으로 된 아동공원은 간혹 있으나 그것들은 거기 특권을 가진 일부 소수의 아동 외에는 그 이용이 금지되어 있어서 대국적으로 보아서는 유약무의 상태이오 대중에게 공개하는 것으로는 창경원 안에 한 곳밖에 없는 바 그것 또한 입장료를 요하는 것이므로 입장료와 전차값을 지불할 수 있는 소수 유산계급 아동들에게만 유용할 뿐 일반대중의 아들딸들에게는 아무런 효과도 주지 못한다.

三

조선 아동의 절대적 대다수의 노리터는 행길이다. 그런데 이 행길은 가장 위험한 노리터이다. 교통에 방해가 되는 것은 물론, 아동들의 교통사고 위험이나 건강상 장애도 큰 바가 있고 더구나 덕육상 핸디캡은 상상 이상이다.

행길에서 노는지라 아이들의 신경은 언제나 안정하지를 못한다. 이리 피하고 한 분 한 초도 마음 턱 놓고 유쾌하게 놀 여유가 없다. 언제나 긴장해 가지고 있는 그 신경은 노는 때에도 휴식을 얻지 못하고 과로를 하기 때문에 그 신경계통에 밎이는 바 영향은 실로 전율할 바가 있다.

행길에서 노는지라, 작난은 건설이 적고 파괴가 많다. 행길에다 건설적 노리를 차린다는 것은 절대적으로 불가능한 일이 된다.

행길에서 노는지라 께임 플레이가 적고 개인행동의 노리가 성행한다. 한두 아이가 만나서 소곤소곤하는 노리나 했지 많은 아이들이 편을 갈라 가지고 뛰노는 작난은 영 해 볼 기회가 없는 것이다. 이 자연적 결과로는 몸에 이익이 되기보다도 도리어 해로운 작난에 빠져 버리는 수가 많다.

행길에서 노는지라 유히 설비가 없어서 아이들은 도박 같은 저급하고 해로운 유히로 흔이들 빠진다. 도박성을 띤 유히는 건강에도 해로울 뿐 아니라 정신수양 방면에도 너무나 거대한 악영향을 끼치는 것이다.

행길에서 노는지라, 마음대로 뛰고 다름박질할 여유가 없다. 따라서 아이들의 유희는 활발한 운동이 되지 못하고 깍직깍직한 소꼽노름이 되어 버린다.

행길에서 노는지라, 사내들은 그래도 좀 유히의 기회를 얻지마는 처녀들은 조고마한 유히나마 얻을 기회를 얻지 못한다.

행길 아무데서나 아무렇게 함부루 노는지라, 아동유히를 감독 지도할 도리가 도저히 없다.

이렇게 써 내려 가자면 그 악결과는 수없이 많은 것이다.

四

아동과 유희는 불가분이다. 아이들은 유히 없이는 하로도 그 생활을 지속할 수 없는 것이다. 그래서 아이들에게 마음 놓고 놀 수 있는 장소를 공급해 주지 않을 때 아이들은 아무데서나 노리를 차리게 되는 것이다.

이 구제책은 오직 한길밖에 없다. 그것은 처처에 아이들 전용의 공개공원을 만들고 거기에 상당한 설(이상 49쪽)비를 만들어 아이들로 하여곰 거기 모여 놀도록 하고 행길에서 노는 것은 엄금하도록 하지 않으면 안 될 것이다. 더욱이 대도시에 있어서는 부(府)에서 무엇보다 먼저 이 아이들의 유원지 문제를 해결해 주지 않으면 이는 그 도시의 장내를 저주하는 것이나 다름없는 실책이다.

아동공원을 만들고 거기 상당한 시설을 하기 위하여는 약간의 경비를 요할 것은 물론이다. 그러나 만일 갑자기 그 경비를 판출해[34] 내기가 어려운 형편이면 위선 넓직한 뷘터만이라도 아동유원지로 공급할 필요가 있는 것이다.

상당한 설비는 차차로 기회 보아 하도록 하고라도 뷘터만이라도 아주 아동공원으로 확정하여 전시 아동들에게 공개하여야 할 것이다.

아동공원을 충분히 공개해 놓은 후에는 경찰 당국과 협력하여 아동들로 하여금 행길에서 작난하는 것은 절대로 금하도록 하고 반듯이 아동공원으로 들어가서 그 안에서 마음대로 뛰놀도록 장려하는 것이 현명한 사회의 마땅히 가질 바 시설이다.

이러한 시설은 결코 우리가 창안해 내인 것도 아니오 구미 선진각국에서는 벌서 지난 세대부터 실행 중에 있는 일이다.

---

34 '판출(辦出)'은 "돈이나 물건 따위를 변통하여 마련하여 냄"이란 뜻이다.

도시계획에 있어서 아동공원을 등한시하는 것은 결국은 그 도시의 자멸(自滅)을 대좌(待坐)하는 어리석은 일이 되는 것이다. 행길에 아스팔트를 까는 것보다도 적당한 수효의 아동공원 설치가 더 시급한 문제라고 보는 현명한 계획자의 출현을 바라서 마지않는 바이다.

그리고 이 아동공원은 반듯이 도시 쳐쳐에 산재하여야 하는 것을 가장 큰 조건으로 한다. 전차를 타고야 갈 수 있는 거리에 있는 아동공원은 대중의 아동들에게는 있으나 없으나다. 근처에 있는 공원, 아무 때나 들어가서 놀 수 있는 노리터 이것이 아동공원 설치의 근본 목적이다. —(끝)

— (이상 50쪽)

洪翼範 外, "朝鮮 少年運動의 方策", 『新家庭』, 1934년 5월호.

조선에서도 소위 "소년운동"이란 이름으로 일한 지 벌서 十여년이 지낫읍니다.

그러나 이제 와서는 그 방면의 운동이 있는지 없는지조차 알 수 없게 되었읍니다.

무론 거기에는 여러 가지 까닭이 없지 않음도 사실이겠으나 그는 여하간에 이 운동을 계속 또는 왕성시키기 위하여 그 실제 방법을 한번 토의할 필요를 절실히 느낍니다.

洪翼範, "指導者와 資源", 『新家庭』, 1934년 5월호.

우리 조선 사회에 있어 여러 가지의 주위 사정으로 말미암아 어느 운동이나 이렇다 할 만큼 아름다운 성적을 나타낸 일이 적었던 것은 사실이나 그중에도 지난 몇 해 동안 소년운동이 더욱 침체상태에 있었던 것은 숨길 수 없는 일이다.

청년운동이나 기타 일반 사회운동이 떨치지 못하는 것은 다소의 주위 사정도 구실이 안 되는 것은 아니나 먼저 각자 회원의 불같이 뜨거운 열성과 쇠같이 굳은 단결심이 적어서 처음부터 끝까지 일관하는 업적을 내이지 못하는 것이나 소년운동에 있어서는 다른 운동과 달라서 소년 각자의 그 자체가 성의가 없다든가 모으는 힘이 적어서 뚜렷한 성적을 일우지 못하였다는 것이 아니라 오로지 이에 대한 지도자가 많지 못한 까닭인가 한다. 천진난만한 소년의 아는 것이나 깨달은 것 생각하는 것이나 판단력이 우리 장정의 그것과는 아주 딴판이다. 그(이상 54쪽)러므로 그들 어린이를 잘 리해하고 잘 뜻 마추지 못하는 지도자나 후원자로서 아무리 남다른 열성과 노력을 아끼지 않는다 하드라도 그는 실패 볼 것뿐인가 한다. 마치 유치원 선생이 어린아이의 마음과 성질을 잘 알지 못하면 —— 그 계획과 노력은 자칫하면 수포로 돌아가고 말 것이다.

그와 마찬가지로 소년운동에 있어서도 지도자 되시는 이는 그들의 심경과 욕망을 잘 알아 가지고 그들의 아름다운 천성을 자연스럽게 발휘하여 그에서 대자연에 대한 애착심과 사물에 대한 알고저 하는 생각 동무와 동무에 대한 우애심, 가정과 사회에 대한 예의를 스스로 깨달아 알게 하여야 할 것이다. 결코 그 전과 같이 어떤 일정한 고전적 형식에 얽매인 주입식(注入式)으로 무리하게 지도한다면 그는 도리어 위험한 일일까 한다.(그러므로 유치원에서부터 어린아이에게 무리하게 알기 어려운 글자와 외국말을 배워 주는 것부터 찬성하지 않는 것을 이에 말하여 둔다.)

이제 미국사회의 소년운동을 보드라도 학교나 교외에 있어서 지도자의 직분은 무엇을 가르친다는 것보다 그(이상 55쪽)들 어린이의 알고저 하는 것과 하고저 하는 것에 응하여 심부름 하는 지위에서 더 지나지 못한다. 쉽게 말하자면 우리가 금강산 구경을 가면 지로승(指路僧)을[35] 앞세우고 여러 가지 생각나는 대로 물으면 그는 공순하게 알려 주는 그 역임에서 지나지 못하듯이 소년의 지도자 된 이는 자기의 마음대로 한다는 것보다 그들의 마음에 맞추워 알려 주고 대답하고 소개할 뿐이다. 그리하는 가운데에서 그들의 창조력과 독립성을 발휘하게 된다.

이러한 의미에 있어 우리 사회에 대한 소년운동을 다시 발흥하자면 첫재 봉사적 각오를 가진 지도자다운 지도자가 있어야 할 것이며 둘재 운동에 대한 열심보다 그들 어린이에 대한 깊은 연구가 있어야 할 것이다. 다음 가정에 있어 부모 되시는 이와 사회에 있어 뜻있는 분으로서의 보다 더 많은 후원이 있어야 할 것이다.

소년운동을 잘하려면 많은 시간과 물자가 드는 것은 이에 새삼스럽게 말하지 않어도 잘 알지나 비영리적(非營利的)인 운동만콤 자원문제가 더

35 '지로승(指路僧)'은 "산속에서 길을 인도하여 주는 승려"를 뜻한다.

욱 중대하다. 이에서 어떠한 대까를 바란다는 것보다 하나에서 열까지가 모다 히생적 사업이므로써다.(이상 56쪽)

玄相允, "義務教育 實施", 『新家庭』, 1934년 5월호.

소년들을 잘 지도하여 좋은 소년을 만드는 것은 선배들로서 가장 중요한 의무일 뿐더러 명일의 사회가 혁신되고 발전하는 것을 히망하는 자들로서는 무엇보다도 먼저 힘써야 할 일임은 다시 길게 말할 필요가 없거니와 이 운동의 방책에 대하여는 나는 의무교육의 실시를 보지 않고는 도저히 적당한 방법을 발견할 수 없다고 생각합니다.

그러나 의무교육의 실시가 있기까지에는 위선 각 언론기관이나 각 종교단체나 각 교화단체에서 소년운동을 힘 밎는 대까지 열심히 하여 보는 것이 또한 좋은 방법일가 합니다.

더욱이 내가 평소에 소년들의 악화하는 것을 보고 상심하는 것은 여좌합니다.

一. 소년들이 거짓말하고 도적질하는 것

二. 소년들이 성에 대한 감각이 너무 조숙한 것(이상 56쪽)

三. 소년들이 끽연(喫煙)하며 음주하는 것

四. 소년들이 공중도덕을 모르는 것(예를 들면 꽃가지나 나무를 꺾으며 도로를 더럽히며, 장벽에 낙서(落書)하는 일

이것을 방지하고 교정하려면 첫재 소극적으로는 소년들의 환경을 개량할 것이오 둘재 적극적으로 소년들에게 좋은 교훈과 충고를 주어야 할 것입니다. 이런 것은 물론 교육의 보급을 전제로 하지 아니하고는 좋은 효과를 얻기 어려운 것입니다.(이상 57쪽)

安俊植, "眞實한 指導者", 『新家庭』, 1934년 5월호.

지금 생각과 같아서는 무어 별 생각도 없겠읍니다. 워낙이 조선의 형편로는 모든 운동이 가장 어려운 처지에 있는 터인데 하물며 이 소년운동의 타개책이겠읍니까. 그러나 나의 생각하는 바 멫 가지 생각을 써 보고저 합니다.

조선의 소년운동이란 그 시작이 튼튼치 못했던 때문으로 즉 이 운동을 끌고 나가는 분들의 힘이 튼튼치 못했던 관계로 오늘날 이와 같이 보잘것이 없게 되고 만 것이라고 생각합니다. 몇 해 전만 해도 왼 조선 안에는 그야말로 수천이나 넘는 소년회가 하늘에 별같이 널려 있었던 것은 누구나 아실 것입니다.

그러나 차차 시대가 변하고 정세가 달라 가므로 차차 소년회들은 없어지고 말았읍니다. 그것은 웨?요 말하지 않어도 이것은 객관적 정세 때문에 그리되었다 하나 조직 자체에도 많은 잘못이 있는 때문이었읍니다. 그 소년회 그대로를 끌고 나간대야 아무런 결과를 볼 수 없을 것입니다.

우에서 잠간 말하였지만 이 소년회들을 모두 이끌고 나가는 지도자들 즉 말하자면 조선총동맹의 권위 없는 처사 허멀그레하게 나아가는 태도가 더 급하게 이 결과를 지어낸 원인이 되었읍니다. 그러므로 조선의 소년운동은 최고 지도자들의 권위 없는 데서 모든 것이 따라서 힘없이 되었다는 것입니다. 그러나 지방의 급진적 소년회는 상당한 일을 많이 한 곳도 있읍니다.

이제 어린이날도 얼마 아니 남었읍니다. 올해도 어린이날의 축하식도 있겠고 기항렬도[36] 있겠읍니다. 그러나 이(이상 57쪽)것은 우리가 바라는 것이 못 되겠읍니다. 아무리 목소리를 돋우어 노래를 부르고 나는 기 찢어지라고 기를 두른댓자 곡마단의 선전 항렬보다 날 것이 없다고 봅니다. 과거에

36 '기행렬도'(旗行列)의 오식이다.

있어서는 기분적이라 하드라도 그래도 취할 점이 있었으나 지금은 웬 영문을 모르고 아이들은 그야말로 운에 따라서 쫓아다니기는 하되 헛목만 쉬고 다리만 아플 것입니다. 물이 맑어야 고기도 알아보고 잡을 수 있는 것 같이 흐린 물에서 무엇을 얻으려 하겠읍니까.

모든 것이 이와 같으므로 나는 소년운동에 있어서 더욱 걱정하기 마지않으며 어떻게 하면 이를 잘 열어 볼까 하는 생각을 해 봅니다. 그리하야 앞으로 여기에 대한 새로운 출발을 다시 한다면 무엇보다도 훌륭한 지도자의 필요를 느끼게 됩니다. 훌륭한 지도자는 별것이 아닐 것입니다. 아동문제에 가장 많은 관심을 가지고 진정으로 연구하는 그분이겠읍니다. 그러므로 여기에 뜻이 있는 분은 압잡이가 되어 줄 것입니다.

그러나 대체로는 조선사회처럼 아동문제에 대하야 내버려 두는 곳이 없읍니다. 아무리 훌륭한 지도자들이 팔 걷고 나선댓자 일반사회에서 냉정히 굴어 주면 그 힘이 옥으러질 것입니다. 아 얼마나 낙심이 될 것입니까. (이상 58쪽)

"아이들은 새 사회의 싻이다."

"제이세의 국민이다."

"아이들은 새 사회의 주인이다."

"아이들을 잘 키우자." 하는 것들이 집에서 없는 돈이라도 변통해서 고기반찬에 밥을 잘 먹도록 하는 것이 아닙니다. 연필이나 공책을 다— 쓰기도 전에 척척 사다 주는 것도 아니겠읍니다. 그것쯤은 형편에 따라 그렇게 해도 좋겠지만 아이들로 하여금 어렸을 때부터 사회적 훈련을 하는 것이 그 아이의 장래를 가장 튼튼하게 가장 사람다웁게 맨드는 근본이 되는 것입니다. 사람이란 어른이나 아이나 나 한 사람의 "나"라는 것은 그 말로 보잘것이없읍니다. 아이들 중에 가장 말성 많이 부리고 작란꾸럭이를 이끌어 놓고 모임 석상에서 한마디만 하라고 해도 한마디 못하는 것 같이 이는 나 개인의 "나"도 아무 집단적 훈련이 없는 때문입니다.

그러므로 학교에서는 마땅히 "반회" "토론회"를 조직하야 유익한 여러 가지 일을 하는 것도 좋겠읍니다. 조선의 소년운동은 지금에 이르러서는 소년

예술운동에로의 방향을 돌린 것 같은생각이 납니다.

예하면 경성에 있는 것만으로도 〈조선아동예술연구협회〉, 〈동극연구회〉, 기타 무수한 동요연구회 등등이 있어 많은 일을 하지만 이것으로써 만족할 수 없읍니다. 조선의 아동을 그야말로 예술의 힘으로써 교양할 수는 없읍니다. 할 수 없(이상 58쪽)다는 것보다 그렇게까지는 할 필요가 없읍니다. 꾀꼬리같이 노래를 다― 잘 불를 수는 없는 것이요 마음에 새겨지는 이야기로서만 그들을 키울 수 없는 일입니다. 그러나 아직은 아동예술운동이 새로 나아가 보겠다고 발버둥을 치는 셈입니다. 아동잡지로도 『신소년』 『어린이』 『아이생활』 『별나라』 들이 꾸준히 해를 거듭해서 나오고 라디오로써 매일 이들의 동요, 동극, 연구단체에서 방송을 합니다. 마는 이것이 모두 아동예술운동의 범위에 지나지 않을 것이요 때에 따라서는 좋지 못한 영향을 끼치기도 합니다.

그러므로 문제는 이러한 아동예술운동 단체를 통솔하는 조직이 필요할 것입니다. 그리하야 여기에 소속된 동화연구회에선 동화문학연구가들이 동화를 연구할 것이고 아동극 연구가들은 아동극의 새로운 연출을 꾀할 것이며 동요 단체도 역시 적극적으로 연구할 것입니다. 어떻든지 예술운동이나 어떤 부문의 운동이라도 운동자들이 서로 시기나 증오의 태도는 결국 일을 망치는 것이 됩니다. 이것은 이미 우리들이 많이 경험한 바입니다.

그러고 이와 같은 아동예술단체에 비길 아동운동단체를 새로 이르키어야 될 것입니다. 이렇다면 먼저 말한 바도 있으나 실력 있고 아동문제의 진정한 연구가가 아니면 안 될 것입니다.

물론 사회의 정세가 소년운동이 한참 굉장할 적보다도 달러졌고 또 이삼년 전보다도 아주 달러지니 만치 조직 활동에 있어도 달러야 될 것입니다. 그리고 먼저 생각할 것은 과거의 운동이 너무나 흐리멍덩하였고 이상뿐으로서 소년들의 실생활과 거리가 멀었다고 하겠읍니다. 그럼 새로운 운동을 하자면 여기에 먼저 많은 생각을 해야 될 것입니다.

그러므로 정신적 교양과 육체적 교양 또는 실제적 교양 다시 말하면 사회 실생활에 이용되는 조건을 가추어 나아갈 것입니다. 조합의 소년부 같은 것일지라도 동리에 무슨 일이 일어났을 때에는 부원들은 힘을 다-하야 어른들을 도와주워야 될 것입니다.

그러나 대체로 소년운동에 있어서는 공리심을 버려야 될 것입니다. 이것이 아주 훼방군이가 되는 것입니다.

오직 조선의 소년소녀를 산으로 들로 헤매는 말 소와 같은 그들에게 새로운 생활의 출발을 하도록 하는 것은 가장 긴급한 문제일 뿐이 아니라 소년운동자 여러분의 외우침을 안 기다릴 수 없읍니다. 모든 것이 혼란한 지금에 있어서 더욱이 소년문제에 관심을 안 가지면 안 될 것이(이상 59쪽)라고 믿습니다.

우리들은 활기 있는 오쿠리뿌리야다의 소년을 상상하게 됩니다. 얼마나 씩씩하고 영리한 소년인지 알 수 없읍니다. 이것이 아이들이 본래부터 그렇게 된 것은 아니겠지요. 만은 그들을 지도하는 분들이 그만큼 노력한 결과라고 하겠읍니다. 그러므로 우리는 기억할 것입니다.

"아이들은 다음 세상의 주인이다."

"아이들은 사회의 근본이다."

라는 말을 마음속 깊이 기억하여야 할 것입니다. 지면관계로 워낙이 간단한 잡감과 같이 되었읍니다마는 다른 기회에 미루고 이만 끝을 맞추겠읍니다.

金斗憲, "指導精神 樹立", 『新家庭』, 1934년 5월호.

일즉이 이러한 문제에 대하여 연구하여 본 일이 없으므로 함부로 말슴드리기를 주저합니다만 보통 상식으로 생각나는 몇 마디를 말슴하겠읍니다.

무릇 무슨 단체(團體)를 물론하고 단체의 목적 이상(目的理想)이 있는 것임에 그것이 분명하지 않으면 안 될 것입니다. 이것은 소년운동에 있어서 더욱 필요한 일이겠읍니다. 말하자면 소년단체는 아즉 온전한 사람의 모딤이 아닌 만콤 그 단체운동의 목표를 가르치는 지도정신(指導精神)이 확실히 서 있어야 하겠읍니다. 이 지도정신이 분명하지 않으면 단체의 결합이 곳 약하여지고 말 것입니다. 이 지도정신으로 말미암아 수많은 단원(團員)이 한결같이 움직일 수 있을 것입니다. 가령 학생들의 체조하는 것을 보더라도 알 일입니다. 선생의 호령대로만 움직인다면 몇 백 몇 천 학생이라도 한 사람같이 움즉일 수 있는 일입니다. 즉 단체의 지도정신은 학생 체조하는대 선생의 호령 같은 것이라고 생각합니다. 만일 지도정신이 확실히 서지 않으면 단원을 한길같이 움즉일 수가 없을 것입니다. 웨 그런고 하면 지도정신이 분명하지 않으므로 소년단원은 어떠한 이상 어떠한 정신으로 움즉일 줄을 모를 것인 까닭입니다. 마치 학생 체조하는데 여기저기서 호령이 있어 그 어느 호령에 좇을 줄을 모르 것임과 같이 단체는 어언간에 흩어지고 말 것입니다.

이와 같이 지도정신이 가장 중요한 것이므로 따라서 소년운동의 지도자(指導者)의 책임(責任)이 무겁습니다. 이 지도자라 함은 단지 직접 지도자에 한하지 않고 간접으(이상 60쪽)로도 소년운동에 관심(關心)을 갖고 식견(識見)을 가진 사람을 말함입니다. 소년은 본래가 자각적 의식(自覺的 意識)이 발달되지 못한 사람이므로 그 지도 여하에 의하여 어떻게라도 될 수 있을 것입니다. 말자면 교훈의 이미를 떠나서는 소년운동은 수포로 돌아가고 말 것입니다. 한편으로 교육을 받고 또 한편으로 자긔들의 훈련(訓練)을 힘쓰는 것이 필요한 일입니다. 그러므로 어데까지든지 지도의 주인공이 엄연하게 있어야 할 것입니다.

그러나 무엇보다 단체를 이룬 소년 자체의 분발(奮發)이 필요할 것입니다. 소년은 이미 말함과 같이 아즉 자각이 발달한 사람들이 아닌 것인 만콤 첫재로 단체의 지도정신에 따라 지도자의 명녕에 절대로 복종하지 않으면 안 될 것입니다.

즉 복종이라 함은 결코 맹목적 복종 노예적 복종을 말함이 아닙니다. 이 복종이라 함은 몸소 지어낸 법칙에 몸소 매임을 말한 것입니다. 그것은 결코 자발성(自發性)과 독창력(獨創力)을 무시한 것이 아닙니다. 창조(創造)의 정신은 지극히 필요합니다. 그러나 단체가 단결하자면 지도정신에 빛우워 지도자의 명령에 좇을 것이 무엇보다 필요한 것임을 알어야 할 것입니다. 그것으로 말미암아 훈련에 분투노력하고 타면으로 단원 사이에 사랑(友愛)과 의리(義理)로써 단결의 힘을 굳게 하지 않으면 안 될 것입니다.(이상 61쪽)

任鳳淳, "指導理論 統一", 『新家庭』, 1934년 5월호.

최근 조선의 각종 민중운동이 침체기에 들어 있다는 것은 가릴 수 없는 사실이다. 그 성질에 있어 좀 다르다 할지라도 소년운동이라는 그 부문도 역시 민중운동의 一부분임은 틀림없을 것이다. 이 환경에서 조선의 소년운동을 어떠한 방책으로 하여 나가야 될 것이냐 하는 문제는 다른 부문의 운동과 함께 중대함에 틀림이 없다.

첫재로 지도(指導) 이론을 통일하여 확립할 것이니 지금까지는 그 이론에 있어 구구하였다. 요는 때가 없이 순결한 어린이의 그 순정 그대로의 지도에 있을 것이다.

둘재로는 지도 방법의 여하인데 이것은 개성(個性)을 발휘시킬 것과 단체적(團體的) 훈련을 목표로 하여 이에 적당한 중앙집권제(中央集權制)의 단체를 조직하여 연쇄적 관계를 갖게 함이 좋을 것 같다. ―(끝)―
(이상 61쪽)

洪曉民, "世界少年運動 概觀", 『新家庭』, 1934년 5월호.

머리말

세계 소년은 날로달로 성장해 간다. 따라서 그의 붙좇는 세계소년운동(世界少年運動)도 날로달로 장족의 발전을 하고 있다.

오늘에 있어서 이 세계 소년의 성장해 가는 것을 볼 때 우리에게는 동심(童心)의 발라(潑溂)함을 검할 수 없다.[37] 아울러 소년의 달이라고 하야 五월을 당할 새 우리는 세계소년운동의 현상을 비록 간단하고 짧으나마 이에 적지 아니치 못함을 느끼는 바이다.

그러면 세계소년운동은 어떻게 또는 어떠한 방면으로 성장해 가고 있는가. 잠깐 그것을 보기로 하는 바이다. (7-8행 가량 삭제) (이상 70쪽)

(13-4 행 가량 삭제됨)

英國

세계소년운동에 있어서 그 기인은 아무래도 영국을 필두로 하지 않을 수 없다.

원래 소년단(少年團)의 창시는 영국의 '로버트, 베-덴, 파우엘' 육군 중장이 소년단운동을 일으키었다. 이 중장은 먼저 소년단을 조직하여 소년단교육(少年團敎育) 소년단운동(少年團運動) 소년단사업(少年團事業) 등을 지금으로부터 약 四十년 전에 일으킨 것이다.

지금은 이 영국 '로버트' 중장이 소년단 국제명예회장(國際名譽會長)이 되어 있거니와 실로 영국의 소년단은 이 중장의 지도 밑에 전혀 애국적 정신의 밑에서 군사교육(이상 71쪽)(軍事敎育)을 받고 있는 것이다.

그러면 이들 영국 소년단은 어떠한 일을 하는가 하면 물론 지, 덕, 체, 이것을 등한이 하는 배는 아니나 주로 군사교육에 치중하여 '뽀이, 스카웃' 운동을 하고 있는 것이다.

---

37 '발랄(潑剌)함을 금할 수 없다'의 오식으로 보인다. 일제강점기에 "발랄"을 "潑溂"로 표기한 예가 많다.

그래서 전령사(傳令使) 척후대(斥候隊) 들을 평상시에도 련습하고 있는 것이다.

伊太利 이태리에서는 소년에게 대하여 거의 로시아의 '피오닐'과 같은 것을 모방한 운동이 최근에 일어나 있다. 그것은 '바리라'단 운동이라는 것으로서 무쏠리니 수상의 지도를 받고 있는 것입니다.

'바리라'라고 하는 말은 일즉이 오지리(墺地利)[38]에서 이태리를 점령하였을 때 오지리 군사에 대하여 용감히 반항한 '바리라'라는 소년을 기념하여 이름 진 것이라 한다.

이 단체는 六세로부터 十四세까지 전위대를 맨들고 있는 것이다. 그런데 이 소년단은 거의 군인과 같이 소대(小隊) 중대(中隊) 대대(大隊)를 꾸며 가지고 있는 것으로서 소대는 약 百명의 것이오 중대는 三百명의 것이오 대대는 五百명의 것이라 한다.

이 단체는 무쏠리니의 '파쇼' 정신을 그 지조로 하고 있느니만콤 규률이 여간 엄한 것이 아니다. 곳 말하자면 강철의 정신이 그들의 전 정신이다.(이상 72쪽)

따라서 신체를 강건이 하는 것은 물론이어니와 웃사람에게 절대 복종하고 보건(保健) 청결(淸潔) 규률(規律) 등 이러한 것을 부지중 자연히 체득케 하는 것이다.

그래서 이태리의 각처에는 이 '바리라'단에 대한 거의 병영과 같은 숙소가 있어서 '시시리'라고 하는 적은 섬 속에도 또는 '보에베네' 같은 가난한 사람들의 공장가(工場街)에도 단원을 위하여 운동장 목욕탕 의사 서책 소년신문 악기 영화 같은 설비가 있는 것이다.

그리고 그들의 조직된 소년소녀의 총수는 소년의 조직된 것이 지금은 一百五十만명 이상이라 하며 소녀는 百만명 이상이 된다고 한다.

그러면 이들을 지도하는 사람들은 얼마나 되는가. 실로 이들을 지도하는 사람들이 수천 명으로서 그들을 해마다 정긔적으로 이태리 서울 '로마'에

38 '오스트리아(Austria)'의 음역어다.

모이어 그들의 경험한 바와 앞날의 정책을 정해 가지고 도라간다는 것이다. 그리고 그 지도자의 생활은 전혀 그 단체에서 담당한다고 한다.

蘇聯 쏘베트, 로시아의 소년운동은 세인이 주지하는 바와 같이 '피오닐' 운동이라는 것이다.

이 '피오닐'은 실로 세계적으로 치밀한 바로서 최근에는 세계 어느 나라를 물론하고 이 '피오닐' 운동에 대하여 주목하고 또 주목만 할 뿐 아니라 이것을 배워 가고(이상 73쪽) 있는 나라이 많은 것이다.

'피오닐'의 지도정신은 물론 사회주의 사상이며 또한 미래 쏘베트, 로시아를 건설하기 위함이므로 여간 조직적인 것이 아니다.

청년운동은 '콤소몰'[39]이 그 대표이니 이 '콤소몰'은 먼저 이 '피오닐'에서 졸업을 해야 되는 것이다.

'피오닐'은 직접 로시아 공산당의 지도를 받아서 교양하느니만치 매년 八월경이면 '모스크바'에서 '피오닐' 련합회(聯合會)의 '피오닐' 전국대회(全國大會)를 여는 것이다.

'피오닐'은 전국 없는 곧이 없이 분포되어 있고 최근에는 이들 '피오닐'에게 군사교육(軍事教育)까지 시키어 놀라운 성적을 올리고 있는 것이다.

그런데 쏘베트, 로시아에 있어서는 매년 八월이 되면 거의 소년기절에 들어온 것같이 각처에서 소년에 대한 회합이 여간 많이 열려지는 것이 아니다.

(8-9행 가량 삭제) 한다.

獨逸 독일의 소년운동은 실로 다른 나라보다도 뛰어나는 바가 있었으나 최근에는 전혀 '나치스' 정권 밑에 편입되어 극히 불행한 곳에 떨어져 있다 한다.

그것은 '나치스' 정권은 모든 것을 폭력적으로 하는 것은 물론인 바 소년에게 대해서도 절대 강제적으로 '나치스'의 정신을 주입시키고 있다 한다.

---

39 소련에서 1918년에 15~26세의 남녀를 대상으로 사회주의 정치 교육을 위하여 공산당의 지도 아래 조직한 청년 단체를 말한다.

그래서 그들은 어릴 때부터 벌서 돌격대(突擊隊)의 일을 체득(이상 74쪽)하게 맨들고 있다 한다.

米國 미국은 一九一九년 이래 퍽으나 소년문제에 관심하여 미국 노동생(勞働省)[40] 안에 소년국(少年局)을 두고 전국적으로 지도하고 있는 것이다.

더욱이 소년국에서 지도를 받는 소년들은 대부분이 가난한 사람들의 자제로서 이들을 먼저 취직시키어 주고 또한 그들을 교도하는 것을 전혀 국가에서 경영하고 있는 것이다.

그리하여 미국에는 이것이 나종에 '포어, 에취, 클럽' 운동이 되어 소년은 물론이오 청년까지 포함하여 농촌 청년들을 조직하는데 이르고 있는 것이다.

'포어, 에취'라는 말은 '머리'(Head) '마음'(Heart) '손'(Hand) '건강'(Health) 등의 네 가지를 의미한 것으로 이 '포어, 에취, 클럽' 운동은 이제는 거의 미국의 청소년운동의 대명사와 같이 되고 있는 것이다.

그리하야 미국 전국에 조직적 소년이 一九三○년에만 五十九만 六천 五백 九十五명이나 된다고 한다.

책코 책고, 슬로바키아의 소년은 이 나라의 국민보건운동이라고 할만한 '쏘클' 운동에 근거하여 구라파 제국에서 건장한 소년을 키우고 있는 나라는 거의 이 나라뿐이라고 하여도 과언이 아니라 한다.

이 '쏘클' 운동은 일종 '스포츠'로써 '스포츠'로는 가장 철저히 또는 조직적으로 되어 있는 것이다. 실로 책코, 슬로바키아의 오늘과 같은 번영은 전혀 이 '쏘클' 운동에서 성장되었다고 한다.

따라서 책코, 슬로바키아국에서는 소년시대부터 이 '쏘클' 운(이상 75쪽)동에 가담케 하여 직접적으로 그들 소년을 이 '쏘클' 운동에서 체득하고 교화되게 하고 있는 것이다.

그리하여 이들의 소년 '쏘클' 운동은 벌서 一九三○년대에 조직된 소년

---

40 '노동성(勞働省)'의 오식이다.

二十만여 명을 갖게 되었다. 실로 첵코, 슬로바키아는 구라파에서 가장 씩씩하고 앞날의 광명이 많은 적은 나라이라는 이름을 자타가 다 주고 있다 한다.

瑞典

서전(瑞典)[41]에는 그의 서울인 '스톡홀름'을 필두로 하여 아동에 대한 교양이 여간 아니니다.

먼저 '스톡홀름'에서 그리 머지 아니한 적은 섬(小島)은 이를 소년을 위하여 제공되어 있다. 따라서 이러한 곳은 대개 아동유원(兒童遊園)이라고 부른다. 이곳에는 음악(音樂) 기타 유희에 대한 기구가 아동들의 마음에 맞도록 잘 정돈되어 아동은 한여름 동안은 거의 이러한 곳에서 지나게 된다.

그렇다고 전혀 놀기만 하는 것이 아니다. 하기학교(夏季學校)를 이곳에 설치해 두는 것이다. 그래서 여름에도 학과를 배우면서 노는 것이다.

서전에서는 이 '스톡홀름' 근처에 있는 아동유원 곧 적은 섬만이 유명한 것이 아니라 처처에 거의 없는 곳이 없다. 그중에도 가장 유명한 곳은 '게데볼그'에 있는 '파넨쓰'라는 적은 섬으로서 이곳은 거의 세계적으로 유(이상 76쪽)명한 곳이다. 더욱이 가난한 아동의 하기교양소로 유명하다.

그리고 서전의 아동들은 대개 八세로부터 十二, 三세 소년이 스스로 지도자를 내어 가지고 공부도 하며 놀기도 하는 것이다.

그런데 특히 괄목할 그것은 그들 소년이 동양에나 있는가 싶은 궁술(弓術)을 연습하여 백발백중하는 소년이 있다는데 놀라지 아니할 수 없다 한다.

그래서 서전에는 적은 섬들은 거의 아동유원이 아닌 곳이 별로 없으며 또한 아동들은 전혀 이러한 아름다운 자유의 분위기 속에 자란다 한다.

丁抹

정말(丁抹)[42]은 세계적으로 유명한 동화(童話)의 할아버지 '안델센'을 가지고 있어서 그런지는 모르나 이곳 소년운동은 어느

41 '스웨덴(Sweden)'의 음역어다.

42 '덴마크(Denmark)'의 음역어다.

구미제국에 못지않게 활발하고 씩씩하게 성장하고 있는 것이다.

먼저 '뽀이 · 스카웃'이 그곳 서울인 '코펜하겐'에 있서 전국의 '정말 뽀이 · 스카웃' 지부들을 지도하고 그 다음 우리 조선과도 거의 근사하게 一년一차씩 그곳 서울 '고펜하겐'에서 '어린이날'을 성대히 거행하는 것이다.

이날에는 전국의 소년이 총동원되어 각각 그곳에서 "어린이날"에 대한 축하로 성대한 회합을 한다. 그 회합은 음악회를 필두로 연설회까지 연다. 연설회에는 사회의 지명인사들이 나와서 소년에 대한 일반적 지식을 보급하며(이상 77쪽) 선전하는 것이다. 그리고 소년사회사업(少年社會事業)을 위하여 헌금(獻金)을 하는 일도 있는 것이다.

그리고 가장 볼만한 것은 '뽀이 · 스카웃' 운동 시위행진이라고 한다.

芬蘭 분란(芬蘭)[43]은 지난번 세계 '올림픽' 대회에서 一등을 타 간 나라로서 이 나라에서는 다른 나라보다 극히 적은 면적의 나라이나 청년체육과 소년체육에 관심하여 실로 一九二九년대 三만 九十六인이라는 체육에만 힘쓰는 소년을 가젔었다고 한다.

이번 '올림픽' 대회에서 상 탄 선수도 년령 十七세라는 소년인 것이다. 실로 이 분란은 소년의 나라라는 지칭을 받어도 좋을 만치 소년체육을 장려하고 있다.

印度 인도에도 소년운동은 다른 나라에 못지 않게 일어나고 있다. 이곳 소년의 신봉하는 사상은 물론 '깐디즘'으로서 어린 소년이라도 '깐디'를 모르는 사람은 없다.

이들 소년단을 지도하기 위하여 '깐디즘'을 신봉하는 맹장들이 각처로 파견되어 있는 것이다. (3행 가량 삭제)

中國 중국에도 소년운동은 일어나고 있다. 그러나 중국은 다른 나라와 같이 운동이나 기타 예술방면으로 흘르는 그러한 것이 아니다. 거의 직접(이상 78쪽)적으로 군사교육(軍事敎育)을 받고 있는 것이다.

중국의 군대에는 점차로 소년병사(少年兵士)가 늘고 있는 것이다.

---

43 '핀란드(Finland)'의 음역어다.

그것은 소년이 영리하게 군사에 대하여 척후(斥候)의 일을 거의 백 퍼센트로 잘한다는 것이다. 그러나 중국에는 아직 구체적으로 된 소년운동은 없다고 보아도 과언이 아니다.

그것은 소년에 대하여 그들 어른이 등한히 한다는 것도 한 조건이 되겠지마는 그보다도 거의 매년 병화(兵禍)를 치르는 중국에 있어서는 소년에 대하여 따로히 이렇다 할 운동을 일으킬 수 없는 것이다. 따라서 중국의 소년운동은 거의 청년운동과 부대되어 따러다니고 있다. 아울러 중국의 소년병사라는 것도 따로히 성립되어 있는 것은 아니다. 대개 중국 병영에서 소년 척후를 사용함으로부터 중국의 소년병사란 이름이 있게 되었다 한다.

日本

(13-4행 가량 삭제) (이상 79쪽)

(80쪽 13-4행 가량 삭제)

結語

세계소년운동은 좀 더 구체적으로 보고저 하면 여러 날의 시일과 여러 장의 조이를 허비하여야 될 것이매 불구하고 시간과 조이는 죄다 이를 허락지 않었다. 따라서 시간이 부족하니 재료수집이 이렇게 산만하게 되었고 그 다음 적은 지면에 이것을 넣고 보니 거의 주마간산격이 되고 만 것이다.

그러나 이것을 봄으로써 세계소년운동이 여하히 발전되고 있는 것을 알 수 있을 것이다.

다시 끝으로 한 말 할 것은 어느 기회에던지 국제소년단(國際少年團)과 각국 소년단에 대하여 구체적으로 따로따로 해 보려는 의도를 가지고 있는 바이다.

(一九三四. 四. 一〇 夜)

趙喆鎬, "朝鮮少年軍의 陣容", 『新家庭』, 1934년 5월호.

서 론

(2행 삭제) 〈조선소년군〉! 소년은 인생(人生)의 꽃이다. 이 깨끗하고 귀여운 꽃이 봄날 아츰 이슬을 먹음고 뱅그레 피려 함을 보고 누가 사랑하지 아니하며 누가 입마추지 아니하랴. 겉으로는 남에게 사랑을 주고 열매를 맺어 씨를 전하려는 이 꽃뭉텡이다.

일을 성공하는 데는 실행에 있다. 말로만으로 성공을 하지 못한다. 목적이 좋아도 실행이 없으면 실패에 그치고 만다. 배고플 제 밥을 보고 입맛만 다시고 있어서는 아니 된다. 반듯이 먹어서 실행을 해야 배가 부른 것이다. 물에 빠진 사람을 보고 아이구 소리만 처서는 아니 된다. 반듯이 구하여 주는 실행이 있어야 살린다. 이러한 실행을 할 재조를 배우자는 것이다.

지금 조선에서 시행하고 있는 교육은 이론의 교육에 흐르는 편이 많다. 따라서 빈 껍질 열매를 맺게 된다. 무엇에든지 실지에 부디쳐 자기의 신념(信念)을 얻고 실무(實務)에 경험을 하며 모든 — 쓰라림과 싸워 가며 착한 것을 행(行)하고 의협에 몸을 바치게 할 만한 교육을 행하자는 것입니다.

신라(新羅) 시대에 화랑(花郎)의 제도는 소년군 제도와 방사한 것이다. 화랑(花郎)은 일국에 모범될 만한 인재 소년(人才少年)들이면 귀천과 빈부(貧富)의 차별을 가(이상 81쪽)리지 아니하고 한데 모여서 도의(道義)를 행하기를 서로 권하며 산천을 답파하며 지개를 길르고 체육(體育)을 닦으며 무예(武藝)와 시가를 닦아 그중에서 재조에 따라 적당한 곳에 쓰는 제도이다. 그 당시의 역사(歷史)에 이름이 높은 어른들은 거개가 화랑이 아닌 분이 없다. 이와 같이 우리 선배 어른들이 맨든 것을 소년군이 다시 부흥하야 실행하자는데 지나지 안는다.

취 지

〈조선소년군(朝鮮少年軍)〉은 의용하고 충실(忠實)한 조선아동(兒童)들의 성품을 길러서 박애와 협조의 정신을 가진 선량한 시민이 되어 조선의 행복과 세계의 행복에 이바지하자는 큰 윤리운동이다. 배우고 일하는 틈을 이용하여 운동하며 유희하는 동안에 관찰과 추리(推理)와 수공(手工)과 모-든 기능을 연습하면서 인격을 닦고 신체를 굳세게 하야 집에서는 가사를 돕고 나가서는 사회(社會)에 몸을 바치자는 실력을 길르기 위주하여 종래의 문약에 흐르는 민족성(民族性)을 바로잡아 굳세고 선량한 인격자가 되도록 지도하자는 것이 소년군의 목적이다. 그런고로 소년군은 이름이 소년군이지 군대교육의 찌그럭이나 다른 나라의 소년군 그대로의 모방이 아니다. 그들의 나은 점을 취하여 우리 민족성에 합(合)하게 하여 의기를 나타내게 하자는 교화사업(教化事業)이다. 이리하여 완전한 조선 사람으로 세계 항구평화(世界恒久平和)를 일우게 하자는 큰 목적을 향하여 준비하자는 것이다. 우리는 이러한 강령과 준률을 직힌다.

綱領

一. 良心 있는 朝鮮 男兒도 그 義務를 다하겠읍니다.

二. 사람을 사랑하며 社會에 奉仕하겠읍니다.

三. 心身을 鍛鍊하며 準律을 직히겠읍니다.

準律

一. 團員은 名譽를 重히 여기며 信과 義를 行할 것

二. 團員은 一般 上長과 軍의 各長에게 服從할 것

三. 團員의 義務는 他人의 도움이 됨을 本旨로 할 것

四. 團員은 如何한 사람을 不拘하고 兄弟와 같이 友愛할 것

五. 團員은 禮儀를 重히 할 것

六. 團員은 動植物을 愛護할 것

七. 團員은 快活하고 困苦에 웃고 견딜 것

八. 團員은 勤儉質素할 것

九. 團員은 敬虔하고 勇敢할 것

十. 團員은 言語行動이 高(이상 82쪽)潔할 것

標語

"준비하자"

歡呼

"의여차(義如此)"

기 원

서기(西紀) 一九○七년에 영국의 로바-드, 뻬덴파웰 장군(將軍)이 처음으로 조직하여 발표하였다. 一八九九년 ~ 一九○○년에 영국과 남아푸리카(南阿弗利加)와의 쌈하던 당시의 토인 아동들의 모-든 곤난에 잘 견디는 것과 영국인 아동들의 희생(犧牲)적으로 활동하는 것을 보고 어렸을 때부터 실지에서 연습(練習)하여 체력(體力)과 용기와 의협심을 길러 두면 이러한 어지러운 때에 몸을 받혀 가며 일을 할 것이라는 것을 깨닫고 여러 가지 비난과 곤난을 받아가며 조직한 것이 지금은 전 세계 어느 나라에든지 다— 조직하여 국가적으로 사회적으로 원조하여 지도교육을 하고 있게 되었다. 그 총 수효가 二百五十여만 명 이상이나 된다 하니 얼마나 속하고 크게 발달하였읍니까.

우리 조선에서는 一九二二년 十월 五일에 필자(筆者)가 첨으로 단지 여덜 사람으로 조직하여 우금 十三년 동안에 많은 부대낌과 곤난을 겪어 오며 지금은 호대(虎隊) 수가 七十七에 달하고 인원수가 四천여 명에 달하였고 소년군을 거쳐 나간 사람 수를 총합하면 만여 명에 이른다.

조 직

스카웉딩이라는 것은 산가주민(山家住民) 탐험가 개척자 등의 의미이다. 이 스카웉의 조직은 각국이 대개 같으다. 그들의 경쾌한 복장의 제도도 같은 바 그들의 모(이상 83쪽)양은 여러분이 길거리에서 보시던 바 조선 소년군과 같거니와 조직체계(組織體系)는 아래와 같습니다.

- 總本部
  - 總裁, 副總裁
  - 總司令長, 副司令長
  - 理事長, 副理事長
  - 幹事
- 各虎隊
  - 隊長, 部隊長
  - 幹事
  - 班
    - 班長, 副班長
    - 團員(六人 ~ 八人)
- 娘子軍
  - 隊長, 部隊長
  - 幹事
  - 班
    - 班長, 副班長
    - 團員(六人 ~ 八人)

총본부와 및 각대에는 후원기관으로 찬조회(讚助會) 고문 등을 둡니다.

계급　幼年軍　八歲 ~ 十二歲

　　　少年軍　十二歲 ~ 十八歲

　　　靑年軍　十八歲 以上者

소년군이나 청년군에 정식(正式) 입단(入團)하기 전에 약 삼개월간 견습하면서 준비합니다. 여자로 조직한 것을 〈낭자군(娘子軍)〉이라 하여 대개 소년군과 같은 조직 밑에서 모-든 것을 배웁니다. 물론 배우는 것도 남자와 달러서 가정에서 필요한 것과 여자의 성능(性能)을 따라 구호에 관한 것을 주(主)로 연구합니다. 의복 제도도 조금 다릅니다.

학교교육과 가정교육(家庭敎育)과의 일부문인 사회교육의 일부분을 담당한 단체입니다. 그러므로 일요일이나 제일 혹은 휴가일을 이용하여 일주일에 한 번이나 혹은 두 번씩 집합하여 반장을 중심하여 六인 내지 八인이 자미있게 얘기하고 웃어가며 정신상의 수양(修養)과 기술을 배웁니다.

배우는 장소는 교실이 주가 아니라 야외(野外)의 산과 들이나(이상 84쪽) 강가에 나가서 천연(天然)의 품에 안기어 천막(天幕)을 치고 하늘(天)을 장막(帳幕) 삼고 잔디풀의 대지(大地)를 자리 삼아 밥 짓고 물 길으며 다리 놓고 길 닦으며 모든 것을 연구합니다.

과목(課目)

一. 정신강화(精神講話) 동화(童話) 교육영화(敎育映畵) 등

二. 유희(遊戱), 끈매기(結繩法), 신호법(信號法), 旗信號(믈스 信號), 구조법(救助法), 통신법(通信法), 간이치료법(簡易治療法), 막영법(幕營法), 삼림 동식물(動植物), 천문(天文), 방향법(方向法)

등을 자연을 상대(相對)로 하여 배웁니다. 이외에 심지어 성냥(燐寸)하나 것는 것과 물(水)을 가리어 먹는 것 걸음 걷는 것까지라도 세밀히 주의하여 연구하므로 아동들은 참 자미있게 속살거리며 실증도 아니 내고 배우게 됩니다. 실지로 자기가 몸을 소년군에 던져 해 보지 아니하고는 이 자미있는 것을 상상하기 어렵습니다.

결 론

이상에 말슴한 것으로 간단하나마 소년군의 대강한 정신과 교육방법이 여하한 것을 짐작하실 줄 압니다. 이 운동은 일 민족의 번영을 꾀하며 세계의 평화운동에 이바지하자는 큰 목적을 가지니만콤 이 운동을 우리 민족 전체가 맘과 힘을 다— 모두어 붓도다 길르지 아니하면 아니 될 줄 압니다. 할일이 많은 중에도 우리 어린이를 잘 지도하는 것처럼 희망이 많은 것은 없을 줄 압니다.

지금으로부터 십사년 전에 소년운동이 시작되어 팔구년 전에 고조에 달하였다가 지금은 거의 다— 유야무야하게 되고 다만 〈조선소년군〉만이 많은 파란과 곡절을 겪으면서 현상을 유지하고 있읍니다. 현재 七十七개 호대가 있고 그 외에 〈조선소년군〉에서 분파하여 나간 몇 개 단체와 종교를 배경으로 한 척후대가 있읍니다. 이것을 모두 합한다면 일백 삼십여 호대나 되고 인원으로 五六천 명이나 됩니다. 여러 어른들께 바라는 것은 우리의 희망은 오로지 소년을 잘 길르는 데 있음을 깨달으시고 이 소년군을 연구하여 지도하여 주시며 물질로도 많이 원조하여 다른 나라에 지지 아니할 만콤 잘 길러 주시기를 간절히 바라며 변변치 못한 것을 썼으나 여러분의 참고나 되면 다행으로 생각합니다. —끝— (이상 85쪽)

田元培, "나치쓰 獨逸의 斥候隊인 히틀러 少年少女團", 『아이생활』, 1934년 8월호.

독일 어린이들은 이전부터 덩어리를 지어 가지고 혹은 끼타를 뜯으며 혹은 북을 치고 노래도 부르면서 녹음이 욱어진 칙칙한 송림 속으로 방랑하는 습관이 있었읍니다. 사람들는 이것을 "방랑새"라고 부릅니다. 그들 독일의 어린이는 이와 같이 도회의 몬지와 시끄러운 소리를 피하야 조용하고 고흔 산숲을 따러 랑만적인 어린이생활을 보내는 동시에 스스로 단체적 생활의 훈련을 받습니다.

넓은 독일의 시골을 이리저리 정처 없이 자유로 돌아다니면서 자미있고 어여쁜 노래와 이야기와 춤을 배우기도 하고 그리다가 날이 저믈으면 어느 농부의 집을 찾어 들어가서 자기도 하며 혹은 산상에다 천막을 치고 불을 쬐여 가면서 하로밤을 보내기도 합니다.

이러 하는 가운대에 그들은 독일의 산수와 민족과 풍습을 사랑하는 마음을 갖게 됩니다. 그러나 거기에는 아무런 정치적 색채라든가 목적이 없었습니다.

그러다가 독일의 억센 정치가인 히틀러가 정치적 권력을 쥐어 가지고 쓰러저 가는 독일의 운명을 다시 살리랴는 '나치스' 운동을 이르킨 뒤로(이상 8쪽) 독일의 소년소녀들은 전국적으로 한데 뭉처서 〈히틀러소년단〉〈히틀러소녀단〉을 조직하였읍니다. 그들은 단순히 랑만적이고 향락적인 이전의 "방랑새" 생활에서 한거름 나아가서 지금은 독일 운명을 두 억개에 메고 나갈 제이세라는 굳은 신념과 넘치는 희망을 가지고 나치스 운동의 활발한 일 부대가 되었읍니다.

그들 〈히틀러소년단〉〈히틀러소녀단〉들도 옛날의 방랑새들과 같이 여전히 혹은 산으로 혹은 바다로 떼를 지어 방랑합니다. 그들은 혹은 동해안 혹은 북해안으로 그렇지 않으면 속음이 가득한 흑림(黑林)[44] 속으로 비가 오건 눈이이[45] 오건 바람이 불건 나치스의 깃발 가는 대로 행진합니다.

노래와 우슴으로 혹은 내물을 뛰어 넘기도 하고 혹은 나무넝쿨을 뛰여 넘기도 하며 비바람을 무릅쓰고 산을 올라가기도 합니다. 그들은 이렇게 하야 려향(旅行)과 야영(野營)으로 독일 산수의 아름다움과 이런 산수 속에 사는 독일민족의 특색(特色)을 알게 되며 독일의 향토(鄕土)와 독일의 민족이 어떻게 굳게 결합(結合)하여 있는가를 깨닫게 됩니다. 그러한 가운대에서 조죽에[46] 대한 그들의 사랑은 용소슴처 나오게 됩니다. 이들 소년소녀들이 사방의 산상에 천막을 치고 야영할 때에 거기서 빛어 오는 불꽂(火焰)들은 마치 어두운 독일을 비춰 주는 새로운 리상(理想)과 같을 것입니다.(이상 9쪽)

44 'Schwarz Wald'를 옮긴 말로, "Black Forest"의 독일명이다. 독일 남서부 라인강 동쪽에 북북동에서 남남서 방향으로 뻗어 있는 산맥으로, 독일가문비나무와 전나무 수종 등으로 구성된 거목의 울창한 삼림을 가리킨다.

45 '눈이'에 "이"가 하나 더 삽입된 오식이다.

46 '조국에'의 오식이다.

金成煥, "延吉 탈시시오聯合少年會", 『가톨릭青年』, 제2권 제10호, 가톨릭청년사, 1934년 10월호.

만도의 인ㅅ긔를 집중하는 제二회 전 연길교구 탈시々오연합소년대회는 지난 八월 六일부터 동 十일 아츰까지 예정대로 용정(龍井)에서 성대히 개최되엿다. 필자는 이 대회를 계긔로 로마에 본부를 둔 〈만국탈시々오회〉에 가맹한 〈연길탈시々오연합소년회〉를 여긔에 소개하여 하여곰 조선 가톨릭 소년운동에 한 개의 자극제를 삼으련다. 어린이는 한민족과 한 사회의 장내를 약속하는 원동력이오 한민족 발전 게단상의 중요한 지위를 점하느니만치 소년운동의 필요에 증언을 불요하거니와 특히 가톨릭 소년운동을 최중대한 것이다. 그들의 가톨릭적 함양은 장내 가톨릭의 전폭적 발전을 의미하는 것으로써 가톨릭 소년운동의 중대성은 교회 당국으로부터도 인정을 하는 바다. 이제 연길 교구에서 특히 여기에 대하야 전적으로 주력하는 것은 우리 가톨릭교회의 장내를 위하야 한 개의 커다란 기쁨이라고 생각한다.

一. 창립 유래

현재 용정 본당에 주임신부 겸 〈전연길탈시々오연합소년회〉에 총재로 있는 배광피(裵光被)[47] 신부는 一九三一년 정초에 소년들의 덕성 함양과 함께 그들을 장차 성직의 길로 인도하려는 목적으로 재래 용정에 잇던 〈보미사회〉를 개조하야 〈탈시々오회〉를 조직하였다. 이 회는 의외에 또는 단시일 내에 장족의 세로 발전하여 감을 본 백 주교 각하께서 가톨릭 소년운동을 규모적으로 할 목적으로 각 지방교회 대안 〈탈시々오회〉의 창립을

47 본명 P. Balduinus Appelmann으로 선교 파견일은 1929년 5월 9일이며, 독일 상트 오틸리엔 연합회(St. Ottilien Congregation of Missionary Benedictines) 선교사였다. 이하 신부에 관한 내용은 유벨라(Isabella Jukas)의 「일제하 만주지역에서의 독일 상트 오틸리엔 베네딕트회 수도원의 활동－교육사업을 중심으로, 1921～1945년」(서울대학교 대학원 국제학과 한국학 전공 석사학위논문, 2016년 2월)에 의한 것이다.

명령하였다. 그 후에 각처에서도 잘 되여 감으로 고부감목[48] 박 신부주의 주선으로 거액의 경비를 써 가며 제一회 소년대회를 대령동(大嶺洞)에서 개최하는 동시에 정식으로 〈연길탈시々오연합소년회〉의 창립대회식을 성황리에 맛치고 즉시로 〈로마탈시々오회〉에 가맹 청원서를 제출하였는데 당시 로마 안셀모대학 철학과에 재학 중이었던 신학생 누치아노(frater Luciano) 씨의 본부와의 교섭의 결과로 가맹의 영예를 얻게 되였다. 이것이 〈연길탈시々오회〉의 요람시대의 약사이다. 한 가지 더 알아 둘(이상 30쪽) 것은 〈연길탈시々오회〉는 용정에 본부를 두고 각 지방회를 지부라 한다. 그러나 로마를 생각할 때에는 용정도 한 지부다.

이제 필자는 지극히 개괄적으로나마 〈로마탈시々오회〉의 창립 유래와 발전을 간단히 말하련다. 이것은 〈연길탈시々오회〉의 전 면목을 엿볼 수 있는 동시에 연길을 초월한 〈세계탈시々오회〉를 상식적으로 알아두는데 한 도음이 되리라고 생각한다. 〈탈시々오회〉가 처음으로 조직화하게 된 동긔와 원인은 로마에 있는 가다곰브[49]를 열정적으로 흠모하는데 기인한 것이다. 엘질니오·왈젤니란 신부가 로마에 있엇는데 그이는 여리미아가 설립한 예바학교 생도와 피아지텔니의 세운 마리아단과 기외 여러 단체와 밀접한 관게가 있었다. 한번은 이 모든 단체의 지도자의 허가하에 꼿다운 소년들을 거나리고 一九〇五년 어떤 날 아츰에 성갈리스도란 가다곰브를 열광적으로 흠모하는 정을 분발키 위하야 성브로푸드로의 무덤이 잇는 지하에서 미사성제를 들였다. 그때에 그 천진난만한 소년들은 천주의 은혜로 초대교회에 빗나는 역사에 대한 강화에 깊은 인상을 받어 날이 가고 달이 가도 그들의 뇌리에서는 그날 아츰에 누리던 영신적 향낙은 사라질 줄을 몰렀다. 그리하야 마츰내 초대교회에서 거행하던 예전과 용감히 치명[50]한

48 감목관(監牧官)으로, 정식 자립 교구로 설정되기 전에 포교하는 지역에서 교황을 대리하여 교구 행정 책임을 맡은 교구장을 이른다.

49 카타콤베(Catacombe)로, 초기 그리스도 교인들이 신앙을 지키기 위하여 숨어 지내던 지하 묘지를 말한다.

50 치명(致命)으로, 가톨릭에서 예전에 '순교'를 이르던 말이다.

처음 순교자의 꽃다운 성덕을 사모함과 성체를 지성으로 공경함 같은 고귀한 목적을 규측적으로 실행하는 회를 조직하게 되였다. 엘질니오·왈젤니란 그 청년 신부는 립사노테가(제단의 성좌 앞에 있는 제 순교자의 성해를 봉안해 두는 집)란 집에서 창립 개회를 개하고 성체의 수선 치명자인 결백한 소년 성인인 탈시々오를 주보로 선정하였다.

그 후 지도자의 열성과 회원들의 향긔로운 표양으로 회는 날々이 발전하여 갔다. 一九〇七년 十월 二十五일은 동 회를 위하야 대서특필할 영예의 날이였다. 회원 일도이 교황 비오 十世 성하께 알현할 때 영성체를 한 것이다. 그리고 또한 교황께서 아동이라도 영성체하고 또 각금々々 혹은 매일 영성체하기를 반가히 허락하실 뿐 아니라 간절히 원하셨다. 물론 종々 영성체할 그 이상적 소년들이 자긔의 회에 중대히 목적한 바를 교황 성하께서 크게 장려하실 줄을 잘 알었던 것이다. 사람을 도덕의 길로 인도하야 거룩케 하는 방법 중에 영성체함이 제일인 것이다. 제二 성체의 수선순교자인 탈시々오가 되려는 어린 소녀들이 보조일치하야 나감을 본 로마 성직 층에서는 그들을 맹렬히 후원하여 주었다.

가다곰브의 지하로부터 신앙의 자유를 얻게 한 곤스단딩 대제의 천육백 주년 긔념축하회를 성대히 거행할 때에 〈탈시々오회〉도 대표를 선정하여 그 축하식에 참(이상 31쪽)예하였다. 로마에 탈시々오 회원들은 회측을 따라 고고학에 착안하여 고적을 연구하므로 심혈을 경주하였으니 이것은 어느나 그 고귀한 목적을 충성으로 이행하기 위함이였다. 그 때문에 천주를 위하야 순교하던 그 시대의 의복인 우미한 투니가·탈나리스[51]란 의장을 입게 되였다. 그러나 항상 입지 못하고 경우를 따라 미사성제 급 기타 예전을 거행할 때에 그것을 입도록 규정되여 있다. 그런데 전부텀도 제단 앞에서 할 직무를 잘 행하던 탈시々오 회원들은 천六백 주년 긔렴식을 거행할

51 튜니카 탈라리스(tunica talaris)로, 복사뼈까지 오는 기장의 긴 튜니카를 말한다. 튜니카는 고대 로마에서 남자가 토가(toga) 밑에 착용했던 속옷이다. 토가는 로마인들이 몸에 둘러 입었던 매우 긴 모직 옷이다.

때에도 일반 신자의 청구로 그 옛 역사를 이야기하는 투니가・탈나리스를 입고서 만왕의 왕이신 그리스도를 개선 예식하듯 뫼시는 영예를 얻었다. 그때에 네압펠 신자대중은 탈시々오 회원들이 정성을 들어내는 단정한 태도의 감동되여 그 시가에도 〈탈시시오회〉 창립을 지원하였다.

그로부터 이태리 각 지방에 다수한 지회가 조직되고 기외 불란서, 백이의, 브래실니아, 중화민국 등 전 교구역에 이르기까지 창립 신청을 하게 되였다. 그리하야 마츰내 〈탈시々오회〉는 세계 가톨릭 소년을 총 망나하여 가는 크다란 집단이 된 것이다.

二. 동 회의 은사회

이 회가 세계화하는 이유가 또 하나 있스니 一九二○년 四월 二十五일에 교황 분도 十五세 성하께서 〈탈시々오회〉를 감준하야 은사회에 올리신 것이 곳 그것이다. 그때에 교황께서 칙서를 나려 아래와 같은 은사를 베프섰다.

一. 전대사[52]

전대사를 입을 만한 날.

1. 입회하는 날
2. 아래에 적은 첨예[53]와 그 첨예 팔부 내 어느 하루
   (가) 성탄, 삼왕래조,[54] 부활, 승천, 성체, 성신강림.[55]
   (나) 성모시잉모태,[56] 성모성탄, 성모영보,[57] 성모취결예,[58] 성모몽소

---

52 전대사(全大赦)로, 대사의 하나로 잠벌(暫罰)을 모두 없애 주는 일을 이른다.

53 첨례(瞻禮)로, 예배하는 일을 이른다.

54 '예수 공현(Jesus 公現)'의 전 용어다. 예수 공현은 예수가 공적으로 자신을 드러낸 일로, 동방 박사 앞에 자신을 드러낸 일을 이른다.

55 성령강림(聖靈降臨)이라 하며, 성령이 세상에 내려와 성도(聖徒)에게 임하는 일을 이른다.

56 성모시잉모태(聖母始孕母胎), 성모무염시태(聖母無染始胎), Immaculata conceptio(라틴어), Immaculate Conception(영어)를 가리킨다. 성모 마리아는 잉태하는 순간부터 하느님의 은혜와 특권으로, 그리고 예수 그리스도의 공로로 원죄의 흠이 없이 보존되었다는 교리로, 원죄 없는 잉태를 말한다.

57 성모영보(聖母領報)로, 성모 마리아가 구세주의 어머니가 될 것을 대천사인 가브리엘로부터 계시를 받은 일로, 기념일은 3월 25일이다.

승천.[59]

(다) 성요섭 첨예, 성베두루, 바오로, 이위종도 첨예.

말한 여러 첨예에 전대를 얻음에 실행할 조건.

(가) 고해 영성체할 것.

(나) 대사 얻을 첨예날에 성체조배[60]를 한번 할 것.

(다) 교종의 뜻대로 얼마 동안에 기구할 것.

3. 임종 때에 타당히 고해 영성체를 하거나 고해하지 못할 경우에는 진심으로 상등 통회를 발하고 예수의 거룩한 일홈을 불으거나 그도 못하(이상 32쪽)면 적어도 마음속으로 불으면 전대사를 얻을 수 있다.

4. (가) 마음대로 입을 전대사는 본회 회원으로 성탈시〻오 첨예에 그 성인을 공경하기 위하야 거행하는 예절에 참예함으로 전대사를 엇을 수 있습.(그 성인을 공경하는 성당이나 혹 어떤 성당에서든지)

(나) 성탈시〻오를 주보로 정한 성당(로마에 있습)에 가서 미사한 대를 참예하는 이도 전대사를 얻음.

二. 한대사[61]

(가) 우헤 말한 교종의 뜻대로 보통으로 은사 입을 때에 긔구함과 같이(주모경[62] 다섯 번) 긔구하는 본회 회원은 삼연대사를 얻음.

(나) 본회 회원은 어떠한 성당에서던지 성체조배를 할 때마다 삼백일 대사를 얻음.

우에 말한 긔록한 전대사와 한대사 중 임종 전대사를 제한 외에 그남아 모든 것은 가히 연옥 영혼에게 사양할 수 있다.

---

58 성모취결례(聖母取潔禮)로, 예수 봉헌 축일을 이른다. 예수 봉헌 축일은 모세의 법에 따라 예수의 부모가 아기 예수를 성전에 바친 사실을 기념하는 축일을 가리킨다.

59 성모 승천을 말한다. '몽소승천'이라고도 하며, 성모 마리아가 하느님의 부름을 받아 승천한 일을 이른다.

60 성체조배(聖體朝拜)로, 성체 앞에서 특별한 존경을 바치는 행위, 즉 성체의 외형 안에 현존하는 예수에게 마음을 모아 감사와 찬미를 하는 예배를 가리킨다.

61 한대사(限大赦)로, 죄로 말미암은 잠벌(暫罰)의 일부를 면제하는 일을 이른다.

62 주모경(主母經)으로, 주의 기도와 성모송을 아울러 이르는 말이다.

三. 동 회의 조직

一. 목적

엄위하신 성체를 공경함과 리투르기아[63](禮典的) 운동과 초대교회에 고고적 성물을 연구하면서 덕행을 닥근 것으로써 목적을 삼음.

二. 세측

1. 본회는 성체의 수선치명자 부제탈시々오를 주보와 모범을 삼음.
2. 본회는 총재부, 지도부, 보미사부, 지육부, 도서부의 각 부를 둠.
3. 본회 회원은 대첨예날에 회관이나 성당에 집회할 때에 신중(愼重)하고 단정(端正)히 할 것이며 또한 단체로 할 것.
4. 여러 첨예에 따라서 만든 간단한 경문은 단체로 할 것이며 또 회에서 정한 리투르기아 날에는 성그레고리오의 성가를 창면서 응할 것.
5. 종교의 웃듬 되는 일은 성체를 일우는 미사성제이니 힘 및이는 데까지 정성을 다하야 미사에 마음을 부처 실제적으로 참예할 것.
6. 오주 예수의 원의를 따라 깨끗한 마음과 온전한 힘으로 덕행의 길로 나아가 천상의 양식으로써 자긔 영혼을 자조 길을 것.
7. 엄위하신 성체를 매일 얼마동안이라도 조배하며 또 특별히 성체를 공공히 뫼시는 때에 잘 주선(主線)할 것이니 두세 사람식 단결(團結)하야 하는 것은 개인々々이 따로 하는 것보다 더 찬송할 일(이상 34쪽)이 됨.
8. 본회 회원은 정한 날에 성교회의 도리를 공부할 것이며 정신과 마음을 수양하기 위하야 여행을 함.

三. 입회 규약

9. 만일 누가 탈시々오회에 입회하려면 석 달 동안 본회의 규측대로 잘 수련한 후에 성당에 뫼신 성체 앞에서 영세 허원을 새로 발하고 아래 경문을 허원하야 외운다.

63 전례(典禮)로, 교회가 단체로 하느님과 그리스도, 또는 성인, 복자들에게 하는 공식적인 경배 행위를 이른다. '리투르기아'는 전례의 그리스어이다.

(아모)는 구세주 오주 예수 대전에 맹서하기를 이후 살아 잇는 동안에 각금각금 영성체함으로써 내 영혼을 기르고저 하노니 대저 이 영원한 복락을 엇게 하는 천주의 성총밖에 내 영혼을 기르고 내 생명을 보존할 길이 없음이로소이다. 그리고 또한 소년 성탈시々오의 표양을 본받아 천주께서 나를 도아주심으로 그 엄위하신 성체를 언제까지던지 변증하기를 허원하나이다.

지금은 회세를 이야기할 차례지마는 제일회와 제이회 소년대회를 말하는데 자연히 말하게 되겠음으로 여기서는 활애(割愛)한다마는 〈연길(延吉)탈시々오회〉의 본부인 용정(龍井)에서 『탈시々오회보』란 기관지를 발간한다는 것을 말해 둔다. 금번 대회 지도 선생회의 석상에서 동 월간지에 대한 만흔 토의가 있었으므로 앞으(이상 35쪽)로는 소년잡지계에 손색이 없는 아동지가 되리라고 확신한다.

四. 제일회 소년대회

一九三一년 八월 三일부터 六일까지 三일간 대령동에서 연길탈시々오 연합소년대회를 성대히 개최한 일이 있었다. 그때에 용정에서 三十一명 팔도구에서 二十五명 두도구에서 十二명 영암촌에서 五명 대령동에서 八十三명 명월구에서 二十五명 合一百八十一명 그 외 각 지회 총재 신부 일위 급 지도 선생 一명식 참치(參馳)하에 창입 이래 긔록에 치(値)할 큰 회합을 일우웠었다. 그 석상에서 동 회의 행동강영(行動綱領) 등을 규정하였다. 차 대회 목적은 미사성제의 본 의이를 깨닷고 그 의식에 참석하는 규식을 배홈이였다. 지금으로부터 한 三四十년 전에 구주에서 특히 독일 가톨릭교회에서 리투르기아 운동이라는 것을 맹열히 이야기한 일이 있다. 이 운동은 그동안 맹활동을 계속하여 지금은 구주 열국에 보편화하여 감은 물논이다. 이 운동에 대하야 아래에 딴 설명이 있으러니와 여기에 간단히 말하고저 하는 바는 이 운동에 중심운동인 즉 미사운동이라는 것이 있다. 나의 수천어보담은 권위자의 일언반구라도 인증하는 것이 효과라고 하겟다. 대략 三十년 전에 교황 비오 십세 성하께서 강권하시기를 "신자들을 미사성제 때에 달은 경문을 읽지 말고 미사경만 읽으라" 하섰다. 즉 미사성제를 거행하는 사제뿐 안이라 그 의식에 참석하는 신자들은 신부와 함께 미사의 본 의이대로 미사경본에 잇는 경을 념하야 그 효과의 절대를 완전히 득하라 함이다. 미사 때에 매괴경[64]이나 달은 경을 념하며 미사의식에 참석하는 자는 맛치 맛난 음식을 가득 차려 노흔 대연회석에 참예하면서 조밥에 된장덩어리를 가지고 와 먹는 어리석은 자와 같다고 어떤 이는 말한다. 일언컨대 미사운동이라는 것은 미사성제의 본 의이를 설명하는 서적을 발간하는 일면 미사경본(Missale)을 역하야 신자들로 하여곰 신부와 가티 읽게 하야 미사의 효과를 완전히 엇게 하는 맹활동이다. 미사성제가 천주께 들이는 제일의 흠숭지예[65]니만치 제일회 소년대회의 목적은 가장 중대하였다. 그리고 차 대회에 효과는 실노 컷다고 본다. 동 대회의 실천 푸로그람을 따라 그 후 즉시로 고박 신부주의 노력으로 『미사 규식 네 가지』란 소책자가 등사로 간행되여 각 본당에서 성히 사용되다가 만근에 와서 신자들의 청으로 백 주교[66] 각하께서 『미사 규식』이란 책자를 거대한 경비를 지출하여 가며 덕원신학교 인쇄부에서 六千여 부나 출판하여 전 연길 교구는 물논 원산 교구에서까지 사용하게 되였다. 그 책 중에는 "미사성제"라는 호논제하에 미사에 대한 간이한 설명도 있어서 가장 조흔 책자라고 본다. 그 외에 주간(미(이상 36쪽)사 경본에 매 주일에 初入經, 祝文, 書簡, 階層經, 默含祝文…… 等의 譯) 發刊하여 매 주일 미사 때에 교우에게 분배하여 보게 하였다. 인제는 대첨예는 물논 소첨예까지라도 다 번역되였다고 한다. 탈시々오 회원 일동은 제일회 대회를 통하야 용감히 리투르기아 운동에 제일보를 힘 잇게 내여 드된 것이다. 제이회 소년대회도 결국은 제일회 대회에 연장에 불과한 것이다. 다만 더 맹열히 더 구체적으로 실행하자는

---

64 매괴경(玫瑰經)으로, 묵주를 가지고 성모 마리아와 함께 예수 그리스도에게 드리는 기도 곧 사도 신경으로 시작하여 주의 기도 · 영광송을 곁들이며, 성모송을 외워 나가는 기도이다. '묵주 기도'의 전 용어다.

65 흠숭지례(欽崇之禮)로, 하느님에게만 드리는 흠모와 공경을 이른다.

66 백화동(白化東) 주교로, "동양을 개종시키는 백 씨"라는 뜻이다. 본명은 Altbischof Theodorus Breher인데 선교 파견일은 1921년 6월 16일이다.

것뿐이다. 그러나 제이회 대회에는 회원들이 리투르기아 운동의 의이와 그 진정신을 깨닷고 의식적으로 맹진하자는 것이 특이점이라고 본다.

五. 제이회 소년대회

제이회 대회는 예정대로 八월 六일부터 동 十일 아츰까지 성대히 용정에서 개최되였다는 것은 상술한 바 같거니와 동 대회에는 용정에서 八十명 명월구에서 二十五명 대령동에서 三十三명 연길에서 十九명 팔도구에서 三十六명 두도구에서 十二명 대입자에서 十五명 합 二百명의 참가원 급 각 회의 총재 신부 六위 급 지도 선생 十二명 그 외 후원대로써 임원회 々원 일동 해성학교 직원 일동 청년회 々원 신학생 등 三百여 명이 참가하야 창립 이래 공전에 대회합을 일우워섯다. 차 대회는 리투르기아 운동과 본회에 근본적 목적인 성체를 지성으로 공경하자는 종교적 목적 외에 건전한 정신은 건전한 육체에 있다(Mens sand in corpork sano)란 로마의 격언을 따라 아동들에게 진정한 스포츠의 정신을 양성하려는 말하자면 현세적 목적도 부속되여 있다. 그러나 금번 대회의 본 목적은 리투르기아 운동인 것이다.

1) 八월 六일 (月) 집회일

요정[67] 본당 내 임원회 주최로 소년대회 림시 사무 취급소를 해성학교 내에 치하고 소장 김병화(金炳華) 씨 이하 해보(海普) 직원 일동과 〈가톨릭 청년회〉 々원 등 제씨의 맹활동으로 지방 참가원 一百五十여 명의 숙소를 각 교우 집에 배정(配定)하였다. 여유가 없는 도시 생활 특히 가옥에 협착함도 불구하고 그들을 사오일간 원만히 접대하엿다는 것은 가톨릭의 박애주의의 일단(一端)을 엿보는데 호개(好個)의 예라고 하겠다. 오후 육시에 대회 개회식이 있엇다. 가톨릭청년회관현악단(管絃樂團)의 대회의 서곡을 알니자 적황(赤黃)의 견내(肩帶)를[68] 메고 회 막크를 가슴에 단 회원 급 지도 선생 일동은 제위 초재 신부께 인사를 올닌 후 다시금 회원 일동의

---

67 '용정'의 오식이다.

68 '견대(肩帶)를'의 오식이다.

제 지도 선생께 인사가 끝나자 〈용정탈시々오회〉 지도 선생 원충군(元忠君) 씨의 개회사가 있은 후 김병화 씨의 대회의 대한 긔대와 후원불비의 인사가 끝나자 각 회 々긔를 선두로 성당에 들어가 맛치 "오늘은 우리의 날"이란 듯이 힘 있게 회가의 일절을 맞인 후 전 회의(이상 37쪽) 총재 배 신부주의 대회 개최에 추지 설명이 있었다. 후에 리투르기아 만과[69]를 들이고 산회하였다.

2) 八월 七일 (火) 수양일

리투르기아(禮典的) 조과신공[70]	오전 六시
성체께 들일 흠숭(강화)　구걸근(신부)[71]	同 六시 二十분
미사	同 六시 四十五분
방형(方形) 데쏠(운동)	同 八시 三十분
회원은 리르기 운동을 행할 의무가 잇는가? (강화)	배광피(신부)
	同 十시
베스뻬레신공(연습)	同 十一시
사형(射形) 리레—(운동)	同 오후 一시
베스뻬레신공	同 二시
리투르기아 조과신공(설명)　김충무(신생)	同 三시
트락크 오종(五種)(운동)	同 四시
베스뻬레신공(설명)　오삭조(신생)	同 七시
리투르기아 만과신공과 성체강복	同 七시 반

3) 八월 八일 (水) 수양일

리투르기아 조과신공	오전 六시
성체의 필요(강화)　주성도(신부)[72]	同 六시 二十분

69 만과(晩課)로, '저녁 기도'의 전 용어다.

70 조과(朝課)는 '아침기도'를, 신공(神功)은 기도와 선공(善功)을 통틀어 이르는 말이다.

71 구걸근(具傑根)으로, 본명은 P. Canisius Kügelgen이며 선교 파견일은 1911년 1월 6일이다.

72 주성도(周聖道)로, 본명은 P. Corbinianus Schräfl이며 선교 파견일은 1923년 5월 27일이다.

미사	同 六시 四十五분
필드 사종(四種)(운동)	同 八시 三十분
성화	同 十시
베스뻬레신공(연습)	同 十一시
운동	오후 一시
베스뻬레신공	同 二시
리투르기아 만과경(설명) 한윤승(신생)	同 三시
一六〇〇 리-레(운동)	同 五시
리투르기아 만과신공과 성체강복	同 七시

4) 八월 九일 보고 급 운동일

리투르기아 조과신공	오전 六시
성체성사의 효과(강화) 한홍열(신부)	同 오전 二十분
미사	同 六시 四十五분
각 회의 삼년간 경과 사항 보고 급 회원들의 지도부에 대한 바람과 총재 배 신부주의 실천 푸로그람 팔표	同 九시
베스뻬레신공	오후 一시
각 회 대항 추구전[73]	同 二시
리투르기아 만과신공과 성체강복	同 七시

이날에 각회々원들이 삼년간 경과 보고서를 작정한 여러 회원들 앞에서 랑독한 후 총재 배 신부주께 들였다. 거기에 의하면 현재 회원 총수는 대령동 四十八명 팔도구 五十二명 명월구 四十五명 대입자 三十명 용정 一百二十六명(공소까지) 연길 十九명 두도구 二十一명 합 三百四十一명이다. 다음으로 지도부에 대한 어린 회원들의 간절한 희망이 있었는대 대개는 긔관지(이상 38쪽)에 대한 바람이 만헛다. 총재 배 신부주께서 회원들의 히망의 전부대로 하여 주겟다는 반가운 선언을 하시고 이어 제삼회 소년대회까지에 실천 푸로그람을 발표하였으니 아래와 같다.

---

73 '축구전'의 오식이다.

一. 반다시 실행할 것.

1. 매회 미사 때와 주일날에 리투르기아 조과와 만과를 할 것.

2. 매월 이차식 베스빼레신공을 할 것(주일)

3. 『미사 규식』을 자주 연구하야 더욱 깊이 깨달을 것.

4. 라띈어의 글자를 배울 것.

5. 제삼회 대회 때에 리투르기아 제 운동에 대한 시험을 할 것. 단 잘하는 이에게는 상품 수여가 있음.

二. 될 수 있는 대로 실행할 것.

1. 본부의 보내는 돈(가다곰부 수선비)

2. 조흔 연락을 취하기 위하야 각 회는 서로 일년에 몃 번식 지도 선생을 초청할 것.

3. 〈탈시々오회〉가 새로 창입 되는 곳에 근방에 있는 회원들이 많이 참석할 것.

4. 각 회에서 『회보』에 대하야 많은 후원을 할 것.

오후에 각 회 대항 축구전에 백 주교 각하께서 하사한 우승배가 있었는데 우승팀은 용정이였다. 가장 자미있는 날이였다고 생각한다.

5) 八월 九일 (金) 원족일

리투르기아 조와신공[74] 오전 六시

영성체의 예비와 감사(감화) 왕묵도(신부)[75] 同 六시 二十분

뜻하지 안엇던 비가 시름없이 나림으로 원족은 못 가고 오전에는 동화회 여흥 등을 하고 오후에는 비가 개이였으므로 운동장에 모힌 후 전 운동에 상품 수여식이 있엇다. 오후 七시에 리투르기아 만과신공이 쯧난 후 회원 전체의 행열노 성체 거동을 할 예정이였으나 땅이 질므로 못하고 성체 대전에서 전 회원들이 허원을 새롭게 한 후 사십여 명의 준회원이 정회원 되는 허원식이 있었다.

---

74 '조과신공'의 오식이다.

75 왕묵도(王默道)(P. Reginaldus Egner) 신부로 선교 파견일은 1932년 4월 10일이다.

6) 八월 十일 (土) 해산일

배광피(신부) 同 六시 二十분

미사 同 六시 四十五분

미사을 마친 후 참가원 일동이 운동장에 집합한 후 전 총재 배 신부주의 간곡한 고별사(告別辭)와 함께 각 회 제 총재 신부의 최후 부탁 급 교회 측으로부터 김병화 김일용 김구 등 유지 제씨의 소년들의 장래를 축복하는 인사가 있은 후 만세삼창으로 대성황리에 폐회식을 고하고 산회하였다. (이상 38쪽)

趙喆鎬, "朝鮮 '어린이' 運動의 歷史－一九二一년부터 現在까지", 『實生活』, 獎産社, 1934년 12월호.[76]

이때까지 압박만 받어 오든 조선의 어린이들이 새 생명(生命)을 찾고 새 사회에 새 인격을 비로소 찾게 되며 一반에게 다소의 인정을 받게 되기는 지금으로부터 十三년 전 즉 一九二一년 첫봄부터라 하겠습니다.

"어린이날"의 력사를 간단히 적어 볼가 합니다. 이 어린이날의 래력을 이얘기하자면 누구나 다— 아시는 바와 같이 기미년운동(己未年運動) 때에 진주(晋州) 어린이 十五六명이 자기네끼리 모여서 ○○기념(○○氣焰)을 올인 것이 조선 어린이 모딈의 처음이라고 하겟읍니다. 동시에 안변(安邊), 광주(光州)에도 이런 운동이 잇엇다 하나 기록(記錄)이 밝지 못합니다.

그러나 이까에도[77] 예수교의 주일학교나 또는 몃몃 어린이들끼리 모여서 운동단체 같은 것을 조직하야 가지고 모엿다 헤젓다 하든 단체가 없든 것은 안입니다. 一九二一년 四월경에 천도교(天道教)에서 소년회(少年會) 간판을 부치고 어린이운동을 이르킨 것을 비롯하야 아래의 '슬로간'을 걸고 〈반도소년회(半島少年會)〉, 〈불교소년회(佛教少年會)〉, 〈명진소년회(明進少年會)〉 등이 생겨 나왓섯읍니다.

一. 재래의 윤리적 압박(倫理的壓迫)으로부터 해방(解放)하야 어린사람으로의 인격(人格)을 찾자.

二. 재래의 쓸쓸하고 캄캄한 무지로부터 해방하야 새로운 정서(情緖)를 기르자.

---

76 이 글은 조철호의 「어린이運動의 歷史－一九二一년부터 現在까지(上, 下)」(『동아일보』, 34.5.6~9)를 표기법과 본문 가운데 숫자 일부를 수정하고 일부 불필요한 부분을 삭제한 것에 불과해 거의 동일한 내용이다.

77 '이外에도'의 오식으로 보인다.

三. 재래의 비사회적 악습(非社會的惡習)으로부터 해방하야 새 세상의 새 사람이 되기에 맛당한 사회성을 기르자

다음에 어린이를 교양지도(敎養指導)하는 정신은 같으나 一반 어린이회에서의 지도방법과 좀 다른 방법 가지고 잇는 '뽀이스카웉' 운동을 말 아니할 수 없읍니다. 지금은 어린이회는 점점 침체하야지고 소년운동(少年運動)이 가장 성왕하야지니만콤 어린이운동사(運動史) 가운데에 중요한 기록(記錄)이라 할 수 잇읍니다.

一九二二년 十월 五일에 〈조선소년군(朝鮮少年軍)〉이 처음 조직되고 그 뒤에 종교(宗敎)를 배경으로 한 〈척후대(斥候隊)〉가 조직된 뒤로 지금에 이르기까지 十二년 동안에 〈조선소년군〉이 八十여 호대(虎隊)나 되고 그 외의 三四十 단체를 합하야 백수十여에 이르게 되엿다. 어린이회가 처음 소리친 뒤 三四년 동안에는 전 조선 안에는 四백五十여 단체나 되드[78] 것이 지금에는 간판만이라도 겨으[79] 유지하야 가는 것이 모도 다 七八十도 안 된다 하니 그 얼만나 침체하야젓으며 퇴보되엿읍니까. 참으로 유감천만한 문제라고 생각합니다. 어린이들을 一주 二三회식 모아 가지고 동화 동요나 혹은 원족뿐으로는 어린이들에게 배우랴는 요구의 양식을 만족히 줄 수가 없읍니다. 그래서 어린이 지도자와 및 어린이들을 상대로 한 잡지 중 『어린이』『별나라』『샛별』『新少年』『아이生活』 등을 발행하는 一방에 一九二三년 七월에는 천도교에서 전 조선 지도자 약 三十八명이 一주일 동안 지도연구회를 개최하(이상 26쪽)고 동경 유학생 중에서도 어린이 문제를 연구하는 분이 많이 나게 되엿읍니다. 〈오월회(五月會)〉라는 것이 즉 유학생들이 조직한 지도자 회합이라고 볼 수 잇읍니다. 一九二二년 이전에는 어린이날이라고 정한 날이 없이 각각 제마닥 기념하엿읍니다. 이것이 너무도 적조함으로 통일하야 기념하는 것이 필요한 것을 느끼고 〈천도교소년

78 '되든'의 오식이다.

79 '겨우'의 오식이다.

회〉의 방정환(方定煥) 〈불교소년회〉의 한영석(韓榮錫) 〈조선소년군(朝鮮少年軍)〉에서는 내가 모히여 五월 一일을 "어린이날"로 정하고 그해에는 〈조선소년운동협회(朝鮮少年運動協會)〉라는 명칭으로 경성과 밋 각 지방 단가[80] 기념하게 되엿읍니다. 기념하는 방식은 기행열(旗行列), 一반을 위한 강연, 어머니를 위한 회합, 어린이를 위한 동화 동요와 활동사진을 연중행사와 같이 거행하며 오늘에 이르럿습니다. 一九二五년 十월 十六일에 경성에서 분립하야 잇는 〈오월회〉와 〈소년운동협회〉가 합동하는 동시 五월 一일은 노동제일(勞動祭日)이오 또 일요일이 아닌 때가 많은 고로 지장이 적지 아니하다 하야 五월 첫 공일을 "어린이날"로 정하엿읍니다. 一九二六년 三월 二十五일에는 〈조선소년총연맹(朝鮮少年總聯盟)〉으로 이름을 정하고 이 명의로 어린이 단체를 지도하며 또한 "어린이날"을 기념하게 되엇습니다. 이와 같이 "어린이날"이 五월 一일이던 것이 五월 첫 공일로 하게 되고 지도자 회합은 〈소년운동협회(少年運動協會)〉로 〈五월회〉가 분파하엿다가 다시 〈소년총연맹〉으로 또다시 〈소년운동경성연합단(少年運動京城聯合團)〉으로 기구한 변천을 하야 오늘에 이르럿읍니다. 그러나 지금은 이것도 저것도 다― 유명무실하게 되고 지금까지 三四년 동안 임시임시하야 〈조선어린이날준비회〉의 명의로 경성에서는 〈경성어린이날준비회〉의 명의로 실행하고 잇읍니다.

끝으로 몇 마디 쓸 것은 우리의 모든 단체가 다 수면상태(睡眠狀態)에 빠저 잇는 원인의 하나는 지도자의 책임일가 합이다. 잔잔으로[81] 이 어린이운동이 우리의 생명길이라고 자각이 잇다면 좀 더 자중하고 좀 더 단결하고 좀 더 자아만 주장하지 말고 좀 더 연구하고 좀 더 히생적으로 봉사하는 지도자가 더 많이 나와 지도하야 주시기를 바라는 바임이다. 그리고 통일기관(統一機關)이 하나 잇으면 하는 히망을 여러분께 부탁합이다. (끝) (이상 27쪽)

80 '지방단체가'의 오식으로 보인다.

81 '진정으로'의 오식이다.

찾아보기

ㄹ

ㅅ

ㅈ

ㅍ

ㅎ

엮은이

류덕제 柳德濟, Ryu Duckjee

경북대학교 대학원 문학박사(1995)
대구교육대학교 국어교육과 교수(1995~현재)
The State University of New Jersey(2004),
University of Virginia(2012) 방문교수
대구교육대학교 교육대학원장(2014~2015)
한국아동청소년문학학회 회장(2015~2017)
국어교육학회 회장(2018~2020)

논문

「『별나라』와 계급주의 아동문학의 의미」(2010)
「일제강점기 계급주의 아동문학의 방향전환론과 작품적 대응양상 연구」(2014)
「윤복진의 아동문학과 월북」(2015)
「송완순의 아동문학론 연구」(2016)
「일제강점기 아동문학가의 필명 고찰」(2016)
「김기주의 『조선신동요선집』 연구」(2018) 외 다수.

저서

『한국 아동청소년문학연구』(공저, 2009)
『학습자중심 문학교육의 이해』(2010)
『권태문 동화선집』(2013)
『현실인식과 비평정신』(2014)
『한국아동문학사의 재발견』(공저, 2015)
『한국현실주의 아동문학연구』(2017) 외 다수.

E-mail : ryudj@dnue.ac.kr

1932.10~1935.1

한국 아동문학비평사 자료집 5

2019년 10월 30일 초판 1쇄 펴냄

엮은이 류덕제
발행인 김흥국
발행처 보고사

책임편집 황효은
표지디자인 손정자

등록 1990년 12월 13일 제6-0429호
주소 경기도 파주시 회동길 337-15 보고사 2층
전화 031-955-9797(대표), 02-922-5120~1(편집), 02-922-2246(영업)
팩스 02-922-6990
메일 kanapub3@naver.com / bogosabooks@naver.com
http://www.bogosabooks.co.kr

ISBN 979-11-5516-923-0 94810
979-11-5516-863-9 (세트)

정가 50,000원